KB107168

고려대학교 민족문화연구원 만주학 총서 ⑨

ᡥᠠᠨ ᡳ ᠠᡵᠠᡥᠠ ᠮᡠᡴᡩᡝᠨ ᡳ ᡶᡠᠵᡠᡵᡠᠨ ᠪᡳᡨᡥᡝ

만문본 어제성경부

滿文本 御製盛京賦

han i araha mukden i fujurun bithe

최동권, 김유범, 신상현, 이효윤

박문사

〈고려대학교 민족문화연구원 만주학총서〉 발간사

만주는 오랜 역사 속에서 늘 우리 한반도 곁에 있어 왔지만, 한동안은 관심에서 멀어져 있기도 했다. 청나라와 함께 만주족의 국가가 사라지면서 잊혀졌고, 남북분단이 만든 지리적 격절이 그 망각을 더 깊게 하였다. 그러나 만주와 만주족은 여전히 한반도 이웃에 존재한다. 한 민족의 국가가 사라졌다 해서 그 역사와 문화가 모두 사라지는 것은 아니다. 만주족은 동북아 지역의 역사를 이끌어 온 주역 중 하나였고, 유구한 역사 속에서 부침하며 남긴 언어와 문화의 자취는 지금도 면면히 전해지고 있다. 학자들의 노력을 통해 다시 조명되고 있고, 사람들의 관심 속에 되살아나고 있다. 일본과 서구에서 만주학에 대한 관심이 끊이지 않고 이어져 왔을 뿐 아니라, 근래에는 중국에서도 만주학 관련 자료 정리와 연구가 본격적으로 진행되고 있다.

청나라를 세웠던 만주족은 거대 제국을 통치하며 그들의 언어로 많은 자료를 남겼고, 그것은 중국과 한국 및 동아시아 지역을 이해하는 데 소홀히 할 수 없는 귀중한 자산이다. 역사적으로나 지역적으로, 그리고 언어학적으로도 밀접한 관계에 있는 한국은 만주족의 문화를 이해하는 데 좋은 조건을 가지고 있다. 만주를 넘나들며 살아온 한반도 거주민들은 만주족과 역사를 공유하는 부분도 적지 않고 언어학상으로도 유사성을 가지고 있다.

고려대학교 민족문화연구원은 만주학센터를 세워 만주학 관련 자료를 수집 정리하고 간행해 왔으며, 만주어 강좌를 통해 만주학에 대한 관심을 확산시키고, 국내외 전문가들을 초청하여 학술을 교류하며 연구성과를 공유해 왔다. 2012년부터 발간하고 있는 〈만주학총서〉는 그 과정에서 축적되고 있는 학계의 소중한 성과이다.

총서에는 조선후기 사역원에서 사용하던 만주어 학습서('역주 청어노걸대 신석')를 비롯하여, 청나라 팔기군 장병의 전쟁 기록을 담은 일기('만주 팔기 증수 일기'), 인도에서 비롯되어 티벳족과 몽골족의 민간고사까지 포괄해 재편성된 이야기집('언두리가 들려주는 끝나지 않는 이야기') 등 매우 다양한 성격의 자료가 포함되어 있다. 만주학의 연구 성과를 묶은 연구서('청대 만주어 문헌 연구')뿐 아니라, 전 12권으로 발간되는 만주어 사전('교감역주 어제청문감')과 문법 관련서 등 만주학 연구의 기반이 되는 자료들도 적지 않다.

만주학 관련 언어, 문화, 역사 등 각 방면에 걸친 이 자료와 연구성과들은 만주학 발전에 적잖은 도움이 될 것이다. 이 총서의 발간으로 한국에서의 만주학 연구 수준을 한 층 높이고, 한민족과 교류한 다양한 문화에 사람들의 관심을 기울이도록 하는 데 기여할 수 있으리라 기대한다.

2018년 8월

민족문화연구원 원장 김형찬

만문본 『어제성경부』 서문

만주학총서는 고려대학교 민족문화연구원 만주학센터의 만주학 연구 성과를 결집해 놓은 보고(寶庫)이다. 더불어 우리나라에서 만주학이 시작된 역사와 흔적을 담고 있다는 점에서도 귀중한 사료적 가치를 지닌다. 만주어와 그것으로 이루어진 다양한 언어, 문학, 역사, 문화 관련 자료들에 대한 연구는 동북아시아를 재조명하고 그로부터 미래적 가치를 발견하는 새로운 도전이라고 할 수 있다. '중화(中華)'로부터 '이적(夷狄)'으로 패러다임의 새로운 변화에서 만주학이 그 중심에 서 있다.

이번 총서인 만문본 『어제성경부(御製盛京賦)』(han i araha mukden i fujurun bithe)는 건륭제가 건륭 8년(1743) 가을에 황태후를 모시고 열하(熱河)를 경유하여 청나라가 발흥한 옛 도읍지인 '성경(盛京)[mukden]'에 도착하여 조상들의 능에 참배하고, 호종한 왕과 신하들을 봉황루 앞에서 포상한 다음, 득의하여 며칠 동안 개국의 위업을 회고하면서 지은 부(賦)이다.

부는 지은이의 생각이나 눈앞의 경치를 되도록이면 있는 그대로 드러내고자 하는 한문 문체 가운데 하나이다. 특히 한나라 때에 발달하게 되어 '한부(漢賦)'라는 새로운 문체로 발전되는데, 시적인 측면보다는 산문적인 성분을 많이 가지고 있으며, 내용 면에서는 개인의 감정 보다는 사물이나 사건을 아름답게 그려내는 형식주의에 치중하였다고 할 수 있다. 이와 같은 특징으로 인하여 부가 다소 부정적인 평가를 받기는 하지만, 한문 문장의 수사기교와 운율이 조화를 이루게 하는 문학의 새로운 표현 양식을 발달시켰다는 데에 큰 의미가 있다.

『어제성경부』는 한문으로만 지어져 왔던 전통적 형식의 부가 가지는 특징을 만주어로 구현하고자 하였다는 데에 그 가치가 찾을 수 있을 것이다. 나아가 청나라가 흥기한 곳인 성경을 배경으로, '하늘의 신녀가 내려와서 목욕을 하다가, 붉은 열매를 삼키고서 임신하여 부쿠리 용숀(bukūri yongšon)이라는 만주족 시조를 낳게 되었다는 만주족의 기원'과 '청나라 건국의 기업을 다진 열조(烈

祖)의 공적과 위업', '만주족이 거주하는 지역의 자연 경관과 사람들이 살아가는 모습', '성경의 아름다움을 찬양하고, 목숨을 걸고 창업을 도왔던 공신들을 추념하고 숭경하는 마음을 표현' 함으로써 부가 가지는 형식미를 빌려 일종의 만주족의 대서사시를 짓고자 한 것이 아닌가 한다. 게다가 뒷부분에 이어서 나오는 송(頌) 부분에서는 앞의 내용을 정리하면서 정형화된 노래 형식인데, 만주어로 운율을 맞추었다는 것도 주목할 만하다.

이번 총서 역시 국내 만주학 연구의 산실인 고려대학교 민족문화연구원 만주학센터의 뜨겁고 진지한 만주학 연구의 결실을 보여 주는 또 하나의 역사로 자리할 것이다. 총서의 기획 및 그에 따른 연구 진행, 그리고 원고의 정리 및 출판 관련 업무에 수고해 주신 모든 분들께 심심한 감사의 인사를 전한다. 이 총서가 국내외에서 만주학에 관심을 갖고 계신 모든 분들께 만주학의 세계로 나아가는 유익한 통로가 되어 주기를 바라 마지않는다.

2018년 무더운 여름,

만주학센터 센터장 김유범

滿文本『御製盛京賦』에 대하여

신 상 현

1. 간행 경위와 판본

만문본『御製盛京賦』(han i araha mukden i fujurun bithe)는 건륭제가 건륭 8년(1743) 가을에 황태후를 모시고 熱河를 경유하여 청나라가 발흥한 옛 도읍지인 '盛京[mukden]'에 도착하여 조상들의 능에 참배하고, 호종한 왕과 신하들을 봉황루 앞에서 포상한 다음, 득의하여 며칠 동안 개국의 위업을 회고하면서 지은 賦이다.

이른 시기의 판본은 건륭 8년(1743)에서 13년(1748)에 걸쳐 간행하였으며, 內務府의 武英殿에서 목판으로 판각하였다. 또한 이 시기에 한문본과 만문본을 함께 간행한 것으로 추정된다.[1)]『御製盛京賦』는 滿文篆體로도 간행이 되는데, 건륭 13년(1748) 9월 12일에 반포된『上諭』에 "儒臣들에게 널리 전적을 찾아 古法에 근거하여 32체 滿文篆字를 만들고[2)], 아울러 32체 滿漢篆字書體를 써서 32책본의『御製盛京賦』를 간행하게 하였다[3)]"고 하였다. 그리고 본문의 내용을 각 篆字體로 쓴 다음, 그 끝에는『篆文緣起』를 부쳐 해당 전자의 생성 원리와 연유를 설명하였다.[4)]

현재『御製盛京賦』는 주로 賦와 頌에 해당하는 부분의 한문 원본이 많이 알려져 있고, 주석이 달려 있는 만문본이나 한문본, 또는 만문본 원문만으로 된 것은 잘 알려져 있지 않다. 이로 인해 내용이 소략하다고 알려져 특별한 유통본이나 번역본이 존재하지는 않는다.[5)] 그러나 최근에

1) 이 시기에 간행된 것과 같은 판본으로 추정되는 것으로 몽골국립도서관, 中國 國家圖書館, 中國 首都圖書館, 中國 中央民族大學圖書館, 中國 故宮博物院圖書館, 中國 中國第一歷史檔案館, 中國 雍和宮 등에 소장되어 있는 것이 대표적이다.

2) 滿文篆字 32체는 '玉箸篆, 奇字篆, 大篆, 小篆, 上方大篆, 坟書大篆, 倒薤篆, 穗書篆, 龍爪篆, 碧落篆, 垂雲篆, 垂露篆, 轉宿篆, 芝英篆, 柳叶篆, 鳥迹篆, 雕虫篆, 麟書篆, 鸞鳳篆, 龍書篆, 剪刀篆, 龜書篆, 鵠頭篆, 鳥書篆, 蝌蚪篆, 纓絡篆, 懸針篆, 飛篆, 殳篆, 金錯篆, 刻符篆, 鍾鼎篆'을 가리킨다.

3) 건륭 13년 9월 12일『上諭』, "儒臣們廣搜載籍, 爰據古法, 創制了三十二體滿文篆字, 並奏請用三十二體滿漢篆字書寫刊印《禦制盛京賦》."라고 하였다. 현재 알려진 것으로는 中國 國家圖書館, 中國 首都圖書館, 中國 中央民族大學圖書館, 中國 故宮博物院圖書館, 中國第一歷史檔案館, 中國民族圖書館 등이 있다. 최근에 李書源이 吉林人民出版社에《乾隆御制三十二体篆书盛京赋》(2000.10) 영인본을 간행하기도 하였다.

4) 판본에 따라서는 없는 것도 존재한다.

주석이 붙은 한문본과 만문본이 동시에 존재한다는 사실을 알게 되었는데, 주석이 붙은 『御製盛京賦』 한문본 한국의 국립중앙도서관에 조선총독부 소장도서 '古朝49'로 등록되어 있었고, 주석이 붙은 만문본은 독일 국립도서관에 소장되어 있음을 확인하였다.

2. 구성과 내용

『御製盛京賦』의 전체 구성은 크게 序文과 賦, 頌, 跋文의 네 부분으로 나누어진다. 서문에서는 賦를 짓게된 경위에 대해 언급하고 있는데,

> 생각하건대 盛京은 하늘이 만들어준 기초의 터전이다. 永陵, 福陵, 昭陵이 우뚝 서서 우러러보아야 하며, 만일 몸소 제사를 모시지 않으면 어찌 공경과 진심으로 뒷사람들에게 본을 보이겠는가?
>
> 이에 건륭 癸亥年(1743) 가을, 삼가 황태후를 모시고 경성에서 출발해서 우리가 옛날 도읍한 곳에 도착하여 효성을 극진히 하고, 조상들의 자취를 우러러 보았다. 이 기회에 산천의 굳건함과 백성과 만물이 소박하고, 곡식과 밭이 비옥하고, 모든 것이 풍족한 것을 두루 보고서 참으로 하늘이 만물을 모이게 한 나라이고, 왕이 융성한 중심지라는 것을 알았다.[6)]

성경은 청나라를 개국하게된 기초가 터전일 뿐만 아니라 태조와 태종을 비롯한 선조들의 능이 있는 곳이기 대문에, 몸소 제사를 모시지 않으면 뒷사람들에게 본을 보일 수 없기 때문에, 1743년에 황태후를 모시고 가서 제사를 드리게 되었다는 것이다. 그리고 그러한 기회에 산천의 굳건함과 백성들의 마음과, 비옥한 땅과, 모든 것이 풍족함을 두루 보고서 하늘이 보살펴 주는 나라임을 알 수 있었음을 서술하고 있다.

이어서 賦에서는 먼저 하늘의 신녀가 내려와서 목욕을 하다가, 붉은 열매를 삼키고서 임신하여 부쿠리 용숀(bukūri yongšon)이라는 만주족 시조를 낳게 되었다는 만주족의 기원을 서술한 다음, 대청 창건의 기업을 다진 열조의 공적과 위업을 서술하하였다. 이어서 만주족이 거주하는 지역의 자연 경관과 사람들이 살아가는 모습을 표현하면서 盛京[mukden]의 아름다움을 찬양하고, 목숨을

---

5) 다만 1770년 프랑스 파리에서 중국을 다녀간 전도사 아미오(阿米奧, Amiot,Jean Joseph Marie, 1718~1793)라는 신부가 프랑스어로 번역하여 소개하였는데, 프랑스 문학가들에 의해 극찬을 받았다고 한다.

6) 『御製盛京賦』「序」, "……gūnici. mukden serengge. abkai banjibuha ten i ba.. enteheme munggan. hūturingga munggan. eldengge munggan colgoropi hargašaci acambime. aika beye wecere baita de nikenerakū oci. aini ginggun unenggi be tucibufi. amagangga urse de tuwabumbini.. uttu ofi. abakai wehiyehe sahahūn ulgiyan aniya bolori. hūwang taiheo be gingguleme eršeme. gemun hecen ci jurafi musei fe gemulehe bade isinjifi. hiyoošungga gūnin be akūmbume. mafari i songko be hargašaha. ere ildun de. alin birai akdun beki. irgen tumen jaka i gulu nomhon. jeku usin i huweki sain. eiten hacin i bayan elgiyen be aname tuwafi. yargiyan i abkai iktambuha gurun. han i yendehe šošohon i babe saha.."

결과 창업을 도왔던 勳臣들을 추념하고 숭경하는 마음을 표현하였다.

그리고 頌에서는 賦의 내용을 정리하면서 노래 형식으로 운율을 맞추어 서술하였다. 끝으로 발문에서는 대학사(大學士) 오르타이(ortai, 鄂爾泰) 등이 『御製盛京賦』를 교정하고, 주석을 붙여서 간행하게 된 경위 등을 간략하게 서술하고 있다.

[『御製盛京賦』 滿文篆體의 다양한 형태들]

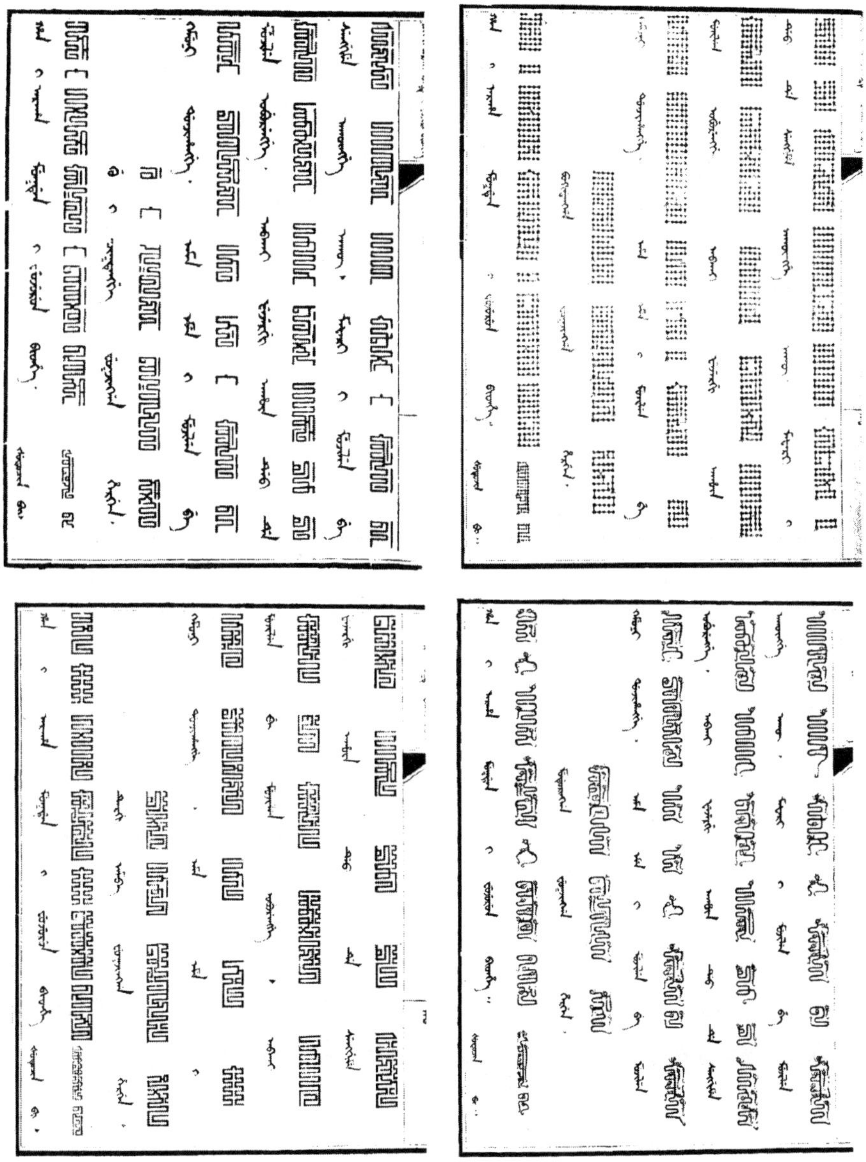

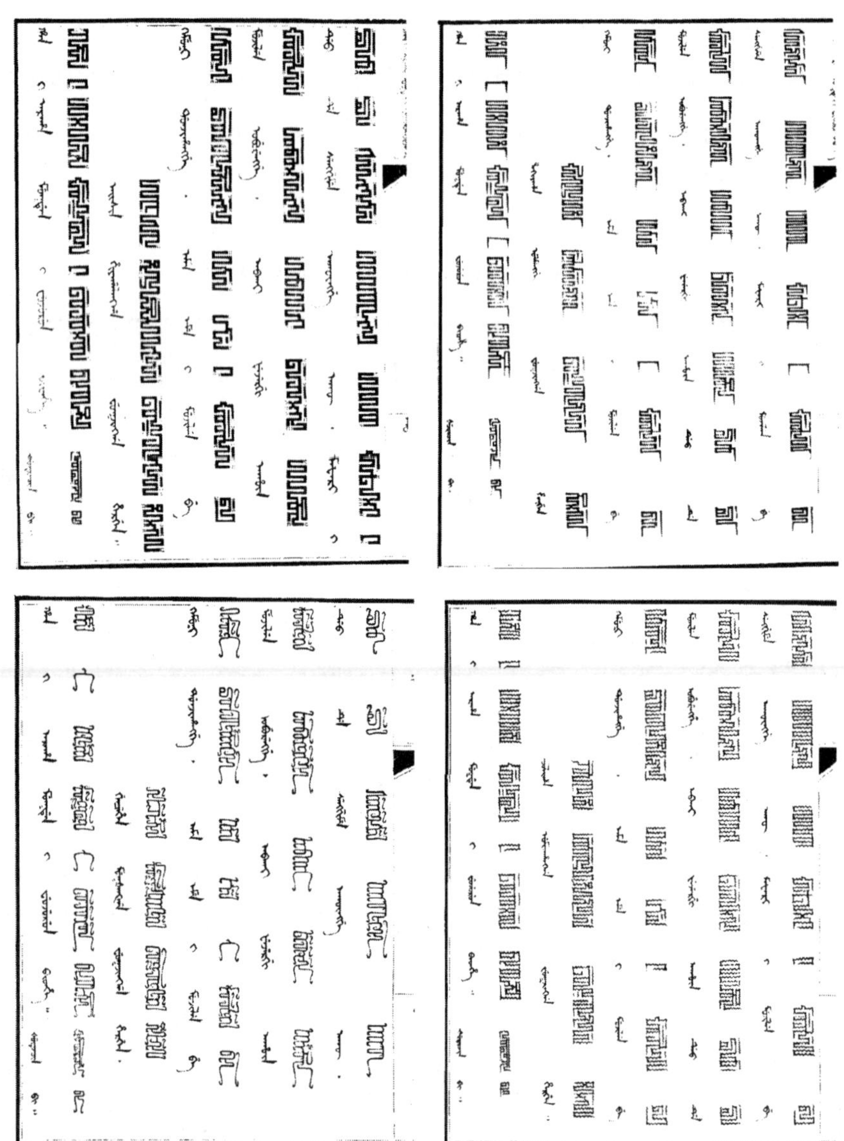

[참고문헌]

富麗, 〈談談滿文詩歌的特點〉, 《中央民族大學學報: 哲學社會科學版》 1980年第4期, 中央民族大學, 79-83頁.
富麗, 〈滿族、滿文詩歌及其格律〉, 《滿學研究》 6, 民族出版社, 2000年12月, 204-227頁.
金燾方, 〈滿文詩《盛京賦 · 頌詞》的藝術特色〉, 《滿族研究》 1985年第01期, 71-75頁.
斯達理[意] · 嚴明(譯), 〈滿文韻律詩與散文詩翻譯比較研究〉, 《滿語研究》 2006年第1期, 122-128頁.
沈原 · 毛必揚, 〈清宮滿文詩歌的韻律〉, 《滿學研究》, 中國第一歷史檔案館, 1996年, 299-312頁.

張佳生,《清代滿族詩詞十論》, 遼寧民族出版社, 1993年.
張佳生,《清代滿族文學論》, 遼寧民族出版社, 2009年12月.
王佑夫・李紅雨・許征,《清代滿族詩學精華》, 中央民族大學出版社, 1994年.
張菊玲,《清代滿族作家文學概論》, 中央民族學院出版社, 1990年.
李書源編,《乾隆御制三十二体篆书盛京赋》, 吉林人民出版社, 2000年10月.
趙志忠,《清代滿語文學史略》, 遼寧民族出版社, 2002年.
趙志輝 主編,《滿族文學史》第1卷(中國少數民族文學史叢書), 遼寧大學出版社, 2012年10月.
趙志輝 主編,《滿族文學史》第2卷(中國少數民族文學史叢書), 遼寧大學出版社, 2012年10月.
馬清福 主編,《滿族文學史》第3卷(中國少數民族文學史叢書), 遼寧大學出版社, 2012年10月.
鄧偉 主編,《滿族文學史》第4卷(中國少數民族文學史叢書), 遼寧大學出版社, 2012年10月.

▌일러두기▐

1. 이 책은 건륭 13년(1748)에 간행한 滿文本『御製盛京賦』(han i araha mukden i fujurun bithe)를 묄렌도르프(Möelendorf) 방식에 따라 전사하여 한국어로 대역하고, 다시 현대 한국어로 옮긴 것이다.

2. 만주어 원문은 독일 국립도서관 소장본을 저본으로 하였으며, 한문본은 한국의 국립중앙도서관 소장본을 저본으로 하여 원문을 함께 입력하고 대조하여 이해에 도움이 되도록 하였다.

3. 원문 가운데 신구 만주문자의 차이로 인한 표기나 명백하게 잘못된 어휘가 있을 경우에는 이를 각주에서 밝혔다.

4. 번역문에서 인명, 지명, 관직명은 만주어에서 유래한 것은 만주어로 표기하였고, 한자어에서 유래한 것은 한자어로 표기함을 원칙으로 하였다. 다만 만주어 가운데 한자로 표기한 것이 확인이 되는 경우에는 함께 표기하였다.
   1) 인명의 예
      만주어 : 오르타이(ortai, 鄂爾泰)
      한자어 : 제갈량(諸葛亮), 안사고(顔師古)
   2) 지명의 예
      만주어 : 타문(tamun, 闥門), 얄루(yalu, 鴨綠), 아이후(aihu, 愛滹)
      한자어 : 'hūi ning fu' → 회령부(會寧府)
   3) 관직명의 예 :
      만주어 : 버일러(beile), 아둔(adun)
      한자어 : 'ashan i amban' → 시랑(侍郎),
      'fu i aliha hafan' → 부윤(府尹)

5. 번역과정에서 사용한 부호는 다음과 같다.

1) 원문의 부호를 바꾼 것

› : ‘ . ’로 바꿈

» : ‘ .. ’로 바꿈

2) 역자의 필요에 의해 새로 사용한 것

“ ” : 직접 인용

‘ ’ : 간접 인용

『 』: 서명 표기

「 」: 편명 표기

! : 감탄문 표기

? : 의문문 표기

목 차

만문본 어제성경부

滿文本 御製盛京賦

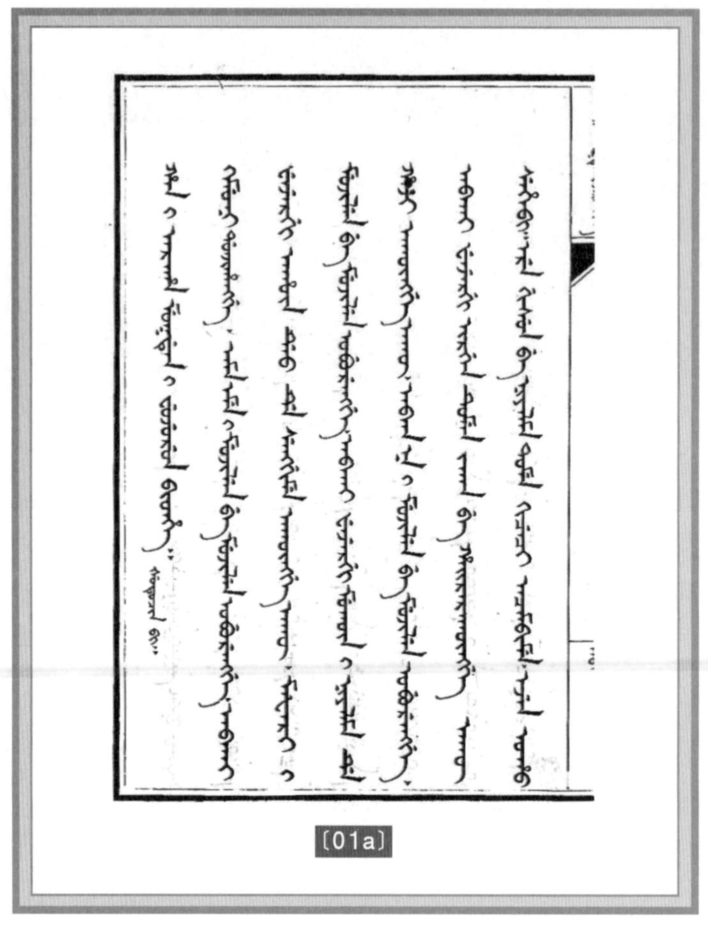

[01a]

han i araha mukden i fujurun bithe..
汗 의 지은 盛京 의 賦 글

šutucin bi..
序 이다.

kemuni donjihangge. ama eme i mujilen be mujilen oburengge. abkai
늘 들은 것 아버지 어머니 의 마음 을 마음 되게 하는 이 하늘의

fejergi ahūn deo de senggime akūngge akū. mafari i
아래 형 제 에 우애 없는 이 없고 조상 의

mujilen be mujilen oburengge. abkai fejergi mukūn i niyalma de
마음 을 마음 되게 하는 이 하늘의 아래 친척 의 사람 에

haji akūngge akū. abka na i mujilen be mujilen oburengge.
화목하지 않은 이 없고 하늘 땅 의 마음 을 마음 되게 하는 이

abkai fejergi irgen tumen jaka be hairarakūngge akū
하늘의 아래 백성 만물 을 아끼지 않는 이 없다

sehebi.. ere gisun be niyalma tome kiceci acambime. ejen oho
하였다. 이 말 을 사람 마다 노력하면 마땅하며 주인 된

[한문]——————

嘗聞以父母之心爲心者, 天下無不友之兄弟, 以祖宗之心爲心者, 天下無不睦之族人, 以天地之心爲心者, 天下無不愛之民物. 斯言也, 人盡宜勉,

—— ◦ —— ◦ —— ◦ ——

어제성경부(御製盛京賦)

서(序)

일찍이 듣건대 부모의 마음을 마음으로 삼는 사람 중에 천하에 형제 사이에 우애 없는 이가 없고, 조상의 마음을 마음으로 삼는 사람 중에 천하에 족친(族親)들과 화목하지 않은 이 없으며, 하늘과 땅의 마음을 마음으로 삼는 사람 중에 천하에 백성과 만물을 사랑하지 않는 이 없다고 하였다. 사람마다 이 말대로 마땅히 노력하여야 하며 임금 된

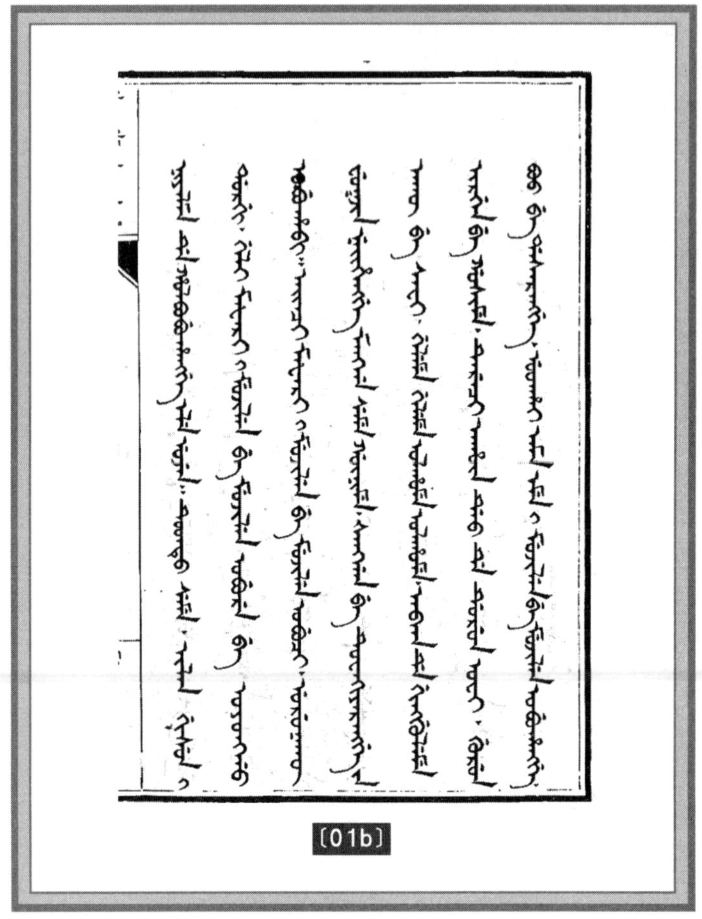

[01b]

niyalma de holbobuhangge ele ujen.. tuttu seme. ilan gisun i
사람 에게 관계된 것 더욱 중하다. 그리 하여 세 말 의

dorgi. geli mafari i mujilen be mujilen obure be oyonggo
안에 또한 조상 의 마음 을 마음 되게 하는 것 을 중요하게

obuhabi.. ainci mafari i mujilen be mujilen obuci. urunakū
되게 했다. 아마도 선조 의 마음 을 마음 되게 하면 반드시

fukjin neihengge[1] mangga seme gūnime. šanggan be tuwakiyarangge[2] ja
처음 연 것 어렵다 하고 생각하며 성취 를 지키는 것 쉽지

akū be safi. geleme geleme olhome. olhome abka de gingguleme
않음 을 알고 두렵고 두려워하고 무섭고 무서워하여 하늘 에 공경하고

1) fukjin neimbi : 새로 시작하거나 창설한다는 것으로 개국(開國)을 뜻한다.
2) šanggan be tuwakiyambi : 조상들이 이루어 놓은 일을 지켜 나아가는 것을 뜻한다.

irgen be gosime. tereci ahūn deo de durun ofi. gurun
백성 을 사랑하며 그로부터 형 제 에게 모범 되고 國

boo be dasarangge. uthai ama eme i mujilen be mujilen obuhangge.
家 를 다스리는 것 곧 아버지 어머니 의 마음 을 마음 되게 한 것

[한문]

而所繫於爲人君者尤重. 然三語之中, 又惟以祖宗之心爲心, 居其要焉. 盖以祖宗之心爲心, 則必思開創之維艱, 知守成之不易, 兢兢業業, 畏天愛人. 於是刑兄弟而御家邦, 斯以父母之心爲心也.

—◦—◦—◦—

사람에게는 더욱 중요하다. 그리하여 세 가지 말 중에서도 조상의 뜻을 근본으로 삼는 것을 중요하게 여겼다. 아마도 조상의 마음을 마음으로 삼으면 개국(開國)이 어렵고, 수성(守成)이 쉽지 않다는 것을 알아서, 두려워하고 무서워하며 하늘에 공경하고 백성을 사랑하며, 형제에게 모범이 되고, 국가를 다스리는 것은 곧 부모의 마음을 마음으로 삼은 것이며,

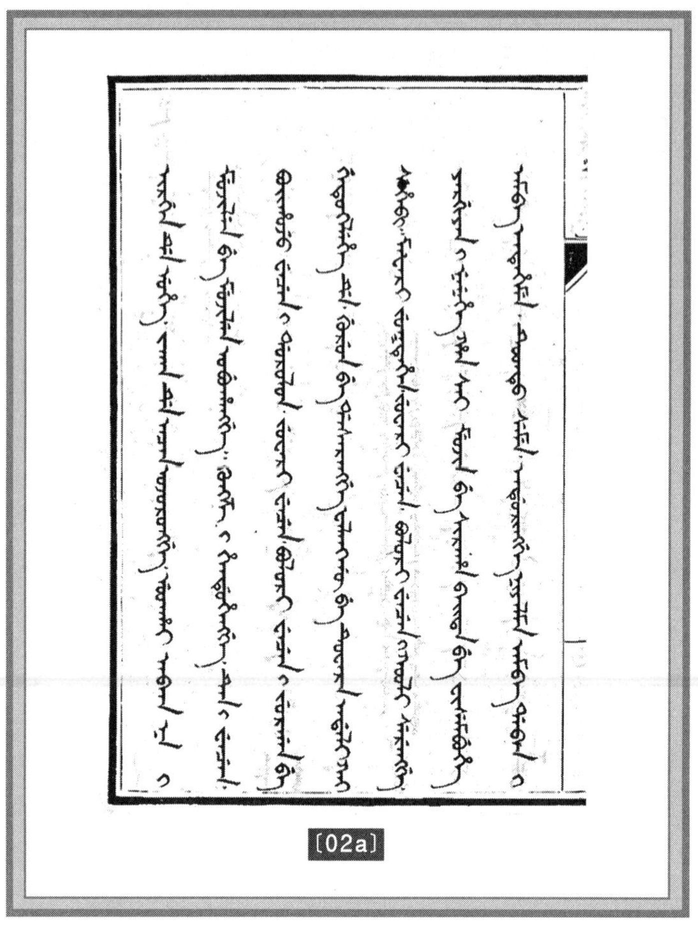

[02a]

irgen de uhe. jaka de acan ojorongge. uthai abka na i
백성 에게 조화롭고 사물 에 화합 되는 것 곧 하늘 땅 의

mujilen be mujilen obuhangge.. gungdz i henduhengge. ten i wecen[3].
마음 을 마음 되게 한 것이다. 孔子 의 말한 것 郊 의 제사

boihoju wecen[4] i dorolon. juwari wecen bolori wecen[5] i jurgan be
社 제사 의 예 여름 제사 가을 제사 의 義 를

getukelehe de. gurun be dasarangge falanggū be tuwara adali kai
분명히 함 에 나라 를 다스리는 것 바닥 을 보는 것 같으니라

3) ten i wecen : 동지에 하늘의 신에게 지내는 교제(郊祭)를 말한다.

4) boihoju wecen : 하지에 토지의 신에게 지내는 사제(社祭)를 말한다.

5) juwari wecen bolori wecen : 은나라 때 왕이 조상신을 종묘에 배향하여 봄·여름·가을·겨울에 따라 약제(礿祭)·체제(禘祭)·상제(嘗祭)·증제(烝祭)를 지냈는데, 여름의 제사를 체제라 하고, 가을에 지내는 제사를 상제라 하였다.

sehebi.. mafari juktehen juwari wecen. bolori wecen i kooli serenggge.
하였다. 宗 廟 여름 제사 가을 제사 의 법례 하는 것

yargiyan i nenehe han sai mujin be siraha baita be fisembuhe[6)]
진실로 앞선 汗 들의 뜻 을 이어받고 사업 을 서술한 것

amba enteheme. tuttu seme. enduringge niyalma amba daban[7)] i
크고 영원하다. 그렇다 해도 聖 人 大過 의

[한문]

民同胞而物吾與, 斯以天地之心爲心也. 孔子曰, 明乎郊社之禮, 禘嘗之義, 治國其如示諸掌乎. 宗廟禘嘗之典, 固先王繼志述事之大經也. 然自聖人象大過

—— ◦ —— ◦ —— ◦ ——

백성과 어울리고 사물에 화합하는 것은 곧 하늘과 땅의 뜻을 근본으로 삼은 것이다. 공자가 말하기를, "교제(郊祭)와 사제(社祭)의 예(禮), 여름제사인 체제(禘祭)와 가을제사인 상제(嘗祭)의 의(義)를 분명히 하면 나라를 다스리는 것이 손바닥을 보는 것과 같다."[8)] 하였다. 종묘(宗廟)의 여름제사와 가을제사의 법례는 실로 선왕들의 뜻을 이어받고 사업을 계승한 큰 도리이다. 그렇게 성인이 『역경』의 '대과(大過)'

---

6) mujin be siraha baita be fisembuhe : 앞사람의 뜻을 잘 계승하고 선대의 사업을 이어서 발전시켜나간다는 '계지술사(繼志述事)'의 만주어 직역이다.

7) amba daban : 『역경』의 64괘 중의 하나인 대과(大過)를 가리킨다.

8) 『중용』 제19장에, "교제(郊祭)와 사제(社祭)의 예와 체제(禘祭)와 상제(嘗祭)의 의에 밝으면, 나라를 다스리는 것은 손바닥 위에 놓고 보는 것처럼 쉬운 일이다.(明乎郊社之禮, 禘嘗之義, 治國其如示諸掌而已乎.)"라고 하였다.

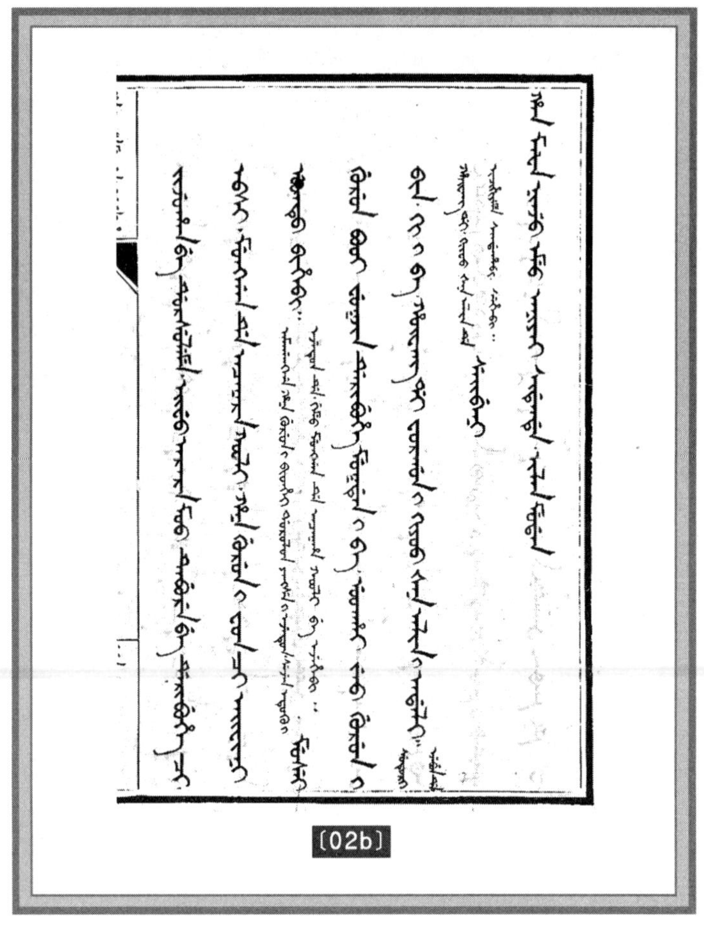

[02b]

jijuhan be dursuleme eifu arara moo tebure be deribuhe ci
괘 를 모방하여 무덤 만들고 나무 심는 것 을 시작함 에서

ebsi. munggan de acanara[9] kooli. han gurun i fon ci aifini
부터 무덤 에 모이는 법례이다. 漢 나라 의 시절 에 이미

uttu bihebi..
이러했다.

amagangga han gurun i bithei dorolon yangse i ejetun. sejen etuku i
後 漢 나라 의 書의 禮 儀 志 수레 옷 의
ejetun de. gemu munggan de acanaha kooli be ejehebi..
志 에 모두 무덤 에 모인 법례 를 기록하였다.

musei gurun booi fukjin deribuhe mukden i ba. uthai jeo gurun i
우리의 國 家의 처음 시작한 성경 의 땅 바로 周 나라 의

9) **munggan de acanara** : 상릉(上陵)에 대한 만주어 표현으로 '제왕이 선왕의 능묘에 올라가서 제례(祭禮)를 행하는 것'을 말한다.

bin[10]. ki[11] i ba. hūwnag di[12] forgon i kiyoo šan alin[13] i adali..
邠 岐 의 땅 黃 帝 천운 의 橋 山 산 과 같다.

suduri ejebun de hūwnag di. kiyoo šan alin de icihiyeme[14] sindahabi sehebi..
史 記 에 黃 帝 橋 山 산 에 장례하여 두었다 하였다.

seibeni
예전에

han mafa ninju emu aniyai sidende ilan mudan
皇 祖 61 년의 동안에 세 번

[한문]

肇封樹以來, 上陵之制, 漢代已然. 注後漢書禮儀輿服志, 竝載上陵之典. 我國家肇興盛京, 邠岐之地, 橋山在焉. 注史記, 黃帝葬橋山.[15] 昔皇祖六十一年之間, 三謁丹陵,

괘를 모방하여 무덤을 만들고 나무를 심는 것을 시작으로 능묘에 제례를 행하는 법례이니, 한나라 때부터 이미 이러하였다.

『후한서』의 「예의지(禮儀志)」와 「여복지(輿服志)」에 모두 상릉에서 모이는 법례를 기록하였다.

우리나라가 개국한 성경의 땅은 바로 주나라의 빈기(邠岐)의 땅, 황제가 묻힌 교산(橋山)과 같다.

『사기』에, "황제를 교산(橋山)에 장사지냈다." 하였다.

예전에 황조(皇祖)가 61년 동안 세 번

10) bin : 주나라의 공유(公劉)가 걸왕(桀王)을 피해 도읍한 빈(邠) 땅을 가리킨다.
11) ki : 주나라 공류의 9세손인 태왕(太王) 고공단보(古公亶父)가 적인(狄人)의 침략을 피해 도읍한 기(岐) 땅을 가리킨다.
12) hūwnag di : 황제(黃帝) 헌원(軒轅)으로 황제는 염제(炎帝) 신농씨(神農氏)와 더불어 염황(炎黃)으로 일컬어지며, 중국인의 조종신(祖宗神)으로 알려져 있다.
13) kiyoo šan alin : 교산(橋山)으로 헌원 황제가 묻힌 황제릉(黃帝陵)이 있는 곳이다.
14) icihiyeme : icihiyame의 오기로 보인다.
15) 『사기』에는 '黃帝崩, 葬橋山.'으로 되어 있다.

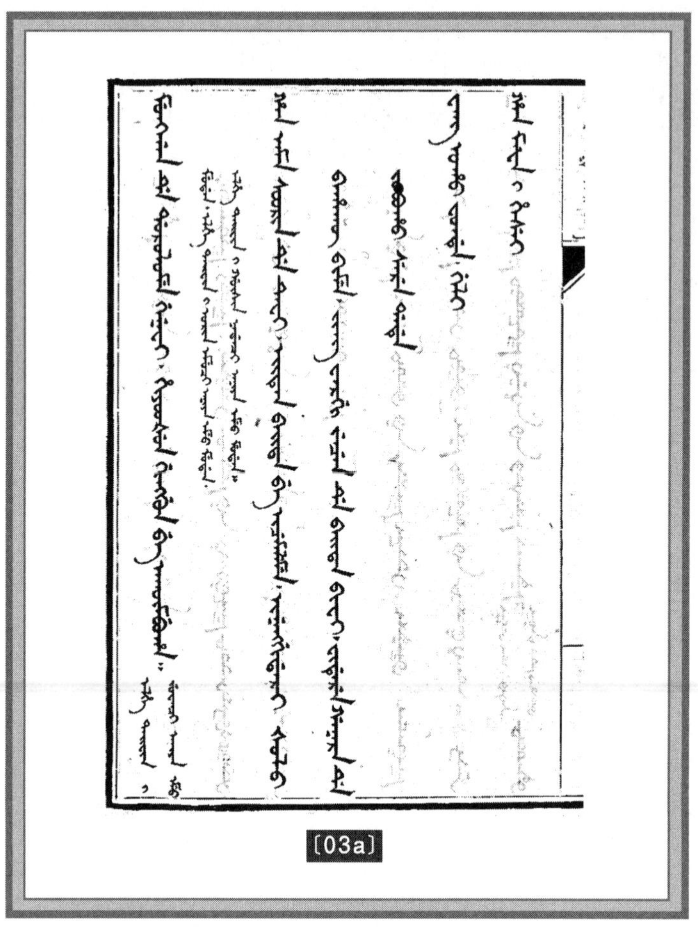
[03a]

munggan de dorolome genefi. hiyoošun ginggun be akūmbuha..
묘 에 제사지내러 가서 孝 敬 을 극진히 하였다.

elhe taifin i juwanci aniya emu mudan. elhe taifin i orin emuci aniya emu mudan.
康 熙 의 열 번째 해 한 번 康 熙 의 스물 한 번째 해 한 번

elhe taifin i gūsin nadaci aniya emu mudan..
康 熙 의 서른 일곱 번째 해 한 번

han ama soorin de tefi. eiten baita be icemleme. inenggidari šolo
汗 아버지 왕위 에 앉아서 모든 일 을 새롭게 하며 매일 여가

bahakū bime. jing wargi jecen de baita bifi. fidere ganara de
얻지 않고 마침 서쪽 변경 에 일 있어서 군사를 급파하고 취하러 감 에

joboho sere dade
근심하였다 할 터에

wang oho fonde. geli
王 된 때에 또한

han mafa i hesei
皇 祖 의 칙명으로

[한문] ──────

用展孝敬. ㊟一在康熙十年, 一在康熙二十一年, 一在康熙三十七年. 皇考在位, 百度維新, 日不暇給, 適西鄙有事, 徵役已勞. 又藩邸時, 曾奉皇祖命,

── ◦ ── ◦ ── ◦ ──

능묘에 제사지내러 가서 효경(孝敬)을 극진히 하였다.

강희 10년에 한 번, 강희 21년에 한 번, 강희 37년에 한 번 갔다.

황고(皇考)께서 즉위하여 모든 일을 새롭게 하며 날마다 쉬지 못하였는데, 때마침 서쪽 변경에 일이 있어서 군사를 급파하고 취하러 갈 적에 근심하셨고, 게다가 왕이었을 때 황조(皇祖)의 명으로

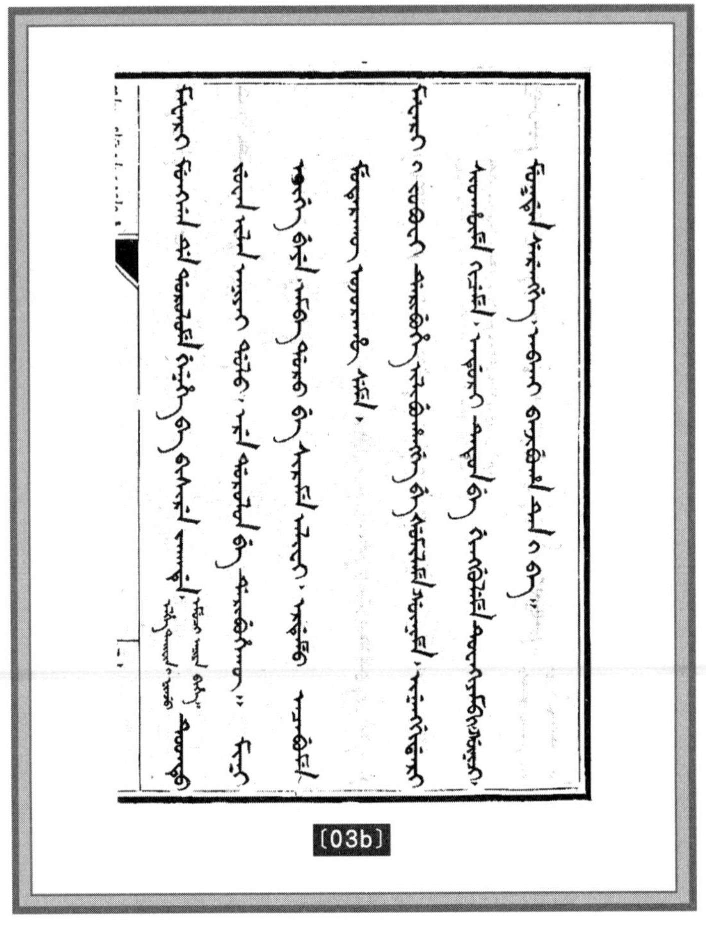
[03b]

mafari munggan de dorolome genehe ba bisire jakade.
조상 능 에 제사 드리러 간 바 있기 때문에
elhe tafin i ninju emuci aniya bihe..
康 熙 의 예순 첫 번째 해 이었다.

tuttu juwan ilan aniyai dolo. ere dorolon be deribuhekū.. mini
그렇게 십 삼 년의 안 이 전례 를 일으키지 않았다. 나의

ajige beye. amba doro be sirame alifi. erdemu acabume
작은 몸 큰 도리 를 이어 받아 덕 부합하게

muterakū ojorahū seme.
할 수 없을까 하고

mafari i jobofi deribuhe ilibuhangge be šumilame gūnime. inenggidari
조상 의 수고해서 시작하고 세운 것 을 깊이 생각하며 매일

sithūme kiceme. enduri tetun[16] be gingguleme tuwakiyambi. gūnici.
근면하게 神 器 를 삼가 지킨다. 생각하자니

mukden serengge. abkai banjibuha ten i ba..
盛京 하는 것 하늘의 만들어 준 기초 의 땅이다.

[한문]

往謁祖陵. 注 在康熙六十一年. 是以十有三年中, 未擧是典. 予小子纘承丕基, 懼德弗嗣. 深惟祖宗締搆之勤, 日有孜孜, 敬奉神器. 言念盛京, 爲天作之基,

—— ∘ —— ∘ —— ∘ ——

조상의 능에 제사드리러 간 적이 있기 때문에,
강희(康熙) 61년이었다.

13년 내에는 이러한 전례(典禮)를 따르지 않았다. 소자(小子)가 제위를 이어받아 덕에 부합하지 않을까 하면서 조상이 수고롭게 일으켜 세운 것을 깊이 생각하고, 매일 마음을 다하여 노력하고 신기(神器)를 삼가 받들었다. 생각하건대 성경(盛京)은 하늘이 만들어준 기초의 터전이다.

16) enduri tetun : 신령(神靈)에게 제사를 올릴 때 쓰는 그릇인 신기(神器)로 임금의 자리를 비유적으로 이르는 말이다.

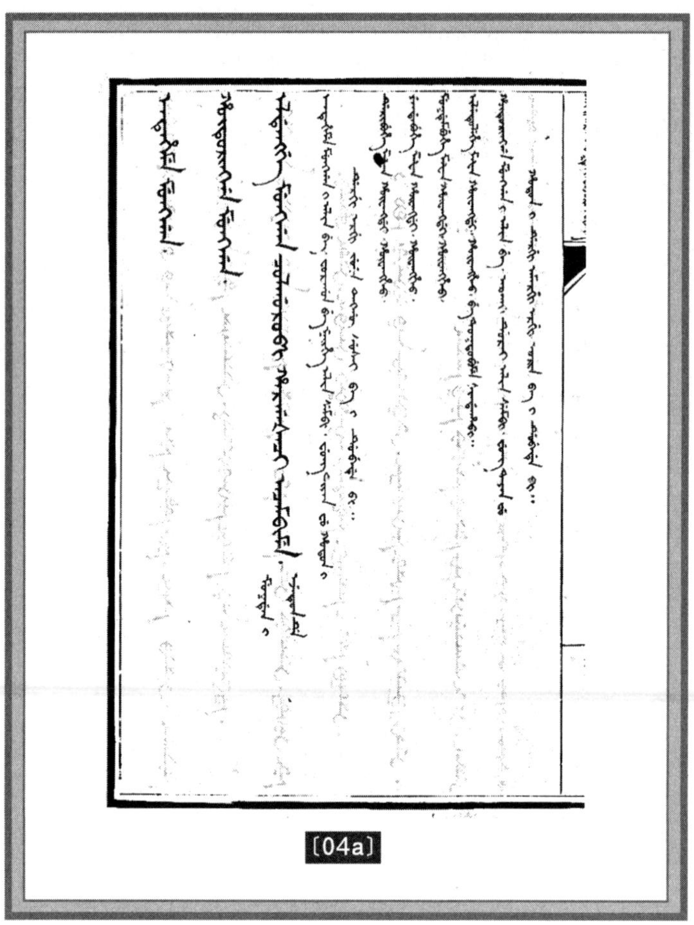

[04a]

enteheme munggan[17].
영원한 무덤

hūturingga munggan[18].
복 있는 무덤

eldengge munggan[19] colgoropi hargašaci acambime.
빛나는 무덤 우뚝 서서 우러러 보아야 하며

mukden i ejetun de
盛京 의 志 에

enteheme munggan i alin be forgon be neihe alin sembi. fung taiyan fu hoton i
永 陵 의 산 을 運 을 연 산 한다 奉 天 府 성 의

17) enteheme munggan : 청 태조 누르하치의 선조가 모셔진 영릉(永陵)을 가리키는데, 여기에는 고조부 먼터무(mentemu, 孟特穆), 증조부 푸만(fuman, 福滿), 조부 기오창가(giocangga, 覺昌安), 아버지 타크시(taksi, 塔克世)를 비롯하여 백부 리둔 바투루(lidun baturu, 禮敦巴圖魯), 숙부 타차 피양구(taca fiyanggū, 塔察篇古)의 능이 있다. 영릉은 복릉·소릉과 함께 '관외삼릉(關外三陵)'이라고 한다.

18) hūturingga munggan : 심양에 있는 청 태조 누르하치의 능인 복릉(福陵)을 가리킨다.

19) eldengge munggan : 청나라 2대 황제 홍타이지의 능인 소릉(昭陵)을 가리킨다.

dergi ergi juwe tanggū susai ba i dubede bi..
동 쪽 2 백 오십의 리 의 끝에 있다.
deribuhe mafa[20] hūwangdi. huwangheo.
肇 祖 황제 황후
yendebuhe mafa[21] huwangdi. huwangheo.
興 祖 황제 황후
mukdembuhe mafa[22] hūwangdi. hūwangheo.
景 祖 황제 황후
iletulehe mafa[23] hūwangdi. hūwangheo be toktobume sindahabi..
顯 祖 황제 황후 를 안장하였다.
hūturingga munggan i alin be. abkai turai alin sembi. fung tiyan fu
福 陵 의 산 을 하늘의 기둥의 산 한다. 奉 天 府
hoton i dergi amargi ergi orin ba i dubede bi..
성 의 동 북 쪽 20 리 의 끝에 있다.

[한문]

永陵福陵昭陵, 巍然在望. 注盛京志, 永陵山曰開運, 在奉天府城東二百五十里, 奉肇祖帝后, 興祖帝后, 景祖帝后, 顯祖帝后. 福陵山曰天柱, 在奉天府城東北二十里,

—∘—∘—∘—

영릉(永陵), 복릉(福陵), 소릉(昭陵)이 우뚝 서서 우러러보아야 하며

『성경지』에, "영릉산(永陵山)을 개운산(開運山)이라 한다. 봉천부성(奉天府城)의 동쪽 250리 끝에 있다. 조조(肇祖) 황제와 황후, 흥조(興祖) 황제와 황후, 경조(景祖) 황제와 황후, 현조(顯祖) 황제와 황후를 안장하였다. 복릉산(福陵山)을 천주산(天柱山)이라 한다. 봉천부성의 동북쪽 20리 끝에 있다.

20) deribuhe mafa : 청 태조 누루하치의 고조부인 조조(肇祖) 원황제(原皇帝)를 가리킨다. 이름은 먼터무(孟特穆, mentemu)이고, 오도리(斡朶里) 만호부(萬戶府)의 만호이자 제1대 건주좌위지휘사(建州左衛指揮使)이며, 순치제에 의해 추존되었다.

21) yendebuhe mafa : 청 태조 누루하치의 증조부인 흥조(興祖) 직황제(直皇帝)를 가리킨다. 이름은 푸만(福滿, fuman)이고, 순치제에 의해 추존되었다.

22) mukdembuhe mafa : 청 태조 누루하치의 조부인 경조(景祖) 익황제(翼皇帝)를 가리킨다. 이름은 기오창가(覺昌安, giocangga)이고, 순치제에 의해 추존되었다.

23) iletulehe mafa 顯祖 : 청 태조 누루하치의 아버지인 현조(顯祖) 선황제(宣皇帝)를 가리킨다. 이름은 타크시(塔克世, taksi)이고, 순치제에 의해 추존되었다.

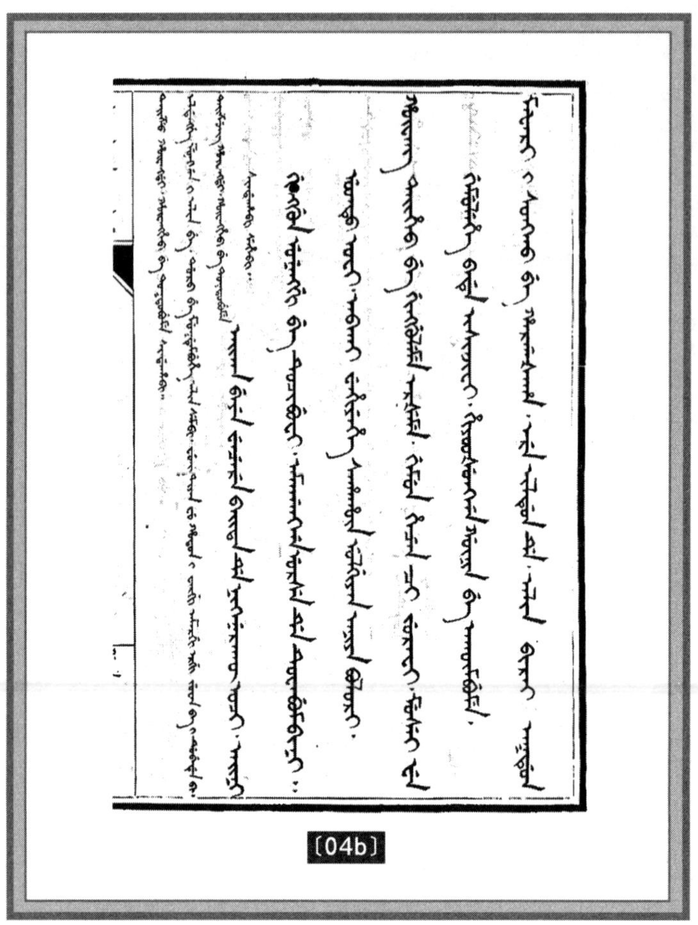
〔04b〕

taidzu hūwangdi. hūwangheo be toktobume sindahabi..
太祖 황제 황후 를 안장하였다.
eldengge munggan i alin be. doro be mukdembuhe alin[24] sembi. fung tiyan fu hoton i wargi
昭 陵 의 산 을 隆 을 홍하여 번성시킨 산 한다. 奉 天 府 성 의 서
amargi ergi juwan ba i dubede bi.
남 쪽 10 리 의 끝에 있다.
taidzung hūwnagdi. hūwangheo be toktobume sindahabi sehebi.
太宗 황제 황후 를 안장하였다 했다.

aika beye wecere baita de nikenerakū oci. aini
만약 몸소 제사 드리는 일 에 가까이 가지 않으면 어찌

ginggun unenggi be tucibufi. amagangga urse de tuwabumbini..
공경 진심 을 내어 미래의 무리 에게 보이겠는가.

---

24) doro be mukdembuhe alin : 융업산(隆業山)의 만주어 표현이다.

uttu ofi. abakai wehiyehe sahahūn ulgiyan aniya bolori.
이래서 乾隆 癸亥 年 가을

hūwang taiheo be gingguleme eršeme. gemun hecen ci jurafi musei fe
皇 太后 를 삼가 모시고 京城 에서 출발하여 우리의 옛

gemulehe bade isinjifi. hiyoošungga gūnin be akūmbume.
도읍한 곳에 도착하여 효성있는 생각 을 극진히 하며

mafari i songko be hargašaha. ere ildun de. alin birai akdun
선조들 의 자취 를 우러러본 이 기회 에 산 강의 견고하고

[한문]

奉太祖帝后. 昭陵山曰隆業, 在奉天府城西北十里, 奉太宗帝后. 不躬親祀事, 其奚以攄慤忱以示來許. 爰以乾隆癸亥秋, 恭奉皇太后發軔京師, 屆我陪都. 孝思以申, 祖武是仰, 因周覽山川之渾厚,

태조(太祖) 황제와 황후를 안장하였다. 소릉산(昭陵山)을 '융업산(隆業山)'이라 하는데, 봉천부성의 서남쪽 10리 끝에 있다. 태종(太宗) 황제와 황후를 안장하였다." 했다.

만일 몸소 제사를 모시지 않으면 어찌 공경과 진심으로 뒷사람들에게 본을 보이겠는가? 이에 건륭 계해년(癸亥年, 1743년) 가을, 삼가 황태후를 모시고 경성에서 출발해서 우리가 옛날 도읍한 곳에 도착하여 효성을 극진히 하고 조상들의 자취를 우러러 보았다. 이 기회에 산천의 굳건함과

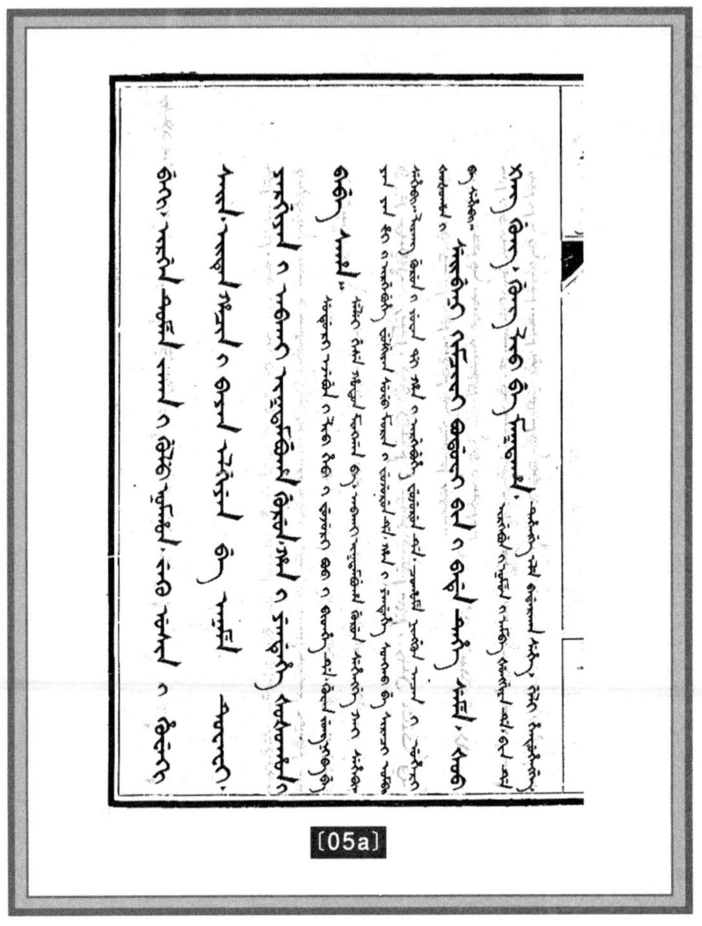

[05a]

beki. irgen tumen jaka i gulu nomhon. jeku usin i huweki
굳음 백성 만 물 의 소박하고 순박함 곡식 밭 의 비옥하고

sain. eiten hacin i bayan elgiyen be aname tuwafi.
좋은 것 모든 종류 의 부유하고 풍족함 을 두루 보고

yargiyan i abkai iktambuha gurun. han i yendehe šošohon i
진실로 하늘의 쌓이게 한 나라 汗 의 번창한 총체 의

babe saha..
땅을 알았다.

suduri ejebun i lio heo i fujuri boo[25] i bithe de. guwan jung[26] ni ba be selei gese hoton minggan ba.
史 記 留 侯 의 世 家 의 글 에 關 中 의 땅 을 쇠 같은 성 천 리

25) lio heo i fujuri boo : 『사기』의 「유후세가(留侯世家)」로 유후(留侯)는 유방을 도와 한나라를 개국한 장량(張良)을 가리킨다.

26) guwan jung : 관중(關中)의 음차로 주나라 때의 호경(鎬京), 진나라 때의 함양(咸陽), 한나라·수나라·당나라 때의 장안(長安) 지역을 가리킨다. 사방으로 함곡관(函谷關)·무관(武關)·산관(散關)·소관(蕭關)의 네 관문 안에 있다는 데서 유래하였다.

abkai iktambuha[27] gurun sehengge kai sehebi.. yan yan jy[28] i irgebuhe fulgiyan suru morin i fujurun[29] de.
하늘의 쌓이게 한 나라 하는 것 이니라 했다. 顔 延 之 의 지은 赭白馬 의 賦 에
han i yendehe songko be siraci ombi sehebi.. liyan gurun i yuwan di[30] han i irgebuhe fujurun de. cohome
汗 의 번창한 자취 를 이을 수 있다 하였다. 梁 나라 의 元 帝 汗 의 지은 賦 에 요컨대
ninggun acan[31] i uheri šošohon i ba sehebi..
六 合 의 전부의 총체 의 땅 하였다.

seibeni kimcifi bodofi bin i ba[32]de tehe seme. šoo
옛날에 살피고 헤아려서 豳 의 땅 에 머물렀다 하고 召

kang gung[33]. gung lio[34] be maktaha.
康 公 公 劉 를 칭송하였다.

irgebun i nomun i amba šunggiyan de. bin de tehengge ele badaraka sehe. geli henduhengge.
詩 經 의 大 雅 에 豳 에 머문 것 더욱 넓어졌다 하였다. 또 말한 것

[한문]

民物之樸淳, 穀土之沃肥, 百昌之繁廡, 洵乎天府之國, 興王之會也. 注史記留侯世家, 關中所謂金城千里, 天府之國也. 顔延之赭白馬賦, 興王之軌可接. 梁元帝賦, 盖六服之都會. 昔豳居相度, 召頌公劉, 注詩大雅, 豳居允荒.

—— ∘ —— ∘ —— ∘ ——

백성과 만물이 소박하고, 곡식과 밭이 비옥하며 모든 것이 풍족한 것을 두루 보고서 참으로 하늘이 만물을 모이게 한 나라이며 왕이 융성한 중심지라는 것을 알았다.

『사기』「유후세가(留侯世家)」에, "관중(關中)의 땅은 금성(金城) 천 리, 천부(天府)의 나라로구나." 하였다. 안연지(顔延之)의 「자백마부(赭白馬賦)」에, "왕이 번창한 자취를 접할 수 있다." 하였다. 양나라 원제(元帝)의 부(賦)에, "대개 6복(六服)이 모두 모여 있는 땅이다."고 하였다.

옛날에 살피고 헤아려 빈(豳) 땅에 머물렀다 하고 소강공(召康公)이 공류(公劉)를 칭송하였다.

『시경』「대아」에, "(공류가) 빈 땅에 머무니 더욱 넓어졌다."고 하였다. 또 이르기를,

27) abkai iktambuha : 천부(天府)라는 뜻으로 '땅이 비옥하고 천연 자원이 풍부한 지역'을 가리킨다.

28) yan yan jy : 남조 송나라의 문인 안연지(顔延之)로 유교와 불교에 통달하였으며, 도연명(陶淵明)과 자주 어울렸다.

29) fulgiyan suru morin i fujurun : 「자백마부(赭白馬賦)」로 자백마는 '붉고 흰 색이 섞인 말'을 가리키며, '토골마(兎鶻馬)'라고도 한다.

30) yuwan di : 남조 때 양나라 원제(元帝)로 무제(武帝)의 일곱 번째 아들이다. 어렸을 때 한 쪽 눈을 잃었지만, 책 읽기를 좋아했고 서화에도 뛰어났다.

31) ninggun acan : 상하와 사방을 가리키는 육합(六合)을 뜻하는 말이나, 한문본과 비교해 볼 때 육복(六服)을 의미하는 것으로 보인다. 육복은 주나라라 때 왕기(王畿)를 둘러싸고 있는 오백리를 1구획으로 하는 여섯 지역을 가리키는데, 원근에 따라 후복(候服)·전복(甸服)·남복(南服)·채복(采服)·위복(衛服)·만복(蠻服)이라 하였다.

32) bin i ba : 빈(豳) 땅으로 지금의 섬서성 빈현(彬縣)과 순읍(旬邑) 일대를 가리킨다.

33) šoo kang gung : 소강공(召康公)으로 주나라 문왕(周文王)의 서자 석(奭)이다. 연나라의 시조로 봉지를 소(召)에 두었기 때문에 소공(召公)으로 불린다. 주공(周公)과 함께 어린 성왕(成王)을 보필하여 주왕조의 기반을 확립하였다.

34) gung lio : 공류(公劉)로 주나라의 시조로 일컬어지는 후직(后稷) 기(棄)의 증손자이다. 할아버지 불줄(不窋)에 이르러 관직을 잃고 융적(戎狄)의 땅으로 달아나 살다가 그가 종족들을 이끌고 태(邰)에서 빈(豳)으로 옮겨와 정착하게 되었으므로, 빈 땅은 주나라 민족의 발원지가 되었다.

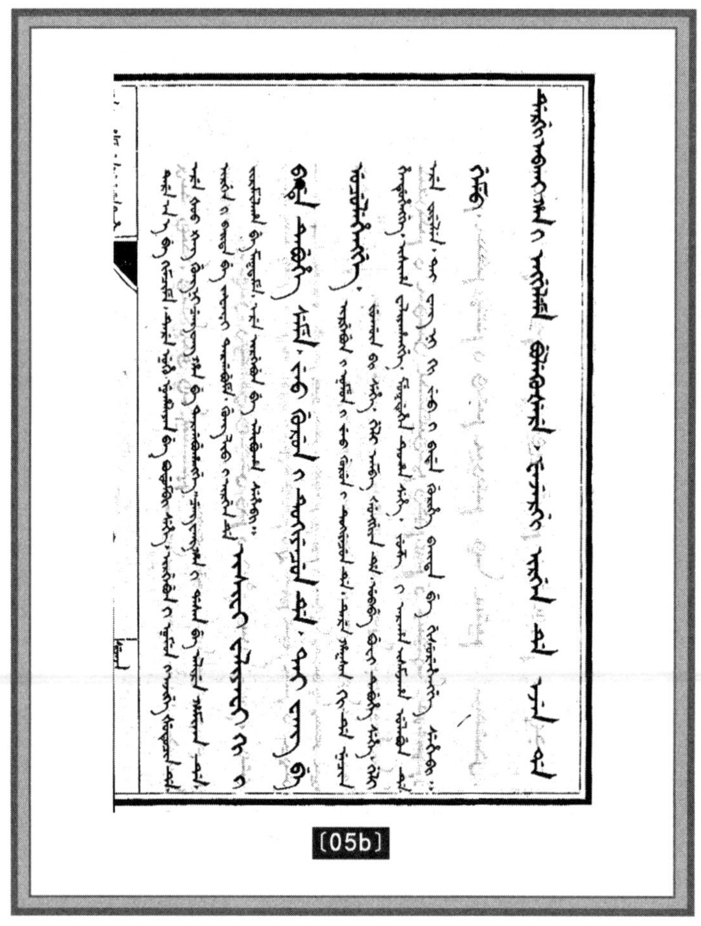
[05b]

tere a e be kimcime. tere nuhu nuhaliyan be bodombi sehe. irgebun i nomun i ajige šutucin de ere
그 음양 을 살피고 그 높고 낮음 을 헤아린다 하였다. 詩 經 의 小 序 에 이
šoo kang gung ni ceng wang han be targabuhangge.. ceng wang han i dasan be alire hamika de. irgen i
召 康 公 의 成 王 汗 을 경계한 것 成 王 汗 의 정사 를 받아 하려 함 에 백성 의
baita be jafafi targabume. gung lio i irgen de jiramilaha be maktame. ere irgebun be alibuha sehebi..
일 을 맡아서 경계하고 公 劉 의 백성 에 후덕함 을 칭송하며 이 시 를 올렸다 하였다.

isifi waliyafi ki i
뽑아 버리고 岐 의

bade tebuhe seme. jeo gurun i tukiyecun de. tai wang[35] be
땅에 머물게 했다 하고 周 나라 의 頌 에 太 王 을

uculehengge.
노래한 것

35) tai wang : 태왕(太王)으로 공류의 9세손이자 문왕의 할아버지인 고공단보(古公亶父)를 가리킨다. 기산(岐山) 기슭에서 덕을 닦아 주나라의 기반을 이루었다.

irgebun i nomun i jeo gurun i tukiyecun de. tere haksan ki de necin jugūn bi sehe. geli amba šunggiya
詩 經 의 周 나라 의 頌 에 그 험한 岐 에 평평한 길 있다 하였다. 또한 大 雅
de. ubabe bufi tebuhe sehe. geli henduhegge. isiha waliyahangge. mukdehen tuhan sehe.
에 이곳을 주고 머물게 했다 하였다. 또 말한 것 뽑아 버린 것 나무 등걸 쓰러진 나무 하였다.
judz i araha isamjaha ulabun de. ere fiyelen. tai wang ni ki jeo i bade gurihe baita be gisurengge sehebi..
朱子 의 지은 集傳 에 이 篇 太 王 의 岐 周 의 땅에 옮긴 일 을 말한 것 하였다.

gemu
모두

dergi abkai han i enggeleme bulekušere. fejergi irgen de ejen da
上 天의 汗 의 임하여 비추어 보고 아래 백성 에 주인 우두머리

[한문]

又, 相其陰陽, 度其隰原. 詩小序, 召康公戒成王也. 成王將涖政, 戒以民事, 美公劉之厚於民而獻是詩也. 岐宅作屏, 周歌大王. 註詩周頌, 彼岨矣岐, 有夷之行. 又大雅, 此維與宅. 又, 作之屏之, 其菑其翳. 朱子集傳, 此章言太王遷於岐周之事. 莫不於上帝之監觀, 下民之君宗,

“그 음양을 살피고, 그 높고 낮음을 헤아린다.” 하였다. 『시경』 「소아」의 소서(小序)에, “소강공이 성왕(成王)을 경계한 것은 성왕이 정사(政事)를 맡으려 할 때에, 백성의 일을 맡아서는 경계하고 공유가 백성에게 후덕하게 한 것을 칭송하며 이 시를 올렸다.” 하였다.

뽑아 버리고서 기(岐) 땅에 머물게 했다 하여 「주송」에서 태왕(太王)을 노래하였다.

『시경』 「주송」에, “그 험준한 기(岐) 땅에 평탄한 길이 있다.” 하였다. 또 「대아」에, “이곳을 주고 머물게 하였다.” 하였다. 또 말하기를, “뽑고 버린 것은 나뭇등걸, 넘어진 나무다.” 하였다. 주자(朱子)가 지은 집전(集傳)에, “태왕(太王)이 기주(岐周) 땅으로 옮긴 일을 말한 것이다.” 하였다.

모두 상제(上帝)에 임하여 비추어보고, 아래 백성에게 주인이

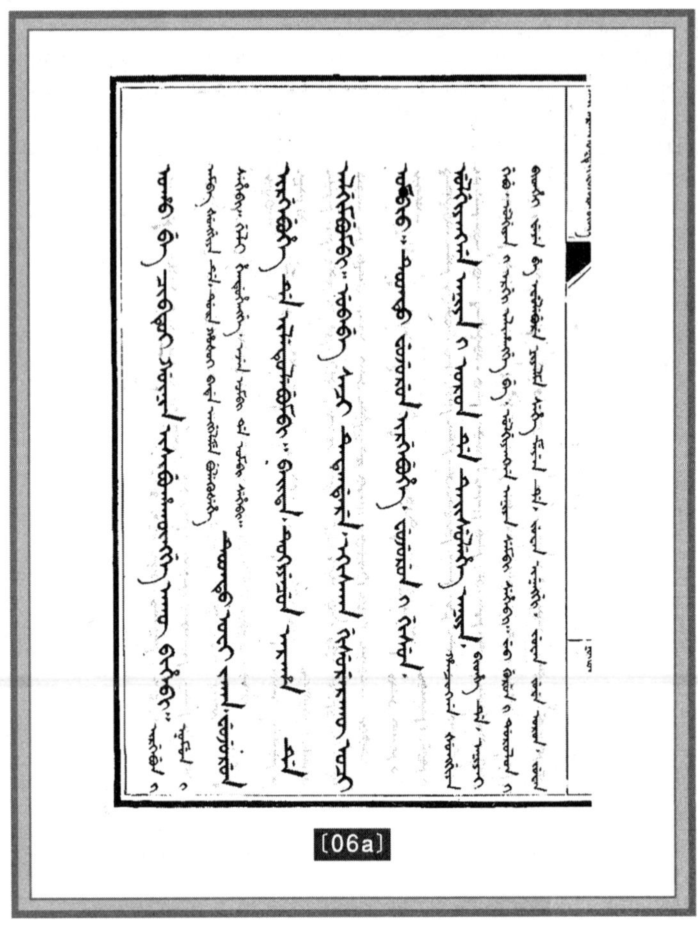

〔06a〕

oho be cibtui gūnin isibuhakūngge akū bihebi..
된 것 을 거듭 생각 나타내지 않은 이 없었다.

irgebun i nomun i amba šunggiya de. duin hošoi bade enggeleme bulekušehe sehebi.. geli henduhengge.
詩 經 의 大 雅 에 四 方의 땅에 임하여 비추어보았다 하였다. 또 말한 것

ejen ombi. da ombi sehebi..
주인 된다. 우두머리 된다 하였다.

tuttu ofi jaka. fujurun
그리하여 物 賦

irgebuhe de iletulebumbi.. baita tukiyecun araha de
지은 것 에 드러낸다. 事 頌 지은 것 에

algimbumbi.. ubabe saci tetendere. ekisaka gisurerakū oci
이름을 날린다. 이곳을 알면 그러면 묵묵히 말하지 않으면

ombio. tuttu fujurun irgebuhe. fujurun i gisun.
되는가. 그렇게 賦 지었다 賦 의 말이다

ulgiyangga aniya i oron de teisulehe aniya[36].
돼지 해 의 별자리 에 상응한 해

hancingga šunggiyan bithe de. aniyai gebu. ulgiyan i ergi alihangge be. ulgiyangga aniya sembi sehebi..
爾 雅 글 에 해의 이름 돼지 의 쪽 관장한 것 을 돼지 해 한다 하였다.
jeo gurun i dorolon i bithei feye be efulebure niyalma[37] sehe meyen de. juwan inenggi. juwan juwe oron.
周 나라 의 禮 의 글의 둥지 를 뒤집는 사람 한 절 에 열 날 열 두 별자리
juwan
열

[한문]

三致意焉. ㊟詩大雅, 監觀四方. 又, 君之宗之. 故物以賦顯, 事以頌宣, 豈默于言乎. 遂作賦曰, 歲大淵獻 ㊟爾雅, 歲名在亥, 爲大淵獻. 周禮硩蔟氏, 十日, 十有二辰,

—— ◦ —— ◦ —— ◦ ——

된 것을 거듭 생각하지 않은 것이 없었다.

『시경』의 「대아」에, "사방을 자세히 살펴보았다." 하였다. 또 말하기를, "주인이 되고, 우두머리가 된다." 하였다.

그러므로 사물은 부를 지어 드러내고, 일은 송(頌)을 지어 널리 알리는 것이니, 어찌 묵묵히 말없이 있을 수 있겠는가? 마침내 부를 지었다. 부는 이러하다.

대연헌(大淵獻)[계해년(癸亥年, 1743년)]에

『이아』에, "해의 이름이 돼지를 관장하는 것을 '돼지 해[해년(亥年)]'이라 한다." 하였다. 『주례』「척족씨(硩蔟氏)」에, "10일, 12진(辰),

36) ulgiyangga aniya i oron de teisulehe aniya : 고갑자(古甲子)에서 12 지(支) 가운데 12번째인 해년(亥年)의 별칭인 '대연헌(大淵獻)'의 만주어 표현이다.

37) feye be efulebuhe niyalma : 척족씨(硩蔟氏)를 가리킨다. 『주례』「추관·사구(秋官·司寇)」하편에, "척족씨는 요망한 새의 둥지를 뒤엎는 일을 관장하였다.(硩蔟氏, 掌覆夭鳥之巢.)"라고 하였고, 주해에서 '요망한 새'는 악조로 '올빼미[鴞]'와 '복조(鵩鳥)'를 말한다고 하였다.

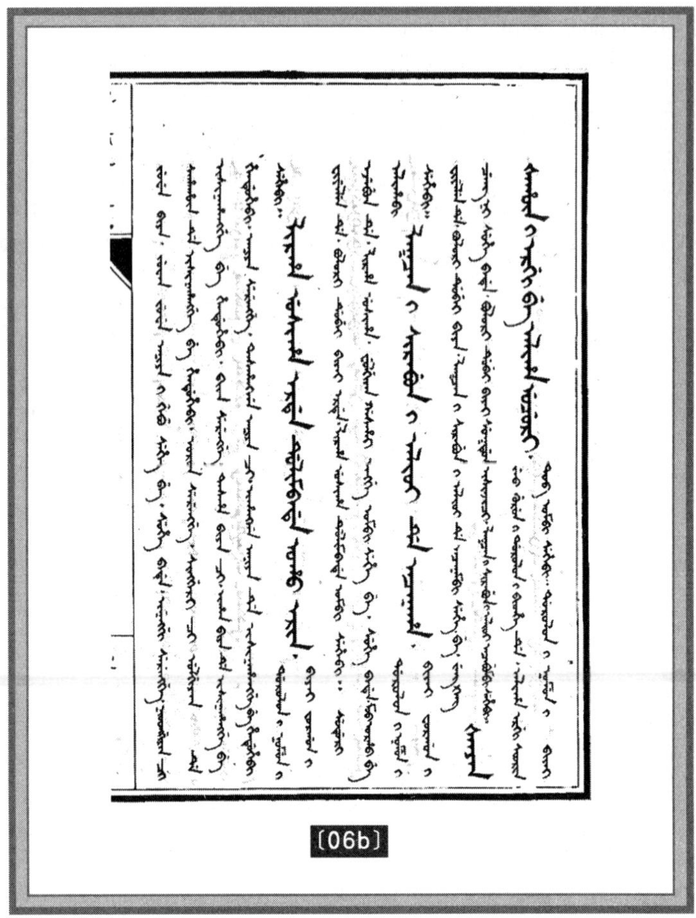

[06b]

juwe biya. juwan juwe aniya i gebu sehe be. suhe bade. inenggi serengge. niowanggiyan ci sahahūn de
두 달 열 두 해 의 이름 한 것 을 주해한 바에 날 하는 것 甲 에서 癸 에
isinahangge be henduhebi. oron serengge. singgeri ci ulgiyan de isinahangge be henduhebi. biya serengge.
이른 것 을 말하였다. 辰 하는 것 子 에서 亥 에 이른 것 을 말하였다. 달 하는 것
tasha biya ci. ihan biya de isinahangge be henduhebi. aniya serengge. tashangga aniya ci nihangga aniya de
寅 달 에서 丑 달 에 이른 것 을 말하였다. 해 하는 것 寅 해 에서 丑 해 에
isinahangge be henduhebi sehebi..
이른 것 을 말하였다 하였다.

lirha usiha[38] erde dulimbade oho erin
柳 宿 아침 중앙에 된 때

dorolon i nomun i biyai forgon i fiyelen de. bolori dubei biya i erde. lirha usiha dulimbade ombi sehebi..
禮記 의 月 令 의 篇 에 가을의 끝 달 의 아침 柳 宿 가운데에 된다 하였다.
suduri ejebun de. lirha usiha. fulgiyan gashai engge ombi sehe be. suhe bade. moo orho be alihabi sehebi.
史 記 에 柳 宿 朱 雀의 부리 된다 한 것 을 주해한 곳에 나무 풀 을 관장했다 하였다.

38) **lirha usiha** : 28수의 하나인 유수(柳宿)로 남방 7수(宿)의 세 번째이다. 아침에는 남쪽 하늘의 중앙에 있다.

lakcan i sirabun[39] i alioi de acanaha.
無射 의 음률 에 해당하였다.

dorolon i nomun i biyai forgon i fiyelen de. bolori dubei biya. lakcan i sirabun i alioi de acanambi sehe be.
禮記 의 月 令 의 篇 에 가을 끝의 달 無射 의 음률 에 해당한다 한 것 을
jeng kang ceng[40] ni suhe bade. bolori dubei biyai sukdun isinjici. lakcan i sirabun i alioi acabumbi sehebi..
鄭 康 成 의 주해한 바에 가을 끝의 달의 氣 다다르면 無射 의 음률 해당한다 하였다.

šanyan šahūn i ergi be aliha ucuri
庚 辛 의 쪽 을 관장하는 때

jeo gurun i dorolon i bithe de. aliha ergi soorin tob ombi sehebi.. dorolon i nomun i biyai
周 나라 의 禮 의 글 에 관장한 쪽 자리 바르게 된다 하였다. 禮記 의 月

[한문]

十有二月, 十有二歲之號. 注, 日謂從甲至癸, 辰謂從子至亥, 月謂從陬至荼, 歲謂從攝提格至赤奮若. ○獻, 叶音軒. 詩小雅, 有兎斯首, 炮之燔之. 君子有酒, 酌言獻之. 時旦柳中. ㊟禮記月令, 季秋之月, 旦柳中. 史記, 柳爲鳥注, 主木草. ○中, 叶音專. 左思吳都賦, 金鎰磊砢, 珠琲闌干, 桃笙象簟, 韜於筒中. 協律無射, ㊟禮記月令, 季秋之月, 律中無射. 鄭康成注, 季秋氣至, 則無射之律應. 辨方庚辛. ㊟周禮, 辨方正位. 禮記月令,

12달, 12년의 이름이다."고 하였다. 그 「주(注)」에, "일(日)이라는 것은 갑(甲)에서 계(癸)에 이르는 것을 말하는 것이고, 진(辰)이라는 것은 자(子)에서 해(亥)에 이르는 것을 말한 것이다. 월(月)이라 하는 것은 인월(寅月)에서 축월(丑月)에 이르는 것을 말하는 것이고, 세(歲)라고 하는 것은 인년(寅年)에서 축년(丑年)에 이르는 것을 말한 것이다."고 하였다.

유수(柳宿)가 아침에 중천에 머물 때

『예기』「월령」에, "늦가을 아침에 유수(柳宿)가 하늘 가운데에 있다." 하였다. 『사기』에, "유수는 주작(朱雀)의 부리에 해당된다." 한 것을 「주(注)」한 것에, "초목을 관장했다." 하였다.

무역(無射)의 음률에 해당하였다.

『예기』「월령」에, "늦가을은 무역의 음률에 해당한다."고 한 것을 정강성(鄭康成)이 「주(注)」한 것에, "늦가을의 기운에 다다르면 무역의 음률에 해당한다." 하였다.

경신(庚辛)의 쪽을 관장하는 때

『주례』에, "관장하는 쪽의 자리가 바르게 된다." 하였다. 『예기』「월령」에,

39) lakcan i sirabun : 12율(律) 음계에서 11번째인 무역(無射)에 해당하는 달이라는 뜻으로 음력 9월을 달리 부르는 말이다.
40) jeng kang ceng : 후한 말의 학자인 정현(鄭玄)을 가리키는데, 강성(康成)은 그의 자이다. 훈고학에 깊은 조예를 가지고 『주서』·『상서』·『모시』·『의례』·『예기』·『논어』·『효경』·『상서대전』 등의 주해를 했다.

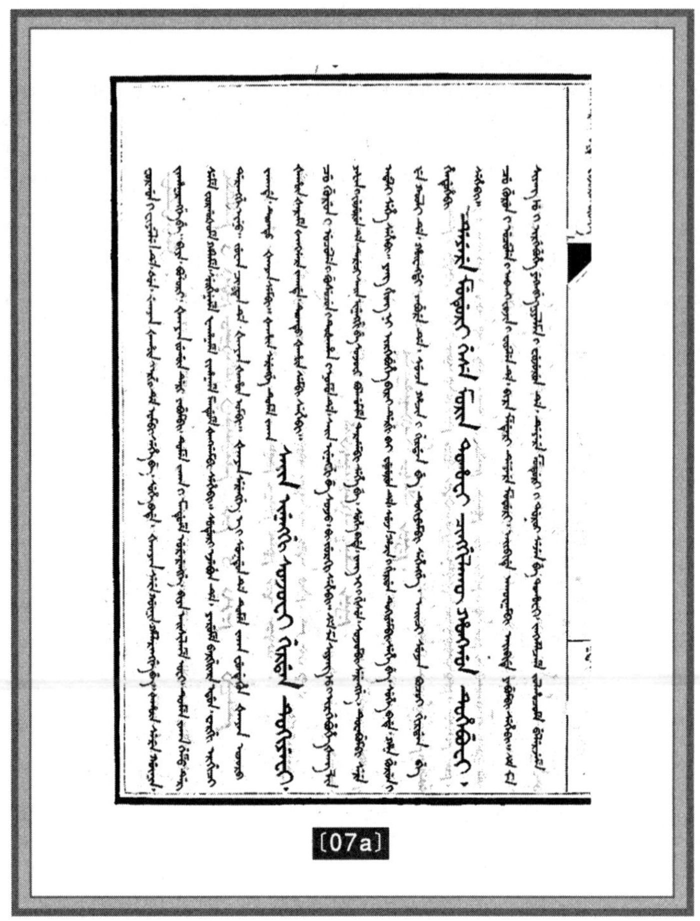

[07a]

forgon i fiyelen de. šun. šanyan šahūn i ergi de ombi sehe be. suhe bade. šanyan sere gūnin. halarangge be..
슈 의 篇 에 해 庚 辛 의 쪽 에 된다 한 것 을 주해한 바에 庚 하는 생각 바꾸는 것 이다.
šahūn sere gūnin. jihanarangge be.. biya. bolori. šanyan jugūn[41] deri yabumbi. tumen jaka i mandume urerengge.
辛 하는 생각 꽃 피는 것 이다. 달 가을 白 道 로 간다. 만 물 의 여물며 익는 것
biya aisilame ofi. tumen jaka gemu der seme forgošome halame. suiheneme fahaname jihaname mandume
달 돕게 되어 만 물 모두 분분히 순환하며 교대하며 이삭 패고 열매 맺고 꽃 피고 익어
šanggambi sehebi.. suduri ejebun de. yarume bargiyara edun.[42] wargi ergici darangge inu.. juwan cikten de.
성취한다 했다. 史 記 에 가을 바람 서 쪽에서 부는 것 이다. 十 干 에
šanyan šahūn ombi.. šanyan serengge e i sukdun de tumen jaka fundehun šanyan ojoro jakade. tuttu šanyan
庚 辛 된다. 庚 하는 것 陰 의 기운 에 만 물 엷게 하얗게 되기 때문에 그렇게 庚
sembi.. šahūn serengge tumen jaka šahūn šarame šanggara jakade. tuttu šahūn sembi sehebi..
한다. 辛 하는 것 만 물 하얗게 세어 완성하기 때문에 그렇게 辛 한다 하였다.

sain inenggi sonjofi girdan tukiyefi.
좋은 날 골라 깃발 세우고

41) šanyan jugūn : 백도(白道)로 달이 천구(天球) 상에 그리는 궤도로 약 18년 7개월의 주기로 황도(黃道)와는 반대쪽으로 돈다.

42) yarume bargiyara edun : 창합풍(閶闔風)으로『설문해자(說文解字)』에, '팔풍(八風) 가운데 서쪽에서 부는 바람을 창합풍이라 한다'고 하였는데, '가을바람'을 가리킨다.

cu gurun i uculen[43] i gusucun i tušahan[44] i nomun de. sain inenggi be sonjo. bi juraki sehebi.. sy ma siyang zu[45]
楚 나라 의 辭 의 離騷 의 經 에 좋은 날 을택하라 나 떠나자 했다. 司 馬 相 如
i irgebuhe šang lin yafan i fujurun de tereci sain inenggi be sonjofi bolgomime targambi sehe be. suhe bade.
의 지은 上 林 苑 의 賦 에 그로부터 좋은 날 을 택하여 재계한다 한 것 을 주해한 바에
jang ei[46] i gisun. sonjombi serengge. tuwabumbi sere adali sehe sehebi.. yang hiong[47] ni irgebuhe birai dergi
長 揖 의 말 택한다 하는 것 보인다 하는 것 같다 했다 하였다. 揚 雄 의 지은 河 東
bai fujurun de. sunja hacin i girdan tukiyembi sehe be. suhe bade. han gurun i fe kooli de. hūwangdi yabure de.
땅의 賦 에 다섯 종류 의 깃발 세운다 한 것 을 주해한 바에 한 나라 의 옛 법례 에 皇帝 행차함 에
sunja hacin i girdan be tukiyembi sehengge. ainci sunja bocoi girdan be henduhebi sehebi.
다섯 가지 의 깃발 을 세운다 한 것 아마도 다섯 색의 깃발 을 말하였다 하였다.

deyere muduri[48] gese morin tohofi cinggilakū honggon tuhebufi.
나는 용 같은 말 수레 메고 요령 방울 드리우게 하고
cu gurun i uculen i abkai fonjin i fiyelen de bira mederi deyere muduri aibide akūnambi aibide yabumbi sehebi.
楚 나라 의 辭 의 天 問 의 篇 에 강 바다 應龍 어디에 건너느냐 어디에 가느냐 했다.
sy ma siyang zu i irgebuhe yekengge niyalma i fujurun de deyere muduri i doroi sejen[49] be tohofi janggalcame
司 馬 相 如 의 지은 大 人 의 賦 에 應龍 의 象輿 를 메고 덤벙이며
jolhocome pelerjeme
날뛰며 입을 흔들며

[한문] ────────

其日庚辛. 注, 庚之言更也, 辛之言新也. 月行秋從白道, 成熟萬物, 月爲之佐, 萬物皆肅然改更, 秀實新成利也. 史記, 閶闔風居西方, 其於十毋爲庚辛. 庚者, 言陰氣庚萬物, 故曰庚, 辛者, 言萬物之辛生, 故曰辛. ○辛, 叶音先. 焦仲卿詩, 奉事循公姥, 進退敢自專, 晝夜勤作息, 伶俜縈苦辛. **歷吉日以建旗,** 注楚辭離騷, 歷吉日乎吾將行. 司馬相如上林賦, 於是歷吉日以齋戒. 注, 張揖曰, 歷, 猶筭也. 揚雄河東賦, 建五旗. 注, 漢舊儀云, 皇帝駕建五旗, 盖謂五色之旗也. **駕應龍之鉌鸞.** 注楚辭天問, 河海應龍, 何盡何歷. 司馬相如大人賦, 駕應龍象輿之蠖

── ∘ ── ∘ ── ∘ ──

"해가 경(庚), 신(辛)의 방향으로 된다." 한 것을 「주(注)」한 것에, "경이라 하는 뜻은 바꾸는 것이고, 신이라 하는 뜻은 꽃 피는 것이다. 달과 가을은 백도(白道)로 간다. 만물이 여물고, 익는 것은 달이 도와서 만물이 모두 분분히 순환하고 교대하며, 이삭 패고 열매 맺고 꽃 피고 익어 결실을 맺는다." 하였다. 『사기』에, "가을바람이 서쪽에서 부는 것이다. 십간(十干)에서 경신(庚辛)이 된다. 경이라 한 것은 음의 기운에 만물이 허옇게 되기 때문에, 경이라고 한다. 신이라 한 것은 만물이 허옇게 세어 완성하기 때문에, 신이라고 한다." 하였다.

좋은 날 택하여 깃발을 세우고

『초사(楚辭)』「이소(離騷)」에, "좋은 날을 택하라. 내가 가겠다." 하였다. 사마상여의 「상림부(上林賦)」에, "그곳에서 좋은 날을 택하여 재계하고 삼간다." 한 것을 「주(注)」한 것에, "장읍(張揖)이 말하기를, '택한다고 하는 것은 보인다고 하는 것과 같다'라고 했다." 하였다. 양웅(揚雄)의 「하동부(河東賦)」에, "다섯 종류의 깃발을 세운다." 한 것을 「주(注)」한 것에, "한나라의 옛 법례에, '황제가 행차할 적에 다섯 종류의 깃발을 세운다' 한 것이 아마도 다섯 색의 깃발을 말하였다." 하였다.

응룡(應龍)과 같은 말을 길마 짓고 요령과 방울을 드리우게 하고

『초사』「천문(天問)」에, "강과 바다의 응룡(應龍)이 어디에서 건너는가? 어디에 가는가?" 하였다. 사마상여의 「대인부(大人賦)」에, "응룡이 상여(象輿)를 메고 덤벙이며 날뛰고, 입을 흔들며

43) cu gurun i uculen : 『초사(楚辭)』로 굴원(屈原)과 송옥(宋玉) 등에 의해 시작된 초나라의 운문을 가리킨다.
44) gusucun i tušahan : '근심의 만남'으로 대역되는데, 여기서는 굴원이 지은 「이소(離騷)」를 가리킨다. 『초사』의 기초가 되었다.
45) y ma siyang zu : 전한 경제(景帝) 때의 문인인 사마상여(司馬相如) 로 천자가 장안 서쪽의 상림원(上林苑)에서 사냥하는 것을 읊은 「상림부(上林賦)」를 지었다.
46) jang ei : 삼국시대 위나라 학자인 장읍(張揖)으로 『광아(廣雅)』를 지었다.
47) yang hiong : 전한 성제(成帝) 때 궁정문인의 한 사람이었던 양웅(揚雄)으로 「하동부(河東賦)」, 「감천부(甘泉賦)」, 「우렵부(羽獵賦)」, 「장양부(長楊賦)」 등을 지었다.
48) deyere muduri : 날개 달린 용인 응룡(應龍)으로, 바람과 물을 자유롭게 다루고 비바람을 주관한다고 한다.
49) doroi sejen : 코끼리가 끄는 수레인 상여(象輿)를 말한다.

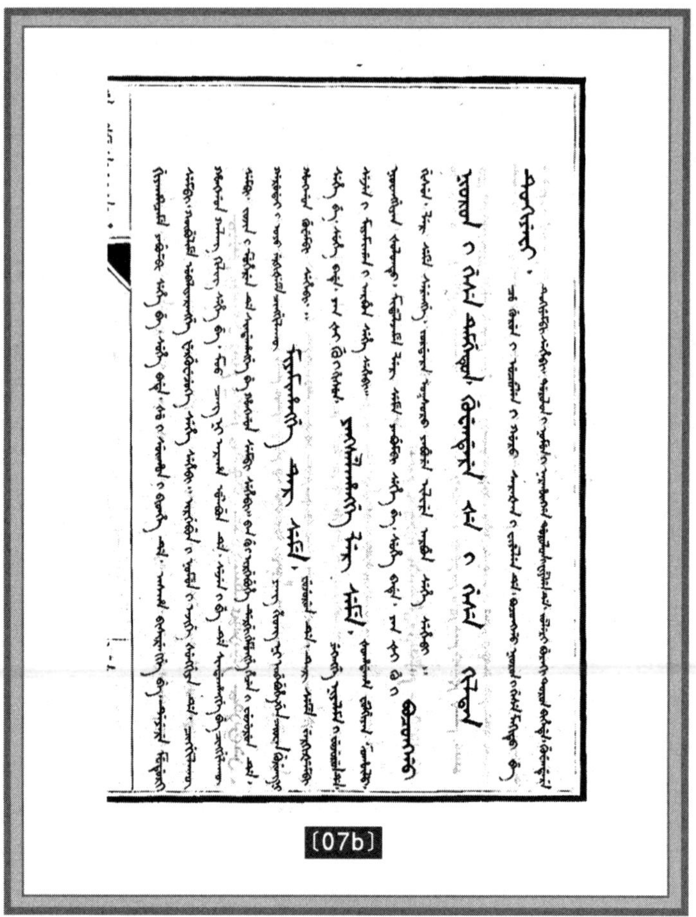
[07b]

giyahalacame yabumbi sehe be suhe bade šu i suihon[50] i bithe de asha bisirengge be deyere muduri sembi.
민첩하게 간다 한 것 을 주해한 바에 文穎 의 글 에 날개 있는 것 을 應龍 한다.
kūbulime ubaliyarangge ferguwecuke sehe sembi. irgebun i nomun i ajige šunggiya de cinggilakū honggon kalang
변하며 바꾸는 것 신묘하다 했다 한다. 詩 經 의 小 雅 에 요령 방울 딸랑
kiling sehe be moo cang ni araha ulabun[51] de sejen i be de sindahangge be cinggilakū sembi. jojin i
딸랑 한 것 을 毛 萇 의 지은 傳 에 수레 의 멍에 에 놓은 것 을 요령 한다. 재갈 의
muheren de sindahangge be hongon sembi sehebi. ban gu[52] i irgebuhe dergi gemungge hecen i fujurun de
바퀴 에 놓은 것 을 방울 한다 하였다. 班 固 의 지은 東 都 城 의 賦 에
garudai i oyo[53] jerkišeme cinggilakū honggon guwembi sehebi.
봉황 의 덮개 눈부시고 요령 방울 울린다 하였다.

miyamihangge ter seme.
꾸미는 것 단정하고

50) šu i suihon : 한나라 때 학자인 문영(文穎)의 만주어식 이름으로 'šu'는 '文'에, 'suihon'은 '穎'에 대응된다.

51) moo cang ni araha ulabun : 전한 때 모형(毛亨)이 『시경』을 주해하여 『모시고훈전(毛詩詁訓傳)』을 지었고, 그의 조카 모장(毛萇)이 이를 수정하고 증보하였는데, 후대로 갈수록 다른 주해서는 없어지고 오직 『모시(毛詩)』만이 전해졌다.

52) ban gu : 후한 초기의 역사가 반고(班固)로 『한서』를 편찬하였고, 「양도부(兩都賦)」를 지었다.

53) garudai i oyo : '봉황 장식으로 꾸민 일산 덮개'로 황제가 쓰던 의장의 하나이다.

yang hiong ni irgebuhe ken ciowan gurung ni fujurun de ter seme jerkišembi sehe be suhe bade yan ši gu[54] i
揚 雄 의 지은 甘 泉 宮 의 賦 에 정연하게 눈부신다 한 것 을 주해한 바에 顔 師 古 의
gisun sejen i miyamigan i arbun sehe sehebi.
말 수레 의 장신구 의 모습 했다 하였다.

yangselahangge ler seme.
장식한 것 듬직하고

yekengge niyalma i fujurun de šohadaha fulgiyan muhūlu. niowanggiyan šolontu midaljame ler seme yabumbi
大 人 의 賦 에 앞에서 끈 붉은 螭龍 푸른 虯龍 꼬리를 흔들며 듬직하게 간다
sehe be suhe bade yan ši gu i gisun ler seme serengge jordara oksoro yabure ilire arbun sehe sehebi.
한 것 을 주해한 바에 顔 師古의 말 듬직이 하는 것 달리고 걷고 가고 멈추는 모습 했다 하였다.

boconggo nioron i gese temgetun[55] guwendere še i gese kiltan[56] tukiyefi.
빛나는 무지개 의 같은 旌 울부짖는 솔개 의 같은 幢 세우고

cu gurun i uculen i goro sarašan i fiyelen de boconggo nioron i gese makitu[57] be tukiyembi sehebi.
楚 나라 의 辭 의 遠 遊 의 篇 에 빛나는 무지개 와 같은 旄 를 세운다 했다.
dorolon i nomun i narhūngga dorolon i fiyelen de juleri buraki toron bihede guwendere
禮記 의 曲禮 의 篇 에 앞에 먼지 티끌 있음에 울부짖는

[한문]

略委麗兮. 注, 文穎曰, 有翼曰應龍, 最其神妙者也. 詩小雅, 和鸞雝雝. 毛傳, 在軾曰和, 在鑣曰鸞. 班固東都賦, 鳳盖棽麗, 龢鸞玲瓏. 紛灕虖. 注 揚雄甘泉賦, 灕虖幓纚. 注, 顔師古曰, 車飾貌. 豜蜿蜒, 注 大人賦, 驂赤螭青虬之蚴蟉宛蜒. 注, 顔師古曰, 宛蜒, 行步進止之貌. 旌雄虹, 檀鳴鳶, 注 楚辭遠遊, 建雄虹之采旄. 禮記曲禮, 前有塵埃,

---

민첩하게 간다." 한 것을 「주(注)」한 것에, "문영(文穎)의 글에, '날개 있는 것을 응룡이라 한다. 변하고 바꾸는 것이 신묘하다'라고 했다." 한다. 『시경』「소아」에, "요령과 방울이 딸랑 딸랑한다." 한 것을, 「모전(毛傳)」에서, "수레의 멍에에 놓은 것을 요령이라 하고, 재갈의 바퀴에 놓은 것을 방울이라 한다." 하였다. 반고(班固) 『동도부』에, "봉황 덮개 눈부시고, 요령과 방울이 울린다." 하였다.

꾸미는 것은 단정하고

양웅의 「감천부(甘泉賦)」에, "정연하고 눈부시다." 한 것을 「주(注)」한 것에, "안사고(顔師古)가 말하기를, '말 수레의 장신구의 모습이다'라고 했다." 하였다.

치장한 것은 듬직하고

「대인부」에, "앞에서 끈 붉은 이룡(螭龍), 푸른 규룡(虬龍) 꼬리를 흔들며 듬직하게 간다." 한 것을 「주(注)」한 것에, "안사고가 말하기를, '듬직하다 하는 것은 달리고 걷고 가고 멈추는 모습이다'라고 했다." 하였다.

빛나는 무지개 같은 정(旌), 우짖는 솔개 같은 당(幢)을 세우고

『초사』「원유(遠遊)」에, "빛나는 무지개 같은 모(旄)를 세운다." 하였다. 『예기』「곡례」에, "앞에 먼지와 티끌 있어 우짖는

---

54) yan ši gu : 당대 초기의 학자인 안사고(顔師古)로 『수서』를 편찬하였고, 『모시국풍정본(毛詩國風定本)』을 지었다.
55) temgetun : 의장용으로 쓰던 깃발의 일종인 '정(旌)'을 가리킨다.
56) kiltan : 의장용으로 쓰던 깃발의 일종인 '당(幢)'을 가리킨다.
57) makitu : 의장용으로 쓰던 깃발의 일종인 '모(旄)'를 가리킨다.

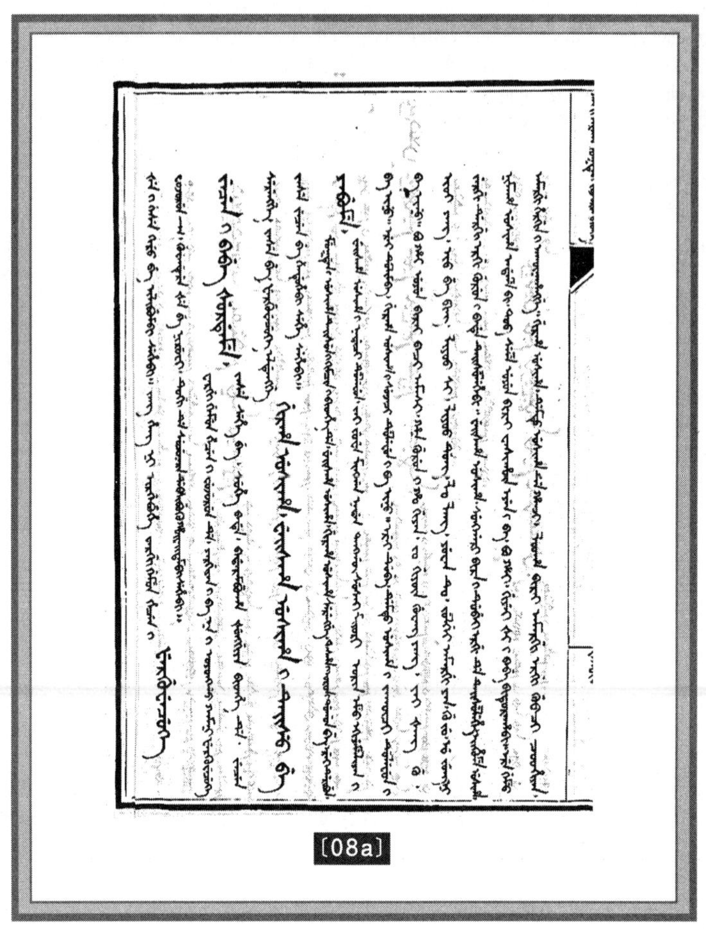
[08a]

še i gese kiru be ilibumbi sehebi. jang heng[58] ni irgebuhe wargi gemun hecen i fojoron de
솔개 의 같은 작은 깃발 을 세운다 하였다. 張 衡 의 지은 西 京 성 의 賦 에
guwendere še be nirufi tugi de sucunara debsibuku hūwaitambi sehebi.
울부짖는 솔개 를 그려서 구름 에 뚫고 들어가는 기폭 묶어둔다 하였다.

ferguwecuke jecen i babe šurdeme
신묘한 경계 의 땅을 두르고

wargi gemun hecen i fujurun de yargiyan i ba na i oyonggo kamni ferguwecuke jase sehe be suhe bade
西 京 성 의 賦 에 진실로 땅 의 중요한 좁은 입구 신묘한 변경 한 것 을 주해한 바에
badarambuha šunggiyan bithe de jecen serengge jase be ferguwecuke eldengge jase jecen be henduhebi sehe sehebi.
廣 雅 글 에 경계 하는 것 변경 을 신묘한 빛나는 지경 을 말했다 했다 하였다.

girha usiha[59] weisha usiha[60] i teisu be yabume
箕 星 尾 星 의 마주함 을 운행해 가며

58) jang heng : 후한 때의 과학자이자 문학가인 장형(張衡)으로 「서경부(西京賦)」와 「동경부(東京賦)」를 지었다.
59) girha usiha : 이십팔수의 일곱 번째 별자리에 있는 기성(箕星) 을 가리키며, 동북방에 있다.
60) weisha usiha : 이십팔수의 여섯 번째 별자리에 있는 미성(尾星) 을 가리키며, 동쪽에 있다.

mukden i usiha teisun i kimcin i bithe de weisha usiha girha usiha serengge tasha oron i dogon[61] be. erei

盛京 의 星 野 의 考 의 글 에 尾 星 箕 星 하는것 寅 辰 의 나루 이다 이것의

deribun weisha usiha i nadaci dulefun. jai juwe minggan nadan tanggū susai miyori orin emu ekiyemeliyan i

처음 尾 星 의 일곱 번째 度 다시 2 천 7 백 50 秒 20 1 少 의

ba inu. erei dulimba girha usiha i sunjaci dulefun i ba inu. erei dube demtu usiha[62] i jakūci dulefun i

곳 이다. 이것의 가운데 箕 星 의 다섯 번째 度 의 곳이다 이것의 끝 斗 星 의 여덟 번째 度 의

ba inu. bo hai uyun birai[63] baci amasi han gurun i ho giyan[64]. jo giyūn guwang yang. jai šang gu. ioi yang.

곳 이다 渤 海 九 河의 땅에서 북쪽 漢 나라 의 河 間 涿 郡 廣 陽 또 上 谷 漁 陽

io be ping. liyoo si. liyoo dung. lo lang. yuwan tu[65]. julgei amargi yan. gu ju[66]. u jung[67] ni jergi dergi ergi

右 北 平 遼 西 遼 東 樂 浪 元 菟 옛 北 燕 孤 竹 無 終 의 등 동 쪽

gurun i bade teisulehebi. weisha usiha sunggari bira i dubei ergi de teisulehe. eihume usiha.[68] nimaha usiha[69]

나라 의 땅에 마주하였다. 尾 星 은하수 의 끝의 쪽 에 마주하였다. 龜 星 魚 星

adame bi. tob seme uyun birai wasihūn eyen i ba. bo hai. giyei ši i babe biturahabi. ere gemu amargi

붙어 있다. 바로 九 河의 아래 흐름 의 곳 渤 海 碣 石 의 땅을 따라갔다. 이 모두 北

hergin i akūnahangge. girha usiha demtu usiha de hanci looha birai amargi ergi gubci coohiyan

紀 의 다한 곳이다. 箕 星 斗 星 에 가깝고 遼河 강의 북 쪽 모두 朝鮮

[한문]

則載鳴鳶. 張衡西京賦, 栖鳴鳶, 曳雲梢. 周乎神皋之壤, 注西京賦, 實惟地之奧區神皋. 注, 廣雅曰, 皋局也, 謂神明之界局也. 屆乎箕尾之躔, 注盛京星野考, 尾箕, 析木津也. 初, 尾七度, 餘二千七百五十杪二十一少, 中, 箕五度, 終, 南斗八度, 自渤海九河之北, 得漢河間涿郡廣陽及上谷漁陽, 右北平遼西遼東樂浪元菟古北燕孤竹, 無終東方諸國, 尾得雲漢之末派, 龜魚麗焉. 當九河之下流, 濱於渤碣, 皆北紀之所窮也. 箕與南斗相近, 爲遼水之陽,

—— ◦ —— ◦ —— ◦ ——

솔개와 같은 작은 깃발을 세운다." 하였다. 장형(張衡)이 지은 『서경부(西京賦)』에, "우짖는 솔개를 그려서 구름을 뚫고 들어가는 깃발 묶어둔다." 하였다.

기이한 지경(地境)의 땅을 둘러

「서경부」에, "실로 지역의 요새 기이한 변방이다." 한 것을 「주(注)」한 것에, "『광아(廣雅)』에, '지경은 변방을 기이하고 빛나는 계국(界局)을 말했다' 했다." 하였다.

기성(箕星)과 미성(尾星)이 마주한 쪽으로 가며

『성경성야고(盛京星野考)』에, "미성(尾星), 기성(箕星)은 석목진(析木津)이다. 이것의 처음은 미성의 일곱 번째 도(度)이다. 다시 2750초(秒) 21소(少) 자리이다. 이것의 중간은 기성의 다섯 번째 도의 자리이다. 이것의 끝은 두성(斗星)의 여덟 번째 도의 자리이다. 발해(渤海)·구하(九河) 땅에서 북쪽 한나라의 하간(河間), 탁군광양(涿郡廣陽), 그리고 상곡(上谷)·어양(漁陽)·우북평(右北平)·요서(遼西)·요동(遼東)·낙랑(樂浪)·원토(元菟), 옛 북연(北燕) 지역, 고죽(孤竹)·무종(無終) 및 동방(東方)의 땅과 마주하였다. 미성은 은하수의 끝 쪽에 마주하였다. 귀성(亀星)과 어성(漁星)이 나란히 있다. 바로 구하의 하류 지역이다. 이것은 모두 북기(北紀)가 다한 곳이다. 기성과 두성에 가깝고 요수(遼水)의 북쪽은 모두 조선

---

61) **tasha oron i dogon** : 석목진(析木津). 기성(箕星)과 두성(斗星) 사이에 은하수가 있고 기성(箕星)이 목(木)에 속하기 때문에 석목(析木)의 나루라고 한 것이다. 지역으로는 바로 요동 땅을 의미한다.

62) **demtu usiha** : 이십팔수의 하나로 북방 칠수의 첫 번째인 두성(斗星)을 가리킨다.

63) **uyun birai** : 구하(九河) : 우(禹)나라 시절에 황하(黃河)의 아홉 지류로 일반적으로 황하(黃河)를 가리킨다.

64) **ho giyan** : 하간(河間) : 하북성(河北省)을 가리킨다.

65) **yuwan tu** : 원토(元菟) : 한 무제 때 설치한 제일 북쪽에 있던 현토군 (玄菟郡)을 원토(元菟)라고 불렀다.

66) **gu ju** : 고죽(孤竹) : 은나라 탕왕 때에 제후국으로 봉해진 나라이다. 백이, 숙제의 나라로, 발해만 북안에 있었던 나라로 추정된다.

67) **u jung** : 무종(無終) : 하(夏), 상(商) 시기 연산(燕山) 지역에 있던 나라.

68) **eihume usiha** : 귀성(龜星) : 은하의 앞쪽에 있는 별 이름.

69) **nimaha usiha** : 어성(魚星) : 미수(尾宿)의 북, 천하(天河)의 위에 있는 별.

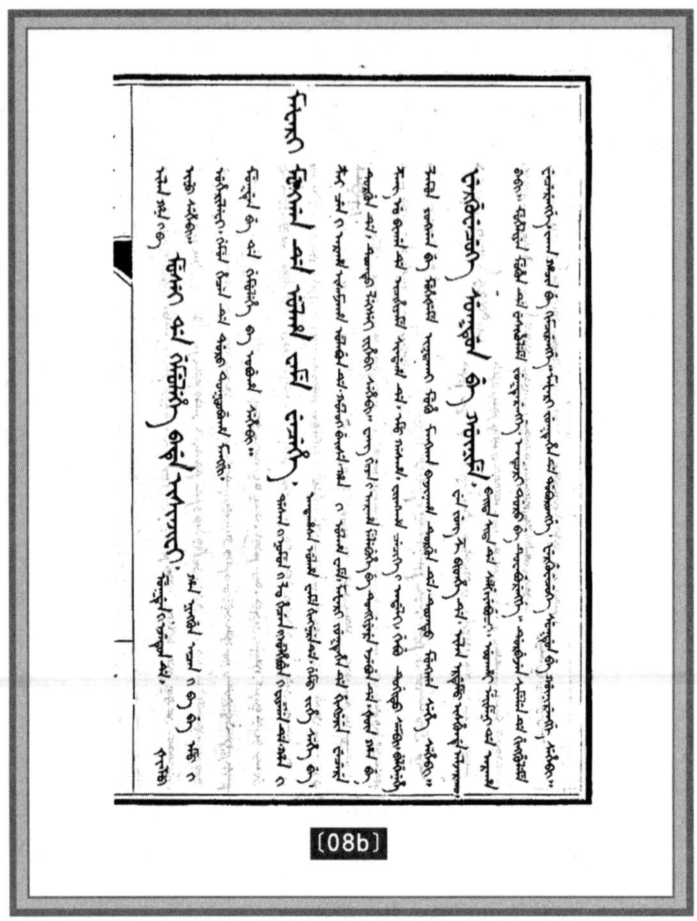
[08b]

ilan han i ba inu sehebi.
三 韓 의 땅 이다 하였다.

musei da gemulehe bade isinjifi.
우리의 처음 도읍한 땅에 도착해서

mukden i ejetun de šidzu han ninggun acan i ba be emu i uheilefi[70] gemun hecen de doro toktobuha manggi
盛京 의 誌 에 世祖 汗 六 合 의 땅 을 하나로 통합하고 京 城 에 政 定한 후
mukden be da gemulehe ba obuha sehebi.
盛京 을 처음 도읍한 땅 되게 하였다 하였다.

mafari munggan de ulha wame wecehe.
조상 무덤 에 가축 죽여 제사지냈다.

dasan i nomun i lo hecen i ulhibun i fiyelen de han i antahasa ulha wame gingnere de gemu jihe sehe be
書 經 의 洛 城 의 誥 의 篇 에 汗 의 손님들 가축 죽여 잔을 올림 에 모두 왔다 한 것을
tsai cen[71] i araha isamjaha ulabun de goloi beise han i ulha wame mafari juktehen de gingnere wecere
蔡 沈 의 지은 集 傳 에 省의 beise 汗 의 가축 죽여 조상 사당 에 잔을 올리며 제사 드리는

70) uheilefi : 'uherilefi'의 오기로 보인다.
71) tsai cen : 남송의 유학자 채침(蔡沈)으로 주자에게 가르침을 받았다. 주자는 만년에 채침에게 『서집전(書集傳)』을 짓게 하였다.

turgun de tuttu leksei jihebi sehebi. wang giya[72] i araha melebuhe be tunggiyere ejebun de šūn han be icihiyame
까닭 에 그렇게 모두 왔다 하였다. 王 嘉 의 지은 拾遺 記 에 舜 왕 을 장사하여
sindaha de emu gasha fiyasha cecike i adali gebu tugitu[73] sembi. belgenehe lamun yonggan[74] be muhešeme
둠 에 한 새 참새 의 처럼 이름 憑霄 한다. 쌀알 같은 남색 모래 를 물고 와서
iktakai muhu mangkan banjinaha turgun de tuttu munggan sehe sehebi.
쌓여서 언덕 모래언덕 생긴 까닭 에 그렇게 무덤 했다 하였다.

ferguwecuke sukdun be gūnime.
신묘한 기운 을 생각하고
wen jung dz[75] bithe de ilan erdemu[76] ishunde aljarakū baita sita de selgiyebuci uthai meimeni da araha
文 中 子 글 에 三 才 서로 헤어지지 않고 事業 에 널리 알리면 즉시 각각 우두머리 삼은
babi. muheliyen muhun[77] de wesihuleme jukterengge. enduri doro be tuwaburengge.. durbejen simelen[78] de
바 있다 圓 丘 에 존중하여 제사하는 것 神 道 를 알리는 것이다. 方澤 에
gingguleme wecerengge. jaka hacin be kimcirengge.. mafari juktehen de doborongge ferguwecuke sukdun be
공경하며 제사지내는 것 物 類 를 살피는 것이다. 宗 廟 에 공양하는 것 상서러운 기운 을
gūnirengge sehebi.
생각하는 것 하였다.

[한문]

盡朝鮮三韓之地. 循我留都, ㊟盛京志, 世祖統御六合, 京師定鼎, 以盛京爲留都. 殺禋珠丘, ㊟書洛誥, 王賓殺禋咸格. 蔡沈集傳, 諸侯以王殺牲禋祭祖廟, 故咸至也. 王嘉拾遺記, 舜葬蒼梧之野, 有鳥如雀, 名曰憑霄, 啣青砂珠積成隴阜, 名曰珠丘. ○丘, 叶音區. 陳琳大荒賦, 過不死之靈域兮, 仍羽人之丹丘. 惟民生之每每兮, 佇盤桓以躊躇. 懷情氣, ㊟文中子, 三才不相離也, 措之事業, 則有主焉. 圓丘尙祀, 觀神道也, 方澤貴祭, 察物類也, 宗廟有享, 懷精氣也.

—— ○ —— ○ —— ○ ——

삼한의 땅이다."라고 하였다.

우리가 처음 도읍한 곳에 도착해서

『성경지』에, "세조 황제께서 육합(六合)의 땅을 하나로 통합하고, 경성에 도읍한 후 성경을 처음 도읍한 땅으로 삼았다." 하였다.

조상의 무덤에 가축을 잡아 제사 지냈다.

『서경』「낙고(洛誥)」에, "왕의 손님들이 가축을 잡아 잔을 올리니 모든 신들이 강림하였다." 한 것을 채침(蔡沈)이 『서집전』에서 "제후와 왕이 가축을 죽여 조상의 사당에 잔을 올리며 제사 드리는 까닭에 그렇게 모두 왔다." 하였다. 왕가(王嘉)는 『습유기(拾遺記)』에서, "순 임금을 창오(蒼梧)에서 장사지내니, 빙소(憑霄)라는 참새 닮은 새가 쌀알 같은 남색 모래를 물고 와서 쌓은 언덕이 모래 언덕이 생기니 무덤이라고 했다." 하였다.

정기(情氣)를 생각하며

『문중자(文中子)』에, "삼재(三才)가 서로 헤어지지 않고 사업을 널리 알리면 즉시 각각 우두머리 삼은 바 있다. 원구(圓丘)에 직접 존중하여 제사하는 것은 신도(神道)를 알리는 것이고, 방택(方澤)에 공경하며 제사지내는 것은 물류(物類)를 살피는 것이며, 조상의 묘에 제사 지내는 것은 정기를 생각하는 것이다." 하였다.

---

72) wang giya : 중국 5대 10국 중 후진(後晉)의 문학가인 왕가(王嘉)를 가리킨다. 문장은 깨끗하지만, 내용은 기괴하고 음란한 것이 많으며, 대표작으로 『습유기(拾遺記)』가 있다.
73) tugitu : 빙소(憑霄)의 만주어 표현이다.
74) lamun yonggan : 남색 모래라는 뜻으로 청사주(青砂珠)를 가리킨다.
75) wen jung dz : 수나라의 사상가 왕통(王通)이 지은 『문중자(文中子)』를 가리킨다.
76) ilan erdemu : '천지인' 삼재(三才)를 가리킨다.
77) muheliyen muhun : 천자가 동지에 하늘에 제사를 지내던 원구(圓丘)를 가리킨다.
78) durbejen simelen : 천자가 토지신에게 제사를 지내던 제단인 방택(方澤)으로, 연못 가운데 정방형의 언덕을 만들어 지내기 때문에 방구(方丘)라고도 한다.

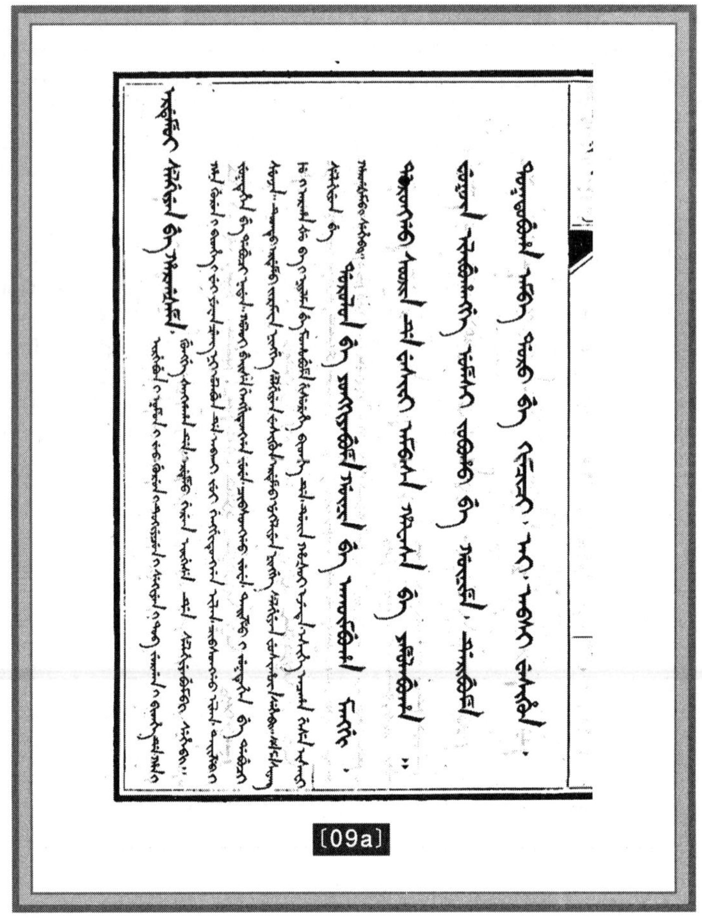

[09a]

erdemui selgiyen be hargašame.
德 전해짐 을 우러러보며

irgebun i nomun i jeo gurun i tukiyecun i sekiyen i tob jurgan i bithe de han i gungge šanggaha de
詩 經 의 周 나라 의 頌 의 譜 의 正義 의 글 에 汗 의 功 이루어짐 에
erdemu geren irgese de selgiyebumbi sehebi. han gurun i bithe i wei yuwan ceng[79] ni ulabun de abkai jui
덕 모든 백성들 에 전해진다 하였다. 漢 나라 의 書 의 韋 元 成 의 傳 에 天 子
genggitungga[80] ilan. cibsonggo ilan. taidzu i juktehen be dabuci nadan. goloi beise genggitungga juwe.
昭 셋 穆 셋 太祖 의 廟 를 포함하면 일곱이다. 省의 beise 昭 둘
cibsonggo juwe. taidzu i juktehen be dabuci sunja. tuttu erdemu jiramin ningge selgiyen wesihun.
穆 둘 太祖 의 廟 를 포함하면 다섯이다. 그렇게 덕 두터운 이 전해짐 높고
erdemu nekeliyen ningge selgiyen fusihūn sehebi.. sy ma siyang zy i araha šu ba i niyalma be mohobume
덕 얇은 이 전해짐 낮다 하였다. 司 馬 相 如 의 지은 蜀 땅 의 사람 을 힐난하여
gisurehe bithe[81] de duin hošoi ejete esihe acaha gese isafi selgiyen be hargašambi sehebi.
말한 글 에 四 方의 주인들 비늘 만난 것 처럼 모여들고 전해짐 을 우러러본다 하였다.

---

79) wei yuwan ceng : 전한 때의 학자 위원성(韋元成)을 가리키며, 4언시 짓기를 좋아하였다.

80) genggitungga : 사당에 신주를 모시는 차례를 소목(昭穆)이라 하는데, 시조를 중심으로 왼쪽에 위치한 소(昭)를 가리킨다. 시조를 중심으로 오른쪽에 위치한 목(穆)의 만주어 표현은 'cibsonggo'이다.

81) šu ba i niyalma be mohobume gisurehe bithe : 사마상여가 지은 「난촉부로문(難蜀父老文)」을 가리킨다.

dorolon be yongkiyabume gūnin be akūmbuha manggi.
禮 를 완비시키고 마음 을 극진히 한 후

doronggo soorin[82] de wesifi ambasa hafasa be yamulabuha..
黼座 에 올라 대신들 관리들 을 조회하게 하였다.

fukjin ilibuhangge umesi joboho be gūnime. deribume
기초 세운 것 매우 근심함 을 생각하고 시작하여

toktobuha amba doro be kimcici. ai absi wesihun.
안정시킨 大 道 를 살펴보니 아 매우 귀중하구나.

[한문]

仰德流, 注詩周頌譜正義, 王功既成, 德流兆庶. 漢書韋元成傳, 天子三昭三穆, 與太祖之廟而七, 諸侯二昭二穆, 與太祖之廟而五, 故德厚者流光, 德薄者流卑. 司馬相如難蜀文, 四方之君, 鱗集仰流. ○流, 叶音閭. 陸雲詩, 樂奏聲哀, 言發涕流. 惟願吾子, 德與福俱. 既備既申, 迺御黼座, 而覲臣僚. 僚, 叶音閭. 傅毅洛都賦, 草服朔, 正官僚. 辨方位, 摹八區. 維締造之彌艱, 撫草創之鴻圖. 曰於, 休哉.

—— ◦ —— ◦ —— ◦ ——

덕이 전해진 것을 우러러

『시경』의 「주송보정의(周頌譜正義)」에, "임금의 공덕이 이루어짐에, 덕이 모든 백성들에게 전해진다." 하였다. 『한서』「위원성전(韋元成傳)」에, "천자는 소(昭)가 셋, 목(穆)이 셋이고, 태조의 묘를 포함하면 일곱이다. 제후는 소가 둘, 목이 둘이고, 태조의 묘를 포함하면 다섯이다. 그렇게 덕이 두터운 이는 전해지는 것이 높고, 덕이 얇은 이는 전해지는 것이 낮다." 하였다. 사마상여(司馬相如)가 지은 「난촉부로문(難蜀父老文)」에, "사방의 왕들이 비늘 만난 것처럼 모여들어 덕이 전해지는 것을 우러러본다." 하였다.

예(禮)를 갖추어 마음이 극진히 하고, 보좌(黼座)에 올라 대신들과 관리들을 조회하게 하였다. 기초를 세울 때 매우 근심한 것을 생각하고, 초창기에 안정시킨 대도를 살펴보니, 아! 매우 귀중하구나.

---

82) doronggo soorin : 황제가 앉는 자리를 가리키며, 한자로는 보좌(黼座) 라고 한다.

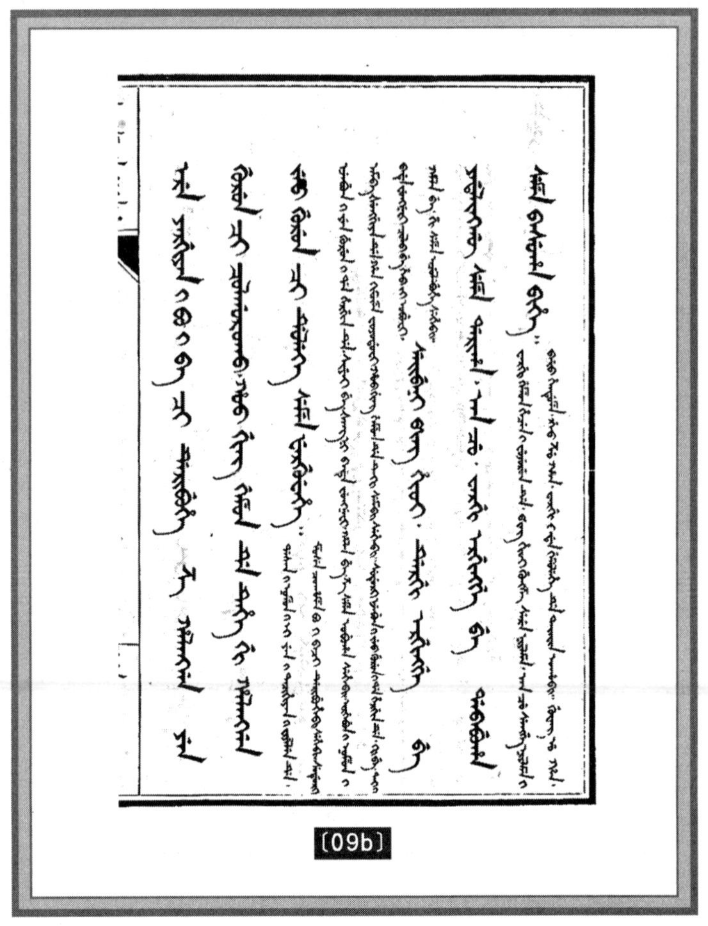

〔09b〕

ere yargiyan i bo[83] i ba ci deribuhe dze halangga yen
이 진실로 亳 의 땅 에서 시작한 子 姓의 殷

gurun ci colgoroko. hoo ging[84] gemun de tehe gi halangga
나라 보다 빼어났다. 鎬 京 城 에 있던 姬 姓의

jeo gurun ci duleke seme ferguwehe..
周 나라 보다 넘어섰다 하고 찬탄하였다.

dasan i nomun i ei yen i tacihiyan i fiyelen de muse cohome bo i baci deribuhebi sehebi. suduri ejebun i
書 經 의 伊 尹 의 訓 의 篇 에 우리 오로지 亳 의 땅에서 시작하였다 하였다. 史 記 의

yen gurun i da hergin de siyei[85] be šang ni bade fungnefi hala be dze seme obuha sehebi. irgebun i
殷 나라 의 本 紀 에 契 을 商 의 땅에 봉하고 姓 을 子 하고 되게 하였다 했다. 詩

83) bo : 은나라 탕(湯) 임금이 도읍한 박(亳) 땅을 가리킨다.
84) hoo ging : 서주의 무왕(武王)이 도읍한 호경(鎬京)으로 오늘날의 섬서성 서안 부근이다.
85) siyei : 은나라 시조인 설(契)을 가리킨다. 그의 어머니는 간적(簡狄)이 목욕을 하다가 제비가 떨어뜨린 알을 삼키고 설(契)을 잉태하여 낳았다. 나중에 우(禹)임금의 치수사업을 도와 공을 세웠다.

nomun i amba šunggiya de han kimcime foyodofi hoo ging gemun de teki sembi sehebi. suduri ejebun i
經 의 大 雅 에 汗 살펴 점쳐서 鎬 京 성 에 머물자 한다 하였다. 史 記 의
jeo gurun i da hergin de ki be tai i bade fungnefi colo be heo ji[86] obufi hala be gi seme enculebuhe
周 나라 의 本 紀 에 棄 를 邰 의 땅에 봉하고 號 를 后 稷 삼고 姓 을 姬 하고 달리하게 했다
sehebi.
하였다.

seibeni ping hioi[87]. dergi ergingge be
전에 憑 虛 동 쪽의 것 을

yadalinggū seme dariha. an cu[88]. wargi ergingge be dababuha
약하다 하고 조롱했고 安 處 서 쪽의 것 을 과장했다

seme basuha bihe..
하고 비웃었다.

wargi gemun hecen i fujurun de ping hioi gungdze sere niyalma. an cu serengge niyalma i baru hendume
西 京 성 의 賦 에 憑 虛 公子 하는 사람 安處 하는 것 사람 에게 말하되
keo dzu han wargi bade gemulehe de taifin ohobi. guwnang u han
高 祖 汗 서쪽 땅에 도읍함 에 태평하게 되었다. 光 武 汗

[한문]

是盖突載亳之子殷, 蠛宅鎬之姬周. ㊟書伊訓, 朕載自亳. 史記殷本紀, 契封於商, 賜姓子氏. 詩大雅, 考卜維王, 宅是鎬京. 史記周本紀, 封棄於邰, 號曰后稷, 別姓姬氏. ○周, 叶音朱. 季歷哀慕歌, 梧桐萋萋, 生於道周, 宮榭徘徊, 臺閣既除. 憑虛致譏於東約, 安處薦誚於西踰. ㊟西京賦, 有憑虛公子者, 言於安處先生曰, 高祖都西而泰, 光武

이는 진실로 박(亳) 땅에서 시작한 자씨(子氏)의 은나라보다 빼어났다.
호경성(鎬京城)에 있던 희씨(姬氏)의 주나라를 넘어섰다 하고 찬탄하였다.

『서경』「이훈(伊訓)」에, "우리 오로지 박(亳)의 땅에서 시작하였다." 하였다. 『사기』「은본기(殷本紀)」에, "설(契)을 상(商) 땅에 봉하고, 성을 자(子)라 하게 하였다." 했다. 『시경』「대아」에, "임금이 살피고 점쳐서 호경성(鎬京城)에 머무르자 한다." 하였다. 『사기』「주본기(周本紀)」에, "(순임금이) 기(棄)를 태(邰) 땅에 봉하고, 호를 후직(后稷)으로 하게 하고, 성을 희(姬)로 달리하게 했다." 하였다.

예전에 빙허(憑虛)가 동쪽 무리를 약하다 하고 조롱했고 안처(安處)가 서쪽 무리를 과장했다 하고 비웃었다.

「서경부」에, "빙허공자(憑虛公子)라 하는 사람이 안처(安處)라는 사람에게 말하기를, '고조(高祖)가 서쪽 땅에 수도로 정하니 태평하게 되었고, 광무제(光武帝)가

86) heo ji : 주나라의 전설적 시조인 후직(后稷)을 가리킨다. 성은 희(姬) 이름은 기(棄)이고, 요 임금의 농관이 되어 태(邰) 땅에 봉해졌으며, 오곡을 관장하는 신으로 숭상하였다.

87) ping hioi : 빙허(憑虛)라는 한자어로 '가공의 인물'이라는 뜻이며, 빙허공자(憑虛公子)로도 사용한다.

88) an cu : 안처(安處)라는 한자어로 '아무 곳에도 없는 가공인물'이라는 뜻이다.

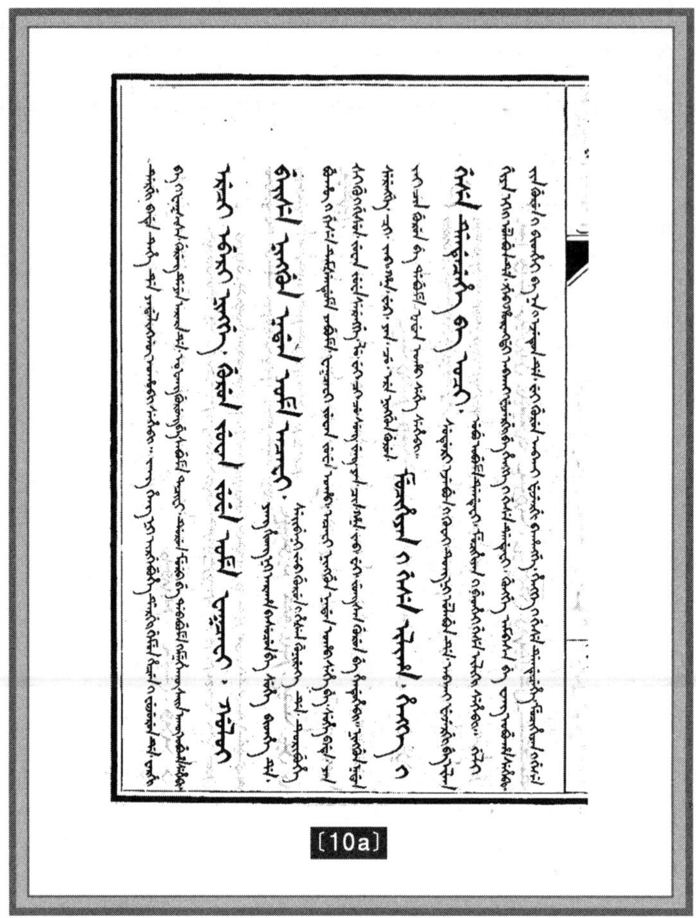

[10a]

dergi bade tehe de yadalinggū ohobi sehebi.. jang hang[89] ni irgebuhe dergi gemun hecen i fujurun de wargi
동쪽 땅에 머뭄 에 약하게 되었다 하였다. 張 衡 의 지은 東 京 성 의 賦 에 서쪽

ba i faksisa. gurung deyen arara de o fang gurung be sabume tacifi durun muru be dababume kemnehekū
땅 의 장인들 宮 殿 지음 에 阿 房 宮 을 보고 배워서 규범 기준 을 넘기고 제한하지 않고

sain akū obuha sehebi.
좋지 않게 되었다 하였다.

ereci eberi ningge gurun juwan juwe ome fakcafi. goloi
이에서 약한 것 나라 열 둘 되어 갈라지고 성의

beise ninggun nadan ome acafi
beise 여섯 일곱 되게 합쳐서

yang hiong ni araha basucun be suhe bithe[90] de seibeni jeo gurun i hešen gunireke de turibuhe buhū i
揚 雄 의 지은 우스운 것 을 주해한 글 에 예전 周 나라 의 벼리 풀림 에 잃어버린 사슴 의

89) jang hang : 후한 때의 문학가이자 과학자인 장형(張衡)을 가리킨다. 경학의 훈고에 밝았고, 수력으로 움직이는 혼천의(渾天儀)와 지진을 측정하는 후풍지동의(候風地動儀)를 발명했으며, 「동경부」와 「서경부」를 지었다.

90) besucun be suhe bithe : 양웅(揚雄)이 역사상 인물과 사건을 통하여 봉건사회의 폐단과 실정을 풍자한 「해조(解嘲)」를 가리킨다.

gese temšendume yabume fakcafi juwan juwe oho. acafi ninggun nadan oho sehe be suhe bade
처럼 서로 다투며 행하여 갈라져서 열 둘 되었다. 합쳐서 여섯 일곱 되었다 한 것 을 주해한 바에
yan ši gu i gisun juwan juwe serengge lu wei ci cu sung jeng yan cin han jao wei jung šan gurun be
顔 師 古 의 말 열 둘 하는 것 魯 衛 齊 楚 宋 鄭 燕 秦 韓 趙 魏 中 山 나라 를
henduhebi. ninggun nadan serengge ci jao han wei yan cu ere ninggun gurun jai cin gurun be dabume nadan
말하였다. 여섯 일곱 한 것 齊 趙 韓 魏 燕 楚 이 여섯 나라 또 秦 나라 를 포함하여 일곱
oho sehe sehebi.
되었다 했다 하였다.

mucihiyan[91] i gese iliha. hengke i
鼎 의 처럼 세우고 오이 의

gese dendecehe ba[92] oci
처럼 서로 나눈 땅 되니

suduri ejebun i kuwai tung[93] ni ulabun de abkai fejergi be ilan ubu obume dendefi mucihiyan i bethei gese
史 記 의 蒯 通 의 傳 에 하늘의 아래 를 세 몫 되게 나누어 鼎 의 발 처럼
iliki sehebi. geli giyan ei[94] i ulabun de keo hūwangdi abkai fejergi be hengke i gese dendefi gungge
세우자 하였다. 또한 賈 誼 의 傳 에 高 皇帝 天 下 를 오이 의 처럼 나누고 功
ambasa be wang obuha sehebi. jin gurun i bithei ba na i ejetun de wei gurun abkai fejergi bahangge
臣 을 王 되게 했다 했다. 晉 나라 의 書의 地 理 의 志 에 衛 나라 天 下 얻은 것
hengke i gese dendecehe. mucihiyan i gese
오이 의 처럼 서로 나누었다. 鼎 의 처럼

[한문]

處東而約. 張衡東京賦, 西匠營宮, 目翫阿房, 規模踰溢, 不度不臧. 下此離爲十二之國, 合爲六七之侯. ㊟揚雄解嘲, 往者周罔解結, 羣鹿爭逸, 離爲十二, 合爲六七. 注, 顔師古曰, 十二, 謂魯衛齊楚宋鄭燕秦韓趙魏中山也, 六七者,齊趙韓魏燕楚六國及秦爲七也. ○侯, 叶音胡. 詩國風, 羔裘如濡, 洵直且侯. 鼎立瓜分者, ㊟史記蒯通傳, 參分天下, 鼎足而立. 又, 賈誼傳, 高皇帝瓜分天下, 以王功臣. 晉書地理志, 當塗馭寓, 瓜分鼎立.

—— ∘ —— ∘ —— ∘ ——

동쪽 땅에 머무니 약하게 되었다." 하였다. 장형이 지은 「동경부」에, "서쪽 땅의 장인들이 궁전을 지을 때, 아방궁을 보고 배워서 규범과 기준을 넘기고 제한하지 않아서 좋지 않게 되었다." 하였다.

이로부터 약한 것은 나라가 열둘로 갈라지고, 제후(諸侯)는 여섯 일곱 되게 합치며,

양웅이 지은 「해조(解嘲)」에, "예전에 주나라가 그물 벼리가 풀려서 잃어버린 사슴처럼 서로 다투며 갈라져서 열둘이 되고, 합쳐져서 여섯 일곱 되었다." 한 것을 「주(注)」한 것에, "안사고(顔師古)가 말하기를, '열둘은 노(魯), 위(衛), 제(齊), 초(楚), 송(宋), 정(鄭), 연(燕), 진(秦), 한(韓), 조(趙), 위(魏), 중산(中山) 나라를 말한 것이다. 여섯 일곱은 제(齊), 조(趙), 한(韓), 위(魏), 연(燕), 초(楚)의 여섯 나라와 진(秦)나라를 합쳐서 일곱이 되었다'고 했다." 하였다.

정(鼎)처럼 세우고 오이 쪼개듯 나누어지니,

『사기』의 「괴통전(蒯通傳)」에, "천하를 셋으로 나누고 정(鼎)의 발처럼 세웠다." 하였다. 또한 「가의전(賈誼傳)」에, "고황제(高皇帝)가 천하를 오이 쪼개듯 나누고 공신을 왕으로 삼았다." 하였다. 『진서(晉書)』「지리지」에, "위(衛)나라가 천하를 얻어서 오이 쪼개듯 나누었고, 정(鼎)처럼

91) mucihiyan : 다리가 세 개 또는 네 개이고 귀가 두 개 달린 제사용 솥인 정(鼎)으로 왕권을 상징한다.

92) hengke i gese dendecehe ba : 오이를 쪼개듯 토지를 나누어 신하에게 주다는 뜻으로 한자로는 과분(瓜分)이라 한다.

93) kuwai tung : 전한 때 한신(韓信)의 변사였던 괴통(蒯通)을 가리킨다. 진승(陳勝)이 반란을 일으켰을 때 공을 세웠으며, 한신이 제왕(齊王)이 되었을 때 천하삼분(天下三分)의 계책을 건의하였으나 채택되지 않자 미친척하며 무당이 되었다.

94) giyan ei : 전한 때의 문장가인 가의(賈誼)를 가리킨다. 시문에 뛰어나고 제자백가에 정통하여 18살 때부터 문명을 떨쳤으며, 진나라가 망한 까닭을 논한 「과진론(過秦論)」이 널리 알려져 있다.

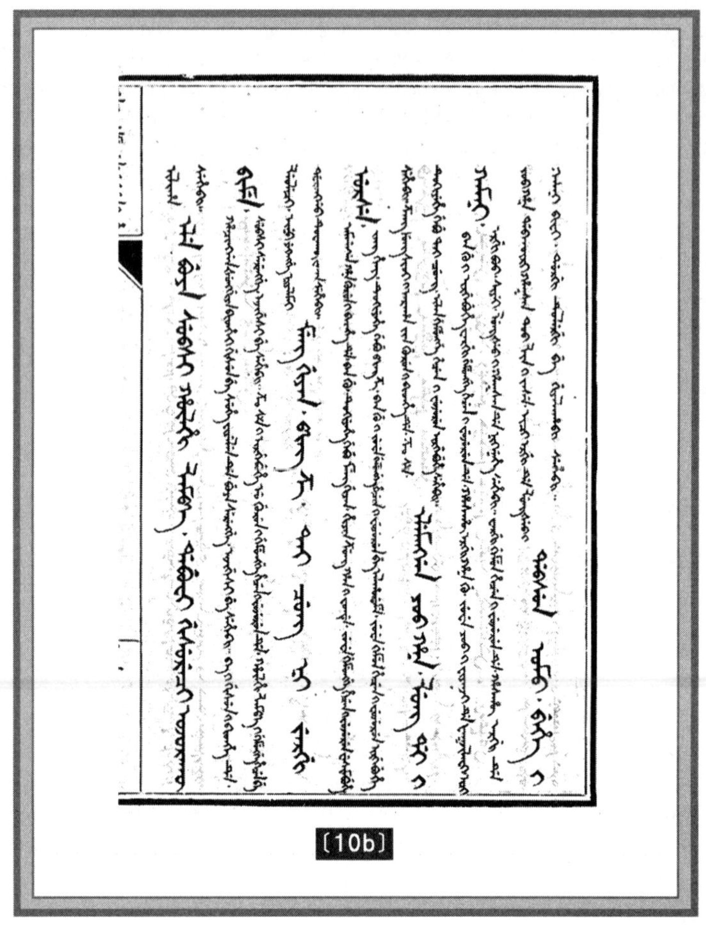
[10b]

iliha sehebi.
세웠다 하였다.

ele buya subsi hūlhi lampa. dabufi gisureci ojorakū bime.
더욱 사소하고 잡다하며 혼란스러워 헤아려 말할 수 없게 되고

hancingga šunggiya bithei gisun be suhe fiyelen de buya serengge ajigesi be sehebi. ba i gisun i bithe de
爾 雅 書의 말 을 주해한 篇 에 瑣瑣 하는 것 작은 것들 이다 했다. 方 言 의 書 에
subsi serengge ajigesi be sehebi. dzo sy i irgebuhe u gurun i gemungge hecen i fujurun de hūlhi lampa i
잡다한 하는 것 작은 것들 이다 하였다. 左 思 의 지은 吳 나라 의 都 城 의 賦 에 혼란한
gemungge hecen be leoleci inu yekengge niyalmai doronggo tuwakū waka sehebi.
都 城 을 논하면 또한 大 人의 도리 있는 모범 아니다 하였다.

meng giyan[95]. ping dze[96]. tai cung[97] ni jergi urse
孟 堅 平 子 太 冲 의 등 무리

95) meng giyan : 맹견(孟堅)으로 동한 때 반고(班固)의 자이다. 역사서인 『한서』를 편찬하였고, 「양도부(兩都賦)」를 지었다.
96) ping dze : 평자(平子)로 후한 때의 문학가이자 과학자인 장형(張衡)의 자이다.
97) tai cung : 태충(太冲)으로 서진(西晉) 때의 문인인 좌사(左思)의 자이다. 「삼도부(三都賦)」를 지었다.

amagangga han gurun i bithe de ban gu tukiyehe gebu meng giyan. hiyan dzung han i fonde juwe gemungge
後 漢 나라 의 書 에 班 固 字 孟 堅 顯 宗 汗 의 시절에 兩 都
hecen i fujurun wesimbuhe. jang hing. tukiyehe gebu ping dze. ban gu i juwe gemungge hecen i fujurun be
성 의 賦 올렸다. 張 衡 字 平 子 班 固 의 兩 都 성 의 賦 를
alhūdame juwe gemun hecen i fujurun irgebuhe sehebi. dzang zung sioi[98] i araha jin gurun i bithe de
본받아 二 京 성 의 賦 지었다 했다. 臧 榮 緖 의 지은 晉 나라 의 書 에
dzo sy tukiyehe gebu tai cung ilan gemungge hecen i fujurun irgebuhe sehebi.
左 思 字 太 沖 三 都 성 의 賦 지었다 했다.

elemangga yoo han[99]. lung di[100] i kamni.
더욱이 崤 函 隴 坻 의 험요
ban gu i irgebuhe wargi gemungge hecen i fujurun de hashū ergi han gu[101] juwe yoo[102] i fiyanji de fakjilafi
班 固 의 지은 西 都 성 의 賦 에 왼 쪽 函 谷 二 崤 의 후미 에 의지하고
ici ergi boo siyei[103] lung šeo i haksan de nikenehe sehebi. wargi gemun hecen i fujurun de hashū ergi de
오른 쪽 褒 斜 隴 首 의 험지 에 접하였다 했다 西 京 성 의 賦 에 왼 쪽 에
yoo han dabkūri haksan. too lin[104] i jase. ici ergi de lung šeo i kamni bifi. dorgi tulergi be giyalahabi sehebi.
崤 函 중첩한 험지 桃 林 의 변경 오른 쪽 에 隴 首 의 험요 있어서 안 밖 을 격하였다 하였다.

dabsun omo. behe i
소금 연못 먹 의

[한문]

益瑣纖旁魄, 不足以殫攄, 註 爾雅釋言, 瑣瑣, 小也. 方言, 纖, 小也. 左思吳都賦, 旁魄而論都邑, 抑非大人之壯觀也. 而孟堅平子太沖者倫, 註 後漢書, 班固, 字孟堅, 顯宗時, 上兩都賦. 張衡, 字平子, 擬班固兩都作二京賦. 臧榮緖晉書, 左思字太沖, 作三都賦. 方且黜陳崤函, 隴坻之隘. 註 班固西都賦, 左據函谷二崤之阻, 右界褒斜隴首之險. 西京賦, 左有崤函重險桃林之塞, 右有隴首之隘, 隔閡華戎. 鹽池墨

세웠다." 하였다.

더욱이 사소하고 잡다하여 혼란스러우므로 헤아려 말할 것이 못되고

『이아석언(爾雅釋言)』에, "쇄쇄(瑣瑣)는 작은 것들이다." 하였다. 『방언(方言)』에, "섬(纖)은 작은 것들이다." 하였다. 좌사(左思)가 지은 「오경부(吳京賦)」에, "혼란한 도성을 논하면 또 대인의 도리와 모범이 아니다." 하였다.

맹견(孟堅), 평자(平子), 태충(太沖) 등이

『후한서』에, "반고의 자는 맹견이고, 현종(顯宗) 황제 때에 「양도부」를 올렸다. 장형의 자는 평자(平子)이고, 반고의 「양도부」를 본받아 「이경부」를 지었다." 하였다. 장영서(臧榮緖)가 지은 『진서』에, "좌사의 자는 태충(太沖)이고, 「삼도부」를 지었다." 하였다.

게다가 효함(崤函), 농지(隴坻)의 험요(險要)

반고가 지은 「서도부」에, "왼쪽으로 함곡관(函谷關)과 이효(二崤)를 후미로 의지하고, 오른쪽으로 포야(褒斜)와 농산(隴山)의 험지에 접하였다." 하였다. 「서경부」에, "왼쪽에 함곡관과 효산(崤山)이 중첩하여 험하고, 도림(桃林)의 변경이며, 오른쪽에 농산의 험요가 있어서 중국과 북쪽 오랑캐를 격하고 있다." 하였다.

염지(鹽池), 묵정(墨井)의

98) dzang zung sioi : 『진서(晉書)』를 지은 제나라 학자 장영서(臧榮緖)를 가리킨다.
99) yoo han : 효산(崤山)과 함곡관(函谷關)의 병칭인 효함(崤函)을 가리킨다. 진나라 수도 함양(咸陽)을 지키는 요충지이다.
100) lung di : 농지(隴坻)로 농산(隴山) 지방을 가리키는 말이다. 지금의 감숙성(甘肅省) 동남부의 천수(天水) 일대이다.
101) han gu : 함곡(函谷)으로 함곡관(函谷關)을 가리키며, 진나라와 6국이 통하던 관문이다.
102) juwe yoo : 2개의 효산(崤山)이라는 뜻의 이효(二崤)로, 효산이 동효(東崤)와 서효(西崤)의 둘로 나누어 있기 때문에 이렇게 불린다.
103) boo siyei : 포야(褒斜)로 섬서성 종남산(終南山)에 있는 험준한 계곡의 이름이다.
104) too lin : 도림(桃林)으로 하남성 영보현 서쪽에서부터 동관(潼關)에 이르는 지역을 가리킨다.

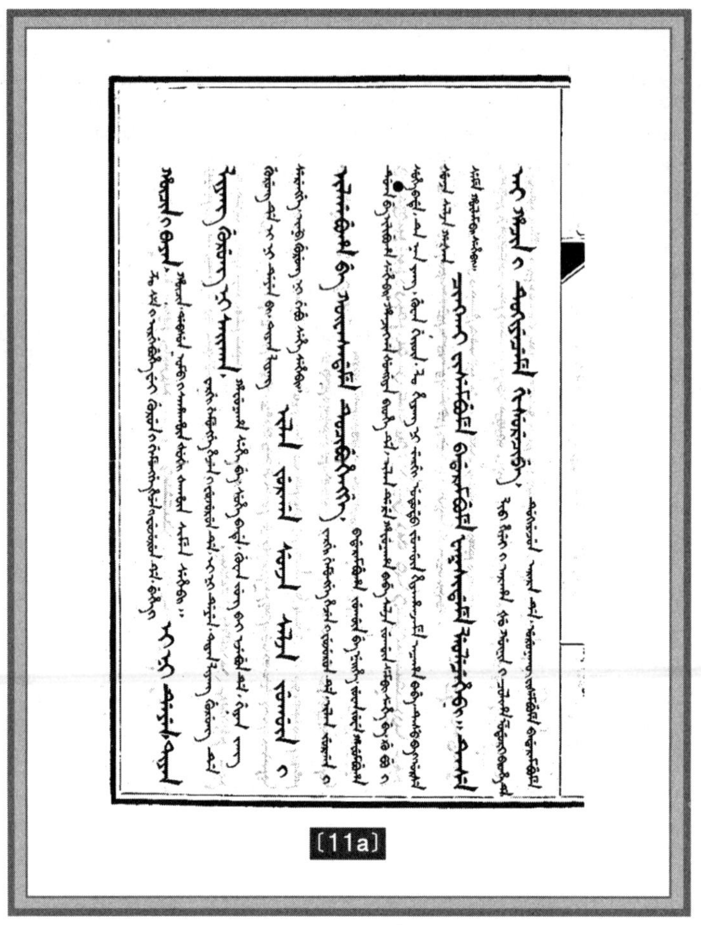
[11a]

hūcin[105] i bayan.
우물 의 풍요로움

dzo sy i irgebuhe wei gurun i gemungge hecen i fujurun de behe i hūcin dabsun omo i sahahūn
左 思 의 지은 魏 나라 의 都 城 의 賦 에 먹 의 우물 소금 연못 의 거무스름한
šugi šahūn simen sehebi.
액즙 희끄무레한 진액 하였다.

ei ni deyen tiyan liyang gurung ni saikan.
栘 詣 殿 天 梁 宮 의 아름다움

wargi gemungge hecen i fujurun de ei ni deyen tiyan liyang gurung de hafunaha sehe be suhe bade
西 都 城 의 賦 에 栘 詣 殿 天 梁 宮 에 통과해 갔다 한 것 을 주해한 바에
guwan jung bai ejebun de giyan jang gurung de ei ni deyen bi. tiyan liyang serengge inu gurung ni
關 中 땅의 記 에 建 章 宮 에 栘 詣 殿 있다. 天 梁 한 것 또한 宮 의
gebu sehe sehebi.
이름 했다 하였다.

105) **behe i hūcin** : 연못에 먹 같은 돌이 있는 것을 가리키며, 한자로 묵정(墨井)이라 한다.

ilan jurgan sunja salja jugūn i ilgabuha be kūwasadame tucibuhengge.
세 길 다섯 갈림길 의 갈라진 것 을 허풍 떨며 서술한 것

wargi gemungge hecen i fujurun de ilan jurgan i badarambuha jugūn be neihe juwan juwe hafumbuha duka be
西 都 성 의 賦 에 세 길 의 廣 路 를 열고 열 두 通 門 을
ilibuha sehebi. hancingga šunggiya bithe de ilan dere hafunaha babe salja jugūn sembi sehe be ku pu[106] i
세웠다 하였다. 爾 雅 글 에 세 방향 통한 곳을 갈림길 한다 한 것 을 郭 璞 의
suhe bade te nan yang guwan giyūn lo hiyang ni jergi ududu jugūn hiyahanjame acaha babe tesu ba i
주해한 바에 지금 南 陽 冠 軍 樂 鄉 의 등 몇몇 길 엇갈려 만난 곳을 鄉土 의
urse sunja salja gašan seme hūlambi sehebi.
사람들 五 劇 鄉 하고 부른다 하였다.

cingkai fisembume badarambume faksidame leolecehebi.. tese
멋대로 기술하고 퍼뜨려 교묘하게 논란하였다. 그들

ai hacin i tukiyeceme gisurecibe
어떤 종류 로 칭송하여 말했지만

lio hiyei[107] i araha šu gūnin i coliha muduri bithe de tukiyecun arara de urunakū fisembume badarambume
劉 勰 의 지은 文 心 의 雕 龍 글 에 頌 지음 에 반드시 풀어써서 퍼져가게 하고

[한문]

井之腴, ㊟左思魏都賦, 墨井鹽池, 元滋素液. 枍詣天梁之麗, ㊟西都賦, 洞枍詣以與天梁. 注, 關中記曰, 建章宮有枍詣殿, 天梁, 亦宮名. 三條五劇之區. ㊟西都賦, 披三條之廣路, 立十二之通門. 爾雅, 三達謂之劇旁. 郭璞注, 今南陽冠軍樂鄉數道交錯, 俗呼之五劇鄉. 極鋪張以詭辨, 彼何辭迺稱諸. ㊟劉勰文心雕龍, 頌須鋪張揚厲.

—∘—∘—∘—

풍요롭고,

좌사(左思)가 지은 「위도부(魏都賦)」에, "묵정(墨井)과 염지(鹽池)의 거무스름한 액즙, 희끄무레한 진액이다." 하였다.

예예전(枍詣殿)과 천량궁(天梁宮)이 아름답고,

「서도부」에, "예예전(枍詣殿)과 천량궁(天梁宮)을 통과해 갔다." 한 것을 「주(注)」한 것에, "『관중기(關中記)』에, '건장궁(建章宮)에 예예전(枍詣殿)이 있다. 천량(天梁)이라 한 것 또한 궁(宮)의 이름이다'고 했다." 하였다.

세 길, 다섯 갈림길로 갈라진 것을 허풍 떨며 서술한 것이

「서도부」에, "세 개의 광로(廣路)를 열고, 열두 통문(通門)을 세웠다." 하였다. 『이아』에, "세 방향으로 통한 곳을 갈림길이라 한다." 한 것을 곽박(郭璞)이 「주(注)」한 것에, "오늘날 남양(南陽), 관군(冠軍), 악향(樂鄉) 등 여러 길이 엇갈려 만난 곳을 그 지역의 사람들이 오극향(五劇鄉)이라고 부른다'고 했다." 하였다.

멋대로 기술하고 퍼뜨리며 교묘하게 늘어놓았다. 아무리 칭송하더라도,

유협(劉勰)의 『문심조룡(文心雕龍)』에, "송(頌)을 지으면 반드시 풀어써서 퍼져가게 하여

106) ku pu : 중국 서진(西晉) 말에서 동진(東晉) 초의 학자이자 시인인 곽박(郭璞)을 가리킨다. 박학다식하여 천문과 역술·점술학에 뛰어났으며, 『초사』와 『산해경』을 주해하였으며, 「강부(江賦)」를 지었다. 왕돈(王敦)이 반란을 일으킬 때 이를 반대하다가 살해당했다.

107) lio hiyei : 유협(劉勰) : 남조(南朝) 양(梁)나라 사람이다. 일찍이 정림사(定林寺) 장경(藏經)을 정리했다. 불전(佛典)을 비롯하여 각종 서적을 열독하여 많은 교양을 쌓았는데, 그의 심오한 학문적 소양은 문심조룡(文心雕龍)에 잘 나타나 있다.

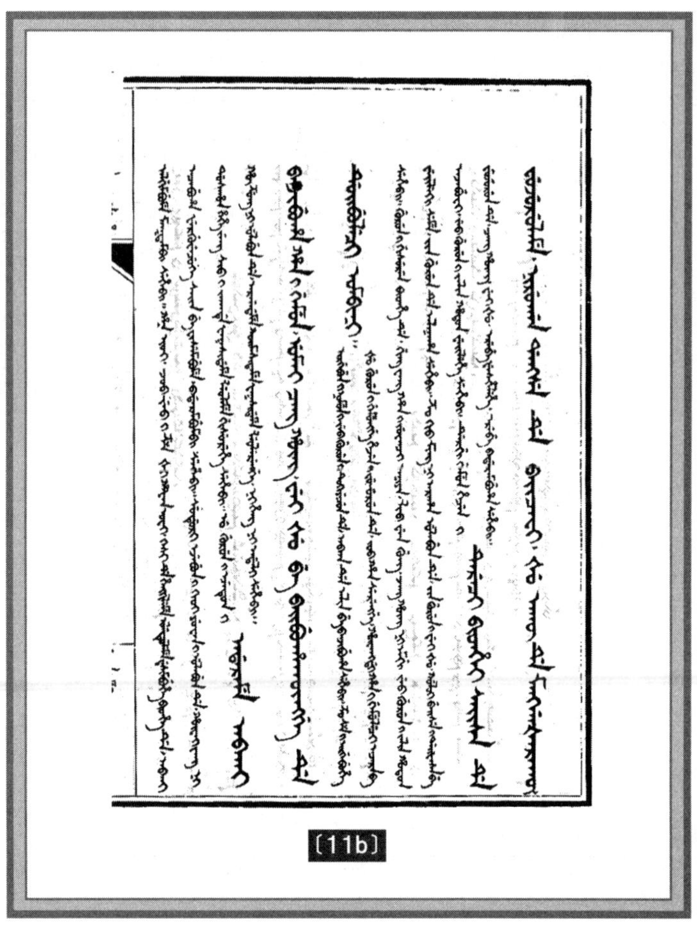

[11b]

algimbume maktambi sehebi. han ioi[108] coo jeo i dzy ši hafan ofi kesi de hengkileme iletuleme wesimbuhe
널리 칭송한다 하였다. 韓 愈 潮 州 의 刺 史 관리 되고 은혜 에 감사하며 表하여 올린
bithe de abkai acabuha ferguwecuke sain be fisembume badarambumbi sehebi. suduri ejebun i kioi yuwan i
글 에 하늘의 상응한 멋지고 좋은 것 을 서술하여 퍼뜨린다 하였다. 史 記 의 屈 原 의
ulabun de hūwai wang ni doshon hehe jeng sio[109] i jakade faksidame leoleme gisurehe sehebi. u gurun i
傳 에 懷 王 의 寵姬 鄭 袖 의 곁에 교묘하게 논의하여 말하였다 하였다. 吳 나라 의
ejetun i hū dzung ni ulabun de argadame koimasitame faksidame leolerengge ni heng[110] ni adali sehebi.
志 의 胡 綜 의 傳 에 꾀를 내어 교활하고 교묘하게 논의하는 것 禰 衡 의 같다 하였다.

adarame abkai
어찌 하늘의

108) han ioi : 중국 당나라의 문인이자 사상가인 한유(韓愈)를 가리킨다. 원화 14년(819년)에 헌종이 불사리를 궁중으로 들여 부처를 믿을 것을 간언한 탓으로 조주자사(潮州刺史) 로 좌천되었다.

109) jeng sio : 초나라 회왕(懷王)이 애첩 정수(鄭袖)를 가리킨다.

110) ni heng : 후한 때의 예형(禰衡)을 가리킨다. 성격이 강직하면서 오만했으며, 「앵무부(鸚鵡賦)」를 지었다.

banjibuha han i gemun. umai cang hūng[111]. wei šu[112] be baibuhakūngge de
만들게 한 汗 의 京 결코 萇 弘 魏 舒 를 찾게 하지 않은 것 에

duibuleci ombini..
비교할 수 있겠는가

irgebun i nomun i jeo gurun i tukiyecun de abka den alin be banjibuha sehebi. dzo sy i irgebuhe šu gurun i
詩 經 의 周 나라 의 頌 에 하늘 높은 산 을 나게 하였다 하였다. 左 思 의 지은 蜀 나라 의
gemungge hecen i fujurun de joo han serengge hūwangdi han i gemuleci acara ba sehebi. gurun i gisuren
都 성 의 賦 에 殽 函 하는 것 황제 汗 의 도읍하면 마땅한 땅 했다. 國 語
bithe de ging wang han i juwanci aniya. lio wen gun cang hūng ni emgi jeo gurun i jalin hoton weileki seme
글 에 敬 王 한 의 열 번째 해 劉 文 公 萇 弘 의 함께 周 나라 의 위해 城 세우자 하고
jin gurun de alanaha sehebi. dzo kio ming ni araha ulabun de jin gurun i wei šu. goloi beise i daifasa be
晉 나라 에 알리러 갔다 하였다. 左 丘 明 의 지은 傳 에 晉 나라 의 魏 舒 省의 beise 의 大夫들 을
acabufi jeo gurun i jalin hoton weilehe sehebi. dergi gemun hecen i fujurun de cang hūng wei šu erebe
만나게 해서 周 나라 의 위해 城 지었다 했다. 東 京 城 의 賦 에 萇 弘 魏 舒 이를
feshelehe. erebe badarambuha sehebi.
개척했다 이를 확장했다 하였다.

tereci bithei saisa de
이로부터 글의 현인들 에

fujurulame. nirugan dangse de baicafi. šu akū de manggašarakū.
문의하고 圖冊 에 조사하고 書 없음 에 어려워하지 않고

[한문]——————

韓愈潮州刺史謝上表, 鋪張對天之鴻休. 史記屈原傳, 設詭辨於懷王之寵姬鄭袖. 吳志胡綜傳, 巧捷詭辨, 有似禰衡. 奚侔夫天作之皇宅, 又何藉萇弘與魏舒. 注詩周頌, 天作高山. 左思蜀都賦, 殽函有帝皇之宅. 國語, 敬王十年, 劉文公與萇弘欲城周, 爲之告晉. 左傳, 晉魏舒合諸侯之大夫以城周. 東京賦, 萇弘魏舒, 是廓是極. 於是諮文獻, 攷圖籍,

——∘——∘——∘——

널리 칭송한다." 하였다. 한유가 「조주자사사상표(潮州刺史謝上表)」에서, "하늘에 상응하는 멋지고 좋은 것을 서술하여 퍼뜨린다." 하였다. 『사기』「굴원전(屈原傳)」에, "회왕(懷王)의 총희 정수(鄭袖)가 곁에서 궤변을 하며 논의하여 말하였다." 하였다. 『오지(吳志)』「호종전(胡綜傳)」에, "꾀를 내어 교활하게 변명하며 논의하는 것이 예형(禰衡)과 같다." 하였다.

어찌 하늘이 만들어 준 왕의 수도가 결코 장홍(萇弘), 위서(魏舒)를 필요로 하지 않은 것과 비교할 수 있겠는가?

『시경』「주송」에, "하늘이 높은 산을 만들었다." 하였다. 좌사(左思)의가 지은 「촉도부」에, "효함(殽函)은 황제가 도읍하기에 마땅한 땅이다." 하였다. 『국어』에, "경왕(敬王) 11년, 유문공(劉文公)이 장홍과 함께 '주나라를 위해 성을 쌓자' 하고 진(晉)나라에 알리러 갔다." 하였다. 『좌씨전』에, "진나라의 위서가 제후의 대부들을 만나 주나라를 위해 성을 지었다." 하였다. 「동경부」에, "장홍과 위서가 이것을 개척하고, 이것을 확장했다." 하였다.

이로부터 학자들에게 문의하고, 도책(圖冊)을 조사하고, 책 없는 것을 어려워하지 않고

---

111) **cang hūng** : 주나라 때 대부인 장홍(萇弘)으로 공자가 그에게서 음악을 배웠다. 간신의 참언으로 쫓겨나 촉 땅에서 죽었는데, 3년 뒤에 무덤을 파보니 피가 벽옥(碧玉)으로 변해 있었다고 한다.

112) **wei šu** : 춘추시대 진(晉)나라의 육경(六卿) 중 한 사람인 위서(魏舒)를 가리킨다. 주나라 경왕(敬王) 11년(BC 509)에 유문공(劉文公)·장홍과 더불어 여러 제후국의 대부들을 적천(狄泉)에 소집하여 주나라 수도인 성주(成周)에 성벽을 수축하게 하였다.

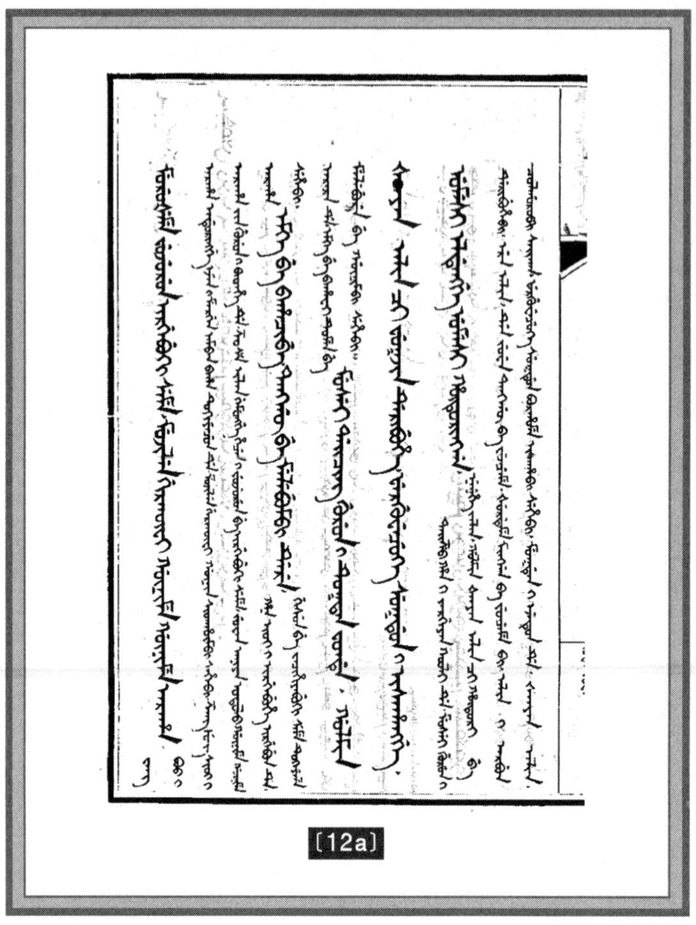

[12a]

murušeme fujurun irgebuki seme. mujilen girkūfi gūnime gūnime araha.
파악하여 賦 짓자 하고 마음 전념해서 생각하고 생각하여 지었다.

wang boo[113] i araha enduringge ejen i mergen amban baha tukiyecun de mujilen girkūfi gūnin sithūmbi sehebi.
王 褒 의 지은 聖 主 의 賢 臣 얻은 頌 에 생각 전념하고 정신 집중한다 하였다.

dzang zung sioi i araha jin gurun i bithe de dzu sy ilan gemungge hecen i fujurun be irgebuki seme juwan
臧 榮 緖 의 지은 晉 나라 의 書 에 左 思 三 都 성 의 賦 를 짓자 하고 십

aniya otolo gūnime gūnime araha sehebi.
년 되도록 생각하고 생각하여 지었다 했다.

emke be bahacibe tanggū be melebumbi dere.
하나 를 얻지만 백 을 빠뜨리느니라.

han ioi i irgebuhe de gisun be wacihiyabuki seme tukiyeme arara de emke be bahafi tumen be melebure
韓 愈 의 시지은 것 에 말 을 완성시키자 하고 흘려 지음 에 하나 를 얻고 백 을 빠뜨리는 것

be gūnimbi sehebi.
을 생각한다 하였다.

113) wang boo : 남북조 시대 북주(北周) 의 왕포(王褒)를 가리킨다. 사전(史傳)을 두루 읽어 글을 잘 지었으며, 섬세하면서 기교가 있는 시를 많이 지었다.

musei daicing gurun i tuktan fonde. golmin
우리의 大淸 나라 의 처음 시절에 길고

šayan alin ci fukjin deribuhe. ferguwecuke sukdun i isahangge.
흰 산 에서 기원 시작하였다. 기이한 기운 의 모인 것

umesi eldengge umesi hūturingga.
매우 빛나고 매우 복 있다.

taidzu han i yargiyan kooli de musei gurun i nenehe jalan golmin šanyan alin ci hūturi be deribuhebi.
太祖 汗 의 實 錄 에 우리 나라 의 先 代 길고 흰 산 에서 복 을 일으켰다.
ere alin den juwe tanggū ba funceme šurdeme minggan ba funceme bi. alin i arbun colgoropi saikan.
이 산 높이 2 백 리 넘고 둘레 백 리 넘어 있다. 산 의 모양 우뚝 솟아 좋고
ferguwecuke sukdun borhome isahabi sehebi. mukden i ejetun de šanyan alin
기이한 기운 서려 모였다 하였다. 盛京 의 志 에 흰 산

[한문] ——————

不恧不文, 爰賦其略, 聚精搆思. 注王褒聖主得賢臣頌, 聚精會神. 臧榮緖晉書, 左思欲作三都賦, 搆思十稔. 挂一漏百, 注韓愈詩, 團辭試提挈, 挂一念萬漏. ○百, 叶卜各切. 漢語, 得黃金百, 不如得季布諾. 粤我淸初, 肇長白山. 扶輿所鍾, 不顯不靈. 注太祖實錄, 本朝先世, 發祥於長白山, 是山高二百餘里, 綿亘千餘里, 樹峻極之雄觀, 萃扶輿之靈氣. 盛京志, 長白山

—— ◦ —— ◦ —— ◦ ——

파악하여 부(賦)를 지으려고 전념해서 생각하고 생각하여 지었다.

왕포(王褒)의 「성주득현신송(聖主得賢臣頌)」에, "전념하고 정신을 집중한다." 하였다. 장영서(臧榮緖)의 『진서(晉書)』에, "좌사(左思)가 『삼도부』를 짓고자 하여 십 년이 되도록 생각하고 생각하며 지었다." 하였다.

하나를 얻지만 백을 빠뜨리느니라.

한유의 시에, "글을 완성시키고자 하여 흘려 쓰면, 하나를 얻고 백을 빠뜨리는 것을 생각한다." 하였다.

우리 청나라는 초기에 장백산(張白山)에서 시작하였다. 상서로운 기운이 모여 매우 빛나고 매우 복이 있다.

『태조실록』에, "우리나라의 선대는 장백산에서 복을 일으켰다. 이 산은 높이가 200리를 넘고, 둘레가 100리를 넘는다. 산의 모양이 우뚝하고 좋다. 상서로운 기운이 서려 모였다." 하였다. 『성경지』에, "흰 산이

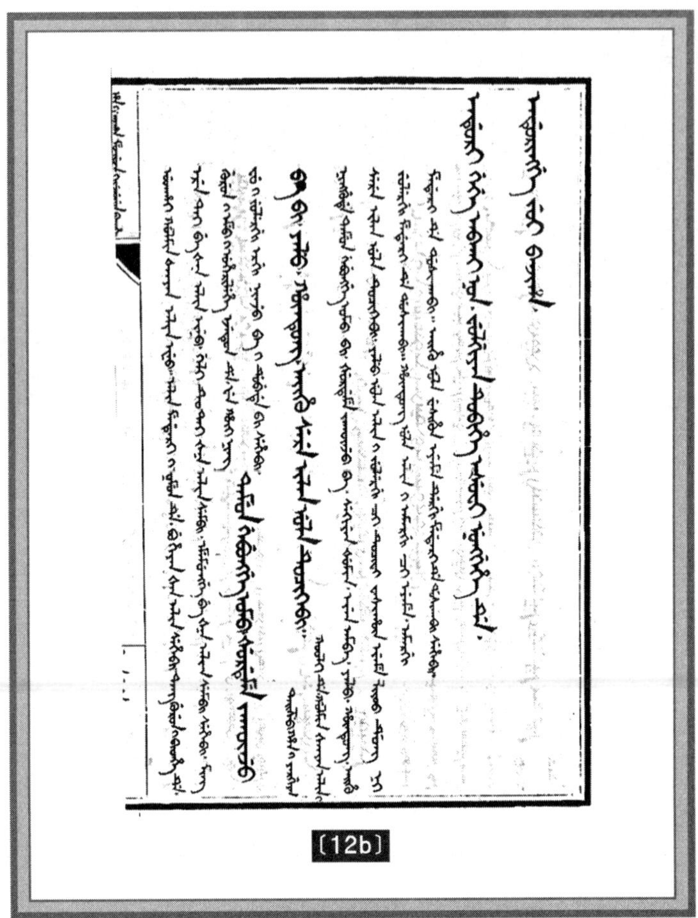

[12b]

uthai golmin šayan alin inu. alin mederi i nomun de bu hiyan šan alin sehebi. tang gurun i bithe de
곧 장 백 산 이다. 山 海 의 經 에 不 咸 山 산 하였다. 唐 나라 의 書 에
ere tai be šan alin inu. geli tu tai šan alin sembi. ememungge be šan alin sembi sehebi. ming gurun i
이 太 白 山 산 이다. 또 徒 太 山 산 한다. 혹은 白 山 산 한다 하였다. 명 나라 의
emu i uherilehe ejetun de fe hūi ning fu i julergi ergi ninju ba i dubede bi sehebi.
하나 로 합한 志 에 옛 會 寧 府 의 남 쪽 60 리 의 끝에 있다 하였다.

tamun gebungge omo šurdeme jakūnju
tamun 이름의 연못 둘레 80

ba bi. yalu hūntung aihu sere ilan ula tucikebi..
리 이다. yalu hūntung aihu 하는 세 강 나왔다.

taidzu han i yargiyan kooli de golmin šanyan alin i ninggude tamun gebungge omo bi. šurdeme jakūnju
太祖 汗 의 實 錄 에 길고 흰 산 의 위에 tamun 이름의 연못 있다. 둘레 80
ba sekiyen šumin. eyen amba. yalu hūtung aihu sere ilan ula tucikebi. yalu ula alin i julergi ci tucifi
리 근원 깊고 흐름 크다 yalu hūtung aihu 하는 세 강 나왔다. yalu 강 산 의 남쪽 에서 나와서
wasihūn eyeme liyoo dung ni julergi mederi de dosikabi. hūntung ula alin i amargi ci eyeme amargi mederi
아래로 흘러 遼 東 의 남쪽 바다 에 들어갔다. hūntung 강 산 의 북쪽 에서 흘러 북쪽 바다

de dosikabi. aihu ula wesihun eyeme dergi mederi de dosikabi sehebi.
에 들어갔다. aihu 강 동에서 흘러 동쪽 바다 에 들어갔다 하였다.

enduri gege abkai non fulgiyan tubihe ašufi nunggehe de
신 녀 하늘의 누이 붉은 과일 머금어 삼킴 에

enduringge jui banjiha.
신성한 아이 낳았다.

[한문]

卽歌爾民商堅阿鄰, 山海經作不咸山, 唐書作太白山, 亦曰徒太山, 或作白山, 明一統志云在故會寧府南六十里. ○山, 叶音莘. 揚雄羽獵賦, 移珍來享, 抗手稱臣, 前入圍口, 後陳盧山. ○靈, 叶力珍切. 王騰辨蜀都賦, 李雄劉闢, 季連公孫, 因仍世難, 割據坤靈. 周八十里, 潭曰闥門, 鴨綠混同愛滹, 三江出焉. 注太祖實錄, 長白山之上, 有潭曰闥門, 周八十里, 源深流廣, 鴨綠混同愛滹三江出焉. 鴨綠江自山南西流入遼東之南海, 混同江自山北流入北海, 愛滹江東流入東海. ○焉, 叶音殷. 劉歆列女贊, 齊女徐吾, 會績獨貧, 夜託燭明, 李吾絶焉. 帝女天妹, 朱果是呑, 爰生聖子.

—— ◦ —— ◦ —— ◦ ——

곧 장백산이다." 하였고, 『산해경』에, "불함산(不咸山)이다." 하였다. 『당서』에, "태백산(太白山)이다. 또 도태산(徒太山)이라 한다. 혹은 백산(白山)이라고 한다." 하였다. 『명일통지(明一統志)』에, "옛 회령부(會寧府)의 남쪽 60리 끝에 있다." 하였다.

타문(tamun, 闥門)이라는 연못은 둘레 80리이다. 얄루(yalu, 鴨綠), 훈퉁(hūntung, 混同), 아이후(aihu, 愛滹)라고 하는 세 강이 나왔다.

『태조실록』에, "흰 산 위에 타문(tamun)이라는 연못이 있다. 둘레는 80리이고 깊고 흐름이 빠르다. 얄루(yalu), 후퉁(hūtung), 아이후(aihu)라고 하는 세 강이 흘러나왔다. 얄루강은 산의 남쪽에서 나와 아래로 흘러 요동(遼東)의 남쪽 바다로 들어간다. 훈퉁강은 산의 북쪽에서 흘러 북쪽 바다로 들어간다. 아이후강은 동에서 흘러 동쪽 바다로 들어간다." 하였다.

신녀, 하늘의 누이가 붉은 과일 머금어 삼키니 신령한 아이가 태어났다.

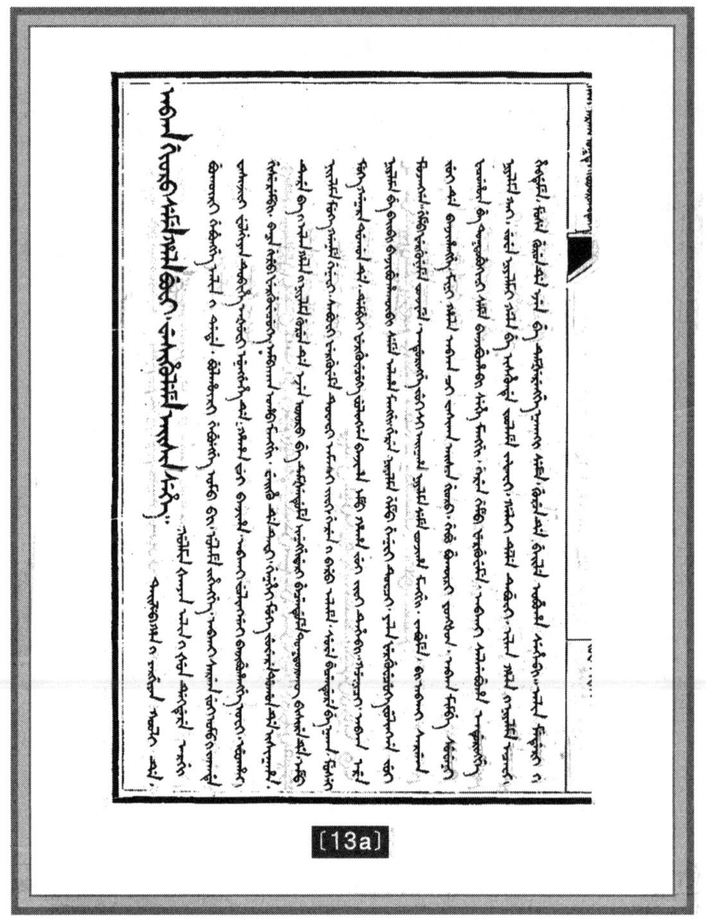
[13a]

abka gioro seme hala bufi. wesihuleme aisin sehe..
하늘 gioro 하고 성 주고 존칭하여 aisin 하였다.

taidzu han i yargiyan kooli de golmin šanyan alin i šun dekdere ergi bukuri gebungge alin i dade
太祖 汗 의 實 錄 에 길고 흰 산 의 해 뜨는 쪽 bukuri 이름의 산 의 근원에
bulhūri gebungge omo bi. ulame jihengge abkai sargan jui omo i jakade wasinjifi fulgiyan tubihe
bulhūri 이름의 연못 있다. 전해 온 것 하늘의 딸 연못 의 곁에 내려와서 붉은 과일
ašufi nunggehe de haha jui banjiha. abkai fulinggai banjibuhangge ofi uthai gisurembi. banin giru
머금고 삼킴 에 남자 아이 낳았다. 天 命으로 태어난 것 되어 즉시 말한다. 용모 자태
ferguwecuke. ambakan oho manggi weihu de tefi. genehei muke juwere dogon de isinaha. tere ba i
기이하다 크게 된 후 배 에 타고 가서 물 긷는 나루 에 도착하였다 그 곳 의
ilan hala i niyalma gurun de ejen ojoro be temšendume inenggidari becendume toktorakū bisire
三 姓 의 사람 나라 에 주인 되기 를 서로 다투며 매일 서로 말싸움하며 안정되지 않고 있음
de. emu niyalma muke ganame genefi sabufi ferguweme tuwafi amasi jifi geren i baru alame suwe
에 한 사람 물 가지러 가서 보고 경탄하여 보고 돌아 와서 여럿 의 쪽 알리되 너희
becendure be naka. musei muke ganara dogon de dembei ferguwecuke fulingga banjiha emu haha jui
말다툼하기 를 멈춰라. 우리의 물 긷는 나루 에 매우 기이한 천명으로 태어난 한 남자 아이
jifi tehebi. gūnici abka ere niyalma be baibi banjibuhakūbi seme alaha manggi geren niyalma
와서 있었다. 생각하니 하늘 이 사람 을 이유없이 태어나게 하지 않았다 하고 알린 후 많은 사람

gemu genefi tuwaci yala ferguwecuke fulingga jui mujangga. gemu ferguweme fonjime enduringge jui si
모두 가서 보니 진정 기이한 복 있는 아이 사실이다. 모두 놀라 묻되 신성한 아이 너
ainaha niyalma seme fonjiha manggi jabume bi abkai sargan jui de banihangge. mini hala abka ci wasika
어떤 사람이냐 하고 물은 후 대답하되 나 하늘의 딸 에 태어난 것 내 성 하늘 에서 내린
aisin giyoro. gebu bukūri yongšon. abka mimbe suweni facuhūn be toktobukini seme banjibuhabi sehe manggi.
aisin giyoro 이름 bukūri yongšon 하늘 나를 너희의 혼란 을 안정시키자 하고 태어나게 했다 한 후
geren gemu ferguweme. abkai salgabuha enduringge niyalma kai. juwe niyalmai gala be ishunde joolame
여럿 모두 놀라며 하늘의 정해준 신성한 사람 이니라 두 사람의 손 을 서로 교차하여
jafafi galai dele tebufi ilan hala i niyalma acafi hebdeme muse gurun de ejen be temšerengge nakaki
잡고 손의 위에 앉히고 三 姓 의 사람 만나서 의논하여 우리 나라 에 주인 을 다투는 것 멈추자
seme gurun de beile obuha sehebi. alin mederi i
하고 나라 에 beile 삼았다 했다. 山 海 의

[한문]

帝用錫以姓曰覺羅, 而徽其稱曰愛新. 註太祖實錄, 長白山之東, 有布庫里山, 下有池曰, 布爾湖里. 相傳有天女降池畔, 呑朱果, 生聖子, 生而能言, 體貌奇異. 及長, 乘舠至河步, 其地有三姓, 爭爲雄長, 日搆兵, 亂靡由定. 有取水河步者, 見而異之, 歸語衆曰, 汝等勿爭, 吾見一男子, 察其貌, 非常人也, 天必不虛生此. 衆往觀之, 皆以爲異, 因詰所由來, 答曰, 我天女所生, 姓愛新覺羅氏, 名布庫里雍順. 天生我以定汝等之亂者. 衆驚曰, 此天生聖人也. 遂舁至家. 三姓者議奉爲貝勒, 其亂乃定.

—∘—∘—∘—

하늘이 교로(gioro, 覺羅)라는 성(姓)을 주고, 높여서 아이신(aisin, 愛新)이라 하였다.

『태조실록』에, "장백산의 해 뜨는 쪽에 부쿠리(bukuri)라는 이름의 산의 근원에 불후리(bulhūri)라는 연못이 있다. 전해 들으니 하늘의 딸이 연못 근처에 내려와서 붉은 과일을 삼킨 후에 남자 아이 낳았고, 천명으로 태어나서 즉시 말을 한다. 생김새가 기이하다. 자라서 배를 타고 가서 물 긷는 나루에 도착하였다. 그곳은 삼성(三姓)의 사람이 나라의 주인이 되기 위해 다투며 매일 언쟁하여 안정되지 않고 있었다. 한 사람이 물을 길러 가서 보고 경탄하여 돌아와 여럿에게 말하기를, "너희 싸우기를 멈추어라. 우리가 물 긷는 나루에 매우 기이한 천명으로 태어난 남자아이가 와 있다. 생각하니 하늘이 이유 없이 태어나게 한 것이 아니다." 하고 알리니, 여러 사람이 모두 가서 보니 바로 기이하고 천복을 지닌 아이가 확실하다. 모두 놀라서 묻기를, "신령한 아이야, 너는 어떠한 사람이냐?" 하고 물으니, 대답하기를, "나는 하늘의 딸에게서 태어난 사람이다. 내 성은 하늘에서 내린 아이신 교로(aisin giyoro)이고, 이름은 부쿠리 용숀(bukūri yongšon)이다. 하늘이 너희의 혼란을 안정시키고자 나를 태어나게 하였다." 하니, 모두 놀라며 "하늘이 정해준 신성한 사람이구나." 두 사람의 손을 마주 잡고, 그 위에 앉게 하고, 삼성의 사람이 만나서 의논하여 "우리나라의 주인이 되기 위해 다투는 것을 멈추자." 하고 나라의 버일러(beile)로 삼았다." 하였다.

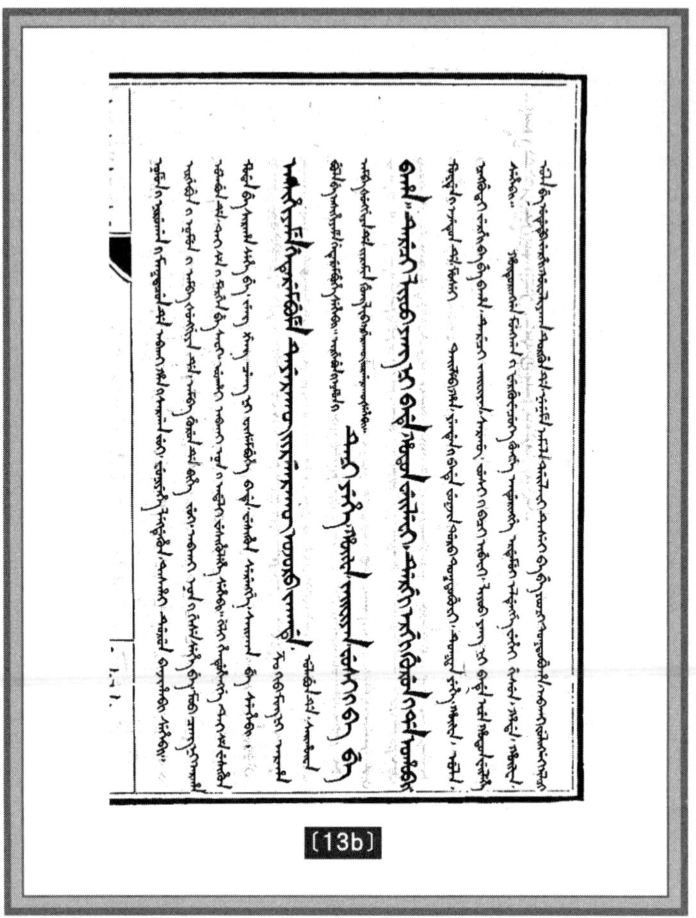

[13b]

nomun i nirugan i maktacun de abkai han i sargan jui funiyehe lekdehun tashai durun banjihabi sehebi.
經 의 圖 의 贊 에 하늘의 汗 의 딸 털 드리워진 호랑이의 모습 태어났다 하였다.
irgubun i nomun i amba šunggiya de amba gurun de bihe jui. abkai non i gese sehe be moo cang ni
詩 經 의 大 雅 에 큰 나라 에 살던 아이 하늘의 누이 와 같다 한 것 을 毛 萇 의
araha ulabun de tai sy[114] i mergen be safi uthai abkai non i adali wesihulehe sehebi. geli henduhengge
지은 傳 에 太 姒 의 지혜 를 알고 즉시 하늘의 누이 와 같이 받들었다 하였다. 또 말한 것
tai sy wesihun mudan[115] be siraha sehe be jeng kang ceng ni fisembuhe bade wesihun serengge saikan
太 姒 徽 音 을 이었다 한 것 을 鄭 康 成 의 기술한 바에 徽 하는 것 좋은 것
be sehebi.
이다 하였다.

asihiyame geterembume teyerakū jirgarakū ojoro jakade.
잘라내고 제거하며 쉬지 않고 편안하지 않게 되기 때문에

dzo gio ming ni araha ulabun de saihūwa bula be asihiyame geterembuhe sehebi. irgebun i nomun i amba
左 丘 明 의 지은 傳 에 가시 나무 를 잘라내고 없앴다 하였다. 詩 經 의 大

114) tai sy : 주나라 문왕의 정비(正妃)인 태사(太姒)를 가리킨다. 주나라 이후 어진 덕을 지닌 부인의 대명사로 여겨져 왔다.

115) wesihun mudan : 왕비의 아름다운 덕행과 언어를 의미하며, 한자로는 휘음(徽音)으로 표기한다.

šunggiya de jiramin gung lio ergerakū jirgarakū sehebi.
雅 에 두터운 公 劉 쉬지 않고 편안하지 않다 하였다.

teni yehe. hoifa. jaifiyan. fusi i ba be
비로소 yehe hoifa jaifiyan fusi 의 땅 을

baha.. tereci liyoo yang ni bade hoton weilefi. dergi ergi gurun i da ohobi.
얻었다. 그로부터 遼 陽 의 땅에 城 짓고 동 쪽 나라 의 우두머리 되었다.

mukden i ejetun de musei taidzu han yenden i bade fukjin doro toktobufi tuktan yehe hoifa. ula ninggutai
盛京 志 에 우리의 太祖 汗 興京 의 땅에 처음 政 定하고 처음으로 yehe hoifa ula ningguta의
jergi ba be baha. tereci jaifiyan sargū fusi i baci ibefi liyoo yang ni bade ice hoton weilehe sehebi.
등 땅 을 얻었다. 그로부터 jaifiyan sargū fusi 의 땅에서 나아가 遼 陽 의 땅에 새 城 지었다 하였다.
hūturingga munggan i ferguwecuke gungge enduringge erdemui eldengge wehei gisun hada. hoifa. ula be ududu
福 陵 의 神 功 聖 德 碑 文 hada hoifa ula 를 여러
jergi gūwaliyaka turgun de neneme amala dailafi tesei ba be yooni toktobuha. abkai fulinggai ilaci
번 변한 까닭 에 앞 뒤로 정벌해서 그들의 땅 을 모두 평정시켰다. 天 命 세 번째

[한문]

山海經圖贊, 天帝之女, 蓬髮虎顏. 詩大雅, 大邦有子, 俔天之妹. 毛萇傳, 知太姒之賢, 尊之如天之有女弟. 又, 太姒嗣徽音. 鄭康成箋, 徽, 美也. 是翦是除, 匪安匪康. ㊟左傳, 除剪其荊棘. 詩大雅, 篤公劉, 匪居匪康. ○康, 叶音痕. 揚雄長楊賦, 封豕其士, 窫窳其民, 豪俊麋沸雲擾, 羣黎爲之不康. 乃有葉赫輝發, 界藩撫順. 遂築城於遼陽, 以爲東國之宗. ㊟盛京志, 我太祖肇基興京, 初有葉赫輝發烏喇寧古塔諸地, 遂由界藩薩兒虎撫順, 而築新城於遼陽. 福陵神功聖德碑文, 哈達輝發烏喇, 數渝盟, 先後征討, 悉定其地, 天命三年,

—— ◦ —— ◦ —— ◦ ——

『산해경도찬(山海經圖贊)』에, "천제(天帝)의 딸이 털 드리워진 호랑이의 모습으로 태어났다." 하였다. 『시경』「대아」에, "'큰 나라에 살던 아이가 하늘의 누이와 같다' 한 것을 『모장전(毛萇傳)』에서 '태사(太姒)의 지혜를 알고, 즉시 하늘의 누이와 같이 받들었다' 했다." 하였다. 또 말하기를, "태사의 휘음(徽音)을 이었다," 한 것을 정강성(鄭康成)이 「전(箋)」한 것에 의하면, "휘(徽)라 하는 것은 좋은 것이다." 하였다.

잘라내고 제거하느라 쉬지 못하고 편히 지내지 못하기 때문에,

『좌전』에, "가시나무를 잘라내고 없앴다." 하였다. 『시경』「대아」에, "돈후(敦厚)한 공유(公劉)가 쉬지도 않고 편안하지도 않다." 하였다.

비로소 여허(yehe, 葉赫), 호이파(hoifa, 輝發), 자이피얀(jaifiyan, 界藩), 푸시(fusi, 撫順)의 땅을 얻었다. 그로부터 요양(遼陽) 땅에 성을 짓고 동쪽 나라의 우두머리가 되었다.

『성경지』에, "우리의 태조가 흥경(興京) 땅에서 처음 개국하시고, 처음으로 여허, 호이파, 울라(ula, 烏喇), 닝구타(ningguta, 寧古塔) 등의 땅을 얻었다. 그로부터 자이피얀, 사르구(sargū, 薩兒虎), 푸시의 땅으로부터 나아가 요양(遼陽) 땅에 새 성을 지었다." 하였다. 「복릉신공성덕비문(福陵神功聖德碑文)」에, "하다(hada, 哈達), 호이파, 울라가 여러 번 변절한 까닭에 앞뒤로 정벌해서 그들의 땅을 모두 평정시켰다. 천명(天命) 3년에

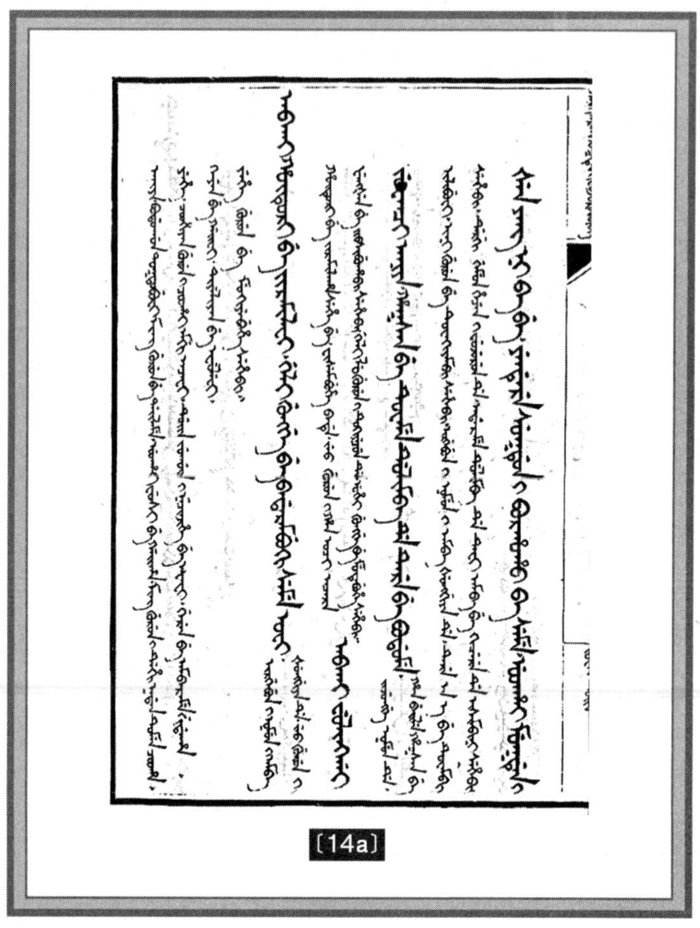
[14a]

aniya bodogon toktobufi ming gurun be dailame uthai fusi be gaiha. ming gurun i dehi nadan tumen
해 책략 정하여 明 나라 를 정벌하고 즉시 撫順 을 얻었다. 明 나라 의 사십 칠 만
cooha. yehe coohiyan gurun i coohai emgi acafi duin jugūn i necinjihe be afafi geren be ambarame
군대 yehe 朝鮮 나라 의 군대의 함께 만나서 네 길 로 침범해 온 것 을 싸워 모두 를 크게
gidaha. keyen be gaifi tailiyan be efulefi yehe gurun be mukiyebuhe sehebi.
물리쳤다. 開原 을 취하고 鐵嶺 을 파하고 yehe 나라 를 섬멸시켰다 하였다.

abkai hūturi be jiramilafi geli gungge be badarambuki seme ofi
하늘의 복 을 두텁게 하고 또 공 을 크게 하고자 하게 되어

irgebun i nomun i amba šunggiya de jeo gurun i hūturi be jiramilaha sehe be fisembuhe bade jeo gurun i
詩 經 의 大 雅 에 周 나라 의 복 을 두텁게 하였다 한 것 을 서술한 바에 周 나라 의
han oci acara fengšen be jibsibuhabi sehebi. geli lu gurun i tukiyecun de uhei gungge be mutebuhe sehebi.
汗 되면 만나는 행운 을 겹치게 했다 하였다. 또 魯 나라 의 頌 에 모든 공 을 이루게 했다 하였다.

abkai fulinggai
天 命의

juwanci aniya haksan be tuwame dulimba de tere be bodome.
열 번째 해 험지 를 보며 중앙 에 머문 것 을 헤아려

jijungge nomun de han beile haksan be ilibufi ini gurun be tuwakiyambi sehebi. irgebun i nomun i amba
易 經 에 汗 beile 험지 를 세워 자기 나라 를 지킨다 하였다. 詩 經 의 大
šunggiya de tere a e be tuwambi sehebi. dergi gemun hecen i fujurun de adarame dulimba de tefi
雅 에 그 음 양 을 본다 하였다. 東 京 城 의 賦 에 어찌 중앙 에 머물고
amba be kicere de isimbini sehebi.
큰 것 을 도모함 에 이르겠는가 하였다.

šen yang ni ba be yendere sukdun i borhoho ba seme uthai mukden i
瀋 陽 의 땅 을 흥기하는 기운 의 모인 땅 하고 즉시 盛京 의

[한문] ——————

定策征明, 遂入撫順, 明兵四十七萬, 合葉赫朝鮮兵四路來侵, 大破其衆, 取開原, 破鐵嶺, 滅葉赫. ○順, 叶平聲. 莊子, 其合緡緡, 若愚若昏, 是謂元德, 同乎大順. ○宗, 叶音遵. 易林, 嵩嶽岱宗, 峻直且神. 天篤其祜, 載恢厥功. ㊟詩大雅, 以篤周祜. 箋, 以厚周當王之福. 又, 魯頌, 克咸厥功. ○功, 叶音巾. 易林, 憑乘風雲, 爲堯立功. 天命十年, 相險宅中, ㊟易, 王公設險以守其國. 詩大雅, 相其陰陽. 東京賦, 豈如宅中而圖大. ○中, 叶音諄. 太元經, 心減自中, 以形於身. 謂瀋陽爲王氣所聚,

—— ◦ —— ◦ —— ◦ ——

책략을 세워서 명나라를 정벌하고, 즉시 무순(撫順)을 얻었다. 명나라의 47만 군대가 여허(yehe, 葉赫), 조선국의 군대와 함께 네 길로 침범해 오는 것을 싸워 모두 크게 물리쳤다. 개원(開原)을 취하고 철령(鐵嶺)을 파하고 여허를 섬멸시켰다." 하였다.

천복(天福)을 두텁게 하고 또 공(功)을 크게 하고자 하여

『시경』「대아」에, "'주나라가 복을 두텁게 하였다' 한 것을 서술한 것에, 주나라의 왕은 행운을 겹치게 했다." 하였다. 또 「노송」에, "모든 공을 이루게 했다." 하였다.

천명(天命) 10년에 험지(險地)를 보고 중앙에 머문 것을 헤아려

『역경』에, "왕공(王公)이 험지에 배치하여 자기 나라를 지킨다." 하였다. 『시경』「대아」에, "그 음양을 본다." 하였다. 「동경부」에, "어찌 중앙에 머물면서 큰 것을 도모할 수 있겠는가?" 하였다.

심양(瀋陽) 땅을 흥기하는 기운이 모인 땅이라 하여 즉시 성경

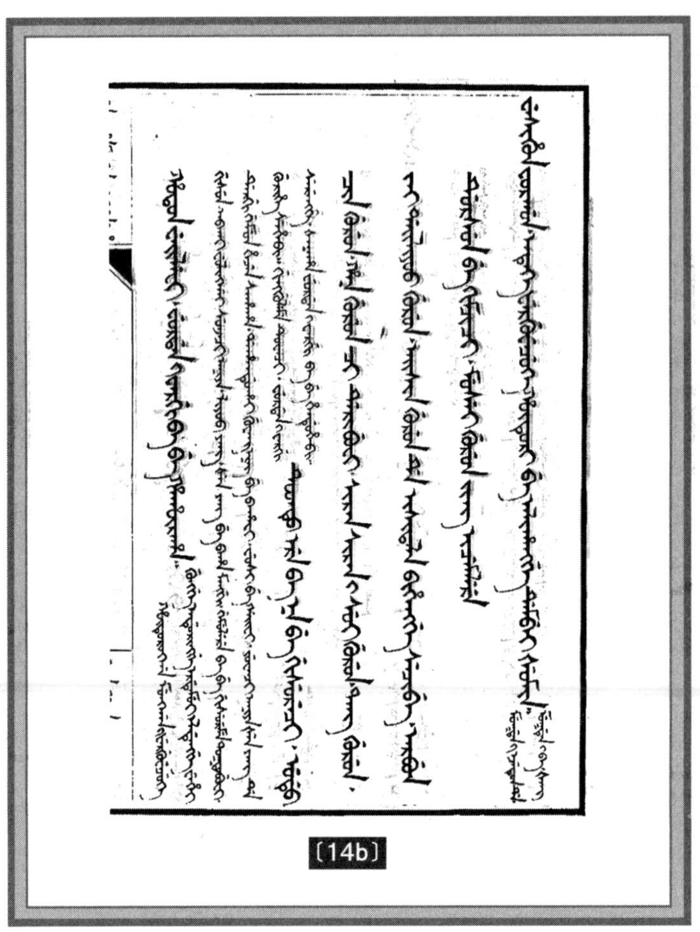

[14b]

hoton weilefi. furdan i wargi ba be hahūraha..
성 짓고 關 의 서쪽 땅 을 지켰다.

hūturingga munggan i fergewecuke gungge enduringge erdemui eldengge wehei gisun abkai fulinggai sunjaci
福 陵 의 神 功 聖 德 碑 文 天 命 다섯 번째
aniya liyoo yang šen yang be baha manggi gemulere ba be gisureme toktobufi dergi gemun hecen sahaha..
해 遼 陽 瀋 陽 을 얻은 후 도읍할 땅 을 말하여 정하고 東 京 城 쌓았다.
dahaduhai guwang ning be bahafi fusi be gaifi juwanci aniya šen yang de gurihe sehebi.. gingguleme tuwaci
이어서 廣 寧 을 얻고 撫順 을 취하고 열 번째 해 瀋 陽 에 옮겼다 하였다. 삼가 살펴보니
furdan i wargi serengge šanaha furdan i wargi ba be henduhebi..
關 의 서쪽 한 것 山海 關 의 서쪽 땅 을 말하였다..

tuttu ere ba na be gisureci. udu
그렇게 이 곳 땅 을 말하면 비록

cin gurun. han gurun ci deribufi. siran siran i sui gurun. tang gurun.
秦 나라 漢 나라 에서 시작해서 연이어 隋 나라 唐 나라

jai dailiyoo gurun. aisin gurun de isitala bihengge secibe. arbun
또 大遼 나라 金 나라 에 이르도록 있던 것 하지만 形

dursun be kimcici. musei gurun jing icemlere
勢 를 살펴보면 우리의 나라 바로 새롭게 하는

wesihun forgon. enteke ferguwecuke hūturi be alihangge dembei šumin..
귀한 운 이러한 큰 복 을 받은 것 매우 깊다.

mukden i ejetun de mukden i ba. šang
盛京 의 志 에 盛京 의 땅 商

[한문]

乃建盛京而俯關西. ㊟福陵神功聖德碑文, 天命五年, 克遼陽瀋陽, 定議建都, 始築東京, 尋取廣寧, 拔撫順. 十年, 遷都瀋陽. 謹按, 關西, 謂山海關以西也. ○西, 叶音卒. 左年延從軍行, 若哉邊地, 人一歲三從軍, 三子到燉煌, 二子詣隴西. 故言其封域, 則雖始自秦漢. 歷隋唐以迄遼金歟, 而擧其規模, 則維新皇運, 膺靈佑之獨深也. ㊟盛京志, 盛京,

—— ◦ —— ◦ —— ◦ ——

성을 짓고 산해관(山海關)의 서쪽 땅을 지켰다.

「복릉신공성덕비문(福陵神功聖德碑文)」에, "천명(天命) 5년에 요양(遼陽)과 심양(瀋陽)을 얻은 후 수도로 삼을 곳을 정하고 동경성(東京城)을 쌓았다. 이어서 광녕(廣寧)을 얻고 무순(撫順)을 취하고, 12년에 심양으로 옮겼다." 하였다. 삼가 살피건대, '관의 서쪽'은 '산해관(山海關)의 서쪽 땅'을 말한 것이다.

그렇게 이곳은 비록 진나라와 한나라로부터 시작하고, 이어서 수나라와 당나라, 또 대요국(大遼國)과 금나라에 이르도록 있던 곳이지만, 형세를 살펴보면 우리나라가 바로 새롭게 하는 귀한 운과 큰 복을 받은 것이 매우 깊다.

『성경지』에, "성경의 땅은 상(商)나라와

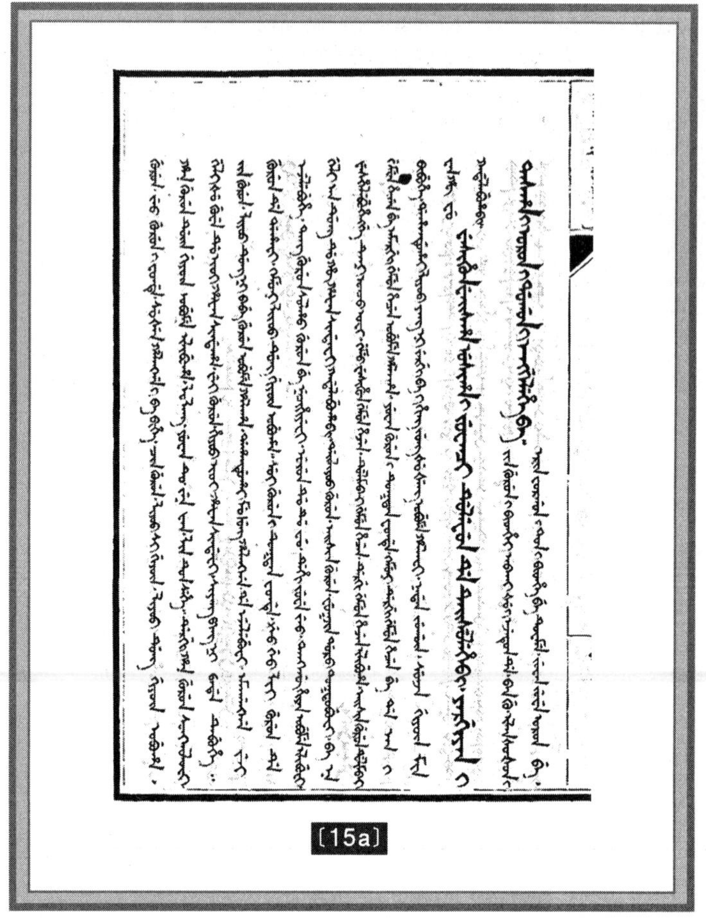

〔15a〕

gurun jeo gurun i fonde su šen halangga i ba bihe. cin gurun. lioo si giyūn. liyoo dung giyūn obuha.
나라 周 나라 의 때에 肅 愼 氏 의 땅 이었다. 秦 나라 遼 西 郡 遼 東 郡 되게 했다
han gurun duin giyūn obume ilibuha. lo lang. yuwan du. jen fan. lin tun sehe.. dergi han gurun songkolofi
漢 나라 四 郡 되게 세웠다. 樂 浪 元 菟 眞 番 臨 屯 하였다. 東 漢 나라 따라서
geli šu guwe du ioi hafan sindaha. wei gurun hiyoo ioi hafan sindafi siyang ping ni bade tebuhe. jin
또 屬 國 都 尉 官 두었다. 魏 나라 校 尉 官 두고 襄 平 의 땅에 머물렀다. 晉
gurun liyoo dung ni babe gurun obume halaha. dahanduhai mu zung halangga de ejelebufi amagangga
나라 遼 東 의 땅을 나라 되게 바꾸었다. 곧바로 慕 容 氏 에 다스리게 하고 後
wei gurun de dahafi kemuni liyoo dung giyūn obuha. sui gurun i tuktan fonde g'ao geo lii gurun de
魏 나라 에 따라서 여전히 遼 東 郡 되게 했다 隋 나라 의 처음 때에 高 句 驪 나라 에
ejelebuhe. tang gurun solho gurun be necihiyefi uyun tu tu fu dehi juwe jeo tanggū hiyan obume ilibufi
점령당했다. 唐 나라 高麗 나라 를 평정하여 9 都 督 府 40 2 州 百 縣 되게 세우고
geli an dung du hū hafan sindafi kadalabuhabi. dailiyoo gurun. aisin gurun fukjin doro toktobufi ba na
또 安 東 都 護 관리 두고서 관할하게 했다. 大遼 나라 金 나라 처음 政 정하고 영토
feshelebuhengge teni onco ofi gemu wesihun gemun hecen dulimbai gemun hecen dergi gemun hecen
개척하게 한 것 마침내 넓게 되어 모두 上 京 성 中 京 성 東 京 성
ilibuha aisin gurun dulimbai gemun hecen be amargi gemun hecen obume halaha. yuwan gurun i tuktan
세웠다 金 나라 中 京 성 을 北 京 성 되게 바꾸었다. 元 나라 의 처음

fonde kemuni dergi gemun hecen be da an i bibuhe. dahanduhai liyoo yang ni jergi ba i hing jung šu šeng
때에 여전히 東 京 성 을 예전대로 두었다. 곧바로 遼 陽 의 등 곳 의 行 中 書 省
obume halafi nadan jugūn sunja giyūn min wan hū fu kadalabuhabi..
되게 바꾸고 七 路 五 軍 民 萬 戶 府 관할하게 하였다.

wesihun weisha usiha i juwanci dulefun de teisulehebi. yargiyan i
위로 尾 星 의 열 번째 度 에 마주했다. 진실로
tasha i oron i dogon[116] i enggelehe ba.
호랑이 의 자리 의 나루 의 임한 곳이다.

jin gurun i bithei abkai šui ejetun de ban gu ilan šošon i erin forgon i ton i bithe[117] be tuwame juwan juwe
晉 나라 의 書 天 文 志 에 班 固 三 統 의 시기 의 歷 의 書 를 보고 열 두
oron be
자리 를

[한문]

商周爲肅愼氏地, 秦爲遼西遼東郡, 漢置郡四, 曰樂浪元菟眞番臨屯. 東漢因之, 復置屬國都尉, 魏置校尉, 居襄平, 晉改遼東爲國, 尋爲慕容氏所據, 歸後魏, 仍爲遼東郡. 隋初高句驪據之, 唐平高麗, 置都督府九, 州四十二, 縣百. 又置安東都護以統之. 遼金創業, 闢地始廣, 各置上京中京東京, 金易中京爲北京, 元初仍存東京, 尋改爲遼陽等處行中書省, 統路七, 軍民萬戶, 府五. ○金, 叶居銀切. 莊子, 至仁無親, 至信辟金. ○深, 叶失人切. 漢書叙傳, 杜周治文, 惟上淺深. 仰符十度之尾, 實臨析木之津. ㊟晉書天文志, 班固取三統歷, 十二次配十二野,

주나라 때에는 숙신씨(肅愼氏)의 땅이었고, 진나라는 요서군(遼西郡)과 요동군(遼東郡)이 되게 하였으며, 한나라는 사군(四郡)을 설치하고 낙랑(樂浪)·원토(元菟)·진번(眞番)·임둔(臨屯)이라 하였다. 동한 때에 속국도위(屬國都尉)를 두었고, 위(魏)나라는 교위(校尉)를 두고 양평(襄平) 땅에 머물렀으며, 진(晉)나라는 요동 땅을 나라가 되도록 바꾸었는데, 곧 모용씨(慕容氏)에게 다스리게 하였다. 후위(後魏) 때에도 여전히 요동군(遼東郡)이었으며, 수나라 초기에 고구려에 점령당했다. 당나라는 고려를 평정하여 9 도독부(都督府) 42주 100현이 되게 하고, 또 안동도호부(安東都護府)를 두고서 관할하게 했다. 대요국과 금나라는 개국하여 영토를 개척하고 넓혀서 모두 상경성(上京城), 중경성(中京城), 동경성(東京城)을 세웠고, 금나라는 중경성을 북경성(北京城)으로 바꾸었다. 원나라 초기에 동경성(東京城)을 여전히 예전대로 두었다가, 곧이어 요양(遼陽) 등을 행중서성(行中書省)으로 바꾸고 7로(路), 5군민만호부(軍民萬戶府)를 관할하게 했다." 하였다.

우러러 미성(尾星)의 열 번째 도(度)에 마주했다. 진실로 석목진(析木津)이 임한 곳이다.

『진서』「천문지」에, "반고가 삼통력(三統歷)을 보고 열두 자리를

116) tasha i oron i dogon : 석목진(析木津)을 가리킨다. 석목(析木)은 12진(辰)으로 배치하면 인(寅)에 해당하고, 28수의 성차(星次)로 배치하면 미성(尾星)과 기성(箕星) 사이에 있는데, 기성이 목(木)에 속하기 때문에 '석목(析木)의 나루'라고 한 것이다. 또 옛날 유연(幽燕)지방에 대칭하는 말로서, 석목차(析木次)를 연(燕)의 분야로 삼아 유주(幽州)에 소속시켰다.

117) šošon i erin forgon i ton i bithe : 중국 역사상 가장 이른 시기의 역법인 삼통력(三統歷)으로 서한 때 유흠(劉歆)이 정리하고 완성하였다.

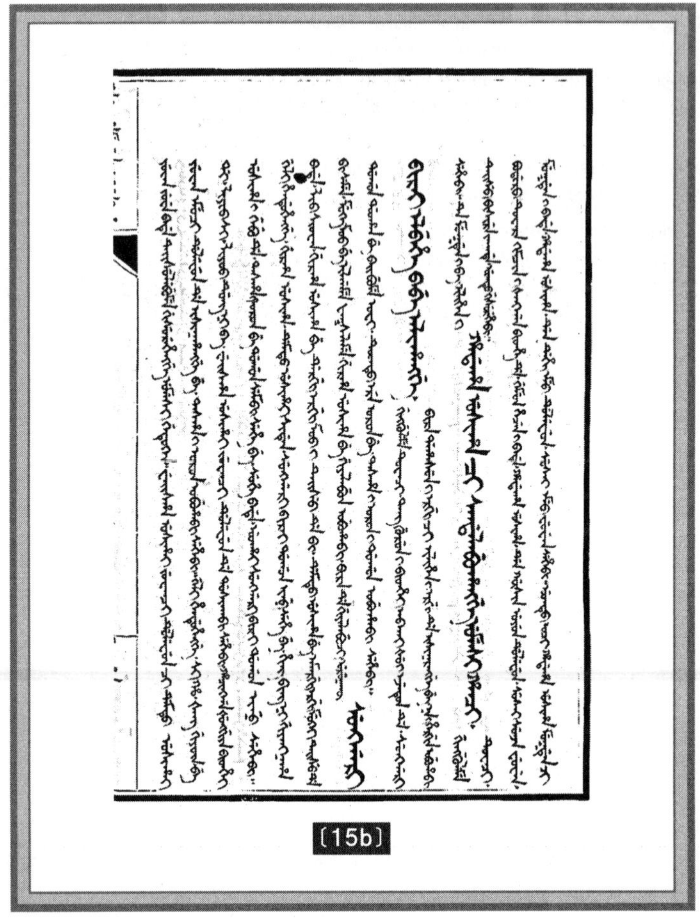
[15b]

juwan juwe bade teisulebume gisurehengge umesi getuken. weisha usihai juwanci dulefun ci demtu usihai
열 두 곳에 맞추어 말한 것 매우 분명하다. 尾 星 열 번째 度 에서 斗星
juwan emuci dulefun de isinahangge be tasha i oron obuhaki sehebi. geli henduhengge si ho. šang giyūn.
열 한 번째 度 에 이른 것 을 析木 되게 하자 했다. 또 말한 것 西 河 上 郡
be di, liyoo si, liyoo dung ni ba weisha usihai juwanci dulefun de dosikabi sehebi. hancingga šunggiya bithei
北 地 遼 西 遼 東 의 땅 尾 星의 열 번째 度 에 들어갔다 하였다. 爾 雅 書의
usiha i gebu de tasha i oron be dogon sembi sehe be suhe bade uthai sunggari birai dogon inu sehebi.
별 의 이름 에 호랑이 의 자리 를 나루 한다 했음 을 주해한 바에 곧 은하수의 나루 이다 하였다.
geli henduhengge girha usiha demtu usihai siden sunggari birai dogon inu sehe be hing bing[118] ni giyangnaha
또 말한 것 箕 星 斗 星의 사이 은하수의 나루 이다 함 을 邢 昺 의 講한
bade lio siowan[119] girha usiha be dergi ergi moo i teisu de bi. demtu usiha be amargi ergi mukei teisu de
바에 劉 炫 箕 星 을 동 쪽 나무 의 자리 에 있다. 斗 星 을 북 쪽 물의 자리 에
bi seme muke moo be ilgame faksalame girha usiha be giyalabun obuhabi. bira de giyalabuci urunakū dogon
있다 하여 水 木 을 구분하고 箕 星 을 경계 삼았다. 강 에 갈라지면 반드시 나루

118) hing bing : 북송 때의 경학가 형병(邢昺)을 가리킨다. 황명을 받들어 두호(杜鎬)·서아(舒雅) 등 여러 학자들과 더불어 유교경전 교정 작업을 하였고, 『논어정의』와 『이아정의』, 『효경정의』 등을 지었다.

119) lio siowan : 수나라 때의 경학가 유현(劉炫)을 가리킨다. 경적에 두루 정통해 『논어술의(論語述議)』와 『상서술의(尙書述議)』, 『춘추술의(春秋述議)』 등을 지었다. 그러나 조정에서 일서(佚書)를 구하자 『연산역(連山易)』과 『노사기(魯史記)』를 위조하여 바기도 했다.

doohan be baibume ofi tuttu ere oron be tasha i oron i dogon obuhabi sehebi.
다리 를 필요하게 되고 그래서 이 자리 를 호랑이 의 자리 로 나루 삼았다 하였다.

sunggari birai elbehe babe alihangge.
은하수의 덮은 곳을 얻은 것

gingguleme tuwaci tang gurun i bithei abkai šu i ejetun de sunggari bira dahasun i ergi ci ilihen i ergi de
삼가 보건대 唐 나라 의 書의 天 文 의 志 에 은하수 坤 의 쪽 에서 艮 의 쪽 에
isinarangge be na i hergin[120] obuhabi sehebi.. te mukden i ba. ilihen i teisu bisire jakade uttu gisurehebi..
이른 것 을 地 의 紀 삼았다 했다. 지금 盛京 의 땅 艮 의 자리 있기 때문에 이리 말했다.

hadaha usiha ci sandalabuhangge umesi hanci.
樞 星 에서 떨어진 것 매우 가깝다.

gingguleme tuwaci bodoro tuwara kimcin i šanggan bithe de. gemun hecen i bade hadaha usiha. den
삼가 보건대 헤아리며 보는 고찰 의 성취 書 에 京 城 의 곳에 樞 星 높이
gūsin uyun dulefun. susai sunja fuwen. mukden i bade. hadaha usiha. den dehi emu dulefun. susai emu
삼십 구 度 오십 오 分 盛京 의 곳에 樞 星 높이 사십 일 度 오십 일
fuwen sehebi.. uttu oci hadaha usiha mukden ci
分 했다. 이리 하면 樞 星 盛京 에서

[한문]

其言最詳, 自尾十度, 至南斗十一度爲析木. 又西河上郡北地遼西東入尾十度. 爾雅星名, 析木謂之津. 注, 卽漢津也. 又, 箕斗之間漢津也. 邢昺疏, 劉炫謂箕在東方木位, 斗在北方水位, 分析水木, 以箕星爲隔, 隔河須津梁以渡, 故謂此次爲析木之津也. 得雲漢之所垂, ㊟謹按, 唐書天文志, 雲漢自坤抵艮爲地紀, 今盛京當艮位, 故云. 維北極之所隣. ㊟謹按, 曆象考成, 京師北極, 高三十九度五十五分, 盛京北極, 高四十一度五十一分, 則北極距盛京,

열두 곳에 맞추어 말한 것 매우 분명하다. 미성(尾星) 10도에서 두성(斗星) 11도에 이른 것을 석목(析木)되게 하자." 하였다. 또 말하기를, "서하(西河), 상군(上郡), 북지(北地), 요서(遼西), 요동(遼東) 땅이 미성(尾星)의 10도에 들어갔다." 하였다. 『이아』「성명(星名)」에, "석목진(析木津)이다." 한 것을 「주(注)」한 것에, "곧 은하수의 나루이다." 하였다. 또 말하기를, "기성(箕星)과 두성 사이가 은하수 나루이다." 한 것을 형병(邢昺)의 「소(疏)」에, "유현(劉炫)은 '기성이 동방 목위(木位)에 있고, 두성이 북방 수위(水位)에 있다' 하여 수(水)와 목(木)을 구분하고, 기성을 경계로 삼았다. 강으로 갈라지면 반드시 나루와 다리가 필요하여서 이 자리를 석목진(析木津)으로 삼았다." 하였다.

은하수가 덮은 곳을 얻은 것이

삼가 보건대, 『당서』「천문지」에, "은하수가 곤(坤)에서 간(艮)에 이른 것을 지기(地紀)로 삼았다." 하였는데, 지금 성경이 간위(艮位)에 있기 때문에 이와 같이 말했다.

추성(樞星)에서 매우 가깝다.

삼가 보건대, 『역상고성(歷象考成)』에, "경성이 추성의 높이 39도 55분, 성경이 추성의 높이 41도 51분이다." 하였다. 이렇게 되면 추성이 성경에서

120) **na i hergin** : 대지를 얽어 받들고 있는 벼리이라는 의미로 한자로는 지기(地紀)로 표현한다.

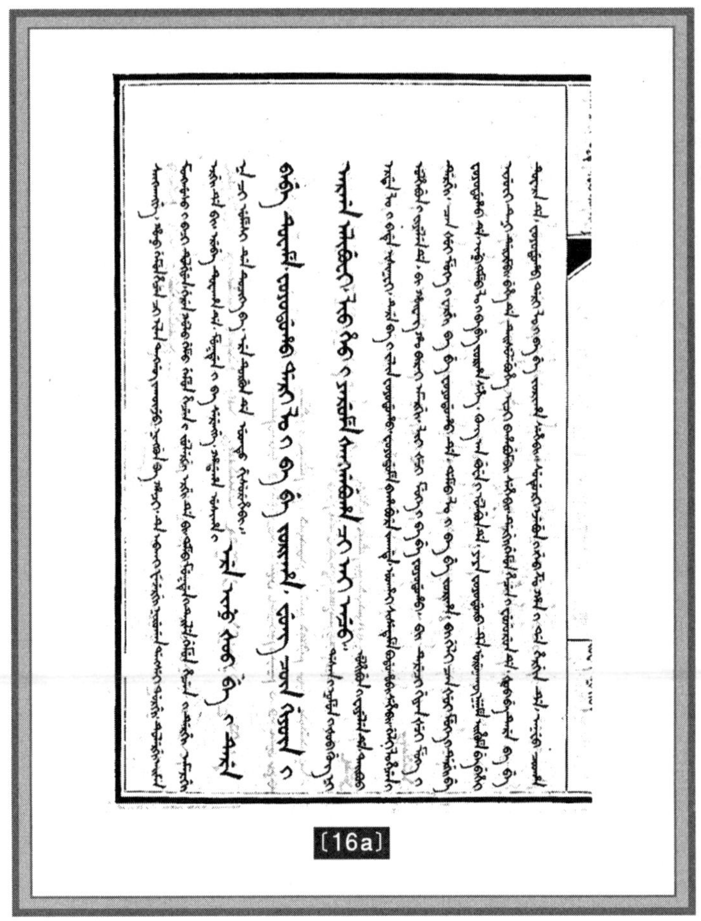
[16a]

sangkangge. hono gemun hecen ci ilan tanggū jakūnju ninggun ba hanci. te abkai fejergi nirugan dangsei
떨어진 것 또 京 城 에서 삼 백 팔십 육 리 가깝다. 지금 하늘의 아래 圖 冊의
dorgi. tulergi aiman monggoso i baci tulgiyen. geren golo gemu. gemun hecen i julergi ergi de bi. damu
안 外 藩 몽고인들 의 곳보다 바깥이다. 여러 省 모두 京 城 의 남 쪽 에 있다 다만
mukden i teile gemun hecen i dergi amargi ergi de bi. erebe tuwaha de mukden i ba serengge hadaha usiha
盛京 의 만 京 城 의 동 북 쪽 에 있다. 이를 봄 에 盛京 의 곳 하는 것 樞 星
i na ci umesi den tucike ba. ere turgun de uttu gisurehebi.
의 땅 에서 매우 높게 나온 곳이다. 이 까닭 에 이리 말했다.

ere inu šoo be[121] i tere
이것 도 召 伯 의 살

babe tuwame foyodoho dari lo i ba be joriha. fung cūn giyūn[122] i
곳을 보아 점친 것 마다 洛 의 땅 을 가리켰다. 奉 春 君 의

121) šoo be : 소백(召伯)으로 주나라 문왕의 아들인 소공(召公) 석(奭)을 가리킨다. 무왕을 도와 은나라를 멸망시킨 후 연(燕)에 봉해져 연나라의 시조가 되었다. 성왕(成王)이 어린 나이로 즉위하자 주공(周公) 단(旦)과 함께 훌륭히 보필하여 주나라의 기반을 확립하였다.

122) fung cūn giyūn : 한나라 고조가 중국을 통일하고 도읍을 정할 때 누경(婁敬)의 권고를 따랐는데, 그 공로로 누경에게 봉춘군(奉春君)이란 호를 내렸다.

arga alibufi. lio heo[123] i yarume šanggabuha ci ai encu..
계책 올려서 留 侯 로 이끌어 성취시킨 것 에서 무엇 다른가

dasan i nomun i šoo gung ni ulhibun i fiyelen de taiboo erde lo i bade isinafi tere ba i jalin
書 經 의 召 公 의 誥 의 篇 에 太保 일찍이 洛 의 땅에 이르러서 그 곳 의 때문
foyodoho. foyodome bahabure jakade. uthai siseteme bodohobi sehebi. geli lo hecen i ulhibun i fiyelen de.
점쳤다. 점쳐 얻을 적에 곧 마련하였다 하였다. 또 洛 城 의 誥 의 篇 에
bi hūwang ho birai amargi. li šui muke i ba be foyodoho. bi tereci giyan šui muke i dergi can šui muke i
나 黃 河 강의 북쪽 黎 水 물 의 땅 을 점쳤다. 나 그로부터 澗 水 물 의 동쪽 瀍 水 물 의
wargi ba be foyodoho de damu lo i ba be joriha. bi geli can šui muke i dergi be foyodoho de inu damu
서쪽 땅 을 점을 침 에 오직 洛 의 땅 을 가리켰다. 나 또한 瀍 水 물 의 동쪽 을 점을 침 에 도 오직
lo i ba be joriha sehe. kung an guwe[124] i ulabun de yaya foyodoro de urunakū neneme eihume be behei
洛 의 땅 을 가리켰다 했다. 孔 安 國 의 傳 에 무릇 점 침 에 반드시 먼저 거북 을 먹으로
ijufi teni deijimbi. behe de teisulebuhe ici bahabumbi sehebi. dergi gemun hecen i fujurun de šoo be
칠하고 그제야 불태운다. 먹 에 일치 된 방향 얻게 된다 하였다. 東 京 城 의 賦 에 召 伯
tere ba be tuwara de foyodoho dari lo i ba be joriha sehebi. suduri ejebun i geo dzu han i da hergin
사는 곳 을 봄 에 점치는 것 마다 洛 의 땅 을 가리켰다 했다. 史 記 의 高 祖 汗 의 本 紀
de anfu cooha
에 수비 병

[한문]

比京師尙近三百八十六里. 今天下版圖, 除外藩蒙古外, 各省俱在京師之南, 惟盛京在京師之東北, 是盛京爲北極出地最高處, 故云. 亦何異乎召伯相宅, 卜維洛食, 奉春建策, 留侯演成哉. 注書召誥, 太保朝至於洛, 卜宅, 厥旣得卜, 則經營. 又洛誥, 我卜河朔黎水, 我乃卜澗水東, 瀍[𣶒]水西, 惟洛食. 我又卜瀍[𣶒]水東, 亦惟洛食. 孔安國傳, 凡卜必先墨畫龜. 然後灼之, 兆順食墨. 東京賦, 召伯相宅, 卜惟洛食. 史記高祖紀,

—— ∘ —— ∘ —— ∘ ——

떨어진 것이 또 경성에서 386리 가깝다. 지금 천하 판도에서 외번(外藩) 몽고인들의 위치보다 바깥이다. 여러 성(省)이 모두 경성의 남쪽에 있다. 다만 성경만 경성의 동북쪽에 있다. 이를 보니 성경은 추성(樞星)에서 매우 높게 나온 곳이다. 이 때문에 이렇게 말했다.

이것은 또 소백(召伯)이 머물 곳을 보려고 점을 칠 때마다 낙(洛)의 땅을 가리켰다. 봉춘군(奉春君)의 계책을 따라 유후(留侯)가 이끌어 성취시킨 것과 무엇이 다른가?

『서경』「소고(召誥)」에, "태보(太保)가 일찍이 낙(洛) 땅에 이르러서 그곳에 대해 점쳤다. 점을 쳐서 얻을 적에 곧 마련하였다." 하였다. 또 「낙고(洛誥)」에, "나는 황하의 북쪽 여수(黎水) 땅을 점쳤다. 나는 그로부터 간수(澗水)의 동쪽과 전수(瀍水)의 서쪽 땅을 점치니, 오직 낙 땅을 가리켰다. 나는 또 전수 동쪽을 점쳐도 오직 낙 땅을 가리켰다."고 했다. 공안국(孔安國)은 『상서공씨전(尙書孔氏傳)』에서, "무릇 점을 칠 때는 반드시 먼저 거북을 먹으로 칠하고서야 불태운다. 먹에 일치된 방향 얻게 된다." 하였다. 「동경부」에, "소백(召伯)이 사는 곳을 보니 점치는 것 마다 낙 땅을 가리켰다."고 했다. 『사기』「고조본기」에, "수비병

---

123) lio heo : 유후(留侯)로 유방(劉邦)을 도와 한나라를 개국한 공신 장량(張良)을 가리킨다. 유(留) 땅의 후(侯)로 봉해졌기 때문에 유후라고 불렀다.

124) kung an guwe : 전한 때의 학자 공안국(孔安國)을 가리킨다. 공자의 11대손으로 노공왕(魯共王)이 공자의 옛 집을 헐었을 때 과두문자(蝌蚪文字)로 된 『상서』와 『예기』, 『논어』, 『효경』이 나왔는데, 금문(今文)과 대조하여 고증하고 해독하여 주해함으로써 고문학(古文學)이 시작되었다. 『고문효경전(古文孝經傳)』, 『논어훈해(論語訓解)』 등을 지었으며, 『상서공씨전(尙書孔氏傳)』도 지은 것으로 알려졌으나 후대 사람들이 그의 이름을 빌린 것이다.

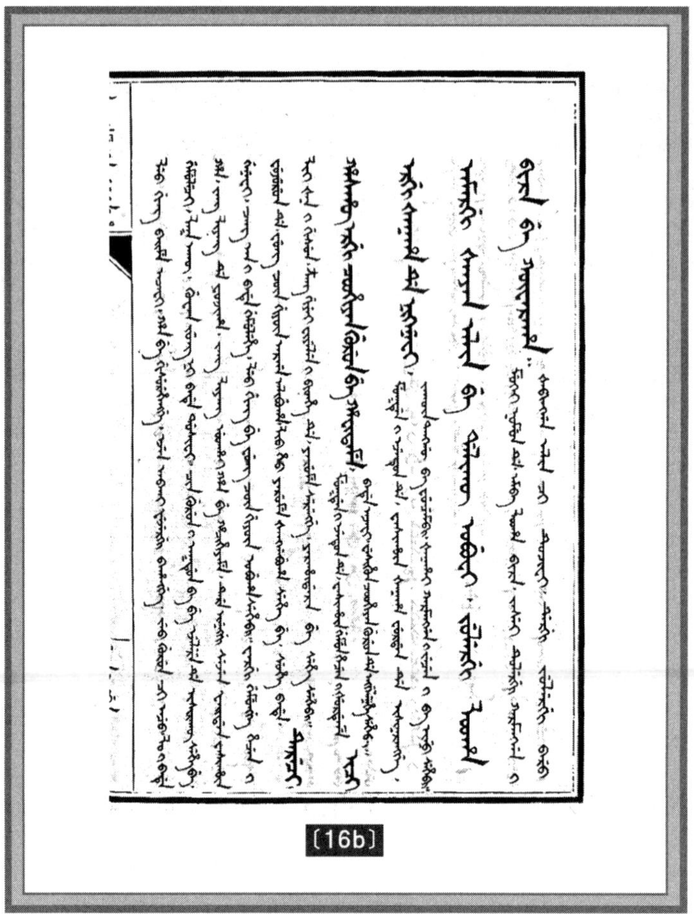

〔16b〕

leo ging[125] baime acafi. han be gisurehengge. ejen abkai fejergi bahangge jeo gurun ci encu. lo i
婁 敬 청하여 맞이하여 汗 을 말한 것 임금 天 下 얻은 것 周 나라 보다 다르다 洛 의
bade gemuleci lak akū. guwan jung ni bade dosifi cin gurun i akdun ba be ejelere de isirakū
땅에 도읍하면 적절하지 않다. 關 中 의 땅에 들어가 秦 나라 의 견고한 땅 을 다스림 에 미치지 못한다
sehe be han jang liyang de fonjiha. jang liyang uthai han be hacihiyame. tere inenggi sejen faidan wasihūn
함 을 汗 張 良 에 물었다. 張 良 곧 汗 을 재촉하여 그 날 수레 행렬 서쪽으로
genefi cang an i bade gemulehe. leo ging be fung cūn giyūn obuha sehebi. wargi gemungge hecen i
가서 長 安 의 땅에 도읍하였다. 婁 敬 을 奉 春 君 되게 했다 하였다. 西 都 城 의
fujurun de fung cūn giyūn arga alibuha. lio heo yarume šanggabuha sehe be suhe bade li šan[126] i gisun
賦 에 奉 春 君 책략 올렸다. 留 侯 이끌어 성취시켰다 한 것 을 주해한 바에 李 善 의 말
tsang giyei fiyelen i bithe de yarume serengge yarhūdara be sehe sehebi.
蒼 頡 篇 의 書 에 이끌며 한 것 이끄는 것 이다 했다 하였다.

---

125) leo ging : 한나라 고조에게 장안(長安)으로 도읍을 정할 것을 주장한 누경(婁敬)을 가리킨다. 나중에 유(劉) 씨 성을 하사받아 유경(劉敬)이라 불렸으며, 봉춘군(奉春君)에 봉해졌다.

126) li šan : 당나라 때 『문선(文選)』을 주해한 이선(李善)을 가리킨다. 그의 『문선주(文選注)』 60권은 깊이 있고 날카로운 분석과 방대한 자료를 바탕으로 한 것으로서, 문선학(文選學)이라 불릴 정도로 당나라 이전의 고서에 대한 주석서 가운데 최고의 수준이며, 후대의 고서 주해 분야에 많은 영향을 끼쳤다. 박학다식했지만 문장은 잘 지을 줄 몰라 사람들이 서록(書簏)이라 불렀다.

tereci hashū ergi coohiyan gurun be hafitame.
그로부터 왼 쪽 조선 나라 를 끼고

mukden i ejetun de. wasihūn gemun hecen i šurdeme bade acafi. wesihun coohiyan gurun de enggelenehe
盛京 의 志 에 서쪽으로 京 城 의 주변 땅에 접하고 동쪽으로 조선 나라 에 임하였다
sehebi.
하였다.

ici ergi šanaha de nikenefi.
오른 쪽 山海 에 다가가고

mukden i ejetun de wasihūn šanaha furdan de isinarangge jakūn tanggū ba funcembi. šanahai karmangga[127] i
盛京 의 志 에 서쪽으로 山海 關 에 미친 것 팔 백 리 넘는다. 山海의 衛 의
jecen i ba inu sehebi.
경계 의 땅 이다 하였다.

amargi šanyan alin be dalikū obufi julergi looha bira be kūwaraha..
북쪽 흰 산 을 병풍 삼고 남쪽 遼河 강 을 둘러쌌다.

mukei nomun de amba looha bira jasei tulergi karmangga i šapingga alin ci tucifi dergi julergi baru
水 經 에 큰 遼河 강 塞 外 衛 의 白平 산 에서 나와서 동 남 으로

[한문]

戍卒婁敬求見說上曰, 陛下取天下與周異, 而都雒不便, 不如入關, 據秦之固, 上問張良, 良因勸上, 是日車駕西都長安, 拜婁敬爲奉春君. 西都賦, 奉春建策, 留侯演成. 注, 李善曰, 蒼頡篇曰, 演, 引也. ○成, 叶直珍切. 易, 君不密則失臣, 臣不密則失身, 幾事不密則害成. 於是乎左挾朝鮮, ㊟盛京志, 西接畿輔, 東控朝鮮. 右據山海, ㊟盛京志, 西至山海關八百餘里山海衛界. ○海, 叶音喜. 詩小雅, 沔彼流水, 朝宗於海, 鴥彼飛隼, 載飛載止. 北屏白山, 南帶遼水. ㊟水經, 大遼水出塞外衛白平山, 東南入塞,

—— ∘ —— ∘ —— ∘ ——

누경(婁敬)을 청하여 맞이하니, 황제에게 말하기를, '폐하께서 천하를 얻은 것이 주나라와 다르니, 낙(洛) 땅에 도읍하면 적절하지 않다. 진나라가 관중(關中)에 들어가 견고한 곳을 다스리는 것에 미치지 못합니다' 하니, 황제가 장량(張良)에게 물었다. 장량이 곧 황제를 재촉하여 그 날로 수레 행렬이 서쪽으로 가서 장안에 도읍하였다. 누경은 봉춘군(奉春君)으로 삼았다." 하였다. 「서경부」에, "봉춘군이 책략을 올렸고 유후(留侯)가 이끌어 성취시켰다." 한 것을 「주(注)」한 것에, "이선(李善)이 말하기를, 「창힐편(蒼頡篇)」에 '이끌며'라고 한 것은 '이끄는 것이다' 했다." 하였다.

그로부터 왼쪽으로 조선을 끼고

『성경지』에, "서쪽으로 경성 주변 땅에 접하고 동쪽으로 조선에 임하였다." 하였다.

오른쪽으로 산해관(山海關)에 다가가고

『성경지』에, "서쪽으로 산해관(山海關)까지 800리가 넘는다. 산해위(山海衛) 경계의 땅이다." 하였다.

북쪽으로 백산(白山)을 병풍 삼고 남쪽으로 요하(遼河)를 둘러쌌다.

『수경(水經)』에, "대요하(大遼河)는 새외위(塞外衛)의 백평산(白平山)에서 나와서 동남쪽으로

127) karmangga : 명나라 때에 다섯 개의 천호소(千戶所)로 이루어진 위소제(衛所制)의 단위인 위(衛)를 가리킨다. 도지휘사사(都指揮使司)에 속했는데, 한 위의 인원은 500~600명으로 전국에 300여 개가 있었으며, 지휘사(指揮使)가 관장하였다.

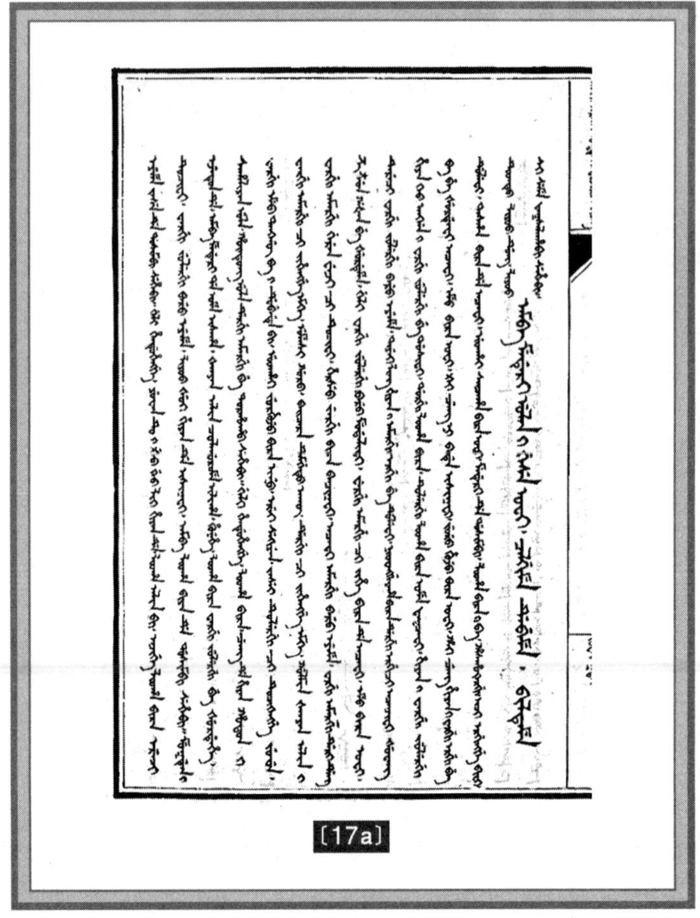
[17a]

eyeme jase de dosimbi sehebi. geli henduhengge yuwan tu i g'ao geo lii hiyan de looha alin bi. ajige
흘러 변경 에 들어간다 하였다. 또 말한 것 元 菟 의 高 句 驪 縣 에 遼河 산 있다. 小
looha bira ereci tucifi wargi julergi baru eyeme liyoo šui hiyan de isinafi amba looha biya de dosimbi
遼河 강 이로부터 나와서 서 남 으로 흘러 遼 隧 縣 에 이르러서 大 遼河 강 에 들어간다
sehebi. mukden i ejetun de. amba mederi da ome isaha. šanyan alin colgorome iliha. hunehe looha bira
하였다. 盛京 의 志 에 큰 바다 근원 되어 모였다. 白 山 우뚝 섰다. hunehe 遼河 강
wargi julergi be šurdehe. sahaliyan ula. hūntung ula dergi amari be torhoho sehebi. geli henduhengge looha
서 남 을 둘렀다. 검은 강 hūntung 강 동 북 을 둘러쌌다 하였다. 또 말한 것 遼河
bira ceng de hiyan hoton i wargi emu tanggū ba i dubede bi. uthai jurhuju bira inu. erei sekiyen. jasei
강 承 德 縣 城 의 서쪽 일 백 리 의 끝에 있다. 곧 jurhuju 강 이다. 이의 수원 변경의
tulergi ci tucikengge juwe. wargi amargi ci jihengge emke. umesi goro baicara temgetu akū dergi ci
바깥 에서 나온 것 둘 서 북 에서 온 것 하나다. 매우 길고 살필 근거 없다. 동쪽 에서
jihengge emke. golmin šanyan alin i wargi amargi geren weji ci tucifi hersu jergi bira banjinafi acafi
온 것 하나다. 長 白 山 의 서 북 여러 숲 에서 나와 hersu 등 강 생기고 만나서
amargi baru eyeme wargi amargi deri deng dze tsun gašan be šurdeme geli wargi julergi baru mudalifi
북쪽 으로 흘러 서 북 으로 鄧 子 村 마을 을 둘러 또 서 남 으로 돌아서
wergi amargi ci jihe bira de acafi emu bira ofi tereci wargi julergi baru eyeme tiyei ling hiyan i
서 북 에서 온 강 에 만나서 한 강 되고 이로부터 서 북 으로 흘러 鐵 嶺 縣 의

amargi ergi be dulefi niowanggiyaha[128] bira dergi ergici acanjifi šuwang hiyan keo angga i wargi
북 쪽 을 지나서 niowanggiyaha 강 동 쪽에서 만나러 오고 雙 峽 口 입구 의 서
julergi be dosifi dorgi looha bira tulergi looha bira ome fakcafi hiyan i wargi julergi ba be šurdefi
남 을 들어와서 內 遼河 강 外 遼河 강 되고 나누어져 縣 의 서 남 땅 을 두르고
acafi emu bira ofi k'ai ceng ni bade isinafi juru huju[129] bira ofi hai ceng hiyan i wargi ergi be
만나서 한 강 되어 開 城 의 땅에 이르러서 juru huju 강 되어서 海 城 縣 의 서 쪽 을
dulefi tasha bira de acafi uthai sancaha bira ofi mederi de dosimbi. looha bira i ba. hashū ergi
지나서 太子河 강 에 만나고 곧 三汊河 강 되어 바다 에 들어간다. 遼河 강 의 땅 왼 쪽
ici ergingge bifi tuttu liyoo dung liyoo si seme faksalahabi sehebi.
오른 쪽의 것 있고 그리 遼 東 遼 西 하고 나뉘었다 하였다.

amba mederi ulan i gese ofi. calgime debeme bilteme
큰 바다 해자 와 같이 되고 물결치며 흘러넘치며

[한문]

又元菟高句驪縣有遼山, 小遼水所出, 西南至遼隧縣, 入於大遼水也. 盛京志, 滄海朝宗, 白山拱峙, 渾河遼水, 遶帶西南, 黑水混同, 襟環東北. 又, 遼河在承德縣城西一百里, 卽句驪河也. 源出邊外有二, 其一自西北來者, 遠不可考, 其一自東來者, 出長白山西北諸窩集中, 爲黑爾蘇等河, 合而北流, 西北遶鄧子村, 又西南折, 與自西北來一河合而爲一, 遂西南流, 經鐵嶺縣北, 淸河自東來會, 入雙峽口西南, 分內遼河, 外遼河, 繞縣西南, 合而爲一, 至開城爲巨流河, 經海城縣西, 與太子河會, 遂爲三汊河, 入海. 遼河左右, 卽遼東遼西所由分也. 滄溟爲池, 澎湃瀰漫.

흘러 변경에 들어간다." 하였다. 또 말하기를, "원토(元菟)의 고구려현(高句驪縣)에 요하산(遼河山)이 있다. 소요하(小遼河)가 여기서 나와서 서남쪽으로 흘러 요수현(遼隧縣)에 이르러서 대요하(大遼河)에 들어간다." 하였다. 『성경지』에, "큰 바다가 근원이 되어 모였고, 백산(白山)이 우뚝 섰다. 후너허(hunehe, 渾河), 요하(遼河)가 서남쪽을 둘렀고, 흑수(黑水), 훈퉁(hūntung, 混同) 강이 동쪽을 둘러쌌다." 하였다. 또 말하기를, "요하는 승덕현성(承德縣城)의 서쪽 100리 끝에 있는데, 곧 주르후주(jurhuju, 句驪) 강이다. 이곳의 수원은 새북 밖에서 나온 것이 둘이고, 서북쪽에서 온 것이 하나다. 매우 길고 조사할 표지가 없다. 동쪽에서 온 것이 하나다. 장백산(長白山)의 서북쪽 여러 숲에서 나와 허르수(hersu, 黑爾蘇) 등의 강이 생기고 만나서, 북쪽으로 흘러 서북쪽으로 등자촌(鄧子村)을 두른 다음 서남쪽으로 돌아서 서북쪽에서 온 강과 만나서 하나의 강이 된다. 여기서부터 서북쪽으로 흘러 철령현(鐵嶺縣) 북쪽을 지나 니왕기야하(niowanggiyaha, 淸河) 강 동쪽에서 합류하러 오고, 쌍협구(雙峽口)의 서남쪽으로 들어와서 내요하(內遼河), 외요하(外遼河)로 나누어져 현의 서남쪽을 두른 다음, 만나서 하나의 강이 되어 개성(開城) 지역에 이르러서 주루후주(juru huju, 巨流) 강이 되고, 해성현(海城縣) 서쪽을 지나서 태자하(太子河)와 만나니, 곧 삼차하(三汊河)가 되어서 바다로 들어간다. 요하(遼河) 지역은 왼쪽, 오른쪽이 있어서 요동(遼東), 요서(遼西)로 나뉘었다." 하였다.

큰 바다가 해자처럼 되어서 물결치며 흘러넘쳐

128) **niowanggiyaha** : 'niowanggiyan[푸른]'과 'ha[河]'의 복합명사이다. 한자로는 청하(淸河)로 표기한다.
129) **juru huju** : 거류(巨流)를 가리키는데, 주류(周流)라고도 한다. huju의 의미는 문맥상 이해하기 어렵다.

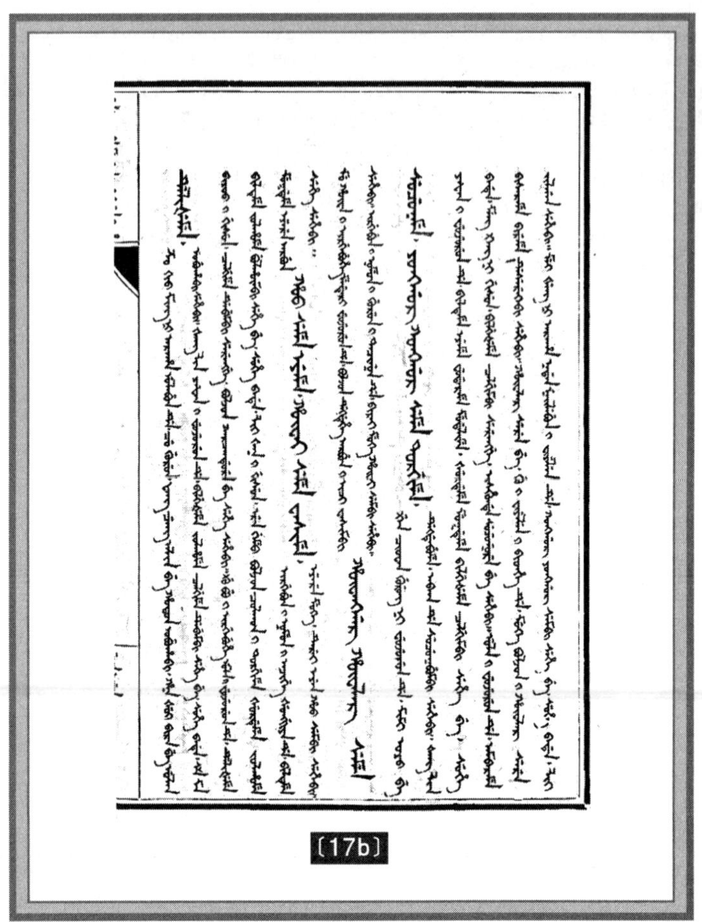

〔17b〕

delišeme.
출렁이며

dzo kio ming ni araha ulabun de cu gurun. fang ceng alin be hoton obuhabi. han šeo bira be ulan obuhabi
左 丘 明 의 지은 傳 에 楚 나라 方 城 산 을 城 삼았다. 漢 水 강 을 해자 삼았다
sehebi. šang lin yafan i fujurun de bilgešeme jolhome calgime debembi sehe be suhe bade sy ma
했다. 上 林 苑 의 賦 에 물결치며 솟구치며 넘쳐흐르며 넘친다 한 것 을 주해한 바에 司 馬
biyoo i gisun calgime debembi serengge boljon karcandure be sehe sehebi. k'ao pu[130] i irgebuhe
彪 의 말 파도쳐 넘친다 하는 것 물결 서로 부딪치는 것 이다 했다 하였다. 郭 璞 의 지은
ula i fujurun de delišeme bilteme jolhome bulhūmbi sehe be suhe bade li šan i gisun ere gemu boljon
강 의 賦 에 출렁이며 넘치며 솟구치며 솟아나온다 한 것 을 주해한 바에 李 善 의 말 이 모두 물결
colkon i torgime šurdeme jolhome mukdeme eyere arbun sehe sehebi.
파도 의 둥글며 감돌며 솟구쳐 떠오르며 흐르는 모양 했다 하였다.

hoo seme eyeme. hūwai seme wasime.
세차게 흐르며 세차게 내려가

irgebun i nomun i ajige šunggiya de bilteme eyere muke terei eyen hoo sembi sehebi. mu hūwa[131] i
詩 經 의 小 雅 에 넘치며 흐르는 물 그의 흐름 세차다 하였다. 木 華 의

130) k'ao pu : 중국 서진(西晉) 말에서 동진(東晉) 초의 학자이자 시인인 곽박(郭璞)을 가리킨다.

131) mu hūwa : 서진(西晉) 때의 문인인 목화(木華)로 사부(辭賦)에 뛰어났으나, 「해부(海賦)」만이 전한다.

irgebuhe mederi fujurun de boljon dekdehe arbun i ici wasimbi sehebi. irgebun i nomun i gurun i tacinun de.
지은 海 賦 에 물결 떠오른 모양 의 쪽 내려간다 하였다. 詩 經 의 國 風 에
birai muke hūwai sembi sehebi..
강의 물 끝없다 하였다.

hūwanggar hūwalar seme sucuname. yonggor konggor seme torgime.
콸콸 퀄퀄 하며 솟고 줄줄 졸졸 하며 감돌고
ken ciowan gurung ni fujurun de mimi oyo[132] be dekdebume. abka de sucunabumbi sehebi. šang lin
甘 泉 宮 의 賦 에 눈에놀이 를 떠오르게 하고 하늘 에 뚫고 들어가게 한다 하였다. 上 林
yafan i fujurun de bilteme eyeme fudarame mudalime šurdeme mukdeme bilgešeme calgimbi sehe be suhe
苑 의 賦 에 넘쳐 흐르고 거스르며 돌아가며 둘러가며 떠오르며 넘치며 파도친다 한 것 을 주해한
bade meng kang[133] ni gisun bilgešeme calgimbi serengge. ishunde sucunure[134] be sehebi.. ula i fujurun de.
바에 孟 康 의 말 넘치며 파도친다 하는 것 서로 부딪치는 것 이다 하였다. 江 의 賦 에
ambarame bisarame bireme deserekebi sehebi. hūwalar sere be gu i fiyelen i bithe de muke boljon i hūwalar
크게 넘치며 잠기며 넘쳐흘렀다 하였다. 퀄퀄 한 것 을 玉 의 篇 의 書 에 물 물결 의 퀄퀄
sere jilgan sehebi. mei šeng[135] ni araha nadan neilebun i fiyelen de konggor yonggor sembi sehe be suhe
하는 소리 하였다. 枚 乘 의 지은 七 發 의 篇 에 줄줄 졸졸 한다 한 것 을 주해한
bade li
바에 李

[한문]

㊟左傳, 楚國方城以爲城, 漢水以爲池. 上林賦, 洶涌澎湃. 注, 司馬彪曰, 澎湃, 波相戾也. 郭璞江賦, 溭漏濆瀑. 注, 李善曰, 皆波浪回旋, 濆涌而起之貌也. 流湯湯, 赴瀰瀰. ㊟詩小雅, 沔彼流水, 其流湯湯. 木華海賦, 騰波赴勢. 詩國風, 河水瀰瀰. 撇瀼渹, 廻渾渼. ㊟甘泉賦, 浮蠛蠓而撇天. 上林賦, 橫流逆折, 轉騰潎洌. 注, 孟康曰, 潎洌相撇也. 瀼音蕘. 江賦, 瀤瀴瀼漵. 渹音轟. 玉篇, 水浪渹渹聲. 枚乘七發, 沌沌渾渾. 注,

—— ◦ —— ◦ —— ◦ ——

출렁이며

『좌전』에, "초나라가 방성산(方城山)을 성(城)으로 삼았고 한수(漢水)를 해자로 삼았다." 하였다. 「상림부」에, "물결치며 솟구치며 흘러넘친다." 한 것을 「주(注)」한 것에, "사마표(司馬彪)가 말하기를, '파도쳐 넘친다' 하는 것은 '물결이 서로 부딪치는 것이다' 했다." 하였다. 곽박(郭璞)이 「강부(江賦)」에서, "출렁이며 넘치며 솟구쳐 솟아나온다." 한 것을 「주(注)」한 것에, "이선(李善)이 말하기를, '이것은 모두 파도가 둥글게 감돌아 솟구쳐서 떠오르며 흐르는 모양이다' 했다." 하였다.

세차게 흘러 내려가

『시경』「소아」에, "넘쳐흐르는 물은 그 흐름이 세차다." 하였다. 목화(木華)의 「해부(海賦)」에, "물결이 떠오른 모양으로 쪽 내려간다." 하였다. 『시경』「국풍」에, "강물이 끝없다." 하였다.

콸콸 퀄퀄 하며 솟고 줄줄 졸졸 하며 감돌며.

「감천부(甘泉賦)」에, "눈에놀이를 날게 하여 하늘을 뚫고 들어가게 한다." 하였다. 「상림부」에, "넘쳐흘러 거슬러 돌아가며 둘러서 떠오르며 넘쳐 파도친다." 한 것을 「주(注)」한 것에, "맹강(孟康)이 말하기를, '넘치며 파도친다' 하는 것은 '서로 부딪치는 것이다' 했다." 하였다. 「강부」에, "크게 넘치고 잠기며 넘쳐흘렀다." 하였다. '찰랑찰랑하는 것'을 『옥편』에서는, "물결이 찰랑찰랑하는 소리이다." 하였다. 매승(枚乘)이 지은 「칠발(七發)」에, "줄줄 졸졸 한다." 한 것을 「주(注)」한 것에,

132) mimi oyo : 한자어 멸몽(蠛蠓)의 만주어로 우리말로는 '진디등애' 또는 '눈에놀이'라 불리는 곤충을 가리킨다.
133) meng kang : 삼국시대 위(魏)나라의 맹강(孟康)으로 맹자의 17대 손이다.
134) sucunu- : sucuna-의 오기로 판단된다.
135) mei šeng : 전한 때의 문인인 매승(枚乘) 으로, 그가 지은 『칠발(七發)』은 사마상여 등의 사부문학에 크게 영향을 끼쳤다.

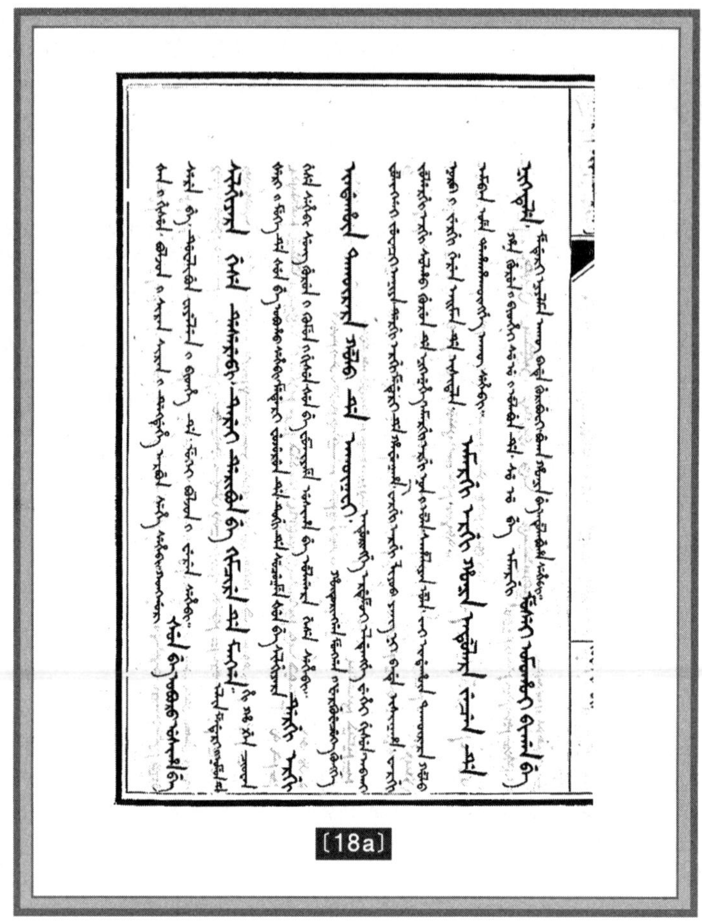
[18a]

šan i gisun. boljon i siran siran i dekdehe arbun sehe sehebi. konggor sere be duwalibun fiyelen i
善 의 말 파도 의 잇따라 일어난 모양 했다 하였다. 줄줄 하는 것 을 類 篇 의
bithe de mukei boljon i weren sehebi.
書 에 물의 파도 의 물결 하였다.

šun be oboro usiha be silgiyara gese deserepi terei deribun be kimcire de mangga.
해 를 씻고 별 을 씻는 것 같이 광활하고 그의 처음 을 살피기 에 어렵다.

alin mederi i nomun de hi ho[136] ken ciowan šeri i muke de šun be oboho sehebi. mederi fujurun de tugi de
山 海 經 에 羲和 甘 泉 샘 의 물 에 해 를 씻었다 하였다. 海 賦 에 구름 에
sucuname šun be silgiyara gese sehebi sung gurun i kumun i gisun šun be juliyame usiha be ulgara gese sehebi.
치솟아 해 를 부시는 것 같다 하였다. 宋 나라 의 樂 章 해 를 토하며 별 을 잠긴 것 같다 하였다.

dergi ergi indahūn takūrara golo[137] de akūnafi
동 쪽 개 파견하는 部 에 닿고

136) hi ho : 중국 고대 신화속의 여신 희화(羲和)를 가리킨다. 열 개의 태양을 아들로 낳아 동쪽 바다 밖 탕곡(湯谷)이라는 곳에서 살았는데, 그곳에는 부상(扶桑)이라는 큰 뽕나무인 가 있다. 열 개의 태양은 부상에서 머물다가 용이 끄는 수레에 태워져 교대로 세상으로 내보내져 하루 종일 하늘을 운행하고, 운행을 마친 태양은 감천(甘泉)의 물로 깨끗하게 씻었다고 한다.

137) indahūn takūrara golo : 청나라 초기의 여진 부족 가운데 하나인 사견부(使犬部)이다.

hūturingga mungga i ferguwecuke gungge enduringge erdemui eldengge wehei gisun abkai fulinggai juwanci
福 陵 神 功 聖 德 碑 文 天 命의 열 번째
aniya dergi ergi mederi de hafunaha. wargi ergi liyoo yang ni bade isinaha wargi julergi ergi solho gurun
해 동 쪽 바다 에 도달했다. 서 쪽 遼 陽 의 땅에 이르렀다 서 남 쪽 朝鮮 나라
de nikenehe. amargi ergi non i ula. sahaliyan ulan jai indahūn takūrara golo noro i jergi geren aiman
에 미쳤다. 북 쪽 non 의 강 sahaliyan 강 또 개 파견하는 部 noro 의 등 여러 부락
de isitala amban ome dahahakūngge akū sehebi.
에 이르도록 대신 되어 따르지 않은 것 없다 하였다.

amargi ergi honin adulara jecen de niketele
북 쪽 양 방목하는 경계 에 접하도록

han gurun i bithei su u[138] i ulabun de su u be amargi mederi niyalma akū bade guribufi buka honin be
漢 나라 의 書 蘇武 의 傳 에 蘇武 를 북쪽 바다 사람 없는 곳에 옮기고 숫양 을
adulabuha sehebi.
방목하게 했다 하였다.

musei omohoi bigan be
우리의 omoho의 들판 을

[한문]

李善曰, 波相隨貌, 渼音美. 類篇, 水波文. 浴日沃星, 莫測其始. 注山海經, 羲和浴日於甘泉. 海賦, 蕩雲沃日. 宋樂章, 吐日滔星. 東盡使犬之部, 注福陵神功聖德碑文, 天命十年, 東漸海, 西訖遼, 西南及朝鮮, 北暨嫩烏龍江, 以至使犬諸落諸部, 罔不臣服. 朔連牧羊之鄙. 注漢書蘇武傳, 徙武北海上無人處, 使牧羝. 啓我漢惠之原,

“이선(李善)이 말하기를, ‘파도가 잇따라 일어난 모양이다’ 했다.” 하였다. ‘줄줄 하는 것’을 「유편(類篇)」에서, “파도의 물결이다.” 하였다.

해를 씻고 별을 씻는 것처럼 광활하여 그의 시원을 살피기 어렵다.

『산해경』에, “희화(羲和)가 감천(甘泉)의 물에 해를 씻었다.” 하였다. 「해부(海賦)」에, “구름에 치솟아 해를 부시는 것 같다.” 하였다. 「송악장(宋樂章)」에, “해를 토하고 별에 잠긴 것 같다.” 하였다.

동쪽은 사견부(使犬部)에 닿고

「복릉신공성덕비문(福陵神功聖德碑文)」에, “천명 11년, 동해에 통하였고, 서쪽은 요양)에 다다랐으며, 서남쪽은 조선에 미쳤다. 북쪽은 논(non, 嫩) 강과 사할리얀(sahaliyan, 烏龍) 강, 또 사견부(使犬部)와 노로(noro, 諸落) 등 여러 부락에 이르도록 신하 되어 따르지 않은 것이 없다.” 하였다.

북쪽은 양 치는 경계에 접하도록

『한서』「소무전(蘇武傳)」에, “소무(蘇武)를 북쪽 바다 사람 없는 곳에 옮기게 하고 숫양을 방목하게 했다.” 하였다.

우리의 오모호(omoho) 들판을

138) su u : 전한의 무제(武帝) 때 흉노에 사신으로 갔다가 억류된 지 19년 만에 돌아온 소무(蘇武)를 가리킨다. 절개를 굳게 지킨 공으로 전속국(典屬國)에 임명되었다.

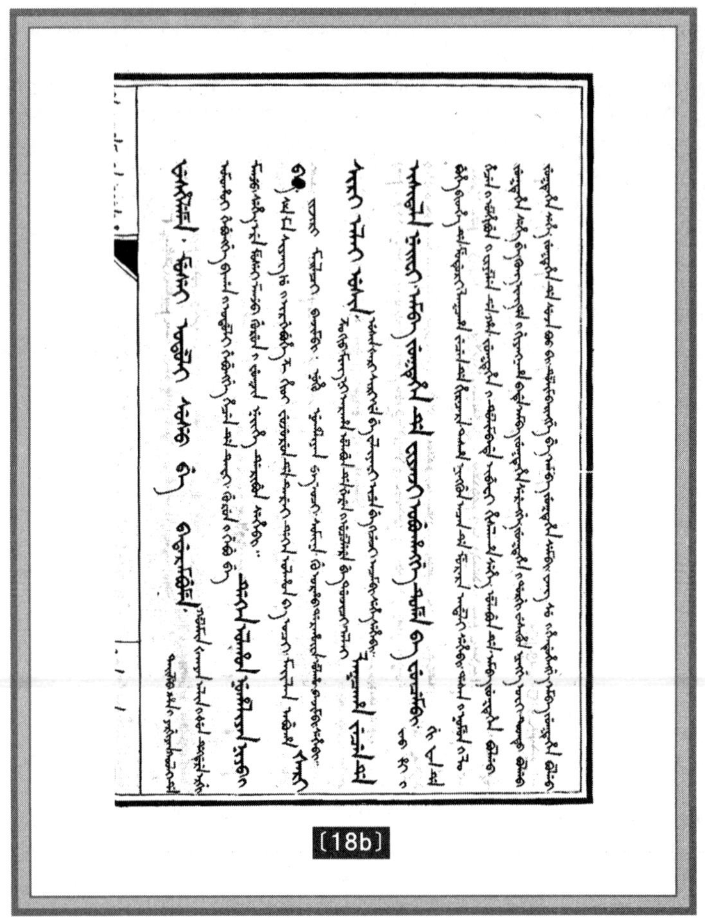
[18b]

feshelеme musei odoli susu be badarambume
개척하며 우리의 odoli 황무지 를 넓혀가며

taidzu han i yargiyan kooli de golmin šanyan alin i šun dekdere ergi omohoi gebungge bigan i odoli gebungge
太祖 汗 의 實 錄 에 長 白 山 의 해 뜨는 쪽 omoho의 이름의 들판 의 odoli 이름의
hecen de tefi gurun i gebu be manju sehe. ere musei manju gurun i fukjin neihe deribun sehebi.
성 에 머물고 나라 의 이름 을 만주 했다. 이 우리의 만주 나라 의 기초 연 처음 하였다.

deken olhon. nuhaliyan niyo i ba
높고 마른 오목한 습지 의 땅

sy ma siyang zu i irgebuhe dze hioi fujurun de terei deken olhon ba oci mailan[139] abuha jijiri mailaci[140]
司 馬 相 如 의 지은 子 虛 賦 에 그의 높고 마른 곳 되면 타래붓꽃 냉이 그령풀 꽃창포
banjimbi nuhu nuhaliyan ba oci somina gu orho darhūwa ulhū banjimbi sehebi.
자란다 작은 언덕 오목한 땅 되면 藏 莨 풀 물억새 갈대 자란다 하였다.

šari siri alai usin
아름다운 언덕의 밭

139) mailan : 타래붓꽃을 가리키며, 한자로 마란초(馬蘭草)라고 한다.
140) mailaci : 꽃창포를 가리키며, 마린[馬藺]이라고 한다.

dzo kio ming ni araha ulabun de geren i uculere be donjici alai usin šari siri. fe be waliyafi ice be
左 丘 明 의 지은 傳 에 여럿 의 노래함 을 들으니 언덕의 밭 아름답다. 옛것 을 버리고 새것 을
kiceci acambi sehe sehebi.
힘써야 한다 했다 하였다.

lakcaha jecen de
멀리 떨어진 변경 에

isitala neifi amba juktehen de fiyanji obuhangge tumen ba funcembi.
이르도록 개척하고 太 廟 에 의지 하게 한 것 만 리 넘는다.

jao jy[141] i gi fan[142] de buhe bithe de muduri lakcaha jecen de hiracara. tasha ninggun acan de
趙 至 의 嵇 蕃 에 준 書 에 용 멀리 떨어진 변경 에 기웃거리니 호랑이 六 合 에
murara adali sehebi. dasan i nomun i lo hecen i ulhibun i fiyelen de han juktehen i dulimbade ibefi
우는 것 같다 하였다. 書 經 의 洛 城 의 誥 의 篇 에 汗 廟 의 가운데에 나아가
hisalaha sehe. ulabun de amba juktehen bolgo juktehen sehe be kung ing da[143] i giyanggnaha bade
술 바쳤다 했다. 傳 에 太 廟 淸 廟 한 것 을 孔 穎 達 의 講한 바에
amba juktehen serengge. juktehen i dorgi wesihun ningge ofi tuttu bolgo juktehen sehe. juktehen de
太 廟 하는 것 廟 의 안쪽 높은 것 되어 그리 淸 廟 했다. 廟 에
sunja boo bi dulimbaingge be amba juktehen sembi. wang su i hendunengge amba juktehen bolgo
다섯 방 있다 가운데 있는 것 을 太 廟 한다. 王 肅 의 말한 것 太 廟 淸

[한문] ——————

擴我俄朶之址. [注]太祖實錄, 居長白山, 東俄漠惠之野, 俄朶里城, 國號曰滿洲, 是爲本朝開基之始也. 高燥埤濕, [注]司馬相如子虛賦, 其高燥則生葴菥苞荔, 其埤濕則生藏莨蒹葭. 原田每每. [注]左傳, 聽輿人之誦曰, 原田每每, 舍其舊而新是謀. 走大野而拱太室者, 萬有餘里. [注]趙至與嵇蕃書, 龍睇大野, 虎嘯六合. 書洛誥, 王入太室祼. 傳, 太室淸廟. 孔穎達疏, 太室, 室之大者故爲淸廟, 廟有五室, 中央曰太室, 王肅云, 太室淸廟,

—— ◦ —— ◦ —— ◦ ——

개척하며 우리의 오돌리(odoli, 俄朶里) 황무지를 넓혀가며

『태조실록』에, "장백산의 해 뜨는 쪽, 오모호(omoho)라는 이름의 들판에 있는 오돌리(odoli, 俄朶里)라는 이름의 성에 머물고, 나라 이름을 만주라 했다. 이것이 우리 만주 나라의 기초를 연 처음이다." 하였다.

높고 건조하며, 낮고 습한 땅

사마상여가 지은 「자허부(子虛賦)」에, "그 높고 마른 곳이면 타래붓꽃, 냉이, 그령풀, 꽃창포가 자란다. 작은 언덕의 오목한 땅에는 장랑(藏莨)풀, 물억새, 갈대가 자란다." 하였다.

아름다운 언덕의 밭

『좌전』에, "여럿이 노래하는 것을 들으니, '언덕의 밭이 아름답고, 옛것을 버리고 새것을 힘써야 한다' 했다." 하였다.

멀리 떨어진 변경에 이르도록 개척하고, 태묘(太廟)에 의지하게 한 것이 만 리를 넘는다.

조지(趙至)의 「여혜번서(與嵇蕃書)」에, "용이 멀리 떨어진 변경에서 기웃거리니, 호랑이가 육합(六合)에서 우는 것 같다." 하였다. 『서경』 「낙고(洛誥)」에, "임금이 묘(廟)의 가운데에 나아가 술을 바쳤다." 하였다. 「전(傳)」에, "태묘(太廟)는 청묘(淸廟)이다." 한 것을 공영달(孔穎達)이 「소(疏)」에서, "태묘(太廟)는 묘의 안쪽 높은 것이어서 청묘(淸廟)라 했다. 묘에 방이 다섯 개 있는데, 가운데 있는 것을 태묘라 한다. 왕숙(王肅)이 말하기를, '태묘는

---

141) jao jy : 서진 때의 조지(趙至)를 가리킨다. 키가 7척 3촌으로 침착하고 세심하면서도 몸가짐이 공경스럽고 겸손했으며, 논변이 유창해 훌륭한 재주가 있었지만 스스로는 뛰어나다고 생각하지 않았다.

142) gi fan : 서진 때의 문장가 혜번(嵇蕃)을 가리킨다.

143) kung ing da : 당나라 때의 경학가 공영달(孔穎達)을 가리킨다. 당 태종의 명을 받아 안사고(顏師古), 사마재장(司馬才章), 왕공(王恭), 왕염(王琰) 등과 함께 남학파와 북학파의 경학을 절충하여 『오경정의(五經正義)』를 찬술했다.

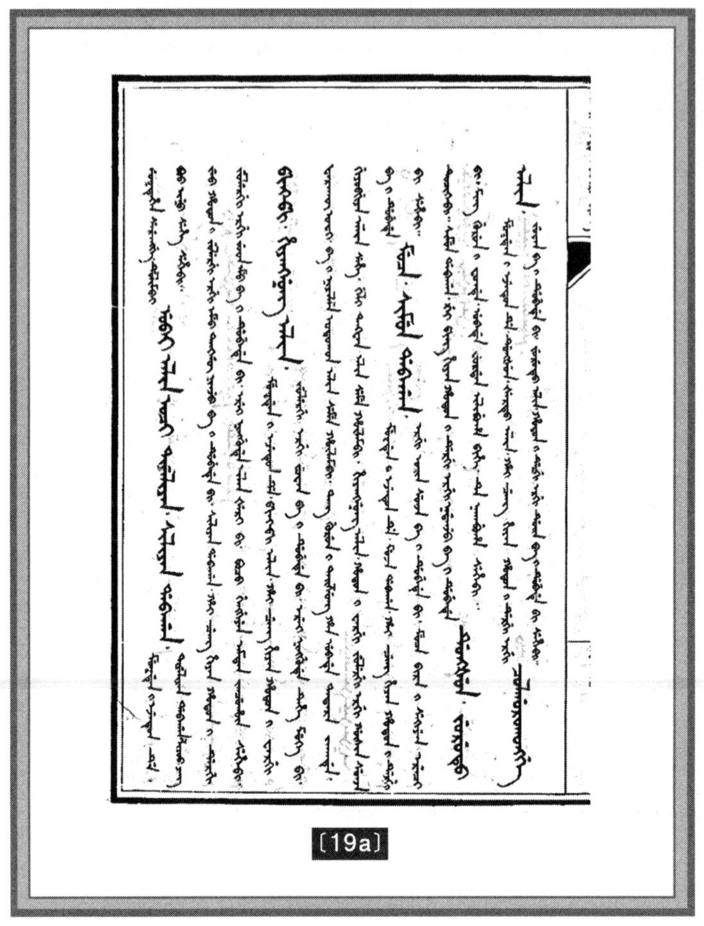

[19a]

juktehen serengge dulimbai boo inu sehe sehebi.
廟 하는 것 가운데의 집 이다 했다 하였다.

ubai alin oci tiyeliyan siliyan dabagan
이곳의 산 되면 鐵嶺 繡嶺 고개

mukden i ejetun de tiyeliyan dabagan. liyoo yang jeo hoton i julergi ergi emu tanggū ninju ba i dubede bi.
盛京 의 志 에 鐵嶺 고개 遼 陽 州 城 의 남 쪽 일 백 육십 리 의 끝에 있다
siliyan dabagan hai ceng hiyan hoton i dergi julergi ergi juwan emu ba i dubede bi. erei ninggude ilan šeri
繡嶺 고개 海 城 縣 城 의 동 남 쪽 십 일 리 의 끝에 있다. 이의 위에 세 샘
bi. boco genggiyen amtan jancuhūn sehebi.
있다. 색 맑고 맛 달다 했다.

pingpi hiyangnung alin
平頂 降龍 산

mukden i ejetun de pingpi alin hai ceng hiyan hoton i wargi julergi ergi juwan ba i dubede bi. erei ninggude
盛京 의 志 에 平頂 산 海 城 縣 城 의 서 남 쪽 십 리 의 끝에 있다. 이의 위에
tehe muke bi. farakū ofi ba i niyalma otokon alin seme hūlambi. tang guruni taidzung han ubade tatara
고인 물 있다. 마르지 않아서 지역 의 사람 otokon 산 하고 부른다. 唐 나라의 太宗 汗 이곳에 머무를

jakade giyobgiya alin sehe. geli tangwan alin seme hūlambi. hiyangnung alin hoton i wargi julergi ergi gūsin
적에 車駕 산 했다. 또 唐望 산 하고 부른다. 降龍 산 城 의 서 남 쪽 삼십
sunja ba i dubede bi sehebi.
오 리 의 끝에 있다 하였다.

muca simun dabagan
木査 石門 고개

mukden i ejetun de muca dabagan hai ceng hiyan hoton i dergi ergi orin sunja ba i dubede bi. muca bira i
盛京 의 志 에 木査 고개 海 城 縣 城 의 동 쪽 이십 오 리 의 끝에 있다. 木査 강 의
sekiyen ereci tucikebi. simun dabagan kei ping hiyan hoton i dergi ergi nadanju ba i dubede bi. ming
수원 여기에서 나왔다. 石門 고개 盖 平 縣 城 의 동 쪽 칠십 리 의 끝에 있다. 明
gurun i fonde ubade furdan ilibuha bihe. te nakabuha sehebi.
나라 의 시절에 이곳에 關 세웠었다. 지금 그만두게 했다 하였다.

dungšun jurutu alin
東水 南雙 산

mukden i ejetun de dungšun šertu alin hai ceng hiyan hoton i dergi ergi juwan ba i dubede bi. jurutu
盛京 의 志 에 東水 泉 山 海 城 縣 城 의 동 쪽 십 리 의 끝에 있다. 南雙
alin hoton i dergi ergi duin ba i dubede bi sehebi.
山 城 의 동 쪽 사 리 의 끝에 있다 하였다.

colgorokongge
우뚝 솟은 것

[한문]

中央之室. 其山則鐵嶺繡岑. ㊟盛京志, 鐵嶺在遼陽州城南一百六十里, 繡嶺在海城縣城東南十一里, 上有三泉, 色白味甘. 平頂降龍, ㊟盛京志, 平頂山在海城縣城西南十里, 上有積水不涸, 俗名浴盆山, 唐太宗駐蹕於此, 一名車駕山. 又曰唐望山, 降龍山在城西南三十五里. 木査石門, ㊟盛京志, 木査嶺在海城縣城東二十五里, 木査河發源於此, 石門嶺在盖平縣城東七十里, 明設關於此, 今廢. 東水南雙, ㊟盛京志, 東水泉山在海城縣城東十里, 南雙山在城東四里. ○雙, 叶音悰. 詩國風, 葛屨五兩, 冠緌雙止, 魯道有蕩, 齊子庸止. 矗崵薛,

청묘이다 한 것은 가운데 집이다' 했다." 하였다.

이곳의 산은 철령(鐵嶺), 수령(繡嶺)

『성경지』에, "철령은 요양주성(遼陽州城)의 남쪽 백육십 리 끝에 있고, 수령은 해성현성(海城縣城) 동남쪽 십일 리 끝에 있다. 이 위에 세 샘이 있다. 색이 맑고 맛이 달다." 하였다.

평정산(平頂山), 강룡산(降龍山)

『성경지』에, "평정산은 해성현성의 서남쪽 십 리 끝에 있다. 이 위에 고인 물이 있다. 마르지 않아서 지역 사람들이 오토콘(otokon, 浴盆) 산이라고 부른다. 당나라 태종 황제가 이곳에 머무를 적에 거가산(車駕山)이라 했다. 또 당망산(唐望山)이라고 부른다. 강룡산은 성의 서남쪽 삼십오 리의 끝에 있다." 하였다.

목사령(木査領), 석문령(石門領)

『성경지』에, "목사령은 해성현성의 동쪽 이십오 리 끝에 있다. 목사강(木査江)의 수원이 여기에서 나왔다. 석문령은 개평현성(盖平縣城)의 동쪽 칠십 리 끝에 있다. 명나라 때에 이곳에 관문을 세웠었다. 지금은 폐지하였다." 하였다.

동수산(東水山), 남쌍(南雙山)

『성경지』에, "동수천산(東水泉山)은 해성현성의 동쪽 십 리 끝에 있다. 남쌍산은 성의 동쪽 4리 끝에 있다." 하였다.

우뚝 솟은 것이

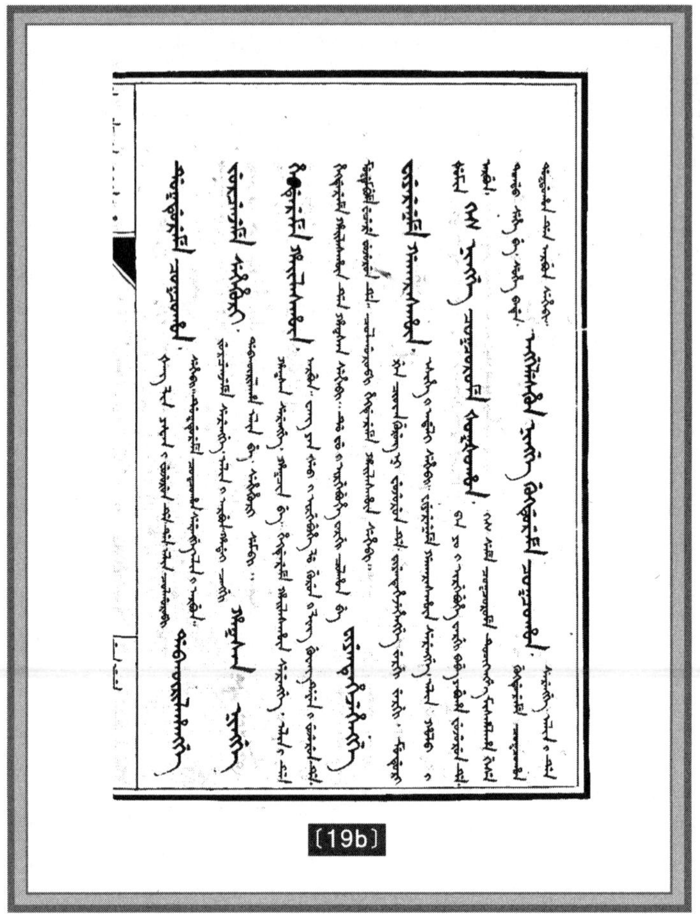

[19b]

dukdureme cokcohon.
솟아올라 치솟다

šang lin yafan i fujurun de den alin colgoropi sehebi. dukdureme cokcohon serengge alin i arbun.
上 林 苑 의 賦 에 높은 산 우뚝 솟다 하였다. 솟아올라 치솟다 하는 것 산 의 모양이다.

dabkūrilahangge jurcenjeme sehehuri.
중첩된 것 교차하여 치솟다

jurcenjeme serengge alin i arbun. hadai canggi dabkūrilaha alin be sehehuri sembi.
교차하여 하는 것 산 의 모양이다. 봉우리의 뿐 중첩된 산 을 치솟다 한다.

haksan ningge hekdereme hailashūn
험한 것 비탈 험하며 험준하다

haksan serengge hakcin be. hekdereme hailashūn serengge alin i den arbun. wang yan šeo[144] i
험하다 하는 것 길이 험준한 것이다. 비탈 험하며 험준하다 하는 것 산 의 높은 모양이다. 王 延 壽 의

irgebuhe lu gurun i ling guwang deyen i fujurun de hekdereme hailashūn den haksan sehebi. du fu i irgebuhe
지은 魯 나라 의 靈 光 殿 의 賦 에 비탈 험하며 험준하고 높고 험하다 하였다. 杜 甫 의 지은

144) wang yan šeo : 한나라 때의 문인 왕연수(王延壽)를 가리키며, 노나라를 유람하며 「영광전부(靈光殿賦)」를 지었다.

wargi colhon be mukdembume wecere fujurun de. colgoropi hekdereme hailashūn sehebi.
서쪽 산봉우리 를 번영하게 하며 제사하는 賦 에 우뚝솟아 비탈 험하며 험준하다 하였다.

fiyentehejehengge fiyereneme gakarashūn
갈라진 것 틈이 생겨 벌어지다

ken ciowan gurung ni fujurun de. fiyentehejehengge jergi jergi. muduri esihe i adali sehebi.. fiyereneme
甘 泉 宮 의 賦 에 갈라진 것 겹 겹 용 비늘 과 같다 하였다. 틈이 생겨
gakarashūn serengge. alin holo i šumin arbun.
벌어지다 하는 것 산 골 의 깊은 모양이다.

kes ningge cokcorome šokšohon.
깎아지른 것 가파르며 뾰족하다

pan yo[145] i irgebuhe wargi babe yabuha fujurunde kes seme cokcorome tucikengge mishalaha gese
蕃 岳 의 지은 서쪽 땅을 간 賦에 깎아 질러 가파르고 나온 것 먹줄 친 것 같이
tondo sehe be suhe bade dokdohon den arbun sehebi.
곧다 한 것 을 주해한 바에 우뚝 솟고 높은 모양 하였다.

enggeleshun ningge gukdureme cokcohon.
가파른 것 솟아올라 깎아지르다

gukdureme cokcohon serengge alin i den
솟아올라 깎아지르다 하는 것 산 의 높고

[한문]——————

㊟上林賦, 崇山矗矗. 嶱, 苦葛切, 嶭, 牙葛切, 嶱嶭, 山貌. 聚崑蔥, ㊟嵸音葱, 山貌, 嵕[椶]音騣[騣], 峰聚之山曰嵕. 嵫兮岃崱, ㊟嵫音隘險也, 岃音力, 崱音萴, 萴岃, 山高貌. 王延壽魯靈光殿賦, 崱岃嵫釐. 杜甫封西岳賦, 超崱岃. 嵌兮嶢峒, ㊟嵌, 口銜切. 甘泉賦, 嵌崖崖其龍鱗, 嶢, 呼貢切, 嶢峒, 山谷深貌. 峭兮嵽嵺, ㊟峭同峭, 嵽音瓿, 嵩也. 潘岳西征賦, 峻嵺峭以繩直. 注, 嵺峭, 高峻貌. 嵂兮嵣嶺, ㊟嵂音律, 嵂崒, 山高峻貌, 嵣音唐.

—— ◦ —— ◦ —— ◦ ——

솟아올라 치솟고

「상림부」에, "높은 산이 우뚝 솟았다." 하였다. '솟아올라 치솟다'고 하는 것은 산의 모양이다.

중첩된 것은 교차하여 치솟고

'교차하여'라고 하는 것은 산의 모양이다. 봉우리만 중첩된 산을 '치솟다'고 한다.

험한 것은 비탈이 험하며 험준하고

'험하다'고 하는 것은 길이 험준한 것이다. '비탈 험하며 험준하다'고 하는 것은 산의 높은 모양이다. 왕연수(王延壽)가 지은 노나라의 「영광전부(靈光殿賦)」에, "비탈이 험하며 험준하고 높고 험하다." 하였다. 두보(杜甫)가 지은 「봉서악부(封西岳賦)」에 "우뚝 솟고 비탈 험하며 험준하다." 하였다.

갈라진 것은 틈이 생겨 벌어지고

「감천부(甘泉賦)」에, "갈라진 것이 겹겹이 용 비늘과 같다." 하였다. '틈이 생겨 벌어지다'고 하는 것은 산골의 깊은 모양이다.

깎아지른 것은 가파르며 뾰족하고

반악(潘岳)이 지은 「서정부(西征賦)」에, "깎아지르게 가파르며 나온 것이 먹줄 친 것 같이 곧다." 한 것을 「주(注)」한 것에, "우뚝 솟고 높은 모양이다." 하였다.

가파른 것은 솟아올라 깎아지르고

'솟아올라 깎아지르다고 하는 것'은 산이 높고

---

145) pan yo : 서진 때의 반악(潘岳)으로 육기(陸機)와 함께 서진문학의 대표적 작가이다. 「서정부(西征賦)」 등을 지었다.

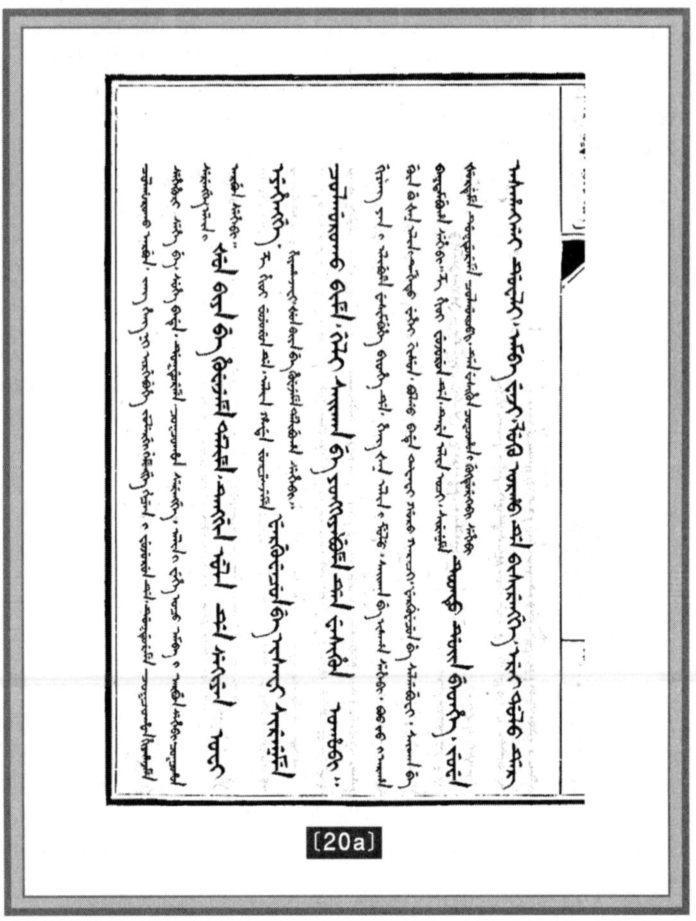
[20a]

colgoroko arbun. jang heng ni irgebuhe julergi gemungge hecen i fujurun de. dukdureme cokcohon hiyahanjame
우뚝 솟은 모양이다. 張 衡 의 지은 南 都 城 의 賦 에 솟아올라 우뚝 서 얽혀
sehehuri sehe be suhe bade. dukdureme cokcohon serengge. alin i wehe onco amba i arbun sehebi.
가파르다 한 것 을 주해한 바에 솟아 올라 우뚝서다 하는 것 산 의 돌 너르고 큰 것 의 모양이다 했다.
cokcohon serengge. alin i arbun sehebi.
우뚝서다 하는 것 산 의 모양이다 하였다.

šun biya be huwejeme dalime tenggin ula de sekiyen ofi eyehengge.
해 달 을 둘러 감싸며 호수 강 에 水源 되어 흐른 것
dze hioi fujurun de alin hada jurcenjeme hiyahanjafi šun biya be huwejeme dalibuha sehebi.
子 虛의 賦 에 산 봉우리 교차하여 엇갈리며 해 달 을 둘러 감쌌다 하였다.

ferguwecun be isafi sireneme
신묘함 을 모아서 연이어

colgoroko bime. geli saikan be yongkiyabume den wesihun ohobi..
우뚝 솟아 있고 또 아름다움 을 갖추게 하여 높고 번성하게 되었다.

giyang yan[146)] i alibume wesimbuhe bithe de heng šan alin i mulu saikan be isaha sehebi. boo jao[147)] i
江 淹 의 받들어 올린 書 에 衡 山 산 의 산마루 아름다움 을 모았다 하였다. 鮑 昭 의
araha guwa bu šan alin i temgetu wehei gisun. bolgo bade tafafi goro karaci ferguwecun be salgabufi
지은 瓜 步 山 산 의 碣 文 깨끗한 곳에 올라서 멀리 바라보면 신묘함 을 하늘이 주고
saikan be baktambuha sehebi. dze hioi fujurun de tere alin oci sireneme šurdeme dukdureme colgoropi den
아름다움 을 허용한다 하였다. 子 虛의 賦 에 그 산 되면 끊임없이 둘러 솟아오르고 우뚝 솟아 높고
wesihun cokcohon i gukdurekebi sehebi.
뛰어나며 우뚝하게 솟아올랐다 하였다.

tuttu duin bethe. juwe
그렇게 네 발 두

ashanggai duwali. amba weji. luku orho de bisirengge. erei dolo der
날개의 무리 큰 숲 울창한 풀 에 있는 것 이의 안 무리

[한문]

張衡南都賦, 嵣屺嶛刺. 注, 嵣屺, 山石廣大貌, 嵡音翁, 山貌. 蔽虧日月, 源流湖江. 注子虛賦, 岑崟參差, 日月蔽虧. ○江, 叶音公. 晋童謠, 阿童復阿童, 銜刀浮渡江. 既孕奇而盤鬱, 亦含秀而隆崇. 注江淹箋, 衡梁孕秀. 鮑昭瓜步山碣文, 凌清瞰遠, 擅奇含秀. 子虛賦, 其山則盤紆岪鬱, 隆崇峍崒. 故夫四蹄雙羽之族, 長林豊草之衆, 無不搏産乎其中.

—— ◦ —— ◦ —— ◦ ——

우뚝 솟은 모양이다. 장형(張衡)이 지은 「남도부」에, "솟아올라 우뚝 서 얽혀 가파르다." 한 것을 「주(注)」한 것에, "'솟아올라 우뚝 서다' 하는 것은 '산의 돌이 너르고 큰 모양이다' 했다. 우뚝 서다고 하는 것은 산의 모양이다." 하였다.

해와 달을 둘러 감싸며, 호수와 강에 수원(水源)이 되어 흘러

「자허부(子虛賦)」에, "산봉우리 교차하여 엇갈리며 해와 달을 둘러 감쌌다." 하였다.

신묘함을 모아서 연이어 우뚝 솟아 있고, 또 아름답고 매우 번성했다.

강엄(江淹)의 「도공조참군전예표기경릉왕(到功曹參軍箋詣驃騎竟陵王)」이라는 전(箋)에, "형산(衡山)의 산마루가 아름다움을 모았다." 하였다. 포소(鮑昭)가 지은 「과보산갈문(瓜步山碣文)」에, "깨끗한 곳에 올라서 멀리 바라보면, 하늘이 신묘함을 주고 아름다움을 허용한다." 하였다. 「자허부」에, "그 산은 끊임없이 둘러 솟아오르고, 우뚝 솟아 높고, 뛰어나며 우뚝 솟아올랐다." 하였다.

그렇게 네 발, 두 날개 달린 무리가 큰 숲과 울창한 풀 속에 무리

146) giyang yan : 남북조시대 양나라의 문장가 강엄(江淹)을 가리킨다. 꿈에 한 사내가 나타나 붓을 주었을 때는 문장을 잘 짓다가, 빼앗아가자 재주가 다했다고 하여 '강랑재진(江浪才盡)'이라는 고사성어가 생겼다.

147) boo jao : 남북조시대 송나라의 시인 포소(鮑昭)를 가리킨다. 악부(樂府)에 뛰어났으며, 칠언시의 기초를 닦아 당나라 시인들에게 큰 영향을 끼쳤다.

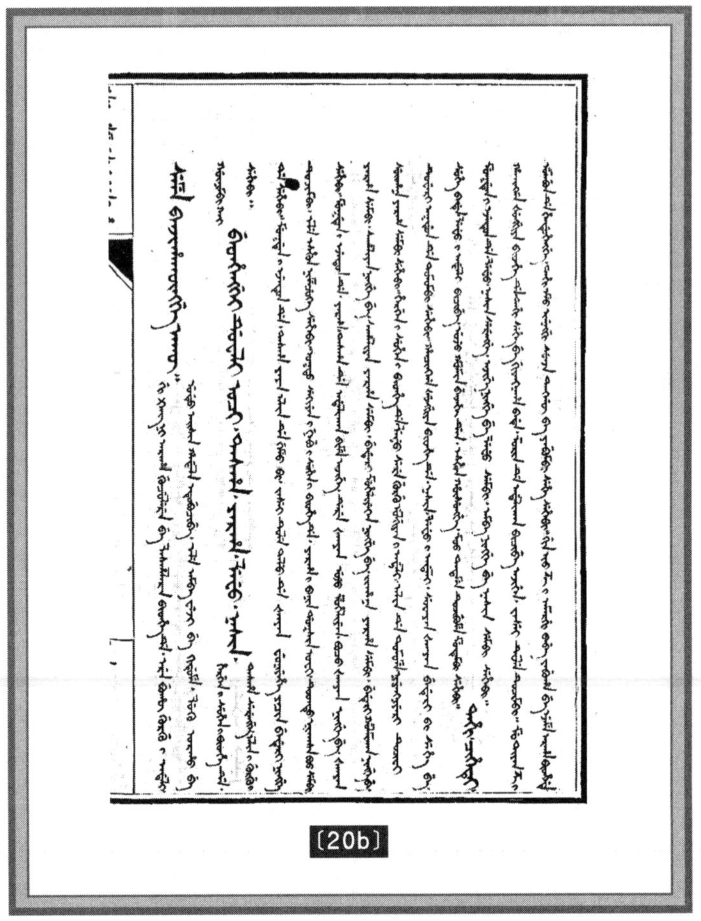

[20b]

seme banjihakūngge akū..
지어 살지 않은 것 없다.

gi kang ni araha guculere be lashalara bithe[148] de ere buhū gurgu i adali udu aisin hadala etubucibe ele
稽 康 의 지은 사귀는 것 을 끊는 書 에 이 사슴 길짐승 과 같이 비록 금 굴레 씌워도 더욱
amba weji be kidume luku orho be gūnimbi kai sehebi.
큰 숲 을 그리워하며 울창한 풀 을 생각하느니라 하였다.

bethenggei duwali oci. tasha. yarha. lefu. nasin.
발 있는 것의 종류 되면 호랑이 표범 곰 큰곰

hergen i suhen i bithe de tasha serengge alin i gurgu i da sehebi. mukden i ejetun de tasha yaya
說 文 의 書 에 호랑이 하는 것 산 의 길짐승 의 우두머리 하였다. 盛京 의 志 에 호랑이 모든
alin de gemu bi. jasei tule talu de šanyan funiyehe yacin bederi ningge tucimbi. ele eshun nimecuke
산 에 모두 있다. 변경의 밖 때때로 하얀 털 아청색 얼룩의 것 나온다. 더욱 야생의 사납다
sehebi. okto sekiyen i gebu i suhen i bithe[149] de yarha i banin doksin ofi tuttu nikasa boo sembi
하였다. 약 근원 의 이름 의 주해 의 書 에 표범 의 천성 포악 되어서 그렇게 한족들 豹 한다

148) guculere be lashalara bithe : 삼국시대 위나라의 혜강(嵇康)이 죽림칠현(竹林七賢) 가운데 한 사람인 산도(山濤)에게 절교하면서 보낸 편지인 「여산거원절교서(與山巨源絶交書)」를 가리킨다.

149) okto sekiyen i gebu i suhen i bithe : 청나라 때 의학자 유계화(俞啓華)가 지은 『본초석명(本草釋名)』을 가리킨다.

sehebi. mukden i ejetun de yarha tasha de adalikan bime ajige. dere šanyan. uju muheliyen. boco šanyan ningge
하였다. 盛京 의 志 에 표범 호랑이 에 비슷하고 작고 얼굴 하얗고 머리 둥글고 색 하얀 것
be šanyan yarha sembi. sahaliyan ningge be sahaliyan yarha sembi. bederi muheliyeken ningge be jihana yarha
을 白 豹 한다. 검은 것 을 烏 豹 한다. 얼룩 둥그스름한 것 을 동전 무늬 豹
sembi. bederi golmikan ningge be suihana yarha sembi sehebi.. hergen i suhen i bithe de. lefu sere gurgu
한다. 얼룩 길쭉한 것 을 艾葉 豹 한다 하였다. 說 文 의 書 에 곰 하는 길짐승
ulgiyan i adali. alin de tomome niyengniyeri tucifi tuweri akdun de tomombi sehebi. hancingga šunggiya bithe de.
돼지 와 같다. 산 에 서식하며 봄 나와서 겨울 동굴 에 서식한다 하였다. 爾 雅 書 에
nasin. lefu i adali. suwayan šanyan bederi bi sehe be suhe bade. lefu i adali bicibe. uju golmin. bethe den.
말 곰 곰 과 같다. 노랗고 하얀 얼룩 있다 한 것 을 주해한 바에 곰 과 같다 하지만 머리 길고 다리 높고
eshun hūsungge moo tatame tucibume mutembi sehebi.. mukden i ejetun de. lefu nasin serengge. ajige ningge be
야생의 힘있는 것 나무 끌어 낼 수 있다 하였다. 盛京 의 志 에 곰 말 곰 하는 것 작은 것 을
lefu sembi. amba ningge be nasin sembi sehebi..
곰 한다. 큰 것 을 말 곰 한다 하였다.

tahi cihetei
야생마 들노새

hancingga šunggiya bithe de tahi sehe be giyangnaha bade. morin de adalikan bicibe ajigen. jasei tule tucimbi.
爾 雅 書 에 야생마 한 것 을 講한 바에 말 에 비슷함 있지만 작다. 변경의 밖 나온다.
mu tiyan dze i ulabun[150] de henduhengge tahi emu inenggi sunja tanggū ba yabumbi sehe sehebi. gin io dze[151]
穆 天 子 의 傳 에 말한 것 야생말 한 날 오 백 리 간다 했다 하였다. 金 幼 孜
i amargi babe yabuha be ejeme araha bithede
의 북쪽 땅을 간 것 을 기록하여 지은 書에

[한문]——————

[注]嵇康絶交書, 此由禽鹿, 雖飾以金鑣, 逾思長林而志在豐草也. ○衆, 叶音終. 易, 解利西南, 往得衆也. 其來復吉, 乃得中也. 蹄類則虎豹熊羆, [注]說文, 虎, 山獸之君. 盛京志, 虎諸山皆有之, 邊外間有白質黑章者, 尤猛鷙. 本草釋名, 豹性暴, 故曰豹. 盛京志, 豹似虎而小, 白面團頭, 色白者曰白豹, 黑者曰烏豹, 文圓者曰金錢豹, 文尖長者曰艾葉豹. 說文, 熊獸似豕, 山居, 春出冬蟄. 爾雅, 羆如熊, 黃白文. 注, 似熊而長頭高脚, 猛憨多力, 能拔樹木. 盛京志, 熊羆, 小者曰熊, 大者曰羆. 野馬野騾, [注]爾雅, 野馬. 疏, 如馬而小, 出塞外者, 穆天子傳云, 野馬日走五百里. 金幼孜北征錄,

——◦——◦——◦——

지어 살지 않은 것 없다.

혜강(嵇康)의 「여산거원절교서(與山巨源絶交書)」에, "사슴은 길짐승처럼 비록 금 굴레를 씌워도, 더욱 큰 숲을 그리워하며 울창한 풀을 생각하느니라." 하였다.

발 있는 것의 종류는 호랑이, 표범, 곰, 말곰,

『설문해자』에, "호랑이는 산짐승의 우두머리이다." 하였다. 『성경지』에, "호랑이는 모든 산에 다 있다. 변경 밖에서 때때로 하얀 털, 아청색 얼룩의 호랑이가 나온다. 모든 야생의 것은 사납다." 하였다. 『본초석명(本草釋名)』에, "표범은 천성이 포악하여서 한인들이 표(豹)라고 한다." 하였다. 『성경지』에, "표범은 호랑이와 비슷하지만 작고 얼굴이 하얗고 머리는 둥글다. 색이 하얀 것을 백표(白豹)라 하고, 검은 것을 오표(烏豹)라 하며, 얼룩지고 둥그스름한 것을 금전표(金錢豹)라 하며, 얼룩지고 길쭉한 것을 애엽표(艾葉豹)라 한다." 하였다. 『설문해자』에, "곰이라는 짐승은 돼지와 같다. 산에 살며 봄에 나오고 겨울에 동면한다." 하였다. 『이아』에, "말 곰은 곰과 같고, 노랗고 하얀 얼룩이 있다." 한 것을 「주(注)」한 것에, "곰과 같지만 머리가 길고 다리가 높으며, 야생의 힘 있는 것은 나무를 끌어 낼 수 있다." 하였다. 『성경지』에, "곰, 말 곰이라 하는 것은 작은 것을 곰이라 하고, 큰 것을 말 곰이라고 한다." 하였다.

야생마, 들노새,

『이아』에, "야생마이다." 한 것의 「소(疏)」에, "말과 비슷하지만 작다. 변경 밖에서 나온다. 『목천자전(穆天子傳)』에서 말하기를, '야생마는 하루에 오백 리를 간다' 했다." 하였다. 김유자(金幼孜)의 『북정록(北征錄)』에,

150) mu tiyan dze i ulabun : 기원전 5-4세기 경에 지어진 중국 최고의 소설 『목천자전(穆天子傳)』을 가리킨다.
151) gin io dze : 명나라 때 『사서오경대전(四書五經大全)』과 『성리대전(性理大全)』 편찬에 참여한 김유자(金幼孜)를 가리킨다.

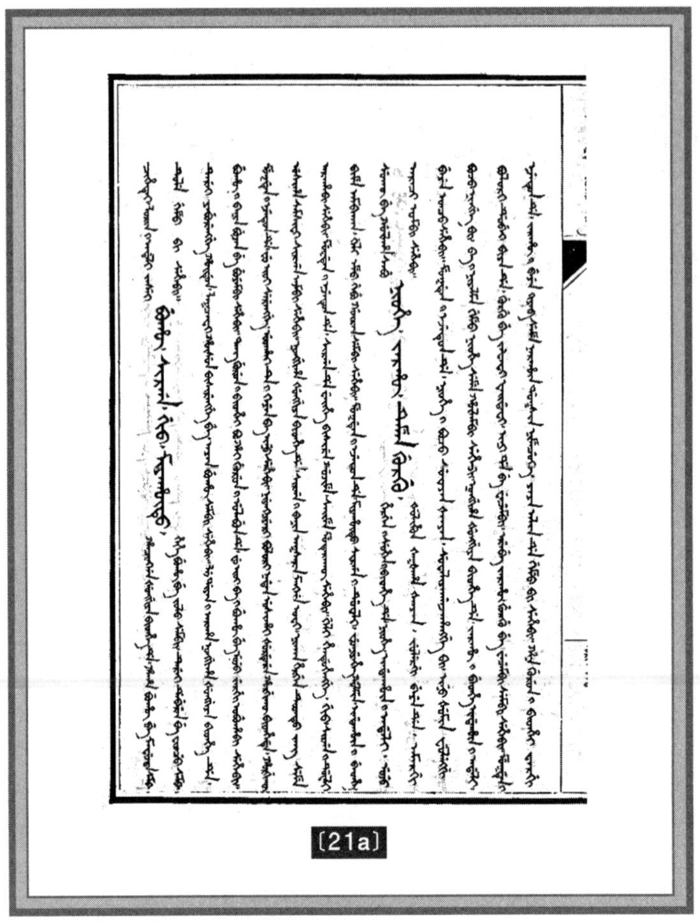

[21a]

cihetei lorin i adali jasei tule gemu bi sehebi..
들노새 노새 와 같이 변경의 밖 모두 있다 하였다.

buhū. sirga. gio. miyahūtu.
사슴 노루 고라니 사향노루

hancingga šunggiya bithe de haha buhū be mafuta sembi hehe buhū be jolo sembi. terei deberen be fiyacu
爾 雅 書 에 수컷 사슴 을 mafuta 한다. 암컷 사슴 을 jolo 한다. 그의 새끼 를 fiyacu
sembi. terei yaburengge hūdun. lakcafi hūsun bisirengge be. ayan buhū sembi sehebi.. lu diyan[152] i araha
한다. 그의 다니는 것 빠르고 뛰어나게 힘 있는 것 을 큰 사슴 한다 하였다. 陸 佃 의 지은
nonggiha šunggiya bithe de buhū i banin bujan be buyembi sehebi. tang gururn i bithei bo hai gurun i
埤 雅 書 에 사슴 의 천성 숲 을 사랑한다 하였다. 唐 나라 의 書의 渤 海 나라 의
ulabun de fu ioi ba i buhū be uju jergi obuhabi sehebi. mukden i ejetun de fu ioi serengge. uthai te i
傳 에 扶 餘 땅 의 사슴 을 으뜸 등급 삼았다 하였다. 盛京 의 志 에 扶 餘 하는 것 곧 지금 의
keyen ba inu sehebi. niyengniyeri bolori nadan usihai šurdere horgikū bithede horgikū usiha samsifi sirga
開原 땅 이다 하였다. 春 秋 七 星 運 樞 書에 樞 星 흩어져서 노루

152) lu diyan : 송나라 때 문신학자인 육전(陸佃) 을 가리킨다. 왕안석(王安石)에게 수학하였고, 신법(新法)에 반대하였으며, 예가(禮家)와 명수(名數)의 학설에 밝았다.

ombi sehebi. nonggiha šunggiya bithe de sirga i banin aksara mangga ofi nikan hergen tuttu jang seme
된다 하였다. 埤 雅 書 에 노루 의 천성 도망치기 잘하여서 漢 字 그렇게 章 하고
arahabi sehebi. mukden i ejetun de sirga de weihe bisire gojime saime muterakū sehebi. geli henduhengge
지었다 하였다. 盛京 의 志 에 노루 에 이빨 있을 뿐 씹을 수 없다 하였다. 또 말한 것
gio sirga i duwali bime ambakan geli emu gebu gūran sembi sehebi. mukden i ejetun de miyahūtu
고라니 노루 의 종류 이며 조금 크다. 또 一 名 gūran 한다 하였다. 盛京 의 志 에 사향노루
sirga i duwali. funiyehe golmin indahūn i bethe. sukū be gūlha sabu araci ombi sehebi.
노루 의 종류이다. 털 길고 개 의 발이다. 가죽 을 가죽신 신발 지을 수 있다 하였다.

niohe. jarhū. temen. gurgu.
이리 승냥이 낙타 길짐승

hergen i suhen i bithe de niohe indahūn i adali. uju šulihun šakšaha šanyan. julergi beye den. amargi beye
說 文 의 書 에 이리 개 와 같고 머리 뾰족하고 뺨 하얗고 앞쪽 몸 높고 뒤쪽 몸
onco sehebi. mukden i ejetun de niohe i boco suwayan šanyan. suwaliyaganjahangge bi. inu šumin fulenggi
너르다 하였다. 盛京 의 志 에 이리 의 색 노랑 하양 섞인 것 있다. 또 깊은 회
boco ningge bi. ba i niyalma gemu niohe seme hūlambi sehebi. nonggiha šunggiya bithe de jarhū i bethe
색 것 있다. 땅 의 사람 모두 이리 하고 부른다 하였다. 埤 雅 書 에 승냥이 의 발
indahūn i adali bolori dubei biya de gurgu be jafafi faidafi ini da be wecembi. erebe jarhū gurgu be
개 와 같고 가을 끝의 달 에 길짐승 을 잡아서 늘어놓고 그의 선조 를 제사지낸다. 이를 승냥이 길짐승 을
wecembi sembi sehebi. mukden i ejetun de. jarhū i beye giyab seme narhūn doksin nimecuke. yaya alin
제사지낸다 한다 하였다. 盛京 의 志 에 승냥이 의 몸 빠르고 가늘고 거칠고 잔인하다. 모든 산
de gemu bi sehebi.. han gurun i bithei wargi
에 모두 있다 하였다. 漢 나라 의 書의 西

[한문]——————

野騾如騾, 邊外皆有. 鹿麞麀麆, 注爾雅, 鹿, 牡麚, 牝麀, 其子麛, 其跡速, 絶有力麉. 陸佃埤雅, 鹿性喜林. 唐書渤海傳, 以扶餘之鹿爲貴. 盛京志, 扶餘, 卽今開原地名. 春秋運斗樞, 樞星散爲麞. 埤雅, 麞性善驚, 故從章. 盛京志, 麞有牙而不能噬, 又麀, 麞類而大, 一作麃. 盛京志, 麆, 麝類, 毛長犬足, 皮堪履舃. 狼豺封駝, 注說文, 狼似犬, 銳頭白頰, 前高後廣, 李奇曰, 狼從良. 盛京志, 狼有色雜黃黑者, 亦有蒼灰色者, 土人摠呼曰狼. 埤雅, 豺狗足, 季秋取獸陳之以祀其先, 謂之豺祭獸. 盛京志, 豺體細瘦健猛, 諸山中皆有. 漢書西域傳,

——∘——∘——∘——

들 노새, 노새처럼 변경 밖에 모두 있다." 하였다.

사슴, 노루, 고라니, 사향노루,

『이아』에, "수컷 사슴을 '마푸타(mafuta)'라 하고 암컷 사슴을 '졸로(jolo)'라 하고, 그의 새끼를 '피야주(fiyaju)'라 한다. 다니는 것 빠르다. 뛰어나게 힘이 센 것을 '큰 사슴'이라 한다." 하였다. 육전(陸佃)의 『비아(埤雅)』에, "사슴은 천성적으로 숲을 사랑한다." 하였다. 『당서』「발해전(渤海傳)」에, "부여(扶餘) 땅의 사슴을 으뜸으로 삼았다." 하였다. 『성경지』에, "부여는 지금의 개원(開原) 땅이다."라고 하였다. 『춘추』「운두추(運斗樞)」에, "추성(樞星)이 흩어져서 노루가 된다." 하였다. 『비아』에, "노루는 천성적으로 도망치기를 잘해서 한자에 '장(章)'이라고 지었다." 하였다. 『성경지』에, "노루는 이빨이 있지만 씹을 수 없다." 하였다. 또 말하기를, "고라니는 노루의 종류이며 조금 크고 또 일명 '구란(gūran)'이라고 한다." 하였다. 『성경지』에, "사향노루도 노루의 종류이다. 털이 길고 개의 발이다. 가죽으로 가죽신발을 만들면 된다." 하였다.

이리, 승냥이, 낙타, 길짐승,

『설문해자』에, "이리는 개와 같고 머리가 뾰족하며 뺨이 하얗다. 앞쪽 몸이 높고, 뒤쪽 몸이 넓다." 하였다. 『성경지』에, "이리의 색은 누렇고 흰 것이 섞인 것이 있고, 또 깊은 회색도 있다. 지역 사람들은 모두 '니오허(niohe)'라고 부른다." 하였다. 『비아』에, "승냥이의 발은 개와 같다. 가을 마지막 달에 길짐승을 잡아서 늘어놓고 선조에게 제사지낸다. 이것을 승냥이가 길짐승을 제사 지낸다고 한다." 하였다. 『성경지』에, "승냥이는 몸이 빠르고 가늘며 거칠고 잔인하다. 모든 산에 모두 있다."고 하였다. 『한서』「서역전(西域傳)」에,

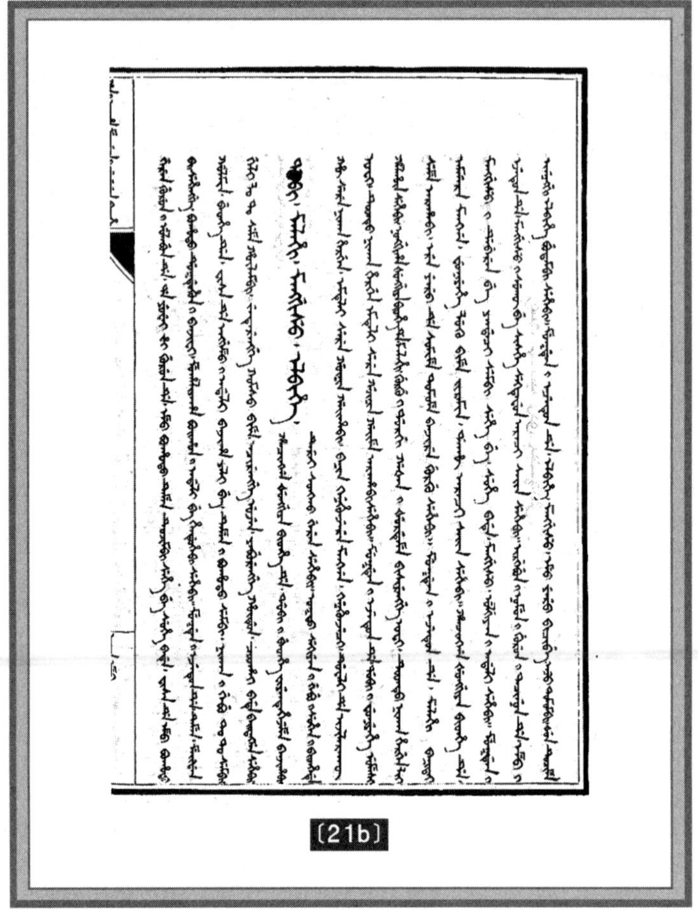
[21b]

geren gurun i ulabun de da yuwei jy gurun de emu bohoto temen tucimbi sehe be suhe bade fisa de emu
여러 나라 의 傳 에 大 月 氏 나라 에 한 肉峯 낙타 나온다 한 것 을 주해한 바에 등 에 한
bohoto bi sehengge bohoto dukduhun i banjifi muhaliyaha boihon i adali be henduhebi sehebi. mukden i
肉峯 있다 한 것 肉峯 불룩하게 생겨서 쌓인 흙 과 같음 을 말했다 하였다. 盛京 의
ejetun de. temen meifen golmin. bethe den. fisa de enggemu i adali banjiha yali be. temen i bohoto sembi.
志 에 낙타 목덜미 길고 발 높고 등 에 안장 의 처럼 생긴 살 을 낙타 의 肉峯 한다.
nikan i gebu to to sembi geli lo to seme hūlambi. jeterengge komso bime acirengge ujen yaburengge hūdun.
漢 의 이름 駝 橐 한다. 또 駱 駝 하고 부른다. 먹는 것 적어 도 짐싣는 것 무겁고 가는 것 빠르다.
coohai bade baitangga sehebi.
전쟁터에 유용하다 하였다.

dobi. malahi. manggisu. elbihe.
여우 삵 오소리 너구리

hancingga šunggiya bithe de. dobi i bethe fiyentehejeme banjihabi. terei songko geren sehebi.. okto sekiyen i
爾 雅 書 에 여우 의 발 벌어져 생겼다. 그의 자취 여럿 하였다. 약 기원 의
gebu i suhen i bithede hū sere nikan hergen emteli sere gūnin gaihabi[153]. banin kenehunjere mangga. kenehunjeci.
이름 의 주해 의 書에 狐 하는 漢 字 혼자 하는 뜻 취했다. 천성 의심하기 잘한다. 의심하면

153) **emteli sere gūnin gaihabi** : 한문 원문의 '狐, 孤也.'라는 것을 만주어로 표기한 것이다.

duwali de ijilarakū ofi. tuttu nikan hergen emteli sere gūnin gaime arahabi sehebi. mukden i ejetun de.
종류 에 무리 짓지 않아서 그렇게 漢 字 홀로 하는 뜻 취해 지었다 하였다. 盛京 의 志 에
dobi i funiyehe umesi halhūn sehebi. nonggiha šunggiya bithe de malahi. gurgu i dorgi gašan i šurdeme
여우 의 털 매우 따뜻하다 하였다. 埤 雅 書 에 삵 길짐승 의 속 마을 의 주위에
bisirengge ofi. tuttu nikan hergen li seme arahabi. ere yeru de somime tomome banjire gurgu sehebi..
있는 것 되어 그렇게 漢 字 貍 하고 지었다. 이 굴 에 숨어 서식하며 사는 길짐승 하였다.
mukden i ejetun de. malahi banitai amgara mangga. funiyehe luku bime jiramin. dahū araci sain sehebi..
盛京 의 志 에 삵 본성 자기 잘한다. 털 많아 두터운 가죽옷 만들면 좋다 하였다.
hancingga šunggiya bithe de manggisu i deberen be yandaci sembi sehe be. suhe bade. manggisu. ulgiyan i
爾 雅 書 에 오소리 의 새끼 를 yandaci 한다 한 것 을 주해한 바에 오소리 돼지 와
adali sehebi.. mukden i ejetun de. manggisu i sukū be sishe sektefun araci sain sehebi.. irgebun i nomun i
같다 하였다. 盛京 의 志 에 오소리 의 가죽 을 요 깔개 만들면 좋다 하였다. 詩 經 의
gurun i tacinun de. emu i inenggi elbihe butambi sehebi.. mukden i ejetun de elbihe. manggisu. emu yeru
國 風 에 하나 의 날 너구리 사냥한다 하였다. 盛京 의 志 에 너구리 오소리 한 굴
bicibe. encu tomombi. šun tucime
있지만 달리 서식한다. 해 나와

[한문]

大月氏出一封橐駝. 注, 脊上有一封, 言其隆高若封土也. 盛京志, 駝長頭高脚, 背有肉鞍, 謂之駝封. 又名橐駝, 今呼駱駝, 食少任重而行速, 軍中需之. 狐狸貛貉, 田爾雅, 狐, 其足蹯, 其跡狃. 本草釋名, 狐, 孤也, 性疑, 疑則不可以合類, 故其字從孤. 盛京志, 狐毛極溫暖. 埤雅, 貍獸之在里者, 故從里, 穴居薶伏之獸也. 盛京志, 貍性好睡, 毛深厚, 宜爲裘. 爾雅, 貒子貗. 注, 貒, 豚也, 一名貛. 盛京志, 貛其皮宜爲裀褥. 詩國風, 一之日于貉. 盛京志, 貉與貛同穴而異處, 日出求食,

—— ◦ —— ◦ —— ◦ ——

"대월지국(大月氏國)에 육봉(肉峯)이 하나인 낙타가 나온다." 한 것을 「주(注)」한 것에, "'등에 하나의 육봉이 있다' 한 것은 육봉이 불룩하게 생겨서 쌓인 흙과 같음을 말했다." 하였다. 『성경지』에, "낙타는 목덜미가 길고 발이 높다. 등에 길마처럼 생긴 살을 낙타의 육봉이라 한다. 한의 이름으로 '타탁(駝橐)'이라 하고, 또 '낙타(駱駝)'라고도 부른다. 먹는 것이 적어도 짐 싣는 것이 무겁고 가는 것이 빠르다. 전쟁터에 유용하다." 하였다.

여우, 삵, 오소리, 너구리,

『이아』에, "여우의 발이 벌어져 태어났다. 그래서 발자취가 여럿이다." 하였다. 『본초석명』에, "'호(狐)'라는 한자는 '고(孤)'라는 뜻에서 취했다. 천성이 의심하기 잘한다. 의심하면 같은 무리와 무리 짓지 않아서 한자에 '고(孤)'라는 뜻을 취해 지었다." 하였다. 『성경지』에, "여우의 털은 매우 따뜻하다." 하였다. 『비아』에, "삵은 길짐승 중에 마을 주위에 있어서 한자로 '리(貍)'라고 지었다. 굴에 숨어 서식하며 사는 길짐승이다." 하였다. 『성경지』에, "삵은 본성이 잠자기를 잘한다. 털이 많아서 두터운 가죽옷을 만들면 좋다." 하였다. 『이아』에, "오소리의 새끼를 얀다치(yandaci)라 한다." 한 것을 「주(注)」한 것에, "오소리는 돼지와 같다." 하였다. 『성경지』에, "오소리 가죽으로 요와 깔개를 만들면 좋다." 하였다. 『시경』 「국풍」에, "한 날 너구리 사냥한다." 하였다. 『성경지』에, "너구리와 오소리는 한 굴에 있지만 달리 서식한다. 해가 나와

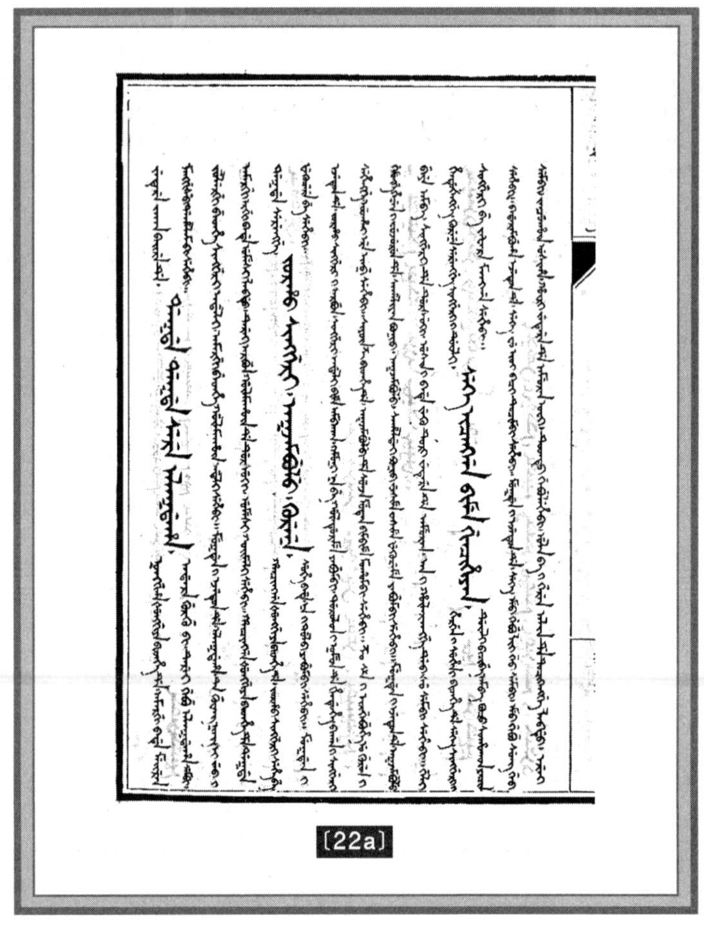
[22a]

jetere jaka baire de. manggisu dahalambi sehebi..
먹을 것 구함 에 오소리 뒤따른다 하였다.

dakda dakda sere alakdaha[154)]
깡충 깡충 하는 跳兎

nonggiha šunggiya bithe de. amargi bade meiren adara gurgu[155)] bi. terei gebu alakdaha sembi. julergi bethe
埤 雅 書 에 북쪽 땅에 어깨 나란한 길짐승 있다. 그의 이름 跳兎 한다. 앞쪽 발
singgeri adali amargi bethe gulmahūn adali sehebi.. mukden i ejetun de alakdaha te gurung nong ei jeo i
쥐 같고 뒤쪽 발 토끼 같다 하였다. 盛京 의 志 에 跳兎 지금 廣 寧 義 州 의
amargi ergi bade umesi labdu. terei arbun gūlmahūn de dursuki. umesi koimali sehebi.. hancingga šunggiya bithe
북 쪽 땅에 매우 많다. 그의 모습 토끼 에 닮았다. 매우 교활하다 하였다. 爾 雅 書
de dakda dakda serengge. fekucere be sehebi..
에 깡충 깡충 하는 것 뛰어오름 이다 하였다.

---

154) **alakdaha** : 산토끼의 일종인 도토(跳兎)로 보통의 토끼보다 작고 얼룩무늬가 있으며, 앞다리가 짧고 뒷다리가 길며 몽고 초원에 산다.

155) **meiren adala gurgu** : 비견수(比肩獸)의 만주어 직역이다. 비견수는 한쪽 다리가 짧기 때문에 서로 어깨를 맞대고 의지해 기대지 않으면 걷지를 못한다. 하지만 사이가 좋아서 맛있는 풀을 발견하면 반드시 짝에게 먼저 먹이고, 어느 곳을 가든지 함께 다닌다고 한다.

jorho singgeri. akjambulu. kurene.
들쥐 날다람쥐 족제비
hancingga šunggiya bithe de. jorho singgeri sehe be suhe bade. na i dolo yabumbi sehebi.. mukden i
爾 雅 書 에 들 쥐 한 것 을 주해한 바에 땅 의 속 다닌다 하였다. 盛京 의
ejetun de jorho singgeri i arbun. singgeri adali bime ambakan. kemuni na be gūldurame yabumbi. dorolon i
志 에 들 쥐 의 모양 쥐 같고 조금 크다. 항상 땅 을 파고 다닌다. 禮 의
nomun de heduhe. bigan i singgeri sehengge uthai ere inu sehebi.. siyūn dze bithe de. akjambulu de sunja
經 에 말했다. 들 의 쥐 하는 것 곧 이것 이다 하였다. 荀 子 書 에 날다람쥐 에 다섯
muten bimbime mohombi sehebi.. dzo sy i irgeguhe u gurun i gemungge hecen i fujurun de. sahaliyan bonio.
능력 있어도 부족하다 하였다. 左 思 의 지은 吳 나라 의 都 城 의 賦 에 검은 원숭이
akjambulu. sahaldai bonio[156] wesime wasime fekuceme yabumbi sehebi.. mukden i ejetun de. akjambulu beye
날다람쥐 猓然 오르고 내리며 뛰놀며 다닌다 하였다. 盛京 의 志 에 날다람쥐 몸
amba. singgeri de dursuki. usin i bade jeku turi jetere de amuran. an i hūlarangge deo šu sembi sehebi..
크고 쥐 에 닮았다. 밭 의 곳에 곡식 콩 먹기 에 좋아한다. 평소 부르는 것 豆 鼠 한다 하였다.
geli henduhengge kurene serengge singgeri i duwali. singgeri be jafara mangga sehebi..
또 말한 것 족제비 하는 것 쥐 의 종류 쥐 를 잡기 잘한다 하였다.

seke icangga bime gincihiyan.
담비 멋있고 빛난다.
hergn i suhen i bithe de. seke singgeri i duwali bicibe amba. boco sohokon yacin. sehebi.. badarambuha ejetun
說文 의 書 에 담비 쥐 의 종류 이지만 크고 색 송진색 아청색 하였다. 廣 志
de. seke fu ioi baci tucimbi sehebi.. mukden i ejetun de seke. emu gebu li geo sembi. emu gebu sung geo sembi.
에 담비 扶餘의 곳에서 나온다 하였다. 盛京 의 志 에 담비 一 名 栗 狗 한다. 한 이름 松 狗 한다.
jancuhūn usiha. hūri jetere de amuran ofi. tuttu gebulehebi. ula ba i geren alin de tucikengge labdu. erei
밤의 열매 잣 먹기 에 좋아해서 그리 이름하였다. ula 땅 의 여러 산 에 나온 것 많다. 이의

[한문]

則䪥隨之. 跳兎婆娑, ㊟埤雅, 北方有比肩獸焉, 其名謂蹷, 鼠前而兎後. 盛京志, 跳兎, 今廣寧義州之北最多, 其形類兎而甚狡. 爾雅, 婆娑, 舞也. 鼢鼯艾虎, ㊟爾雅, 鼢鼠. 注, 地中行者. 盛京志, 鼢鼠形似鼠而大, 常穿地以行, 禮云田鼠卽此. 荀子, 鼯鼠五技而窮. 左思吳都賦, 狖鼯果然, 騰踔飛超. 盛京志, 鼯鼠形大如鼠, 好在田間食粟豆, 俗呼爲豆鼠. 又, 艾虎, 鼠類, 善捕鼠. 貂鼠輕嘉. ㊟說文, 貂, 鼠屬而大, 黃黑色. 廣志, 貂出扶餘. 盛京志, 貂鼠一名栗狗, 一名松狗, 好食栗松皮, 故名, 烏喇諸山多有之,

—— ◦ —— ◦ —— ◦ ——

먹을 것 구할 때에 오소리가 뒤따른다." 하였다.

깡충깡충하는 도토(跳兎),

『비아(埤雅)』에, "북쪽 땅에 비견수(比肩獸)가 있다. 이름은 도토(跳兎)라 한다. 앞발은 쥐 같고 뒷발은 토끼 같다." 하였다. 『성경지』에, "도토는 오늘날 광녕(廣寧), 의주(義州) 북쪽 땅에 매우 많다. 모습은 토끼 닮았고, 매우 교활하다." 하였다. 『이아』에, "'깡충깡충하는 것'은 뛰어오르는 것이다." 하였다.

들쥐, 날다람쥐, 족제비,

『이아』에, "들쥐이다." 한 것을 「주(注)」한 것에, "땅속을 다닌다." 하였다. 『성경지』에, "들쥐의 모양은 쥐와 같고 조금 크며, 항상 굴을 파고 다닌다. 『예기』에서 말한 들쥐가 곧 이것이다." 하였다. 『순자』에, "날다람쥐에 다섯 가지 능력이 있어도 부족하다." 하였다. 좌사(左思)가 지은 「오도부」에, "검은 원숭이, 날다람쥐, 과연(猓然)이 오르락내리락 하며 뛰놀고 다닌다." 하였다. 『성경지』에, "날다람쥐는 몸이 크고 쥐와 닮았다. 밭에서 곡식과 콩 먹기를 좋아한다. 보통 부르는 것은 '두서(豆鼠)'라 한다." 하였다. 또 말하기를, "족제비는 쥐의 종류로 쥐를 잡기 잘한다." 하였다.

담비는 멋있고 빛난다.

『설문』에, "담비는 쥐의 종류이지만 크고 색깔은 황흑색(黃黑色)이다." 하였다. 『광지(廣志)』에, "담비는 부여(扶餘) 땅에서 나온다." 하였다. 『성경지』에, "담비는 일명 '율구(栗狗)'라고도 하고 '송구(松狗)'라고도 한다. 밤 열매와 잣 먹기를 좋아해서 그렇게 이름 지었다. 울라(ula) 땅의 여러 산에서 많이 나온다. 이의

156) sahaldai bonio : 원숭이의 일종인 과연(猓然)을 가리킨다. 빰은 희고 몸은 검다.

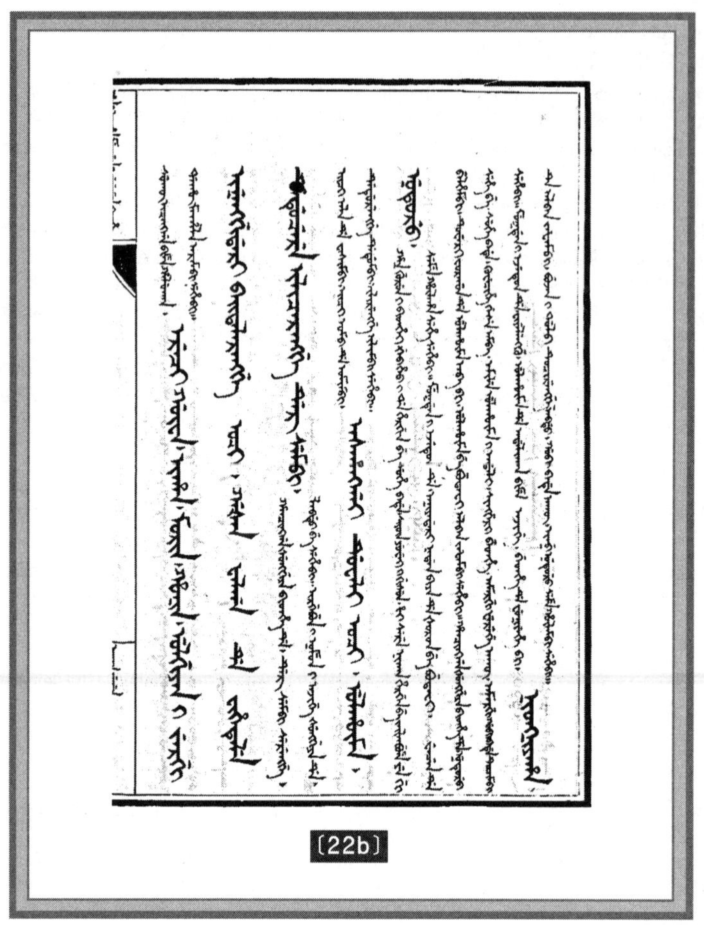

〔22b〕

sukū icangga bime halukan dahū mahala arambi sehebi.
가죽 빛나고 따뜻하여 가죽옷 모자 만든다 하였다.

ereci gūwa. ihan. morin. honin. ulgiyan i jergi
이에서 다른 소 말 양 돼지 의 등

inenggidari baitalarangge oci. gašan falga de fihetele
날마다 이용하는 것 되면 마을 장소 에 가득 차도록

deducere ilicarangge der sembi.
함께 자고 함께 일어나는 것 가득 하다.

hancingga šunggiya bithe de der sembi serengge labdu be sehebi. irgebun i nomun i ajige šunggiya de
爾 雅 書 에 가득 하다 하는 것 많음 이다 하였다 詩 經 의 小 雅 에

eici ala de wasimbi. eici omo de omimbi. dedurengge dedumbi. ilirengge ilimbi sehebi.
혹 언덕 에 내려온다 혹 못 에 마신다 자는 것 잔다 일어나는 것 일어난다 하였다.

ashanggai duwali oci. ulhūma. nuturu[157].
날개의 종류 되면 꿩 沙鷄

han gurun i bithei keo heo i da hergin be suhe bade siyūn yuwei[158] i gisun. jy sere nikan hergen be
漢 나라 의 書의 高 后 의 本 紀 를 주해한 바에 荀 悅 의 말 雉 하는 漢 字 를
jailabume ye gi seme hūlaha sehe sehebi. mukden i ejetun de aniyadari nadan biya de šoron be butafi
기피하여 野 雞 하고 불렀다 했다 하였다. 盛京 의 志 에 해마다 칠 월 에 꿩 새끼 를 잡아서
wecen de belhembi. tuweri forgon de ulhūma aba bi. ulhūma be butafi alban jafambi sehebi. hancingga
제사 에 준비한다. 겨울 철 에 꿩 사냥 있다. 꿩 을 잡고 공물 바친다 하였다. 爾
šunggiya bithe de nuturu sehe be. suhe bade. kuwecihe gese amba. emile ulhūma i adali. singgeri bethe.
雅 書 에 沙鷄 한 것 을 주해한 바에 비둘기 같이 크고 암컷 꿩 과 같다. 쥐 발
amargi ferege[159] akū. amargi gobi bade tucimbi sehebi. mukden i ejetun de. fiyelenggu. ulhūma de
뒤쪽 며느리발톱 없다. 북쪽 사막 땅에 나온다 하였다. 盛京 의 志 에 들꿩 꿩 에
adalikan bime ajige. bethe de funiyehe bi. te alban jafambi. bujan i dolo tucirengge labdu. gobi bade
비슷하지만 작다 발 에 털 있다. 지금 공물 바친다. 숲 의 속 나오는 것 많다. 사막 땅에
akū. inu nuturu seme hūlambi sehebi..
없다. 또 沙鷄 하고 부른다 하였다.

niongniyaha.
거위

[한문]

其皮輕暖, 爲裘爲帽. ○嘉, 叶居何切. 後漢書趙岐傳, 漢有逸人, 姓趙名嘉, 有志無時, 命也奈何. 其他牛馬羊豕之資, 以日用者, 蓋塡閭巷, 而蒸寢訛. 注爾雅, 烝, 衆也. 詩小雅, 或降于阿, 或飮於池, 或寢或訛. 羽類則野雞沙雞, 注漢書高后紀注, 荀悅曰, 諱雉之字曰野雞. 盛京志, 每七月捕雉雛供祀, 冬月有野雞圍, 羅雉入貢. 爾雅, 鵽鳩. 注, 大如鴿, 似雌雉, 鼠脚, 無後趾, 出北方沙漠地. 盛京志, 樹雞似雉而小, 脚有毛, 今入貢, 多出林內, 不在沙漠之地, 亦呼沙鷄. 鵝

가죽 빛나고 따뜻하여 가죽옷과 모자를 만든다." 하였다.

이와 달리 소, 말, 양, 돼지 등 날마다 이용하는 것은 시골에 가득 차도록 함께 자고 함께 일어나는 것이 많다.

『이아』에, "'가득하다 하는 것'은 많다는 것이다." 하였다. 『시경』「소아」에, "혹 언덕에서 내려오거나 혹 못에서 마신다. 자는 것은 자고, 일어나는 것은 일어난다." 하였다.

날개 있는 종류는 꿩, 사계(沙鷄),

『한서』「고후본기(高后本紀)」를 「주(注)」한 것에, "순열(荀悅)이 말하기를, '치(雉)'라는 한자를 피휘하여 '야계(野雞)'라고 불렀다고 했다." 하였다. 『성경지』에, "해마다 칠월에 꿩의 새끼를 잡아서 제사를 준비한다. 겨울철에 꿩 사냥이 있다. 꿩을 잡아서 공물 바친다." 하였다. 『이아』에, "사계(沙鷄)이다." 한 것을 「주(注)」한 것에, "비둘기 같이 크고, 암꿩과 같고, 쥐의 발이며, 뒤쪽 며느리발톱이 없다. 북쪽 고비 지역에서 나온다." 하였다. 『성경지』에, "들꿩은 꿩과 비슷하지만 작고 발에 털이 있다. 지금 공물로 바친다. 숲속에서 나오는 것이 많다. 사막 지역에는 없다. 또 '사계'라고 부른다." 하였다.

거위,

157) nuturu : 사막 꿩과에 속하는 사계(沙鷄)를 가리키는데, 내몽골 등 중국 북부의 초원 지역에 많이 살며 비둘기를 닮았다.

158) siyūn yuwei : 후한 때의 사상가 순열(荀悅)로 순자의 자손이다. 헌제가 반고가 쓴 『한서』가 문장이 번잡하고 이해하기 어렵다고 여겨 그에게 『춘추』와 같이 간편한 편년체로 고치라고 하여 『한기(漢紀)』 30권을 편찬했다.

159) ferege : 'ferge'의 오기로 보인다.

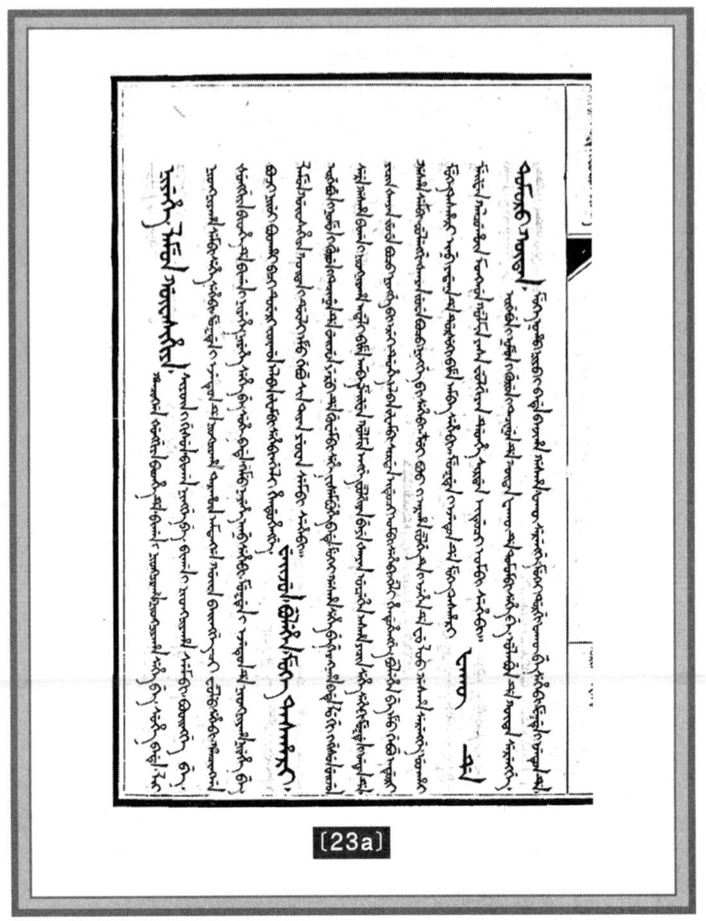

[23a]

niyehe, lamun gūwasihiya
오리 왜가리

hancingga šunggiya bithe de bigan i niongniyaha. niongniyaha sehe be suhe bade li siyūn[160] i gisun
爾 雅 書 에 들 의 거위 거위 한 것 을 주해한 바에 李 巡 의 말
bigan ningge be bigan i niongniyaha sembi. booingge be niongniyaha sembi sehe sehebi. mukden i ejetun de
야생의 것 을 야생 의 기러기 한다. 집의 것 을 거위 한다 했다 하였다. 盛京 의 志 에
niongniyaha tarhūn amtangga gūwa baingge ci fulu sehebi. hancingga šunggiya bithe de bigan i niyehe.
거위 살찐 것 맛있다. 다른 지역의것 보다 넉넉하다 하였다. 爾 雅 書 에 야생 의 오리
niyehe sehe be suhe bade gemu niyehe inu sehebi. mukden i ejetun de niongniyaha niyehe be booi nirui
오리 한 것 을 주해한 바에 모두 오리 이다 하였다. 盛京 의 志 에 거위 오리 를 內務府의
buthai ba[161]ci tuweri forgon alban jafambi sehebi. geli henduhengge. lamun gūwasihiya kūtan i duwali
漁獵의 곳에서 겨울 철 공물 바친다 하였다. 또 말한 것 왜가리 사다새 의 종류이다
emu gebu sin tiyan uywan sembi sehebi..
一 名 信 天 緣 한다 하였다.

160) li siyūn : 동한 말의 환관 이순(李巡)을 가리킨다. 황제에게 오경(五經)을 교정하여 비석에 새길 것을 청하자, 당시의 문학가이자 서법가인 채옹(蔡邕) 등에게 명하여 교정하여 새기게 하였다.

161) booi nirui buthai ba : 'booi niru'는 '내무부(內務府)의 좌령(左領)'이고, buthai ba는 '어렵(漁獵)을 담당하는 곳'으로 해석되므로, 내무부에 소속되어 사냥과 고기잡이와 관련한 사무를 좌령이 맡아서 처리하던 부서로 판단된다.

weijun. bulehen. muke tashari[162]
황새 학 무수리

irgebun i nomun i gurun i tacinun de weijun yeru de guwembi sehe fisembuhe bade. mukei gasha sehe
詩 經 의 國 風 에 황새 굴 에서 운다 하였다 기술한 바에 물의 새 한 것
be giyangnaha bade lu gi i gisun weijun sere gasha bigan i niongniyaha adali bime amba meifen golmin engge
을 講한 바에 陸 機 의 말 황새 하는 새 야생 의 기러기 같지만 큰 목덜미 길고 등
fulgiyan beye šanyan uncehen asha yacin sehe sehebi. mukden i ejetun de yacin šanyan juwe boco ningge bi.
붉고 몸 하얗고 꼬리 날개 아청색 했다 하였다. 盛京 의 志 에 아청 하얀 두 색의 것 있다.
erei dethe alban jafambi sirdan iduci ombi sehebi. geli henduhegge. bulehen be emu gebu enduri gasha sembi.
이의 깃 공물 바친다. 화살 붙일 수 있다 하였다. 또 말한 것 학 을 一 名 신령한 새 한다.
fulenggi šanyan juwe boco ningge bi sehebi. tsui boo[163] i araha julge te i ejehen de fu loo gasha[164]
잿빛 하얀 두 색의 것 있다 하였다. 崔 豹 의 지은 古 今 의 注 에 扶 老 새
serengge uthai muke tashari inu. yadana de dursuki bime amba sehebi. mukden i ejetun de muke tashari
하는 것 곧 무수리 이다. 학 에 닮았지만 크다 하였다. 盛京 의 志 에 무수리
meifen kalcuhūn monggon golmin yasa fulgiyan dethe sirdan iduci ombi sehebi.
목덜미 넓고 목 길고 눈 붉으며 깃 화살 붙일 수 있다 하였다.

fakū de tomoro kūtan
魚梁 에 서식하는 사다새

irgebun i nomun i gurun i tacinun de kūtan fakū de tomombi sehe be. ulabun de kūtan serengge. muke noho
詩 經 의 國 風 에 사다새 魚梁에 서식한다 한 것 을 傳 에 사다새 하는 것 물 뿐인
niyo i bade banjiha gasha. fakū serengge mukei dorgi fakū be sehebi. mukden i ejetun de
습지 의 땅에 살던 새이다. 魚梁 하는 것 물의 속 魚梁 이다 하였다. 盛京 의 志 에

[한문]———————

鴨青鶬, 注爾雅, 舒雁鵞. 疏, 李巡曰, 野曰雁, 家曰鵞. 盛京志, 鵞肥美勝他處. 爾雅, 舒鳧, 鶩. 注, 鴨也. 盛京志, 凡鵞鴨, 內務府冬月入貢. 又, 青鶬, 鵝類, 一名信天緣. 鸛鶴禿鶖, 注詩國風, 鸛鳴於垤. 箋, 水鳥也. 疏, 陸璣云, 鸛雀似鴻而大, 長頸赤喙, 白身黑尾翅. 盛京志, 黑白二種, 羽充貢, 可爲箭翎. 又, 鶴, 一名仙禽, 有灰白二種. 崔豹古今注, 扶老, 禿鶖也, 狀如鶴而大. 盛京志, 禿鶖, 禿項長頸赤目, 翮可翎箭. 維鵜在梁, 注詩國風, 維鵜在梁. 傳, 鵜, 洿澤鳥也, 梁, 水中之梁. 盛京志,

—— ◦ —— ◦ —— ◦ ——

오리, 왜가리,

『이아』에, "야생거위는 거위이다." 한 것을 「주(注)」한 것에, "이순(李巡)이 말하기를, 야생의 것을 '들 기러기'라 하고, 집안의 것을 '거위'라 한다 했다." 하였다. 『성경지』에, "거위는 살찐 것이 맛있다. 다른 지역의 것보다 넉넉하다." 하였다. 『이아』에, "야생오리는 오리이다." 한 것을 「주(注)」한 것에, "모두 오리이다." 하였다. 『성경지』에, "거위와 오리를 내무부(內務府)에서 겨울철에 공물로 바친다." 하였다. 또 말하기를, "왜가리는 사다새의 종류이다. 일명 신천연(信天緣)이라고 한다." 하였다.

황새, 학, 무수리,

『시경』「국풍」에, "황새는 굴에서 운다 하였다."를 「전(箋)」한 것에, "물새이다." 한 것의 「소(疏)」에, "육기(陸機)가 말하기를, '황새는 기러기 닮았지만 크고, 목덜미가 길고, 부리가 붉고, 몸이 하얗고, 꼬리와 날개가 아청색이다' 했다." 하였다. 『성경지』에, "아청, 하얀 두 색이 있다. 깃을 공물로 바치고 화살에 붙일 수 있다." 하였다. 또 말하기를, "학을 일명 '신선(神仙) 새'라 한다. 잿빛, 하얀 두 색의 종류가 있다." 하였다. 최표(崔豹)가 지은 『고금주(古今注)』에, "'부노(扶老) 새'라는 것은 곧 무수리이다. 학과 닮았지만 크다." 하였다. 『성경지』에, "무수리는 목덜미가 넓고 목이 길고 눈이 붉고, 깃은 화살에 붙일 수 있다." 하였다.

어량(魚梁)에 서식하는 사다 새,

『시경』「국풍」에, "사다새는 어량(魚梁)에 서식한다." 한 것을 「전(傳)」에, "사다새는 물만 있는 습지에 살던 새이다. 어량은 물속의 어량이다." 하였다. 『성경지』에,

---

162) muke tashari : 황샛과의 물새인 무수리를 가리킨다. 등은 검은 갈색이고, 배는 흰색이며, 목에 흰 날개털을 목도리 모양으로 두르고 있다.
163) tsui boo : 서진(西晉) 때의 학자 최표(崔豹)로 『논어집의(論語集義)』와 『고금주(古今注)』 3권을 지었다.
164) fu loo gasha : 무수리의 이칭인 부노(扶老)의 만주어 표현이다.

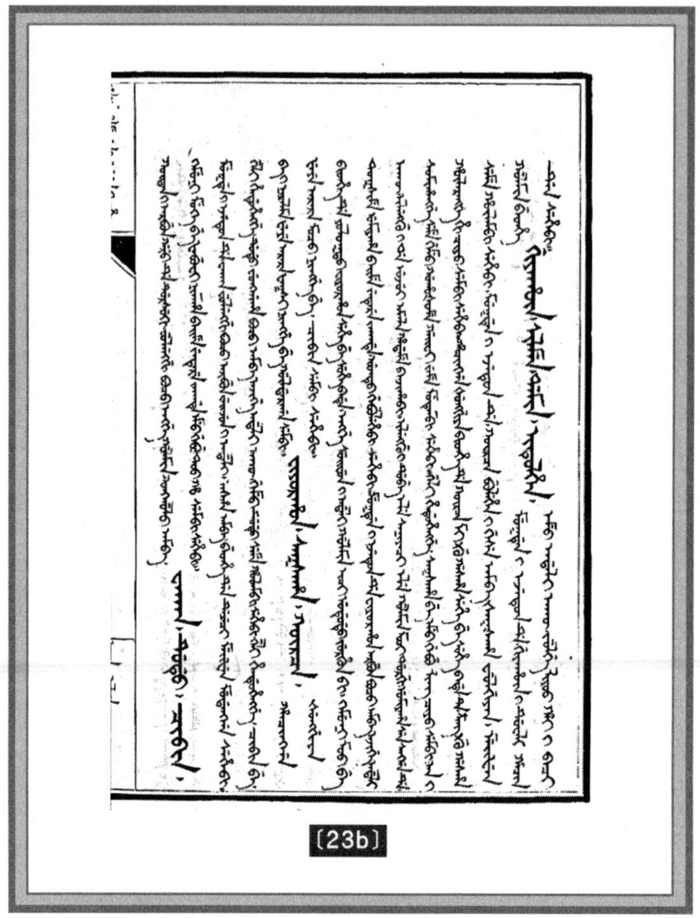
[23b]

kūtan i arbun garu de dursuki. fulenggi boco engge golmin konggolo amba kemuni muke be fabufi
사다새 의 모습 고니 에 닮았다. 회색 빛 부리 길고 산멱 크고 항상 물 을 마르게 해서
nimaha baime jetere jakade emu gebu too ho sembi sehebi.
물고기 구하여 먹기 때문에 一 名 淘 河 한다 하였다.

wakan[165] dudu cibin
水窪子 산비둘기 제비

mukden i ejetun de. wakan fulenggi boco arbun weijun i adali. ashan amba bethe den deyeci meifen mudangga
盛京 의 志 에 水窪子 회색 빛 모양 황새 와 같다. 날개 크고 다리 높고 날면 목덜미 구부러졌다
sehebi.. geli henduhengge. dudu funggaha boco amba ajige adali akū. gemu dudu seme hūlambi sehebi.
하였다. 또 말한 것 산비둘기 깃털 색깔 크고 작음 같지 않다. 모두 산비둘기 하고 부른다 하였다.
geli henduhengge cibin be ba i niyalma feye arara faksi ningge be gūldargan sembi. feye arara moco ningge
또 말한 것 제비 를 토착민 둥지 만드는 기술 있는 것 을 명매기 한다. 둥지 만들기 서툰 것
be. cibin sembi sehebi..
을 제비 한다 하였다.

165) wakan : 백로의 일종으로 배와 목 부분은 흰색이고, 머리와 등이 짙은 회청색이다. 한자로는 수와자(水窪子)로 표기한다.

fiyorhon saksaha kūrca[166)]
딱따구리 까치 재두루미

hancingga šunggiya bithe de yolokto fiyorhon sehe be. suhe bade engge suifun i adali golmin ici ududu
爾 雅 書 에 무늬있는 딱다구리 한 것 을 주해한 바에 부리 송곳 과 같고 긴 쪽 다수의
jurhun bi. kemuni moo be toksime umiyaha baime jetere jakade. uttu gebulehebi sehebi.. mukden i ejetun de
寸 이다. 항상 나무 를 쪼아 벌레 찾아 먹기 때문에 이렇게 이름하였다 하였다. 盛京 의 志 에
fiyorhon arbun boco amba ajige adali akū. ilenggu i da ujui amala hadame banjihabi. ilenggu i dube ele
딱따구리 모양 색깔 크고 작음 같지 않다. 혀 의 뿌리 머리의 뒤 박혀 생겼다. 혀 의 끝 에서
saniyaci ele golmin mooi dorgi umiyaha sen sangga de. somihangge seme gemu gohošome gaifi jeme
빼면 정도로 길어 나무의 안쪽 벌레 작은 구멍 에 숨은 것 해도 모두 걸어 당겨 가지고 먹을 수
mutembi sehebi. geli henduhegge. saksaha be emu gebu ling ciyo sembi an i hūlarangge hi ciyo sembi sehebi..
있다 하였다. 또 말한 것 까치 를 一 名 靈 鵲 한다. 보통 부르는 것 喜 鵲 한다 하였다.
hancingga šunggiya bithe de kūrca mi ku gasha sehe be suhe bade te tsung ku gasha seme hūlambi sehebi.
爾 雅 書 에 재두루미 糜 鴰 새 한 것 을 주해한 바에 지금 鶬 鴰 새 하고 부른다 하였다.
mukden i ejetun de. kūrca bulehe i gese amba šakšaha fulgiyan. meifen golmin bethe den sehebi..
盛京 의 志 에 재두루미 鶴 과 같이 크고 뺨 붉다. 목덜미 길고 다리 높다 하였다.

giyahūn. silmen. damin. itulhen.
매 새매 수리 兎鶻

mukden i ejetun de. giyahūn i duwali hacin emu adali akū. julge liyoo hai i baci
盛京 의 志 에 매 의 종류 하나 같지 않다. 옛날 遼 海 의 땅에서

[한문]——————

鵜鶘, 形類鵠, 灰色, 長嘴大嗉, 每竭水取魚, 一名淘河. 縮脖鳩燕, 注盛京志, 縮脖鳥, 灰色, 形如鸛, 翅大脚高, 飛則縮頸. 又, 鳩, 毛色大小不一, 通呼斑鳩. 又, 燕, 土人以善搆巢者爲巧燕, 不善搆者爲拙燕. 啄木鵲鶬, 注爾雅, 鴷, 斲木. 注, 口如錐, 長數寸, 常斲樹食虫, 因名. 盛京志, 啄木, 形色大小不一, 舌根通腦後, 舌尖引之逾長, 樹中蠹虫, 雖潛穴隙, 皆能鉤取食之. 又, 鵲, 一名靈鵲, 俗呼喜鵲. 爾雅, 鶬, 糜鴰. 注, 今呼鶬鴰. 盛京志, 鶬鷄, 大如鶴, 紅頰長頸高脚. 鷹鷂鵰鶻, 注盛京志, 鷹, 種類不一,

——◦——◦——◦——

사다새의 모습은 고니를 닮았다. 회색빛 부리가 길고 산멱이 크고, 항상 물을 마르게 해서 물고기를 구하여 먹기 때문에, 일명 '도하(淘河)'라 한다." 하였다.

수와자(水窪子), 산비둘기, 제비,

『성경지』에, "수와자(水窪子)는 회색빛이며 모양은 황새와 같다. 날개가 크고, 다리가 높고, 날면 목덜미가 구부러졌다." 하였다. 또 말하기를, "산비둘기는 깃털 색깔이 크고 작은 것이 같지 않다. 모두 산비둘기라고 부른다." 하였다. 또 말하기를, "제비를 토착민은 둥지 만드는 기술이 있는 것을 명매기라고 한다. 둥지 만들기에 서툰 것을 제비라 한다 하였다.

딱따구리, 까치, 재두루미,

『이아』에, "무늬 있는 딱다구리이다." 한 것을 「주(注)」한 것에, "부리가 송곳과 같고 긴 것은 수 촌(寸)이다. 항상 나무를 쪼아 벌레를 찾아 먹기 때문에 이렇게 이름하였다." 하였다. 『성경지』에, "딱따구리가 모양과 색깔이 크고 작음이 같지 않다. 혀뿌리가 머리 뒤에 박혀 있다. 혀끝을 모두 펴면 긴 나무의 안쪽에 벌레가 작은 구멍, 큰 구멍에 숨어 있어도 모두 걸어 당겨서 먹을 수 있다." 하였다. 또 말하기를, "까치를 일명 '영작(靈鵲)'이라 하고, 보통 '희작(喜鵲)'이라 한다." 하였다. 『이아』에, "재두루미는 '미괄(糜鴰) 새' 이다." 한 것을 「주(注)」한 것에, "지금 '창괄(鶬鴰)'이라고 부른다." 하였다. 『성경지』에, "재두루미는 학(鶴)처럼 크고 뺨이 붉고, 목덜미가 길고 다리가 높다." 하였다.

매, 새매, 수리, 토골(兎鶻),

『성경지』에, "매의 종류는 한 가지가 아니다. 옛날 요해(遼海) 지방에서

---

166) kūrca : 'kūrcan'의 오기로 보인다.

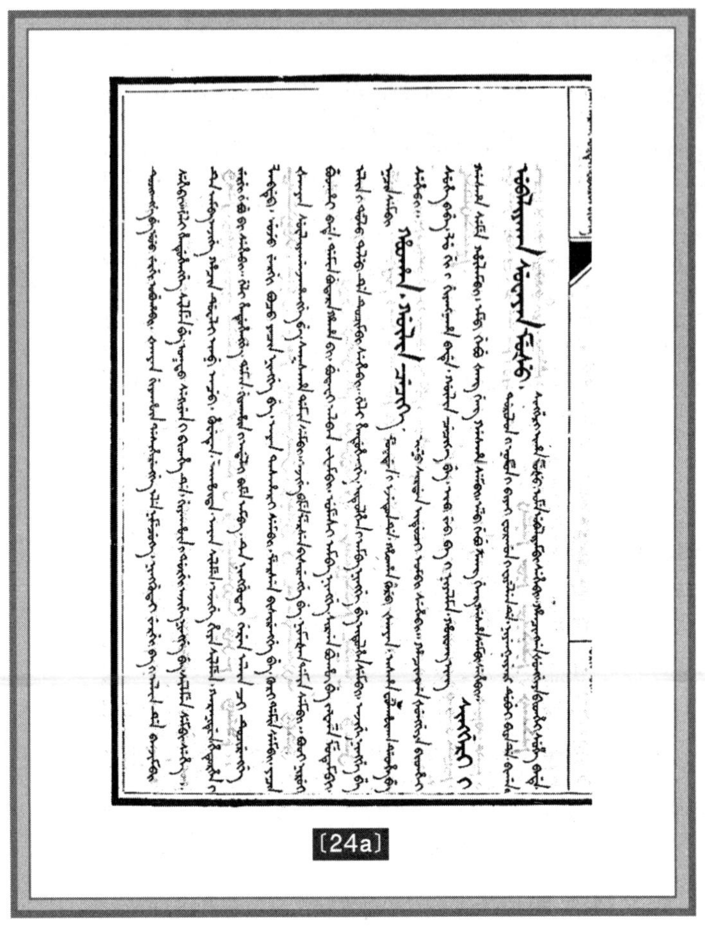
[24a]

tucikengge be uju jergi obuhabi. šanyan giyahūn dasihirengge ele nimecuke. ninggutai jergi ba i alin de
나온 것 을 上 品 삼았다. 하얀 매 덮치는 것 더욱 사납다. ningguta의 등 땅 의 산 에
banjimbi sehebi.. geli henduhengge silmen be okto sekiyen i bithe de. giyahūn i dorgi ajige ningge. be
산다 하였다. 또 말한 것 새매 를 약 기원 의 書 에 매 의 가운데 작은 것 을
silmen sembi sehe. te amba ajige hacin duwali inu encu. huweten[167]. lahūta[168]. ayan silmen. ajige hiya
새매 한다 하였다. 지금 크고 작은 종류 또 다르다. huweten lahūta 수컷 새매 작은 암컷
silmen karanidun[169]. heturhen[170] i jergi gebu bi sehebi. geli henduhengge damin. giyahūn i adali bime
새매 karanidun heturhen 의 등 이름 있다 하였다. 또 말한 것 수리 매 와 닮았지만
amba. te ninggutai geren alin ci tucirengge labdu. uju jergi boco yacin ningge be. ayan tashari sembi.
크다. 지금 ningguta의 여러 산 에서 나오는 것 많다. 上 等 색 아청색 것 을 큰 뿔매 한다.
mersen bisirengge be kuri damin sembi yacin šanyan suwaliyaganjahangge be saksaha damin sembi..
얼룩 있는 것 을 어룽 수리 한다. 아청색 하양 섞인 것 을 까치 수리 한다.
ajige bime mersen bisirengge be nimašan damin[171] sembi. booi nirui buthai bade damin butara haha
작고 얼룩 있는 것 을 nimašan 수리 한다. 內務府 niru의 漁獵의 곳에 수리 잡는 사내

167) huweten : 소리개를 닮았으며 빛깔은 담백한데 꼬리의 깃은 희며, 지친 꿩이나 토끼를 잡는다. 한자로는 화표(花豹)라 한다.
168) lahūta : 몸이 작고 꼬리 깃의 뿌리 부분이 희며, 성격이 멍청하여 쓸모가 없다. 한자로는 백초(白超) 또는 백표(白豹) 라 한다.
169) karanidun : '아골(鴉鶻)'을 닮았으나 작고, 메추라기의 일종인 '암순(鵪鶉)'을 잘 잡는다. 한자로는 타아(垛兒)라 한다.
170) heturhen : 매의 일종으로 토끼를 잘 잡는다. 한자로는 난호수(攔虎獸)라 한다.
171) nimašan damin : 몸은 옅은 푸른색이고, 꼬리가 짧으며, 깃에 푸른 반점이 있다. 한자로는 지마조(芝蔴鵰)라 한다.

bi. butafi alban jafambi. umesi amba ningge. sirga buhū be jafame mutembi. alin i dolo talu de tucimbi
있다. 잡아서 공물 바친다. 매우 큰 것 노루 사슴 을 잡을 수 있다. 산 의 속 때때로 나온다
sehebi.. geli henduhenggge. itulhen[172] i amba ningge be itulhen sembi. ajige ningge be nacin sembi sehebi..
하였다. 또 말한 것 itulhen 의 큰 것 을 兎鶻 한다. 작은 것 을 난추니 한다 하였다.

hoohan. gūlin cecike..
왜가리 꾀꼬리 새

mukden i ejetun de. hoohan huru šanyan. asha fulahūkan. dethe be inu sirdan iduci ombi sehebi..
盛京 의 志 에 왜가리 등 하얗고 날개 불그스름하고 깃 을 또 화살 붙일 수 있다 하였다.
hancingga šunggiya bithei suhe babe. lu gi i giyangnaha bade. gūlin cecike be io jeo ba i niyalma
爾 雅 書의 주해한 바를 陸 璣 의 講한 바에 꾀꼬리 새 를 幽 州 땅 의 사람
hūwang ing gasha seme hūlambi. emu gebu šang ging gasha sembi. emu gebu tsang ging gasha sembi
黃 鸎 새 하고 부른다. 一 名 商 庚 새 한다. 一 名 倉 庚 새 한다
sehebi..
하였다.

singgeri i ubaliyaka suwayan mušu
쥐 의 변한 노란 메추라기

dorolon i nomun i biyai forgon i fiyelen de. niyengniyeri dubei biya de. bigan i singgeri ihan mušu[173]
禮 의 記 의 月 令 의 篇 에 봄 끝의 달 에 들 의 쥐 세 메추라기
ome ubaliyambi sehebi.. hancingga šunggiya bithei suhe bade
되어 변한다 하였다. 爾 雅 書의 주해한 바에

[한문]

古以出遼海者爲上, 白鷹尤爲鷙猛, 寧古塔諸山有之. 又, 鴾, 本草云, 鷹小爲鴾, 今大小品類亦異, 有花豹, 白豹, 細胷, 松兒, 朶兒, 攔虎獸, 諸名. 又, 鵰, 似鷹而大, 今多出寧古塔諸山, 上等色黑者曰皁鵰, 花紋者曰虎斑鵰, 黑白相間者曰接白鵰, 小而花者曰芝蔴鵰, 內務府有鵰丁, 取以充貢, 最大者能捕麞鹿, 山中間有之. 又, 鶻, 大曰兎鶻, 小曰鴉鶻. 紅牙商倉, 注盛京志, 紅牙, 背白翅微紅, 羽亦可翎箭. 爾雅注, 陸璣疏云, 黃鳥, 幽州人謂之黃鸎, 一名商庚, 一名倉庚. 黃鶴鼠化, 注禮記月令, 季春之月, 田鼠化爲鴽. 爾雅注,

——◦——◦——◦——

나온 것을 상품으로 삼았다. 하얀 매가 덮치는 것이 더욱 사납다. 닝구타(ningguta, 寧古塔) 등의 산에 산다." 하였다. 또 말하기를 새매를 『본초』에, "매 가운데 작은 것을 새매라고 한다." 하였다. "지금 크고 작은 종류가 또 다르니, 후워턴(huweten), 라후타(lahūta), 수컷 새매, 작은 암컷 새매, 카라니듄(karanidun), 허투르헌(heturhen) 등의 이름이 있다." 하였다. 또 말하기를, "수리는 매와 비슷하지만 크다. 지금 닝구타 여러 산에서 나오는 것이 많다. 상등의 아청색깔인 것을 '큰 뿔매'라고 한다. 얼룩 있는 것을 '어룽 수리'라고 한다. 아청색과 흰색이 섞인 것을 '까치 수리'라고 한다. 작고 얼룩 있는 것을 '니마샨(nimašan) 수리'라고 한다. 내무부(內務府)의 어렵(漁獵)하는 곳에 수리 잡는 사내가 있다. 잡아서 공물을 바친다. 매우 큰 것은 노루와 사슴을 잡을 수 있다. 산속에 때때로 나온다." 하였다. 또 말하기를, "이툴헌(itulhen)의 큰 것을 '토골(兎鶻)'이라고 하고, 작은 것을 '난추니'라고 한다." 하였다.

왜가리, 꾀꼬리,

『성경지』에, "왜가리는 등이 하얗고, 날개가 불그스름하고, 깃을 또 화살에 붙일 수 있다." 하였다. 『이아』에 「주(注)」한 것을, 육기(陸璣)가 「소(疏)」한 것에, "꾀꼬리를 유주(幽州) 지역의 사람은 '황앵(黃鸎)'이라고 부른다. 일명 '상경(商庚)'이라고 하고, 일명 '창경(倉庚)'이라고 한다." 하였다.

쥐가 변한 노란 메추라기,

『예기』「월령」에, "계춘(季春)에 들쥐가 세 가락 메추라기 되어 변한다." 하였다. 『이아』의 「주(注)」한 것에,

172) **itulhen** : 송골매의 일종으로 키워서 토끼를 잡는 데 쓴다. 한자로는 토골(兎鶻)이라 한다.
173) **ihan mušu** : 세 가락 메추라기로 보통의 메추라기보다 약간 작고 며느리발톱이 없다.

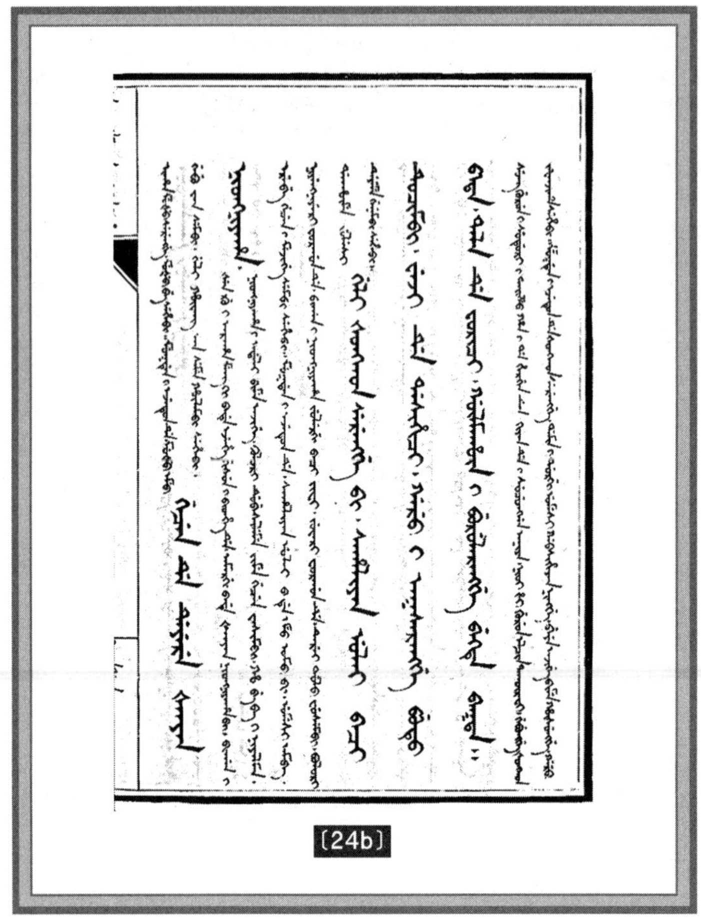
[24b]

ihan mušu serengge mušu be sehebi. mukden i ejetun de mušu emu gebu yan sembi. geli hūwang
세 메추라기 하는 것 메추라기 이다 하였다. 盛京 의 志 에 메추라기 一 名 鷃 한다. 또 黃
an seme hūlambi sehebi.
鵪 하고 부른다 하였다.

gecen de deyere šanyan niongniyaha
서리 에 나는 흰 기러기

šen ku[174] i araha meng ki bade ejehe gisun i bithe de. amargi bade šanyan niongniyaha bi. bigan i
沈 括 의 지은 夢 溪 땅에 筆 談 의 書 에 북쪽 지방에 흰 기러기 있다. 들판 의
niongniyaha i adali bime ajige. bolori dubesileme jime gecen wasimbi. ho be ba i niyalma erebe gecen i
기러기 와 같고 작다. 가을 끝나고 오며 서리 내린다. 河 北 땅 의 사람 이를 서리 의
mejige sembi sehebi. mukden i ejetun de sahaliyan ulai bade emu omo bi. umesi amba niyengniyeri forgon
소식 한다 하였다. 盛京 의 志 에 검은 강의 지역에 한 못 있다. 매우 크고 봄 철
de bigan i niongniyaha julergi baci jifi juwari forgon de terei dolo fusembi. bolori dahūme julesi
에 들 의 기러기 남쪽 땅에서 와서 여름 철 에 그의 가운데 번식한다. 가을 다시 남쪽으로

174) šen ku : 북송의 학자이자 정치가인 심괄(沈括)을 가리킨다. 천체 관측법과 역법을 창안하였으며, 요나라와의 국경선 설정에 공을 세웠다. 『몽계필담(夢溪筆談)』을 지었다.

deyeme genembi sehebi.
날아 간다 하였다.

geli šongkon serengge bi. sahaliyan ulai baci
또 해동청 하는 것 있다. 검은 강의 땅에서

tucimbi. weji de dasihici. garu i aksarangge putu
나온다. 숲 에서 덮치면 고니 의 도망가는 것 헐레

pata. tala de forici. gūlmahūn i burularangge bekte bakta..
벌떡 초원 에서 홀치면 토끼 의 도망가는 것 허둥지둥한다.

sung gurun i suduri i taidzu han i da hergin te kiyan de i sucungga aniya nioi jy gurun elcin takūrafi.
宋 나라 의 역사 의 太祖 汗 의 本 紀 지금 乾 德 의 처음의 해 女 直 나라 사신 파견해서
gebungge šongkon jafanjiha sehebi. mukden i ejetun de šonggkon serengge damin i dorgi umesi
이름난 해동청 바치러왔다 하였다. 盛京 의 志 에 해동청 하는 것 독수리 의 가운데 매우
gabsihiyan ningge beye ajige bime hūsungge. garu
민첩한 것이다. 몸 작지만 힘이 세다. 고니

[한문]

鴽, 鴾也. 盛京志, 鶕, 一名鴳, 今呼爲黃鶕. 白雁霜橫, 注沈括夢溪筆談, 北方有白雁, 似雁而小, 秋深至則霜降, 河北人謂之霜信. 盛京志, 黑龍江境內有池極濶, 春時雁來自南, 夏月孳息其中, 秋復南翔. ○橫, 叶胡光切. 魏文帝詩, 天漢廻西流, 三五正縱橫. 草虫鳴何悲, 孤雁獨南翔. 曰海東青, 出黑龍江, 林擊則天鵝褫魄, 甸搏則窟兎走僵. 注宋史太祖紀, 乾德元年, 女直國, 遣使獻海東青名鷹. 盛京志, 海青, 鵰之最俊者, 身小而健,

——∘——∘——∘——

"세 가락 메추라기는 메추라기이다." 하였다. 『성경지』에, "메추라기는 일명 '안(鴳)'이라 한다. 또 '황암(黃鶕)'이라고 부른다." 하였다.

서리에 나는 흰 기러기,

심괄(沈括)의 『몽계필담(夢溪筆談)』에, "북쪽 지방에 흰기러기 있다. 기러기와 같고 작다. 가을이 끝나면 날아오고 서리가 내린다. 하북 땅의 사람은 이것을 '상신(霜信)'이라고 한다." 하였다. 『성경지』에, "흑룡강 지역에 한 연못이 있다. 매우 크고 봄철에 기러기가 남쪽 지방에서 와서 여름철에 이곳에서 번식한다. 가을에 다시 남쪽으로 날아간다." 하였다.

또 해동청이라는 것이 있다. 흑룡강 지역에 있다. 숲에서 덮치면 고니가 갈팡질팡 도망치고, 초원에서 홀치면 토끼가 허둥지둥 도망친다.

『송사』「태조본기(太祖本紀)」에, "건덕(乾德) 원년에 여직국(女直國)이 사신을 파견해서 유명한 해동청을 바치러 왔다." 하였다. 『성경지』에, "해동청은 독수리 가운데 매우 민첩하고 몸은 작지만 힘이 세다. 고니를

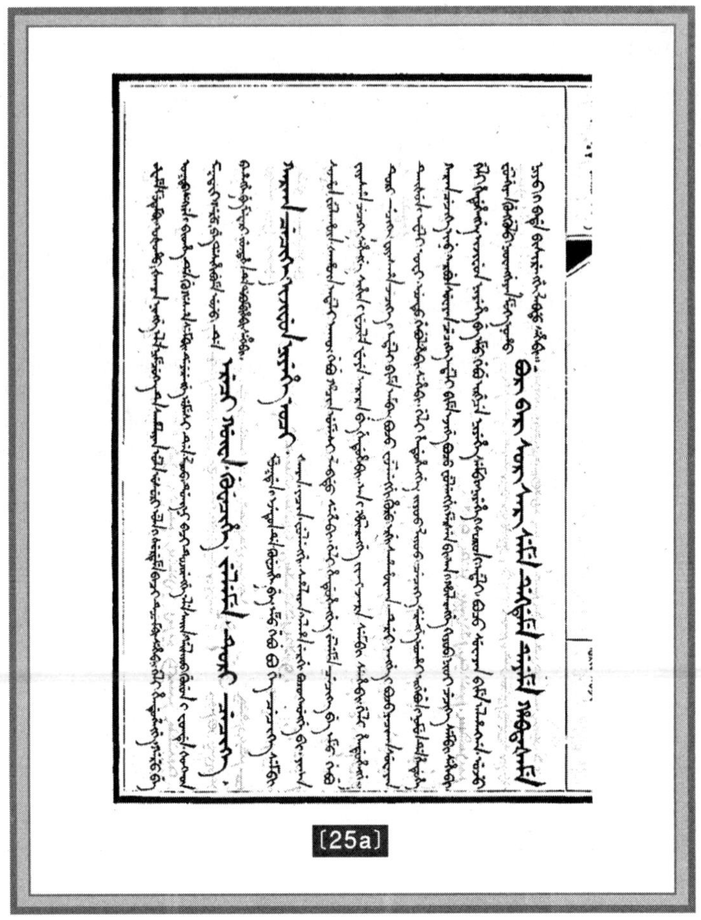
[25a]

jafame mutembi. ošoho šanyan ningge ele nimecuke. te sahaliyan ula usuri ula i šurdeme baci tucimbi
잡을 수 있다. 발톱 하얀 것 더욱 무섭다. 지금 검은 강 usuri 강 의 주위 지역에서 나온다
sehebi. geli henduhengge garu be okto sekiyen i bithe de. gu gasha sembi. deyerengge umsei den liyoo
하였다. 또 말한 것 고니 를 약 기원 의 書 에 鵠 새 한다. 나는 것 매우 높고 遼
dung ni baci tucirengge. ele sain. dailiyoo gurun i fonde šongkon maktafi. garu be dasihibume uju de
東 의 땅에서 나오는 것 더욱 좋다. 大遼 나라 의 시절에 해동청 던져서 고니 를 기습공격시켜 최고에
bahangge be mafari juktehen de dobombihebi sehebi.
얻은 것 을 宗 廟 에 공양하였다 하였다.

ereci gūwa. kuwecihe. jeleme. turi cecike.
이에서 다른 비둘기 참새 콩 새

karka cecike. ijifun niyehe oci.
뱁 새 원앙 되면

mukden i ejetun de kuwecihe be. emu gebu bo ge cecike sembi. šanyan. yacin. fulenggi. sahaliyan. alha
盛京 의 志 에 비둘기 를 一 名 鵓鴿 새 한다. 하얀 아청 회색 검정 얼룩
jergi bocongge bi. yasa sohon fulahūn. šahūn adali akū. gebu hacin umesi labdu sehebi. geli henduhengge.
등 색의 것 있다. 눈 노란 분홍 담백한 같지 않다. 이름 종류 매우 많다 하였다. 또 말한 것

jeleme cecike be emu gebu fiyasha cecike sehengge sihin i fejile feye arara be henduhebi.. an i
참새 를 一 名 처마의 벽 새 하는 것 처마 의 아래 둥지 만드는 것 을 말하였다. 보통
hūlarangge jingjara[175] sembi sehebi. geli henduhengge turi cecike fiyasha cecike i adali bime amba boco
부르는 것 흰배멧새 한다 하였다. 또 말한 것 콩 새 처마의 벽 새 와 같지만 크고 색
fulenggi huru ergi sahahūkan. terei engge i boco yacikan suwayan teišun i adali ofi. uttu gebulehebi
회색빛 등 쪽 검은색이다. 그의 부리 의 색 담청색 노란색 주석 과 같아서 이렇게 이름 붙였다
sehebi. geli henduhengge. jiyoo liyoo cecike serengge uthai irgebun i nomun de. henduhe karka cecike[176]
하였다. 또 말한 것 鷦 鷯 새 하는 것 곧 詩 의 經 에 말한 뱁 새
inu. arbun suwayan cecike adali bime ajige boco fulenggi mersen bi. an i hūlarangge kiyoo nioi cecike
이다. 모양 황색의 새 같지만 작고 색 회색빛 얼룩 있다. 보통 부르는 것 巧 女 새
sembi sehebi. geli henduhengge. ijifun niyehe[177] be emu gebu irgece niyehe sembi. niyehe i šoron i adali
한다 하였다. 또 말한 것 鴛 鴦 을 一 名 鸂 鶒 한다. 오리 의 새끼 와 같다.
boco suwayan bime alhangga. uju fulgiyan gunggulu. niowanggiyan muke noho niyo i bade bisirengge
색 노랗고 무늬 있고 머리 붉은 볏 푸른 물 뿐인 습지 의 땅에 있는 것
labdu sehebi..
많다 하였다.

bur bar sor sar seme dekdeme deyeme habtašame
어지러이 오르고 날며 날갯죽지 접고 날며

[한문]

能擒天鵞, 爪白者尤異, 今出黑龍江烏蘓哩江左右. 又, 天鵞, 本草作鵠, 其翔極高, 出遼東者尤勝, 遼時以海靑擊天鵞,首得者薦宗廟. ○江, 叶渠陽切. 韓愈詩, 留之不遣去, 館置城南旁. 歲時未云幾, 浩浩觀湖江. 其他鴿雀銅嘴, 桃虫鴛鴦. ㊟盛京志, 鴿, 一名鵓鴿, 有白青灰皀斑諸色, 目有金赤白之異, 名品最多. 又, 雀, 一名瓦雀, 謂栖宿簷瓦間也, 俗呼家雀. 又, 銅嘴, 似雀而大, 灰色, 脊微黑, 其喙青黃色如銅, 故名. 又, 鷦鷯, 詩所謂桃虫是也, 狀如黃雀而小, 灰色有斑, 俗呼爲巧女. 又, 鴛鴦, 一名黃鴨, 如小鳧, 黃色有文, 紅頭翠鬣, 水澤間多有之. 雜沓粉泊, 騰軼翱翔.

—— ◦ —— ◦ —— ◦ ——

잡을 수 있다. 발톱 하얀 것이 더 잔혹하다. 지금의 흑룡강과 우수리(usuri) 강 주변에서 나온다." 하였다. 또 말하기를, 고니를 『본초』에, "'곡(鵠)'이라 한다. 매우 높이 날고, 요동 지역에서 나는 것이 더 좋다. 대요국(大遼國) 때에 해동청을 풀어서 고니를 덮치게 해서 처음 얻은 것을 종묘(宗廟)에 공양하였다." 하였다.

이외에 비둘기, 참새, 콩새, 뱁새, 원앙은

『성경지』에, "비둘기를 일명 '발합(鵓鴿)'이라 한다. 하양, 아청, 회색, 검정, 얼룩 등 색깔이 있다. 눈은 노랗고, 불그스름하고, 담백하여 같지 않다. 이름과 종류가 매우 많다." 하였다. 또 말하기를, "참새를 일명 '처마벽 새[fiyasha cecike, 火防]'라고 하는 것은 처마 아래에 둥지 짓는 것을 말하였다. 보통 부르기를 '흰배멧새'라고 한다." 하였다. 또 말하기를, "콩새는 흰배멧새와 같지만 크고, 색깔은 회색빛이고 등 쪽은 검은색이다. 부리는 담청색, 노란색의 주석과 같아서 이렇게 이름 하였다." 하였다. 또 말하기를, "초료(鷦鷯) 새는 곧 『시경』에서 말한 '뱁새'이다. 모양이 황작(黃雀)과 같지만 작고 색깔이 회색빛 얼룩이 있다. 보통 부르기를 '교녀(巧女)'라고 한다." 하였다. 또 말하기를, "원앙(鴛鴦)을 일명 '계칙(鸂鶒)'이라 한다. 오리의 새끼와 같다. 색이 노랗고 무늬 있고 머리에 붉은 볏이 있다. 푸른 물만 있는 습지에 많다." 하였다.

어지러이 오르며 나르며 죽지 끼고 날며

175) jingjara : 참새과의 흰배멧새를 가리킨다.
176) karka cecike : 뱁새 또는 붉은 머리 오목눈이를 가리킨다.
177) ijifun niyehe : 원앙새를 가리킨다.

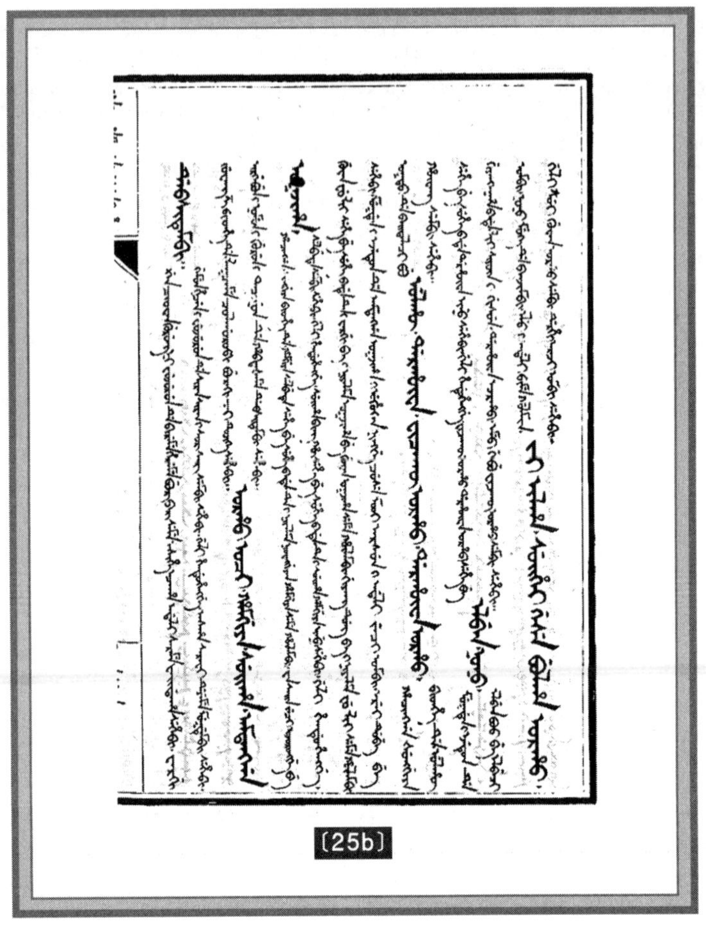

[25b]

debsitembi.
날갯짓한다.

ken ciowan gurung ni fujurun de bireme hereme bur bar seme esihe acaha adali sarame faidaha
甘 泉 宮 의 賦 에 잠기고 떠오르며 분분히 비늘 어울리는 것 같이 펼쳐 벌렸다
sehebi. wargi gemun hecen i fujurun de siran siran i sor sar sembi sehebi. geli henduhengge asha sarafi
하였다. 西 京 城 의 賦 에 줄줄이 어지러이 한다 하였다. 또 말한 것 날개 펴서
deyeme mukdembi sehebi. juwang dzy bithe de. lakcame colgoropi buraki ci tucike sehebi.. irgebun i
날아 오른다 하였다. 莊 子 書 에 끊고 솟아서 먼지 에서 나왔다 하였다. 詩 의
nomun i gurun i tacinun de. habtašame debsitembi sehebi.
經 의 國 의 風 에 죽지 끼고 날갯짓한다 하였다.

orho oci hamgiya[178]. suiha. amtangga okjiha[179].
풀 되면 개똥쑥 쑥 부들

hancingga šunggiya bithe de. hamgiya selbete sehe be suhe bade te i niyalma niowanggiyan hamgiya
爾 雅 書 에 개똥쑥 개사철쑥 한 것 을 주해한 바에 지금 의 사람 푸른 개똥쑥
seme hūlambi. wa sain jeci ojorongge be selbete sembi sehebi. geli henduhengge. suiha bing hū sehe be
하고 부른다. 냄새 좋고 먹을 수 있는 것 을 개사철쑥 한다 하였다. 또 말한 것 쑥 氷 壺 한 것 을

178) hamgiya : 개똥쑥을 가리키는데, 일반 쑥은 잎 뒤쪽이 흰데 비해 푸르다 하여 청호(青蒿, niowanggiyan hamgiya)라고도 부른다. 또 한자어로는 호긴(蒿菣, hamgiya selbete), 황화호(黃花蒿), 향호(香蒿)라고도 한다.

179) amtangga okjiha : 직역하면 '맛있는 부들'인데, '부들'의 한자어 향포(香蒲)의 만주어 표현으로 보인다.

suhe bade. te i suiha hamgiya[180] inu sehebi. geli henduhengge. guwan fu li sehe be suhe bade. te i
주해한 바에 지금 의 참 쑥 이다 하였다. 또 말한 것 莞 苻 離 한 것 을 주해한 바에 지금 의
wargi ba i niyalma okjiha be guwan okjiha seme hūlambi. giyan dung ba i niyalma fu li seme hūlambi sehebi.
서쪽 땅 의 사람 부들 을 莞 부들 하고 부른다. 江 東 땅 의 사람 苻 離 하고 부른다 하였다.
mukden i ejetun de amtangga okjiha i uhuken ningge cuse mooi arsun i adali jeci ombi. erei dube be
盛京 의 志 에 부들 의 부드러운 것 대 나무의 싹 과 같고 먹을 수 있다. 이의 끝 을
okto de baitalaci pu hūwang sembi sehebi..
약 에 쓰면 蒲 黃 한다 하였다.

ulhū. darhūwa[181]. ficakū orho[182]. darhūwa orho[183].
갈대, 달뿌리풀 短荻草 물억새

hancingga šunggiya bithe de ulhū sehe be suhe bade darhūwa inu sehebi. geli henduhengge ficakū orho
爾 雅 書 에 갈대 한 것 을 주해한 바에 달뿌리풀 이다 하였다. 또 말한 것 短荻草
darhūwa orho sehe be giyangnaha bade li siyūn i gisun. darhūwa orho emu gebu ficakū orho sembi sehebi..
물억새 한 것 을 講한 바에 李 巡 의 말 물억새 一 名 短荻草 한다 하였다.

elben. nono.
띠풀 골풀

mukden i ejetun de elben boo be elbeci ombi. nono muke de banjimbi. elu i adali bime golmin. geli tsui
盛京 의 志 에 띠 집 을 얹을 수 있다. 골풀 물 에서 자란다. 파 와 같지만 길다. 또 翠
guwan orho sembi. derhi araci ombi sehebi..
管 풀 한다. 삿자리 만들 수 있다 하였다.

ji ilha. suihei gese bulha orho.
잇꽃 이삭과 같은 갈풀

[한문]

囲甘泉賦, 騈羅列布鱗以雜沓兮. 西京賦, 霍繹紛泊. 又, 乃奮翅而騰驤. 莊子, 超軼絶塵. 詩國風, 將翶將翔. 其草則藁艾香蒲, 囲爾雅, 蒿鼓. 注, 今人呼青蒿, 香中炙啖者爲鼓. 又, 艾, 氷壺. 注, 今艾蒿. 又, 莞, 苻離. 注, 今西方人呼蒲爲莞蒲, 江東謂之苻離. 盛京志, 香蒲弱如笋可食, 茸入藥名蒲黃. 蘆葦蕭荻, 囲爾雅, 葭蘆. 注, 葦也. 又, 蕭荻. 疏, 李廵云, 荻, 一名蕭. 章茅水葱, 囲盛京志, 章茅可苫屋, 水葱生水中, 如葱而長, 又名翠管, 可爲席. 紅藍綬藟,

—— ◦ —— ◦ —— ◦ ——

날갯짓한다.

「감천궁부(甘泉宮賦)」에, "잠기며 앉고 떠오르며 어지러이 비늘이 어울리는 것처럼 펼쳐 벌렸다." 하였다. 「서경부」에, "줄줄이 어지러이 한다." 하였다. 또 말하기를, "날개 펴서 날아오른다." 하였다. 『장자』에, "끊고 솟아 먼지에서 나왔다." 하였다. 『시경』「국풍」에, "죽지 끼고 날갯짓한다." 하였다.

풀은 사철 쑥, 쑥, 부들,

『이아』에, "개똥 쑥은 개사철 쑥이다." 한 것을 「주(注)」한 것에, "지금 사람들은 '청호(青蒿)'라고 부른다. 냄새가 좋고 먹을 수 있는 것을 '개사철 쑥이라 한다." 하였다. 또 말하기를, "쑥은 빙호(氷壺)이다." 한 것을 「주(注)」한 것에, "지금의 참쑥[艾蒿]이다." 하였다. 또 말하기를, "완(莞)은 부리(苻離)이다." 한 것을 「주(注)」한 것에, "요즘 서쪽 땅 사람들은 부들을 '완'이라고 부르고, 강동 땅 사람들은 '부리'라 부른다." 하였다. 『성경지』에, "부들이 부드러운 것은 죽순과 같고, 먹을 수 있으며, 끝을 약에 쓰면 '포황(蒲黃)'이라 한다." 하였다.

갈대, 달뿌리풀, 단적초(短荻草), 물억새,

『이아』에, "갈대이다." 한 것을 「주(注)」한 것에, "달뿌리풀이다." 하였다. 또 말하기를, "단적초는 물억새다." 한 것을 「소(疏)」한 것에, "이순(李廵)이 말하기를, 물억새는 일명 '단적초'라고 한다." 하였다.

띠풀, 골풀,

『성경지』에, "띠풀은 집을 일 수 있다. 골풀은 물에서 자라며, 파와 같지만 길고, '취관(翠管) 풀'이라 한다. 삿자리를 만들 수 있다." 하였다.

잇꽃, 이삭과 같은 갈풀,

---

180) suiha hamgiya : 한자어 애호(艾蒿)에 대응하며, '참쑥'을 가리킨다.
181) darhūwa : '달뿌리풀'을 가리키며, 갈대와 비슷하나 지면으로 줄기가 뻗어 나가며, 갈대에 비해 키가 작은 편이다.
182) ficakū orho : 단적초(短荻草)로 억새와 비슷하나 키가 작고 산지에서 자란다.
183) darhūwa orho : '물억새'를 가리키며, 갈대와 비슷하나 잎이 가늘고 잎 가운데 흰 줄기가 있다.

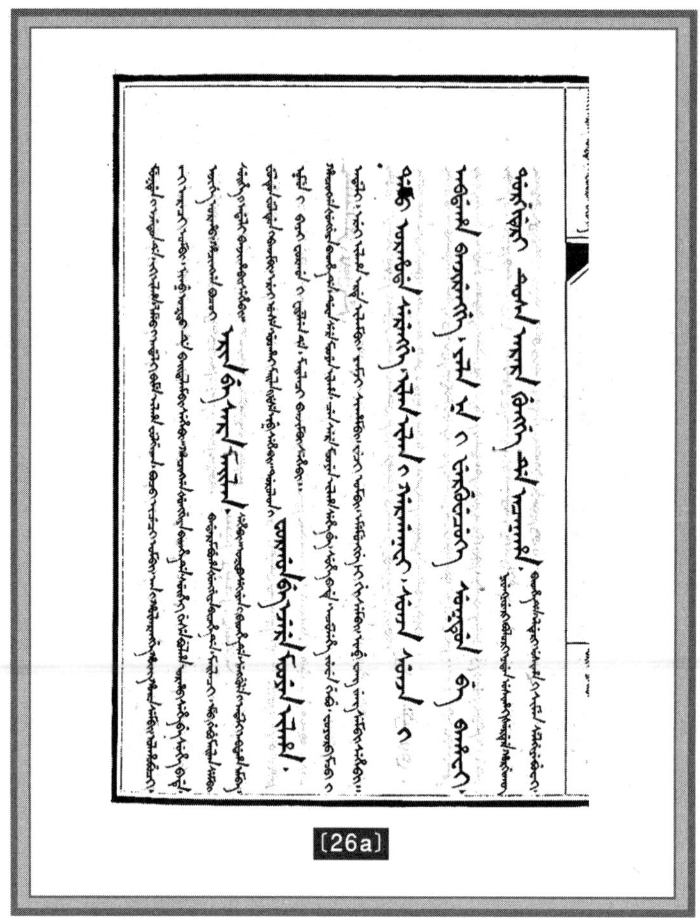

[26a]

mukden i ejetun de ji ilha[184]. lamu i adali bime ilha fulgiyan. boco iceci ombi. an i hūlarangge hūng
盛京 의 志 에 잇 꽃 쪽 과 같지만 꽃 붉고 색 물들 수 있다. 보통 부르는 것 紅
hūwa sembi. olhobuci ji araci ombi. inu okto de baitalambi sehebi. hancingga šunggiya bithe de. suihei
花 한다. 말리면 잇 만들 수 있다. 또 약 에 쓴다 하였다. 爾 雅 書 에 이삭과
gese bulha orho sehe be suhe bade. ajige orho. hacingga bocoi suihe i adali banjihabi sehebi.
같은 갈풀 한 것 을 주해한 바에 작은 풀 갖가지 색깔의 이삭 과 같이 생겼다 하였다.

erin be sara mailan.
때 를 아는 타래붓꽃

badarambuha šunggiya bithe de mailaci emu gebu mailan sembi sehebi. okto sekiyen i bithe de senggule i
廣 雅 書 에 꽃창포 一 名 타래붓꽃 한다 하였다. 약 기원 의 書 에 부추 와
adali abdaha amba fuldun fuldun i banjimbi. erei use uthai mailani use[185] inu sehebi. dorolon i nomun i
같이 잎 크고 포기 포기 로 난다. 이것의 씨 곧 타래붓꽃의 씨 이다 하였다. 禮 記 의
biyai forgon i fiyelen de mailaci banjimbi sehebi.
月의 令 의 篇 에 꽃창포 난다 하였다.

---

184) ji ilha : 잇꽃을 가리키며, 그 꽃부리에서 얻은 붉은빛의 물감을 잇이라 한다.
185) mailani use : 타래붓꽃의 씨를 가리키며, 한자로 마란자(馬蘭子)라고 한다.

forgon be ejere mooyen ilha.
계절 을 기록하는 무궁화

hacingga šunggiya bithe de duwan sere mooyen ilha. cen sere mooyen ilha sehe be suhe bade enculehe
爾 雅 書 에 椵 하는 무궁화 櫬 하는 무궁화 한 것 을 주해한 바에 달리한

juwe gebu. foyoro moo i adali erei ilha erde ilambi. yamji sihambi. jeci ombi. ememungge zy gi sembi.
두 이름 자두 나무 와 같고 이것의 꽃 아침 핀다 저녁 진다 먹을 수 있다. 혹 日 及 한다.

inu wang jeng sembi sehebi.
또 王 蒸 한다 하였다.

damu orhoda serengge. ilan ilan i garganafi. sunja sunja i
다만 인삼 하는 것 셋 셋 의 가지가 나고 다섯 다섯 의

abdaha banjirengge. yala na i ferguwecuke sukdun be bahafi.
잎 나는 것이다. 진실로 땅 의 영묘한 기운 을 받아서

dorgideri tusa arara gungge de acanaha.
안에서 이익 가져오는 功 에 부합했다.

niyengniyeri bolori nadan usihai šurdere horgikū bithe de elderi usiha[186] i simen selgiyebufi
春 秋 七 星 運 樞 書 에 瑤 星 의 정기 펴져서

[한문]

㊟盛京志, 紅藍似藍而花紅, 色可以染, 俗呼紅花, 乾之可爲筆, 亦入藥. 爾雅, 藒綬. 注, 小草有雜色似綬. 馬藺知時, ㊟廣雅, 荔, 一名馬藺. 本草, 似韭, 葉大叢生, 子卽蠡實. 禮記月令, 荔挺出. 木槿紀節, 爾雅, 椵木槿, 櫬木槿. 注, 別二名也, 似李樹華朝生夕隕, 可食. 或呼日及, 亦曰王蒸. 厥惟人參, 三椏五葉, 氣稟地靈, 功符陰騭. ㊟春秋運斗樞, 瑤光星散而

—— ◦ —— ◦ —— ◦ ——

『성경지』에, "잇꽃은 쪽과 같지만 꽃이 붉고 물들일 수 있다. 보통 부르기를 '홍화(紅花)'라고 한다. 말리면 잇을 만들 수 있다. 또 약에 쓴다." 하였다. 『이아』에, "인끈 같은 갈풀이다." 한 것을 「주(注)」한 것에, "작은 풀이 갖가지 색깔의 인끈과 같이 생겼다." 하였다.

때를 아는 타래붓꽃,

『광아(廣雅)』에, "꽃창포를 일명 타래붓꽃이라 한다." 하였다. 『본초』에, "부추처럼 잎이 크고 포기 포기로 난다. 이것의 씨가 곧 타래붓꽃의 씨이다." 하였다. 『예기』「월령」에, "꽃창포가 난다." 하였다.

계절을 기록하는 무궁화,

『이아』에, "단(椵)이라는 무궁화, 친(櫬)이라는 무궁화이다." 한 것을 「주(注)」한 것에, "이름은 다르지만 자두나무와 같고, 꽃은 일찍 피고 저녁에 지고 먹을 수 있다. 혹 '일급(日及)', 또는 '왕증(王蒸)'이라 한다." 하였다.

다만 인삼은 셋씩 가지가 나고 다섯씩 잎이 생기는 것이다. 진실로 땅의 영묘한 기운을 받아서 안에서 도와 공(功)에 부합하였다.

『춘추』「운두추(運斗樞)」에, "요성(瑤星)의 정기가 펴져서

186) **elderi usiha** : 북두칠성의 일곱 째 별인 요성(瑤星)을 가리킨다.

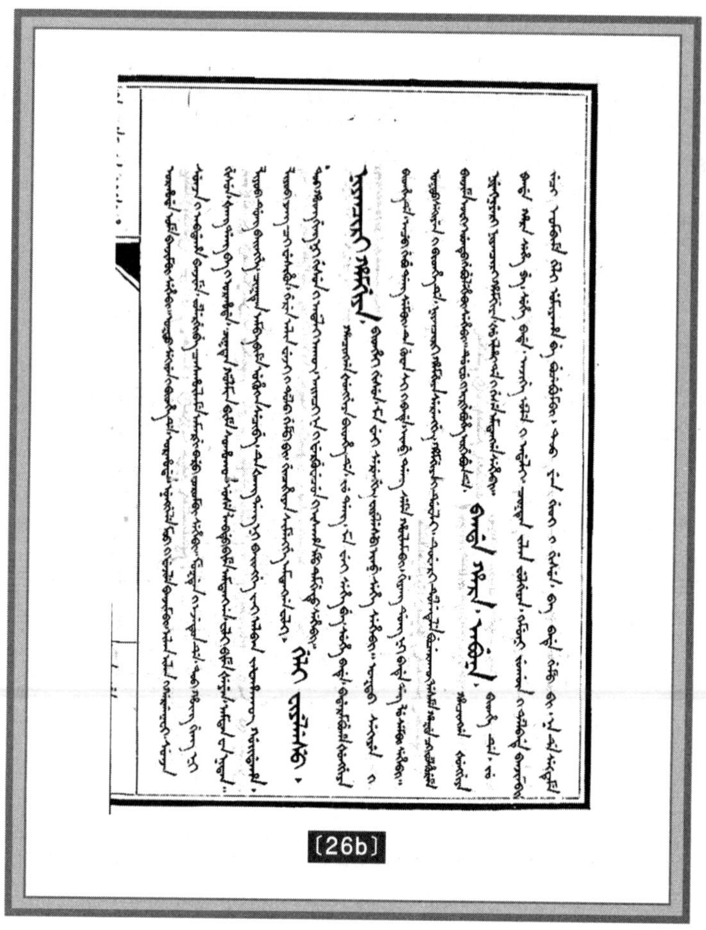

〔26b〕

orhoda ome banjimbi sehebi.. okto sekiyen i bithe de orhoda. nunggele moo i fejile banjimbi. ilan ilan i
인삼 되어 자란다 하였다. 약 기원 의 書 에 인삼 피나무 의 아래에서 자란다 셋 셋 의
garganafi sunja sunja i abdaha banjime julergi be cashūlame amargi baru forombi sehebi.. mukden i ejetun de
가지 나고 다섯 다섯 의 잎 생겨 남쪽 을 등지고 북쪽 으로 향한다 하였다. 盛京 의 志 에
too hūng ging[187] ni gisun. šang dang ba[188] i orhoda. cikten golmin bime sohokon. use labdu bime amtangga.
陶 弘 景 의 말 上 黨 땅 의 인삼 줄기 길고 黃香色 씨 많고 맛있다
fili bime šeyen. amtan wa nitan. liyoo dung baingge. cikten amba bime uhuken secibe te šang dang ni baingge
단단하고 하얗다 맛 향기 싱겁다 遼 東 땅의 것 줄기 크고 무르다 하지만 지금 上 黨 의 땅의 것
jai alban jafahakū goidaha. liyoo yang ci wesihun geren alin weji i dolo gemu bi. gincihiyan simengge
또 공물 바치지 않은지 오래되었다. 遼 陽 에서 동쪽 여러 산 숲 의 속 모두 있다 윤기 있고 무성하고
amtangga fili. too hūng ging ni gisun i adali akū. ainci na i ferguwecun i isaha emu temgetu sehebi.
맛있고 단단하다 陶 弘 景 의 말 과 같지 않다 아마 땅 의 정기 의 모인 한 징표이다 하였다.

187) too hūng ging : 남북조 시대 양나라의 의학자인 도홍경(陶弘景)을 가리킨다. 『신농본초경(神農本草經)』과 『명의별록(名醫別錄)』에 실린 730여 종의 약물을 분류하고 다시 엮은 다음 주해를 한 『본초경집주(本草經集註)』를 지었으며, 도교에 관심이 많아 도인 양생술과 관련한 책을 많이 지었고, 신선신앙체제를 완성하여 도교의 위상을 높이고 전파하였다.

188) šang dang ba : 상당(上黨)으로 중국 산서성(山西省) 지역을 가리킨다.

geli fiyelesu[189). niyanciri hamgiya[190).
또 자리공 사철 쑥

hancingga šunggiya bithe de ju dang. ma wei sehe be suhe bade badarambuha šunggiya bithei gisun ma wei
爾 雅 書 에 蓫 薚 馬 尾 한 것 을 주해한 바에 廣 雅 書의 말 馬 尾
serengge fiyelesu inu sehe sehebi. okto sekiyen i bithe de encu gebu dang sembi. te guwan si i bade. inu
하는 것 자리공 이다 했다 하였다. 약 기원 의 書 에 다른 이름 薚 한다. 지금 關 西 의 땅에 또
dang seme hūlambi. giyang dungni bade dang lu sembi sehebi. okto sekiyen i bithe de niyanciri hamgiya serengge
薚 하고 부른다. 江 東의 땅에 當 陸 한다 하였다. 약 기원 의 書 에 茵蔯 하는 것
hamgiya i duwali. tuweri duletele bucerakū dasame hakda ci fulhureme banjime ofi uttu gebulehebi
개똥쑥 의 종류 겨울 지나도록 죽지 않고 다시 해묵은 풀 에서 싹이 터 자라게 되어 이렇게 이름지었다
sehebi. du fu i irgebuhe irgebun de niyengniyeri niyanciri hamgiya. šu ilhai da i gese amtangga sehebi..
하였다. 杜 甫 의 지은 시 에 봄 茵蔯 연 꽃의 뿌리 와 같이 맛있다 하였다.

banda hara. abuna.
마디풀 두루미냉이

hancingga šunggiya bithe de ju banda hara sehe be suhe bade ajige ule i adali cikten jalan fulgiyan.
爾 雅 書 에 竹 마디풀 한 것 을 주해한 바에 작은 명아주 의 처럼 줄기 마디 붉고
kemuni jugūn i dalbade banjimbi jeci ombime geli umiyaha be bucebumbi. too yen gioi[191) i gisun ba bade
늘 길 의 가에서 자란다. 먹을 수 있고 또 벌레 를 죽인다. 陶 隱 居 의 말 곳 곳에
gemu bi. na de sekteme
모두 있다. 땅 에 깔려

[한문]

爲人參. 本草, 人參生椵樹下, 三椏五葉, 背陽向陰. 盛京志, 陶弘景曰, 上黨參, 形長而黃, 多實而甘, 堅白, 氣味薄, 遼東形大而質軟, 今上黨久無復貢, 自遼陽以東, 諸山林中皆有之, 滋潤甘實, 不如陶所云, 盖地靈所鍾之一驗也. 商陸茵陳, ㊟爾雅, 蓫薚, 馬尾. 注, 廣雅曰, 馬尾蔏陸, 本草云, 別名薚, 今關西亦呼爲薚, 江東爲當陸. 本草, 茵陳, 蒿類, 經冬不死, 更因舊苗而生, 故名. 杜甫詩, 茵陳春藕香. 萹蓄葶藶, ㊟爾雅, 竹, 萹蓄. 注, 似小藜, 赤莖節, 好生道旁, 可食. 又殺虫, 陶隱居云, 處處有, 布地

—— ∘ —— ∘ —— ∘ ——

인삼 되어 자란다." 하였다. 『본초』에, "인삼은 피나무의 아래에서 자란다. 가지가 셋씩 나고 잎이 다섯씩 생기며 남쪽을 등지고 북쪽을 향한다." 하였다. 『성경지』에, "도홍경(陶弘景)이 말하기를, 상당(上黨) 지역의 인삼은 줄기가 길고 황향색(黃香色)이다. 씨가 많고 맛있으며 단단하고 하얗다. 맛과 향이 담백하다. 요동 땅의 것이 줄기가 크고 무르지만 지금 상당 지역의 것은 공물 바치지 않은지 오래되었다. 요양에서 동쪽 여러 산과 들에 모두 있다. 윤기 있고 무성하고 맛있고 단단하다. 도홍경의 말과 다르다. 아마 땅의 정기가 모인 한 징표이다." 하였다.

또 자리공, 사철 쑥,

『이아』에, "축탕(蓫薚)은 마미(馬尾)이다." 한 것을 「주(注)」한 것에, "『광아(廣雅)』에서 말하기를, '마미(馬尾)는 자리공이다' 했다." 하였다. 『본초』에, "다른 이름으로 '탕(薚)'이라 한다. 지금 관서(關西) 지방에 또한 '탕'이라 부른다. 강동(江東)에서는 당륙(當陸)이라고 한다," 하였다. 『본초』에, "인진(茵蔯)은 사철 쑥과 같은 종류이다. 겨울이 지나도록 죽지 않고, 해묵은 풀에서 다시 싹이 터 자라서 이렇게 이름 지었다." 하였다. 두보(杜甫)가 지은 시에, "봄에 인진은 연뿌리처럼 맛있다." 하였다.

마디풀, 두루미냉이(다닥냉이),

『이아』에, "대나무는 마디풀이다." 한 것을 「주(注)」한 것에, "작은 명아주처럼 줄기와 마디가 붉고 늘 길가에서 자란다. 먹을 수 있으며 또 벌레를 죽인다." 하였다. 도은거(陶隱居)가 말하기를, "곳곳에 다 있다. 땅에 깔려

189) fiyelesu : 자리공을 가리키며, 한자로는 상륙(商陸) 또는 장륙(章陸)이라 하고 이뇨제 등에 쓴다.
190) niyanciri hamgiya : 사철 쑥을 가리키며, 한자로는 인진(茵蔯)이라 한다. 황달과 이뇨제 등에 쓴다.
191) too yen gioi : 도홍경(陶弘景)으로 화양은거(華陽隱居)라 자호한데서 도은거(陶隱居)라 부른다.

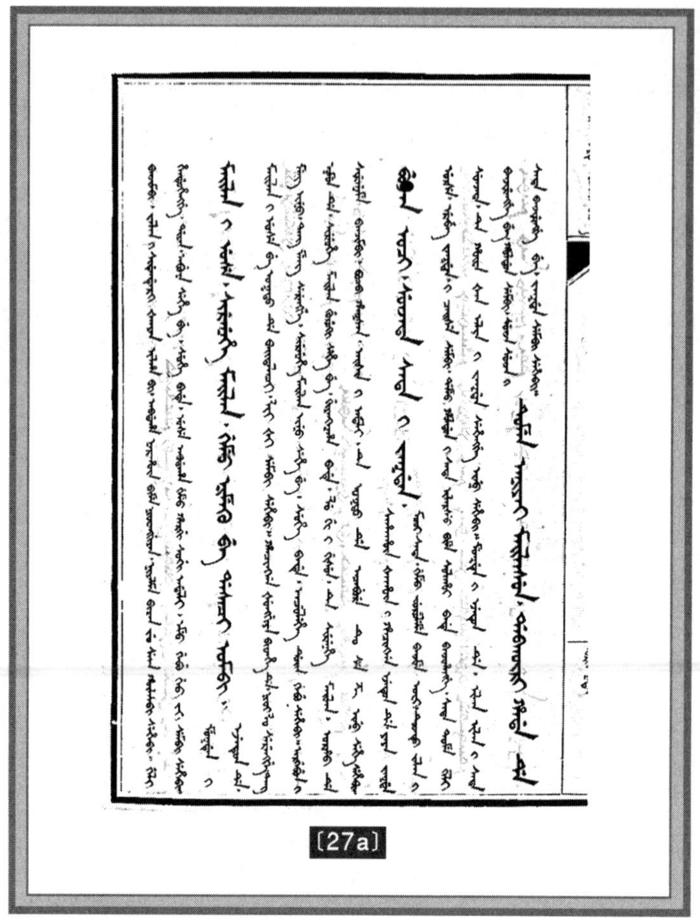

[27a]

banjimbi. jalan i sidenderi šayan ilha bi. abdaha narhūn bime niowangiyan. niyalma biyan ju seme hūlambi
자란다. 마디 의 사이에서 흰 꽃 있다. 잎 가늘고 초록이다. 사람 篇 竹 하고 부른다
sehebi. geli henduhengge diyan. abuna sehe be suhe bade use abdaha gemu hargi sogi adali emu gebu
하였다. 또 말한 것 蕇 두루미냉이 한 것 을 주해한 바에 씨 잎 모두 갓 같고 一 名
geo ji sembi sehebi.
狗薺 한다 하였다.

mailan i use. sirenehe mailan[192] gemu nimeku be dasaci ombi.
타래붓꽃 의 씨 새삼 모두 병 을 치료할 수 있다.

mukden i ejetun de mailan i use be okto de baitalaci li ši sembi sehebi. hancingga šunggiya bithe de
盛京 의 志 에 타래붓꽃 의 씨 를 약 에 쓰면 荔子 한다 하였다. 爾 雅 書 에
nio lu serengge tang meng inu. tang meng serengge sirenehe mailan inu sehe be suhe bade enculehe
女 蘿 하는 것 唐 蒙 이다. 唐 蒙 하는 것 새삼 이다 한 것 을 주해한 바에 달리한
duin gebu sehebi. irgebun i nomun de sirenehe mailan guruki sehe be. giyangnaha bade lu gi i gisun te
네 이름 하였다. 詩 의 經 에 새삼 캐고자 한 것 을 講한 바에 陸 璣 의 말 지금

192) sirenehe mailan : 새삼으로 한자로는 토사(兎絲)라고 한다. 잎이 없이 다른 초목에 가느다란 줄기를 감아 기생하는 덩굴 풀로 열매는 한약재로 쓴다.

sirenehe mailan orho de sireneme banjimbi. boco haksan aisin i adali. te okto de acabure tu sy dze inu
새삼 풀 에 연이어 자란다. 색 황금색 과 같다. 지금 약 에 조제하는 兎 絲 子 이다
sehe sehebi.
했다 하였다.

bujan oci sunjata sata i jakdan
수풀 되면 다섯씩 솔잎 의 소나무
sahahūn šahūn i hacingga ejetun de yaya jakan mooi sata gemu juruleme banjime ofi tuttu jalan i
癸 辛 의 雜 識 에 무릇 소나무의 솔잎 모두 쌍으로 자라게 되어 그렇게 세상 의
urse erebe jakdan i caise sembi. damu holdon i sata ilarsu bime solhoi bade banjihangge sata tome
사람들 이것을 소나무 의 비녀 한다. 다만 잣나무 의 솔잎 세 쌍 이고 고려의 땅에 자란 것 솔잎 마다
geli sunjata. te hūwa šan alin i jakdan sehengge inu sehebi. mukden i ejetun de ilan ilan i sata
또 다섯씩이다. 지금 華 山 산 의 소나무 한 것 이다 하였다. 盛京 의 志 에 셋 셋 의 솔잎
banjirengge be holdon sembi. sunja sunja i sata banjirengge be jakdan sembi sehebi.
자라는 것 을 잣나무 한다. 다섯 다섯 의 솔잎 자라는 것 을 소나무 한다 하였다.

tumen aniyai mailasun. dabkūri hada de
만 년의 잣나무 겹 바위 에

[한문]

而生, 節間白華葉細綠, 人謂之篇竹. 又, 蕇, 亭歷. 注, 實葉皆似芥, 一名狗薺. **蠡實兎絲, 均能已疾.** 注盛京志, 荔子入藥名蠡實. 爾雅, 女蘿, 唐蒙, 唐蒙, 兎絲. 注, 別四名. 詩云爰采唐矣. 疏, 陸璣云, 今菟絲蔓連草上生. 黃赤如金, 今合藥兎絲子是也. **其林則五鍼之松,** 注癸辛雜識, 凡松葉皆雙股, 故世以爲松釵, 獨栝松每穗三須, 而高麗所産, 每穗乃五鬣焉. 今所謂華山松是也. 盛京志, 三針爲栝, 五針爲松. **萬年之栢. 重障**

—— ◦ —— ◦ —— ◦ ——

자란다. 마디 사이에 흰 꽃이 있다. 잎이 가늘고 초록색이다. 사람들이 '편죽(篇竹)'이라 부른다." 하였다. 또 말하기를, "전(蕇)은 두루미냉이이다." 한 것을 「주(注)」 한 것에, "씨와 잎 모두 갓과 같고 일명 '구제(狗薺)'라고 한다." 하였다.

타래붓꽃의 씨와 새삼은 모두 병을 치료할 수 있다.

『성경지』에, "타래붓꽃의 씨를 약에 쓰면 '여자(荔子)'라고 한다." 하였다. 『이아』에, "'여라(女蘿)'라는 것은 '당몽(唐蒙)'이고, '당몽'이라는 것은 '새삼'이다." 한 것을 「주(注)」 한 것에, "달리한 네 가지 이름이다." 하였다. 『시경』에, "새삼 캐고자 한다." 한 것을 「소(疏)」 한 것에, "육기(陸璣)가 말하기를, '지금 새삼은 풀에 연이어 자란다. 색은 황금색과 같다. 지금 약에 조제하는 토사자(兎絲子)이다' 했다." 하였다.

수풀은 솔잎이 각 다섯 개씩 소나무,

『계신잡지(癸辛雜識)』에, "무릇 소나무의 솔잎 모두 쌍으로 자라서 세상 사람들이 이것을 '소나무 비녀'라고 한다. 다만 잣나무의 솔잎은 세 개씩이고, 고려 땅에서 자란 것은 솔잎이 다섯 개씩이다. 지금 화산(華山)의 소나무라는 것이다." 하였다. 『성경지』에, "세 개씩 솔잎이 자라는 것을 잣나무라고 하고, 다섯 개씩 솔잎이 자라는 것을 소나무라고 한다." 하였다.

만년(萬年)의 잣나무가 겹겹의 바위에

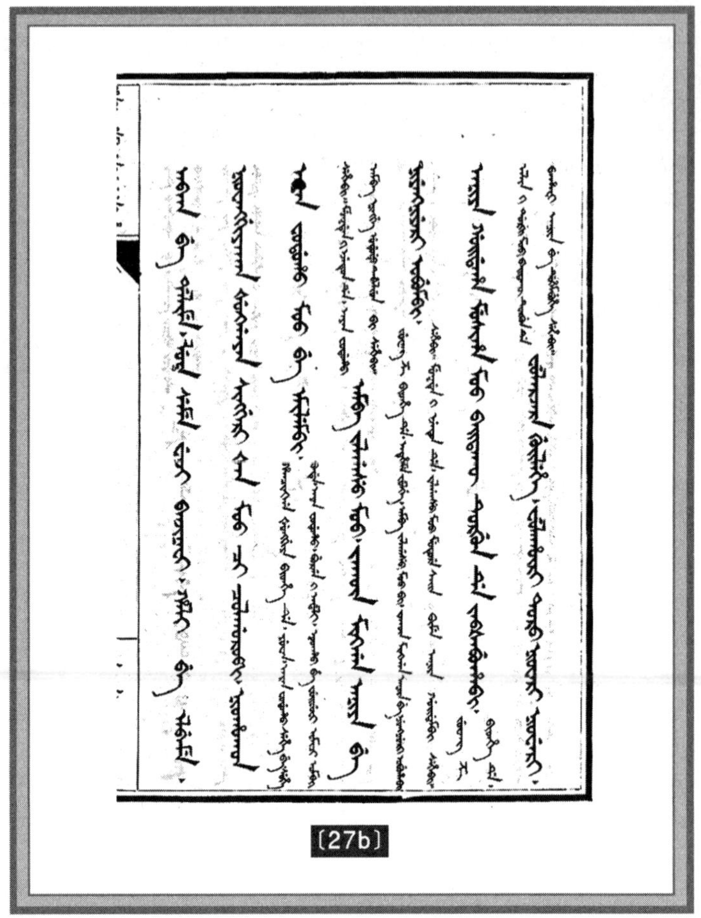

abka be dalime. luk seme weji banjinafi. hali be elbeme.
하늘 을 가리고 자욱하게 숲 자라나서 웅덩이 를 덮고

niowanggiyakan šunggayan singgeri šan moo ci colgoropi. niohokon
연두빛 가늘고 높은 홰 나무 보다 솟아서 연초록

ayan fodoho moo be emilembi.
고리버들 나무 를 덮는다.

hancingga šunggiya bithe de yuwan. ayan fodoho sehe be suhe bade ayan fodoho burga i adali notho be
爾 雅 書 에 椺 고리버들 한 것 을 주해한 바에 고리버들 버들가지 와 같이 껍질 을

fuifufi omici ombi sehebi., mukden i ejetun de ayan fodoho amba ningge ududu tebeliyen bi sehebi.
달여서 마실 수 있다 하였다. 盛京 의 志 에 고리버들 큰 것 다수 아름 이다 하였다.

amba jalgasu moo. jakūn minggan aniya be niyengniyeri obumbi.
큰 椿 나무 팔 천 해 를 봄 삼는다.

juwang dzy bithe de enteheme julge. amba jalgasu moo bi. jakūn minggan aniya be niyengniyeri obuhabi
莊 子 書 에 아주 먼 옛날 큰 椿 나무 있다 팔 천 해 를 봄 삼았다

sehebi.. mukden i ejetun de jalgasu moo muture sain bime aniya goidambi sehebi.
하였다. 盛京 의 志 에 椿 나무 자라기 잘하고 해 오래다 하였다.

aniya goidaha musiha moo baitakū turgun de jabšabuhabi.
해 오랜 떡갈나무 쓸모없는 까닭 에 행운을 얻게 되었다.

juwang dzy bithe de. alin i dorgi moo baitakū turgun de bahafi aniya be duhembuhe sehebi.
莊 子 書 에 산 의 속 나무 쓸모없는 까닭 에 찾아서 해 를 끝마치게 하였다 하였다.

fularjara guilehe. fulahūri toro niowari nioweri.
불그스름한 살구 진홍빛 복숭아 푸르고 싱싱하다.

[한문]

隱天, 幽林蔽澤, 挺崇槐之曾青, 蔭柜柳之濃碧. 注 爾雅, 椶柜柳. 注, 柜柳似柳皮, 可煮作飮. 盛京志, 柜柳大者數圍. 大椿以八千爲春, 注 莊子, 上古有大椿者, 以八千歲爲春. 盛京志, 椿易長而多壽. 壽櫟以不材爲德. 注 莊子, 山中之木, 以材得終不其天年. 爛紅杏與緋桃,

—— ◦ —— ◦ —— ◦ ——

하늘을 가리고, 숲이 자욱하게 자라나서 웅덩이를 덮고, 연둣빛 가늘고 높은 홰나무보다 솟아올라서 연초록 고리버들나무를 덮는다.

『이아』에, "원(椶)은 고리버들이다." 한 것을 「주(注)」 한 것에, "고리버들은 버들가지처럼 껍질을 달여서 마실 수 있다." 하였다. 『성경지』에, "고리버들이 큰 것은 여러 아름드리이다." 하였다.

큰 춘(椿) 나무, 팔천 년을 봄으로 삼는다.

『장자』에, "아주 먼 옛날 큰 춘(椿)나무가 있어서 팔천 년을 봄으로 삼았다." 하였다. 『성경지』에, "춘나무는 잘 자라고 수명이 길다." 하였다.

수명이 긴 떡갈나무는 쓸모없기 때문에 행운을 얻게 되었다.

『장자』에, "산속 나무가 쓸모없기 때문에 수명을 끝마치게 했다." 하였다.

불그스름한 살구, 진홍빛 복숭아, 짙푸른

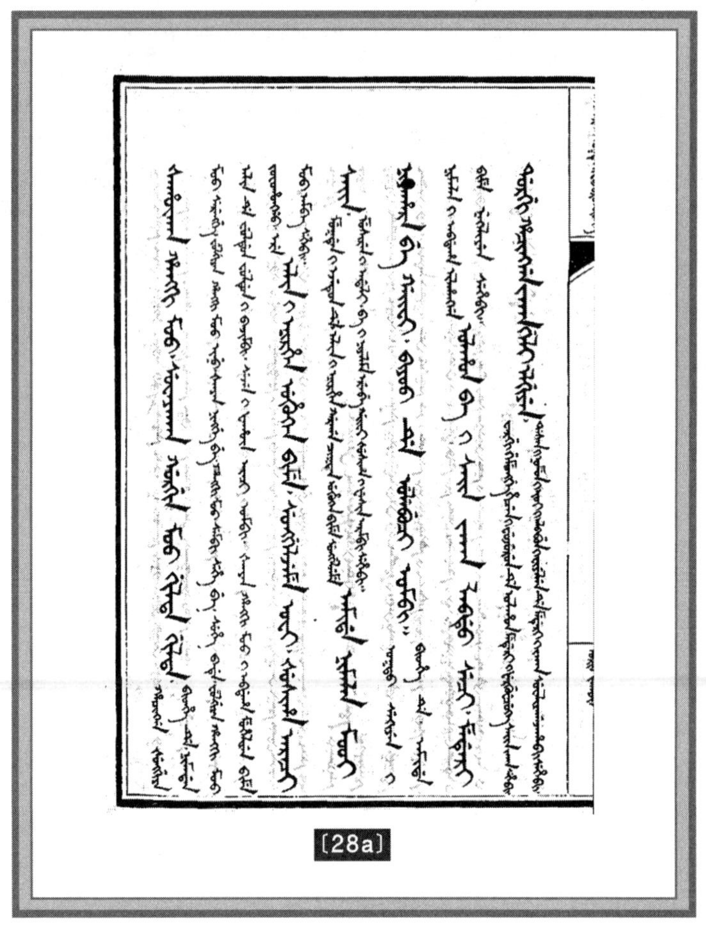
[28a]

šahūkan hangki moo. suwayakan gorgin moo gilta gilta.
조금 흰 대추나무 조금 누런 黃蘗 나무 반짝 반짝한다.

hancingga šunggiya bithe de nimadan moo serengge. fulgiyan hangki moo inu. šanyan ningge be hangki moo
爾 雅 書 에 들메나무 하는 것 붉은 대추나무 이다. 흰 것 을 대추나무
sembi sehe be. suhe bade fulgiyan hangki moo alin de fuldun fuldun i banjimbi. sejen i fahūn araci ombi.
한다 한 것 을 주해한 바에 붉은 대추나무 산 에 포기 포기 자란다. 수레 의 바퀴테 만들 수 있다.
šanyan hangki moo i abdaha muheliyen bime jofohonggo. ere moo amba sehebi..
흰 대추나무 의 잎 둥글고 뾰족하다. 이 나무 크다 하였다.

alin i enirhen uhuken bime. sunggeljeme ofi šusiha araci sain.
산 의 산등나무 조금 무르고 흐늘흐늘하게 되어서 채찍 만들면 좋다.

mukden i ejetun de. alin i enirhen gargan cikten uhuken bime sunggeljeme musiren i adali. ba i niyalma
盛京 의 志 에 산 의 산등나무 가지 줄기 조금 무르고 흐늘흐늘하며 등나무 와 같다 지역 의 사람
erebe gaifi šusiha i fesin arambi sehebi..
이를 취해서 채찍 의 자루 만든다 하였다.

amida nimalan[193] mooi
가새뽕 나무의

niyahara be gaifi. biyoo de ulebuci ombi..
새잎 을 가져와서 누에 에 먹일 수 있다.

okto sekiyen i bithe de amida nimalan i abdaha ilhangga bime nekeliyen sehebi.
약 기원 의 書 에 가새뽕 의 잎 무늬 있고 엷다 하였다.

olhon ba i sain jaka labdu seci. mederi
陸 地 의 좋은 物 많다 하면 바다
dorgi hacingga jaka geli elgiyen.
속 갖가지 物 또 넉넉하다.

wargi gemungge hecen i fujurun de. olhon mederi i ferguwecuke sain jaka sehebi. dasan i nomun i ioi i
西 都 城 의 賦 에 陸 海 의 기이하고 좋은 物 하였다. 書 의 經 의 禹 의
albabun i fiyelen de mederi i jaka suwaliyaganjahabi sehebi.
貢 의 篇 에 바다 의 物 섞여 있다 하였다.

[한문]

粉白楝與黃蘗. 注爾雅, 楝, 赤楝, 白者楝. 注, 赤楝, 叢生山中, 中爲車輞. 白楝, 葉圓而岐爲大木. 山藤柔韌, 是資鞭策. 注盛京志, 山藤木, 枝幹柔韌, 如藤. 土人取爲鞭桿. 鷄桑落黃, 可供蠶織. 注本草, 鷄桑葉花而薄. 陸珍旣牣, 海錯亦繁. 注西都賦, 陸海珍藏. 書禹貢, 海物惟錯.

—— ◦ —— ◦ —— ◦ ——

조금 흰 대추나무, 조금 누런 황벽(黃蘗) 나무가 반짝 반짝한다.

『이아』에, "들메나무는 붉은 대추나무이다. 흰 것을 대추나무라고 한다." 한 것을 「주(注)」한 것에, "붉은 대추나무가 산에 포기 포기 자란다. 수레의 바퀴 테를 만들 수 있다. 흰 대추나무의 잎은 둥글고 뾰족하다. 이 나무는 크다." 하였다.

산등나무는 조금 무르고 흐늘거려서 채찍 만들면 좋다.

『성경지』에, "산등나무의 가지와 줄기는 조금 무르고 흐늘거려 등나무와 같다. 지역 사람들은 이것을 가지고 채찍의 자루를 만든다." 하였다.

가새뽕나무의 새잎을 가지고 누에에게 먹일 수 있다.

『본초』에, "가새뽕나무의 잎은 무늬가 있고 엷다."고 하였다.

육지(陸地)에 좋은 것 많지만 바다 속에도 갖가지가 또 넉넉하다.

「서도부」에, "육지와 바다의 진귀하고 좋은 것이다." 하였다. 『서경』 「우공(禹貢)」에, "바다에서 나는 물건이 섞여 있다." 하였다.

193) amida nimalan : 가새뽕나무를 가리키며, 한자로는 계상(鷄桑)이라 한다. 뽕나무 가운데 잎이 갈라지고 얇은 것을 말한다.

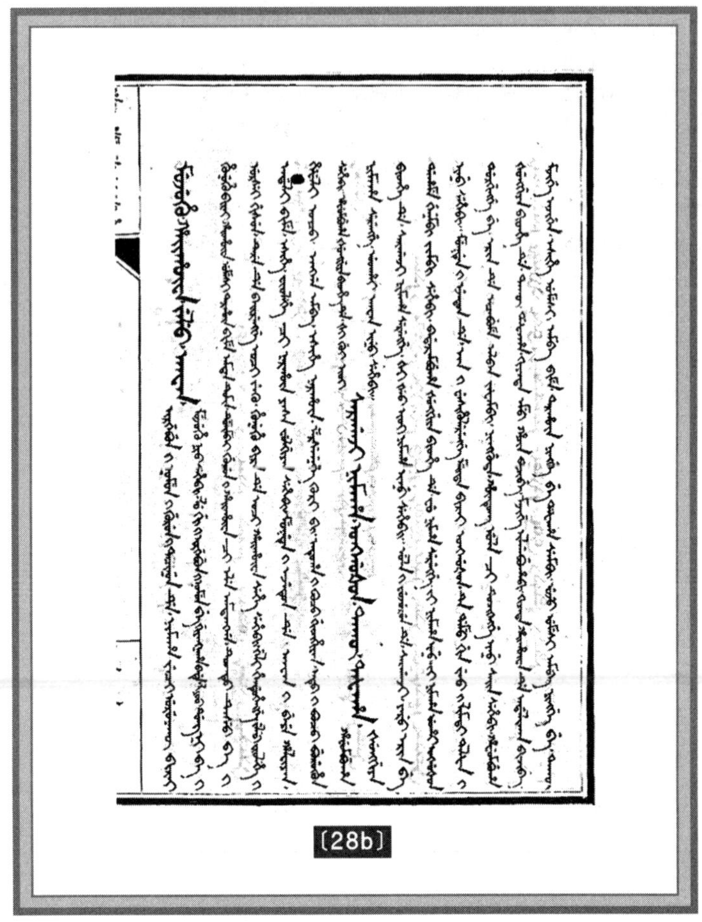

[28b]

mujuhu. haihūwa[194]. jelu. anwan.
잉어 魴魚 송어 쏘가리

irgebun i nomun i gurun i tacinun de nimaha jeci urunakū birai mujuhu nio sehebi. lu gi i irgebun i
詩 經 의 國 의 風 에 물고기 먹으니 모름지기 강의 잉어 인가 하였다. 陸 機 의 詩
nomun be giyangnaha bade liyoo dung ni ba i hunuhu bira[195] i haihūwa umesi tarhūn bime amtan tumin.
經 을 講한 바에 遼 東 의 땅 의 hunuhu 강 의 魴魚 매우 살찌고 맛 깊다
dulimbai gurun i haihūwa ci ele amtangga. tuttu tesu ba i ursei gisun. tere de bairengge oci
中 國 의 魴魚 보다 더욱 맛있다. 그래서 本 地 의 사람들의 말 사는 것 에 원한 것 되면
jeku. hunuhu bira de oci haihūwa sehe sehebi. geli henduhengge jelu fiolehe i adali bime esihe. fiolehe ci
식량 hunuhu 강 에 되면 魴魚 했다 하였다. 또 말한 것 송어 산천어 같이 있고 비늘 산천어 보다
narhūn yasa fulgiyan sehebi. mukden i ejetun de. anwan i beye halfiyan. hefeli onco. angga amba. esihe
가늘고 눈 붉다 하였다. 盛京 의 志 에 쏘가리 의 몸 넙적하고 배 넓고 입 크다 비늘
narhūn. mersenehe kuri bi. atuha i boco gincihiyan. atu i boco buruhun sehebi.. hafumbuha šunggiya bithe
가늘고 얼룩진 얼룩 있다. 수컷 의 색 화려하다 암컷의 색 흐릿하다 하였다. 通 雅 書

194) haihūwa : 붕어와 닮았으나, 머리는 작고 몸통이 크며, 흰 색의 삼각형 모양이다. 현대 중국어로는 편화어(鳊花魚)라 하며, 영어 속명으로는 'White Amur bream'이다. 한문본에는 용(鱅)으로 표기되어 있다.

195) hunuhu : 보통 'hunehe'로 표기하며, 혼하(渾河)를 가리킨다. 한문본에는 양수(梁水)로 되어 있다.

de. ši gui ioi nimaha serengge. uthai anwan inu sehebi..
에 石 桂 魚 물고기 하는 것 곧 쏘가리 이다 하였다.

sarganji nimaha[196]. onggošon. takū[197]. dafaha[198].
鯮魚 붕어 鰟頭魚 백연어
hafumbuha šunggiya bithe de. sarganji nimaha serengge. ši šeo ioi nimaha inu sehebi.. ula i fujurun de.
通 雅 書 에 鯮 魚 하는 것 石 首 魚 물고기 이다 하였다. 강 의 賦 에
sarganji. yaru[199] erin be dahame genembi jimbi sehebi. badarambuha šunggiya bithe de. fu nimaha serengge.
鯮魚 웅어 철 을 따라 가고 온다 하였다. 廣 雅 書 에 鮒 魚 하는 것
ji nimaha inu ji nimaha uthai onggošon inu sehebi.. mukden i ejetun de. an i wesihulerengge meita bira[200] i
鰿 魚 이다 鰿 魚 곧 붕어 이다 하였다. 盛京 의 志 에 보통 귀한 것 meita 강 의
onggošon. te damu gin jeo i limati talfa i dorgingge be erin de acabume alban jafambi. ningguta. hūntung
붕어이다. 지금 다만 錦 州 의 溜馬汀 물가 의 안의 것 을 때 에 맞추어 조공한다. ningguta hūntung
ula ci tucikengge inu sain sehebi. hafumbuha šunggiya bithe de takū. dafaha. kiyata[201] emu hacin bicibe.
강 에서 나온 것 또 좋다 하였다. 通 雅 書 에 鰟頭魚 백연어 鰊魚 한 종류 이지만
majige ilgabuhabi. kiyata haihūwa de adalikan bicibe. majige ajigen. esihe umesi amba bime. tarhūn ningge be
조금 구별되었다. 鰊魚 魴魚 에 닮았지만 조금 작다. 비늘 아주 크고 살찐 것 을
dafaha sembi.. uju umesi amba ningge be. takū
백연어 한다. 머리 매우 큰 것 을 鰟頭魚

[한문]

鯉魴鱒鱖. 注詩國風, 豈其食魚, 必河之鯉. 陸璣詩疏, 遼東梁水魴, 特肥而厚, 尤美於中國魴, 故其鄉語曰, 居就糧, 梁水魴. 又, 鱒, 似鯶魚而鱗細於鯶, 赤眼. 盛京志, 鱖, 扁形濶腹大口細鱗有斑采, 明者雄, 晦者雌. 通雅, 石桂魚, 卽鱖也. 鯼鯽鱅鰱, 注通雅, 鯼, 石首魚也. 江賦, 鯼鮆順時而往還. 廣雅, 鮒, 鰿也. 鰿, 鯽同. 盛京志, 俗所貴者, 湄沱河之鯽, 今惟錦州溜馬汀者, 以時入貢, 寧古塔混同江者亦佳. 通雅, 鱅鰱鱮, 一物而微分. 鱮似魴而弱, 鱗尤大而肥者, 謂之鰱, 其頭最大者, 鱅也.

——◦——◦——◦——

잉어, 방어, 송어, 쏘가리,

『시경』「국풍」에, "물고기 먹는데 모름지기 강의 잉어뿐이랴?" 하였다. 『육기시소(陸機詩疏)』에, "요동의 후너허(hunehe, 渾河) 강의 방어가 매우 살찌고 맛이 깊어 중국의 방어보다 더 맛있다. 그래서 향촌의 사람들이 말하기를, '살아가는데 필요한 것은 식량이고, 후너허 강에는 방어이다' 했다." 하였다. 또 말하기를, "송어는 산천어와 같고 비늘이 산천어보다 가늘고 눈이 붉다." 하였다. 『성경지』에, "쏘가리의 몸은 넙적하고, 배는 넓고 입은 크고, 비늘은 가늘고 얼룩이 있다. 수컷의 색은 화려하고, 암컷의 색은 흐릿하다." 하였다. 『통아』에, "석계어(石桂魚)는 곧 쏘가리이다." 하였다.

종어(鯮魚), 붕어, 방두어(鰟頭魚), 백연어,

『통아』에, "종어(鯮魚)는 석수어(石首魚)이다." 하였다. 「강부(江賦)」에, "종어(鯮魚)와 웅어는 철따라 가고 온다." 하였다. 『광아』에, "부어(鮒魚)는 적어(鰿魚)이니, 적어가 곧 '붕어'이다." 하였다. 『성경지』에, "보통 귀한 것은 머이타(meita) 호수의 붕어이다. 지금 다만 금주(錦州)의 유마정(溜馬汀)에서 나는 것을 때맞추어 조공한다. 닝구타(ningguta, 寧古塔)의 훈퉁(hūntung, 混同) 강에서 나온 것이 또 좋다." 하였다. 『통아』에, "방두어(鰟頭魚)와 백연어, 련어(鰊魚)가 한 종류이지만 조금 구별되었다. 련어(鰊魚)는 방어와 닮았지만 조금 작다. 비늘이 아주 크고 살찐 것을 백연어라고 한다. 머리가 매우 큰 것을 방두어(鰟頭魚)라고

196) sarganji nimaha : 동자개과의 민물고기로 종어(鯮魚/宗魚)라고 한다. 한문본에는 종(鯼)으로 표기되어 있다.
197) takū : 붕어와 닮았으나, 머리는 작고 몸통이 크며, 검은 색이 도는 삼각형 모양이다. 한자로는 방두어(鰟頭魚) 또는 삼각방(三角魴)이라 하며, 영어 속명으로는 'Black Amur bream'이다. 한문본에는 용(鱅)으로 표기되어 있다.
198) dafaha : 몸이 흰 빛을 띠고 있는 백연어를 가리킨다. 한문본에는 연(鰱)으로 표기되어 있다.
199) yaru : 웅어로, 몸이 가늘고 길며, 납작하여 칼처럼 생겼다. 위어(葦魚) 또는 사어(鯊魚)라 하며, 한문본에는 제(鮆)로 표기되어 있다.
200) meita bira : 흑룡강성 남동부의 호수로 목단강(牧丹江) 상류에 위치하고 있으며, 붕어로 유명하다. 한자로는 경박호(鏡泊湖)라 하고, 발해 때에는 미타호(湄沱湖)라 하였으며, 『한서』「지리지」에는 미타하(湄沱河)라 하였다.
201) kiyata : 련어(鰊魚)로 한문본에는 서(鱮)로 표기되어 있다.

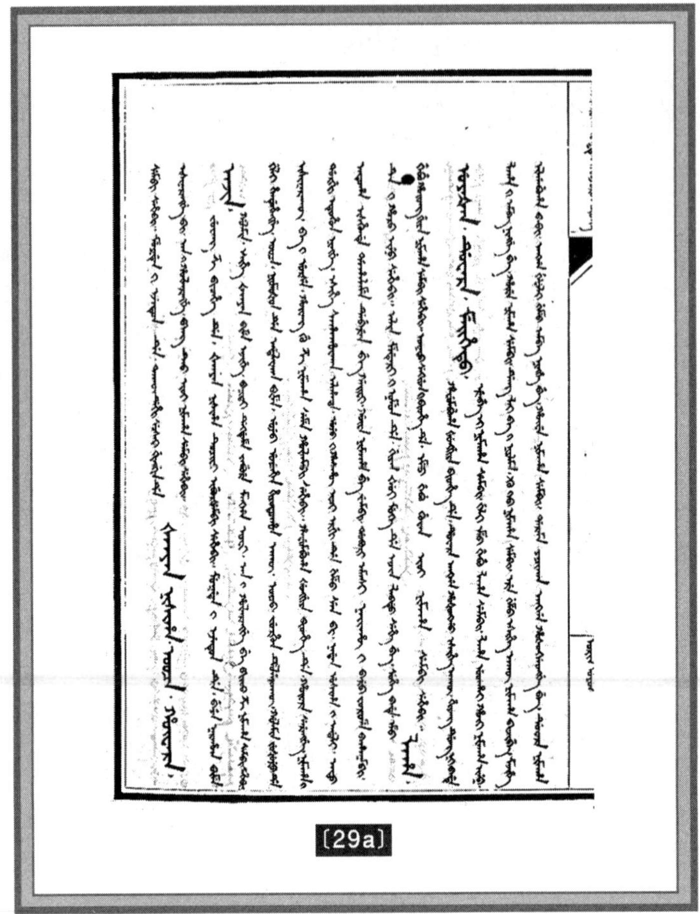
[29a]

sembi sehebi. mukden i ejetun de. takū dehi susai ginggin de isinarangge bi. an i hūlarangge. ping teo ioi
한다 하였다. 盛京 의 志 에 鯿頭魚 40 50 근 에 이르는 것 있고 보통 부르는 것 鯿 頭 魚
nimaha sembi sehebi..
물고기 한다 하였다.

šanyan nisiha[202]. ooca[203]. hūwara. ajin.
흰 피라미 참마자 가물치 자가사리

juwang dzy bithe de šanyan nisiha tucifi iburšembi sehebi. mukden i ejetun de beye narhūn bime golmin
莊 子 書 에 흰 피라미 나와서 꿈틀거린다 하였다. 盛京 의 志 에 몸 가늘고 길다
esihe šanyan bime ajige. banitai dekdeme yabure mangga ofi an i hūlarangge be piyoo dze nimaha sembi
비늘 희고 작다. 본성 떠 다니기 잘하여서 보통 부르는 것 을 漂 子 물고기 한다
sehebi. geli henduhengge ooca niomošon[204] de adalikan bime. uju uncehen hiyotohon akū. onco jurhun dulerakū.
하였다. 또 말한 것 참마자 준치 에 닮았고 머리 꼬리 젖히지 않는다. 폭 寸 넘지 않는다
golmin jušuru de isinarakū. ba i urse hūwang gu dze nimaha seme hūlambi sehebi. hafumbuha šunggiya
길이 尺 에 미치지 못한다. 지역 의 사람들 黃 骨 子 물고기 하고 부른다 하였다. 通 雅

202) šanyan nisiha : 흰색의 작은 물고기 또는 피라미를 가리킨다. 한문본에는 조(鰷)로 표기되어 있다.
203) ooca : 잉어과의 작은 물고기인 참마자를 가리킨다. 황고어(黃鯝魚)라고도 하며, 누치와 비슷하지만, 크게 자라지 않는다.
204) niomošon : 강에 사는 준치를 가리키며, 한문본에는 백어(白魚)로 표기되어 있다.

bithe de hūwara serengge nimaha i dorgi etuhun ningge. esihe sahahūkan alhata. uju i hashū ici ergi de
書 에 가물치 하는 것 물고기 의 중 강한 것이다. 비늘 조금 검고 얼룩지다 머리 의 左 右 쪽 에
gemu sen bi nadan usiha i adali. atu atuha ishunde dahalame deberen be gaifi. gūwa nimaha be jembi.
모두 구멍 있고 七 星 과 같고 암컷 수컷 서로 따르며 새끼 를 데리고 다른 물고기 를 먹는다.
dobori amasi naihū i baru forome bahanambi. te i horo inu sehebi. alin mederi i nomun de giyan šui muke
밤 北 斗 의 쪽 향할 수 있다. 지금 의 黑鯉 이다 하였다. 山 海 의 經 에 減 水 물
de ajin labdu sehe be suhe bade emu gebu hūwang giya nimaha sembi sehebi. okto sekiyen i bithe de
에 자가사리 많다 한 것 을 주해한 바에 一 名 黃 頰 물고기 한다 하였다. 약 기원 의 書 에
emu gebu guwan i nimaha sembi sehebi.
一 名 鰥 의 물고기 한다 하였다.

laha[205]. uyašan. duwara. meihetu.
큰메기 미꾸라지 메기 드렁허리

hafumbuha šunggiya bithe de duwara angga hošonggo esihe akū. giyang dung ni bade erebe ei nimaha sembi.
通 雅 書 에 메기 입 모나고 비늘 없다. 江 東 의 땅에 이것을 鮧 물고기 한다.
geli emu gebu laha sembi. laha uthai hūi nimaha inu. laha i amba ningge be hūwe nimaha sembi.
또 一 名 큰메기 한다. 큰메기 곧 鮰 물고기 이다. 큰메기 의 큰 것 을 鱯 물고기 한다.
deng lai[206] ba i niyalma. ku keo nimaha sembi. ere gemu esihe akū nimaha bicibe majige ilgabuha babi.
登 萊 땅 의 사람 濶 口 물고기 한다. 이것 모두 비늘 없는 물고기 이지만 적이 구분된 바 있다.
angga hefeli gemu amba ningge be hūwe nimaha sembi. darama yacikan angga hošonggongge be
입 배 모두 큰 것 을 鱯 물고기 한다. 등 약간 검푸르고 입 모난 것 을
duwara nimaha
메기 물고기

[한문]

盛京志, 鯆有至四五十斤者, 俗呼鰟頭魚. 鰷鯝鱧鱤, ㊟莊子, 鯈魚出遊, 鯈, 音條. 盛京志, 形狹而長, 鱗白而細, 其性浮, 俗呼白漂子. 又, 黃鯝似白魚, 而頭尾不昻, 濶不踰寸, 長不徑尺, 土人呼黃骨子. 通雅, 鱧, 魚之摯者, 鱗黑駁, 首左右各有竅如七星, 雌雄相隨, 將子啖衆魚, 能夜向北拱斗, 今黑鯉魚也. 山海經, 減水多鱤魚. 注, 一名黃頰. 本草, 一名鰥魚. 鮠鰌鮎鱓. ㊟通雅, 鮎, 口方無鱗, 江東謂之鮧. 又名鮠, 鮠, 卽鮰. 鮠之大者曰鱯, 登萊謂之濶口, 此皆無鱗之魚而微有別, 口腹俱大曰鱯. 背靑口方者鮎,

—— ◦ —— ◦ —— ◦ ——

한다." 하였다. 『성경지』에, "방두어(鰟頭魚)는 사오십 근에 이르는 것이 있다. 보통 부르기를 '방두어'라고 한다." 하였다.

흰 피라미, 참마자, 가물치, 자가사리,

『장자』에, "흰 피라미가 나와서 꿈틀거린다." 하였다. 『성경지』에, "몸이 가늘고 길다. 비늘은 희고 작다. 성질이 떠다니기 잘하여서 흔히 '표자(漂子)'라고 한다." 하였다. 또 말하기를, "참마자는 준치와 닮았고, 머리와 꼬리가 젖히지 않는다. 폭은 1촌을 넘지 않고 길이는 1척에 미치지 못한다. 지역 사람들은 '황골자(黃骨子)'라고 부른다." 하였다. 『통아(通雅)』에, "가물치는 물고기 중에 강한 것이다. 비늘이 조금 검고 얼룩졌으며, 머리의 좌우에 모두 구멍이 있고 북두칠성과 같다. 암수가 서로 따르며 새끼를 데리고 다른 물고기를 먹는다. 밤에 북두(北斗) 쪽으로 향한다. 지금의 '흑리어(黑鯉魚)'이다." 하였다. 『산해경』에, "마른 물에 자가사리가 많다." 한 것을 「주(注)」한 것에, "일명 '황협(黃頰) 물고기'라 한다." 하였다. 『본초』에, "일명 '환어(鰥魚)'라 한다." 하였다.

큰메기, 미꾸라지, 메기, 드렁허리,

『통아(通雅)』에, "메기는 입이 모나고 비늘이 없다. 강동 땅에서 이것을 '이어(鮧魚)'라고 한다. 또 일명 '큰메기'라고 한다. 큰메기는 곧 '회어(鮰魚)'이다. 큰메기의 큰 것을 '화어(鱯魚)'라 한다. 등래(登萊) 지역의 사람들은 '활구어(濶口魚)'라고 한다. 이것은 모두 비늘이 없는 물고기이지만 적이 구분된다. 입과 배가 모두 큰 것을 '화어(鱯魚)'라 하고 등이 약간 검푸르고 입이 모난 것을 '메기'라

205) laha : 머리와 입이 크고, 꼬리가 깔때기 모양인 비늘이 없는 물고기의 일종.
206) deng lai : 등래(登萊)의 음차로 산동성에 있던 登州(등주)와 萊州(내주)를 가리킨다.

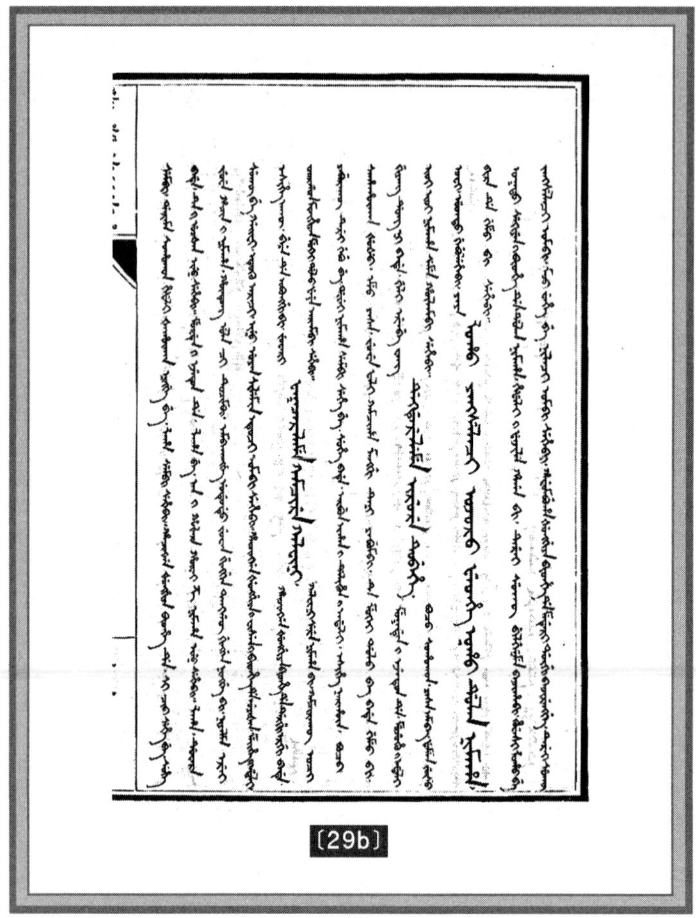

[29b]

sembi. darama sohokon hefeli šahūkan ningge be laha sembi sehebi. hancingga šunggiya bithe de si coi sehe
한다. 등 黃香色 배 조금 흰 것 을 큰메기 한다 하였다. 爾 雅 書 에 鰼 鰌 한 것

be suhe bade te i uyašan inu sehebi. mukden i ejetun de laha be an i hūlara hūwai dze nimaha inu
을 주해한 바에 지금 의 미꾸라지 이다 하였다. 盛京 의 志 에 큰메기 를 보통 부르는 槐 子 물고기 이다

sehebi. laha duwara juwe hacin i nimaha hūntung ula ci tucimbi. ambakangge ududu juwan ginggin tanggū
하였다. 큰메기 메기 두 종류 의 물고기 hūntung 강 에서 나온다. 조금 큰 것 몇 십 斤 백

ginggin ningge bi. niyalma erei sukū be gaifi etuku araci inu uyan silemin etuci ombi sehebi.
斤 것 있다. 사람 이것의 가죽 을 가지고 옷 만들면 또 부드럽고 질겨 입을 수 있다 하였다.

hacingga šunggiya i fisen i bithe de uyašan meihe i adali esihe akū beye de obonggi bi. juwari forgon
爾 雅 의 翼 의 書 에 미꾸라지 뱀 과 같이 비늘 없고 몸 에 물거품 있다. 여름 철

micihiyan mukei dolo feye arambi sehebi.
얕은 물의 속 둥지 짓는다 하였다.

fakcaralame[207] kamcire kalfini
흩어지다가 모이는 가자미

207) fakca-ralame : '-ralame'에 대해 『청문허자지남편(清文虛字指南編)』에서는 '如此又如彼(이러면서 또 저와 같이), 隨, 且(~는 대로, ~면서)'로 풀이하고 있다. 'facaralame kamcire'는 떨어졌다가 붙었다가를 거의 동시적으로 반복하는 생선의 모습으로 보인다.

hancingga šunggiya bithe de dergi ergi bade kalfini sere nimaha bi. kamcirakū oci yaburakū terei gebu
爾 雅 書 에 동 쪽 땅에 가자미 하는 물고기 있다. 모이지 않으면 다니지 않는 그것의 이름
be diyei nimaha sembi sehe be. suhe bade. arbun ihan i delihun i adali esihe narhūn boco sahahūkan šušu.
을 鰈 물고기 한다 한 것 을 주해한 바에 모습 소 의 지라 와 같고 비늘 가늘고 색 옅은 검은 자색
emu yasa. juwe fali kamciha manggi teni yabumbi. te mukei dolo ba bade gemu bi giyang dung ni bade
한 눈 두 마리 모인 후 비로소 다닌다. 지금 물의 속 곳 곳에 모두 있다. 江 東 의 땅에
geli erebe wang ioi ioi nimaha seme hūlambi sehebi.
또 이것을 王 餘 魚 물고기 하고 부른다 하였다.

dekdereleme irure tubehe
떠오르다가 가라앉는 누치
mukden i ejetun de mujuhu i adali boco sohokon. yasa amba femen jursu ofi uttu gebulehebi. yaya bira
盛京 의 志 에 잉어 와 같이 색 黃香色 눈 크고 입술 겹 되고 이렇게 이름 지었다. 무릇 강
de gemu bi sehebi.
에 모두 있다 하였다.

loho yangselaci ojoro fethe noho dulan nimaha
칼 꾸밀 수 있는 지느러미 있는 상어 물고기
okto sekiyen i bithe de dulan nimaha hefeli i fejile haga bi. terei sukū belgeneme banjihabi. huwesi loho
약 기원 의 書 에 상어 물고기 배 의 아래 가시 있고 그것의 가죽 낟알 맺혀 생겼다. 칼 허리칼
be yangselaci ombi. moo wehe be nilaci ombi sehebi. hafumbuha šunggiya bithe de mederi dorgi banjirengge.
을 꾸밀 수 있고 木 石 을 갈 수 있다 하였다. 通 雅 書 에 바다 속 자라는 것
terei sukū
그것의 가죽

[한문]

背黃腹白者鮀. 爾雅, 鰼鰌. 注, 今泥鰌. 盛京志, 鮀, 俗呼槐子魚, 鮀鮎二魚, 出混同江, 大者數十百觔, 人取皮製衣, 亦柔韌可服. 爾雅翼, 鱓似蛇無鱗, 體有涎沫, 夏月於淺水作窟. ○鱓, 叶音鱣. 後漢書楊震傳, 有冠雀銜三鱣魚, 飛集講堂前. 注, 續漢書謝承書, 鱣皆作鱓, 然則鱣鱓古字通也. 比目分合, 注 爾雅, 東方有比目魚焉, 不比不行, 其名謂之鰈. 注, 狀似牛脾, 鱗細, 紫黑色, 一眼, 兩片相合, 乃得行, 今水中所在有之. 江東又呼爲王餘魚. 重脣浮湛, 注 盛京志, 似鯉, 澹黃色, 大目重脣, 故名, 諸河皆有. ○湛, 叶都寒切. 易林, 君臣得安, 和合於天, 保下奠上, 大相蒙湛. 劒飾鮫翅, 注 本草, 鮫魚, 腹下有刺, 其皮有沙, 可飾刀劍, 可磋木石. 通雅, 海中所產, 其皮如沙,

—— ◦ —— ◦ —— ◦ ——

한다. 등이 황향색(黃香色)이고 배가 조금 흰 것을 '큰메기'라 한다." 하였다. 『이아』에, "습추(鰼鰌)이다." 한 것을 「주(注)」 한 것에, "지금의 미꾸라지이다." 하였다. 『성경지』에, "큰메기를 보통 '괴자어(槐子魚)'라고 부른다." 하였다. "큰메기, 메기 두 종류가 모두 훈퉁(hūntung, 混同) 강에서 나온다. 조금 큰 것은 몇 십 근, 몇 백 근이 되는 것도 있다. 가죽을 가지고 옷을 만들면 부드럽고 질겨 입을 수 있다." 하였다. 『이아익(爾雅翼)』에, "미꾸라지는 뱀처럼 비늘이 없고 몸에 물거품이 있다. 여름철 얕은 물속에 둥지를 짓는다." 하였다.

흩어지다가 모이는 가자미,

『이아』에, "동쪽 땅에 가자미라는 물고기가 있다. 모이지 않으면 다니지 않는다. 이름을 '접(鰈)'이라고 한다." 한 것을 「주(注)」 한 것에, "모습은 소의 지라와 같고, 비늘은 가늘고, 색은 옅은 검은 자색이고, 눈은 하나이다. 두 마리가 모인 후에 비로소 다닌다. 요즘 물속 곳곳에 다 있다. 강동 땅에서 또 이것을 '왕여어(王餘魚)'라고 부른다." 하였다.

떠오르다가 가라앉는 누치,

『성경지』에, "잉어처럼 황향색(黃香色)이고, 눈이 크고, 입술이 두 겹이라서 이렇게 이름 지었다. 여러 강에 다 있다." 하였다.

칼을 장식할 수 있는 지느러미 있는 상어,

『본초』에, "상어는 배 아래에 가시가 있고 가죽은 낟알처럼 생겼다. 도검(刀劒)을 꾸밀 수 있고, 목석(木石)을 갈 수 있다." 하였다. 『통아』에, "바다 속에 자라는 것의 가죽은

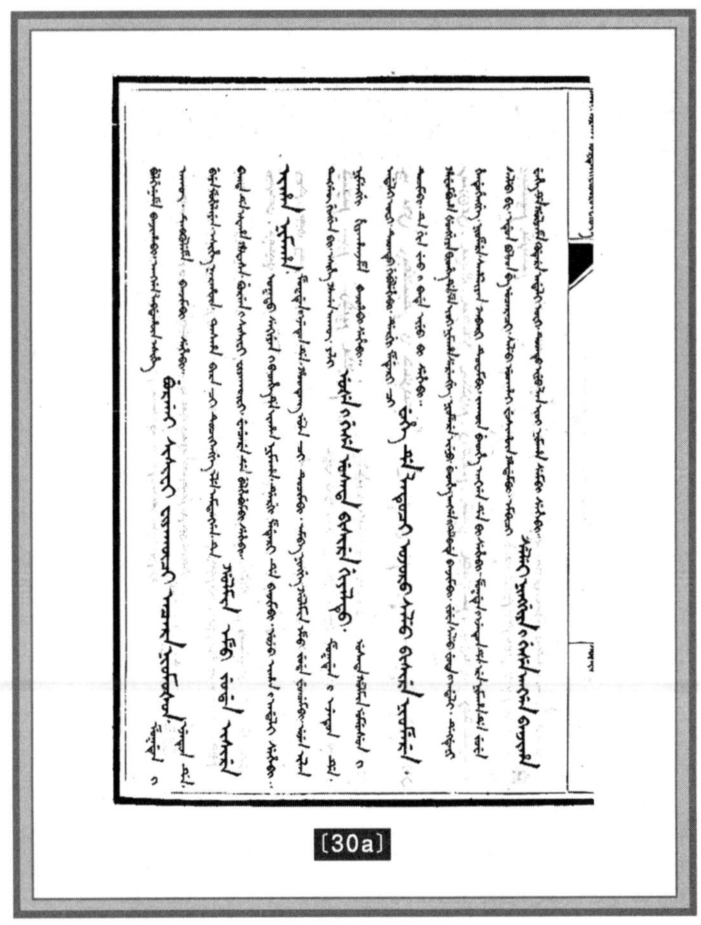
〔30a〕

belgeneme banjihabi. angga labdahūn esihe akū. tebkuleme[208] banjimbi sehebi.
난알 맺혀 생겼다. 입 처지고 비늘 없다 태생하여 낳는다 하였다.

burgai sisifi fiyakūci acara niomošon.
버들가지로 꽂아서 불에 쬐야 하는 구굴무치

mukden i ejetun de beye muheliyen. esihe narhūn. tasha bira ci tucikengge ele amtangga te
盛京 의 志 에 몸 둥글고 비늘 가늘고 太子河 강 에서 나온 것 더욱 맛있다. 지금
baita de afaha hafasa[209] burga i sisifi fiyakūfi wecere de belhebumbi sehebi.
供事官들 버들 로 꿰어서 불에 쬐어서 제사함 에 준비하게 한다 하였다.

golmin emu juda isire ihan nimaha.
길이 한 丈 가량의 牛 魚

okto sekiyen i bethe de ihan nimaha. dergi mederi de banjimbi. uju ihan i adali sehebi.. mukden i ejetun de
약 기원 의 書 에 牛 魚 동쪽 바다 에 산다. 머리 소 와 같다 하였다. 盛京 의 志 에
hūntun ula ci tucimbi. amba ningge golmin emu juda funcembi. ujen ilan tanggū ginggen bi. esihe haga akū.
hūntun 강 에서 난다. 큰 것 길이 한 丈 넘는다. 무게 삼 백 斤 이다. 비늘 가시 없다.

208) **tebkuleme** : 'tebku(胎胞)'의 파생동사로 동사파생접미사 '-le'가 더해져 '태생(胎生)하다'의 의미가 된다.

209) **baita de afaha hafan** : 청나라 때 중앙기관에서 일하던 서리의 하나인 공사관(供事官)을 가리킨다.

yali nimenggi hiyahanjame banjihabi sehebi.
살 기름 뒤섞여 생겼다 하였다.

uše i gese usata[210] bisire giyaltu.
띠 의 처럼 이리 있는 갈치

mukden i ejetun de usata golmin umiyesun i adali ofi tuttu gebulehebi. dergi mederi ci tucimbi.
盛京 의 志 에 이리 긴 띠 와 같이 되어서 그렇게 이름 지었다. 동쪽 바다 에서 난다.
te gin jeo i bade inu bi sehebi.
지금 金 州 의 땅에 도 있다 하였다.

wehe de latuci ojoro salu bisire niomere.
돌 에 붙을 수 있는 수염 있는 문어

hafumbuha šunggiya bithe de me ioi nimaha serengge niomere inu. bethe angga i dalbade banjimbi. juwe salu
通 雅 書 에 墨 魚 물고기 하는 것 문어 이다. 발 입 의 옆에 난다. 두 수염
futa i adali. dekdeni henduhengge niomere. sahaliyan kabari tuwambi. jakūn bethe angga de bi sehebi.
노끈 과 같다. 풍설에 말하는 것 문어 검은 거품 내고 여덟 발 입 에 있다 하였다.
mukden i ejetun de ere nimaha de juwe salu bi. edun boljon be ucaraci salu uthai fusihūn hadambi.
盛京 의 志 에 이 물고기 에 두 수염 있다. 風 浪 을 만나면 수염 곧 아래 붙인다.
embici wehe de gūljame kudere adali ofi tuttu inu lan ioi nimaha sembi sehebi.
혹은 돌 에 당겨 잡아매는 같이 되어 그래서 또 纜 魚 물고기 한다 하였다.

selei ninggiya i gese angga banjiha
쇠의 마름쇠 의 처럼 입 생긴

[한문] ——————

哆口無鱗, 胎生. 柳炙細鱗. ㊟盛京志, 圓身細鱗, 出太子河者尤美. 今有司貫以柳, 炙之, 以供祀典. ○鱗, 叶音憐. 太元, 密網離於淵, 不利於鱗. 牛魚之長丈計, ㊟本草, 牛魚, 生東海中, 頭似牛. 盛京志, 出混同江, 大者長丈餘, 重三百觔, 無鱗骨, 脂肉相間. 帶魚之白韋編. ㊟盛京志, 白長如帶, 故名. 東海中出, 今金州間亦有之. 烏鰂之鬚粘石, ㊟通雅, 墨魚, 烏鰂也. 足生口傍, 兩鬚如纜. 諺曰, 烏鰂噀墨, 八足在口. 盛京志, 魚有兩鬚, 遇風波, 則以鬚下矴, 或粘石上如纜, 故亦名纜魚.

—— ∘ —— ∘ —— ∘ ——

난알처럼 생겼다. 입은 쳐지고 비늘이 없으며, 태생으로 낳는다." 하였다.

버들가지로 꽂아서 불에 쬐어야 하는 구굴무치,

『성경지』에, "몸이 둥글고 비늘이 가늘다. 태자하(太子河)에서 나온 것이 더 맛있다. 지금 공사관(供事官)들이 버들가지로 꽂아서 불에 쬐어 제사지낼 때 준비하게 한다." 하였다.

길이 한 장(丈) 가량의 우어(牛魚),

『본초』에, "우어(牛魚)는 동해에서 산다. 머리는 소와 같다." 하였다. 『성경지』에, "훈퉁(hūntung, 混同) 강에서 난다. 큰 것은 길이가 한 장(丈)이 넘는다. 무게는 삼백 근(斤)이다. 비늘에 가시가 없다. 살과 기름이 뒤섞여 있다." 하였다.

띠처럼 이리가 있는 갈치,

『성경지』에, "이리가 긴 띠처럼 되어서 그렇게 이름 지었다. 동해에서 난다. 지금 금주(金州) 지역에도 있다." 하였다.

돌에 붙을 수 있는 수염 있는 문어,

『통아』에, "흑어(墨魚)는 문어이다. 발이 입 옆에 있다. 두 수염은 노끈과 같다. 풍설에 문어는 검은 거품을 내고 여덟 개의 발이 입에 있다." 하였다. 『성경지』에, "이 물고기는 수염이 두개 있다. 풍랑을 만나면 수염을 곧 아래에 붙인다. 혹은 돌에 당겨 잡아매는 것 같아서 또 '람어(纜魚)'라고 한다." 하였다.

쇠의 마름쇠처럼 입이 생긴

---

210) usata : 물고기 수컷의 뱃속에 있는 흰 정액 덩어리인 이리를 가리키며, 한자로는 어백(魚白)이라 한다.

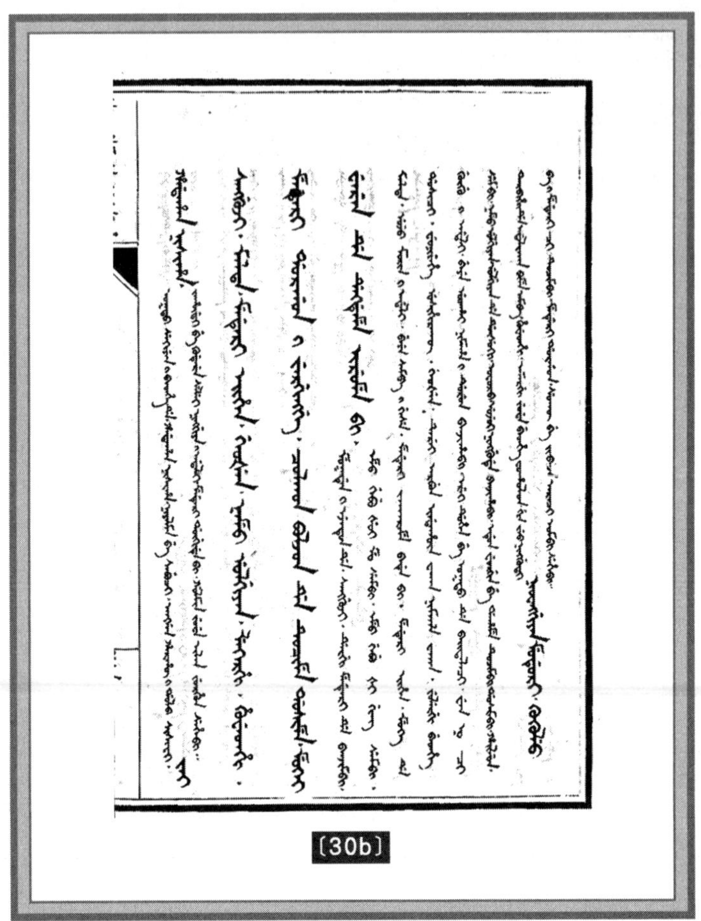
[30b]

hadahan nisiha[211].

보리멸

okto sekiyen i bithe de hadahan nisiha. niyalma be sabuci angga harhū i dolo sisifi jahūdai be kudere selei
약 기원 의 書 에 보리멸 사람 을 보면 입 진흙 의 속 꽂고 배 를 묶는 쇠의

ninggiya i adali mederi dorgide bi. golmin juwe ilan jurhun sehebi.
마름쇠 와 같이 바다 속에 있다. 길이 두 세 寸 하였다.

jai sangguji. malta. mederi eihen. geošen[212]. namu ulgiyan. lekerhi. huwethi.
또 해파리 해마 강치 물개 상괭이 해달 해표

mederi dorgon[213] i jergingge. colkon boljon de tucime dosime. mukei
물오소리 의 등의 것 파도 에 나오고 들어가고 물의

211) **hadahan nisiha** : 한자로 선정어(船釘魚)라고 하는데, 보리멸을 가리킨다.

212) **geošen** : 일반적으로 구어(狗魚)로 풀이하나, 뒤에 나오는 주석의 설명과 한문본으로 볼 때에 '물개'를 가리키는 것으로 보인다.

213) **mederi dorogn** : 물오소리를 가리키며, 한문본에는 해환(海貛)이라고 되어 있다.

weren de dekdeme irume bi.
물결 에 떠오르고 잠겨 있다.

mukden i ejetun de sangguji. dergi mederi de banjimbi. emu gebu šui mu sembi. emu gebu ši ging sembi.
盛京 의 志 에 해파리 동쪽 바다 에 산다. 一 名 水 母 한다. 一 名 石 鏡 한다.
malta. uju morin i adali beye sampa i gese mederi jakarame bade bi. mederi eihen. muke de dosici
해마 머리 말 과 같고 몸 새우 의 처럼 바다 연한 땅에 있다. 강치 물 에 들어가면
funiyehe usihirakū. geošen. terei arbun indahūn waka nimaha waka. julergi bethe gurgu i adali beye
털 젖지 않는다. 물개 그것의 모습 개 아니고 물고기 아니다. 앞 발 길짐승 과 같고 몸
uthai nimaha i durun banjihabi. erei duhen be okto de baitalaci wen no ci[214] sembi. namu ulgiyan. ulgiyan
곧 물고기 의 모습 생겼다. 이것의 음낭 을 약 에 쓰면 膃 肭 臍 한다. 상괭이 돼지
de dursuki. oforo ujui ninggude banjihabi. edun furgin be dahame tucimbi dosimbi. hailun[215]. tarbahi[216] de
에 닮았고 코 머리의 위에 생겼다. 바람 조수 를 따라 나오고 들어간다. 수달 타르박 에
adalikan bime amba. huwethi amargi juwe bethe foholon gin jeo ninggutai ba i mederi ci tucimbi. mederi
약간 닮았고 크다. 해표 뒤 두 발 짧다. 金 州 ningguta의 땅 의 바다 에서 나온다. 바다
dorgon sukū be jibca araci ombi sehebi.
오소리 가죽 을 갖옷 만들 수 있다 하였다.

niowanggiyan muduri. kukulu
蒼 龍 갈기

[한문]

渡父之啄矴船. 注本草, 渡父魚, 見人以喙插泥中, 如舡矴, 海中有之, 長二三寸. 他如蛇馬驢狗, 豚獺豹貛, 出沒乎洶溶, 潛躍乎遊淵. 注盛京志, 海蛇, 生東海, 一名水母, 一名石鏡. 海馬, 頭如馬, 身如鰕, 海邊有之. 海驢, 能入水不濡. 海狗, 其狀非狗非魚, 前脚似獸, 身卽魚形, 其腎入藥, 名膃肭臍. 海豚, 形如豚, 鼻在腦上, 候風潮出沒. 海獺, 似獺而大. 海豹, 後兩足短, 出金州及寧古塔海中. 海貛, 皮可供裘. 蒼龍捷鬐

—— ◦ —— ◦ —— ◦ ——

상피리,

『본초』에, "보리멸은 사람을 보면 입을 진흙 속에 꽂고, 배를 묶는 마름쇠처럼 바다 속에 있다. 크기는 2-3촌이다." 하였다.

또 해파리, 해마, 강치, 물개, 상괭이, 해달, 해표, 바다 오소리 등은 파도에 나오고 들어가고 물결에 떠오르고 잠긴다.

『성경지』에, "해파리는 동해에 살고, 수모(水母)라도 하고 석경(石鏡)이라고도 한다. 해마는 머리가 말과 같고 몸은 새우처럼 바다를 연한 땅에 있다. 강치는 물에 들어가도 털이 젖지 않는다. 물개는 모습이 개도 아니고 물고기도 아니다. 앞발은 길짐승과 같고 몸은 물고기처럼 생겼으며, 이것의 음낭을 약에 쓰면 '해구신'이라 한다. 상괭이는 돼지와 닮았고, 코는 머리 위에 있으며, 바람과 조수를 따라 나오고 들어간다. 수달은 타르박과 약간 닮았고 크다. 해표는 두 뒷발이 짧고, 금주(金州)와 닝구타(ningguta, 寧古塔) 땅의 바다에서 나온다. 바다 오소리는 가죽으로 갖옷을 만들 수 있다." 하였다.

창룡(蒼龍)의 갈기,

214) wen no ci : 올눌제(膃肭臍)의 음차로 해구신(海狗腎)을 가리킨다.
215) hailun : 수달을 가리키며, 'lekerhi'는 해달을 가리킨다.
216) tarbahi : 몽골 지역에서 주로 서식하는 설치류 초식동물인 타르박을 가리킨다.

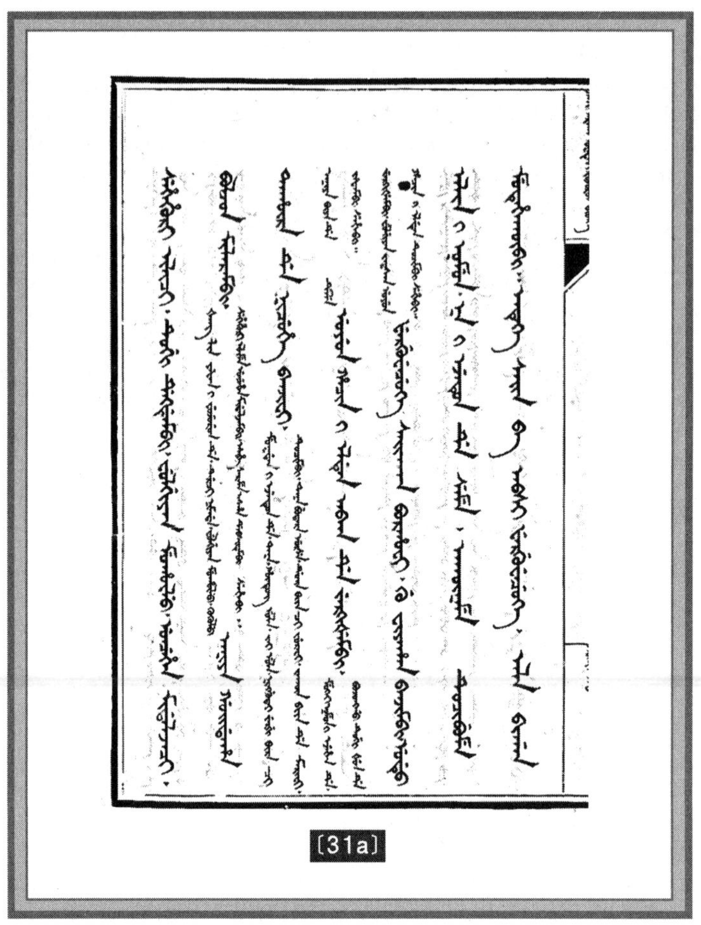

[31a]

sehehuri ilici. tugi dekdembi. fulgiyan muhūlu uncehen midaljaci.
우뚝 서면 구름 떠오른다. 붉은 이무기 꼬리 흔들며 가면

boljon milarambi.
파도 갈라진다.

šang lin yafan i fujurun de tereci nimada. fulgiyan muhūlu. kukulu sehehuri ilime uncehen midaljambi.
上 林 苑 의 賦 에 그로부터 蛟龍 붉은 이무기 갈기 우뚝 세우고 꼬리 흔들며 간다.
esihe sarame asha debsitembi sehebi.
비늘 펼치고 날개 퍼덕인다 하였다.

aniya goidaha tahūra de nicuhe banjifi.
세월 오래된 조개 에 진주 생겨

mukden i ejetun de tana hūntung ula. jai ula ninggutai jergi bira ci tucimbi. tana butara urse duin biya
盛京 의 志 에 東珠 hūntung 강 또 ula ningguta의 등 강 에서 난다. 東珠 잡는 무리들 사 월
ci jurafi jakūn biya de marifi aniya biya de dele jafambi sehebi.
부터 떠나서 팔 월 에 돌아오고 정월 에 皇上 진상한다 하였다.

uyun hacin i abka de jerkišembi.
아홉 가지 의 하늘 에서 빛난다.

mukei nomun i ejehen de boconggo tugi šun de jerkišembi. fulgiyan jaksan uyun hacin i elden tucimbi sehebi.
水 經 의 注 에 빛나는 구름 해 에 반짝인다. 붉은 노을 아홉 가지 의 빛 나온다 하였다.

ferguwecuke saikan borhofi. gu fiyahan banjimbi. udu
기이한 아름다움 쌓아올려서 瓊瑤 자란다. 비록

alin i nomun. na i ejetun de seme. akūname tucibume
山 의 經 地 의 志 에 하여도 자세하게 드러낼 수

mutehekūbi.. enteke sain ba absi ferguwecuke. alin bigan
없었다. 이렇듯 좋은 땅 매우 진기하고 산 들

[한문]

而雲作, 赤螭掉尾而波開. ㊟上林賦, 於是乎蛟龍赤螭, 揵鬐掉尾, 振鱗奮翼. ○開, 叶音牽. 書禹貢, 導岍及岐, 或作開, 通作汧. 老蚌含珠, ㊟盛京志, 東珠出混同江, 及烏喇寧古塔諸河中, 採珠者以四月往, 八月回, 正月進御. 九光燭天. ㊟水經注, 錦雲燭日, 朱霞九光. 神奇是韞, 瓊瑰是生. ㊟生, 叶租全切. 黃庭經, 內養三神可長生. 魂欲上天魄入淵. 雖山經與地志, 羌莫得而詳焉. 懿玆奧區, 原濕畇畇. 厥田上中,

—— ◦ —— ◦ —— ◦ ——

우뚝 서면 구름이 떠오른다. 붉은 이무기가 꼬리를 흔들며 가면 물결이 갈라진다.

『상림부』에, "그로부터 교룡(蛟龍), 적리(赤螭)가 갈기 우뚝 세우고 꼬리 흔들며 가고 비늘 펼치고 날개 퍼덕인다." 하였다.

세월이 오래된 조개에서 진주가 생겨서

『성경지』에, "동주(東珠)는 훈퉁(hūntung, 混同) 강과 울라(ula, 烏喇), 닝구타(ningguta, 寧古塔) 등의 강에서 난다. 동주(東珠) 잡는 무리들은 4월에 떠나 8월에 돌아와서 정월에 황상(皇上)께 진상한다." 하였다.

아홉 가지로 하늘에서 빛난다.

『수경주(水經注)』에, "빛나는 구름은 태양에 반짝이고, 붉은 노을은 아홉 종류의 빛이 나온다." 하였다.

기이한 아름다움을 쌓아올려서 경요(瓊瑤)가 자란다. 비록 산경(山經)이나 지지(地志)라 하여도 자세하게 밝힐 수 없었다. 이렇듯 좋은 땅 매우 진기하고 산과 들에

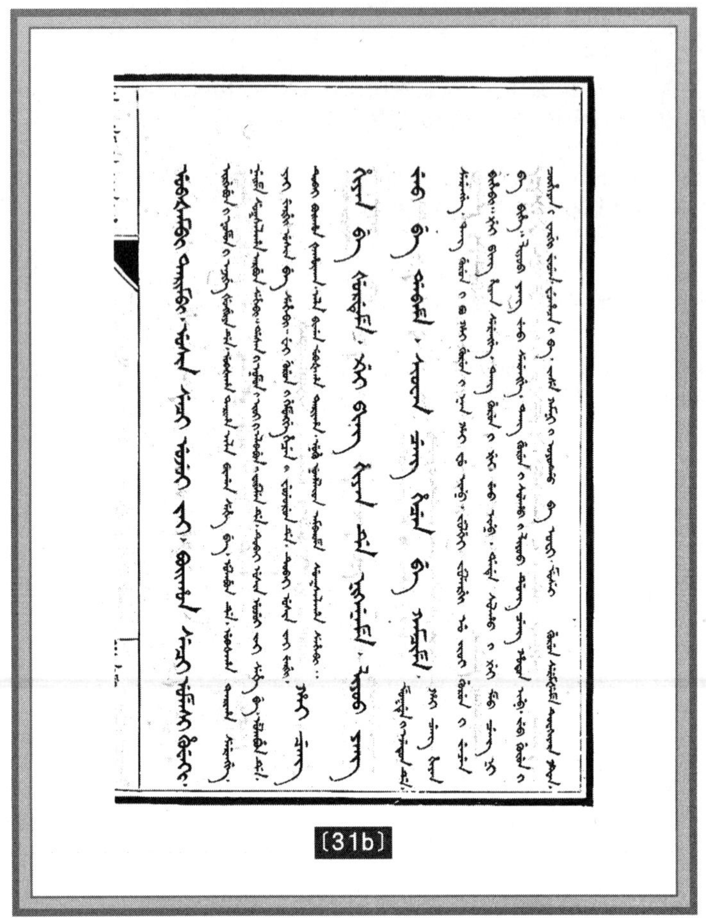

[31b]

ubašambi tarimbi. usin seci ujui jai. boihon seci umesi huweki.
갈고 뿌린다. 밭 하면 첫째의 다음 흙 하면 매우 비옥하다.

irgebun i nomun i ajge šunggiya de ubašaha tariha ala bigan sehe be ulabun de ubašaha tariha serengge
詩 의 經 의 小 雅 에 갈고 뿌린 原 野 한 것 을 傳 에 갈고 뿌렸다 한 것
neime suksalaha arbun sehebi. dasan i nomun i ioi i albabun i fiyelen de tubai usin ujui jai sehe be
열고 개간한 모습 했다. 書 經 의 禹 貢 의 篇 에 그곳의 밭 上의 다음 한 것 을
ulabun de jai jergi usin be sehebi.. wei gurun i gemungge hecen i fujurun de. tubai usin jai jergi.
傳 에 둘째 등급 밭 이다 하였다. 魏 나라 의 都 성 의 賦 에 그곳의 밭 둘째 등급
tubai boihon šahūkan. ala bigan ubašaha tariha. nuhu nuhaliyan ambarame suksalaha sehebi..
그곳의 흙 약간 희다. 原 野 갈고 뿌렸다. 높은 땅 우묵한 땅 넓히고 개간하였다 하였다.

hai ceng hiyan be šurdeme. kei ping hiyan de nikeneme. liyoo yang
海 城 縣 을 둘러 盖 平 縣 에 의지해가고 遼 陽

jeo be dabame. siowan ceng hecen be kamcime.
州 를 넘어 宣 城 성 을 만나고

mukden i ejetun de hai ceng hiyan serengge tang gurun i bo hai gurun i nan hai fu inu. julgei julergi
盛京 의 志 에 海 城 縣 하는것 唐 나라 의 渤 海 國 의 南 海 府 이다. 옛날 남쪽

u jioi gurun i jecen bihebi. keo ping hiyan serengge. tang gurun i kei jeo inu. dade solho i kei meo
沃 沮 國 의 변경 이었다. 盖 平 縣 하는 것 唐 나라 의 盖 州 이다. 본래 高麗 의 盖 牟
ceng ni ba bihe. liyoo yang jeo serengge tang gurun i solho i liyoo dung ceng hoton inu. jeo gurun i
城 의 땅 이었다. 遼 陽 州 하는 것 唐 나라 의 高麗 의 遼 東 城 성 이다. 周 나라 의
coohiyan i wargi jecen. fuhaca[217] i ba. jase kamni i oyonggo ba ofi musei gurun seremšeme
朝鮮 의 서쪽 변경. 鳳凰城 의 땅 변경 어귀 의 중요한 땅 되어 우리들의 나라 수호하고
tuwakiyara hafan.
지키는 官

[한문]

厥壤惟平. 注詩小雅, 畇畇原濕. 傳, 畇畇, 墾辟貌. 書禹貢, 厥田惟上中. 傳, 田第二. 魏都賦, 厥田惟中, 厥壤惟白. 原濕畇畇, 墳衍斥斥. ○平, 叶符眞切. 易, 觀我生, 觀民也. 觀其生, 志未平也. 抱海負盖, 跨遼欱宣, 注盛京志, 海城縣, 唐渤海國南海府, 古南沃沮國界. 盖平縣, 唐盖州, 本高麗盖牟城地. 遼陽州, 唐高麗遼東城, 周朝鮮西界. 鳳凰城, 爲邊堺要地, 國朝設官兵

—— ◦ —— ◦ —— ◦ ——

갈고 씨 뿌린다. 밭은 2등이고 흙은 매우 비옥하다.

『시경』「소아」에, "갈고 뿌린 들판이다." 한 것을 「전(傳)」에서, "갈고 뿌렸다 한 것은 개간한 모습이다." 하였다. 『서경』「우공(禹貢)」에, "그곳의 밭은 상중(上中)이다." 한 것을 「전(傳)」에서, "둘째 등급의 밭이다." 하였다. 「위도부(魏都賦)」에, "그곳의 밭은 둘째 등급이고, 그곳의 흙은 약간 희다. 낮은 산과 들은 갈고 씨 뿌리고, 높은 땅과 우묵한 땅은 넓히고 개간하였다." 하였다.

해성현(海城縣)을 둘러 개평현(盖平縣)을 끼고 요양주(遼陽州)를 넘어 선성(宣城)을 만나고

『성경지』에, "해성현은 당나라 발해국(渤海國) 해남부(南海府)로 옛날 남쪽 옥저국(沃沮國)의 변경이었다. 개평현은 당나라 개주(盖州)인데, 본래는 고구려 개모성(盖牟城)이었다. 요양주는 당나라 때의 고구려 요동성이고, 주나라 때의 조선 서쪽 변경이다. 봉황성은 변경의 어귀로 요지라서 우리나라가 수호하고 지키는 관리와

217) fuhaca : 지금의 봉천(奉天)을 가리키며, 일반적으로 'fuhacan'으로 쓴다.

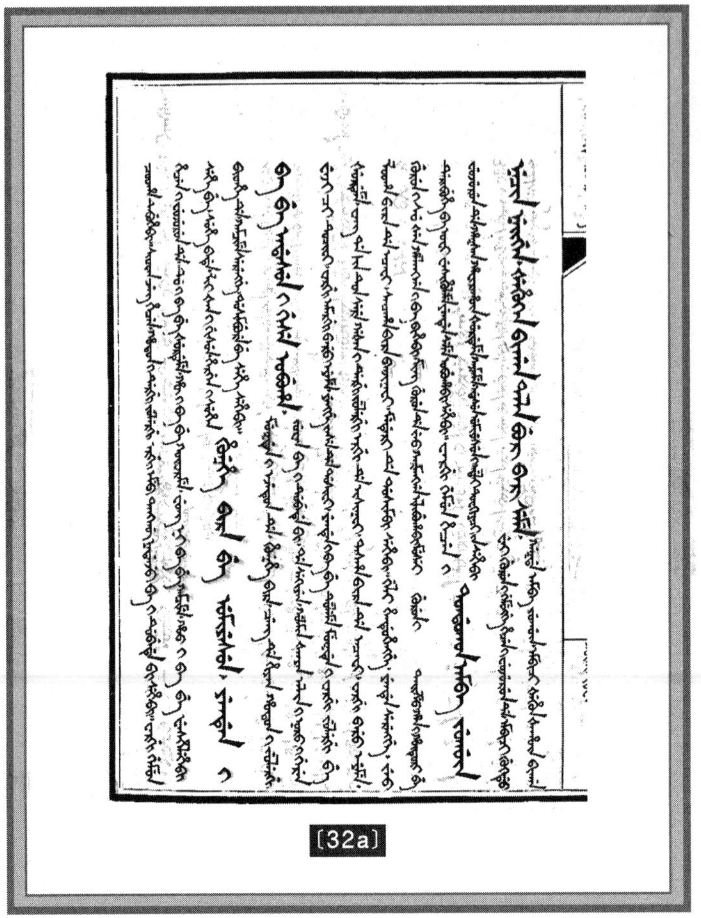
[32a]

cooha tebuhebi. siowan ceng hecen. hoton i dergi julergi ergi emu tanggū nadanju ba i dubede bi
군대 주둔시켰다. 宣 城 성 성 의 동 남 쪽 일 백 칠십 리 의 끝에 있다
sehebi. wargi gemun hecun i fujurun de du i ba be šurdeme hū i ba be kūwarame fung ni ba be
하였다. 西 京 성 의 賦 에 杜 의 땅 을 둘러싸고 鄠 의 땅 을 에워싸고 灃 의 땅 을
kamcime hoo i ba be feshelehebi sehe be. suhe bade. li šan i gisun. hergen i suhen bithe de. kamcime
모으고 鎬 의 땅 을 개척했다. 한 것 을 주해한 바에 李善 의 말 說 文 書 에 합쳐서
serengge dosimbure be sehe sehebi.
하는 것 더하는 것 을 말했다 하였다.

hunehe bira be umiyesun. yenden i ba be adasun i gese obuha.
hunehe 강 을 띠 興京 의 땅 을 옷자락 과 같이 되게 했다.
mukden i ejetun de. hunehe bira. ceng de hiyan hoton i julergi juwan ba i dubede bi. da sekiyen
盛京 의 志 에 hunehe 강 承 德 縣 城 의 남쪽 십 리 의 끝에 있다. 본 원
golmin šanyan alin i noro[218] i geren weji ci tucifi. wargi amargi baru eyeme. yengge jase de dosifi.
長 白 山 의 noro 의 여러 산림 에서 나와서 서 북 으로 흘러 yengge 경계 에 들어가고

218) noro : 청나라 초기의 부족 이름으로 한자로는 낙락(諾洛) 혹은 납록(納綠)으로 표기한다.

yenden i ba be duleme mukden i wargi julergi be šurdeme wang da zin tun sere gašan i dergi julergi
興京 의 땅 을 지나 盛京 의 서 남 을 두르고 王 大 人 屯 하는 마을 의 동 남
ergi de isinafi. tasha bira de acafi. wargi baru eyeme. looha bira de acafi. sancaha bira banjinafi.
쪽 에 이르러서 太子河 강 에서 만나서 서쪽 으로 흘러 遼河 강 에서 만나서 三汊河 강 생겨나고
mederi de dosimbi sehebi.. geli henduhengge. yenden serengge jeo gurun i su šen halangga i ba bihebi.
바다 에 들어간다 하였다. 또 말한 것 興京 하는 것 周 나라 의 肅 愼 氏 의 땅 이었다.
ming gurun de jeo karmangga ilibuhabi. musei gurun i taidzu han i hūturi be deribuhe ba ofi wesihuleme
明 나라 에 州 衛 세웠다. 우리들의 나라 의 太祖 汗 의 福 을 시작한 땅 되서 높혀서
yenden seme obuhabi sehebi. wargi gemun hecen i fujurun de haksan hafirahūn šurdeme karmame adasun
興京 하고 삼았다 하였다. 西 京 성 의 賦 에 험하고 좁아 에워싸고 보호하여 옷자락
umiyesun i adali tuwakiyaci ja sehebi.
띠 와 같이 지키면 쉽다 하였다.

tondokon amba jugūn necin neigen, šehuken bigan tala bur bar seme,
곧고 큰 길 평평하고 고르고, 광활한 들판 버글버글 하며
wei gurun i gemungge hecen i fujurun de embici gukdu gakda amba jugūn embici šehun šahūn bigan
魏 나라 의 都 성 의 賦 에 혹 울퉁불퉁 큰 길 혹 탁 트이고 훤한 들

[한문]

鎭守, 宣城, 在城東南一百七十里. 西京賦, 掏杜含鄠, 欲灃吐鎬. 注, 李善曰, 說文曰, 欽歠也. ○宣, 叶音荀. 徐幹齊都賦, 日不遷晷, 元澤普宣, 鶉火南飛, 我后來巡. 渾河爲帶, 興京爲襟. 注盛京志, 渾河在承德縣城南一十里, 發源自長白山納綠諸窩集中, 西北流入英額邊門, 經興京界內, 繞盛京之西南, 至王大人屯東南, 與太子河會, 西流合遼河, 爲三汊河, 入海. 又興京, 周肅愼氏地, 明建州衛, 本朝太祖發祥之地, 尊爲興京. 西京賦, 岩險周固, 襟帶易守. ○襟, 叶居銀切. 梁簡文帝詩, 慼慼意不申, 轉顧獨沾襟. 衺複陸而坦坦, 曠拓落而芸芸. 注魏都賦, 或嵬罍而複陸,

군대를 주둔시켰는데, 선성(宣城) 동남쪽 170리 끝에 있다." 하였다. 「서경부」에, "두(杜)를 둘러싸고, 호(鄠)를 에워싸고, 풍(灃)을 모으고, 호(鎬)를 개척했다." 한 것을 「주(注)」한 것에, "이선(李善)이 말하기를, 『설문해자』에 '합쳐서'라고 하는 것은 '넣는 것'을 말했다." 하였다.

후너허(hunehe, 渾河) 강은 띠가 되고, 홍경(興京)은 옷자락처럼 되었다.

『성경지』에, "후너허(hunehe, 渾河) 강은 승덕현성(承德縣城)의 남쪽 10리 끝에 있다. 발원지 장백산 노로(noro, 納綠)의 여러 숲에서 나와서 서북쪽으로 흘러 영거(yengge, 英額) 경계에 들어가고, 홍경을 지나 성경 서남쪽을 두르고, 왕대인둔(王大人屯)이라는 마을 동남쪽에 이르러 태자하(太子河)와 만나고, 서쪽으로 흘러 요하(遼河)와 만나고, 삼차하(三汊河) 되어 바다로 들어간다." 하였다. 또 말하기를, "홍경은 주나라 때 숙신(肅愼)의 땅이었는데, 명나라 때에 건주위(建州衛)를 세웠다. 우리나라의 태조(太祖) 황제가 복을 시작한 땅이어서 높혀서 홍경(興京)으로 삼았다." 하였다. 「서경부」에, "험하고 좁아 에워싸고 보호하여 옷자락과 띠처럼 지키기 쉽다." 하였다.

곧고 큰 길과 평평하고 고르고 광활한 들판이 매우 많으며

「위도부(魏都賦)」에, "혹 울퉁불퉁한 큰 길, 혹 탁 트이고 훤한 들판이다."

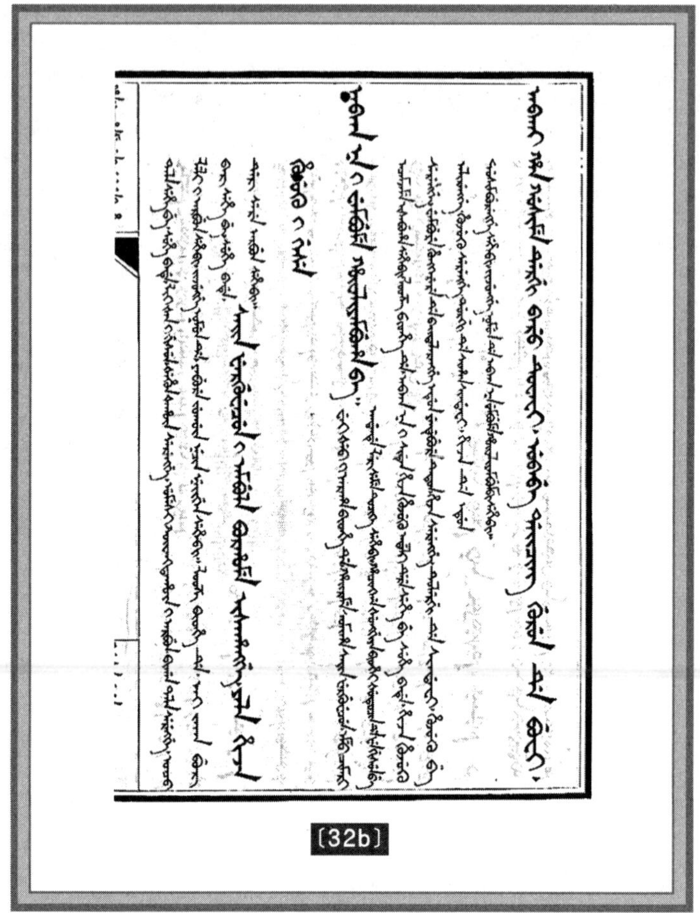
[32b]

tala sehe be suhe bade li šan i gisun šehun šahūn serengge umesi kūwangtahūn i arbun. bigan tala
광야 한 것 을 주해한 바에 李 善 의 말 탁 트이고 훤하다 한 것 아주 광활한 모습 들 광야
serengge onco leli i arbun sehebi. jijungge nomun de yabure jugūn necin neigen sehebi. loodze bithe de
하는 것 드넓은 모습 하였다. 易 經 에 가는 길 평평하고 고르다 하였다. 老子 書 에
ai jaka bur bar sehe be suhe bade der sere arbun sehebi.
어찌 物 우글우글 한 것 을 주해한 바에 분분한 모습 하였다.

sain ferguwecun i ambula borhome isahangge. yala hija hujuku i gese
좋은 길조 의 많이 모여 쌓은 것 진정 화로 골풀무 와 같이

abka na i wembume hūwaliyambuha ba..
天 地 의 깨우치고 화합하게 한 땅이다
wei šeo[219] i araha bithe de hairame somiha sain ferguwecun emu cimari andande ler seme tucike sehebi.
魏 收 의 지은 書 에 아끼고 감춘 좋은 길조 하루 아침 갑자기 진중하게 나왔다 하였다.
hancingga šunggiya bithei šutucin de fe gisun be acamjame isabuha sehebi. loodze bithe de abka na i
爾 雅 書의 序 에 옛 말 을 모으고 모이게 하였다 하였다. 老子 書 에 天 地 의

219) wei šeo : 북제(北齊) 때 문선제(文宣帝)의 명으로 『위서(魏書)』를 편찬한 위수(魏收) 를 가리킨다.

siden hija hujuku adali dere sehe be suhe bade. hija hujku serengge wembure hungkerere de baitalarangge
사이 화로 골풀무 같구나 한 것 을 주해한 바에 화로 골풀무 하는 것 녹이고 주물 할 때에 쓰는 것
edun yendebure tetun. hija serengge tulergi de sindafi hujuku be alirengge hujuku serengge dorgi de sihan
바람 일으키는 그릇이다 풀무 하는 것 바깥쪽 에 놓고서 골풀무 를 받치는 것 골풀무 하는 것 안쪽 에 통
sindafi hija de edun dosimburengge sehebi. jijungge nomun de abka na wembume hūwaliyambumbi sehebi.
놓고서 풀무 에 바람 들어가게 한 것 하였다. 易 經 에 天 地 녹이고 화합케 한다 하였다.

abkai han dosime dergi baru tuwafi. ubabe daicing gurun de bufi.
天의 汗 들어와 동쪽 으로 보고서 이곳을 大淸 國 에 주고

[한문]——————

或爣朗而拓落. 注, 李善曰, 爣朗, 光明貌, 拓落, 廣大貌. 周易, 履道坦坦. 老子, 夫物芸芸, 注, 盛貌. 偉嘉禎之萃薈, 信橐籥之絪縕. ㊟魏收文, 嘉禎幽秘, 一朝紛委. 爾雅序, 萃薈舊說. 老子, 天地之間, 其猶橐籥乎. 注, 橐籥, 冶鑄所用, 致風之器也. 橐者外之積, 所以受籥也, 籥者內之管, 所以鼓橐也. 易, 天地絪縕. 帝眷東顧, 用畀皇淸,

——∘——∘——∘——

한 것을 「주(注)」한 것에, "이선(李善)이 말하기를, 탁 트이고 훤하다 한 것은 아주 광활한 모습이고, 들판이라고 하는 것은 드넓은 모습이다." 하였다. 『역경』에, "가는 길이 평평하고 고르다." 하였다. 『노자』에, "어찌 물건이 우글우글한가." 한 것을 「주(注)」한 것에, "분분한 모습이다." 하였다.

좋은 길조가 많이 모여 쌓은 것이 진정 화로와 골풀무처럼 천지(天地)를 깨우치고 화합하게 한 땅에

위수(魏收)가 지은 글에, "아끼고 감춰둔 좋은 길조가 하루아침에 순식간에 진중하게 나왔다." 하였다. 『이아』의 「서」에, "옛 말을 모으고 모이게 하였다." 하였다. 『노자』에, "천지 사이가 화로와 골풀무 같다." 한 것을 「주(注)」한 것에, "화로와 골풀무는 녹이고 주물 할 때에 쓰는 것이고, 바람을 일으키는 그릇이다. 풀무는 바깥쪽에 놓고서 골풀무를 받치는 것이고, 골풀무는 안쪽에 통을 놓고서 풀무에 바람이 들어가게 한 것이다." 하였다. 『역경』에, "천지를 녹이고 화합하게 한다." 하였다.

천제(天帝)가 와서 동쪽을 보고서 이곳을 대청국(大淸國)에게 주고

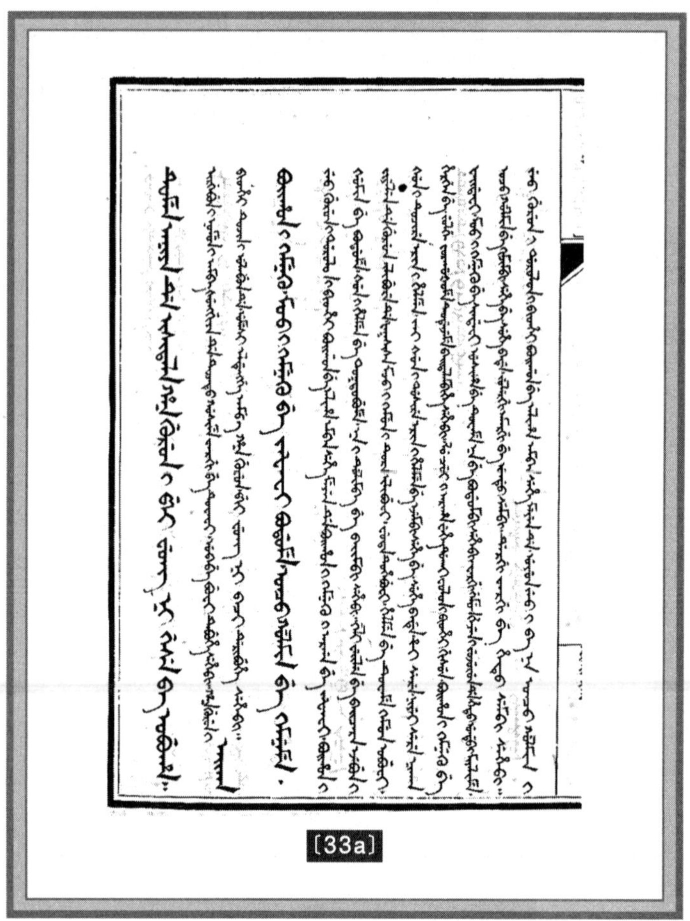
[33a]

tumen aniya de isitala han gurun i pei fung ni gese ba obuha..
萬 年 에 이르도록 漢 나라 의 沛 豐 과 같은 땅 삼았다.

irgebun i nomun i amba šunggiya de tuttu gosime wargi be tuwafi. ubabe bufi tebuhe sehebi. han
詩 經 의 大 雅 에 그렇게 사랑하여 서쪽 을 보고서 이곳을 주고 살게 했다 하였다. 漢
gurun i bithei tucin i ulabun de umesi eldengge amba han gurun pei fung ni baci deribuhe sehebi.
나라 의 書의 敘 傳 에 매우 거룩하고 큰 漢 나라 沛 豐 의 땅에서 비롯하였다 하였다.

aika boihon i kemneku[220]. moo i kemneku[221] be jafafi bodome. onco golmin be kemneme.
모든 土 圭 臬 을 잡아서 계산하고 넓이 길이 를 재고

jeo gurun i dorolon i bithei boigon be aliha amban sehe meyen de boihon i kemneku i arga be jafafi
周 나라 의 禮 의 書의 大司徒 한 節 에 土 圭 計 를 잡고
boihon i šumin be bodome. šun i helmen be toktobume na i dulimba be baimbi sehebi. geli weile be
흙 의 깊이 를 헤아리며 해 의 그림자 를 분명하게 하여 땅 의 중심 을 구한다 하였다. 또 考
baicara ejebun i fiyelen de gurun ilibure de faksisa moo i kemun i tura ilibufi futa tuhebufi helmen
工 記 의 篇 에 나라 세움 에 장인들 臬 의 기둥 세우고 줄 늘어뜨려서 그림자

220) boihon i kemneku : 주나라 때 땅의 깊이 또는 해의 그림자를 분별하던 기구인 토규(土圭)를 가리킨다.
221) moo i kemneku : 해그림자를 재는 나무 기둥인 얼(臬)을 가리킨다.

be tuwame kemun obufi šun i tucire erin i helmen jai šun i dosire erin i helmen be ejembi sehe be
를 보고 척도 삼아서 해 의 나올 때 의 그림자 또 해 의 들어갈 때 의 그림자 를 기록한다 한 것 을
suhe bade jy sere niyei sere nikan hergen be julge forgošome teodenjeme baitalambihe sehebi. lu cui[222] i
주해한 바에 槷 하는 臬 하는 漢 字 를 옛 바꾸어 假借하였다 하였다. 陸 倕 의
araha wehe dukai folon[223] i bithei gisun boihon i kemneku be faidafi moo i kemneku be sindafi usiha be tuwame
지은 石 闕 銘 의 書의 말 土 圭 를 벌이고 臬 를 두고서 별 을 보고
na be bodombi sehebi. wargi gemun hecen i fujurun de hetu undu i miyalime onco golmin be kimcimbi sehe be
땅 을 헤아린다 하였다. 西 京 성 의 賦 에 가로 세로 로 재고 넓이 길이 를 살핀다 한 것 을
suhe bade julergi amargi be undu sembi. dergi wargi be hetu sembi sehebi. jeo gurun i dorolon i bithei
주해한 바에 남 북 을 세로 한다. 동 서 를 가로 한다 하였다. 周 나라 의 禮 의 書의
boigon be aliha amban sehe meyen de uyun jeo i ba na onco golmin i
大司徒 한 節 에 九 州 의 땅 넓이 길이 의

[한문]

而爲萬載之沛豐. 注詩大雅, 乃眷西顧, 此維予宅. 漢書敘傳, 皇皇炎漢, 兆自沛豐. ○豐, 叶音分. 易林, 宣重微民, 歲樂年豐. 若其測圭臬, 度廣輪, 注周禮大司徒, 以土圭之法測土深, 正日景以求地中. 又考工記, 匠人建國, 置槷以縣, 眡其景爲規識日出之景, 與日入之景. 注, 槷, 古文臬, 假借字也. 陸倕石闕銘, 陳圭置臬, 瞻星揆地. 西京賦, 量徑輪, 考廣袤. 注, 南北爲徑, 東西爲廣. 周禮大司徒, 周知九州地域廣輪之數.

—— ◦ —— ◦ —— ◦ ——

만년(萬年)이 되도록 한나라의 패풍(沛豐)과 같은 땅으로 삼았다.

『시경』「대아」에, "그렇게 사랑하여 서쪽을 살피고 이곳을 주어서 살게 했다." 하였다. 『한서』「서전(敘傳)」에, "매우 거룩하고 위대한 한나라는 패풍에서 비롯하였다." 하였다.

모든 토규(土圭)와 얼(臬)을 잡아서 계산하고, 넓이와 길이를 재고,

『주례』「대사도(大司徒)」에, "토규(土圭)로 기준을 잡아서 흙의 깊이를 재고, 그림자를 확인하여 땅의 중심을 찾는다." 하였다. 또 「고공기(考工記)」에, "나라를 세울 때 장인들이 얼(臬)의 기둥을 세우고 줄을 늘어뜨려서 그림자를 보고 척도로 삼아 해가 뜰 때의 그림자와 해가 질 때의 그림자를 기록한다." 한 것을 「주(注)」한 것에, "'얼(槷)'은 고문 '얼(臬)'자를 가차(假借)하였다." 하였다. 육수(陸倕)가 지은 「석궐명(石闕銘)」에, "토규를 세우고 얼을 두어 별을 보고 땅을 헤아린다." 하였다. 「서경부」에, "가로와 세로를 재고, 넓이와 길이를 살핀다." 한 것을 「주(注)」한 것에, "남북을 세로라 하고, 동서를 가로라 한다." 하였다. 『주례』「대사도(大司徒)」에, "구주(九州) 땅의 넓이와 길이의

---

222) lu cui : 남조 양나라 때 경릉팔우(景陵八友)의 한 사람인 육수(陸倕)를 가리킨다. 어려서부터 학문을 열심히 닦아 글짓기에 능하였고, 17세에 수재(秀才)가 되었다. 양무제(梁武帝)가 그의 재능을 인정하여 『신루각명(新漏刻銘)』과 『석궐명기(石厥銘記)』 등을 짓게 했는데, 문사가 전아(典雅)하다는 평을 받았다.

223) wehe dukai folon : 묘(廟)나 묘(墓)의 앞에 좌우로 한쌍의 돌기둥을 세우는데 이를 '석궐(石闕)'이라 하고, 문자가 새겨진 것을 석궐명(石闕銘)이라고 한다.

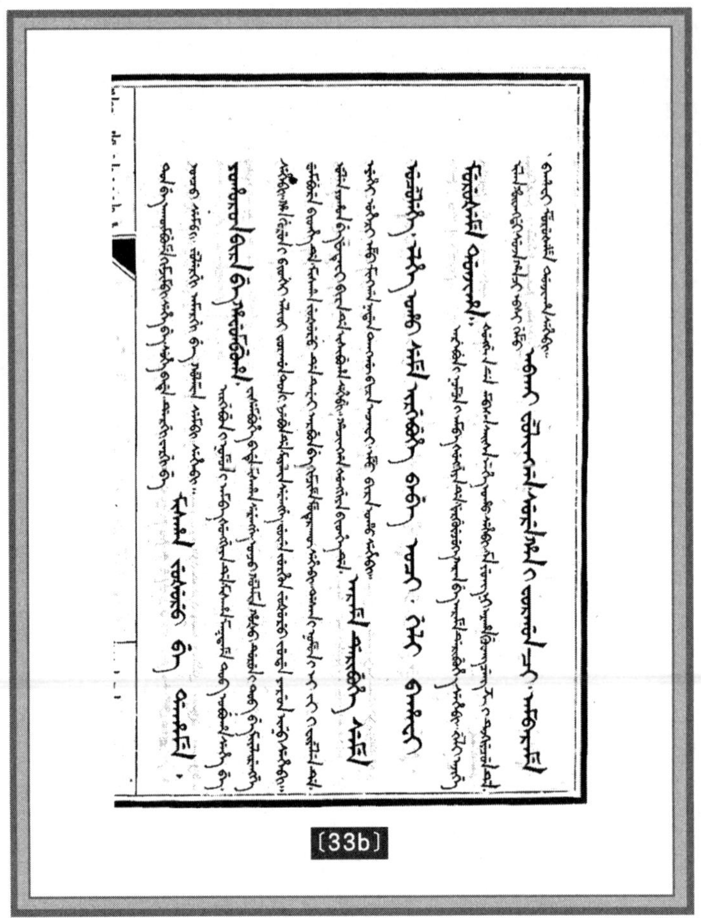
[33b]

ton be akūmbume kimcimbi sehe be suhe bade dergi wargi be onco sembi. julergi amargi be golmin sembi sehebi.
數 를 힘써 살핀다 한 것 을 주해한 바에 동 서 를 넓이 한다. 남 북 을 길이 한다 하였다.

mishan jušuru[224] be dahame. yohoron bira be hafumbuha.
繩 尺 을 따라 산골짜기 강 을 관통하였다.

irgebun i nomun i amba šunggiya de mishan maktame tob obuha sehe be fisembuhe bade mishan serengge onco golmin hošo durun i tob be miyalirengge sehebi. han gurun i bithei alioi forgon ton i ejebun de miyalin serengge fuwen jurhun jušuru juda yarun inu sehebi. wembure bithe[225] de mishan jušuru de terei arbun be kimcime muterakū sehebi. dasan i nomun i ei ji i fiyelen de ulen yohon be fetefi bira de isibuha
詩 經 의 大 雅 에 먹줄 놓아 바르게 하였다 한 것 을 기술한 바에 먹줄 하는 것 넓이 길이 방향 틀 의 바름을 재는 것 하였다. 漢 나라 의 書의 律 歷 의 志 에 度量 하는 것 分 寸 尺 丈 引 이다 하였다. 化 書 에 繩 尺 에 그것의 모습 을 살필 수 없다 하였다. 書 經 의 益 稷 의 篇 에 도랑 봇도랑 을 파서 강 에 이르게 하였다

224) **mishan jušuru** : 먹줄과 자라는 의미로 승척(繩尺)을 가리킨다.
225) **wembure bithe** : 오대십국 중의 하나인 남당(南唐) 때에 담초(譚峭)가 지은 도교 서적인 『화서(化書)』를 가리킨다.

sehebi. hancingga šunggiya bithe de eyehei uheri emu minggan nadan tanggū bira acafi emu bira oho sehebi.
하였다. 爾 雅 書 에 흘러서 모두 一 千 七 百 강 만나서 한 강 되었다 하였다.

arame deribuhe seme
짓기 시작하였다 하고

uculehe. elhe oho seme irgebuhe babe oci geli
노래하였다. 평안히 되었다 하고 지은 바를 하면 또

bahafi murušeme donjiha.
얻어서 대략 들었다.

irgebun i nomun i amba šunggiya de ferguwecuke karan[226] be arame deribuhe sehebi. geli ajige šunggiya de
詩 經 의 大 雅 에 靈 臺 를 짓기 시작하였다 하였다. 또 小 雅 에
ambasa saisa elhe oho sehebi. ma yung[227] ni araha guwang ceng dzy[228] i tukiyecun de. ilan hūwangdi
대신들 선비들 평안히 되었다 하였다. 馬 融 의 지은 廣 成 子 의 頌 에 三 皇帝
sunja han ci ebsi gemu bahafi murušeme donjiha sehebi.
五 汗 에서 부터 모두 얻어서 대략 들었다 하였다.

abkai fulingga sure han i forgon ci ambarame
天 命 天聰 의 시기 부터 크게

[한문] ――――

注, 東西爲廣, 南北爲輪. 依繩尺, 疏渠川. 注詩大雅, 其繩則直. 箋繩者, 營其廣輪方制之正也. 漢書律歷志, 度者, 分寸尺丈引也. 化書, 繩尺不能窺其象. 書益稷, 濬畎澮距川. 爾雅, 所渠并千七百一川. ○川, 叶音春. 漢書敘傳, 昔在上聖, 昭事百神, 類帝禋宗, 望秩山川. 歌經始, 詠攸寧, 又可略聞矣. 注詩大雅, 經始靈臺. 又小雅, 君子攸寧. 馬融廣成頌, 三五以來, 越可略聞. ○寧, 叶音寅. 史記自序, 憤發蜀漢, 還定三秦, 誅籍業帝, 天下惟寧. 天命天聰, 丕顯丕繼.

―― ∘ ―― ∘ ―― ∘ ――

수(數)를 힘써 살핀다." 한 것을 「주(注)」한 것에, "동서를 넓이라 하고, 남북을 길이라 한다." 하였다.

승척(繩尺)을 따라 산골짜기와 강을 관통하였다.

『시경』「대아」에, "먹줄을 놓아 바르게 하였다." 한 것을 「전(箋)」한 것에, "먹줄은 넓이, 길이, 방향, 틀의 바름을 재는 것이다." 하였다. 『한서』「율력지(律歷志)」에, "도(度)는 분(分), 촌(寸), 척(尺), 장(丈), 인(引)이다." 하였다. 『화서(化書)』에, "승척으로 그것의 모습을 살필 수 없다." 하였다. 『서경』「익직(益稷)」에, "도랑과 봇도랑을 파서 강에 이르게 하였다." 하였다. 『이아』에, "흘러서 모두 1,700개의 강이 만나서 하나의 강이 되었다." 하였다.

공사를 시작하였다고 노래하고, 평안해졌다고 시 지은 것을 또 들을 수 있었다.

『시경』「대아」에, "영대(靈臺)를 짓기 시작하였다." 하였다. 또 「소아」에, "대신들과 선비들이 평안하였다." 하였다. 마융(馬融)이 지은 「광성송(廣成頌)」에, "삼황오제(三皇五帝)로부터 모두 얻어서 대략 들었다." 하였다.

천명(天命), 천총(天聰) 때부터 크게

---

226) ferguwecuke karan : 주나라 문왕이 백성들의 힘으로 세운 영대(靈臺)를 가리킨다.

227) ma yung : 후한의 학자 마융(馬融)을 가리킨다. 많은 수의 고전에 주해를 하여 훈고학을 시작한 사람으로 노식(盧植)과 정현(鄭玄) 등이 모두 그의 제자이다.

228) uwang ceng dzy : 전설상의 신선으로 알려진 광성자(廣成子)를 가리킨다. 공동산(崆峒山)의 석실에서 도를 닦으면서 살았는데, 1천 2백 살이 되었는데도 늙지 않았다고 한다.

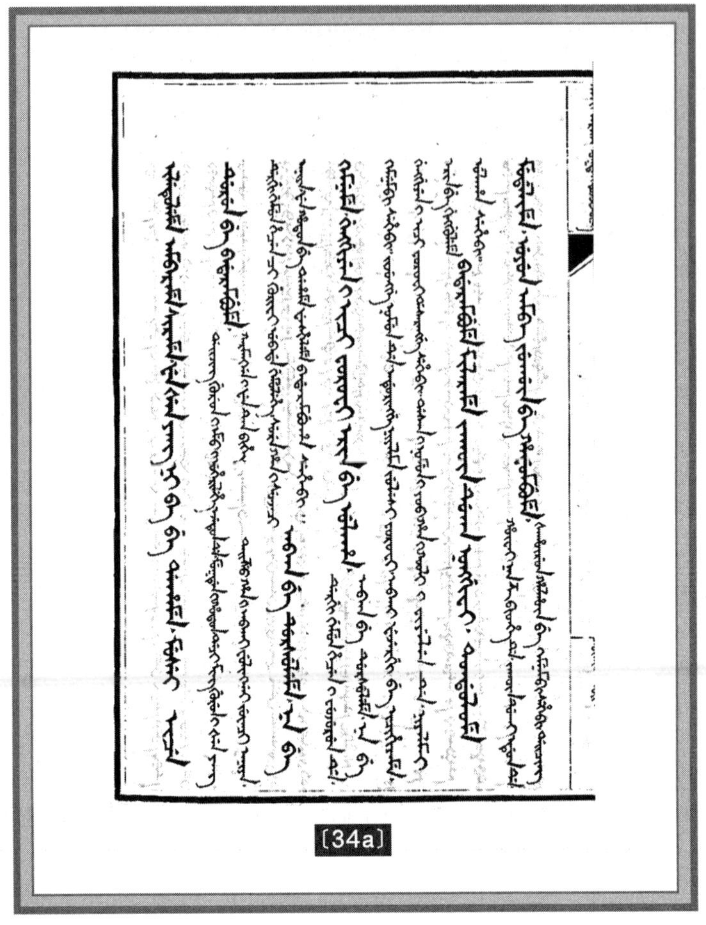
[34a]

iletuleme ambarame sirame. fe šen yang ni ba be dahame. musei ice
드러내고 크게 이어받아 옛 瀋 陽 의 땅 을 따라 우리의 새로운

durun be badarambume.
제도 를 펴져가게 하고

daicing gurun i emu uherilehe ejetun[229] de mukden i hoton daci ming gurun i šen yang karmangga i
大淸 나라 의 一 統 志 에 盛京 의 성 원래 明 나라 의 瀋 陽 衛 의
fe ten bihe. taidzu han i abkai fulinggai juwanci aniya dergi gemun hecun ci gurifi ubade gemulehe.
옛 토대 이었다. 太祖 汗 의 天 命의 열째 해 東 京 성 에서 옮겨서 이곳에 도읍하였다.
sure han sunjaci aniya fe hoton be dahame fesheleme badarambuha sehebi.
天聰 다섯째 해 옛 성 을 따라 경계를 넓혔다 하였다.

abka be dursuleme. na be
하늘 을 본뜨고 땅 을

229) daicing gurun i emu uherilehe ejetun : 청나라의 영토를 상세히 기록한 지리책인 『대청일통지(大淸一統志)』를 가리킨다. 1743년에 356권으로 간행한 제1차본, 1784년에 424권으로 간행한 제2차본, 1842년에 560권으로 간행한 제3차본 등 모두 3차에 걸쳐서 완성하였다.

kemneme. genggiyen i ici forofi erin be ulaha.
측량하여 밝은 쪽 향해서 때 를 전하였다.

dergi gemun hecen i fujurun de abka be dursuleme na be kemnembi sehebi. jijungge nomun de enduringge
東 京 성 의 賦 에 하늘 을 본뜨고 땅 을 측량한다 하였다. 易 經 에 聖
niyalma julesi forofi abkai fejergi be icihiyame. genggiyen i ici forofi dasarangge sehebi. dasan i nomun i
人 남쪽 향해서 하늘의 아래 를 관리하고 밝은 쪽 향해서 다스리는 것 하였다. 書 經 의
yoo han i kooli i fiyelen de niyalmai erin be gingguleme ulaha sehebi.
堯 汗 의 典 의 篇 에 사람의 때 를 공경하고 전하였다 하였다.

badarambume milarame jakūn duka nonggifi. tondolome
넓게 열어 八 門 더하고서 바로 가며

mudalime. uyun amba jugūn be hafumbume.
에워가며 아홉 큰 길 을 관통하고

hūwai nan dzy bithe de jakūn dukai edun de šahūrun halhūn be kemnembi sehebi. daicing
淮 南 子 書 에 八 門의 바람 에 차고 더움 을 측량한다 하였다. 大清

[한문]

因其舊瀋, 拓我新制, ㊟大清一統志, 盛京城, 本朝瀋陽衛舊址. 太祖天命十年, 自東京遷都於此, 天聰五年, 因舊城增拓之. 規天矩地, 嚮明授時. ㊟東京賦, 規天矩地. 易, 聖人南面而聽天下, 嚮明而治. 書堯典, 敬授人時. ○時, 叶時吏切. 楚辭離騷, 忳鬱邑余侘傺兮, 吾獨窮困乎此時也. 寧溘死以流亡兮, 余不忍爲此態也.
增八門之詄蕩, 脅九逵之邐迤, ㊟淮南子, 八門之風, 是節寒暑.

—— ∘ —— ∘ —— ∘ ——

드러내고 크게 이어받아 옛 심양(瀋陽) 땅에서부터 새로운 제도가 펴져나가게 하고,

『대청일통지(大淸一統志)』에, "성경성(盛京城)은 원래 명나라의 심양위(瀋陽衛)의 옛 터였다. 태조 천명 11년에 동경성(東京城)에서 옮겨 이곳을 수도로 삼았다. 천총 5년에 옛 성을 따라 경계를 넓혔다." 하였다.

하늘을 본뜨고 땅을 측량하여 남쪽으로 때를 알렸다.

「동경부」에, "하늘을 본뜨고 땅을 측량한다." 하였다. 『역경』에, "성인이 남쪽을 향해서 천하를 관리하고, 밝은 쪽을 향해서 다스리는 것이다." 하였다. 『서경』의 「요전(堯典)」에, "사람들에게 (농사의) 때를 경건하게 전하였다." 하였다.

팔문(八門)을 더 넓게 열어젖히고, 바로 가며 에워가는 아홉 대로(大路)를 관통하고,

『회남자(淮南子)』에, "팔문(八門)의 바람이 차고 더운 것을 측량한다." 하였다.

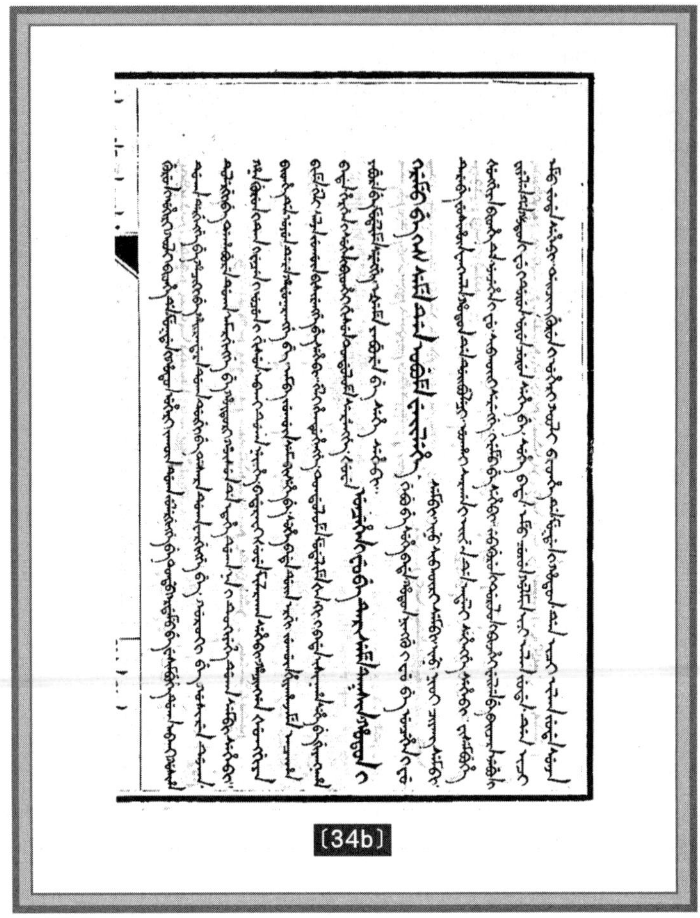

〔34b〕

gururn i uheri kooli bithe de mukden i hoton uheri jakūn duka[230] julergingge be tondo erdemu be wesimbuhe
나라 의 會 典의 書 에 盛京 의 성 모두 八 門 남쪽의 것 을 忠 德 을 올린
duka. abkai gosiha duka. dergingge be hanciki be hairandara duka. dorgi be dasara duka. wargingge be
門 하늘의 保佑한 門 동쪽의 것 을 가까운 곳을 아끼는 문 동쪽 을 다스리는 문 서쪽의 것 을
goroki be gosire duka. tulergi be dahabure duka. amargingge be hūturi hūsun de etehe duka. na i tukiyehe
먼 곳 을 사랑하는 문 밖 을 따르게 하는 문 북쪽의 것 을 福 力 에 극복한 문 땅 의 맞든
duka sembi sehebi. han gurun i ten i wecen i ucun[231] i gisun. abkai duka neihe. badarafi šuwe milaraka
문 한다 하였다. 漢 나라 의 郊祀 의 노래 의 말 하늘의 문 열었다. 펴져가서 곧장 활짝 열었다
sehebi. hancingga šunggiya bithe de uyun dere hafunarangge be amba jugūn sembi sehebe suhe bade duin
하였다. 爾 雅 書 에 아홉 방향 통한 것 을 큰 길 한다 한 것을 주해한 바에 네
ergi jugūn hiyahanjame acaha bime geli salja jugūn bisirengge be sehebi. geli henduhengge tondolome mudalime
쪽 길 교차하여 만났다해도 또 갈림 길 있는 것 이다 하였다. 또 말한 것 바로 가고 에워가서
ša. ki i bade isinaha sehe be giyangnaha bade hergen i suhen i bithei gisun tondolome serengge šuwe
沙 邱 의 땅에 이르렀다 한 것 을 講한 바에 說 文 의 書의 말 바로 가고 하는 것 곧장

230) akūn duka : 성경의 여덟 문으로 덕성문(德盛門)[大南門]·천우문(天佑門)[小南門]·무근문(撫近門)[大東門]·내치문(內治門)[小東門]·회원문(懷遠門)[大西門]·외양문(外壤門)[小西門]·복성문(福盛門)[大北門]·지재문(地載門)[小北門]을 각각 가리킨다.

231) han gurun i ten i wecen i ucun : 천지에 지내는 제사인 교사(郊祀)를 노래한 것으로 동지에는 하늘, 하지에는 땅에 지낸다.『한서』「예악지」에 전한 때의 「교사가(郊祀歌)」 19수가 실려 있다.

yabure be mudalime serengge ešeme yabure be sehe sehebi.
가는 것 이다 에워가고 하는 것 비껴서 가는 것 이다 했다 하였다.

uncehen i fu be ter seme teksin. hoton i
꼬리 의 담 을 단정하고 정연하게 城 의

keremu be kes seme den obume weilehe.
성가퀴 를 가파르고 높게 하여 만들었다.

gebu be suhe bade hoton ninggu i fu be uncehen i fu sembi. inu sibkūri sembi. inu nioi ciyang sembi.
이름 을 주해한 바에 성 위 의 담 을 꼬리 의 담 한다. 또 성가퀴 한다. 또 女 墻 한다.
terebe fusihūn fangkala. hoton de duibuleci uthai sargan i eigen de adali sehengge sehebi. fisembuhe šuggiya
그것을 낮고 작다 성 에 비교하면 곧 여자 의 지아비 에 같다 한 것 하였다. 博 雅
bithe de uncehen i fu. sibkūri serengge keremu be sehebi. jeo gurun i dorolon i bithei weilen be baicara
書 에 꼬리 의 담 sibkūri 하는 것 성가퀴 이다 하였다. 周 나라 禮 의 書의 考工
ejebun i fiyelen de hoton i fu i durun uyun curun[232] sehe be suhe bade emu curun golmin ici ilan juda.
記 의 篇 에 성 의 담 의 모습 아홉 치 한 것 을 주해한 바에 한 치 긴 쪽 3 丈
den ici emu juda sehebi. daicing gurun i uheri kooli bithe de mukden i hoton den ici ilan juda sunja
높은 쪽 1 丈 하였다. 大清 國 의 會典 書 에 盛京 의 성 높은 쪽 3 丈 5

[한문]

大淸會典, 盛京城爲門凡八, 南曰德盛天祐, 東曰撫近內治, 西曰懷遠外壤, 北曰福盛地載. 漢郊祀歌, 天門開, 詄蕩蕩. 爾雅, 九達謂之逵. 注, 四道交出, 復有旁通. 又, 邐迤沙邱. 疏, 說文云, 邐, 行也, 迤, 斜行也. 翼翼俾倪, 岧岧堞雉. 注釋名, 城上坦睥睨, 亦曰陴, 亦曰女墻, 言其卑小, 比於城, 若女子之於丈夫也. 博雅, 埤堄, 堞, 女墻也. 周禮考工記, 城隅之制九雉. 注, 雉長三丈, 高一丈. 大淸會典, 盛京城, 高三丈五尺,

『대청회전(大淸會典)』에, "성경성은 모두 여덟 개의 문이다. 남쪽은 성덕문(德盛門)·천우문(天佑門), 동쪽은 무근문(撫近門)·내치문(內治門), 서쪽은 회원문(懷遠門)·외양문(外壤門), 북쪽은 복성문(福盛門)·지재문(地載門)이라 한다." 하였다. 한나라 「교사가(郊祀歌)」에, "하늘의 문을 열었다. 펴져가서 곧장 활짝 열었다." 하였다. 『이아』에, "아홉 방향으로 통한 것을 '대로(大路)'라 한다." 한 것을 「주(注)」한 것에, "사방의 길이 교차하여 만났고, 또 갈림길이 있는 것이다." 하였다. 또 말하기를, "바로 가고 에워가서 사(沙), 구(邱)의 땅에 이르렀다." 한 것을 「소(疏)」한 것에, "『설문』에 '바로 가고'라고 하는 것은 '곧장 가는 것'이고, '에워가고'라고 하는 것은 '비껴가는 것'이다." 하였다.

'꼬리의 담'을 단정하고 정연하게, 성가퀴를 가파르고 높게 만들었다.

『석명(釋名)』에, "성 위의 담을 '꼬리의 담'이라 한다. 성가퀴라고도 하고, '여장(女墻)'이라고도 하는데, 그것이 낮고 작아서 성과 비교하면 여자의 지아비와 같다고 한 것이다." 하였다. 『박아』에, "'꼬리의 담'은 십쿠리(sibkūri)라고 하는 것이다. 성가퀴를 말한다." 하였다. 『주례』「고공기」에, "성벽의 모습이 아홉 치(雉)이다." 한 것을 「주(注)」한 것에, "1치는 길이가 3장, 높이가 1장이다." 하였다. 『대청회전』에, "성경성(盛京城)은 높이가 3장 5척

232) curun : 성벽의 면적을 세는 단위인 치(雉)이다.

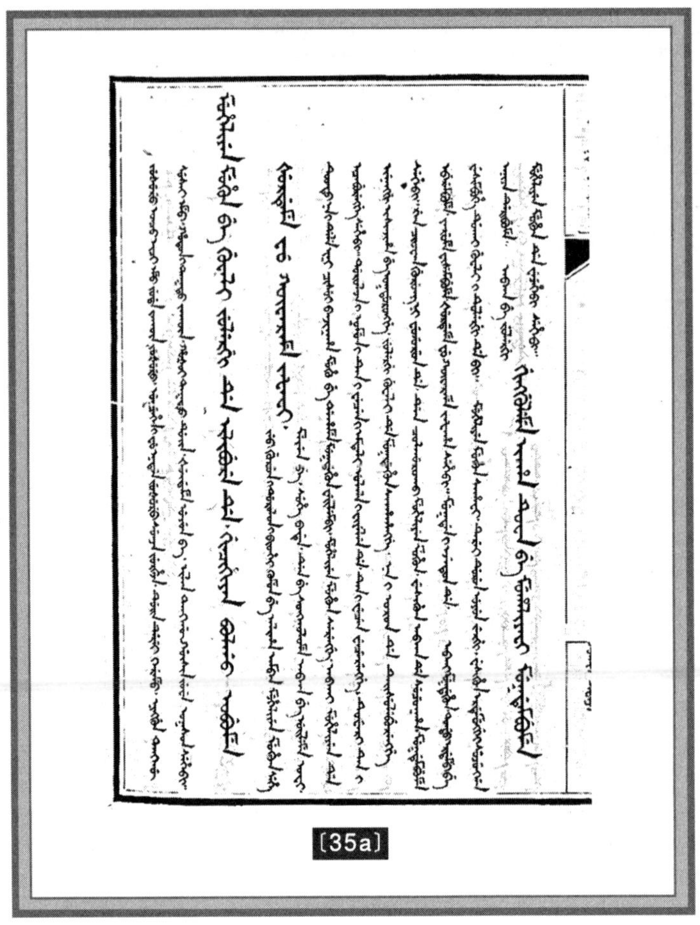

[35a]

jušuru onco ici emu juda jakūn jušuru. uncehen i fu nadan jušuru sunja jurhun. duin derei keremu ninggun
尺 넓은 쪽 일 丈 팔 尺 꼬리 의 담 칠 尺 오 寸 사 방의 성가퀴 육
tanggū susai emu. hoton i taktu jakūn. hošoi taktu duin. šurdeme uyun ba. ilan tanggū gūsin juwe okson sehebi.
백 오십 일 城 樓 팔 角 樓 사 둘레 구 리 삼 백 삼십 이 步 하였다.

muheliyen muhun[233] be guwali[234] julergi de ilibure de. gincihiyan bolgo obume
圜 丘 를 關裏 남쪽 에 세움 에 수려하고 깨끗하게 만들어

šurdeme fu kūwarame jafafi.
두르고 담 에워싸서 가지고

jeo gurun i dorolon i bithei kumun be aliha amban muheleiyen muhun sehe meyen be suhe bade den be
周 나라 의 禮 의 書의 大 司 樂 圜 丘 한 부분 을 주해한 바에 높이 를
songkolome abka be uileme ofi tuttu na i dele ini cisui banjinaha muhu be dahame mukdehun weilembi.
따라 하늘 을 섬기게 되고 그렇게 땅 의 위 저절로 생겨난 언덕 을 좇아 壇 세운다.

233) **muheliyen muhun** : 천자가 동지에 천제를 지내던 곳인 환구(圜丘)를 가리킨다. 환구단(圜丘壇)이라고도 한다.
234) **guwali** : 관리(關裏)의 음차로 성벽 밖의 성문과 인접한 거리를 가리킨다. 초시(草市)라고도 한다.

muheliyen muhun serengge abkai muheliyen de acaburengge sehebi.. dorolon i nomun i ten i wecen i
圜 丘 하는 것 하늘의 둥근 것 에 어우르는 것 하였다. 禮 記 의 郊祀 의
emteli ulha[235] i fiyelen de. ten i wecen wecerengge. tuweri ten i inenggi isinjiha be okdorongge. julergi
特牲 의 篇 에 郊祀 제사하는 것 동지 의 날 다가온 것 을 맞는 것 남쪽
guwali de mukdehun sahahangge. na i oron de teisuleburengge sehebi. ken ciowan gurung ni fujurun de
關裏 에 壇 쌓은 것 땅 의 넋 에 마주하게 하는 것 하였다. 甘 泉 宮 의 賦 에
den colgoroko muheliyen muhun wesihun abka de sucunaha. mukdembume eberembume yarume fisembume
높이 솟은 圜 丘 높이 하늘 에 관통하였다. 솟아오르게 하고 줄게 하고 잇따르고 갈라지게 하며
šurdeme fu kūwarame jafaha sehebi.. mukden i ejetun de abkai mukdehun tondo erdemu be wesimbuhe dukai
둘러 담 에워싸고 지녔다 하였다. 盛京 志 에 天 壇 忠 德 을 성하게 한 門의
guwali i tulergi de bi. muheliyen muhun sahafi. terei durun uyun jergi. wesihun erdemunggei sucungga
關裏 의 바깥쪽 에 있다. 圜 丘 쌓아서 그것의 모습 아홉 층이다. 崇 德의 元
aniya deribume. abka be julergi muheliyen muhun de wecehebi sehebi.
年 시작하여 하늘 을 남쪽 圜 丘 에 제사하였다 하였다.

gingguleme ihan tuwa be muhaliyafi mukdembume
삼가 모닥불 을 쌓아 올리고

[한문]

厚一丈八尺, 女墻七尺五寸, 四面垜口, 六百五十一, 敵樓八座, 角樓四座, 週圍九里, 三百三十二步. 起圜丘於郊南, 單埢坦之潔秘. 囧周禮大司樂圜丘注, 因高以事天, 故於地上取自然之丘. 圜者, 應天圜也. 禮記郊特牲, 郊之祭也, 迎長日之至也, 兆於南郊, 就陽位也. 甘泉賦, 崇崇圜丘, 隆隱天兮, 登降峛崺, 單埢坦兮. 盛京志, 天壇在德盛門關外, 設圜丘, 其制九成. 崇德元年, 肇祀天於南郊. 欽柴颺熛,

넓은 쪽 1장 8척, '꼬리의 담' 7척 5촌, 사방의 성가퀴 651개, 성루(城樓) 8개, 각루(角樓) 4개, 둘레 9리, 332보이다." 하였다.

환구(圜丘)를 관리(關裏)의 남쪽에 수려하고 깨끗하게 세워짓고 담을 둘러 에워 쌓고,

『주례』「대사악」에, "환구(圜丘)이다." 한 부분을 「주(注)」한 것에, "높이 하늘을 섬기고 땅위에 저절로 생겨난 언덕을 따라 단을 세운다. 환구는 하늘의 둥근 것에 어우르는 것이다." 하였다. 『예기』「교특생(郊特牲)」에, "교(郊) 제사는 동지를 맞이하는 것이다. 남쪽 관리(關裏)에 단을 쌓은 것은 지령(地靈)과 마주하고자 하는 것이다." 하였다. 「감천부(甘泉賦)」에, "높이 솟은 환구는 높이 하늘과 통하였다. 오르고 내리며 이어지고 갈라져 둘러서 담을 에워쌌다." 하였다. 『성경지』에, "천단(天壇)은 덕성문(德盛門)의 관리 바깥쪽에 있다. 환구를 쌓는데 아홉 층이다. 숭덕 원년부터 시작하였고, 하늘에 남쪽 환구에서 제사지냈다." 하였다.

삼가 모닥불을 쌓아 올리고,

235) emteli ulha : 제사 지낼 때에 희생(犧牲)으로 사용하는 수소인 특생(特牲)을 가리킨다.

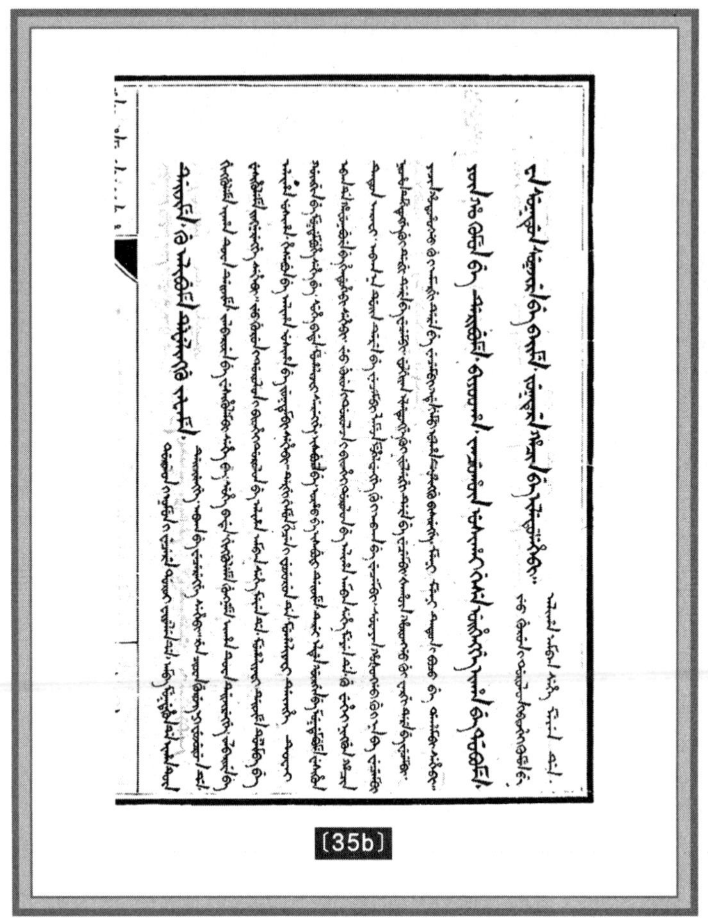
〔35b〕

deijime. gu alibume defelinggu jafame.
태우며 玉 올리고 폐백 받쳐들고

dorolon i nomun i wecere doroi fiyelen de amba mukdehun de ihan tuwa deijirengge abka be wecerengge
禮 記 의 祭 法의 篇 에 太 壇 에 모닥불 태우는 것 하늘 을 제사하는 것

sehebi. ken ciowan gurung ni fujurun de gingguleme ihan tuwa deijime[236] jalbarire be wesihulembi sehe be
하였다. 甘 泉 宮 의 賦 에 공경하여 모닥불 태우고 비는 것 을 숭상한다 한 것 을

suhe bade gingguleme gungneme ihan tuwa deijirengge jalbarire be wesihuleme jingnerengge sehebi. jeo
주해한 바에 공경하고 대접하고 모닥불 태우는 것 비는 것 을 존대하여 술 올리는 것 하였다. 周

gurun i dorolon i bithei dorolon be aliha amban sehe meyen de muhaliyafi deijime dulimba be aliha usiha[237].
나라 의 禮 의 書의 大宗伯 한 節 에 쌓아서 태우고 司中

hesebun be aliha usiha[238] be juktembi sehebi. dergi gemun hecen i fujurun de muhaliyafi deijihe tuwai
司命 을 제사한다 하였다. 東 京 성 의 賦 에 쌓아서 태운 불의

gūrgin be mukdembuhe sehe be suhe bade muhaliyafi serengge isabure be isabufi deijime terei elden
불꽃 을 치솟게 했다 한 것 을 주해한 바에 쌓아서 하는 것 모인 것 을 모아서 태우고 그의 빛

---

236) **ihan tuwa deijime** : 번시(燔柴), 즉 섶 위에 옥백과 희생을 올려놓고 이를 태우면서 천제를 지내는 일을 가리킨다.
237) **dulimba be aliha usiha** : 삼태성 가운데 중태성(中台星)을 사중(司中)이라 하며, 종실을 관장한다.
238) **hesebun be aliha usiha** : 삼태성 가운데 상태성(上台星)을 사명(司命)이라 하며, 사람의 생명과 수명을 관장한다.

gūrgin be mukdembume wesihun abka de hafunabure be henduhebi sehebi. jeo gurun i dorolon i bithei
불꽃 을 치솟게 하여 위로 하늘 에 통하게 하는 것 을 말하였다 하였다. 周 나라 의 禮 의 書의
dorolon be aliha amban sehe meyen de gu wehei ninggun hacin tetun arafi abka na duin dere be wecembi.
大宗伯 한 節 에 옥 돌로 여섯 가지 그릇 만들어 天 地 四 方 을 제사한다.
lamun muheliyengge gu[239] i abka be wecembi. suwayan hošonggo gu[240] i na be wecembi. niohon
蒼璧 으로 하늘 을 제사한다. 黃琮 으로 땅 을 제사한다.
temgetungge gu[241] i dergi dere be wecembi. fulgiyan iletungge gu[242] i julergi dere be wecembi. šahūn
靑圭 으로 東 方 을 제사하고 赤璋 으로 南 方 을 제사한다.
horonggo gu[243] i wargi dere be wecembi. yacin hontohonggo gu[244] i amargi dere be wecembi. ede
白琥 로 西 方 을 제사하고 元璜 으로 北 方 을 제사한다. 이에
gemu ulha defelinggu bisirengge meni meni tetun i boco be dahambi sehebi.
모든 犧牲 폐백 있는 것 各 各 그릇 의 색 을 따른다 하였다.

yūn ho kumun[245] be deribume. biyooha. jancuhūn usiha[246]i gese uihengge ihan be dobome
雲 和 樂 을 시작하며 누에고치 밤과 같은 뿔 있는 소 를 제물로 바치며

wa sukdun sukjire be baime juktere hacin be iletulehebi..
연기 기운 흠향하기 를 청하고 제사하는 종류 를 명백히 했다.
jeo gurun i dorolon i bithei kumun be aliha amban sehe meyen de
周 나라 의 禮 의 書의 大司樂 한 節 에

[한문]

陳玉薦幣. 注禮記祭法, 燔柴於泰壇, 祭天也. 甘泉賦, 欽柴宗祈. 注, 恭敬燔柴, 尊崇所祈也. 周禮大宗伯, 以槱燎祀司中司命. 東京賦, 颺槱燎之炎煬. 注, 槱之言聚也. 謂聚薪焚之, 揚其光炎, 使上達於天也. 周禮大宗伯, 以玉作六器, 以禮天地四方, 以蒼璧禮天, 以黃琮禮地, 以靑圭禮東方, 以赤璋禮南方, 以白琥禮西方, 以元璜禮北方, 皆有牲幣, 各放其器之色. 鼓雲和, 升繭栗, 以邀肸蠁而昭祀事. 注周禮大司樂,

—— ◦ —— ◦ —— ◦ ——

태우며 옥(玉)을 올리고 폐백을 드리고

『예기』「제법(祭法)」에, "태단(太壇)에 번시(燔柴)하는 것은 하늘에 제사하는 것이다." 하였다. 「감천부」에, "공경하여 번시(燔柴)하고 비는 것을 숭상한다." 한 것을 「주(注)」한 것에, "공경하여 대접하고 번시하는 것은 비는 것을 존대하며 술 올리는 것이다." 하였다. 『주례』「대종백(大宗伯)」에, "쌓아서 태우고 사중(司中)과 사령(司命)에게 제사한다." 하였다. 「동경부」에, "쌓아서 태운 불꽃을 치솟게 했다." 한 것을 「주(注)」한 것에, "'쌓아서'라고 하는 것은 모인 것을 모아서 태우고, 그 빛과 불꽃을 치솟게 하여 위로 하늘에 통하게 하는 것을 말한 것이다." 하였다. 『주례』「대종백」에, "옥돌로 여섯 종류의 그릇을 만들어서 천지사방에 제사한다. 창벽(蒼璧)으로 하늘에 제사하고, 황종(黃琮)으로 땅에 제사한다. 청규(靑圭)로 동방에 제사하고, 적장(赤璋)으로 남방에 제사한다. 백호(白琥)로 서방에 제사하고, 원황(元璜)으로 북방에 제사한다. 이에 모든 희생(犧牲)과 폐백 두는 것을 각각 그릇의 색에 따른다." 하였다.

운화악(雲和樂)을 시작하며, 누에고치나 밤처럼 작은 뿔이 있는 소를 제물로 바치며, 연기와 기운으로 흠향하기를 청하고 제사 드리는 것을 명백히 했다.

『주례』「대사악」에,

---

239) lamun muheliyengge gu : 하늘에 제사 지낼 때 쓰는 창벽(蒼璧) 옥으로 남색의 둥글고 넓적한 모양에 가운데에 구멍이 있다.
240) suwayan hošonggo gu : 땅에 제사 지낼 때 쓰는 황종(黃琮) 옥으로 위는 둥글고 아래는 네모나며 담황색이다.
241) niohon temgetungge gu : 오곡에 제사 지낼 때 쓰는 청규(靑圭) 옥으로 모가 나 있고 평평하며 엷은 청색이다.
242) fulgiyan iletungge gu : 해에게 제사 지낼 때 쓰는 적장(赤璋) 옥으로 둥글고 가운데 구멍이 있으며 담홍색이다.
243) šahūn horonggo gu : 달에게 제사 지낼 때 쓰는 백호(白琥) 옥으로 둥글고 평평하며, 가운데 네모 난 구멍이 있고 백색이다.
244) yacin hontohonggo gu : 옛날에 제사 지낼 때 쓰는 청장(靑璋) 옥을 가리킨다.
245) yūn ho kumun : 주나라 때 운화(雲和) 땅에서 나는 나무로 만든 금슬(琴瑟)로 연주하는 음악을 가리킨다.
246) jancuhūn usiha : 밤나무의 열매를 가리키는 만주어 표현이다.

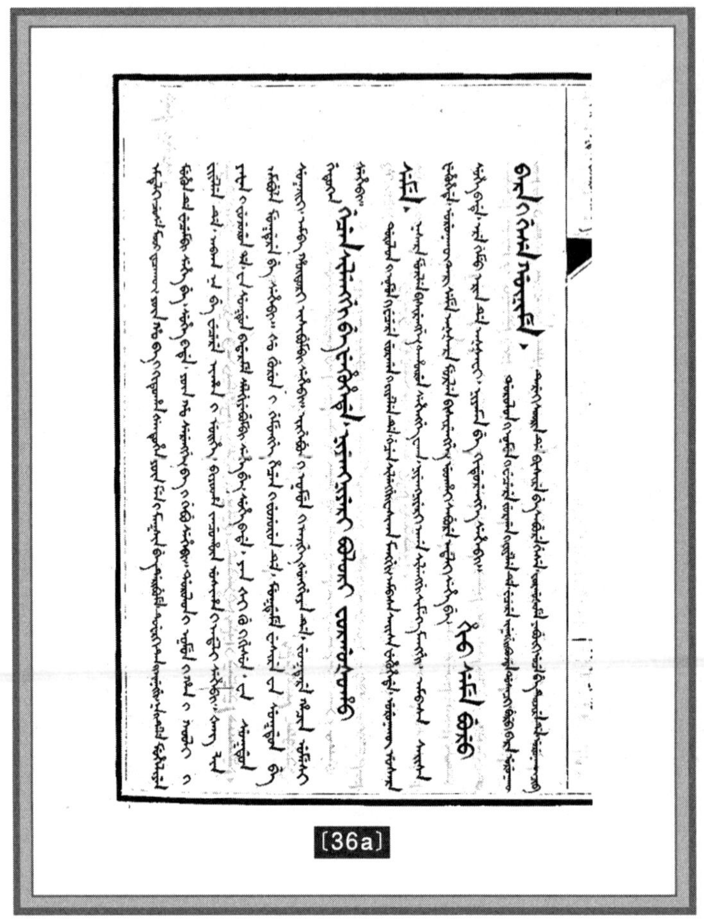
[36a]

emteli cuse mooi ficakū. yūn ho ba i kituhan šentuhen yūn men i maksin be deribume. tuweri ten i inenggi
孤 竹의 管 雲和땅의 琴 瑟 雲 門의 춤 을시작하여 冬至 의 날
na i dele muheliyen muhun de wecembi sehe be suhe bade yūn ho serengge ba i gebu sehebi. dorolon i
땅의위 圜 丘 에 제사한다 한것 을주해한 바에 雲 和 하는것 땅의이름 하였다. 禮
nomun i han i kooli i fiyelen de abka na be wecere ihan i uihe biyooha jancuhūn i adali sehebi. šang lin
記 의王 制의 篇 에 天 地를제사할 소 의 뿔 누에고치 밤 과 같다 하였다. 上 林
yafan i fujurun de wa sukdun badarame selgiyebumbi sehe babe yan ši gu i gisun. wa sukdun ambula
苑의 賦 에냄새 기운 펴져 전파하게 한다 한 바를 顔師古의 말 냄새 기운 많이
mukdere be sehebi. šu gurun i gemungge hecen i fujurun de mukdeme wesire wa sukdun be sukjifi
떠오르는 것 이다 하였다. 蜀 나라 의 都 성 의 賦 에 떠오르고 오르는 냄새 기운 을 흠향하고
amba hūturi isibumbi sehebi. irgebun i nomun i ajige šunggiya de juktere hacin umesi getuken sehebi.
큰 福 보내준다 하였다. 詩 經 의 小 雅 에 제사하는 일 매우 분명하다 하였다.

gecen silenggi be fehuhede. niyengniyeri bolori forgošoho seme.
서리 이슬 을 밟음에 봄 가을 바뀌었다 하여도

dororlon i nomun i wecere jurgan i fiyelen de gecen silenggi wasika manggi ambasa saisa fehuhede. urunakū
禮 記 의 祭義 의 篇 에 서리 이슬 내린 후 君子 밟음에 반드시

usara nasara mujilen bisirengge šahūrun sehengge waka. niyengniyeri aga silenggi simeke manggi
슬퍼하고 아위워하는 마음 있는 것 춥다 하는 것 아니고 봄 비 이슬 스며든 후
ambasa saisa fehuhede urunakū tar seme aššara mujilen bisirengge uthai sabure adali sehe be suhe bade
君子 밟음에 반드시 깜짝 놀라 움직이는 마음 있는 것 곧 뵙는 같이 한 것 을 주해한 바에
ere gemu erin de aššafi niyaman be kidurengge sehebi.
이 모든 때 에 움직여서 부모 를 그리워하는 것 하였다.

hio seme buru bara i gese gūnime.
휴 하고 아련한 듯이 생각나고
dorolon i nomun i wecre jurgan i fiyelen de wecere inenggi boode dosici buru bara urunakū terei soorin de
禮 記 의 祭 義 의 篇 에 제사하는 날 집에 들어가면 아련히 반드시 그의 왕위 에
bisire be sabure gese. forgošome yabufi uce be tucire de urunakū cib
있음 을 뵙는 듯 돌아 가서 문 을 나옴 에 반드시 고요히

[한문]

孤竹之管, 雲和之琴瑟, 雲門之舞, 冬日至於地上之圜丘奏之. 注, 雲和, 地名也. 禮記王制, 祭天地之牛角繭栗. 上林賦, 肸蠁布寫. 注, 顏師古曰, 肸蠁, 盛作也. 蜀都賦, 景福肸蠁而興作. 詩小雅, 祀事孔明. **霜露在履, 春秋聿遷.** 注禮記祭義, 霜露既降, 君子履之, 必有悽愴之心, 非其寒之謂也. 春, 雨露既濡, 君子履之, 必有怵惕之心, 如將見之. 注, 皆爲感時念親也. **愾乎僾乎,** 注禮記祭義, 祭之日, 入室僾然, 必有見乎其位, 周還出戶,

—— ◦ —— ◦ —— ◦ ——

"고죽 땅의 관악기, 운화(雲和) 땅의 금슬(琴瑟), 운문(雲門) 땅의 춤을 시작하며 동지에 땅위의 환구에서 제사한다." 한 것을 「주(注)」한 것에, "운화는 땅이름이다." 하였다. 『예기』 「왕제(王制)」에, "천지에 제사할 소의 뿔은 누에고치나 밤처럼 작다." 하였다. 「상림부」에, "향기가 널리 전파하게 한다." 한 것을 안사고(顏師古)가 말하기를, "냄새와 기운이 많이 떠오르는 것을 말하였다." 하였다. 「촉도부」에, "떠오르는 냄새와 기운을 흠향하여서 큰 복 보내어 준다." 하였다. 『시경』 「소아」에, "제사하는 모습이 매우 분명하다." 하였다.

서리와 이슬을 밟으니 봄과 가을이 바뀌었지만

『예기』 「제의(祭義)」에, "서리와 이슬이 내리면 군자가 그것을 밟아 보고 반드시 슬픈 마음이 드는 것은 추워서가 아니다. 봄에 비가 이슬에 스며들어 군자가 밟으면 반드시 깜짝 놀라 움직이는 마음이 드는 것은 곧 뵙는 듯하다." 한 것을 「주(注)」한 것에, "이 모든 때에 움직여서 부모를 그리워하는 것이다." 하였다.

휴 하고 아련한 듯이 생각나고

『예기』 「제의」에, "제사하는 날 집에 들어가면, 아련히 꼭 그가 왕위에 있는 것을 뵙는 듯하고, 돌아가서 문을 나오면, 반드시 고요히

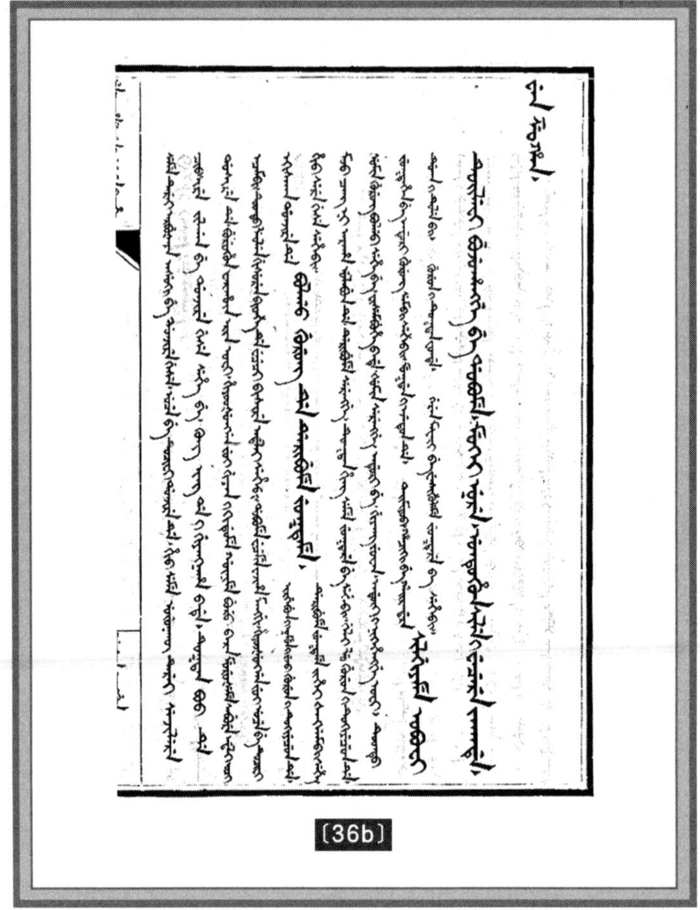

〔36b〕

seme terei arbušara asuki be donjire gese uce be tucifi donjire de hio seme urunakū terei sejilere cibsire
그의 움직이는 기척 을 듣는 듯이 문 을 나와서 들음 에 휴 하고 반드시 그의 탄식하고 한숨짓는
jilgan be donjire gese sehe be kung ing da i giyangnaha bade tuktan boo de dosire de buruhun farhūn erin
소리 를 듣는 듯 한 것 을 孔 穎 達 의 강한 바에 처음 집 에 들어감 에 어두컴컴한 때
ofi hiyoošungga jui giyan i kidume gūnime buru bara murušeme sabure adali oci acambi. tuttu leolen
되어 孝 子 마땅히 그리워하고 생각하고 아련히 어렴풋이 뵙는 듯 되면 마땅하다. 그렇게 論
gisure bithe de wececi bisire adali sehebi. dobome weceme wajiha manggi hiyoošungga jui uce be tucifi
語 書 에 제사하면 있는 같다 하였다. 공양하고 제사하여 마친 후 孝 子 문 을 나와서
ekisaka donjire de hio sere gese sehebi.
조용히 들음 에 휴 하는 듯하다 하였다.

bolgo gurung[247] de deribume jukteme.
깨끗한 宮 에 시작하여 제사하고

irgebun i nomun i jeo gurun i tukiyecun de deribume jukteme jihei šanggambi sehe. moo cang ni araha
詩 經 의 周 나라 의 頌 에 시작하고 제사하고 와서 이룬다 하였다. 毛 萇 의 지은

247) **bolgo gurung** : 주나라 시조인 후직(后稷) 기(棄)의 어머니 강원(姜嫄)을 모신 사당인 비궁(閟宮)을 가리킨다. 그러나 후대로 오면서 종묘의 다른 이름으로 사용되었다.

ulabun de deribume serengge tuktan hing seme juktere be sehebi. geli lu gurun i tukiyecun de šumin gurung
傳 에 시작하여 하는 것 처음 간절하게 제사함 이다 하였다. 또 魯 나라 의 頌 에 閟 宮
bolgo sehe be fisembuhe bade šumin serengge. enduri be. giyang yuwan[248] enduri i nikehengge ofi
깨끗하다 한 것 을 주석한 바에 閟 하는 것 신 이다. 姜 嫄 신 의 의지한 것 되고
tuttu juktehen be enduri gurung sembi sehebi. mukdan i ejetun de taimiyoo hanciki be hairandara duka i
그러므로 사원 을 神 宮 한다 하였다. 盛京 志 에 太廟 撫近門 의
tule bi. gurun i tuktan fonde. geren mafari be wesihuleme juktere ba sehebi.
밖 있다. 나라 의 처음 때에 여러 祖宗 을 존숭하여 제사하는 곳 하였다.

silgiyame obofi
부시어 씻고

tuilefi bujuhangge be dobome. mukei nure[249]. untuhun sile[250] i wecere jakade
튀기고 삶은 것 을 바치고 물의 술 大羹 으로 제사할 적에

wen dzu han.
文 祖 汗

[한문]

肅然必有聞乎其容聲, 出戶而聽, 愾然必有聞乎其歎息之聲. 孔穎達疏, 初入室陰厭時, 孝子當想像僾僾髣髣見也, 故論語云, 祭如在, 設祭已畢. 孝子出戶而靜聽愾愾然也. 肇禋閟宮. 注詩周頌, 肇禋迄用有成. 毛傳, 肇, 始禋祀也. 又魯頌, 閟宮有侐. 箋, 閟, 神也. 姜嫄神所依, 故廟曰神宮. 盛京志, 太廟在撫近門外, 國初尊祀列祖之所. ○宮, 叶居員切. 黃庭經, 自高自下皆眞人, 玉堂絳宇盡元宮. 滌濯毛炰, 元酒太羹. 文祖

—— ∘ —— ∘ —— ∘ ——

고요히 그가 움직이는 기척을 듣는 듯이 문을 나와서 들으니 휴 하고 그가 탄식하고 한숨짓는 소리를 듣는 것 같다." 한 것을 공영달(孔穎達)의 소(疏)에서, "처음 집에 들어가니 어두컴컴한 때가 되어서 효자가 마땅히 그리워하고 아련히 뵙는 것 같다. 그러므로 『논어』에서 '제사를 지내면 있는 것 같다'고 하였다. 공양하고 제사하여 마친 후 효자가 문을 나와서 조용히 들으니 '휴' 하는 것 같다." 하였다.

비궁(閟宮)에서 처음 제사 지내고,

『시경』 「주송」에, "시작하고 제사하고 와서 이룬다." 하였다. 모장(毛萇)이 지은 전에, "'시작하여'라고 하는 것은, 처음 간절하게 제사하는 것을 말하였다." 하였다. 또 「노송」에, "비궁(閟宮)이 깨끗하다." 한 것을 「전(箋)」한 것에, "'비(閟)'는 '신(神)'이다. 강원(姜嫄)의 신이 의지한 것이 되서 사원을 신궁(神宮)이라 한다." 하였다. 『성경지』에, "태묘(太廟)는 무근문(撫近門) 밖에 있다. 국초에 여러 조종(祖宗)을 존숭하여 제사하는 곳이다." 하였다.

부셔 씻고 튀해서 삶은 것을 바치고, 무술과 대갱(大羹)으로 제사 지낼 적에, 문조(文祖) 황제

248) giyang yuwan : 주나라 시조인 후직(后稷) 기(棄)의 어머니 강원(姜嫄)을 가리킨다.

249) mukei nure : 제사 때 술 대신에 쓰는 맑은 물로 무술이라 한다.

250) untuhun sile : 제사에 쓰던 고깃국인 대갱(大羹) 으로, 소금으로만 간을 하고 양념을 전혀 쓰지 않는다.

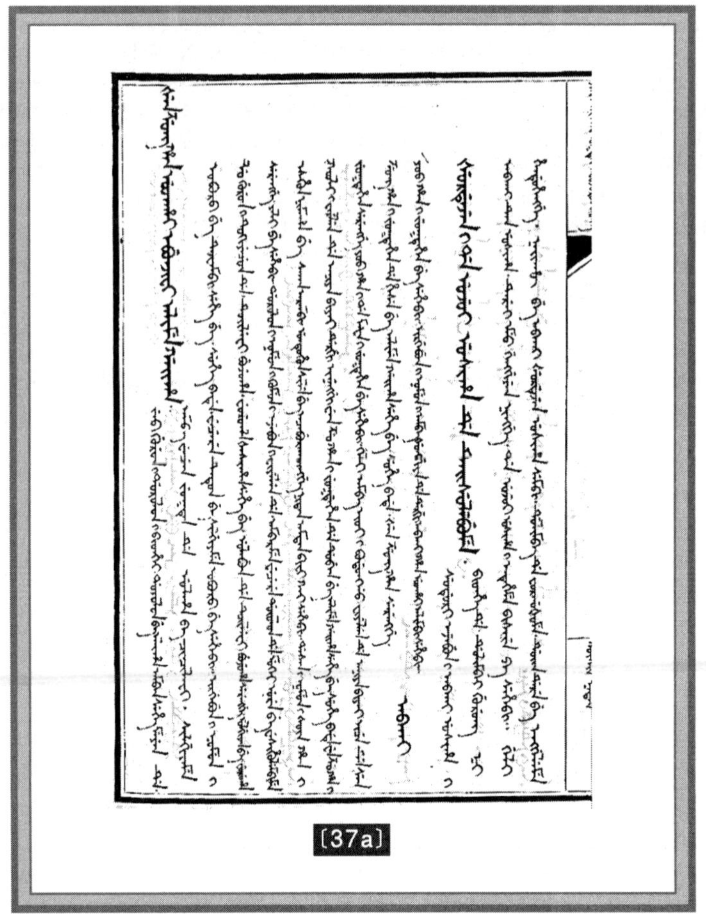
[37a]

šen dzung han uthai ebunjifi alime gaiha..
神 宗 汗 곧 강림하여 받아 가졌다

jeo gurun i dorolon i bithei dorolon be aliha amban sehe meyen de amba wecen jukten de ulha be cincilafi
周 나라 의 禮 의 書의 大宗伯 한 節 에 大 祭祀 에 짐승 을 자세히 살피고
silgiyame oboro be tuwambi sehe be suhe bade wecere tetun be silgiyame oboro be sehebi. irgebun i
부시고 씻는 것 을 본다 한 것 을 주해한 바에 제사할 그릇 을 부시고 씻는 것 이다 하였다. 詩
nomun i lu gurun i tukiyecun de tuilefi bujuha. furuha šasihan sehe be ulabun de tuilefi bujuha serengge ulgiyan
經 의 魯 나라 의 頌 에 튀기고 삶은 썬 탕 한 것 을 傳 에 튀기고 삶았다 하는 것 돼지
be. furuha serengge yali be sehebi. dorolon i nomun i kumun i ejebun i fiyelen de ambarame wecere
이다 잘게 썰었다 하는 것 고기 이다 하였다. 禮 記 의 樂 記 의 篇 에 大 祀
dorolon de mukei nure be wesihulembime eshun nimaha be saka arambi. untuhun sile be acaburakūngge nitan
禮 에 무술 을 받든다 하고 생 물고기 를 회 만든다. 大羹 을 맞추지 않는 것 싱거운
amtan bifi kai sehebi. dasan i nomun i šūn han i kooli i fiyelen de aniya biyai dergi inenggi wen dzu han i
맛 있어서니라 하였다. 書 經 의 舜 汗 의 典 의 篇 에 正月의 上 日 文 祖 汗 의
juktehen de duben[251] be alime gaiha sehe be suhe bade wen dzu han i juktehen serengge yoo han i
廟 에 終 을 받아 가졌다 한 것 을 주해한 바에 文 祖 汗 의 廟 한 것 堯 汗 의

251) **duben** : 한자 종(終)의 의미로 요 임금이 제위(帝位)의 일을 마쳐서 순 임금이 이어받는 것을 가리킨다.

da mafa i juktehen be sehebi. geli amba ioi i bodonggo fiyelen de aniya biayi ice de šen dzung han i
始祖 의 廟 이다 하였다. 또 大 禹 謨 篇 에 정월의 초하루 에 神 宗 汗 의
juktehen de hese be alime gaiha sehe be suhe bade šen dzung han serengge yoo han i juktehen be sehebi.
廟 에 칙지 를 받아 가졌다 한 것 을 주해한 바에 神 宗 汗 하는 이 堯 汗 의 廟 이다 하였다
irgebun i nomun i amba šunggiya de dergi abkai han uthai alimbi sehebi.
詩 經 의 大 雅 에 上 天의 汗 곧 받는다 하였다

abkai šurdejen[252] i da ujui usiha[253] de teisulebume.
帝車 의 太乙星 에 상응하여
suduri ejebun i abkai usiha i bithe de dulimbai gurung ni abkai ten usiha terei emu genggiyen ningge da ujui usiha
史 記 의 天官 書 에 中宮 의 天 極 星 그것의 한 밝은 것 太乙星
i enteheme bisire ba sehebi. geli henduhengge naihū be abkai šurdejen usiha sembi. dulimba de forgošome
의 아주 멀리 있는 곳 하였다. 또 말한 것 北斗 를 帝車星 한다. 가운데 에 운행하고
duin dere be enggeleme
四 面 을 臨하여

[한문]

神宗, 爰歆于斯. ㊟周禮大宗伯, 大祭祀, 省牲, 眡滌濯. 注, 滌濯祭器也. 詩魯頌, 毛炰胾羹. 傳, 毛炰, 豚也. 胾, 肉也. 禮記樂記, 大饗之禮, 尙元酒而, 俎腥魚, 太羹不和, 有遺味者矣. 書舜典, 正月上日, 受終於文祖. 注, 文祖者, 堯始祖之廟也. 又, 大禹謨, 正月朔旦, 受命於神宗. 注, 神宗, 堯廟也. 詩大雅, 上帝居歆. ○羹, 叶音干. 易林, 旦樹菽豆, 暮成藿羹, 心之所樂, 志快心歡. ○斯, 叶音鮮. 詩小雅, 有兎斯首. 箋, 斯, 白也. 孔穎達曰, 齊魯間語, 鮮斯聲相近. 符帝車之太乙, ㊟史記天官書, 中宮天極星, 其一明者, 太乙常居也. 又, 斗爲帝車, 運於中央, 臨制四鄕,

—— ∘ —— ∘ —— ∘ ——

신종(神宗) 황제가 곧 강림하여 흠향(歆饗)하였다.

『주례』「대종백(大宗伯)」에, "큰 제사(祭祀)에서 짐승을 자세히 살피고, 부시고 씻는 것을 본다." 한 것을 「주(注)」한 것에, "제사할 그릇을 부시고 씻는 것을 말하였다." 하였다. 『시경』「노송」에, "튀기고 삶아 잘게 썬 탕이다." 한 것을 「전(傳)」에서, "'튀기고서 삶았다'고 하는 것은 돼지이고, '잘게 썰었다'고 하는 것은 고기이다." 하였다. 『예기』「악기(樂記)」에, "크게 제사하는 예에 무술을 받들고, 생 물고기를 회로 만든다. 대갱(大羹)을 간맞추지 않는 것은 싱거운 맛이 있어서니라." 하였다. 『서경』「순전(舜典)」에, "정월 초하루에 문조(文祖) 황제의 묘에서 종(終)을 받아 가졌다." 한 것을 「주(注)」한 것에, "문조 황제의 묘는 요 임금의 시조 묘이다." 하였다. 또 「대우모(大禹謨)」에, "정월 초하루에 신종(神宗) 황제의 묘에 칙지를 받아 가졌다." 한 것을 「주(注)」한 것에, "신종 황제는 요 임금의 묘이다." 하였다. 『시경』「대아」에, "상천(上天)의 황제가 곧 받는다." 하였다.

제거(帝車)의 태을성(太乙星)에 상응하여,

『사기』「천관서(天官書)」에, "중궁(中宮)의 천극성(天極星)에 그 가운데 밝은 것 하나가 태을성이 아주 멀리 있는 곳이다." 하였다. 또 말하기를, "북두를 제거성(帝車星)이라 한다. 가운데로 운행하며 사면을 임하여

252) abkai šurdejen : 하늘의 수레 또는 제왕의 수레라는 뜻으로 한자로는 제거(帝車)라 한다. 북두칠성을 제거(帝車)에 비유한다.
253) da ujui usiha : 태을성(太乙星)으로 북쪽에 있음녀서 병란(兵亂)과 재화(災禍), 생사(生死)를 맡아 다스린다고 한다.

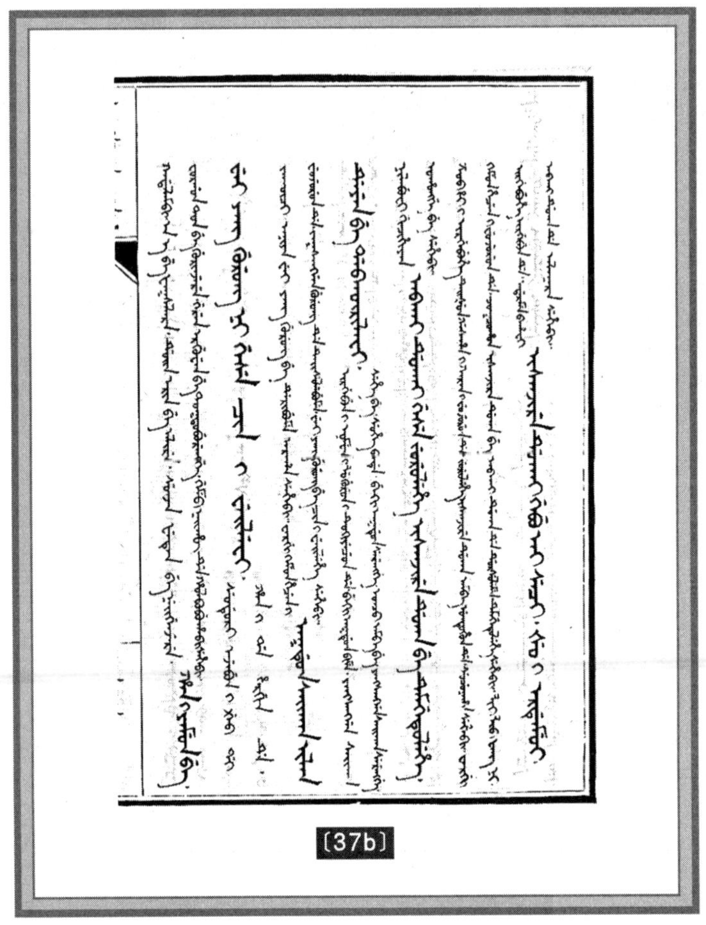

〔37b〕

kadalambi. a e be faksalara duin erin be alire. sunja feten be neigenjere forgon ton be gurinjere geren
관리한다. 陽 陰 을 나누고 四 時 를 세우고 五 行 을 조절하고 절기 를 옮기고 諸
erguwen be toktoburengge gemu naihū de holbobuhabi sehebi.
紀 를 정하는 것 전부 북두칠성 에 관련되었다 했다.

han i yamun be wei yang gurung ni gese cin i weilefi
汗 의 衙門 을 未 央 宮 의 처럼 정면 으로 짓고

suduri ejebun i g'ao di han i da hergin de jakūci aniya wei yang gurung[254] be deribume araha sehebi. wargi
史 記 의 高 帝 汗 의 本 紀 에 8번째 해 未 央 宮 을 착수하여 지었다 했다. 西
gemun hecen i fujurun de jaksangga gurung[255] de teisulebume wei yang gurung be cin i weilehe sehebi.
京 성 의 賦 에 紫 宮 에 상응하는 未 央 宮 을 정면 으로 지었다 했다.

akdun saikan ilan deyen be dabkūrilafi
견고한 좋은 三 殿 을 쌓아올리고

---

254) wei yang gurung : 한나라 고조가 만든 서궁(西宮)인 미앙궁(未央宮) 으로 장락궁(長樂宮)과 더불어 한나라 2대 궁전이다.
255) jaksangga gurung : 하늘을 3원(垣) 28수(宿)로 나눌 때, 3원의 하나인 자미성(紫微星)을 가리킨다. 자미원(紫微垣) 또는 자미궁(紫微宮)이라고도 한다.

irgebun i nomun i lu gurun i tukiyecun de beki akdun bime. yangsangga saikan sehe be suhe bade
詩 經 의 魯 나라 의 頌 에 견고하고 단단하며 아름답고 좋다 한 것 을 주해한 바에
beki akdun serengge onco amba be yangsangga saikan serengge nilabufi gincihiyan ohongge be sehebi..
견고하고 단단하다 하는 것 넓고 큼 을 아름답고 좋다 하는 것 윤을 내고 빛나게 되는 것 이다 하였다.

abkai dukai gese jurulehe isanjire duka be temgetulehe.
하늘의 문과 같이 쌍을 이룬 몰려드는 문 을 드러냈다.

dzoo jy[256] i irgebuhe teišun gasha i karan i fujurun de jurulehe isanjire duka amba untuhun de sucunaha
曹 植 의 지은 銅 雀 臺 賦 에 雙闕 門 太 淸 에 통하였다
sehebi. wargi gemun hecen i fujurun de cokcohon isanjira duka be abkai duka[257] de dursuleme temgetulehe
하였다. 西 京 성 의 賦 에 우뚝 솟은 몰려드는 문 을 하늘의 문 에 본받아 드러냈다
sehebi. li lio fang[258] ni irgebuhe irgebun de adarame bahafi abkai duka de alanara sehebi.
하였다. 李 流 芳 의 지은 시 에 어떻게 얻고 하늘의 문 에 알리러 갔는가.

isanjire dukai gebu ai seci šu i erdemui
몰려든 문의 이름 무엇 하면 文 德의

[한문]

分陰陽, 建四時, 均五行, 移節度, 定諸紀, 皆繫於斗. 正王宮於未央. 註史記高帝紀, 八年營作未央宮. 西京賦, 正紫宮於未央. 重三殿之實枚, 註詩魯頌, 實實枚枚. 注, 實實, 廣大也. 枚枚礱密也. 表雙闕於閶闔. 註曹植銅雀臺賦, 浮雙闕乎太淸. 西京賦, 表嶢闕於閶闔. 李流芳詩, 何由呼閶闔. 闕名維何, 文德

관리한다. 음양을 나누고, 사시를 세우고, 오행을 조절하고, 절기를 옮기고, 제기(諸紀)를 정하는 것이 모두 북두칠성에 관련되었다." 하였다.

왕궁을 미앙궁(未央宮)처럼 정면으로 짓고

『사기』「고제본기」에, "여덟 번째 해에 미앙궁(未央宮)을 착수하여 지었다." 하였다. 「서경부」에, "자궁(紫宮)에 상응하는 미앙궁을 정면으로 지었다." 하였다.

견고하고 튼튼한 삼전(三殿)을 쌓아올리고

『시경』「노송」에, "견고하며 단단하고 아름답고 좋다." 한 것을 「주(注)」한 것에, "'견고하다'고 하는 것은 넓고 큰 것을, '아름답고 좋다' 하는 것은 윤을 내고 빛나게 되는 것이다." 하였다.

하늘의 문처럼 쌍궐문(雙闕門)을 드러냈다.

조식(曹植)이 지은 「동작대부(銅雀臺賦)」에, "쌍궐문(雙闕門) 태청(太淸)에 통하였다." 하였다. 「서경부」에, "우뚝 솟은 궐문(闕門)이 하늘 문을 본받아 드러났다." 하였다. 이유방(李流芳)이 지은 시에, "어떻게 능히 하늘 문에 알리러 갔는가." 하였다.

궐문(闕門)의 이름이 무엇인가 하면 문덕문(文德門),

256) dzoo jy : 삼국시대 위나라 조조(曹操)의 셋째아들 조식(曹植)이다. 진사왕(陳思王)이라고도 불리며, 19세일 때 「동작대부(銅雀臺賦)」를 지을 정도로 문학에 뛰어났고, 오언시를 서정시로서 완성시켜 후세에 끼친 영향이 크다. 자기를 콩에, 형을 콩대에 비유하여 육친의 불화를 상징적으로 노래한 「칠보지시(七步之詩)」를 지었다.

257) abkai duka : 하늘의 문이라는 뜻으로 한자로 합창(閤閭)이라고 한다.

258) li lio fang : 명나라 말의 문인화가 이유방(李流芳)을 가리킨다. 그는 소식(蘇軾)의 서예와 오중규(吳仲圭)의 화풍에 영향을 받았다고 평가하고 있으며, 「추림정자도(秋林亭子圖)」, 「오중십경도(吳中十景圖)」, 「장림풍성도(長林豐草圖)」 등의 작품이 있다.

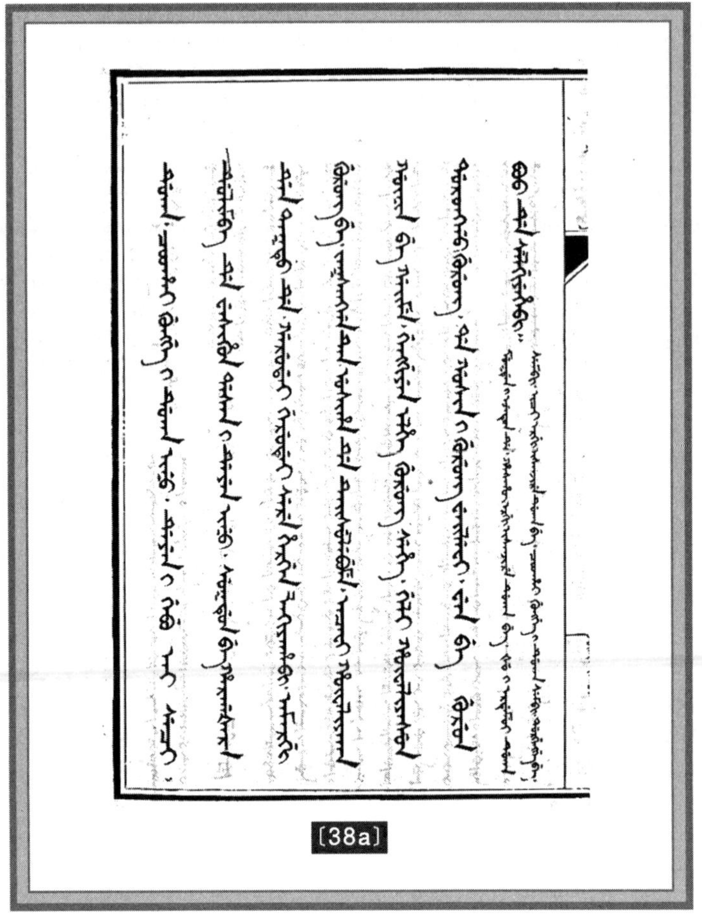
[38a]

duka coohai gungge i duka inu. deyen i gebu ai seci
문 武 功 의 문 이다. 殿 의 이름 무엇 하면

dulimba de wesihun dasan i deyen inu. sukdun be hargašara
중간 에 崇 政 殿 이다. 기운 을 우러르는

den taktu de garudai gerudei sere hergen lakiyahabi. amargi
높은 樓 에 鳳 凰 하는 글자 매달았다. 後

gurung be jaksangga ten usiha de teisulebume acafi hūwaliyaka
宮 을 紫 極 星 에 상응하게 만나 화합한

gūnin be gajime. genggiyen elhe gurung sehe geli hūwaliyasun
마음 을 가지고 淸 寧 宮 했다. 또 關

doronggo gurung[259]. da gosin i gurung[260] weilefi wen be gurun
雎 宮 麒 趾 宮 짓고 感化 를 國

boo de selgiyehebi.
家 에 퍼트렸다.

mukden i ejetun de hashū ergi isanjire duka be šu i erdemui duka sembi. ici ergi isanjire duka be coohai
盛京 志 에 왼 쪽 몰려드는 문 을 文 德의 문 한다. 오른 쪽 몰려드는 문 을 武

gungge i duka sembi. dorgingge be
功 의 문 한다. 안쪽 을

[한문]

武功. 殿名維何, 崇政建中. 高樓望氛, 闕題鳳凰. 後宮紫極, 交泰淸寧. 關雎麒趾, 化洽家邦. 註盛京志, 左闕門曰文德, 右闕門曰武功,

무공문(武功門)이다. 궁전의 이름은 중앙에 숭정정(崇政殿)이다. 망분루(望氛樓)에 봉황(鳳皇)이란 글자 매달았다. 후궁을 자극성(紫極星)에 상응하게 서로 화합하는 마음을 가지고 청녕궁(淸寧宮)이라 했다. 또 관저궁(關雎宮), 기지궁(麒趾宮)을 짓고 감화를 국가에 퍼트렸다.

『성경지』에, "왼쪽 궐문을 문덕문(文德門)리라 하고, 오른쪽 궐문을 무공문(武功門)이라 한다. 안쪽을

259) hūwaliyasun doronggo gurung : 성경의 관저궁(關雎宮)으로 동궁(東宮)이라고도 한다.
260) da gosin i gurung : 성경의 기지궁(麒趾宮)을 가리킨다.

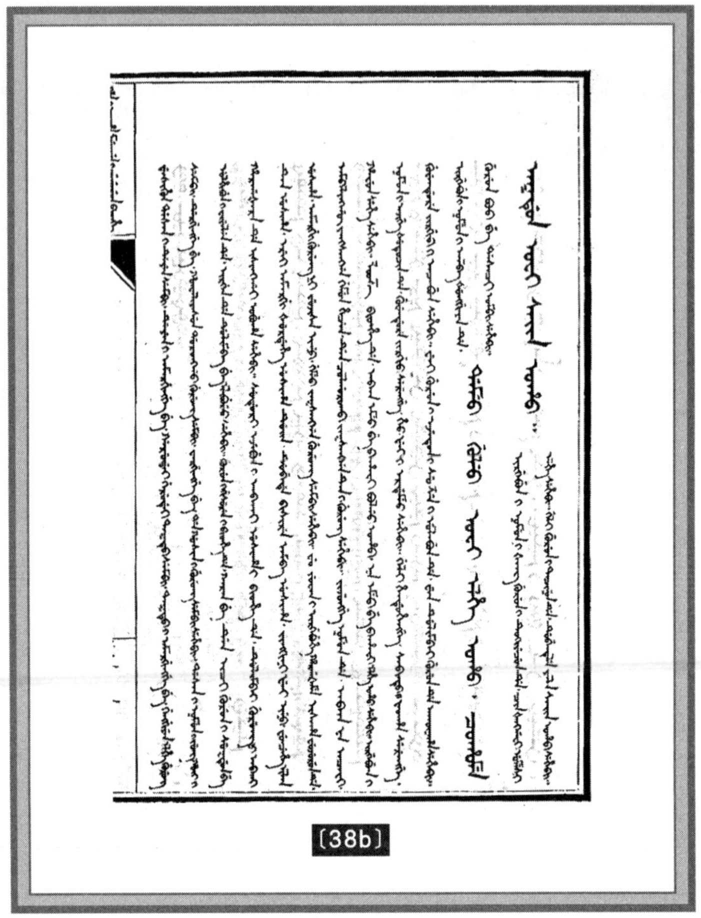

[38b]

wesihun dasan i deyen sembi. deyen i amargingge be garudai gerudei taktu[261] sembi. taktu i amargingge be
崇 政 殿 한다. 殿 의 뒤쪽 을 鳳 凰 樓 한다. 樓 의 뒤쪽 을
genggiyen elhe gurung sembi. dergingge be hūwaliyasun doronggo gurung sembi. wargingge be da gosin i
淸 寧 宮 한다. 동쪽 을 關 雎 宮 한다. 서쪽 을 麟趾
gurung sembi sehebi. dasan i nomun i jung hūi i ulhibun i fiyelen de irgen de dulimba be ilibure sehebi.
宮 한다 하였다. 書 經 의 仲 虺 의 誥 의 篇 에 백성 에 중심 을 세우게 했다 하였다.
gurun i gisuren i bithe de karan be den ici gurun[262] i sukdun be hargašara de isinggai obuha sehebi.
國 語 의 書 에 臺 를 높은 쪽 궁전 의 기세 를 우러러보기 에 충분히 되게 했다 하였다.
suduri ejebun i abkai usiha i bithe de dulimbai gurung ni abkai ten usiha[263]. erei amargi šurdehe usiha
史 記 의 하늘의 별 의 書 에 中 宮 의 天 極 星 이것의 북쪽 에워싼 별
duin. dubede bisire amba usiha jingkini fei inu. funcehe ilan usiha. amargi gurung ni fujisa inu. gemu
넷 끝에 있는 큰 별 正 妃 이다. 남은 세 별 後 宮 의 부인들 이다. 전부
jaksangga gurung sembi sehebi. fu yuwan[264] i irgebuhe hargašame isaha fujurun de ambalinggū yangsangga
紫 宮 한다 하였다. 傅 元 의 지은 朝會하여 모인 賦 에 장대하고 빛나는

261) garudai gerudei taktu : 성경의 청녕궁(淸寧宮) 내원의 문루인 봉황루(鳳凰樓)를 가리킨다.
262) gurun : gurung의 오기로 보인다.
263) abkai ten usiha : 천극성(天極星)으로 북극성을 가리킨다.
264) fu yuwan : 傅元

gemun hecen den colgoroko jaksangga ten i gurung sehebi. jijungge nomun de abka na acafi hafun sehe
京 城 높이 우뚝 솟아 紫 極 宮 하였다. 易 經 에 天 地 만나니 泰 했다
sehebi. loodzy bithe de abka emu be bahafi bolgo oho. na emu be bahafi elhe oho sehebi. irgebun i
하였다. 老子 書 에 하늘 하나 를 얻어서 맑게 되었고 땅 하나 를 얻어서 평안하게 되었다 하였다. 詩
nomun i ajige šutucin de guwendure jirgio serengge heo fei i erdemu sehebi. geli henduhengge sabintu i
經 의 小 序 에 關 雎 하는 것 侯 妃 의 덕 했다. 또 말한 것 麟
fatha serengge guwendure jirgio i acabun sehebi. wei gurun i ejetun i su dze i ulabun de wen dulimbai
趾 하는 것 關 雎 의 화답 했다. 魏 나라 의 志 의 蘇 則 의 傳 에 감화 中
gurun de akūnaha sehebi. irgebun i nomun i amba šunggiya de gurun boo be dasaci ombi sehebi.
國 에 미쳤다 하였다. 詩 經 의 大 雅 에 國 家 를 다스릴 수 있다 하였다.

damu gulu ofi elhe oho. cohome
오직 순박하고 평안 했다. 특히

akdun ofi sain oho..
견고히 되고 좋게 되었다.

irgebun i nomun i šang gurun i tukiyecun de cin[265] šanggafi umesi elhe sehebi. geli gurun i tacinun de
詩 經 의 商 나라 의 頌 에 寢 이루어서 매우 평안하다 하였다. 또 國 風 에
dubentele yala sain oho sehebi.
끝까지 진정 좋게 되었다 하였다.

[한문]——————

其內爲崇政殿, 殿之後爲鳳凰樓, 樓之後爲淸寧宮, 東爲關雎宮, 西爲麟趾宮. 書仲虺之誥, 建中于民. 國語, 臺高不過望國氛. 史記天官書, 中宮天極星, 後句四星, 末大星正妃, 餘三星後宮之屬, 皆曰紫宮. 傅元朝會賦, 翼翼京邑, 巍巍紫極. 易, 天地交泰. 老子, 天得一以淸, 地得一以寧. 詩小序, 關雎, 后妃之德也. 又, 麟之趾, 關雎之應也. 魏志蘇則傳, 化洽中國. 詩大雅, 以御十家邦. ○功, 叶音光. 白虎通, 景風至則爵有德, 封有功, 凉風至則報地德, 化四邦. ○中, 叶音章. 胡綜大牙賦, 四靈旣布, 黃龍處中, 周制日月, 是曰太常. ○寧, 叶音娘. 蘇軾, 富鄭公碑詞, 堂堂韓公, 與萊相望, 再聘於燕, 四方以寧. 維樸而安, 乃鞏而臧. ㊟詩商頌, 寢成孔安. 又國風, 終焉允臧.

——◦——◦——◦——

숭정전(崇政殿)이라 한다. 전의 뒤쪽을 봉황루(鳳凰樓)라 한다. 누의 뒤쪽을 청녕궁(淸寧宮)이라 한다. 동쪽을 관저궁(關雎宮)이라 한다. 서쪽을 인지궁(麟趾宮)이라 한다." 하였다. 『서경』「중훼지고(仲虺之誥)」에, "백성에게 중심을 세우게 했다." 하였다. 『국어』에, "대(臺)를 높은 쪽 궁전의 기세를 우러러보기에 충분하게 했다." 하였다. 『사기』「천관서」에, "중궁의 천극성(天極星), 이것의 북쪽에 에워싼 별 넷의 끝에 있는 큰 별이 정비(正妃)이다. 남은 세 별은 후궁의 부인들이다. 모두 자궁(紫宮)이라 한다." 하였다. 부원(傅元)이 지은 「조회부(朝會賦)」에, "장대하고 빛나는 경성이 높이 우뚝 솟아 자극궁(紫極宮)이다." 하였다. 『역경』에, "천지가 만나니 태(泰)라 했다." 하였다. 『노자』에, "하늘이 하나를 얻어서 맑게 되었고, 땅이 하나를 얻어서 평안하게 되었다." 하였다. 『시경』「소서」에, "관저(關雎)는 후비의 덕이다." 하였다. 또 말하기를, "인지(麟趾)는 관저에 화답한 것이다." 하였다. 『위지(魏志)』「소칙전(蘇則傳)」에, "감화가 중국에 미쳤다." 하였다. 『시경』「대아」에, "국가를 다스릴 수 있다." 하였다.

오로지 순박하고 편안하고 특히 튼튼해지고 좋아졌다.

『시경』「상송」에, "정침(正寢)을 이루어서 매우 편안하다." 했다. 또 「국풍」에, "끝까지 진정으로 잘 되었다." 하였다.

265) cin : 정침(正寢)이라는 뜻으로 제사를 지내는 묘(廟) 안의 방을 가리킨다.

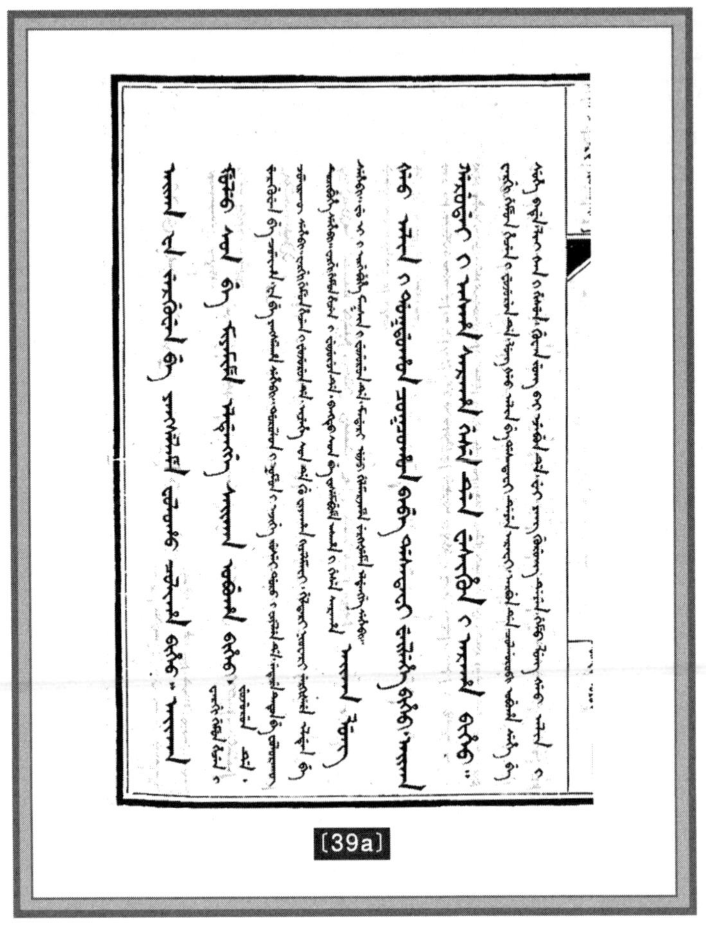
[39a]

aika fa jerguwen be yangselame foloho coliha biheo.. aika
어찌 창 난간 을 멋있게 새겼는가 어찌

mulu son be miyamime eldengge saikan obuha biheo.
대들보 서까래 를 꾸미며 눈부시고 좋게 되었는가

wargi gemun hecen i fujurun de jerguwen be coliha fa be yangselaha sehebi. dorolon i nomun i ajge
西 京 성 의 賦 에 난간 을 조각하고 창 을 장식하였다 하였다. 禮 記 의 어린
jusei doro i fiyelen de jetere tetun be folorakū colirakū sehebi. wargi gemun hecun i fujurun de icehe
아이들의 儀 의 篇 에 먹는 그릇 을 새기지 않는다 하였다. 西 京 성 의 賦 에 색칠한
son de gu fiyahan kiyalmafi giltari niowari jerkišere elden be tucibuhe sehebi. wargi gemun hecen i
서까래 에 무늬 넣은 옥 상감해서 반짝반짝 맑고 눈부시게 빛 을 드러냈다 하였다. 西 都 성 의
fujurun de bangtu son be fisembume asha i gese saraha sehebi. fu ei[266] i irgebuhe maksin i fujurun de
賦 에 栱包 서까래 를 기울게 하여 날개 의 처럼 펼쳤다 하였다. 傅 毅 의 지은 舞 의 賦 에
madari uju[267] gilmarjame jerkišeme eldengge sehebi.
짐승 얼굴 반짝이며 눈부시게 빛난다 하였다.

266) fu ei : 후한 때 문학가 부의(傅毅)를 가리킨다. 반고(班固) 등과 내부장서(內府藏書)를 교정했으며, 「무부(舞賦)」 등을 지었다.
267) madari uju : 청동으로 짐승의 얼굴을 만들어 문의 기둥에 박아 놓은 장식품의 일종이다.

aika lung
어찌 龍

šeo alin i dokdohon cokcohon babe dasatafi weilehe biheo. aika
首 山 의 우뚝 솟은 험준한 곳을 정돈하여 지었는가 어찌

garudai i asha saraha gese den wesihun i araha biheo..
봉황 의 날개 펼친 듯 높고 귀하게 만들었는가

wargi gemun hecen i fujurun de lung šeo alin be dasatafi deyen arafi arbun den colgoropi obuha sehe be
西 都 성 의 賦 에 龍 首 산 을 정돈해서 殿 짓고 모양 높이 우뚝 솟게 되었다 한 것 을

suhe bade li šan i gisun guwan jung bai ejebun de wei yang gurung deyen gemu lung šeo alin i
주해한 바에 李 善 의 말 關 中 땅의 記 에 未 央 宮 殿 모두 龍 首 산 의

[한문]

豈其工榥檻之刻鏤, 豈其飾榱橑之焜煌, 注西京賦, 鏤檻文榥. 禮記少儀, 食器不刻鏤. 西京賦, 飾華榱與璧璫, 流景曜之韡曄. 西都賦, 列棼橑以布翼. 傅毅舞賦, 鋪首炳以焜煌. 豈其疏龍首之峴嶫, 豈其叛鳳翼之昂藏. 注西京賦, 疏龍首以抗殿, 狀巍峨以岌嶪. 注, 李善曰, 關中記, 未央宮殿, 皆疏龍首山

—— ∘ —— ∘ —— ∘ ——

어찌 창과 난간을 멋있게 새겼는가? 어찌 대들보와 서까래를 눈부시고 꾸몄는가?

「서경부」에, "난간을 조각하고 창문을 장식하였다." 하였다. 『예기』「소의(少儀)」에, "먹는 그릇을 아로새기지 않는다." 하였다. 「서경부」에, "색칠한 서까래에 무늬 넣은 옥을 상감해서 반짝반짝 맑게 눈이 부시도록 빛을 드러냈다." 하였다. 「서도부」에, "공포(栱包)와 서까래를 기울게 하여 날개처럼 펼쳤다." 하였다. 부의(傅毅)가 지은 「무부(舞賦)」에, "짐승의 얼굴이 빛나고 반짝여 눈이 부신다." 하였다.

어찌 용수산(龍首山)의 우뚝 솟고 험준한 곳을 정돈하여 지었는가?

어찌 봉황의 날개 펼친 것처럼 높고 귀하게 만들었는가?

「서도부」에, "용수산(龍首山)을 정돈해서 궁전을 지으니 모양 높이 우뚝 솟게 되었다." 한 것 을 「주(注)」한 것에, "이선이 말하기를, '『관중기(關中記)』에 미앙궁 모두 용수산의

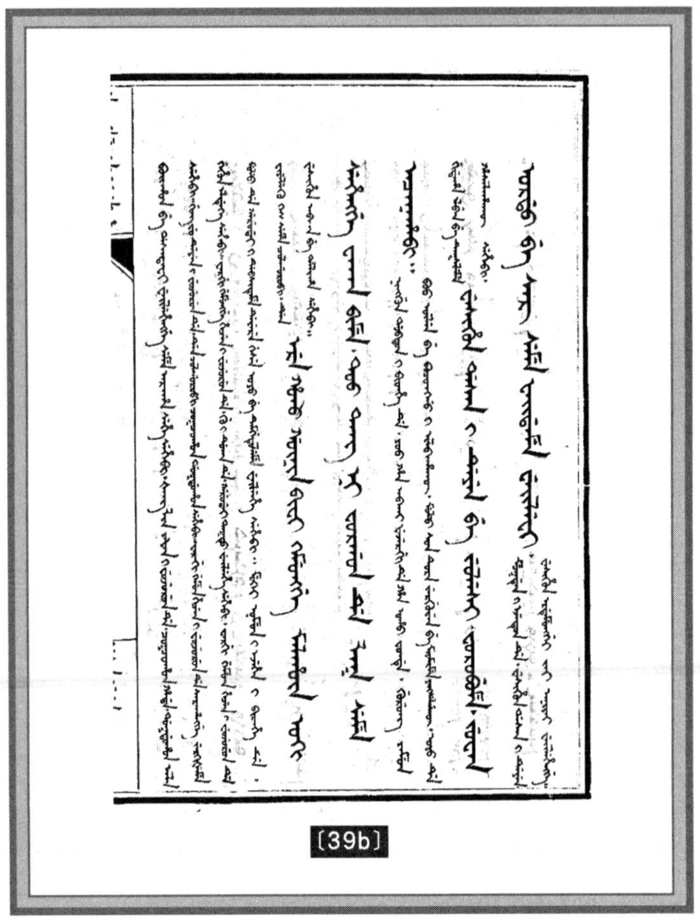

[39b]

boihon be dasatafi weilehengge seme araha sehe sehebi. šang lin yafan i fujurun de cokcohon hada
땅 을 정리하고 지은 것 하고 지었다 했다 하였다. 上 林 苑 의 賦 에 우뚝 솟은 봉우리
dokdohon ala sehebi.. ging fu deyen i fujurun de den colgoropi cokcohon dokdohon sehebi.. wargi gemun
솟아오른 언덕 하였다. 景 福 殿 의 賦 에 우뚝 솟고 가파르게 솟아올랐다 하였다. 西 京
hecen i fujurun de sarahangge jerkišeme gehun eldeke sehebi. wargi gemungge hecen i fujurun de
성 의 賦 에 펼친 것 눈부시며 밝게 빛났다 하였다. 西 都 성 의 賦 에
gu i duka[268] de garudai taktu[269] weilehe sehebi. wargi gemun hecen i fujurun de mulu de garudai i
璧 의 문 에 鳳凰 樓 지었다 하였다. 西 京 성 의 賦 에 용마루 에 봉황 의
debsiteme deyere gese oyo be temgetuleme weilehe sehebi. mukei nomun i ejehen i bithe de fiyeleku
날갯짓하며 나는 것 같은 지붕 을 증거로 하여 지었다 하였다. 水 經 의 注 의 書 에 높은 절벽
kes seme colgoropi. den wesihun abka be daliha sehebi.
가파르게 솟았다. 높이 위쪽 하늘 을 가렸다 하였다.

ere hono gūnin bifi kemungge malhūn oki
이 오히려 마음 있어서 적절히 절약 하자

268) gu i duka : 벽문(璧門) : 옥으로 장식해 놓은 문. 한 무제가 지은 건장궁(建章宮)의 정문인데 임금의 궁문을 뜻한다.
269) garudai taktu : 봉황루(鳳凰樓)를 가리키는 garudai gerudei taktu와 같은 말이다.

sehengge waka bime. tob tang[270] ni forgon de lak seme acanahabi..
한 것 아니고 陶 唐 의 시절 에 딱 하며 부합하였다.

ninggun dobton i bithe de yoo han abkai fejergi de han oho fonde. gurung yamun boo ūlen be boconggo i
六 韜 의 書 에 堯 汗 하늘의 아래 에 汗 된 때에 궁 아문 집 을 화려하게
ilbahakū. mulu son tura jerguwen be miyamime yangselahakū. oyo de gidaha elben be teksileme
칠하지 않았다. 마루 서까래 기둥 난간 을 치장하며 장식하지 않았다. 지붕 에 이은 띠 를 가지런하게
hasalahakū sehebi.
자르지 않았다 하였다.

wesihun dasan i deyen be julesi forobume. juwan
崇 政 殿 을 남으로 향하게 하고 十

ordo be sar seme faidame weilefi.
亭 을 가지런하게 배열하여 짓고

mukden i ejetun de wesihun dasan i deyen wesihun erdemunggei jai aniyai weilehengge.
盛京 志 에 崇 政 殿 崇 德 두 번째 해의 지은 것이다.

[한문] ──────

土作之. 嵬音威. 上林賦, 巖磈崣廆. 景福殿賦, 峩峩嶪嶫. 叛音判. 西京賦, 叛赫戲以煇煌. 西都賦, 設璧門之鳳闕. 西京賦, 鳳騫翥於甍標. 水經注, 石壁崇高, 昻藏隱天.

匪有心於儉約, 乃潛揆夫陶唐. 注 六韜, 帝堯王天下之時, 宮垣屋室, 弗堊色也. 榱桶柱楹, 弗藻飾也. 茅茨之盖, 弗剪齊也. 大政當陽, 十亭雁行. 注 盛京志, 大政殿, 崇德二年建,

── ◦ ── ◦ ── ◦ ──

땅을 정리하고 지은 것이라 하며 지었다' 했다." 하였다. 「상림부」에, "우뚝 솟은 봉우리 솟아오른 언덕이다." 하였다. 「경복전부(景福殿賦)」에, "높이 솟고, 우뚝 솟아올랐다." 하였다. 「서경부」에, "펼친 것 눈부시며 밝게 빛났다." 하였다. 「서도부」에, "벽문(璧門)에 봉황루 지었다." 하였다. 「서경부」에, "용마루에 봉황이 날갯짓하며 나는 것처럼 지붕을 징표삼아 지었다." 하였다. 『수경주(水經注)』에, "높은 절벽 가파르게 솟았다. 높이 위로 하늘을 가렸다." 하였다.

이것은 오히려 마음이 있어서 적절히 절약한 것이 아니라 도당(陶唐)의 시절에 딱 부합하였다.

『육도(六韜)』에, "요 임금이 천하에 황제가 된 때에 궁궐과 아문, 집을 화려하게 칠하지 않았다. 마루, 서까래, 기둥, 난간을 치장하며 장식하지 않았다. 지붕에 이은 띠를 가지런하게 자르지 않았다." 하였다.

숭정전(崇政殿)을 남으로 향하게 하고, 십정(十亭)을 가지런하게 배열하여 짓고,

『성경지』에, "숭정전은 숭덕(崇德) 2년에 지은 것이다.

270) tob tang : 도당(陶唐)이라는 뜻으로 요 임금이 처음 도(陶) 땅에 살다가 당(唐) 땅으로 옮겨 살았기 때문에 붙은 칭호이다. 당요(唐堯) 또는 제요도당(帝堯陶唐)으로도 부른다.

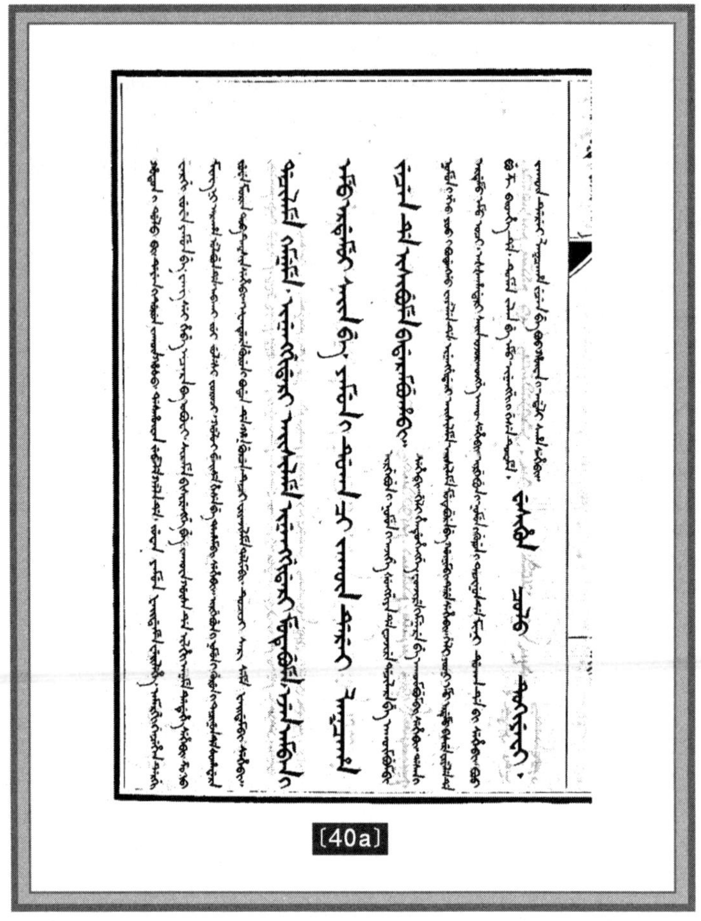
[40a]

hoton i dolo bi. deyen i durun jakūn hošo. dashūwan jebele gala de juwan yamun faidame weilehe.
성 의 안 있다. 殿 의 모양 八 각이다. 좌 우 翼 에 十 아문 벌려 지었다.
amargi gencehen dergi wargi juwe yamun be wang sei hebe acara ba obufi sirame bisirengge be jakūn
북쪽 가까이 동 서 두 아문 을 왕 들의 회의 모이는 곳 삼고 이어 있는 것 을 8
gūsa de ilhi aname dendehe sehebi. dzo gio ming ni araha ulabun de. abkai jui julesi foroci. goloi beise
旗 에 차례 대로 나누었다 하였다. 左 傳 明 의 지은 傳 에 天 子 남으로 향하면 省의 beise
gese be dahambi sehebi.. irgebun i nomun i gurun i tacinun de šohadara juwe morin tob teksin
같음 을 따른다 하였다. 詩 經 의 國 風 에 앞에서 끄는 두 말 바르고 곧다
sehebi.. afandure gurun i bodon de han gurun. teci fiyanjilame dalimbi. tucici sar seme faidambi sehebi..
하였다. 戰 國 策 에 韓 나라 머물면 방어하고 지킨다. 나오면 가지런하게 진을 친다 하였다.

dacilame kemneme. inenggidari aisilame inenggidari mutebume. ejen amban i
상의하며 헤아리며 매일 도와주며 매일 이루게 하여 君 臣 의

emu erdemui sain be. yamun i duka ci jakūn derei lakcaha
한 덕으로 좋음 을 아문 의 문 에서 八 方으로 멀리 떨어진

jecen de isibume badarambuhabi..
경계 에 이르러 펴져나가게 했다.

irgebun i nomun i ajige šunggiya de fonjire dacilara be akūmbumbi sehebi. geli henduhengge fonjire kemnere be
詩 經 의 小 雅 에 묻고 살핌 을 다한다 하였다. 또 말한 것 묻고 헤아림 을
akūmbumbi sehebi. dasan i nomun i g'ao yoo i bodonggo fiyelen de inenggidari aisilame aisilame mutebure be
다한다 하였다. 書 經 의 皐 陶 의 謨 篇 에 매일 돕고 도우며 실현시키는 것 을
gūnimbi dere sehebi. geli yooni emu erdemu bisire fiyelen de erdemu emu oci aššahadari sain ojorakūngge
생각하느니라 하였다. 또 咸有一德 篇 에 德 하나 되면 움직인 것마다 잘 되지 않는 것
akū sehebi. irgebun i nomun i gurun i tacinun de mini duka de bi sehebi. boo pu dzy bithe de tumen jalan be
없다 하였다. 詩 經 의 國 風 에 나의 문 에 있다 하였다. 抱 朴 子 書 에 萬 世 를
emu inenggi i gese tuwame jakūn derei lakcaha jecen be boo hūwa i adali saha sehebi.
한 날 과 같이 보며 八 方의 떨어진 경계 를 집 정원 과 같이 알았다 하였다.

wesihun colo tukiyefi.
尊 號 받들고

[한문]

在城之中. 殿制八隅, 左右列署十, 近北東西二署, 爲諸王議政之所, 以下分列八旗. 左傳, 天子當陽, 諸侯用命. 詩國風, 兩驂雁行. 戰國策, 韓居爲隱蔽, 出爲雁行. 爰諏爰度, 曰贊曰襄. 吉君臣之一德, 而擴我闥於八荒. ㊟詩小雅, 周爰咨諏. 又, 周爰咨度. 書皐陶謨, 思日贊贊襄哉. 又, 咸有一德, 德惟一, 動罔不吉. 詩國風, 在我闥兮. 抱朴子, 視萬古如同日, 知八荒若戶庭.

——∘——∘——∘——

성 안에 있다. 전(殿)의 모양은 8각이고, 좌우 날개에 10개의 아문을 벌려 지었다. 북쪽 가까이 동서 두 아문을 왕들이 회의하는 곳으로 하고, 이어져 있는 것을 8기에 차례로 나누었다." 하였다. 『좌전』에, "천자가 앞으로 향하면 제후가 따른다." 하였다. 『시경』「국풍」에, "앞에서 끄는 두 말이 바르고 곧다." 하였다. 『전국책』에, "한(韓)나라는 머물면 방어하고 지키며, 나오면 가지런하게 진을 친다." 하였다.

상의하고 헤아리며 매일 도와 이루게 하여 군신이 하나 같이 선덕(善德)을 아문의 문에서 팔방으로 멀리 떨어진 경계에 이르도록 펴져나가게 했다.

『시경』「소아」에, "묻고 살피는 것을 다한다." 하였다. 또 말하기를, "묻고 헤아리는 것을 다한다." 하였다. 『서경』「고요모(皐陶謨)」에, "매일 돕고 도우며 실현시키는 것을 생각한다." 하였다. 또 「함유일덕(咸有一德)」에, "덕이 하나 되면 움직이는 것마다 잘 되지 않는 것이 없다." 하였다. 『시경』「국풍」에, "나의 문에 있다." 하였다. 『포박자』에, "만 세를 하루 같이 보며, 팔방으로 떨어진 경계를 집 정원처럼 알았다." 하였다.

존호(尊號)를 받들고,

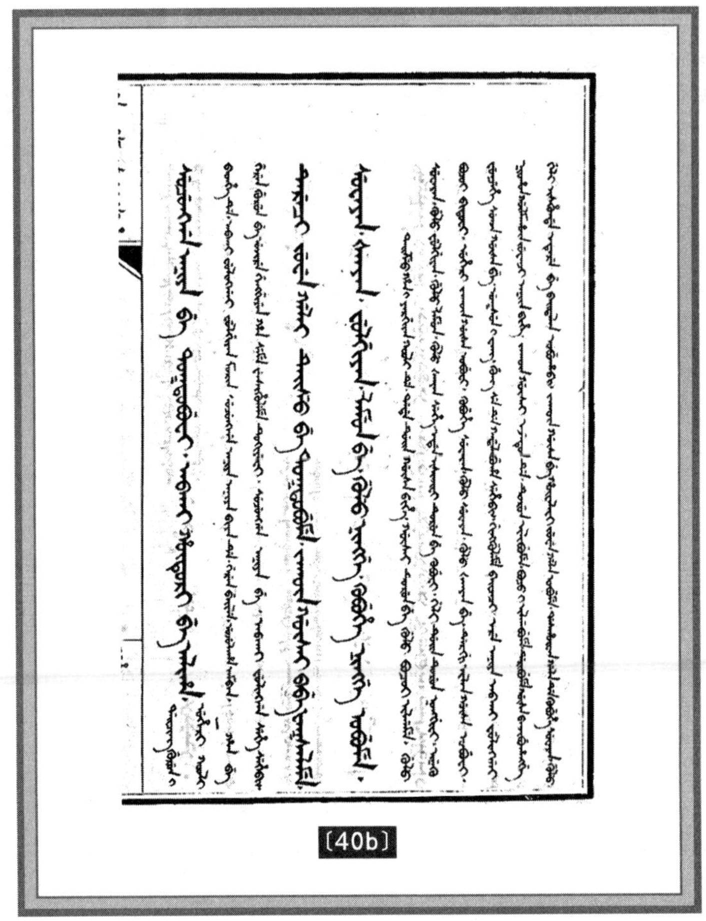

[40b]

sucungga aniya be toktobufi. abkai hūturi be aliha.
元 年 을 정하며 하늘의 복 을 받았다.

daicing gurun i uheri kooli bithe de abkai fulinggai fulgiyan morin sucungga aniya aniya biya de geren beile.
大淸 國 의 會典 書 에 天 命의 丙 午 元 年 정월 에 모든 beile
ujulaha amban. han be geren gurun be ujire genggiyen han seme wesihuleme tukiyefi sucungga aniya be
元老大臣 汗 을 모든 나라 를 다스리는 영명한 汗 하고 공경하여 받들고 元 年 을
abkai fulingga sehe sehebi.
天 命 했다 하였다.

terei juwe galai teisu be toktobume. jakūn gūsai babe faksalame.
그의 兩 翼의 위치 를 정하고 八 旗의 지위를 나누어

suwayan. šanyan. fulgiyan. lamun be. gulu ningge. kubuhe ningge obume.
黃 白 赤 靑 을 순수한 것 테 두른 것 되게 하고

taidzu han i yargiyan kooli de dade duin gūsa bihe. gūsai turun be gulu bocoi ilgame. gulu suwayan.
太祖 汗 의 實錄 에 원래 四 旗 이었다. 旗의 大旗 를 순수한 色으로 구별하고 正 黃
gulu fulgiyan. gulu lamun. gulu šanyan sehe ede isinjifi turun be kubufi geli duin turun nonggifi ineku
正 紅 正 藍 正 白 했다. 이에 이르러서 大旗 를 테 두르고 또 四 大旗 더하여 원래의

bocoi bitufi uhei jakūn gūsa obufi kubuhe suwayan. gulu suwayan. gulu šanyan be dergi ilan gūsa
색으로 선 둘러서 모두 八 旗 되게 하고 鑲 黃 正 黃 正 白 을 上 三 旗
obufi funcehe sunja gūsa be uksun i wang gung se de kadalabuha sehebi. ginggulеme baicaci ere aniya
되게 하고 남은 五 旗 를 종실 의 王 公 들 에 맡게 했다 하였다. 공경하며 살피니 이 해
abkai fulinggai niohon gūlmahūn juwanci aniya bihe. jakūn gūsai ejetun de turun ilibume boco i ilgabume
天 命의 乙 卯 10번째 해 이었다. 八 旗의 志 에 大旗 세워 色 으로 구별되기
deribume gūsa banjibuhangge geli ishunde etere be baitalan obuhabi. jakūn gūsa be hūwalafi juwe gala
시작하고 旗 편성하는 것 또 서로 이기는 것 을 쓰임 되게 하였다. 八 旗 를 나누어 兩 翼
obume dashūwan gala de kubuhe suwayan. gulu
되게 하고 左 翼 에 鑲 黃 正

[한문]

正號紀元, 以受天慶. 注大淸會典, 天命元年丙午正月, 衆貝勒大臣, 尊上爲覆育列國英明皇帝, 建元天命. 於是定兩翼之位, 列八旗之方. 黃白紅藍, 有正有鑲. 注太祖實錄, 初設有四旗, 旗以純色爲別, 曰黃, 曰紅, 曰藍, 曰白, 至是鑲之, 添設四旗, 參用其色, 共爲八旗, 以鑲黃正黃正白爲上三旗, 餘五旗統以宗室王公. 謹按, 是年爲天命十年乙卯. 八旗志, 建旗辨色, 制始統軍, 尤以相勝爲用, 八旗分爲兩翼, 左翼

—— ◦ —— ◦ —— ◦ ——

원년(元年)을 정하고, 천복(天福)을 받았다.

『대청회전(大淸會典)』에, "천명 병오 원년 정월에, 모든 버일러(beile)와 원로대신(元老大臣)들이 한(汗)을 모든 나라를 다스리는 영명한 한이라고 공경하여 받들고, 원년을 천명(天命)이라 했다." 하였다.

양익(兩翼)의 위치를 정하고, 팔기(八旗)의 지위를 나누어, 황백적청(黃白赤靑)을 정(正)과 양(鑲)으로 삼아

『태조실록』에, "원래 4기였는데, 기의 대기(大旗)를 정색(正色)으로 구별하여 정황(正黃)·정홍(正紅)·정람(正藍)·정백(正白)이라 했다. 이때에 이르러 대기에 테를 둘러서 또 네 개의 대기를 더하고, 원래의 색으로 선을 둘러서 모두 8기가 되게 하였다. 양황(鑲黃)·정황(正黃)·정백(正白)을 상삼기(上三旗)가 되게 하고, 남은 5기를 종실의 왕공들에게 맡게 하였다." 하였다. 삼가 살피건대, 이 해는 천명 을묘 10년이다. 『팔기통지(八旗通志)』에, "대기를 세워 색으로 구별하기 시작하고, 기 편성하는 것은 또 서로 이기기 위한 쓰임으로 삼았다. 8기를 나누어 양익(兩翼)이 되게 하고, 좌익(左翼)에 양황(鑲黃)·

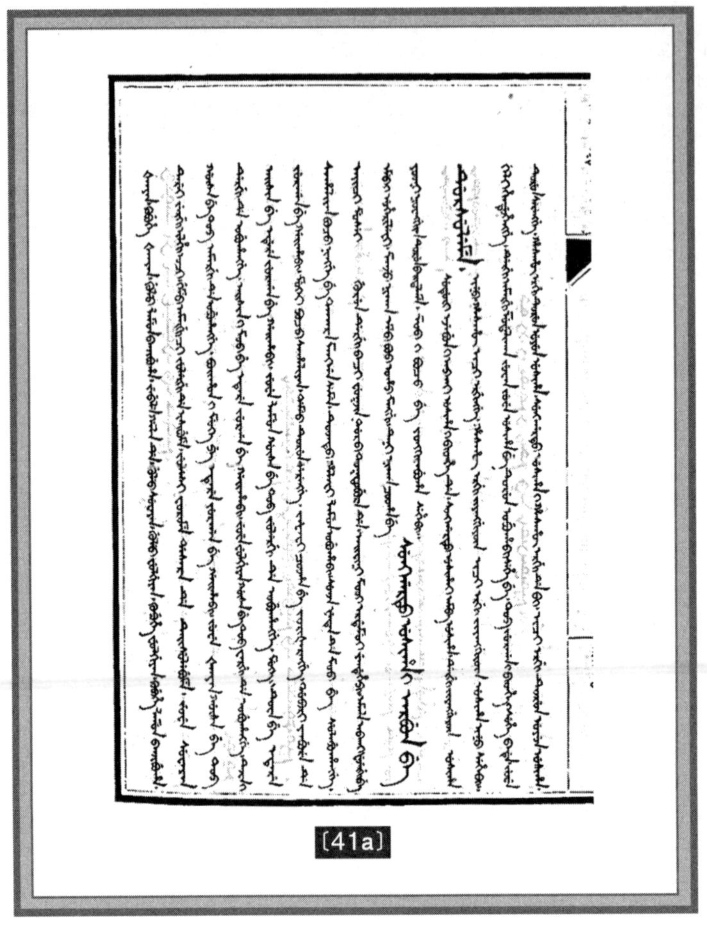

[41a]

šanyan. kubuhe šanyan. gulu lamun banjibuha. jebele gala de gulu suwayan. gulu fulgiyan. kubuhe fulgiyan.
白 鑲 白 正 藍 편성했다. 右 翼 에 正 黃 正 紅 鑲 紅
kubuhe lamun banjibuha. terei jergi ilhi oci gemu amargi ci julergi de isibume julesi forome dasara de
鑲 藍 편성했다. 그의 차례 되면 전부 북 에서 남 에 이르게 하며 앞으로 향하며 다스림 에
teisulebume juwe suwayan gūsa be tob amargi de obuhangge. boihon i muke be etere jurgan be gaihabi.
맞게 하고 兩 黃 旗 를 正 北 에 되게 한 것 土 의 水 를 이기는 이치 를 따랐다.
juwe šanyan gūsa be tob dergi de obuhangge aisin i moo be etere jurgan be gaihabi. juwe fulgiyan gūsa be
兩 白 旗 를 正 東 에 되게 한 것 金 의 木 을 이기는 이치 를 따랐다. 兩 紅 旗 를
tob wargi de obuhangge tuwa i aisin be etere jurgan be gaihabi. juwe lamun gūsa be tob julergi de obuhangge.
正 西 에 되게 한 것 火 의 金 을 이기는 이치 를 따랐다. 兩 藍 旗 를 正 南 에 되게 한 것
muke tuwa be etere jurgan be gaihabi. mukei boco sahaliyan. damu turun serengge jafafi cooha be jorišarangge.
水 火 를 이기는 이치 를 따랐다. 水의 색 검다. 다만 大旗 하는 것 잡고 군사 를 지시하는 것.
dobori yabure de sahaliyan boco ningge be takara mangga seme tuttu halafi lamun obuhabi. sunja feten de
밤 행하기 에 검은 색의 것 을 분별하기 어렵다 하고 그렇게 바꿔서 藍 되게 했다. 五 行 에
moo be sulabuhangge ainci musei gurun dergi baci fukjin doro toktobure de aifini moo erdemui yendehebi.
木 을 남겨두는 것 아마 우리의 나라 동쪽 땅에서 처음 政 定함 에 특히 木 덕으로 흥기했다.
amala abkai fejergibe emu i uherilefi manju nikan emu boo oho manggi teni nikan cooha be yooni niowanggiyan
후에 天 下를 하나로 통일하고 만주 漢 한 집 된 후 바로 漢 군사 를 전부 綠

turun baitalame moo i boco be yongkiyabuha sehebi.
大旗 사용하여 木 의 색 을 완비하게 했다 하였다.

sunggartu usiha i arbun be dursuleme.
河鼓 星 의 형상 을 본받고

suduri ejebun i abkai usiha i bithe de sunggartu usihai dergi jiyanggiyūn usiha inu. hashū ici ergingge hashū
史 記 의 하늘의 별 의 書 에 河鼓 星의 동쪽 장군 별 이다. 좌 우 쪽의 것 왼
ergi jiyanggiyūn ici ergi jiyanggiyūn usiha inu sehebi. geli henduhengge dergi amargi mudalikan juwan juwe
쪽 장군 오른 쪽 장군 별 이다 하였다. 또 말한 것 동 북쪽 구불구불한 10 2
usiha be turun obuhabi sehe be tob jurgan i bithe i suhe bade juwe turun serengge hashū ergi turun uyun
별 을 大旗 되게 했다 한 것 을 正 義 의 書 의 주해한 바에 兩 大旗 하는 것 왼 쪽 大旗 9
usiha. sunggartu usiha i hashū ergi de bi. ici ergi turun uyun usiha
별 河鼓 星 의 왼 쪽 에 있다. 오른 쪽 大旗 9 별

[한문]

則鑲黃正白鑲白正藍也, 右翼則正黃正紅鑲紅鑲藍也. 其次序皆自北而南, 向離出治, 兩黃旗位正北, 取土勝水, 兩白旗位正東, 取金勝木, 兩紅旗位正西, 取火勝金, 兩藍旗位正南, 取水勝火, 水色本黑, 而旗以指麾, 或夜行, 則黑色難辨, 故以藍代之. 五行虛木, 盖國家創業東方, 木德先旺, 比統一西海, 滿漢一家, 乃令漢兵全用綠旗, 以備木色. 法其象於河鼓, 注史記天官書, 河鼓, 大星, 上將, 左右, 左右將. 右, 東北曲十二星曰旗. 注, 正義曰, 兩旗者, 左旗九星, 在河鼓左, 右旗九星,

—— ◦ —— ◦ —— ◦ ——

정백(正白)·양백(鑲白)·정람(正藍)를 편성했다, 우익(右翼)에 정황(正黃)·정홍(正紅)·양홍(鑲紅)·양람(鑲藍)을 편성했다. 그 순서는 전부 북에서 남에 이르게 하고, 앞으로 향하여 통솔하기에 적절하게 하고, 양황기(兩黃旗)를 정북(正北)이 되게 한 것은 토(土)가 수(水)를 이기는 이치를 따랐다. 양백기(兩白旗)를 정동(正東)이 되게 한 것은 금(金)이 목(木)을 이기는 이치를 따랐다. 양홍기(兩紅旗)를 정서(正西)가 되게 한 것은 화(火)가 금(金)을 이기는 이치를 따랐다. 양람기(兩藍旗)를 정남(正南)이 되게 한 것은 수(水)가 화(火)를 이기는 이치를 따랐다. 수의 색은 검지만, 대기(大旗)는 잡고 군사를 지시하는 것이기 때문에, 밤에 행동하기에 검은 색은 분별하기 어렵다고 하여서 람(藍)으로 바꾸게 하였다. 오행(五行)에 목을 남겨둔 것은 아마도 우리나라가 동쪽 땅에서 개국할 때, 특히 목의 덕으로 흥기했기 때문인데, 후에 천하를 하나로 통일하고 만한(滿漢)이 한 집이 된 후 바로 한의 군사를 모두 녹(綠) 대기(大旗)를 사용하여 목(木)의 색을 완비하게 하였다." 하였다.

하고성(河鼓星)의 형상을 본받고

『사기』「천관서」에, "하고성 동쪽은 장군 별이다. 좌우쪽이라는 것은 왼쪽 장군, 오른쪽 장군 별이다." 하였다. 또 말하기를, "동북쪽 구불구불한 열두 별을 대기 삼았다." 한 것을 정의(正義)에서 「주(注)」한 것에, "양 대기라는 것은 왼쪽 대기 아홉 별은 하고성 왼쪽에 있고, 오른쪽 대기 아홉 별

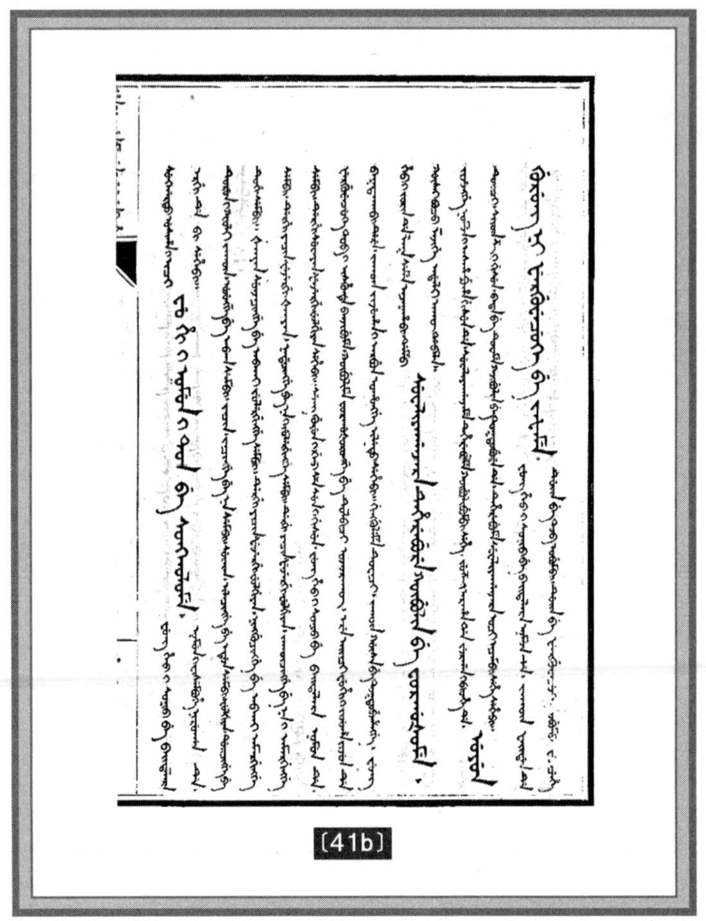

[41b]

sunggartu usiha i ici ergi de bi sehebi.
河鼓 星 의 오른 쪽 에 있다 하였다.

fu hi i nomun[271] i ton be songkolome.
伏羲 의 經 의 수 를 따르며

fung heo[272] i sonio be baitalara nomun i fisembuhe nirugan de turun i kooli jakūn. ujungge be abka sembi.
風 后 의 握 奇 經 續 圖 에 大旗 法例 八 첫 번째 를 하늘 한다.
yacin. jacingge be na sembi. suwayan. ilacingge be edun sembi fulgiyan. duicingge be tugi sembi. šanyan.
黑 두 번째 를 땅 한다. 黃 세 번째 를 바람 한다. 赤 네 번째 를 구름 한다. 白
sunjacingge be abkai julergingge sembi. dergi yacin. fejergi fugiyan. ninggucingge be abkai amargingge sembi.
다섯 번째 를 하늘의 남쪽 한다. 위 黑 아래 赤 여섯 번째 를 하늘의 북쪽 한다.
dergi yacin. fejergi šanayan. nadacingge be na i julergingge sembi. dergi yacin. fejergi fulgiyan. jakūcingge
위 黑 아래 白 일곱 번째 를 땅 의 남쪽 한다. 위 黑 아래 赤 여덟 번째
be na i amargingge sembi. dergi suwayan. fejergi fulgiyan sehebi. sung gurun i g'eo sy sun[273] i gisun
를 땅 의 북쪽 한다. 위 黃 아래 赤 하였다. 宋 나라 의 高 似 孫 의 말

271) fu hi i nomun : 『역경』을 복희(伏羲)가 지은 것으로 알려져 있어서 『희경(羲經)』이라고도 한다.
272) fung heo : 황제의 신하인 풍후(風后)로 황제가 치우와 전쟁을 할 때 지남차(指南車)를 만들었다.
273) g'eo sy sun : 송나라 말기의 고사손(高似孫)으로 『위략(緯略)』 등 다수의 저서가 있으나, 문장이 난해하다.

fung heo i sonio be baitalara nomun de ferguwecuke tob i ishunde banjibume kūbulime forgošorongge be
風 后 握 奇 經 에 기이하고 바름 의 서로 생기고 변화하는 것 을
tulbici ojorakū. ere ainci fu hi i jijuha jijun de baktakabi dere. jakūn jijuhan i arbun ohongge iletu sehebi.
예측할 수 없다. 이 아마 伏 羲 의 쓴 爻 에 받아들였으리라. 八 卦 의 象 된 것 분명하다 하였다.
gingguleme tuwaci jakūn gūsa be toktobuhangge fung heo i jorin de lak seme acanahabi. damu gūsai boco
공경하며 보자니 8 旗 를 정한 것 風 后 의 의도 에 딱 하고 맞았다. 다만 旗의 색
majige adali akū dabala.
조금 같지 않을 따름이다.

suwaliyaganjara teherebure kūbulin be forgošome.
뒤섞고 어울리게 하는 변화 를 전환하고
jijungge nomun i ashabuha gisun de suwaliyaganjame teherebume kūbulibumbi sehe. judzy i araha da
易 經 의 繫 辭 에 뒤섞고 어울리게 하며 변하게 한다 하였다. 朱子 의 쓴 本
jurgan i bithe de tuwaci siyūn dzy i gisun bata be tuwame kūbulin be toktobure de teherebume
義 의 書 에 보면 荀 子 의 말 적 을 살펴보며 변화 를 평정함 에 균형되게 하고
suwaliyaganjara oci acambi sehe sehebi.
섞지 않으면 안 된다 했다 하였다.

uyun gurung[274] ni ferguwecuke be jafame.
九 宮 의 奇 를 파악하고
fung heo i sonio be baitalara nomun de jakūn faidan de duin be tob obumbi. duin be ferguwecuke obumbi
風 后 의 握 奇 經 에 八 陣 에 넷 을 正 되게 한다. 넷 을 奇 되게 한다
funcehe
남은 것

[한문]―――――

在河鼓右. 則其數於羲經. ㊟風后握奇經續圖, 旗法八, 一天元, 二地黃, 三風赤, 四雲白, 五天前, 上元下赤, 六天後, 上元下白, 七地前, 上元下赤, 八地後, 上黃下赤. 宋高似孫曰, 風后握奇經, 奇正相生, 變化不測, 盖潛乎伏羲之書, 其爲八卦之象明矣. 謹按, 八旗之制, 與風后之意吻合, 特旗色稍有不同耳. ○經, 叶音姜. 韓愈詩, 日念子來遊, 子豈知我情, 別離未爲久, 辛苦多所經. ○情, 音翔. 神其變於三五, ㊟易繫辭, 參伍以變. 朱子本義, 按荀子云, 窺敵制變, 欲伍以參. 握其奇於九宮. ㊟風后握奇經, 八陣, 四爲正, 四爲奇,

――∘――∘――∘――

하고성(河鼓星)의 오른쪽에 있다." 하였다.

『희경(羲經)』의 운수를 따르며,

풍후(風后)의 「악기경속도(握奇經續圖)」에, "기법팔(旗法八) 첫 번째를 하늘이라 한다. 흑(黑)이다. 두 번째를 땅이라 한다. 황(黃)이다. 세 번째를 바람이라 한다. 적(赤)이다. 네 번째를 구름이라 한다. 백(白)이다. 다섯 번째를 하늘의 남쪽이라 한다. 위쪽이 흑이다. 아래쪽이 적이다. 여섯 번째를 하늘의 북쪽이라 한다. 위쪽이 흑이다. 아래쪽이 백이다. 일곱 번째를 땅의 남쪽이라 한다. 위쪽이 흑이다. 아래쪽이 적이다. 여덟 번째를 땅의 북쪽이라 한다. 위쪽이 황이다. 아래쪽이 적이다." 하였다. 송나라의 고사손(高似孫)이 말하기를, "풍후의 『악기경(握奇經)』에, '기(奇)와 정(正)이 상생하고 변화하는 것을 예측할 수 없다' 하였는데, 이것은 아마도 복희(伏羲)가 그은 획을 받아들인 것이리라. 팔괘의 상(象)이 된 것이 분명하다." 하였다. 삼가 살펴보건대, 팔기를 확정한 것은 풍후의 의도에 딱 일치하였다. 다만 기의 색이 조금 다를 뿐이다.

뒤섞고 어울리게 하는 변화를 전환하고,

『역경』「계사(繫辭)」에, "뒤섞고 어울리게 하며 변하게 한다." 하였다. 주자가 쓴 본의(本義)에, "순자가 말하기를, '적을 살펴보며 변화를 평정함에 균형되게 하고, 섞지 않으면 안 된다' 했다." 하였다.

구궁(九宮)의 기(奇)를 장악하고,

풍후의 『악기경』에, "팔진(八陣)에 넷을 정(正) 되게 하고, 넷을 기(奇) 되게 한다. 남은

274) uyun gurung : 구궁(九宮)이라는 뜻으로 구성(九星)에 팔괘와 팔문을 짝하게 하고, 그것이 운행하는 아홉 방위를 가리키는 말이다.

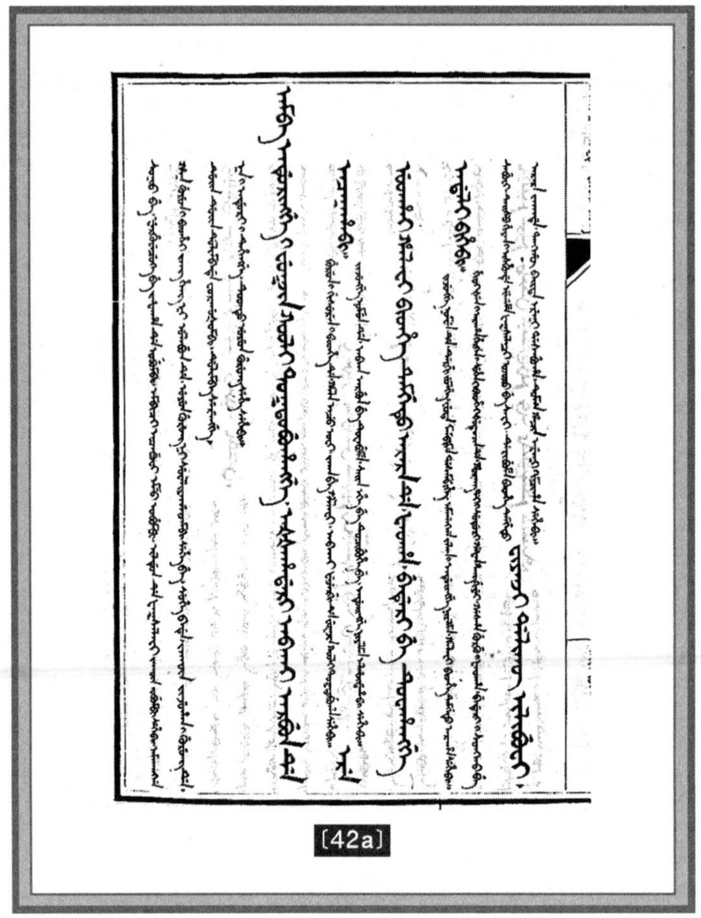

[42a]

sonio be ferguwecuke be jafaha de obumbi. embici acabufi emu obumbi. ildun de faksalafi jakūn obumbi
奇 를 奇 를 장악함 에 되게 한다. 혹은 어울려서 하나 되게 한다. 機 에 나누어서 여덟 되게 한다
sehebi. amagangga han gurun i bithei jang heng ni ulabun de uyun gurung ni suwaliyaganjambi sehe be suhe
하였다. 後 漢 나라 의 書의 張 衡 의 傳 에 九 宮 의 섞인다 한 것을 주해한
bade jakūn jijuhan i gurung de duin duin dulimbade forgošombi. dulimba serengge na i enduri i tehengge.
바에 八 卦 의 宮 에 넷 넷 가운데에 운행한다. 중앙 하는 것 땅의 신 의 있는 곳이다.
tuttu uyun gurung sehe sehebi.
그렇게 九 宮 했다 하였다.

amba enduringge[275] i fukjin kooli toktobuhangge. aššahadari abkai arbun de acanahabi..
大 聖 의 처음 典例 정한 것 움직임마다 하늘의 象 에 맞았다.
gurun i gisuren i bithe de hala encu ofi jaka be halafi abkai fejergi de fukjin kooli toktobuha sehebi.
國 語 의 書 에 姓 다르게 되고 物 을 바꾸고 天 下 에 처음 典例 정했다 하였다.
jijungge nomun de abka arbun be tuwabume sain ehe be tucibuhe be enduringge niyalma alhūdahabi sehebi.
易 經 에 하늘 象 을 보게 하고 좋고 나쁨 을 드러냄 을 聖 人 본받았다 하였다.

275) **amba enduringge** : 대성(大聖)이라는 뜻으로 공자(孔子)를 높여 이르는 말이다.

ere uthai halafi bithe temgetu arara de. fatha. bederi be tuwahangge adali bihebi..
이 곧 바꾸고 書 契 씀 에 발굽 자국 을 본 것 처럼 있었다.

jijungge nomun de dergi julge futa mampime dasambihe. amagangga jalan i enduringge niyalma halafi bithe
易 經 에 上 古 새끼 매듭지며 다스렸다. 후 세 의 聖 人 바꿔서 書
temgetu araha sehebi. hioi šen[276] i araha hergen i suhen i bithei šutucin de hūwang di i suduri hafan
契 썼다 하였다. 許 愼 의 쓴 說 文 의 書의 序 에 黃 帝 의 史 관리
tsang giyei gasha gurgu i fatha bederi i songko be sabufi teisu giyan i ishunde ilgame faksalaci ojoro be
蒼 頡의 새 짐승 의 발굽 자국 의 자취 를 보고 같은 이치 로 서로 구분하고 나눌 수 있음 을
safi deribume bithe temgetu arara jakade tanggū baita ereni dasabuha. tumen hacin ereni kimciha sehebi.
알고 창시하여 書 契 쓸 적에 百 事 이로써 다스려졌다. 萬 가지 이로써 살폈다 하였다.

fiyanji dalikū ilibufi.
믿을 수 있는 사람 세우고

[한문]

餘奇爲握奇, 或合而爲一, 因離而爲八. 後漢書張衡傳, 雜之以九宮. 注, 八卦之宮, 每四而還於中央. 中央者, 地神之所居, 故謂之九宮. ○宮, 叶音光. 班固張敖銘, 功成德立, 襲封南宮, 垂號萬期, 永保無疆. 大聖創制, 動協天象. 注國語, 更姓改物, 以創制天下. 易, 天垂象, 見吉凶, 聖人象之. ○象, 叶音祥. 易, 剝, 剝也, 柔變剛也. 不利有攸往, 小人長也. 順而止之, 觀象也. 是猶易之書契, 乃觀蹄迒焉. 注易, 上古結繩而治, 後世聖人, 易之以書契. 許愼說文序, 黃帝之史蒼頡, 見鳥獸蹄迒之跡, 知分理之可相別異也. 初造書契, 百工以乂, 萬品以察. 樹以屛翰,

—— ◦ —— ◦ —— ◦ ——

기(奇)로 기(奇)를 장악하게 한다. 혹은 어울려서 하나 되게 하고, 기(機)에 나누어서 여덟이 되게 한다." 했다. 『후한서』「장형(張衡傳)」에, "구궁(九宮)이 섞인다." 한 것을 「주(注)」한 것에, "팔괘의 궁(宮)에 각 넷은 가운데서 운행한다. 중앙은 지신(地神)이 있는 곳이다. 그래서 구궁이라 했다." 하였다.

대성(大聖)이 처음 법례를 정한 것이 움직임마다 하늘의 현상에 맞았다.

『국어』에, "성(姓)을 바꾸고 사물을 바꾸며, 천하에 처음 법례를 정하게 했다." 하였다. 『역경』에, "하늘이 형상을 보게 하고, 좋고 나쁨을 드러내는 것을 성인이 본받았다." 하였다.

이것은 곧 바꾸어서 서계(書契)를 쓸 때, 짐승의 발자국을 본 것 같았다.

『역경』에, "상고에 새끼를 매듭지어 다스렸고, 후세의 성인이 바꾸어서 서계(書契)를 썼다." 하였다. 허신(許愼)이 쓴 『설문』의 서문에, "황제의 사관 창힐(蒼頡)이 새와 짐승의 발자국을 보고, 같은 이치로 서로 구분하며 나눌 수 있다는 것을 알고, 창시하여 서계(書契)를 쓸 적에 백가지 일이 이로써 다스려졌고, 만 가지가 이로써 자세해졌다." 하였다.

믿을 수 있는 사람 세우고,

276) hioi šen : 후한 때의 학자인 허신(許愼)을 가리킨다. 유가의 고전에 정통하였고, 한자를 형음의(形音義)에 따라 체계적으로 해설한 최초의 자서인 『설문해자(說文解字)』를 지었다.

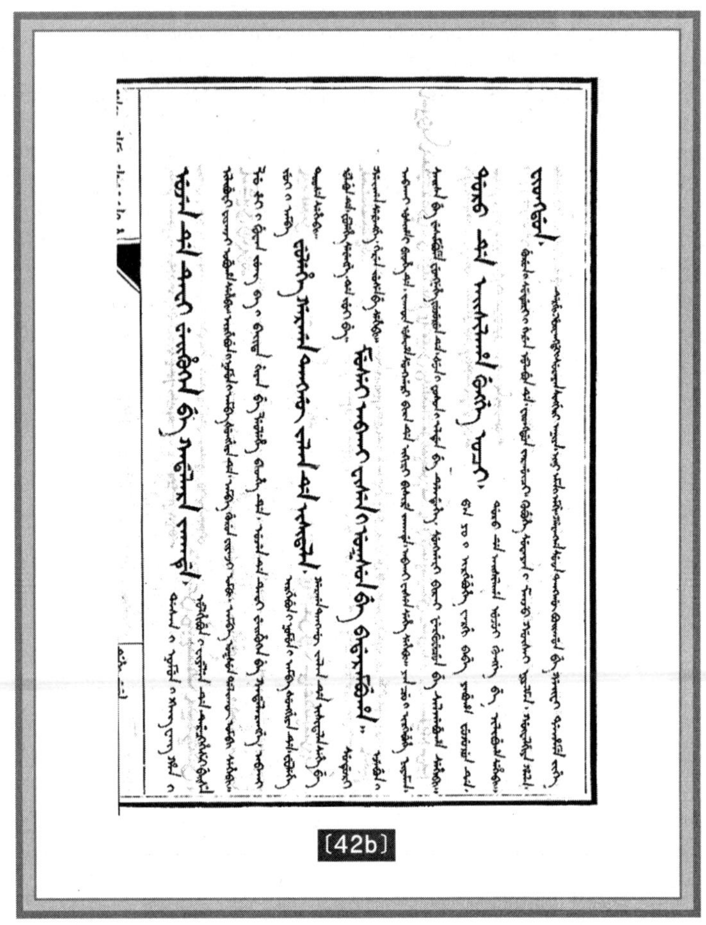

[42b]

ujen de tefi weihuken be kadalara jakade.
무거움 에 머물고 가벼움 을 맡을 적에

dasan i nomun i k'ang wang han i ulhibun i fiyelen de tereci hesei beise ilibufi fiyanji obuha
書 經 의 康 王 汗 의 誥 의 篇 에 그로부터 칙명으로 beise 세우고 의지 되게 했다
sehebi. irgebun i nomun i amba šungiya de amba gurun fiyanji ombi. amba uksun dalikū ombi sehebi.
하였다. 詩 經 의 大 雅 에 큰 나라 의지 된다. 큰 宗室 울타리 된다 하였다.
lu jy[277] i guwan jung ba i baita giyan be leolehe bithe[278] de ujen de tefi weihuken be kadalarangge
陸贄 의 關 中 땅 의 일 도리 를 논한 書 에 무거움 에 머물고 가벼움 을 맡는 것
abkai jui i amba toose sehebi.
天 子 의 큰 권한 하였다.

fulehe gargan tanggū jalan de isitala.
뿌리 가지 百 代 에 이르도록

irgebun i nomun i amba šunggiya de fulehe gargan tanggū jalan de isistala sehe be ulabun de fulehe serengge
詩 經 의 大 雅 에 뿌리 가지 百 代 에 이르도록 한 것 을 傳 에 뿌리 하는 것

277) lu jy : 당나라 때의 관료이자 학자인 육지(陸贄)를 가리킨다. 18세에 과거에 급제하여 한림학사 등을 지냈다.
278) baita giyan be leolehe bithe : 사의장(事宜狀)라는 뜻으로 일의 마땅함을 조목조목 나열하여 적은 서장을 가리킨다.

da jui be gargan serengge geren juse be sehebi.
本 宗 이고 가지 하는 것 支 子 이다 하였다.

musei abkai fisen i uksun be badarambuha..
우리의 하늘의 撒水 로 종실 을 늘렸다.

suduri ejebun i abkai usiha i bithe de jakūn usiha sunggari bira de ikiri bisire jakade abkai fisen sehe
史 記 의 天 官 書 에 八 星 은하수 강 에 연이어 있을 적에 하늘의 撒水 했다
sehebi. yan cu i irgebuhe niyaman saisa be wesimbume fungnehe fujurun de šun i foson i elden be dendehe
하였다. 晏 殊 의 지은 親 賢 을 進 封 賦 에 해 의 비춤 의 빛 을 구분하는
sunggari birai ferguwecun be salgabuha sehebi.
은하수 강의 길조 를 하늘이 준 것 하였다.

doro de aisilaha gungge oci.
도리 에 도와준 功 되면

pan yo i irgebuhe wargi babe yabuha fujurun de doro de aisilaha ujui gungge be ilibuha sehebi.
潘 岳 의 지은 서쪽 땅을 간 賦 에 도리 에 도와준 첫째의 공 을 세웠다 하였다.

fiongdon.
fiongdon

gurun i suduri i geren ulabun de fiongdon jargūci[279]. kubuhe suwayan i manju gūsai niyalma. gūwalgiya hala.
國 史 列 傳 에 fiongdon jargūci 鑲 黃 의 滿洲 旗 人 gūwalgiya 氏
dergi hūwangdi suwayan singgeri aniya ini ama i emgi harangga sunja tanggū boigon be gaifi dahame jihe
高 皇帝 戊 子 年 그의 아버지 와 함께 管下의 五 百 戶 를 데리고 귀순하여 온

[한문]

馭輕居重. ㊟書康王之誥, 乃命建侯樹屛. 詩大雅, 大邦維屛, 大宗維翰. 陸贄論關中事宜狀, 居重馭輕, 天子之大權也. ○重, 叶傳王切. 本支百世, ㊟詩大雅, 本支百世. 傳, 本, 本宗也, 支, 支子也. 昌我宗潢. ㊟史記天官書, 八星絶漢曰天潢. 晏殊親賢進封賦, 分暉日域, 禀秀星潢. 佐命之勳, ㊟潘岳西征賦, 建佐命之元勳. 曰費英東, ㊟國史列傳, 費英東札爾固齊, 滿洲鑲黃旗人, 姓瓜爾佳氏. 高皇帝戊子年, 從其父率所部五百戶來歸,

—— ◦ —— ◦ —— ◦ ——

무거운 것에 머물고 가벼운 것은 관리할 적에

『서경』「강왕지고(康王之誥)」에, "그로부터 칙명으로 버이서(beise) 세워서 의지 삼았다." 하였다. 『시경』「대아」에, "큰 나라가 의지가 된다. 큰 종실이 울타리 된다." 하였다. 육지(陸贄)의 「관중사의장(關中事宜狀)」에, "무거운 것에 머물고, 가벼운 것을 맡는 것이 천자의 큰 권한이다." 하였다.

뿌리와 가지가 백대에 이르도록

『시경』「대아」에, "'뿌리와 가지가 백대에 이르도록'이라고 한 것을 전에서, 뿌리라고 하는 것은 본종(本宗)이고 가지라고 하는 것은 지자(支子)들이다." 하였다.

우리 하늘의 살수(撒水)로 종실을 늘렸다.

『사기』「천관서」에, "팔성(八星)이 은하수에 연이어 있을 적에 하늘의 살수(撒水)라 했다." 하였다. 안수(晏殊)가 지은 「친현진봉부(親賢進封賦)」에, "햇빛을 구분하는 은하의 길조를 하늘이 준 것이다." 하였다.

제왕을 도와 나라를 세운 공이 되면

반악(潘岳)이 「서정부」에, "제왕을 도와 나라를 세우는 큰 공적을 세웠다." 하였다.

피옹돈(fiongdon, 費英東)

『국사열전(國史列傳)』에, "피옹돈(fiongdon, 費英東) 자르구치(jargūci, 札爾固齊)는 양황의 만주 기인(旗人)이고, 구왈기야(gūwalgiya, 瓜爾佳) 씨이다. 고황제(高皇帝) 무자년에 그의 아버지와 함께 관하의 500호를 이끌고 귀순하여 온

279) **jargūci** : 안건의 초심을 담당하는 이사관(理事官)을 가리키며, 한자로는 '札爾固齊'로 표기한다.

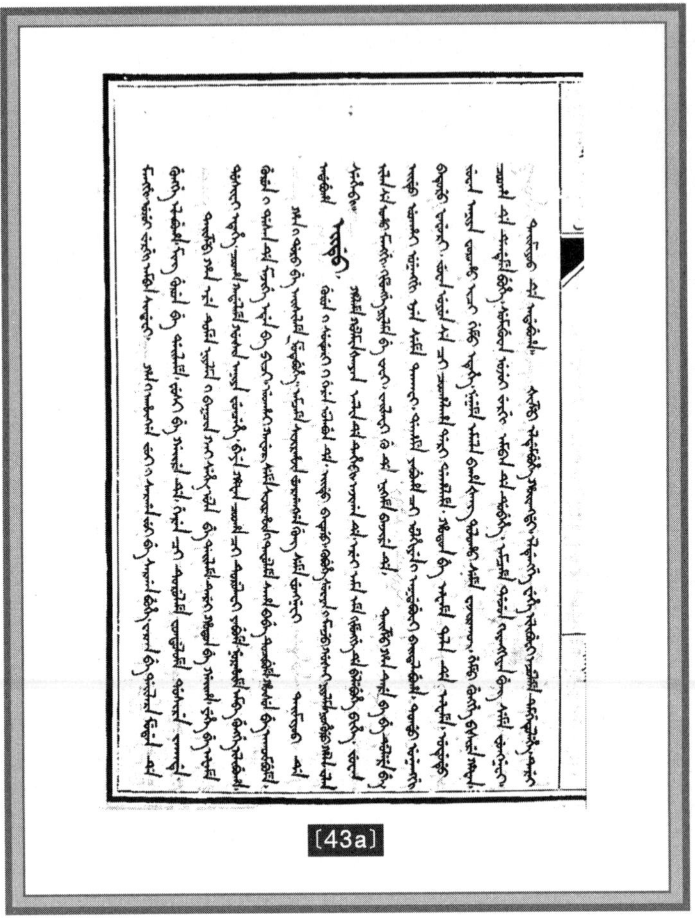
[43a]

manggi ujui jergi amban sindafi han i ahūngga jui i sargan jui be sargan buhe. warka be dailara mudan
후 一 等 大臣 임명하고 汗 의 장남 의 딸 아이 를 아내 주었다. warka 를 정벌할 차례
de gungge ilibuha. ming gurn be dailame fusi be gaire de geren ci turulame fondolome dosire jakade taidzu
에 공적 세웠다. 明 나라 를 정벌하며 fusi 를 취함 에 모두 에서 앞장서 돌진하며 진입할 적에 太祖
han ere tumen niyalma i bakcin kai sehe. ula be dailame terei hoton be gaiha. yehe be afame dosifi
汗 이 萬 사람 의 적 이라 했다. ula 를 정벌하고 그의 성 을 취했다. yehe 를 공격하여 들어가고
etehe cooha kadalame gūsin aniya funcehe. beye hafan cooha ci turulafi yabume nurhūme amba gungge
승리한 군사 지휘하며 30 해 넘었다. 몸소 士 卒 보다 앞장서서 가서 연이어 큰 공적
ilibuha. gurun i dasan de majige eden ba bici uthai kafur seme sijirhūn i tafulame saha babe tucibume
세웠다. 나라 의 政事 에 조금 모자란 바 있으면 곧 단호하게 충직함 으로 충고하고 안 바를 진술하며
hūsun be akūmbume han i doro be aisilame mutebuhe. amcame sijirhūn jurgangga gung seme fungnefi
힘 을 다하고 汗 의 도리 를 도우며 성사시켰다. 추서하여 直 義 公 하고 封하고
taimiyoo de adabuha sehebi
太廟 에 배향했다 하였다.

eidu
eidu

gurun i suduri i geren ulabun de eidu baturu. kubuhe suwayan i manju gūsai niyalma. niohuru hala. jalan
國 史 의 列 傳 에 eidu baturu. 鑲 黃 의 만주 旗의 사람 niohuru 氏 대
halame golmin šanyan alin de tehebi. ajigan de erei ama eme kimungge de belebuhe bihe. juwan ilan se oho
대로 長 白 山 에 살았다. 작음 에 이의 父 母 원한 에 살해당했다. 10 3 세 된
manggi kimungge niyalma be wafi jailafi gu de nikeme banjire de taidzu han tere ba be dulere be eidu
후 원수 를 죽이고 피해서 고모 에게 의지하여 지냄 에 太祖 汗 그 곳 을 지남 을 eidu
uthai unenggi ejen[280] seme takafi dahame yabuha ci ulhiyen i akdabufi baitalabuha. tondo unenggi baturu fafuri.
곧 眞 主 하고 알아 복종하며 행함 에서 점차로 믿게 되어 임명되었다. 忠 誠 勇 敢
juwan uyun se ci coohalaha dari dahalame hoton be afame tala de afame ududu juwan aniya foroho ici gemu
열 아홉 세 부터 출병할 때 마다 뒤따르며 성 을 공격하며 들 에 싸우며 수 10 년 향하는 곳 모두
etehe. neneme amala baha šang toloho seme wajirakū. gemu gungge bisire hafan. cooha de dendeme buhe.
이겼다. 전 후 얻은 상 셌다 해도 끝나지 않는다. 모두 공 있는 관리 군사 에 나누어 주었다.
sumiguwan ujui jergi amban de dubehe. amcame dacun kiyangkiyan gung[281] seme fungnefi taimiyoo de adabuha.
總兵官 일 등 대신 에 죽었다. 추서하여 果 毅 公 하고 封하고 太廟 에 配享하였다
šidzu eldembuhe hūwangdi eldengge wehe ilibufi enculeme temgetulehe. terei
世祖 章 皇帝 찬연한 비 세우고 따로 정표하였다. 그의

[한문]

授一等大臣, 以皇長子女妻焉. 從征瓦爾喀有功, 伐明取撫順, 麾衆直入. 太祖曰, 此萬人敵也. 征烏喇拔其城, 進攻葉赫, 克之. 帥兵三十餘年, 身先士卒, 屢奏膚功, 國事稍有闕失, 輒毅然强諫, 畢知殫力, 以佐成帝業, 追封直義公. 配享太廟. ○東, 叶音當. 楊泉蠶賦, 粤召役夫, 築室於旁, 於旁伊何, 在庭之東. 額都 ㊟國史列傳, 額亦都巴圖魯, 滿洲鑲黃旗人, 姓鈕祜祿氏. 世居長白山, 幼時父母爲仇所害, 年十三, 殺仇人, 避依於姑. 太祖過其地, 額亦都卽識爲眞主, 從行, 日見信任, 忠誠勇敢. 自年十九從征, 攻城野戰數十年, 所向皆捷, 前後賞賚無算, 悉分給有功士卒, 終總兵官一等大臣, 追封弘毅公, 配享太廟. 世祖章皇帝建碑旌異,

—— ∘ —— ∘ —— ∘ ——

후 일등 대신(大臣)으로 임명하고 한(汗)의 장남의 딸을 아내로 주었다. 와르카(warka, 瓦爾喀)를 정벌할 때에 공적을 세웠다. 명나라를 정벌하며 푸시(fusi, 撫順)를 취할 때 앞장서서 돌진하여 쳐들어 갈 적에, 태조(太祖) 한께서, '이는 만인(萬人)의 적이다' 했다. 울라(ula, 烏喇)를 정벌하여 그의 성을 취하고, 여허(yehe, 葉赫)를 공격해 들어가며, 승리한 군사를 30년 넘게 지휘하였다. 몸소 사졸(士卒)보다 앞장서 나아가 연이어 큰 공적을 세웠다. 정사(政事)에 조금 부족한 바 있으면, 곧 단호하게 충직히 충고하며 알고 있는 바를 진술하고, 힘을 다하여 한(汗)의 도리를 도와 성사시켰다. 추서하여 직의공(直義公)으로 봉하고 태묘(太廟)에 배향했다." 하였다.

어이두(eidu, 額都)

『국사열전(國史列傳)』에, "어이두(eidu, 額亦都) 바투루(baturu, 巴圖魯)는 양황의 만주 기인(旗人)이고, 니오후루(niohuru, 鈕祜祿) 씨이다. 대대로 장백산(長白山)에 살았다. 어릴 때, 그의 부모가 원한에 살해당했다. 13세 된 후 원수를 죽이고 피해서 고모에게 의지하여 지내는데 태조 한(汗)이 그곳을 지날 때, 어이두가 즉시 진주(眞主)임을 알아보고서 복종하여 다니면서 점차 믿게 되어 임명되었다. 충성스럽고 용감하다. 열아홉 살부터 출병할 때마다 뒤따라 성을 공격하며 들에서 싸워서 수십 년 동안 향하는 곳마다 모두 승리했다. 받은 상을 세어도 끝이 없다. 모두 공이 있는 관리, 군사에게 나누어 주었다. 총병관(總兵官) 일등 대신 때에 죽었다. 추서하여 과의공(果毅公)이라고 봉하고 태묘(太廟)에 배향하였다. 세조장황제(世祖章皇帝)가 비를 세우고 따로 정표(旌表)하였다. 그의

280) **unenggi ejen** : 하늘의 뜻을 받아 어지러운 세상을 평정하고 통일하는 왕이라는 뜻의 진주(眞主)를 가리킨다.
281) **dacun kiyangkiyan gung** : 과의공(果毅公)의 만주어 표현이다. 한문본에는 홍의공(弘毅公)으로 되어 있다.

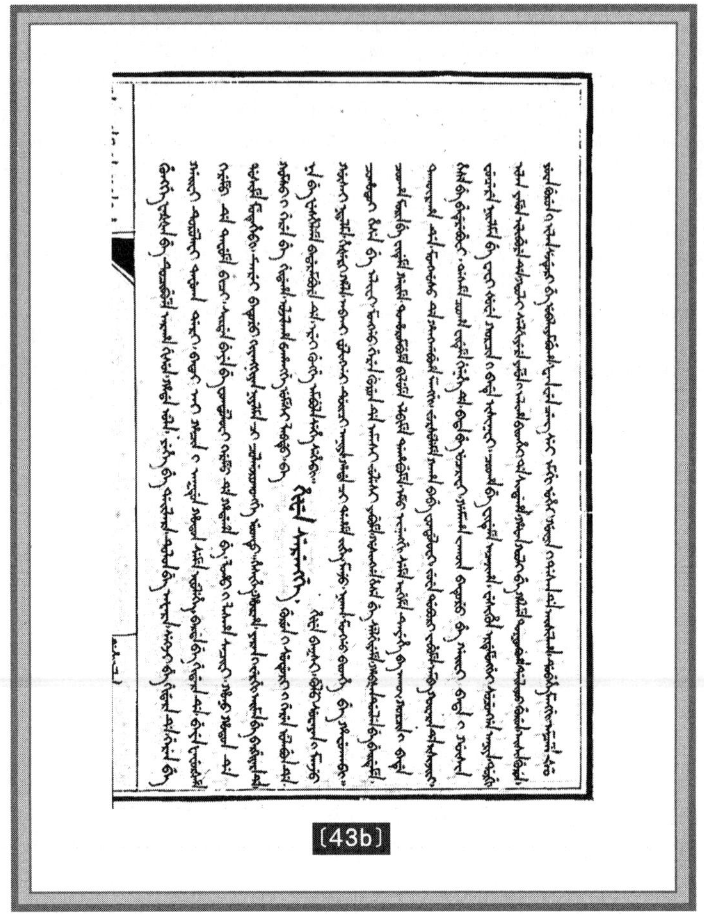

〔43b〕

gungge faššan be tucibume araha gisun. hada ula. yehe be dailara. tulun be afara. sekji be gidara de
공적 을 상술한 말 hada ula yehe 를 정벌하고 tulun 을 공격하고 sekji 를 격파함 에
geren be gaifi turulafi tafuka dari batai ai hacin i akdun hoton seme efulehe. barda be gidara de beye
여럿 을 데리고 앞장서서 오름 마다 적의 어떤 견고한 성 해도 파괴했다. barda 를 격파함 에 몸소
fafuršame keremu de tafume bici sirdan beye be fondolofi keremu de hadaha be loho i lasha sacifi
분발하여 성가퀴 에 오르고 있으니 화살 몸 을 관통하고 성가퀴 에 돌진함 을 칼 로 갈기갈기 베고
hono hoton de dosime mutehebi. terei baturu kiyangkiyan niyalma ci colgorokongge uttu. hesihe.
더욱 성 에 들어갈 수 있었다. 그의 용감하고 용맹스러운 사람 보다 뛰어난 것 이러하다. hesihe
hūrha. yaran i jergi aiman be bargiyara de komso i geren be gidaha. oljilaha bahangge umesi labdu.
hūrha yaran 의 등 부족 을 거둠 에 적음 으로 여럿 을 물리쳤다. 사로잡고 얻은 것 매우 많다.
ba na be fesheleme badarambure de erei gungge ambula sehe sehebi.
영토 를 개간하고 넓힘 에 이의 공적 대단하다 했다 하였다.

hife serengge
hife 하는 것

gurun i suduri i geren ulabun de hife baksi gulu suwayan i manju gūsai niyalma. hešeri hala. abkai fulinggai
國 史 의 列 傳 에 hife 박사 正 黃 의 만주 旗의 사람 hešeri 氏 天 命의

duici aniya hada ci dahame jihe. manju nikan monggo bithe be hafukabi. cohotoi hese be alifi monggo
넷째 해 hada 에서 항복하여 왔다. 만주 漢 몽골 글 을 통달했다. 특히 칙명 을 알리고 몽고
geren gurun de amasi julesi yabume gosingga hese be selgiyeme habšan duilen be beideme cooha morin be
여러 나라 에 왕래 다니며 어진 칙명 을 전하고 소송 심판 을 심문하고 군사 말 을
fideme gaime. tohorombume bilume elbime dahabume. emu inenggi seme ergeme teyehe ba akū.
동원하여 이끌며 안정시키고 위로하며 투항시키고 따르게 하며 한 날 해도 휴식하며 쉰 바 없다.
korcin i bade takūraha de. monggoso de hanggabuha manggi. jursuleme kaha babe fondolofi. juwe dobori
korcin 의 땅에 파견함 에 몽골인들 에 가로막힌 후 반복하여 막은 땅을 뚫고 두 밤
yabume. amba kūwaran de isinjifi hese be bederebufi dasame cooha fideme genehe de bata be ucarafi
가서 큰 병영 에 도착해서 復命하고 다시 군사 동원하며 감 에 적 을 마주쳐서
gamaha jakūn baturu be gaifi bata i gūsin funcere niyalma be wafi šuwe korcin i bade isinafi cooha be
데려간 8 영웅 을 데리고 적 의 30 넘은 사람 을 죽이고 곧장 korcin 의 땅에 이르고 군사 를
fideme acanjiha. wesihun erdemunggei sucungga aniya dorgi ilan yamun[282] ilibure de kooli selgiyere yamun
이동하여 만나러 왔다. 崇 德 元 年 內 三 院 세움 에 弘文院
i aliha bithei da sindaha. hafan kooli be halame toktobuha. tailiyoo gurun. aisin gurun. yuwan gurun i ilan suduri
大學士 임명했다. 官 制 를 바꾸어 정했다. 大遼 나라 金 나라 元 나라 의 三 史
be ubaliyambuha fan wen ceng[283] sei emgi uhei gūnin i dasan de aisilaha. dubehe manggi amcame šu
를 번역한 范 文 程 들과 함께 同 心 으로 정사 에 도왔다. 죽은 후 추서하여 文

[한문]

第其功伐, 有云, 征哈達烏喇葉赫, 攻圖倫, 襲色克濟, 率衆先登, 敵無堅壁, 至敗巴爾達, 奮軀登堞, 矢貫其身, 連於堞上, 以刀斷之, 猶能入城, 其驁猛有過人者. 收赫席黑虎兒哈雅欖諸部, 以少擊衆, 俘獲甚多, 開拓疆土, 厥績懋焉.
希福 ㊟國史列傳, 希福巴克什, 滿洲正黃旗人, 姓何舍禮氏. 天命四年, 自哈達來歸, 通滿漢蒙古文字, 專奉使往來蒙古諸國. 宣德音, 治訟獄, 調集兵馬, 綏撫招徠. 未嘗一日安處, 其奉使科爾沁, 爲蒙古所梗, 冒重圍行兩夜. 達大營, 復命, 再往調兵, 遇敵, 以所率健士八人, 斬敵三十餘人, 徑達科爾沁, 調兵來會. 崇德元年, 設內三院, 授弘文院大學士, 更定官制, 繙譯遼金元三史, 與范文程等, 同心輔政. 卒謚文簡,

—— ◦ —— ◦ —— ◦ ——

공적을 상술한 말에, '하다(hada, 哈達), 울라(ula, 烏喇), 여허(yehe, 葉赫)을 정벌하고, 툴룬(tulun, 圖倫)을 공격하고, 석지(sekji, 色克濟)를 격파할 때 여럿을 데리고 앞장서서 올라 적의 어떤 견고한 성이라 해도 모두 파괴했다. 바르다(barda, 巴爾達)을 격파할 때 몸소 분발하여 성가퀴에 오르자 화살이 몸을 관통하고 성가퀴에 돌진하니 칼로 갈기갈기 베이고서 성에 들어갈 수 있었다. 그의 용감하고 용맹스러움이 이렇게 뛰어났다. 허시허(hesihe, 赫席黑), 후르하(hūrha, 虎兒哈), 야란(yaran, 雅欖) 등의 부족을 거두어 들일 때, 적은 수로 여럿을 물리쳤다. 사로잡고 얻은 것이 매우 많다. 영토를 개척하고 넓히는 것에 그의 공적 대단하다.' 했다." 하였다.

히펴(hife, 希福)는

『국사열전(國史列傳)』에, 히펴(hife, 希福) 박사는 정황(正黃)의 만주 기인(旗人)이고, 허셔리(hešeri, 何舍禮) 씨이다. 천명(天命) 4년, 하다에서 항복하여 왔다. 만주, 한(漢), 몽골의 글을 통달했다. 특히 칙명을 알리고, 몽골 여러 나라에 왕래 다니며 어진 칙명을 전하고, 소송의 심판을 심문하고, 군마를 동원하여 이끌고, 안정시키고 위로하며, 투항시키고 따르게 하며, 하루라도 휴식하며 쉰 적이 없다. 코르친(korcin, 科爾沁)의 땅으로 파견할 때, 몽골인들에게 가로막히자 반복하여 가로막은 땅을 뚫어 이틀 밤을 가서 큰 병영에 도착하여 복명(復命)하고, 다시 군사를 동원하여 갈 때 적과 마주치자 인솔해간 여덟 영웅을 데리고 30명이 넘는 적을 죽이고는 곧장 코르친 지역에 이르러 군사를 이동하여 만나러 왔다. 숭덕(崇德) 원년 내삼원(內三院)을 세울 때 홍문원(弘文院) 대학사(大學士)에 임명했다. 관제를 개정했다. 대요국(大遼國), 금나라, 원나라의 삼사(三史)를 번역한 범문정(范文程)들과 함께 동심(同心)으로 정사(政事)를 도왔다. 사후에 추서하여

282) **dorgi ilan yamun** : 청나라 초기 설치한 내국사원(內國史院)·내비서원(內秘書院)·내홍문원(內弘文院)의 3원을 총칭하여 부른 내삼원(內三院)을 가리킨다.

283) **fan wen ceng** : 범문정(范文程)으로 그의 선조가 명나라 초에 강서성에서 무순(撫順)으로 유배해 온 뒤부터 살았는데, 천명 3년(1618)에 누르하치(努爾哈赤)에게 투항하여 총애를 받았다. 네 명의 황제를 모시면서 청초의 정치적 상황을 안정시키는 데 크게 기여하였다.

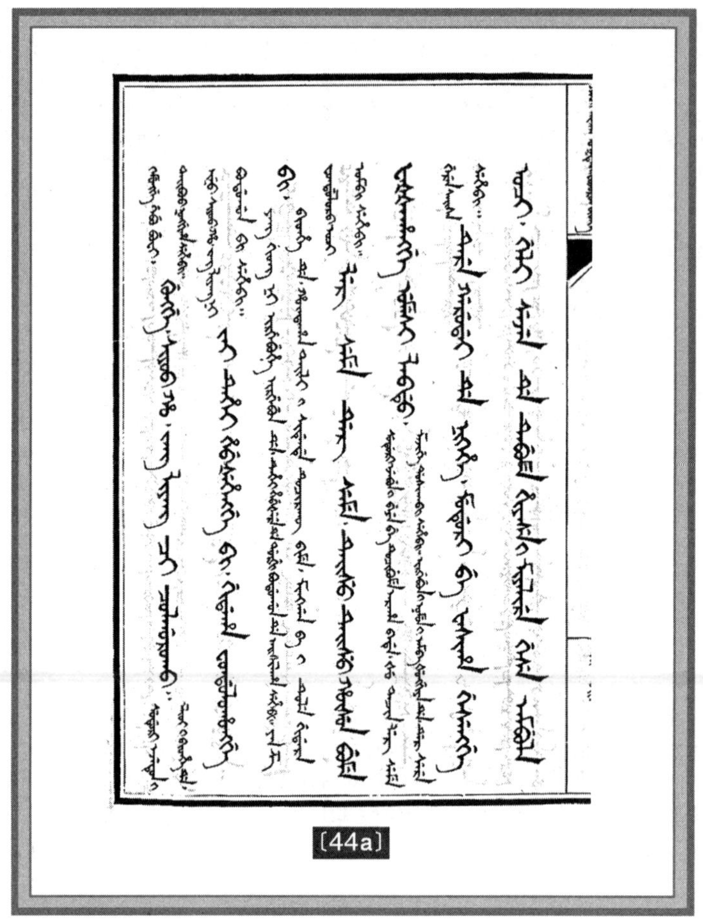
〔44a〕

kemungge gebu bufi. taiboo nonggiha sehebi..
簡 賜名하고 太保 더했다 하였다.

gungge siyoo ho jang liyang ci colgoroko.
공적 蕭 河 張 良 보다 뛰어났다.

suduri ejetun i alioi i bithe de inu siyoo ho. jang liyang ni bodogon bi sehebi.
史 記 의 律 書 에 또 蕭 河 張 良 의 계략 있다 하였다.

jai tehei hebešehengge bi. gidaha fondolohongge bi.
또 앉아서 의논하는 이 있다 쳐부수고 돌진하는 이 있다.

yang giong ni irgebuhe irgebun de tehei hebešere de dorgi bodogon[284] de aisilaha sehebi. yan dzy bithe de
楊 炯 의 지은 詩 에 앉아서 의논함 에 廟略 에 도왔다 하였다. 晏 子 書 에
hūntahan taili[285] i sidende tucirakū bime minggan ba i tule gidara fondoloro oci ombi sehebi.
樽 俎 의 사이에서 나오지 않고 千 里 의 밖 쳐부수고 돌진할 수 있다 하였다.

284) **dorgi bodogon** : 묘략(廟略)이라는 뜻으로 조정에서 세우는 국가 대사에 관한 계책(計策)을 가리킨다.
285) **hūntahan taili** : 제사 때에 술을 담는 그릇인 준(樽)과 고기를 괴어 놓는 도마인 조(俎)를 가리킨다.

ler seme der seme teisu teisu hūsun bume
훌륭하고 여럿이 각 각 힘 쓰며

faššahangge umesi labdu.
노력하는 이 매우 많다.

suduri ejebun i beye be tucibume araha bade šu tacin ler seme majige dosikabi sehebi. irgebun i nomun i
史 記 의 자신 을 드러내며 지은 바에 文 學 훌륭하고 조금 나아갔다 하였다. 詩 經 의
amba šunggiya de der sere geren saisa sehebi.
大 雅 에 많은 여러 선비 하였다.

tere garudai de nikehe. muduri be fasiha gesengge
그 봉황 에 기대고 용 을 매달린 것 같은 이

oci. geli sejen de tebume hiyase i miyalire gese ambula
되니 또 수레 에 싣고 斗 의 되는 것 같이 많이

[한문]

贈太保. 續茂蕭張, 注史記律書, 亦有蕭張之謀. 曰有坐謀, 曰有折衝. 注楊炯詩, 坐謀資廟略. 晏子, 不出樽俎之間, 而折衝千里之外. ○衝, 叶音昌. 道藏歌, 引領囂庭內, 開心機穢衝, 一靜安居苦, 試去視滄浪. 旣彬彬而濟濟, 亦赳赳而彭彭. 注史記自序, 文學彬彬稍進. 詩大雅, 濟濟多士. 又, 周南, 赳赳武夫. 又, 小雅, 出車彭彭. ○彭, 叶音旁. 劉歆遂初賦, 求仁得仁, 固非常兮, 守信保已, 比老彭兮. 其餘附鳳而攀龍者, 盖車載與斗量.

—— ◦ —— ◦ —— ◦ ——

문간(文簡)이라 사명(賜名)하고, 태보(太保)를 더했다." 하였다.

공적이 소하(蕭河), 장량(張良)보다 뛰어났다.

『사기』「율서(律書)」에, "또 소하(蕭河)와 장량(張良)의 계략이 있다." 하였다.

또 앉아서 의논하는 이도 있고 싸우며 돌진하는 이도 있다.

양형(楊炯)이 지은 시에, "앉아서 의논함에 묘략(廟略)을 도왔다." 하였다. 『안자(晏子)』에, "준조(樽俎) 사이에서 나오지 않고 천리 밖에서 쳐부수고 돌진할 수 있다." 하였다.

훌륭하고 여럿이 함께 힘써 노력하는 이 매우 많다.

『사기』「자서(自序)」에, "문학(文學)이 훌륭하고 조금 나아갔다." 하였다. 『시경』「대아」에, "많은 여러 선비들이다." 하였다.

봉황에 기대고 용에 매달린 것 같은 이 되니, 또 수레에 싣고 말로 되는 것처럼 많았다.

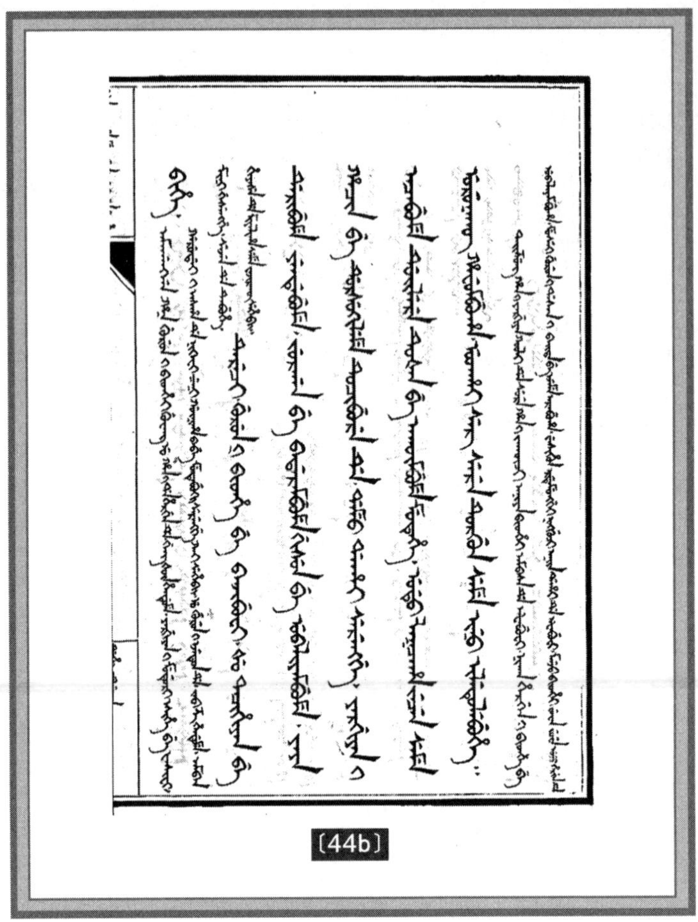

[44b]

bihe.
있었다.

amagangga han gurun i bithei guwang u han i da hergen de geng sūn hendume yargiyan i muduri esihe be
後 漢 나라 의 書의 光 武 汗 의 本 紀 에 耿 純 말하되 진실로 용 비늘 을
fasifi garudai i asha de nikefi ceni gūniha babe mutebuki serengge kai sehebi. u gurun i ejetun de
매달고 봉황 의 날개 에 의존해서 그들의 생각한 바를 이루게 하자 하는 것 이라 하였다. 吳 나라 의 志 에
jao dzy[286] hendume amban mini gesengge sejen de tebuhe hiyase de miyaliha seme wajirakū sehebi.
趙 咨 말하되 대신 나와 같은 이 수레 에 싣고 斗 에 되었다 해도 끝나지 않는다 하였다.

tereci gurun i bithe be banjibufi. šu tacihiyan be
그로부터 나라 의 글자 를 만들고 文 敎 를

deribume yendebume. jurgan be badarambume gisun be ubaliyambume. yaya
시작하며 일으키고 뜻 을 널리 퍼뜨리며 말 을 번역하고 모든

286) jao dzy : 삼국시개 오나라의 조자(趙咨)를 가리킨다. 황초(黃初) 2년(221), 손권이 위나라에 신하를 자처하며 조자를 파견하여 문제(文帝)를 알현토록 했는데, 기민한 언변과 침착한 응대로 손권을 '총명하고 어질며 뛰어난 재능을 가진 주인'이라고 소개했다.

hacin be dursukileme tucibure de. damu dahai[287] serengge. yargiyan i
종류 를 본받아 드러냄 에 다만 dahai 하는 이 진실로

acabume duilere tušan be akūmbume mutehe. udu lakcaha jecen seme
맞추어 조사하는 임무 를 다하여 완성했다. 비록 멀리 떨어진 변경 해도

urunakū hafumbuha. uthai ser sere turgun seme inu iletulebuhe..
반드시 통하였다. 곧 사소한 이유 하여 도 명백하게 했다.

taidzung han i yargiyan kooli de sure han i jakūci aniya bithei ambasa de afabufi nikan hergen i bithe be
太宗 汗 의 實 錄 에 天聰 8번째 해 文 臣들 에게 맡겨서 漢 字 의 書 를

ubaliyambuha. musei gurun i dasan i baita be ejeme arabuha. wesihun erdemunggei ningguci aniya
번역하게 했다. 우리의 나라 의 政 事 를 기록하여 쓰게 했다. 崇 德 6번째 해

dahai de afabufi manju bithei juwan juwe uju hergen de
dahai 에게 맡겨서 만주 글의 10 2 字頭 에

[한문]

㊟後漢書光武紀, 耿純曰, 固望攀龍鱗, 附鳳翼, 以成其志耳. 吳志, 趙咨曰, 如臣之比, 車載斗量, 不可勝數. ○龍, 叶音郎. 楊戱關張贊, 敵以乘釁, 家破車亡, 乖道反德, 託鳳攀龍. 爰制國書, 聿興文敎, 演義譯音, 物取其肖. 允惟大海, 克稱檢校. 雖絶域其必通, 即纖故其亦貌. ㊟太宗實錄, 天聰八年, 命儒臣翻譯漢字書籍, 記注本朝政事. 崇德六年, 命大海加國書十二字頭圈點,

—— ◦ —— ◦ —— ◦ ——

『후한서』「광무제본기(光武帝本紀)」에, "경순(耿純)이 말하기를, 진실로 용 비늘에 매달리고 봉황의 날개에 의존해서 그들의 생각한 바를 이루게 하자 하는 것이라." 하였다. 『오지(吳志)』에, "조자(趙咨)가 말하기를, 나와 같은 대신(大臣)은 수레에 싣고 말로 되어도 끝이 없다." 하였다.

그로부터 나라의 글자를 만들고, 문교(文敎)를 시작하여 일으키고, 뜻을 널리 퍼뜨리고 말을 번역하며, 모든 종류의 사물을 본받아 드러낼 때, 오로지 다하이(dahai, 大海)가 진실에 맞추어 조사하는 임무를 다하였다. 비록 멀리 떨어진 변경이라 해도 반드시 통하였다. 곧 사소한 이유라도 명백하게 했다.

『태종실록(太宗實錄)』에, "천총(天聰) 8년 유신(儒臣)들에게 맡겨서 한자 서적을 번역하게 했다. 우리나라의 정사(政事)를 기록하게 했다. 숭덕(崇德) 6년 다하이에게 맡겨서 만주문자의 12자두(字頭)에

287) dahai : 정람(正藍)의 만주 기인(旗人)으로 한자로는 대해(大海)로 쓴다. 1632년에 기존의 무권점(無圈點) 만주문자를 유권점(有圈點) 만주문자로 전환하는데 공헌하였고, 외교 및 문서 행정에 관한 분야에서 활약하였다.

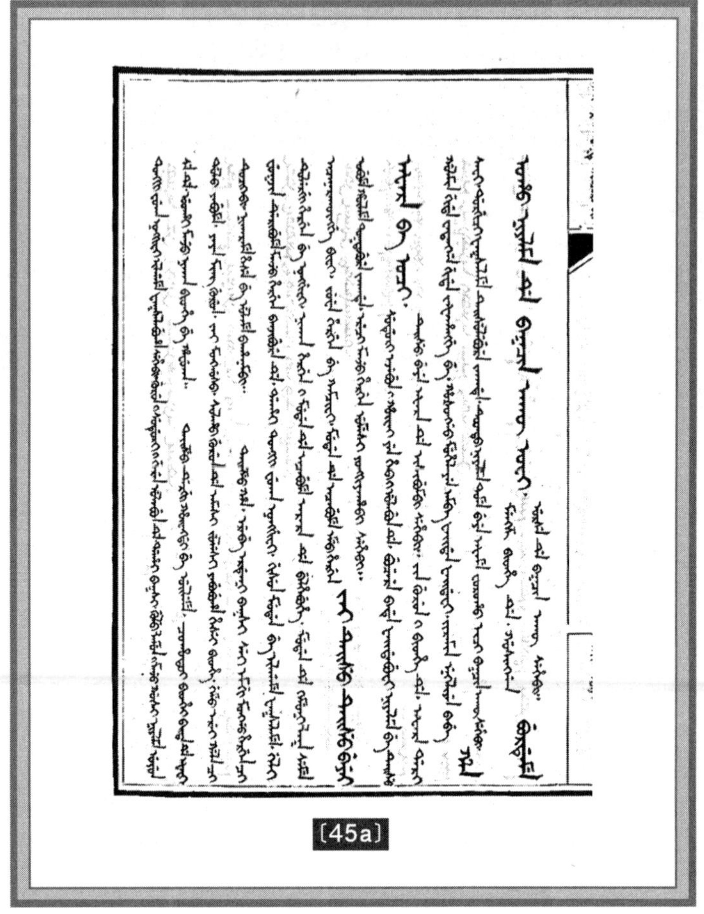
[45a]

tongki fuka nonggifi ilgame faksalabuha sehebi. gurun i suduri i geren ulabun de dahai baksi gulu lamun i
圈 点 더하고 구분하며 가르게 했다 하였다. 國 史 의 列 傳 에 dahai baksi 正 藍 의
manju gūsai niyalma uyun se de uthai manju nikan bithe be hafuka. taidzu dergi hūwangdi be uileme cohotoi
만주 旗의 사람 9 세 에 곧 滿 漢 글자 를 통달했다. 太祖 高 皇帝 를 모시고 특별히
bithei baita de afafi dolo yabume yaya ming gurun jai monggoso. solho gurun de amasi julesi yabubuha.
글자의 일 에 맡고 內廷 행하며 전부 明 나라 또 몽골인들 고려 나라 에 왕래 하게 했다.
hesei bithe gemu erei gala ci tucikebi. nikarame hese be ulame bahanambi. taidzu han erebe erdeni baksi
詔書 모두 이의 손 에서 나왔다. 중국어하며 칙령 을 전할 수 있다. 太祖 汗 이를 erdeni baksi
sei emgi monggo hergen ci fukjin deribume manju hergen banjibure de dahai tongki fuka nonggifi gisun mudan
들과 함께 몽골 문자 에서 창제하여 만주 문자 생겨남 에 dahai 圈 点 첨가해서 語 氣
be ilgame faksalame geli tulergi hergen be nonggifi nikan hergen i mudan de acabume arara de belhebuhe.
를 구분하여 가르고 또 外 字 를 첨가하고 漢 字 의 소리 에 맞추어 지음 에 준비하게 했다.
mudan de kemuni lak seme acanarakūngge bifi juwe hergen be kamcifi mudan de acabume emu hergen obume
소리 에 언제나 딱 하고 맞지 않는 것 있어서 두 문자 를 합쳐서 소리 에 맞추어 한 문자 되게
hūlame toktobure jakade ereci manju heregen umesi yongkiyahabi sehebi.
소리 나게 정할 적에 이로부터 만주 문자 확실히 완성되었다 하였다.

jai teisu teisu beyei afara ba oci.
또 各 各 자신의 싸울 바 되면

suduri ejebun i hŭwai yen heo[288] i ulabun de bucere bade faidabufi niyalma be teisu teisu beye afara de
史 記 의 淮 陰 侯 의 傳 에 死地에 늘어놓고 사람 을 각 각 스스로 싸움 에
isibumbi sehebi. jin gurun i bithe de afara dari golmin gida. watangga gida jafahangge be hošonggo muheliyen
이르게 한다 하였다. 晉 나라 의 書 에 싸움 마다 긴 창 갈고리 창 잡은 이 를 方 圓
amba faidan faidafi jiramin nekeliyen babe safi dorgici faksalame teisulebure jakade tuttu niyalma tome beye
大 陣 치고 두껍고 엷은 바를 알고 안에서 구분하며 상대하게 할 적에 그렇게 사람 마다 스스로
afame foroho ici bakcin akŭ sehebi.
싸워 향한 쪽 적 없다 하였다.

han oho niyalma de bakcin akŭ ofi.
汗 된 사람 에게 적 없게 되고

mengdzy bithe de gosingga urse de bakcin akŭ sehebi.
孟子 書 에 仁 무리 에 적 없다 하였다.

burdeme
나팔 불며

[한문]

以分析之. 國史列傳, 大海巴克什, 滿洲正藍旗人, 九歲卽通滿漢文. 事太祖高皇帝, 專司文翰內廷, 凡與明代及蒙古朝鮮往來詞命, 悉出其手, 能操漢音, 傳宣詔旨. 太祖命與額爾德尼巴克什等, 由蒙古文創立滿文, 大海增加圈點, 分別語氣, 又增外字, 以備漢字之對音, 猶未甚叶者, 則連兩字切成一字, 於是滿文大備. 若夫人自爲戰, 註史記淮陰侯傳, 置之死地, 使人人自爲戰. 晉書, 每戰以長矟鉤刃爲方圓大陣, 知有厚薄, 從中分配, 故人自爲戰, 所向無敵. 王者無敵. 註孟子, 仁者無敵.

—∘—∘—∘—

권점(圈点) 더하고 구분하며 구분하게 했다." 하였다. 『국사열전(國史列傳)』에, 다하이(dahai, 大海) 박시(baksi, 巴克什)는 정남(正藍)의 만주 기인(旗人)이다. 아홉 살에 만(滿), 한(漢) 문자를 통달했다. 태조(太祖) 고황제(高皇帝)를 모시며 특별히 문자의 일을 맡아 내정(內廷)을 행하며, 모든 명나라, 또 몽골인들, 고려에 왕래하게 했다. 조서(詔書)는 모두 이 사람의 손에서 나왔다. 중국어를 하며 칙령을 전할 수 있다. 태조(太祖) 한(汗)께서 그를 어르더니(erdeni, 額爾德尼) 박시 등과 함께 몽골문자에서 시작하여 만주문자 창시함에 다하이(dahai, 大海)가 권점(圈点)을 첨가해서 어기(語氣)를 구분하여 가르고, 또 외자(外字)를 추가하고 한자의 소리에 맞추어 지어 갖추게 했다. 소리가 언제나 딱 일치하지 않는 것이 있어서 두 문자를 합쳐서 소리에 맞추어 한 문자가 되게 하여 소리 내도록 규정하게 하니, 이로부터 만주문자가 확실히 완성되었다." 하였다.

또 각자 스스로 싸우게 되니

『사기』「회음후전(淮陰侯傳)」에, "사지(死地)에 늘어놓고 사람들을 각자 스스로 싸우게 한다." 하였다. 『진서(晉書)』에, "싸울 때마다 긴 창, 갈고리 창 잡은 이를 방원(方圓)의 큰 진(陣)을 치고, 두텁고 엷은 바를 알고 구분하며 상대하게 할 적에 사람마다 스스로 싸워 향한 곳에 적이 없다." 하였다.

왕에게 적이 없고

「맹자」에, "인(仁)한 사람에게는 적이 없다." 하였다.

나팔 불며

288) hŭwai yen heo : 회음후(淮陰侯)의 음차로 유방을 도와 한나라를 세운 한신(韓信)을 가리킨다. 회음(淮陰) 출신으로 유방을 도운 공으로 초왕(楚王)이 되었으나, 이후 난을 꾸몄다는 이유로 회음후(淮陰侯)로 강등되고, 끝내는 여후에게 목숨을 잃었다.

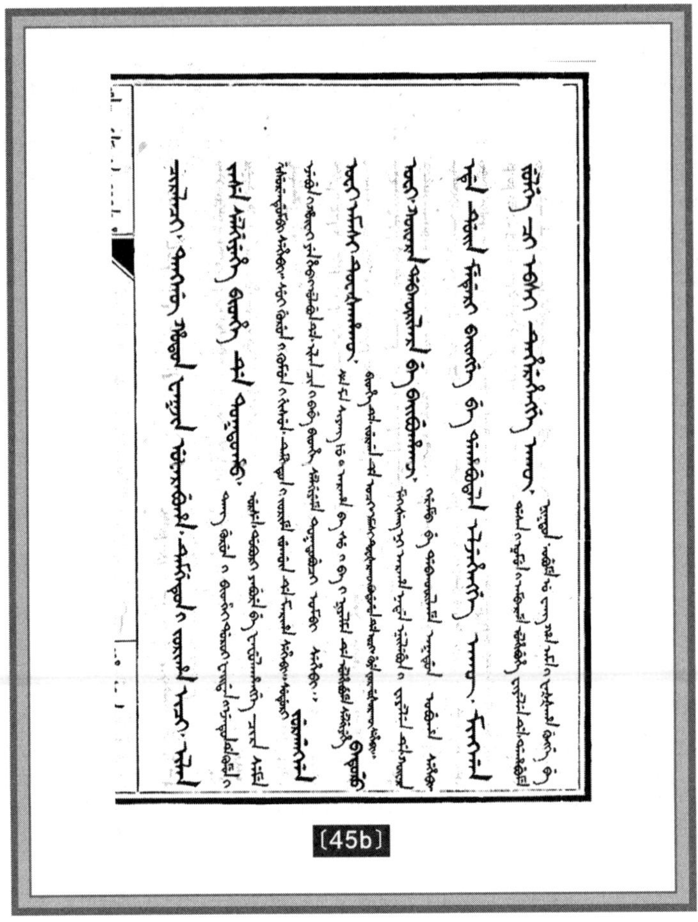

[45b]

ciralaci. tanggū hoton fakjin ufarabuha. temgetun i joriha ici. ilan
엄중히 하면 百 城 의지하는 곳 잃게 됐다. 旌 의 가리킨 쪽 세

jase selgiyehe bithe de toktoho.
변경 전달한 글 에 안정됐다.

tang gurun i bithei doroi faidan i ejetun de kumun i urse dobori yabure be fafulahangge cira seme
唐 나라 의 書의 儀 衛 志 에 樂 士 밤 다님 을 금지한 것 엄하다 하고
gisurendumbi sehebi. sui gurun i kumun i gisun temgetun i jorime jugūn de mariha sehebi.
서로 말한다 하였다. 隋 나라 의 樂 章 旌 으로 가리키며 길 에 돌아갔다 하였다.
suduri ejebun i hūwai yen heo i ulabun de ilan cin[289] i babe bithe selgiyeme toktobuci ombi sehebi.
史 記 의 淮 陰 侯 의 傳 에 三 秦 의 땅을 글 전하여 안정시킬 수 있다 하였다.

jurgangga ofi amasi tuwašahakū.
義 있어서 뒤 살피지 않는다.

289) ilan cin : 삼진(三秦)으로 관중(關中)을 달리 이르는 말이다. 항우가 진나라로 쳐들어가서 관중을 셋으로 나누고, 각각 옹왕(雍王)·새왕(塞王)·적왕(翟王)을 봉한 데에서 이 지역을 가리키는 말로 사용된다.

sy ma siyang zu araha ba šu i ba i niyalma de ulhibume selgiyehe bithe de jurgan de oci amasi tuwašarakū
司馬 相 如 쓴 巴蜀 의 땅 의 사람 에게 알려 전한 書 에 의 에 되면 뒤 살피지 않고
bodogon de oci guye forgošorakū sehebi.
計策 에 되면 발꿈치 바꾸지 않는다 하였다.

baturu ofi. kūwaran dabkūrilara be baibuhakū.
용감해서 병영 겹겹이 쌓는 것 을 필요하지 않았다.
mei šeng ni araha nadan neilebun i fiyelen de kūwaran keremu be dabkūrilame akdun obuha sehebi.
枚 乘 의 지은 七 發 의 篇 에 병영 성가퀴 를 겹겹이 쌓아 견고히 되게 했다 하였다.

ede duin mederi baingge be dahabutala eljehengge akū. minggan
이에 四 海 지방 을 항복받도록 저항하는 것 없다. 千

julge ci ebsi teherehengge akū
古 에서 이래로 상응한 것 없다.
dasan i nomun ambarame ulhibuhe fiyelen de dahabume nikton obume u wang han ama i faššaha
書 經 大 誥 篇 에 항복받으며 안녕 되게 하며 武 王 皇 考 의 노력한
gungge be
공적 을

[한문]

角嚴則百墉失憑, 旌揮則三邊定檄. 注唐書儀衛志, 伶工謂夜警爲嚴. 隋樂章, 揮旌復路. 史記淮陰侯傳, 三秦可傳檄而定也. 義不返顧, 注司馬相如, 喩巴蜀檄義不返顧, 計不旋踵. 勇不重壁. 注枚乘七發, 壁壘重堅. 是以敉四海而莫攖, 亘千古而鮮匹. 注書大誥, 敉寧武圖功.

―――∘―――∘―――∘―――

엄중히 하면 백 개의 성이 의지할 곳 없게 되고, 정(旌)으로 가리키는 쪽, 세 변경은 격문(檄文)으로 안정되었다.

『당서』「의위지(儀衛志)」에, "악사(樂士)들이 밤에 다니는 것을 금지하는 것이 엄하다고 서로 말한다." 하였다. 수나라의 「악장(隋樂章)」에, "정(旌)으로 가리키며 길에 되돌아갔다." 하였다. 『사기』「회음후전(淮陰侯傳)」에, "삼진(三秦)의 땅에 글을 전하여 안정시킬 수 있다." 하였다.

의(義)가 있어서 뒤를 살피지 않았다.

사마상여(司馬相如)의 「유파촉격(喩巴蜀檄)」에, "의(義)에는 뒤를 살피지 않고, 계책에는 발꿈치를 바꾸지 않는다." 하였다.

용감해서 병영을 겹겹이 쌓을 필요가 없다.

매승(枚乘)의 「칠발(七發)」에, "병영과 성가퀴를 겹겹이 쌓아 견고하게 했다." 하였다.

이에 사해(四海)를 평정하도록 저항하는 이가 없다. 천고에 비교할 것이 없다.

『서경』「대고(大誥)」에, "항복받아 평안해지고, 무왕(武王) 황고(皇考)의 노력한 공적을

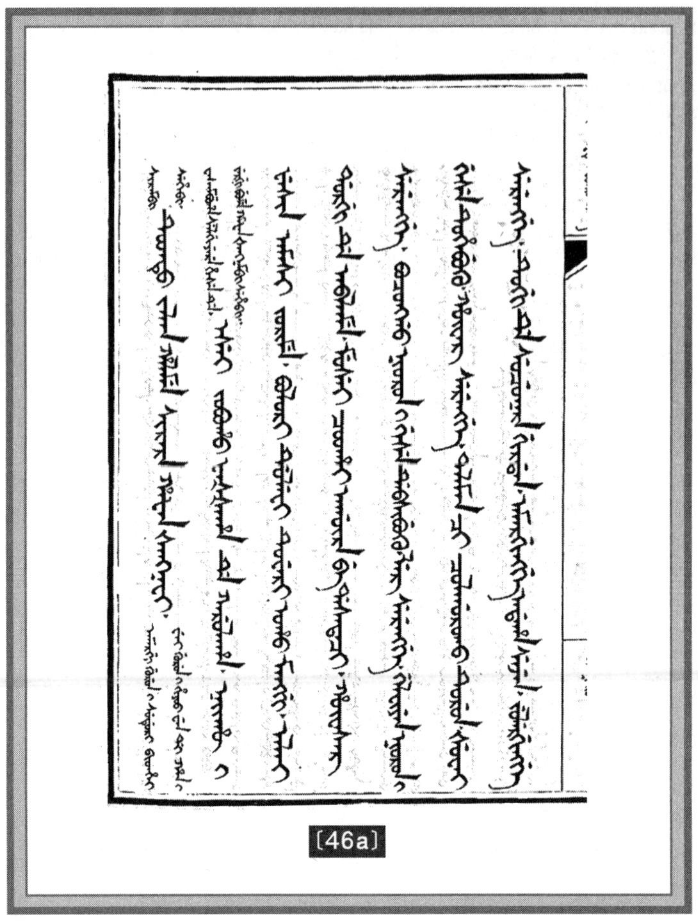

[46a]

sirambi sehebi.
이어받는다 하였다.

tuttu jalan halame sirara hafan šangnafi.
그렇게 세대 바꾸며 이어받는 관리 상 주어서

amargi gurun i suduri bithei wei gurun i hiyoo wen di han i wasimbuha selgiyere hese de jergi bume
북 국 의 史 記의 魏 나라 의 孝 文 帝 汗 의 반포하고 전파한 칙명 에 등급 주고
hafan šangnambi sehe.
관리 상준다 했다.

esei joboho faššaha de karulaha. naihū i
이들의 걱정하고 애쓰는 것 에 보답했다. 북두칠성 의

fesin[290] amasi jorime. bolori dulefi tuweri oho manggi. alai
자루 북으로 가리키고 가을 지나고 겨울 된 후 中

290) naihū i fesin : 북두칠성의 표(杓)라는 뜻으로 두표(斗杓)라고도 쓴다. 옥형(玉衡)·개양(開陽)·요광(搖光)의 세 별을 가리킨다.

dorgi de abalame. musei coohai agūra be dasataci. hūwasar
原 에서 사냥하고 우리의 군사의 무기 를 정리하면 부스럭

serengge. boconggo nioron i gese debsibuku. ler serengge. gelfiyen nioron i
하는 것 빛나는 무지개 와 같은 旗幅 펄럭 하는 것 옅은 무지개 와

gese tuhebuku. hūwar serengge. talman ci colgoroko turun. šuwai
같은 깃발 쓱쓱 하는 것 안개 에서 우뚝 솟은 大旗 우뚝

serengge. tugi de sucunara girdan. amargingge adaha sejen. julergingge
하는 것 구름 에 치솟는 幡旗 뒤쪽 정렬한 수레 앞쪽의

[한문]

故班錄於累世, 注北史魏孝文帝詔, 置官班錄. 用以酬夫勞績. 及其斗杓北指, 涉冬背秋. 爰狩中原, 我戎是修. 靡虹采, 梟蜺旂, 拖霧纛, 建雲旂, 後屬車, 前導游.

—— ◦ —— ◦ —— ◦ ——

이어받는다." 하였다.

그렇게 대대로 이어받는 관리에게 상을 주어

『북사(北史)』에, "위효문제(魏孝文帝)가 반포하고 전파한 칙명에, 품급(品級) 주고 관리에게 상을 준다." 하였다.

이들이 걱정하고 애쓰는 것에 보답하였다. 두표(斗杓)가 북쪽을 가리키고, 가을이 가고 겨울이 된 후, 중원(中原)에서 사냥하고 우리의 군사가 무기를 정리하면, 부스럭 하는 것은 빛나는 무지개와 같은 기폭(旗幅)이고, 펄럭 것은 옅은 무지개와 같은 깃발이고, 쓱쓱 하는 것은 안개에서 치솟은 대기(大旗)이고, 우뚝 하는 것은 구름에 우뚝 솟는 번기(幡旗)이다. 뒤쪽은 정렬한 수레, 앞쪽은

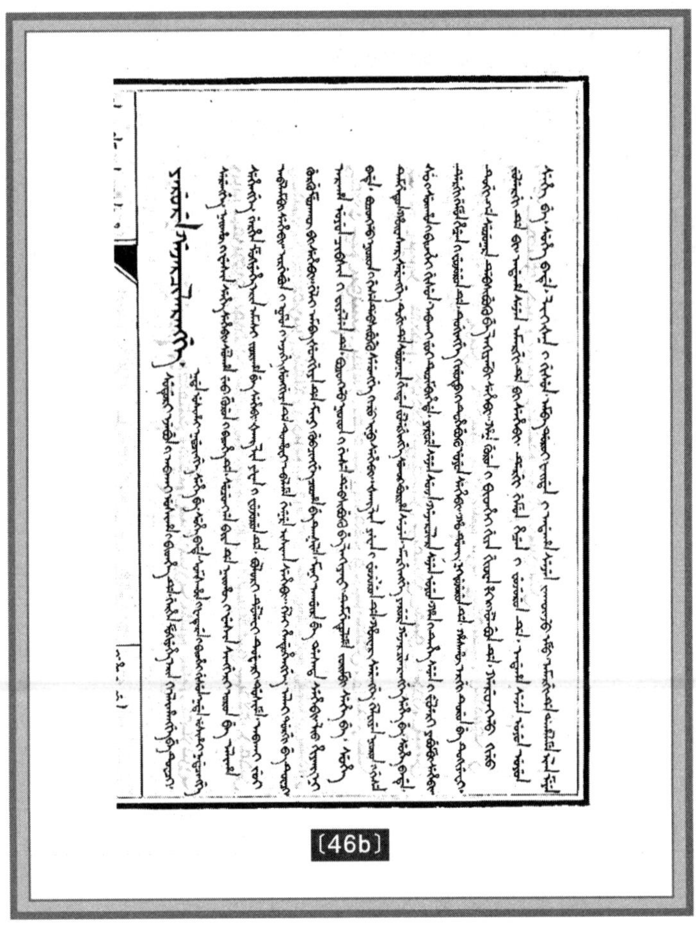
〔46b〕

yarure gajarcilarangge.
이끌고 안내하는 것이다.

suduri ejebun i abkai usiha i bithe de gerhen mukiyehe erin i alihangge be tuwaci nadan usihai nadacingge
史 記 의 天 官 書 에 황혼이 된 때 의 가리킨 것 을 보면 일곱 별의 일곱 번째
sehe be suhe bade somishūn i feteren i bithei gisun nadan usihai nadacingge serengge naihū i fesin
한 것 을 주해한 바에 索 隱 의 書의 말 일곱 별의 일곱 번째 하는 것 북두칠성 의 자루
sehe sehebi. sulaha jeo gurun i bithe de sucungga biya de naihū i fesin singgeri oron be aliha sehengge
했다 하였다. 逸 周 나라 의 書 에 첫 달 에 북두칠성 의 자루 子 자리 를 가리켰다 한 것
gerhen mukiyehe erin amasi joriha be sehebi. šang lin yafan i fujurun de bolori dulefi tuweri dosime
황혼이 된 때 북쪽 가리키는 것 이다 하였다. 上 林 苑 의 賦 에 가을 지나가고 겨울 들어가며
abkai jui abalambi sehebi. irgebun i nomun i ajige šunggiya de tohofi abalame genere isika sehebi.
天 子 사냥한다 하였다. 詩 經 의 小 雅 에 수레 메고 사냥하러 가기 이르렀다 하였다.
geli henduhegge alai dorgi be tuwaci gurgu mujakū bi sehebi. geli amba šunggiya de mini gubcingge cooha be
또 말한 것 中 原 을 보면 짐승 많이 있다 하였다. 또 大 雅 에 나의 모든 군사 를
teksile. mini agūra be dasata sehebi. lio hiyang[291] ni araha uyun cibsin i fiyelen de boconggo nioron i
완비하라. 나의 무기 를 정비하라 하였다. 劉 向 의 지은 九 歎 의 篇 에 빛나는 무지개 와

291) **lio hiyang** : 전한 때의 유향(劉向)을 가리킨다. 종래의 성선설과 성악설 모두를 부정하였으며, 『신서(新序)』와 『설원(說苑)』을 지었다.

gese debsibuku be lakiyafi temgetuleme jorimbi sehe be suhe bade boconggo nioron i gese debsibuku
같은 旗幅 을 걸고 표시하며 가리킨다 한 것 을 주해한 바에 빛나는 무지개 와 같은 旗幅
serengge kiru inu sehebi. šang lin yafan i fujurun de hūwar serengge gelfiyen nioron i gese temgetun.
하는 것 旗 이다 하였다. 上 林 苑 의 賦 에 펄럭 하는 것 엷은 무지개 와 같은 旌
hūwasar serengge tugi de sucunara gidan. julergingge sukūi buriha sejen. amargingge yarure gajarcilarangge
펄럭 하는 것 구름 에 치솟는 깃발 앞쪽 가죽으로 덮은 수레 뒤쪽 이끌고 인도하는 것
sehe be suhe bade šu i suihon i bithei gisun. abkai jui tucimbihede yarure sejen sunja. gajarcilara sejen
한 것 을 주해한 바에 文 颖 의 書의 말 天 子 나왔음에 인도하는 수레 다섯 앞장서는 수레
uyun. han i tehe sejen i juleri yabumbi sehebi. dergi gemun hecen i fujurun de tugingge kirutu[292] i
아홉 汗 의 앉은 수레 의 앞에 간다 하였다. 東 京 성 의 賦 에 구름 모양의 旗 의
tuhebuku uyun sehebi. ho dung ni fujurun de hashū ergi turun be tukiyefi tugi de sucunara debsibuku be
술 아홉 하였다. 河 東 의 賦 에 왼 쪽 大旗 를 들고 구름 에 치솟는 기폭 을
lakiyambi sehebi. han gurun i bithei giya giowan jy[293] i ulabun de garunggū kiru julergi de bi. adaha
건다 하였다. 漢 나라 의 書의 賈 捐 之 의 傳 에 鸞 旗 앞쪽 에 있다. 늘어선
sejen amargi de bi sehebi. dergi gemun hecen i fujurun de adaha sejen uyun uyun sehe be suhe bade
수레 뒤쪽 에 있다 하였다. 東 京 성 의 賦 에 늘어선 수레 9 9 한 것 을 주해한 바에
li šan i gisun amba doro[294]i faidan i adaha sejen jakūnju emu amargi de dahalame ilan meyen
李 善 의 말 大 道의 행렬 의 늘어선 수레 80 1 뒤쪽 에 따라가며 3 隊伍

[한문]

注 史記天官書, 用昏建者杓. 注, 索隱曰, 杓, 斗柄. 逸周書, 惟一月斗柄建子, 始昏北指. 上林賦, 背秋涉冬, 天子校獵. 詩小雅, 駕言行狩. 又, 瞻彼中原, 其祁孔有. 又大雅, 整我六師, 以脩我戎. 劉向九歎, 建虹采以招指. 注, 虹采, 旗也. 上林賦, 拖蜺旌, 靡雲旗, 前皮軒, 後導游. 注, 文穎曰, 天子出, 道車五乘, 游車九乘, 在乘輿車前. 東京賦, 雲罕九斿. 河東賦, 揚左纛, 被雲梢. 漢書賈捐之傳, 鸞旗在前, 屬車在後. 東京賦, 屬車九九. 注, 李善曰, 大駕屬車八十一乘在後, 爲三行. ○斿, 叶音求. 西都賦, 乘鑾輅, 登龍舟, 張鳳盖, 建華旗.

—— ∘ —— ∘ —— ∘ ——

이끌고 안내하는 것이다.

『사기』「천관서(天官書)」에, "황혼이 질 때 가리킨 것을 보면 일곱 별의 일곱 번째이다." 한 것을 「주(注)」한 것에, "『색은(索隱)』에 '일곱별의 일곱 번째는 북두칠성의 자루이다' 했다." 하였다. 「일주서(逸周書)」에, "'정월에 북두칠성의 자루가 자(子) 자리를 가리켰다'고 한 것은 황혼이 질 때 북쪽을 가리키는 것이다." 하였다. 「상림부」에, "가을이 지나고 겨울이 시작되어 천자(天子)가 사냥을 한다." 하였다. 『시경』「소아」에, "수레 메고 사냥하러 갈 때 되었다." 하였다. 또 말하기를, "중원을 보면 짐승이 많이 있다." 하였다. 또 「대아」에, "나의 모든 군사를 정돈하라. 나의 무기를 정비하라." 하였다. 유향(劉向)이 지은 「구탄편(九歎篇)」에, "빛나는 무지개와 같은 기폭(旗幅)을 걸고 정표(旌表)하며 가리킨다." 한 것을 「주(注)」한 것에, "빛나는 무지개와 같은 기폭(旗幅)이라 하는 것은 기(旗)이다." 하였다. 「상림부」에, "펄럭이는 것은 엷은 무지개와 같은 정(旌)이고, 펄럭거리는 것은 구름에 치솟는 깃발이고, 앞쪽의 가죽으로 덮은 수레는 뒤쪽을 이끌고 인도하는 것이다." 한 것을 「주(注)」한 것에, "문영(文颖)의 글에, 천자가 출행할 때 이끌고 인도하는 수레 다섯와 앞장서는 수레 아홉 대가 황제가 앉은 수레의 앞에서 간다." 하였다. 「동경부」에, "구름 모양의 기(旗)의 술이 아홉이다." 하였다. 「하동부(河東賦)」에, "왼쪽에 대기(大旗)를 들고 구름에 치솟는 기폭을 건다." 하였다. 『한서』「가연지전(賈捐之傳)」에, "난기(鸞旗)는 앞쪽에 있고, 늘어선 수레는 뒤쪽에 있다." 하였다. 「동경부」에, "늘어선 수레가 9, 9이다." 한 것을 「주(注)」한 것에, "이선(李善)이 말하기를, '임금의 수레 행렬에 늘어선 수레 81대가 뒤쪽에 따라가며, 3 대오(隊伍)

292) **kirutu** : 기(旗)를 나타내는 '**kiru**'에 '**tu**'가 결합한 형태로 일반사전에서 확인되지 않는다. '**tugingge kirutu**'는 운한(雲罕)으로 천자가 출행할 때 앞에 가는 자가 든 기이다.

293) **giya giowan jy** : 한나라 때의 대신 가연지(賈捐之)를 가리킨다. 가의(賈誼)의 증손으로서 주애(珠崖) 현이 반란을 일으켰을 때, 이의 정벌을 그만 둘 것을 주장하였다.

294) **amba doro** : 대도(大道)의 뜻으로 국정(國政), 제위(帝位)의 뜻으로 쓰인다.

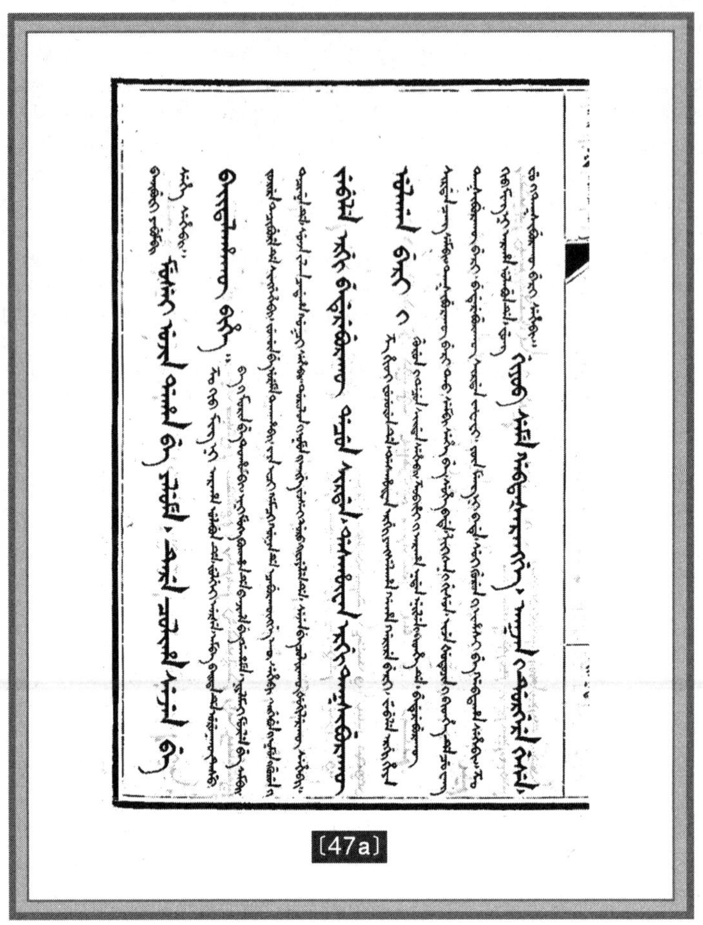

[47a]

banjibufi yabumbi sehe sehebi.
편성해서 간다 했다 하였다.

musei ujin dahan be yalume. tere coliha sejen be
우리의 집 말 을 타고 그 조각한 수레 를

baitalahakū bihe..
사용하지 않았다.

dzo kio ming ni araha ulabun de julgei urse amba baita de urunakū tesu ba i morin be tohombi. ini muke
左 丘 明 의 지은 傳 에 옛 사람들 큰 일 에 반드시 고향 의 말 을 수레 멘다. 그의 물
boihon de banjiha be dahame niyamai mujilen be sambi. jorire tacibure de singgehebi. jugūn be ureme takahabi.
흙 에 자란 것 을 따라 사람의 마음 을 안다. 가리키고 가르침 에 스며들었다. 길 을 익혀 알았다.
yaya ici gamaci gūnin de acaburakūngge akū sehebi. irgebun i nomun i gurun itacinun de sunja jalan cadaha
어느 쪽 데려가도 마음 에 맞지 않는 것 없다 하였다. 詩 經 의 國 風 에 五 代 묶은
gokci sehebi. dorolon i nomun i ajige jusei doro i fiyelen de sejen be colirakū šugilerakū sehebi.
보습 자루 하였다. 禮 記 의 少 子 儀 의 篇 에 수레 를 조각하지 않고 옻칠하지 않는다 하였다.

jebele ergi bedereburakū[295] dacun sirdan. dashūwan ergi taksiburakū[296]
오른 쪽 忘歸 날카로운 화살 왼 쪽 繁弱

ulgan beri i
부드러운 활 로

dzy hioi fujurun de dashūwan ergi yangselaha gaha garire beri. jebele ergi hiya gurun i dacun sirdan sehebi.
子 虛 賦 에 왼 쪽 장식한 烏 號 弓 오른 쪽 夏 나라 의 날카로운 화살 하였다.
dzoo jy i araha nadan neilen bithe de bedereburakū sirdan cang sembi. taksiburakū beri tab sembi sehe be
曹 植 의 지은 七 啓 書 에 忘歸 箭 창 한다. 繁弱 弓 탕 한다 한 것 을
suhe bade li šan i gisun. ice šutucin i bithe de cu wang taksiburakū beri bedereburakū sirdan jafafi yūn meng
주해한 바에 李 善 의 말 新 序 의 書 에 楚 王 繁弱 弓 忘歸 箭 잡고 雲 夢
ni bade sui gurun i ihasi be gabtaha sehebi. dzo kio ming ni araha ulabun de fungfu[297] taksiburakū beri sehebi.
의 땅에 隨 나라 의 무소 를 쏘았다 하였다. 左 丘 明 의 지은 傳 에 封父 繁弱 弓 하였다.

giyob seme gabtašarangge. akjan i durgere gese.
씽 하고 일제히 활을 쏘는 것 천둥 의 진동하는 듯하다.

[한문]

乘我良産, 屛彼彫輈. 註左傳, 古者大事必乘其産, 生其水土而知其人心, 安其敎訓而服習其道, 唯所納之, 無不如志. 詩國風, 五楘梁輈. 禮記少儀, 車不雕幾. 右忘歸之箭勁, 左繁弱之弓柔. 註子虛賦, 左烏號之雕弓, 右夏服之勁箭. 曹植七啓, 捷忘歸之矢, 秉繁弱之弓. 注, 李善曰, 新序, 楚王載繁弱之弓, 忘歸之矢, 以射隨兕於夢. 左傳, 封父之繁弱. 倩洌而雷動,

——◦——◦——◦——

편성해서 간다' 했다." 하였다.

우리집의 말을 타고, 조각한 수레를 사용하지 않았다.

『좌전』에, "옛 사람들은 큰 일에 반드시 고향의 말로 수레를 멘다. 자신의 물과 흙에서 자라서 사람의 마음을 안다. 가리키고 가르침에 스며들었다. 길을 익혀 알았다. 어느 쪽으로 데려가도 마음에 맞지 않는 것 없다." 하였다. 『시경』「국풍」에, "오대(五代)를 묶은 보습 자루이다." 하였다. 『예기』「소의(少儀)」에, "수레를 조각하지 않고 옻칠하지 않는다." 하였다.

오른쪽은 날카로운 망귀전(忘歸箭) 화살, 왼쪽은 부드러운 번약궁(繁弱弓) 활로

「자허부」에, "왼쪽에 장식한 오호궁(烏號弓), 오른쪽에 하나라의 날카로운 화살이다." 하였다. 조식(曹植)이 지은 「칠계(七啓)」에, "망귀전(忘歸箭)은 단단하고 번약궁(繁弱弓)은 부드럽다." 한 것을 「주(注)」한 것에, "이선(李善)이 말하기를, '「신서(新序)」에, 초나라 왕이 번약궁과 망귀전을 가지고 운몽(雲夢)의 땅에서 수나라의 무소를 쏘았다." 하였다. 『좌전』에, "봉부(封父)의 번약궁이다." 하였다.

씽 하며 일제히 활을 쏘는 것이 천둥이 진동하는 듯하다.

295) bedereburakū : 망귀(忘歸)라는 날카로운 화살을 가리킨다. 시위에서 한번 떠나면 다시는 돌아오지 않기 때문에 그렇게 일컫는다.
296) taksiburakū : 번약(繁弱)이라는 이름의 초나라 활을 가리킨다.
297) fungfu : 봉부(封父)라는 고대 제후국의 이름이다.

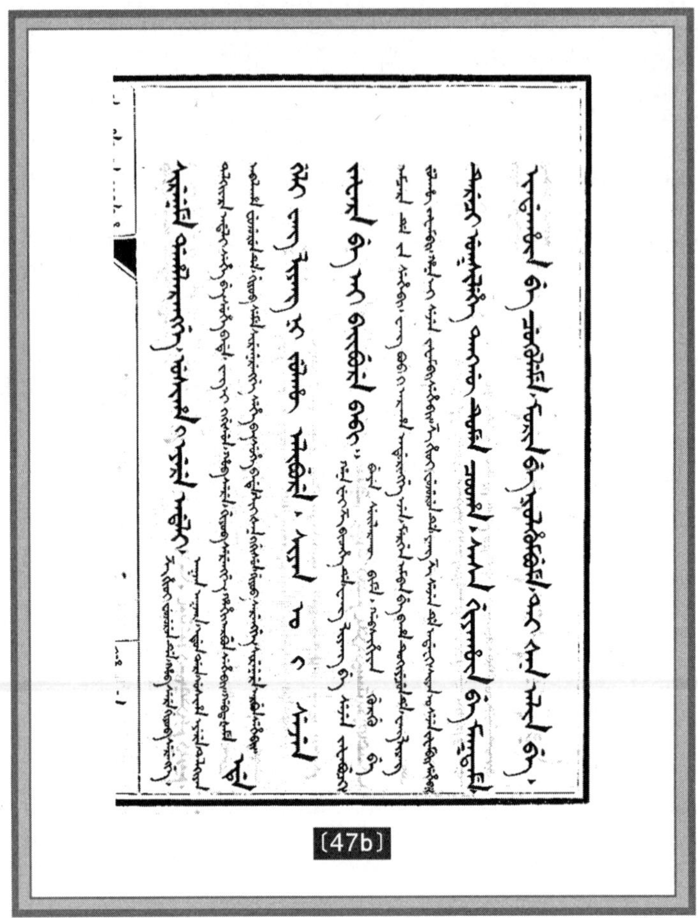
(47b)

sireneme dahalarangge. usiha i eyere adali.
연이어 뒤따르는 것 별 의 흐름 같다.

dzy hioi fujurun de hob sere giyob serengge akjan akjara. edun dara. usiha eyere. talkiyan talkiyara adali
子 虛 賦 에 획 하고 쌩 하는 것 천둥 치고 바람 불고 별 흐르고 번개 치는 것 같다
sehe be suhe bade. jang ei i gisun hob sere giyob serengge hahi arbun sehebi. gabtašame abalaha fujurun
한 것 을 주해한 바에 張 揖 의 말 획 하고 쌩 하는 것 급한 모양 하였다. 羽 獵 賦
de giyob seme sirenerengge sehe be suhe bade li šan i gisun giyob serengge sirenere arbun sehebi.
에 획 하고 이어지는 것 한 것을 주해한 바에 李 善 의 말 획 하는 것 이어지는 모양 하였다.

ede geli wang liyang[298] ni julhū alibure. siyan o[299] i sejen
이에 또 王 良 의 고삐 받게 하고 纖 阿 의 수레

jafara be ai baibure babi..
잡기 를 어찌 원하게 하는 바 있는가.

---

298) wang liyang : 춘추시대 진(晉)나라 재상 조간자(趙簡子)의 말몰이꾼 왕량(王良)을 가리킨다. 말을 잘 몰았다고 한다.
299) siyan o : 중국 신화에서 달을 몰고 운행한다는 여신(女神) 섬아(纖阿)를 가리킨다.

han fei dzy bithe de wang liyang be sejen jafabuci beye suilarakū bime gabsihiyan gurgu be amcara de ja
韓 非 子 書 에 王 良 을 수레 잡게 하면 몸 힘들지 않고 민첩한 짐승 을 쫓기 에 쉽다
sehebi. wang boo i araha enduringge ejen mergen amban be baha tukiyecun de wang liyang julhū jafambi. han
하였다. 王 褒 의 지은 聖 主 賢 臣 을 얻은 頌 에 王 良 고삐 잡는다. 汗
ai sejen jafambi sehebi.. dzy hioi fujurun de. yang dzy[300] sejen de adafi. siyan o sejen jafambi sehebi.
어찌 수레 잡는가 하였다. 子 虛 賦 에 陽 子 수레 에 정렬하고 纖 阿 수레 잡는다 하였다.

tereci uksilehe tanggū tumen cooha. sasa giyahūn be maktame.
그래서 무장한 百 萬 군사 함께 매 를 놓아주며

indahūn be cukuleme. morin be niolhumbume. tai šan alin be
개 를 부추기며 말 을 놓아 달리게 하고 泰 山 산 을

[한문]——————

鴻絅而星流. 注子虛賦, 倏眒倩浰, 雷動猋至, 星流霆擊. 注, 張揖曰, 倏眒倩浰, 疾貌. ○眒, 式刃切. 浰, 音練. 羽獵賦, 鴻絅緁獵. 注, 李善曰, 鴻絅, 相連貌. 又何必王良執轡, 纖阿御輈也哉. 注韓非子, 使王良佐輿, 則身不勞而易及輕獸. 王褒聖主得賢臣頌, 王良執靶, 韓哀附輿. 子虛賦, 陽子驂乘, 纖阿爲御. 於是帶甲之士百萬, 盡發鷹犬而驟驊騮, 卑泰山之爲櫓,

——∘——∘——∘——

연이어 뒤따르는 것은 별이 흐르는 것 같다.

「자허부」에, "휙 하고 쌩 하는 것이 천둥 치고, 바람 불고, 별 흐르고, 번개 치는 것 같다." 한 것을 「주(注)」한 것에, "장읍(張揖)이 말하기를, '휙 하고 쌩 하는 것은 급한 모양이다." 하였다. 「우렵부」에, "휙 하며 이어지는 것이다." 한 것을 「주(注)」한 것에, "이선(李善)이 말하기를, 휙 하는 것은 이어지는 모양이다." 하였다.

이에 어찌 왕량(王良)이 고삐 잡고 섬아(纖阿)가 수레 잡게 하였는가?

『한비자(韓非子)』에, "왕량을 수레 잡게 하면 몸이 힘들지 않고 민첩한 짐승을 쫓기에 쉽다." 하였다. 왕포(王褒)가 쓴 「성주득현신송(聖主得賢臣頌)」에, "왕량이 고삐 잡는다. 왕이 어찌 수레 잡겠는가." 하였다. 「자허부」에, "양자(陽子)는 수레에 정렬하고, 섬아는 수레를 잡는다." 하였다.

그래서 무장한 백만 군사가 함께 매를 놓아주며, 개를 부추기며, 말을 놓아 달리게 하고, 태산(泰山)을

300) yang dzy : 양자(陽子)로 춘추시대 초나라 때 말의 정력과 성질을 잘 볼 줄 알았던 손양(孫陽)을 가리키는데, 사람들은 그를 천상에서 천마를 관리하는 임무를 맡고 있는 백락(伯樂)이라 칭했다. 그가 말을 한 번 훑어보기만 해도 말값이 10배나 올랐으므로 '백락일고(伯樂一顧)'라 한다.

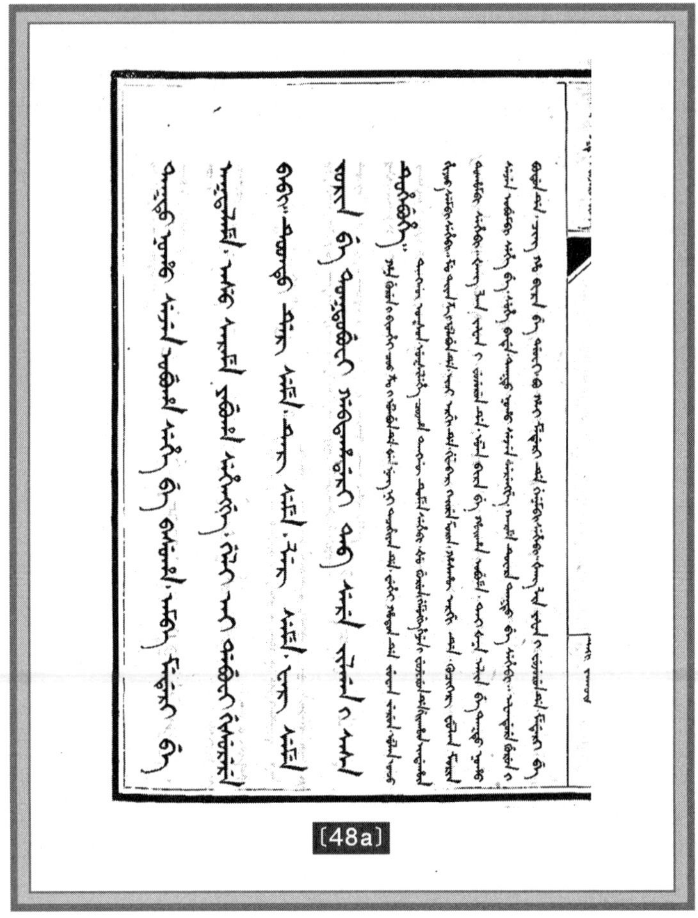
〔48a〕

taktu noho sejen obuha sehe be basuha. amba mederi be
누각 있는 수레 되게 했다 한 것 을 비웃었다. 큰 바다 를

aktalame. asu sarame yabuha sehengge. geli ai dabufi gisurere
걸터앉아 그물 펼치며 행했다 한 것 또 어찌 포함해서 말할

babi.. tuttu der seme. ter seme. ler seme. far seme
바 있는가. 그렇게 분분하게 정연하게 무성하게 우굴우굴하게

jorin be toktobufi gabtahadari tab sere jilgan i sasa tuhebuhe..
표적 을 정하고 활 쏠 때마다 탁 하는 소리 와 함께 쓰러졌다.

han gurun i bithei coo tso i ulabun de šen nung ni tacihiyan de. wehei hoton den juwan jerun. ulan onco
漢 나라 의 書의 晁 錯 의 傳 에 神 農 의 가르침 에 石 城 높이 十 길 해자 넓이

tanggū okson. uksilehe cooha tanggū tumen sehebi. šu gurun i gemungge hecen i fujurun de giyahūn indahūn
百 步 무장한 군사 百 萬 하였다. 蜀 나라 의 都 성 의 賦 에 매 개

hiyob sembi sehebi.. mu tiyan dzy i ulabun de. ici ergi de gilbar keire[301] morin. hashū ergi de. kuciker fulan[302]
획 한다 하였다. 穆 天 子의 傳 에 오른 쪽 에 華騮 말 왼 쪽 에 綠耳

morin tohombi sehebi.. šang lan yafan i fujurun de ula bira be hoihan obume. tai šan alin be taktu noho
말 수레 멘다 하였다. 上 林 苑 의 賦 에 강 하천 을 수렵장 되게 하며 泰 山 산 을 누각 있는
sejen obumbi sehe be suhe bade taktu noho sejen serengge. karame tuwara taktu be sehebi.. afandure gurun
수레 되게 한다 한 것을 주해한 바에 누각 있는 수레 하는 것 望 樓 이다 하였다. 戰 國
i bodon de. cing ho bira be doofi. bo hai mederi de genembi sehebi.. šang lin yafan i fujurun de mederi be
策 에 淸 河 강 을 건너고 渤海 바다 에 간다 하였다. 上 林 苑 의 賦 에 바다 를

[한문]

跨渤海以張罘. 林林裔裔, 列列裒裒, 命地而後中, 應聲而先掊. 注漢書晁錯傳, 神農之敎曰, 有石城十仞, 湯池百步, 帶甲百萬. 蜀都賦, 鷹犬倏眒. 穆天子傳, 右眼華騮而左綠耳. 上林賦, 江河爲阹, 泰山爲櫓. 注, 櫓, 望樓也. 戰國策, 絶淸河, 涉渤海. 上林賦,

—— ◦ —— ◦ —— ◦ ——

누각 있는 수레로 만들었다 한 것을 비웃었다. 대해(大海)를 걸터앉아 그물 펼쳤다고 한 것을, 또 어찌 말할 바 있겠는가? 분분하고 정연하게, 무성하고 우글우글하게, 수없이 표적을 정해서 활을 쏠 때마다 탁 하는 소리와 함께 쓰러졌다.

『한서』「조착전(晁錯傳)」에, "신농(神農)의 가르침에 석성의 높이는 열 길, 해자의 넓이는 백 보, 무장한 군사는 백만이다." 하였다. 「촉도부」에, "매와 개가 휙 한다." 하였다. 「목천자전(穆天子傳)」에, "오른쪽에 화류마(華騮馬), 왼쪽에 녹이마(綠耳馬)가 수레를 멘다." 하였다. 「상림부」에, "강과 하천을 수렵장 되게 하고, 태산(泰山)을 누각 있는 수레 삼는다." 한 것을 「주(注)」한 것에, "누각 있는 수레라고 하는 것은 망루(望樓)이다." 하였다. 『전국책』에, "청하(淸河)를 건너고 발해(渤海)에 간다." 하였다. 「상림부」에, "바다를

301) 화류(華騮) : 8 준마(駿馬)의 하나로 털빛이 붉고 갈기가 검은 말이다.
302) 녹이(綠耳) : 8 준마(駿馬)의 하나로 청색의 말이다.

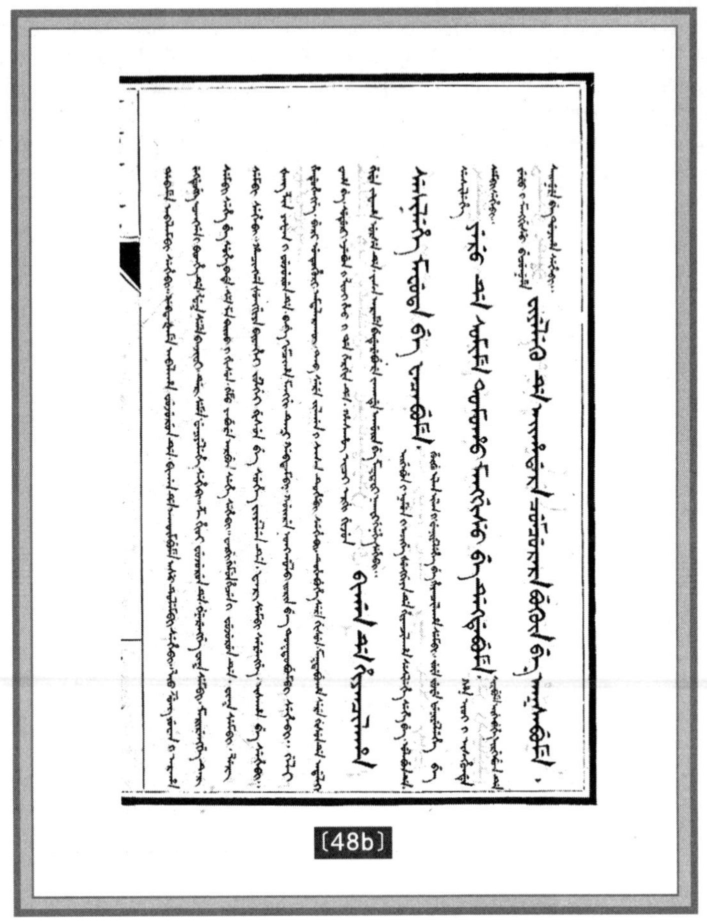
(48b)

dabame abalambi sehebi.. gabtašame abalaha fujurun de bigan de akūmbume asu tulembi sehebi.. lio dzung
넘어 사냥한다 하였다. 羽 獵 賦 에 들판 에 최선을 다하여 그물 친다 하였다. 柳 宗
yuwan i araha jekdungge acangga i bithe de luk seme banjifi. der seme feniyelehe sehebi.. dzy hioi fujurun de
元 의 지은 貞 符 의 書 에 가득 하게 살고 우글거리며 무리 이뤘다 하였다. 子 虛 賦 에
generengge fik sembi. marirengge ter sembi sehe be suhe bade. sy ma biyoo i gisun. gemu yabure arbun
가는 것 빽빽 하다 돌아오는 것 정연하다 한 것 을 주해한 바에 司 馬 彪 의 말 전부 가는 모양
sehe sehebi.. wargi gemun hecen i fujurun de. fik sembi. ler sembi sehebi.. hancingga šunggiya bithei julgei
했다 하였다. 西 京 성 의 賦 에 빽빽 하다 진중하다 하였다. 爾 雅 書의 옛
gisun be suhe fiyelen de far sembi serengge isaha be sehebi.. šang lin yafan i fujurun de babe kimciha
말 을 주해한 篇 에 우글거리다 하는 것 모인 것 이다 하였다. 上 林 苑 의 賦 에 땅을 살핀
manggi teni gabtambi. goire onggolo jorin be toktobumbi sehebi.. geli henduhegge. beri untuhuri
후 바로 활을 쏜다. 맞기 전 표적 을 정한다 하였다. 또 말한 것 활 쓸데없이
amtalarakū. tab sere jilgan i sasa tuhembi sehebi. tuhebuhe sere gisun maktabuha sere gisun de
쏘는 척하지 않는다. 탁 하는 소리 와 함께 넘어진다 하였다. 쓰러뜨렸다 하는 말 던져졌다 하는 말 에
adali waha be. suduri ejebun i lioi heo i da hergin de hashū ici ergi gijun gida jafaha urse de yasa
같이 죽은 것 이다. 史 記 의 呂 后 의 本 紀 에 좌 우 쪽 미늘 창 잡은 사람들 에게 눈짓
arame bederebure jakade agūra be maktafi nakafi genehe sehebi.
하며 돌아가게 할 적에 무기 를 던지고 멈추고 갔다 하였다.

bigan de hiyancilaha
들판 에 무리 지은

sesilehe mafuta be facabume.
수사슴 을 흩어지게 하고
irgebun i nomun i ajige šunggiya de hiyancilaha sesilehe sehe be ulabun de gurgu ilan ilan i feniyelehe
詩 經 의 小 雅 에 무리 지었다 무리 지었다 한 것 을 傳 에 짐승 셋 셋 으로 무리 이룸
be hiyancilaha sembi. juwe juwe feniyelehe be sesilehe sembi sehebi..
을 무리 지었다 한다. 둘 둘 무리 이룸 을 무리 지었다 한다 하였다.

yeru de somime tomoho manggisu be dekdebume.
동굴 에 숨어 머문 오소리 를 일어나게 하며
han ioi i ishunde sirabume irgebuhe irgebun[303] de yeru i manggisu becunume sainure be donjiha
韓 愈 의 서로 이어받게 하며 지은 시 에 동굴 의 오소리 서로 싸우며 서로 무는 것 을 들었다
sehebi..
하였다.

fiyeleku de aihadara cumcurara bukūn be aksabume.
벼랑 에 뛰노는 숨은 산양 을 놀라게 하며

[한문] ——————

越海而田. 羽獵賦, 張竟野之罘. 柳宗元貞符, 總總而生, 林林而群. 子虛賦, 纚乎淫淫, 般乎裔裔. 注, 司馬彪曰, 皆行貌. 西京賦, 鍔鍔列列. 爾雅釋詁, 裒, 聚也. 上林賦, 擇肉而後發, 先中而命處. 又, 弓不虛發, 應聲而倒, 掊與踣同, 頓也. 史記呂后紀, 碩麾左右執戟者, 掊兵罷去. 散壄麋之群友, 注 詩小雅, 或群或友. 傳, 獸三曰群, 二曰友. 剔穴狸之伏留. 注 韓愈聯句, 穴狸聞鬪獰. 駭巘麢之儦俟,

—— ∘ —— ∘ —— ∘ ——

넘어 사냥한다." 하였다. 「우렵부」에, "광야에서 최선을 다하여 그물을 친다." 하였다. 유종원(柳宗元)이 지은 『정부(貞符)』에, "가득 살고 우글거리며 무리 이뤘다." 하였다. 「자허부(子虛賦)」에, "가는 것은 빽빽하고 돌아오는 것은 정연하다." 한 것을 「주(注)」 한 것에, "사마표(司馬彪)가 말하기를, '모두 가는 모양이다' 했다." 하였다. 「서경부」에, "빽빽하다, 진중하다." 하였다. 『이아』 「석고(釋詁)」에, "우글거린다고 하는 것은 모인 것이다." 하였다. 「상림부」에, "장소를 살핀 후 바로 활을 쏜다. 맞기 전에 표적을 정하게 한다." 하였다. 또 말하기를, "활 쓸데없이 쏘는 척하지 않고, 탁 하는 소리와 함께 넘어진다." 하였다. '쓰러뜨렸다'고 하는 말은 '던져졌다'고 하는 말과 같다. 죽은 것이다. 『사기』 「여후본기(呂后本紀)」에, "좌우 쪽 미늘창 잡은 사람들에게 눈짓하며 돌아가게 할 적에 무기를 던지고 멈추고 갔다." 하였다.

들판에서 여름에 무리를 이룬 수사슴을 흩어지게 하며

『시경』 「소아」에, "무리 이뤘다, 무리 지었다." 한 것을 「전(傳)」에서, "짐승이 삼삼으로 무리 이룬 것을 '무리지었다[hiyancilaha]' 한다. 둘둘이 무리 이룬 것을 '무리 이뤘다[sesilehe]' 한다." 하였다.

동굴에 숨어 있던 오소리를 일어나게 하며

한유의 연구(聯句)에, "동굴의 오소리가 서로 싸우며 서로 무는 것을 들었다." 하였다.

벼랑에서 뛰노는 숨은 산양을 놀라게 하며

303) **ishunde sirabume irgebuhe irgebun** : 연구(聯句)라는 뜻으로 한 사람이 각각 한 구씩을 지어 이를 합하여 만든 시를 가리킨다.

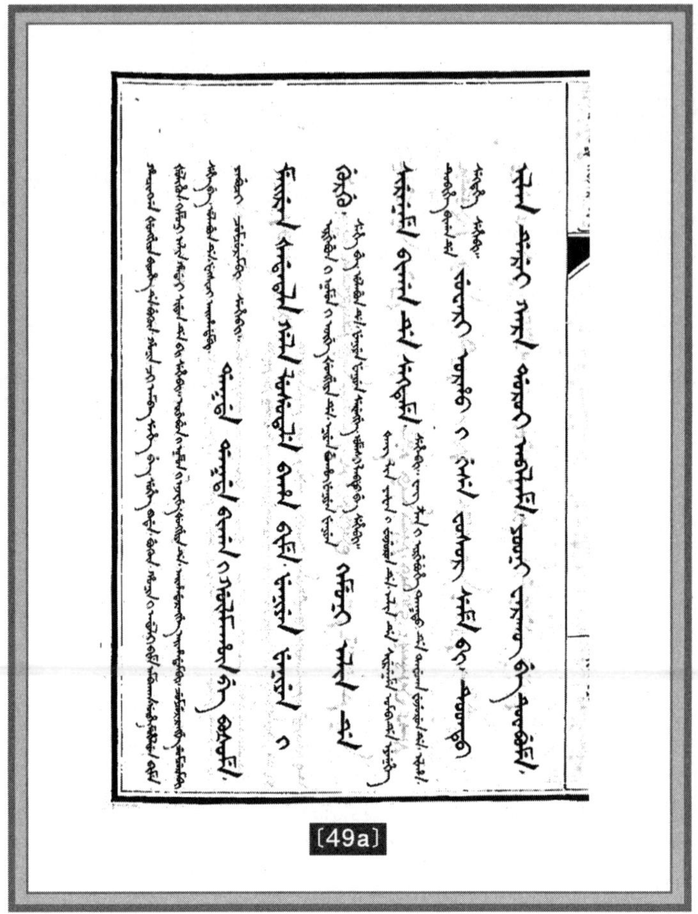

[49a]

hancingga šunggiya bithe de. bukūn honin ci amba sehe be suhe bade. bukū honin i adali bime ambakan
爾 雅 書 에 산양 양 보다 크다 한 것 을 주해한 바에 산양 양 과 같고 약간 큰
uihe muheliyen bime šulihun. kemuni alin hadai siden de bi sehebi.. irgebun i nomun i ajige šunggiya de.
뿔 둥글며 날카롭다. 항상 산 봉우리의 사이 에 있다 하였다. 詩 經 의 小 雅 에
aihadarangge aihadambi. cumcurarangge cumcurambi sehe be. ulabun de. feksici aihadambi. yabuci cumcurambi
뛰어오르는 것 뛰어오르다. 숨는 것 숨는다 한 것 을 傳 에 뛰면 뛰어 오른다 가면 숨는다
sehebi..
하였다.

dakda dakda bigan i gūlmahūn be bošome.
깡충 깡충 들판 의 토끼 를 쫓으며

meiren šadatala gala lusutele baha bime. feniyen feniyen i gurgu.
어깨 지치도록 손 닳도록 굴을 파며 무리 무리 의 짐승

irgebun i nomun i ajige šunggiya de eniye buhū feniyen sehe be ulabun de feniyen feniyen serengge umesi
詩 經 의 小 雅 에 암 사슴 무리 한 것 을 傳 에 무리 무리 하는 것 매우
labdu be sehebi..
많음 이다 하였다.

kemuni alin de sireneme bigan de sekteme.
항상 산 에 끊임없고 들판 에 펼치며

šang lin yafan i fujurun de alin de sireneme omo de eyenehe sehebi. wang tsan i irgebuhe taktu de tafuka
上 林 苑 의 賦 에 산 에 연이어 못 에 흘러갔다 하였다. 王 粲 의 지은 樓 에 오른
fujurun de ilha. tubihe bigan de sektehe sehebi..
賦 에 꽃 과일 들판 에 펼쳤다 하였다.

juwari orho i gese fosor seme bi. tuttu
여름 풀 과 같이 우글우글 있다. 그렇게

ilan derei kara doroi abalame[304] yooni warakū be tuwabume.
삼 면으로 포위하는 방법으로 사냥하여 전부 죽이지 않음 을 보이며

[한문]

㊟爾雅, 麢, 大羊. 注, 麢似羊而大, 角圓銳, 好在山崖間. 詩小雅, 儦儦俟俟. 傳, 趨則儦儦, 行則俟俟. 譬郊兎之佻偸. 旣肩惰指倦, 而麌麌之群. ㊟詩小雅, 麀鹿麌麌. 傳, 麌麌, 衆多也. 猶緣陵蔽野, ㊟上林賦, 緣陵流澤. 王粲登樓賦, 華實蔽野. 比夏草之稠焉. 爰用三驅, 示無盡劉.

——。——。——。——

『이아』에, "산양은 양보다 크다." 한 것을 「주(注)」한 것에, "산양은 양과 같으며, 약간 큰 뿔이 둥글며 날카롭다. 항상 절벽 사이에 있다." 하였다. 『시경』「소아」에, "뛰어오르는 것은 뛰어오르고 숨는 것은 숨는다." 한 것을 「전(傳)」에서, "뛰면 뛰어 오르고, 가면 숨는다." 하였다.

깡충깡충 들판의 토끼를 쫓아, 어깨가 지치고 손이 닳도록 굴을 파며, 짐승 무리가

『시경』「소아」에, "암사슴 무리이다." 한 것을 「전(傳)」에서, "무리 무리라고 하는 것은 매우 많다는 것이다." 하였다.

산에 항상 끊기지 않고 들판에 이어지며,

「상림부」에, "산에서 연이어 못에 흘러갔다." 하였다. 왕찬(王粲)이 지은 「등루부(登樓賦)」에, "꽃과 과일이 광야에 펼쳐졌다." 하였다.

여름철 풀과 같이 우글우글하다. 그렇게 삼 면으로 포위해서 사냥하여 전부 죽이지 않는 것을 보이고,

---

304) ilan derei kara doroi abalame : '왕은 사냥을 할 때 세 방향만 막도록 한다'는 왕용삼구(王用三驅)의 만주어 표현이다. 이것은 짐승이 달아날 길을 남겨두는 관용의 의미와 사냥에서 실수를 한 사람이 변명할 수 있게 하는 배려의 뜻을 함축하고 있다.

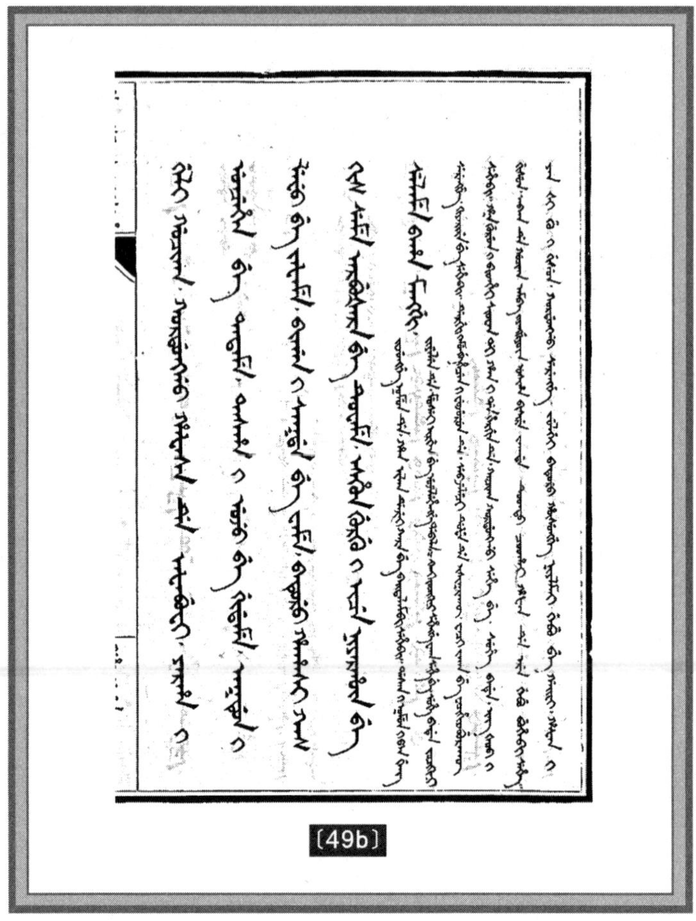

[49b]

geli gocika[305]. kordonggo[306] hafasa de afabufi. yarha i
또 羽林 佽飛 관리들 에게 지시해서 표범 의

uncehen be tatame. tasha i uju be gidame. akdun i
꼬리 를 당기며 호랑이 의 머리 를 누르며 동굴 의

lefu be jafame. bigan i sakda be wame. baturu hahasi kas
곰 을 붙잡고 야생 의 암퇘지 를 죽이고 용감한 남자들

kis seme arbušara be tuwame. eshun gurgu i ice niyarhūn be
척척 움직임 을 보고 野生의 짐승 의 새로운 신선함 을

selame baha manggi.
기분 좋게 얻은 후

305) **gocika** : 여기서는 황제의 금위군인 우림군(羽林軍)을 가리킨다.
306) **kordonggo** : 춘추시대 초나라 용사인 차비(佽飛)를 가리키는데, 한나라 때 사냥을 담당한 관청을 가리키기도 하였다.

jijungge nomun de han ilan derei kara be baitalambi sehebi.. dasan i nomun i pan ging fiyelen de. musei
易 經 에 汗 3 면의 둘러쌈 을 사용한다 하였다. 書 經 의 盤 庚 篇 에 우리의

irgen be ujelehengge dabala cangkai jocikini sehengge waka sehe be suhe bade jocikini serengge. kiyarire
백성 을 중요시한 것 뿐 다만 죽이고자 하는 것 아니라 한 것 을 주해한 바에 죽이고자 하는 것 몰살시킴

be sehebi.. dergi kemungge hecen i fujurun de sebjeleci dufe de isinarakū. waci jaka be wacihiyabur akū
이다 하였다 東 都 성 의 賦 에 즐겨도 음란 에 이르지 않고 죽여도 사물 을 끝나게 하지 않는다

sehebi.. han gurun i bithei siowan di han i da hergin de gocika kordonggo sehe be suhe bade ing šoo[307] i
하였다. 漢 나라 의 書의 宣 帝 汗 의 本 紀 에 羽林 佽飛 한 것 을 주해한 바에 應 劭 의

gisun abka de gocika amba jiyanggiyūn usiha bisire jakade tuttu coohai hafan de ere gebu buhebi sehe.
말 하늘 에 羽林 대 장군 별 있기 때문에 그렇게 武 官 에 이 이름 주었다 했다.

yan ši gu i gisun kordonggo serengge julgei baturu hūsungge niyalmai gebu be gaifi hafan i
顏 師 古 의 말 佽飛 하는 것 옛날의 용감하고 힘센 사람의 이름 을 가지고 관리 의

[한문]

更命羽林佽飛之士, 手豹尾, 踞虎頭, 搏洞熊, 殲澤貗, 觀壯夫之鶴躍, 快猛獸之貙膢. ㊟ 易, 王用三驅. 書盤庚, 重我民, 無盡劉. 注, 劉, 殺也. 東都賦, 樂不極盤, 殺不盡物. 漢書宣帝紀, 羽林佽飛. 注, 應劭曰, 天有羽林大將軍之星, 故以名武官焉. 顏師古曰, 佽飛, 取古勇力人

또 우림(羽林)과 차비(佽飛)의 관리들에게 지시해서 표범의 꼬리를 당기고, 호랑이의 머리를 누르고, 동굴의 곰을 붙잡고, 암 멧돼지를 죽이고, 용감한 남자들이 척척 움직이는 것을 보고, 맹수가 새롭고 신선한 것을 기분 좋게 얻은 후

『역경』에, "왕께서 삼 면으로 둘러싸는 것을 허용한다." 하였다. 『서경』「반경(盤庚)」에, "우리가 백성을 중요시한 것일 뿐, 오로지 죽이고자 하는 것은 아니다." 한 것을 「주(注)」한 것에, "죽이고자 하는 것은 몰살시키는 것이다." 하였다. 「동도부」에, "즐겨도 음란함에 이르지 않고, 죽여도 사물을 끝나게 하지 않는다." 하였다. 『한서』「선제본기(宣帝本紀)」에, "우림(羽林)과 차비(佽飛)이다." 한 것을 「주(注)」한 것에, "응소(應劭)가 말하기를, '하늘에 우림(羽林) 대장군 별이 있기 때문에 무관(武官)에게 이 이름을 주었다' 했다. 안사고(顏師古)가 말하기를, '차비(佽飛)는 옛날의 용감하고 힘센 사람의 이름을 가지고 관리의

307) ing šoo : 후한 때의 학자 응소(應劭)를 가리킨다. 많은 저술이 있었으나, 『풍속통의(風俗通義)』 일부만이 전해지고 있다.

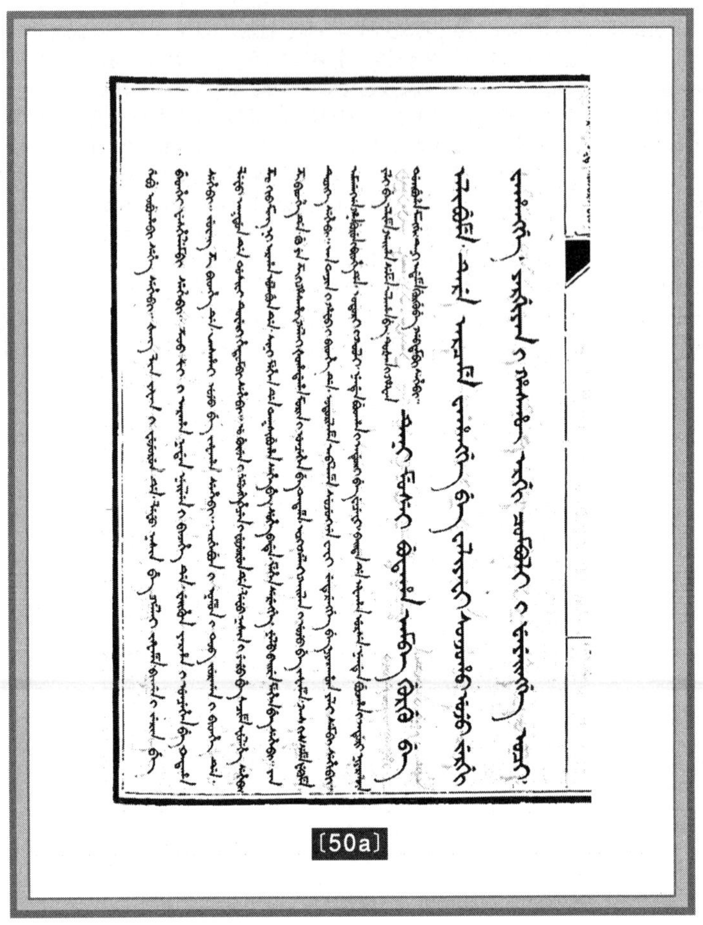
[50a]

gebu obuhabi sehe sehebi. šang lin yafan i fujurun de lefu nasin be galai jafame bigan i jerin be bethei
이름 삼았다 했다 하였다. 上 林 苑 의 賦 에 곰 큰곰 을 손으로 잡으며 야생 의 黃羊 을 발로
feshelembi sehebi.. dzoo jy i araha nadan neilen i bithe de. weihun yarha i uncehen be tataha sehebi..
걷어찬다 하였다. 曹 植 의 쓴 七 啟 의 書 에 살아있는 표범 의 꼬리 를 잡아당겼다 하였다.
juwang dzy bithe de tashai uju be jafaha sehebi.. irgebun i nomun i tob jurgan i bithe de lefu akdun de
莊 子 書 에 호랑이의 머리 를 잡았다 하였다 詩 經 의 正 義 의 書 에 곰 동굴 에
dosifi tuweri hetumbi sehebi. u gurun i gemungge hecen i fujurun de lefu nasin i yeru be sacime efulehe
들어가서 겨울 지낸다 하였다. 吳 나라 의 都 성 의 賦 에 곰 큰곰 의 굴 을 파고 파괴했다
sehebi. dzo kio ming ni araha ulabun de sini mehen de taksibuha sehe be suhe bade mehen
하였다. 左 丘 明 의 지은 傳 에 너의 암퇘지 에게 새끼 배게 하였다 한 것 을 주해한 바에 암퇘지
serengge yelu baire mehen be sehebi. yan dzy bithe de gu ye dzy[308] i hashū galai šohadaha morin i
하는 것 수퇘지 원하는 암퇘지 이다 하였다. 晏 子 書 에 古 冶 子 의 왼 손으로 앞에서 끄는 말 의
uncehen be tatame ici galai kailan i uju be jafame kas kis seme fekume tucike sehebi.. an tacin i
꼬리 를 당기고 오른 손으로 자라 의 머리 를 잡고 씩씩하게 뛰어 나왔다 하였다. 風俗
hafu i bithe de otorilame abalame sucungga wafi jeterengge be niyarhūn yali sembi sehebi. amagangga han
通 의 書 에 봄철사냥하며 처음 죽이고 먹는 것 을 신선한 고기 한다 하였다. 後 漢

308) gu ye dzy : 공손접(公孫接), 전개강(田開疆)과 더불어 춘추시대 제나라 경공(景公)의 수하에 있던 3걸 가운데 한 사람인 고야자(古冶子)를 가리킨다. 이들은 경공에게는 충복이었으나, 조정의 기강에 해를 끼칠 정도로 오만무례하게 행동하였다.

gurun i bithe de otori i kooli nenden butha i enduri be wecefi baita de afaha urse. nenden butha i
나라 의 書 에 사냥 의 法例 먼저 漁獵 의 신 을 제사지내고 일 에 맡은 사람들 먼저 漁獵 의
enduri niyarhūn yali be alime gaiha seme alaha be tušan i hafan donjibuha manggi. teni adame gurgu be
신 신선한 고기 를 받아 가졌다 하고 말함 을 직무 의 관리 듣게 한 후 비로소 정렬하여 짐승 을
gabtambi sehebi..
쏜다 하였다.

teni musei butaha amba gurgu be
바로 우리의 사냥한 큰 짐승 을

alibume. tere arcame wahangge be waliyafi sonjoho uju jergi
바치며 그 가로막아 죽인 것 을 버리고 선택한 첫째

wahangge. yargiyan i hashū ergi comboli i feyengge oci.
죽인 것 진실로 왼 쪽 잔허리 의 상처 난 것 되면

[한문]

以名官也. 上林賦, 手熊羆, 足壄羊. 曺植七啓, 生抽豹尾. 莊子, 料虎頭. 詩正義, 熊冬入穴而蟄. 吳都賦, 刦剞熊羆之室. 左傳, 旣定爾婁豬. 注, 婁豬, 求子豬. 陸德明釋文, 婁, 字林作䝏. 晏子, 古冶子左操驂尾, 右挈黿頭, 鶴躍而出. 風俗通, 嘗新始殺食曰貙膢. 又作貙劉. 後漢書, 貙劉之禮, 祠先虞, 執事告先虞已享鮮, 時有司告, 乃逡巡射牲. 乃獻我成禽, 舍彼踐毛. 擇其上殺, 允惟左膘.

—。—。—。—

이름 삼았다' 했다." 하였다. 「상림부」에, "곰, 큰곰을 손으로 잡으며 황양(黃羊)을 발로 걷어찬다." 하였다. 조식(曹植)이 쓴 「칠계(七啟)」에, "살아있는 표범의 꼬리를 잡아당겼다." 하였다. 『장자』에, "호랑이의 머리를 잡았다." 하였다. 『시경정의(詩經正義)』에, "곰이 동굴에 들어가서 겨울을 지낸다." 하였다. 「오도부(吳都賦)」에, "곰, 큰곰의 굴을 파서 파괴했다." 하였다. 『좌전』에, "너의 암퇘지에게 새끼 배게 하였다." 한 것을 「주(注)」한 것에, "암퇘지[mehen]는 수퇘지를 원하는 암퇘지이다." 하였다. 『안자(晏子)』에, "고야자(古冶子)가 왼손으로 앞에서 끄는 말의 꼬리를 당기고, 오른손으로 자라의 머리를 잡고 씩씩하게 뛰어나왔다." 하였다. 『풍속통(風俗通)』에, "봄 사냥하며 처음 죽이고 먹는 것을 신선한 고기라고 한다." 하였다. 『후한서』에, "사냥의 규칙에 먼저 어렵(漁獵)의 신에게 제사를 지내고, 집사들이 '먼저 어렵의 신이 신선한 고기를 받아 가졌다'라고 말하는 것을 관리들에 알려준 후 비로소 정렬하여 짐승을 쏜다." 하였다.

바로 우리가 사냥한 큰 짐승을 바치며, 그 정면으로 가로막아 죽인 것은 버리고 선택한 첫 번째 죽인 것, 왼쪽 잔허리에 상처 난 것은

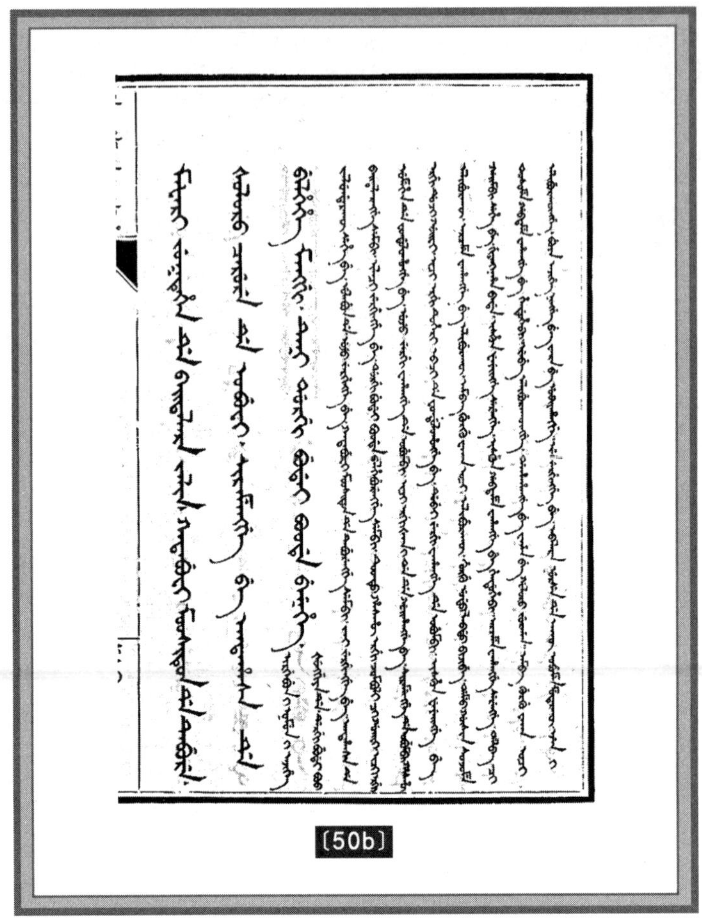

〔50b〕

mafari juktehen de baitalara jalin. katabufi moositun de tebure.
宗 廟 에 쓰기 위해 말려서 豆 에 담고

šoloro carure de obufi. siramengge be antahasa de
굽고 지짐 에 되게 하여 다음 것 을 손님들 에게

belhehe manggi. teni dorgi budai boode benehe.
준비한 후 비로소 안 부엌에 보냈다.

irgebun i nomun i ajige šunggiya de dergi[309] budai boo jalundarakū sehe be ulabun de uju jergingge be.
詩 經 小 雅 에 위쪽 부엌 가득하지 않다 한 것 을 傳 에 일 등의 것 을
katabufi moositun de teburengge sembi. jai jergingge be. andahasa de baitalarangge sembi. ilaci jergingge be
말려서 豆 에 담는 것 한다. 이 등의 것 을 손님들 에게 쓰는 것 한다. 삼 등의 것 을
dorgi budai boode belheburengge sembi. tuttu hashū ergi comboli ci goifi. ici ergi umehen de
안 부엌에 준비하게 하는 것 한다. 그렇게 왼 쪽 잔허리 에서 맞아서 오른 쪽 위팔뼈 에
fondolohongge be uju jergi wahangge de obumbi. ici ergi šan i da de goihangge be. siramengge de obumbi.
관통한 것 을 일 등 죽은 것 에 삼는다. 오른 쪽 귀뿌리 에 맞은 것 을 다음 것 에 삼는다.

309) dergi : dorgi의 오기로 보인다.

hashū ergi du ci goifi. ici ergi tuheri ebci de fondolohongge be. dubei jergi wahangge de obumbi.
왼 쪽 궁동이 에서 맞아서 오른 쪽 假肋骨 에 관통한 것 을 끝 등 죽은 것 에 삼는다.
ishun feyeingge be aliburakū. arcame wahangge be aliburakū. amba gurgu waka oci aliburakū. gurgu
마주 상처난 것 을 받지 않는다. 가로막아 죽인 것 을 받지 않는다. 큰 짐승 아니면 받지 않는다. 짐승
udu labdu bicibe damu gūsin sonjome gaimbi sehe be. giyangnaha bade. ishun feyeingge serengge ishun
비록 많다 하여도 다만 서른 골라서 잡는다 한 것 을 講한 바에 마주 상처 난 것 하는 것 서로
gabtame wahangge be henduhebi.. arcame wahangge serengge dalba ci tosome gabtame wahangge be
쏘아 죽인 것 을 말하였다. 가로막아 죽인 것 하는 것 곁 에서 가로막아 쏘아 죽인 것 을
henduhebi. erebe aliburakūngge. dahahangge be waha be goloro jurgan.. amba gurgu waka oci aliburakūngge.
말하였다. 이것을 받지 않는 것 항복한 것 을 죽인 것 을 싫어하는 義氣 큰 짐승 아니면 받지 않는 것
buya ajige ningge be wara be ubiyahangge.. ere jergingge be abalara urse de akū obume muterakū. ejen i
작고 어린 것 을 죽이기 를 싫어한 것 이 같은 것 을 사냥하는 무리 에게 없게 할 수 없다. 주인 의

[한문]

以奉宗廟, 乾豆亨炮. 次充賓客, 乃薦君庖. ㊟詩小雅, 大庖不盈. 傳, 一曰乾豆, 二曰賓客, 三曰充君之庖, 故自左膘而射之. 達於右腢爲上殺, 射右耳本次之, 射左髀達於右髃爲下殺. 面傷不獻, 踐毛不獻, 不成禽不獻, 禽雖多, 擇取三十焉. 疏, 面傷, 謂當面射之, 踐毛, 謂在旁而逆射之, 不獻者, 嫌誅降之義, 不成禽不獻者, 惡其害幼小, 此不能使獵者無之,

—∘—∘—∘—

종묘(宗廟)에 쓰기 위하여 말려서 두(豆)에 담고 굽고 지지게 하며, 다음 것은 손님들을 위해 준비한 후 비로소 안쪽 부엌에 보냈다.

『시경』「소아」에, "안쪽 부엌에 가득차지 않는다." 한 것을 「전(傳)」에서, "일등은 말려서 두(豆)에 담는 것이라 한다. 이등은 손님들에게 쓰는 것이라 한다. 삼등은 안쪽 부엌에 준비하게 하는 것이라고 한다. 그렇게 왼쪽 잔허리에 맞아서 오른쪽 위팔뼈로 관통한 것을 일등으로 삼는다. 오른쪽 귀뿌리에 맞은 것을 다음으로 삼는다. 왼쪽 궁동이에 맞아서 오른쪽 가늑골(假肋骨)로 관통한 것을 끝으로 삼는다. 서로 상처가 난 것을 받지 않는다. 가로막아 죽인 것을 받지 않는다. 큰 짐승이 아니면 받지 않는다. 짐승이 비록 많아도 다만 서른 마리만 골라서 잡는다."고 한 것을 「소(疏)」한 것에, "서로 상처가 난 것은 서로 쏘아 죽인 것을 말하였다. 가로막아 죽인 것은 곁에서 가로막아 쏘아 죽인 것을 말하였다. 이런 것을 받지 않는 것은 항복한 것을 죽이는 것을 싫어하는 의기(義氣)이다. 큰 짐승이 아니면 받지 않는 것은 작고 어린 것을 죽이는 것을 싫어한 것이다. 이런 것을 사냥하는 무리에게 하지 못하게 할 수는 없다. 주인이

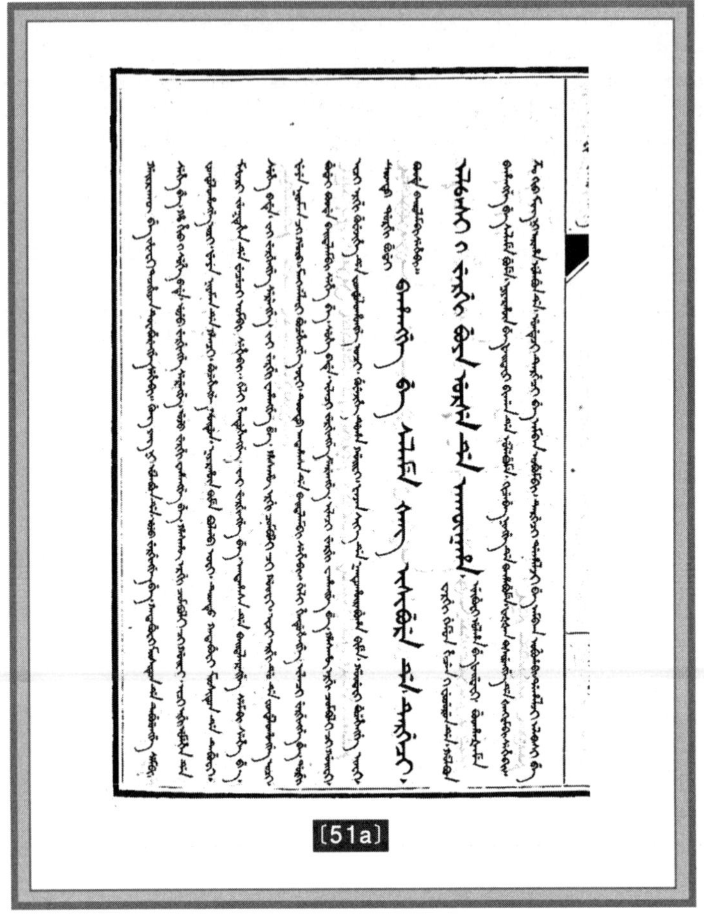

[51a]

gairakū be jafafi tacihiyan tuwaburengge sehebi.. gung yang ni ulabun de. uju jergingge be. katabufi
취하지 않음 을 잡아서 가르침 보게 한 것 하였다. 公 羊 의 傳 에 일 등의 것 을 말려서
moositun de teburengge sembi sehe be ho gio i suhe bade. uju jergingge serengge. uju jergi wahangge be.
豆 에 담는 것 한다 한 것 을 何 休 의 주해한 바에 일 등의 것 하는 것 일 등 죽인 것 이다.
hashū ergi comboli ci goifi. ici ergi umehen de fondolohongge oci. feye niyaman de hanci. bucehengge
왼 쪽 잔허리 에서 맞혀서 오른 쪽 上膊骨 에 관통한 것 되면 상처 심장 에 가깝다. 죽은 것
hūdun niyarhūn bime bolgo ofi tuttu katabufi moositun de tebufi. mafari juktehen de wececi ombi sehebi..
빠르고 신선하고 깨끗해서 그렇게 말려서 豆 에 담고 宗 廟 에 제사할 수 있다 하였다.
geli henduhengge. jai jergingge be. antahasa de baitalarangge sembi sehe be suhe bade. jai jergingge
또 말한 것 이 등의 것 을 손님들 에 사용하는 것 한다 한 것 을 주해한 바에 이 등이 것
serengge. jai jergi wahangge be. hashū ergi comboli ci goifi. ici ergi du de fondolohongge oci. feye
하는 것 이 등 죽은 것 이다. 왼 쪽 잔허리 에서 맞아서 오른 쪽 허리 에 관통한 것 되면 상처
niyaman ci goro. manggalafi bucehengge ofi. tuttu antahasa de baitalambi sehebi.. geli henduhengge. ilaci
심장 에서 멀고 병 심해서 죽은 것 되고 그렇게 손님들 에 사용한다 하였다. 또 말한 것 삼
jergingge be dorgi budai boode baitalambi sehe be. suhe bade. ilaci jergingge serengge. ilaci jergi wahangge
등의 것 을 안쪽 부엌에 쓴다 한 것 을 주해한 바에 삼 등의 것 하는 것 삼 등 죽인 것
be hashū ergi combolo ci goifi ici ergi guwejihe de fondolohongge oci guwejihe duha goifi. fajan sike
이다. 왼 쪽 잔허리 에서 맞아서 오른 쪽 위 에 관통한 것 되면 위 장 맞아서 똥 오줌

de nantuhūrabuha bime. goidafi bucehengge ofi. tuttu dorgi budai boode baitalambi sehebi..
에 더럽혀지고 오래 되서 죽은 것 되어 그렇게 안쪽 부엌에 사용한다 하였다.

bahangge be salame šang isibure de. tergeci.
얻은 것 을 나누어 賞 주는 것 에 마부

albas i jergi buya urse de akūnaha.
사환 등 지위 낮은 무리 에 이르렀다.

wargi gemun hecen i fujurun de golbon[310] ilibufi ulha be faidafi. buthašame bahangge be salame bume.
西 京 성 의 賦 에 걸이 세우고 가축 을 벌려놓고 사냥하여 얻은 것 을 나누어 주고
niyarhūn be faitafi bigan de ulebume. kicebe ningge de bahabume. faššan bisirengge de šanggnambi sehebi..
신선한 것 을 잘라서 들 에 먹이고 근면한 이 에 얻게 하며 공적 있는 이 에 상을 준다 하였다.
dzo gio ming ni araha ulabun de. undeci tergeci be amban obumbi. tergeci dahalji be amban obuhabi.
左 丘 明 의 지은 傳 에 使令 마부 를 관리 되게 한다. 마부 守廳 을 관리 되게 하였다.
dahajli albasi be
守廳 사환 을

[한문]

自君所不取, 以示敎耳. 公羊傳一曰乾豆何休注, 一者, 第一之殺也. 自左膘射之達於右腢, 中心, 死疾, 鮮潔, 故乾而豆之, 中薦於宗廟. 又二曰賓客注, 二者, 第二之殺也. 自左膘射之達於右髀, 遠心, 死難, 故以爲賓客. 又三曰充君之庖注, 三者, 第三之殺也. 自左膘射之達於右腨, 中腸胃汚泡, 死遲, 故以充君之庖廚. 班獲行賞, 訖乎輿僚. 注西京賦, 置互擺牲, 頒賜獲鹵, 割鮮野饗, 犒勤賞功. 左傳, 皁臣輿, 輿臣隷, 隷臣僚,

—— ∘ —— ∘ —— ∘ ——

취하지 않는 것을 잡아서 가르쳐 보인 것이다." 하였다. 『춘추공양전(春秋公羊傳)』에, "일등을 말려서 두(豆)에 담는 것이라 한다." 한 것을 하휴(何休)가 「주(注)」한 것에, "일등은 일등으로 죽인 것이다. 왼쪽 잔허리에서 활로 맞혀서 오른쪽 상박골(上膊骨)을 관통한 것이어서 상처가 심장에 가깝다. 빨리 죽어서 신선하고 깨끗하여 말려서 두에 담아 종묘에 제사지낼 수 있다." 하였다. 또 말하기를, "이등은 손님들에게 사용하는 것이라고 한다." 한 것을 「주(注)」한 것에, "이등은 이등으로 죽은 것이다. 왼쪽 잔허리에서 활로 맞혀서 오른쪽 허리에 관통한 것이어서 상처가 심장에서 멀어 병이 심해져서 죽은 것이라서 손님들에게 사용한다." 하였다. 또 말하기를, "삼등은 안쪽 부엌에서 쓴다." 한 것을 「주(注)」한 것에, "삼등은 삼등으로 죽인 것이다. 왼쪽 잔허리에서 활로 맞아서 오른쪽 위로 관통한 것이라서 위와 장이 활에 맞아서 똥오줌에 더럽혀지고 오래 되어 죽어서 안쪽 부엌에 사용한다." 하였다.

얻은 것을 나누어 상(賞)을 주는데 마부, 군뢰(軍牢) 등 지위가 낮은 무리까지 미쳤다.

「서경부」에, "나무시렁 세워서 가축을 벌려놓고, 사냥하여 얻은 것을 나누어 주고, 신선한 것을 잘라서 들에서 먹이고, 근면한 이에게 주며, 공적 있는 이에게 상을 준다." 하였다. 『좌전』에, "사령(使令)은 마부를 신하 되게 하고, 마부는 수청(守廳)을 관리 되게 하였다. 수청(守廳)은 군뢰(軍牢)를

310) golbon : 고기를 거는 나무시렁을 가리킨다.

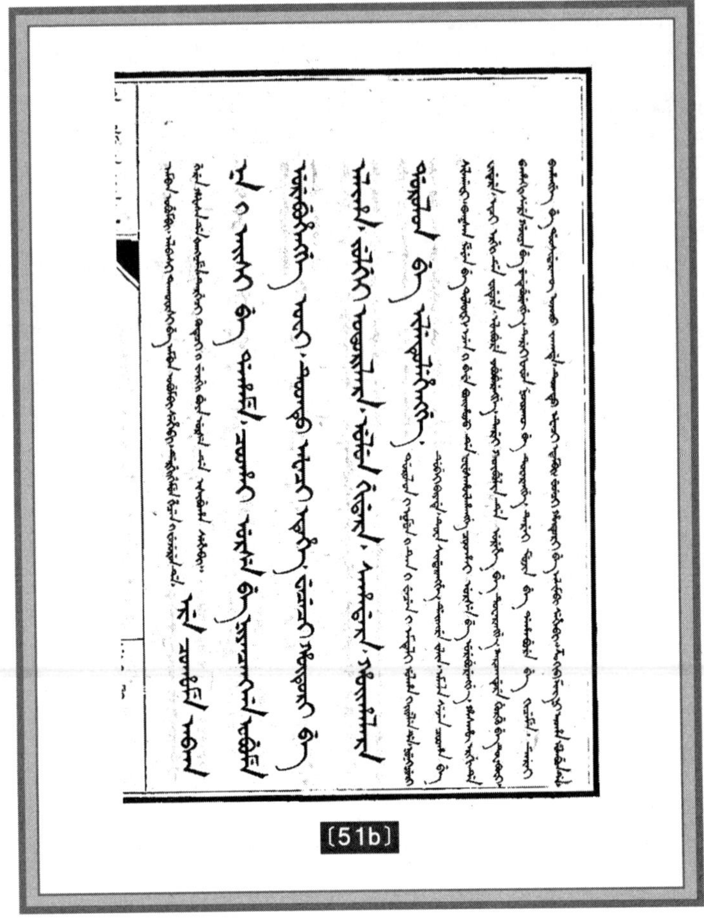
[51b]

amban obumbi. albasi takūrsi be amban obumbi sehebi. dergi gemun hecen i fujurun de. geren hafasa
관리 되게 한다. 軍牢 衙役 을 관리 되게 한다 하였다. 東 京 성 의 賦 에 많은 관리들
de šangname. tergeci kuteci i jergi buya urse de isibuha sehebi..
에 상을 주고 마부 말구종 등 지위 낮은 무리 에 이르게 했다 하였다.

ere cohome abka
이 모두 天

na i aisi be dahame. coohai urse be niyancangga obume
地 의 이로움 을 따라 군사의 무리 를 강인하게 되게 하고

urebuhengge ofi. tuttu afaci etehe. wececi hūturi be
훈련시켜서 그렇게 싸우면 이기고 제사하면 복 을

aliha. julgei otorilara. ulun gidara. sahadara. hoihalara
받았다. 옛날의 봄 사냥하고 여름 사냥하고 가을 사냥하고 겨울 사냥하는

dorolon be iletulehengge.
禮 를 명백히 한 것이다.

dorolon i nomun i ten i wecen i emteli ulha i fiyelen de. niyengniyeri dubei biyade. tuwa sindarangge deijire
禮 記 의 郊祀 의 特 牲 의 篇 에 봄 끝의 달에 불 놓는 것 불태우기
jalin. amala sejen cooha be silgafi baksan meyen be tolofi. ejen i beye boihoju[311] de fafushūlahangge
위해 후에 수레 군사 를 선발하고 隊伍 를 헤아리고 군주 의 몸소 社 에 맹세한 것
coohai urse be ureburengge. hashū ergi de fidere. ici ergi de fidere. ilibure yabuburengge. terei kūbulin de
군사의 무리 를 연습시키는 것 왼 쪽 에 이동하고 오른 쪽 에 이동하여 세우고 가게 하는 것 그의 변화 에
urehe be tuwarangge. karcandure gurgu be tuwabufi bahaki sere gūnin be yendeburengge. terei fafun necirakū
익숙함 을 보는 것 부딪치는 동물 을 보아서 얻자 하는 생각 을 일으키는 것 그의 법 어기지 않음
be tuwarangge. terei mujilen be dahabure be kiceme. terei bahangge be doosidarakū ojoro jakade. tuttu
을 보는 것 그의 마음 을 따르게 하는 것 을 노력하고 그의 얻은 것 을 탐하지 않기 때문에 그렇게
afaci etembi. wececi hūturi be alimbi sehebi.. dzo kio ming ni araha ulabun de.
싸우면 이긴다. 제사하면 복 을 받는다 하였다. 左 丘 明 의 지은 傳 에

[한문]

寮臣僕. 東京賦, 賚皇寮, 逮輿臺. 是盖因天地之利, 習軍旅之勞. 戰則克而祭受福, 古者蒐苗獮狩之禮所爲昭.
㊟禮記郊特牲, 季春出火, 爲焚也. 然後簡其車賦, 而歷其卒伍, 而君親誓社, 以習軍旅, 左之右之, 坐之起之, 以觀其習變也, 而流示之禽而鹽諸利, 以觀其不犯命也. 求服其志, 不貪其得, 故以戰則克, 以祭則受福. 左傳,

—— ∘ —— ∘ —— ∘ ——

관리 되게 한다. 군뢰(軍牢)는 아역(衙役)을 관리되게 한다." 하였다. 「동경부」에, "많은 관리들에게 상을 주어서 마부, 말구종 등 지위가 낮은 무리에게 미치게 했다." 하였다.

이 모두 천지(天地)의 이로움을 따라서 군사의 무리를 강인하게 훈련시켜서 싸우면 이겼다. 제사 지내면 복을 받았다. 옛날 봄 사냥하고, 여름 사냥하고, 가을사냥하고, 겨울 사냥하는 예를 명백히 한 것이다.

『예기』「교특생(郊特牲)」에, "봄의 마지막 달에 불을 놓는 것은 불태우기 위해서이다. 후에 수레와 군사를 선발하고 대오(隊伍)를 갖추어서 군주 스스로 사(社)에 맹세하고, 군사의 무리를 연습시키고, 왼쪽, 오른쪽으로 이동하며 서고 가게하고, 그가 변화에 익숙해지는 것을 보고 마주치는 동물을 보고 얻고자 하는 생각을 일으키고, 그가 법을 어기지 않는 것을 보고, 그의 마음을 따르고 그가 얻은 것을 탐하지 않기 때문에, 그렇게 싸우면 이긴다. 제사지내면 복을 받는다." 하였다. 『좌전』에,

311) **boihoju** : 토지 신인 사(社)를 가리킨다.

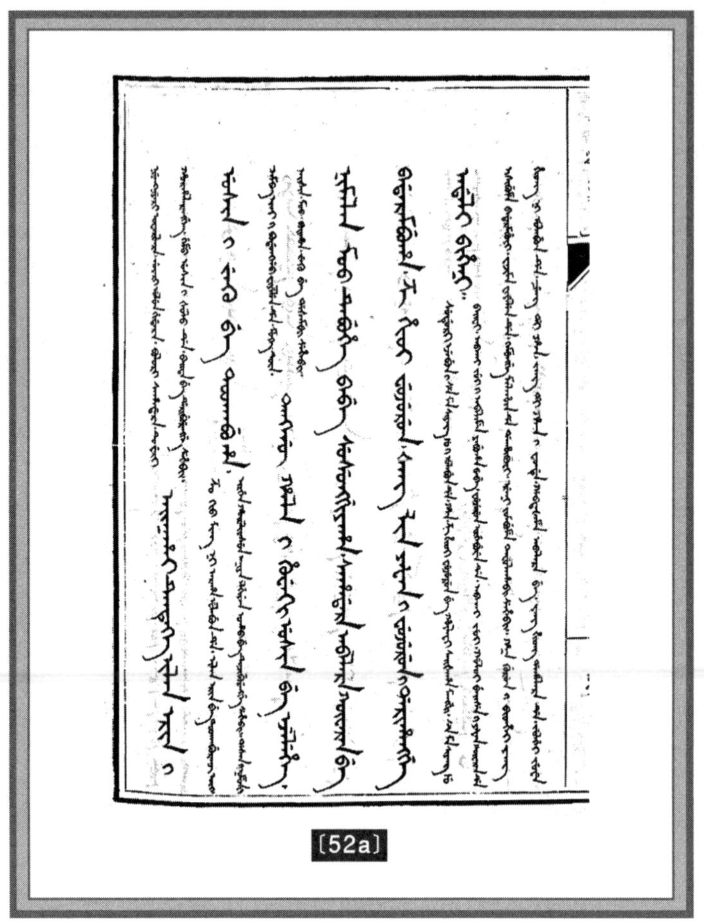

[52a]

niyengniyeri otorilara. juwari ulun gidara. bolori sahadara. tuweri hoihalarangge. gemu usin i
봄 봄사냥하고 여름 여름사냥하고 가을 가을사냥하고 겨울 겨울 사냥하는 것 모두 밭 의
šolo de. baita be deriburengge sehebi..
여가 에 일 을 시작하게 한 것 하였다.

ainahai tenteke ilan erin[312] i
어찌하여 그렇게 三 時 의

usin i jeku be tookabuha.
밭 의 곡물 을 그르치게 하였는가.

dzo kio ming ni araha ulabun de. ilan erin be tookaburakū ofi irgen hūwaliyasun aniya elgiyen oho be
左 丘 明 의 지은 傳 에 三 時 를 지체시키지 않아서 백성 온화한 해 풍요롭게 됨 을
tuciburengge sehebi.. dasan i nomun i amba ioi i bodonggo fiyelen de muke tuwa. aisin. moo. boihon.
드러낸 것 하였다. 書 經 의 大 禹 謨 篇 에 물 불 金 나무 흙
jeku be dasambi sehebi..
곡물 을 다스린다 하였다.

---

312) ilan erin : 삼시(三時)를 가리킨다. 즉 밭 갈고 씨 뿌리는 봄과, 풀 베는 여름과, 곡식을 거두어 가을을 일컫는다.

tanggū hala i huweki usin be ejelehe.
百 姓 의 비옥한 밭 을 점령했다.

nimalan moo tebuhe babe susunggiyaha. sahadara abalara kūwaran be
뽕 나무 심은 땅을 훼손했다. 가을사냥하고 몰이 사냥하는 터 를

badarambuha. dzy hioi fujurun. šang lin yafan i fujurun i darihangge
확대했다. 子 虛 賦 上 林 苑 賦 의 비웃는 것

adali biheni..
같았겠는가.

suduri ejebun i sy ma siyang zu i ulabun de. han dzy hioi fujurun be hūlafi saišaha manggi. sy ma siyang zu
史 記 의 司 馬 相 如 傳 에 汗 子 虛 賦 를 부르고 칭찬한 후 司 馬 相 如
baifi. abkai jui i abalame yabuha babe. fujurun irgebure de. abkai jui. goloi beise i yafan kūwaran[313] de
청하여 天 子 의 사냥하여 간 바를 賦 지음 에 天 子 省의 beise 의 苑 囿 에
isibume badarambufi. wajima fiyelen de. kemungge malhūn de dahūbufi. ereni jombume tafulahabi sehebi..
보내 넓히고 마지막 篇 에 절약 검소함 에 환원시키고 이로써 깨우쳐 간언하였다 하였다.
han gurun i bithei yang hiong ni ulabun de ceng di han. jang di han i fonde. gabtašame abalara be.
漢 나라 의 書의 揚 雄 의 傳 에 成 帝 汗 章 帝 汗 의 시절에 일제히 활 쏘며 사냥함 을
yang hiong dahalara de. julgei juwe
揚 雄 따름 에 옛 二

[한문]

春蒐夏苗秋獮冬狩, 皆於農隙以講事也. 詎其害三時之土穀, ㊟左傳, 謂其三時不害, 而民和年豐也. 書大禹謨, 水火金木土穀, 惟修. 奪百姓之腴膏. 蹂桑柘之地, 廣虞獵之郊, 如子虛上林之所嘲也哉. ㊟史記司馬相如傳, 上讀子虛賦而善之, 相如請爲天子游獵賦, 以推天子諸侯之苑囿, 其卒章歸之於節儉, 因以諷諫. 漢書揚雄傳, 成章時雨獵, 揚雄從,

봄에 봄 사냥하고, 여름에 여름사냥하고, 가을에 가을 사냥하고, 겨울에 겨울 사냥하는 것은 모두 밭에 일이 없을 때 시작하게 한 것이다." 하였다.

어찌하여 그렇게 삼시(三時)의 밭 곡물을 그르치게 하였는가?

『좌전』에, "삼시를 지체시키지 않아서 백성이 온화한 해에 풍요롭게 된 것이다." 하였다. 『서경』「대우모(大禹謨)」에, "물, 불, 金, 나무, 흙, 곡물을 다스린다." 하였다.

백성의 비옥한 밭을 점령하고, 뽕나무 심은 땅을 훼손하고, 가을 사냥하고 몰이 사냥하는 터를 넓히면, 「자허부(子虛賦)」와 「상림부」처럼 비웃음거리가 된다.

『사기』「사마상여전(司馬相如傳)」에, "황제께서 「자허부」를 부르고 칭찬한 후 사마상여를 청하여 「천자유렵부(天子游獵賦)」를 지을 때, 천자와 제후가 원유(苑囿)를 넓히고서 마지막 장에서는 절약하고 검소하게 환원시킴으로써 깨우쳐 간언하였다." 하였다. 『한서』「양웅전(揚雄傳)」에, "성제(成帝)와 장제(章帝) 시절에 일제히 활 쏘며 사냥하는 것을 양웅(揚雄)이 따를 때

313) yafan kūwaran : 원유(苑囿)라는 뜻으로 초목을 심는 동산에 울을 치고 금수를 기르는 곳을 이르던 말이다.

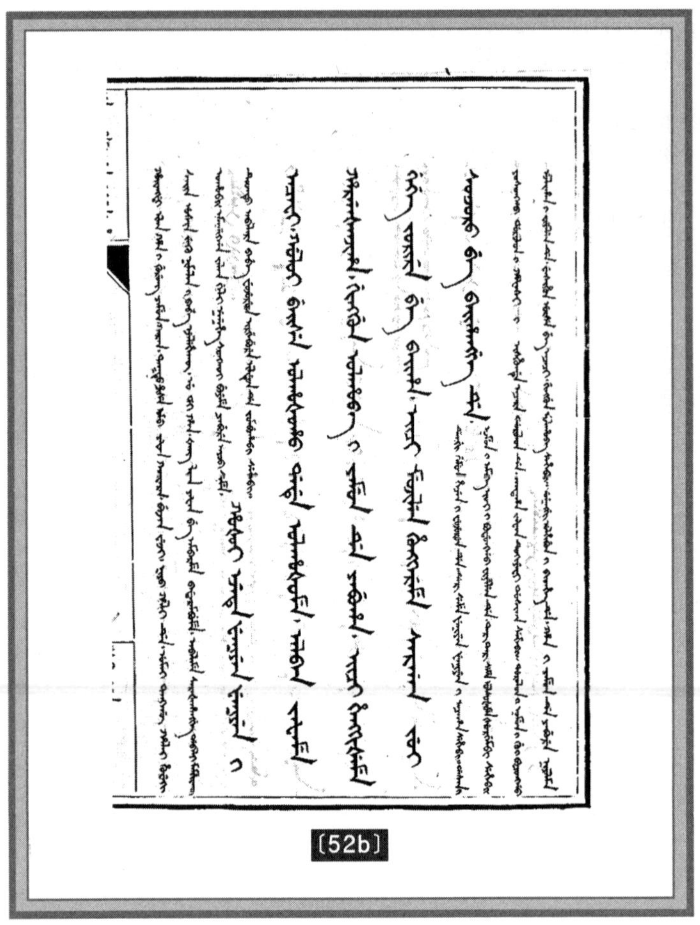

[52b]

hūwangdi ilan han[314] i gurung yamun. karan taktu. c'yse omo. yafan kūwaran. bujan weji. niyo hali de umai
황제 三 汗 의 宮 아문 臺 누각 연못 苑 囿 森 林 沼澤 늪 에 전혀
tanggū halai huweki sain usin jeku nimalan i babe ejelehekū. u di han šang lin yafan be ambarame
백 성의 비옥하고 좋은 밭 곡물 뽕나무 의 땅을 점거하지 않았다. 武 帝 汗 上 林 苑 을 크게 하고
badarambume. abalame sarašahangge dabali mamgiyakū ohobi. amagangga jalan geli nenehe songkoi buyeme
확장하여 사냥하고 노닌 것 너무 사치하는 사람 되었다. 후 대 또 이전 대로 원하여
yabure ayoo seme. tuttu abalara babe fujurun irgebure ildun de jombuhabi sehebi.
행할까 하고 그렇게 사냥하는 바를 賦 짓는 기회 에 일깨웠다 하였다.

hošoi ejete feniyen feniyen i
親王의 우두머리들 무리 무리 로

acafi. goloi beise olhošoho dade olhošome. alban jafame
접견하고 省의 beise 조심한 터에 조심하여 조공하며

314) juwe hūwangdi ilan han : 이제삼왕(二帝三王)의 만주어 표현이다. 2제는 요(堯)·순(舜)을 가리키고, 3왕은 하나라 우왕(禹王)·은나라 탕왕(湯王)·주나라 문왕(文王)과 무왕(武王)을 가리킨다.

hargašanjiha. ginggun olhoba i yamun de yabuha. eici hengkišeme
알현하러왔다. 조심스럽고 신중히 아문 에 갔다. 혹은 叩頭하여

gege jorire be baiha. eici mujilen hungkereme sargan jui
gege 지시하기 를 구하였다 혹은 마음 다하여 딸

sonjoro be baihangge de.
고르기 를 구한 것 에

dergi gemun hecen i fujurun de. der seme feniyen feniyen i acaha sehebi. dasan i nomun i amba ioi i
東 京 성 의 賦 에 분분히 무리 무리 로 모였다 하였다. 書 經 의 大 禹
bodonggo fiyelen de. tar tar seme olhošome šurgembi sehebi. yosonggo doloron i hafasa i ishunde acara
謨 篇 에 덜덜 하고 조심하며 떤다 하였다. 儀 禮 士 相 見
dorolon de. antaha jafan[315] tukiyefi dosika sehebi. dorolon i nomun i gu i boconggo ulihan i fiyelen de.
禮 에 손님 聘禮 올리고 들어왔다 하였다. 禮 記 玉 藻 篇 에
wesihun urse be acaci. ginggun olhoba s ehebi.. unenggi ulhibun i bithe de. han i yamun de yabure niyalma
높은 무리 를 만나면 공경 신중하다 하였다. 眞 誥 書 에 汗 의 아문 에 가는 사람

[한문]

以爲昔在二帝三王, 宮館臺榭沼池苑囿林麓藪澤, 不奪百姓膏腴穀土桑拓之地. 武帝廣開上林, 游觀侈靡, 恐後世復脩前好, 故聊因校獵賦以風之. 將將蕃后, 夔夔列君, 奉贄來朝. 齋遬侍宸, 或稽首而請聘, 或傾心而納姻. ㊟東京賦, 濟濟焉, 將將焉. 書大禹謨, 夔夔齊慄. 儀禮士相見禮, 賓奉贄入. 禮記玉藻, 見所尊者齋遬. 眞誥, 侍帝宸

—— ◦ —— ◦ —— ◦ ——

옛날 이제삼왕(二帝三王)의 궁, 아문(衙門), 대(臺), 누각, 연못, 원유(苑囿), 숲, 늪이 결코 백성의 비옥하고 좋은 밭, 곡물, 뽕나무의 땅을 차지하지 않았다. 무제(武帝)는 상림원(上林苑)을 크게 확장하여 사냥하고 노닐며 너무 사치하는 사람이었다. 후대에 또 이전처럼 원하며 행할까 하여 「교렵부(校獵賦)」를 짓는 기회에 일깨웠다." 하였다.

친왕(親王)의 우두머리들이 무리지어 접견하고, 제후들이 거듭 조심하면서 조공을 바치며 알현하러 왔다. 조심스럽고 신중히 아문(衙門)에 갔다. 혹은 고두(叩頭)하며 거거(gege, 格格)가 지시하기를 바라거나, 진심으로 딸 고르기를 구하니,

「동경부」에, "분분히 여럿이 모였다." 하였다. 『서경』 「대우모(大禹謨)」에, "조심하며 덜덜 떤다." 하였다. 『의례』 「사상견례(士相見禮)」에, "손님이 빙례(聘禮)를 올리고 들어왔다." 하였다. 『예기』 「옥조(玉藻)」에, "높은 부류를 만나면 공경하고 신중하다." 하였다. 『진고(眞誥)』에, "황제의 아문에 가는 사람

315) jafan : 빙례(聘禮)라는 뜻으로 사람을 만날 때 경의를 표시하는 예물을 가리킨다.

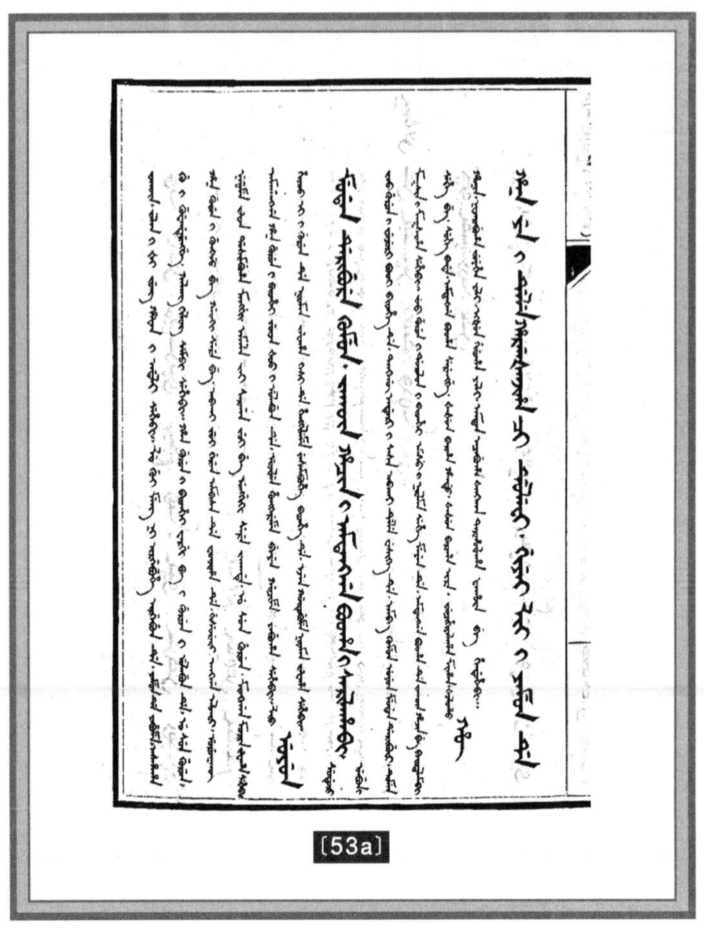

[53a]

jakūn. jalan i ši jung hafan i adali sehebi.. lu gui meng[316] ni irgebuhe irgebun de yamun de yabume ashaha
여덟 세상 의 侍 中 관리 의 같다 하였다. 陸 龜 蒙 의 지은 詩 에 아문 에 가며 패용한
gu i guwenderengge. kalang kiling sembi sehebi.. han gurun i bithei wargi ba i gurun i ulabun de. u sun[317]
옥 의 울리는 것 쟁강 쟁강 한다 하였다. 漢 나라 의 書의 西 域 나라 의 傳 에 烏 孫
gurun. han gurun i gungju be. gaiki sere be abkai jui geren ambasa de fonjiha. de gisurefi angga aljafi
나라 漢 나라 의 공주 를 얻고자 함 을 天 子 여러 대신들 에게 물음 에 말하고 약속하여
urunakū neneme jafan dosimbuha manggi amala jai sargan jui be unggiki sere jakade. u sun gurun. minggan
반드시 먼저 납폐 들인 후 뒤 둘째 딸 을 보내자 할 적에 烏 孫 나라 천
morin jafaha sehebi. amagangga han gurun i bithei juwan šoo i ulabun de. mujilen hungkereme beye gocime
말 바쳤다 하였다. 後 漢 나라 의 書의 袁 紹 傳 에 마음 다하고 몸 삼가며
yabuha sehebi.. lio hiyoo ei[318] i gurun de niyaman jafaha kesi de hengkileme wesimbuhe bithe de. ejen
갔다 하였다. 劉 孝 儀 의 나라 에 인척 된 은혜 에 절하며 啓奏한 글 에 천자
gūtubume niyaman jafaha sehebi..
모욕당하며 인척 되었다 하였다.

316) lu gui meng : 당나라 때의 육구몽(陸龜蒙)을 가리킨다. 구기자와 국화로 반찬을 하였고, 차를 좋아하였다.

317) u sun : 기원전 2C부터 기원후 5C 중엽까지 천산산맥 북방에 살던 기마민족인 오손(烏孫)을 가리킨다. 한 무제(武帝)는 오손과 제휴해 흉노를 동서에서 협공할 목적으로 장건(張騫)을 파견하고, 조카딸인 공주 세군(細君)을 오손의 왕에게 출가시켰다.

318) lio hiyoo ei : 남조 양나라 때의 문장가 유효의(劉孝儀)를 가리킨다. 성품이 강건하고 거리낌이 없었다.

uyun mudan[319] deribure kumun. jakūn hacin i amtangga booha[320] i sarilahabi.
九 奏 시작하는 음악 여덟 가지 의 맛있는 반찬 으로 잔치하였다.

suduri ejebun i jao gurun i fujuri booi bithe de. tanggū enduri i sasa abkai dele wesike de amba kumun[321]
史 記 趙 나라 의 世家 書 에 百 神 의 함께 하늘의 위 오름 에 廣 樂
uyun mudan deribufi. tumen maksin[322] i maksiha sehebi. jeo gurun i dorolon i bithei amsu i niyalma[323] sehe
九 奏 시작하고 萬 舞 의 춤추었다 하였다. 周 나라 의 禮 의 書의 膳 夫 한
meyen de. amtangga booha de jakūn hacin be baitalambi sehe be suhe bade. amtangga booha serengge. šašun
節 에 맛있는 반찬 에 여덟 종류 를 사용한다 한 것 을 주해한 바에 맛있는 반찬 하는 것 肉醬
baraha handu. šašun baraha ira. fucihiyalaha mihan. šoloho honin. nijarabuha juyehen yali. ekšun gidaha yali.
만 벼 肉醬 만 기장 그슬린 새끼 돼지 구운 양 잘게 부순 등심 술 재강 절인 고기
amtan acabuha šangkan tarhūlaha fahūn be henduhebi..
맛 맞춘 말린 고기 살찐 간 이다 말하였다.

hū han ye[324] i dele hargašanjiha ci dulefi. giyei li[325] i yamun de
呼 韓 邪 의 上 來朝한것 에서 지나가고 頡 利 의 아문 에

[한문]

有八人, 如世之侍中. 陸龜蒙詩, 侍宸交珮響闌珊. 漢書西域傳, 烏孫願得尙漢公主, 天子問群臣, 議許, 曰必先來聘, 然後遣女, 烏孫以馬千匹聘. 漢書袁紹傳, 傾心折節. 劉孝儀謝國姻啓, 皇姻曲逮. 於是樂以九奏, 饗以八珍. 注史記趙世家, 與百神游於鈞天, 廣樂九奏萬舞. 周禮膳夫, 珍用八物. 注, 珍, 謂淳熬, 淳毛, 炮豚, 炮牂, 擣珍, 漬熬, 肝膋也. 邁呼韓之朝天, 踰頡利之舞庭.

—— ◦ —— ◦ —— ◦ ——

여덟 사람은 세상의 시중(侍中)과 같다 하였다. 육구몽(陸龜蒙)이 지은 시(詩)에 아문에 가며 패용한 옥이 울리는 것 쟁강쟁강한다." 하였다. 『한서』「서역전(西域傳)」에, "오손(烏孫)나라가 한나라의 공주를 얻고자 하는 것을 천자가 여러 대신들에게 묻자 약속하여 반드시 먼저 납폐 들인 후에 둘째딸을 보내자고 하니 오손(烏孫)나라가 천 마리 말을 바쳤다." 하였다. 『후한서』「원소전(袁紹傳)」에, "마음을 다해 몸을 삼가며 갔다." 하였다. 유효의(劉孝儀)의 「사국인계(謝國姻啓)」에, "천자가 모욕당하며 결혼했다." 하였다.

구주(九奏)를 연주하고, 여덟 가지의 맛있는 반찬으로 잔치하였다.

『사기』「조세가(趙世家)」에, "백신(百神)과 함께 하늘 위에 오르니, 광악(廣樂)과 구주(九奏)를 시작하고 만무(萬舞)를 추었다." 하였다. 『주례』「선부(膳夫)」에, "맛있는 반찬에 여덟 종류를 사용한다." 한 것을 「주(注)」한 것에, "맛있는 반찬이라고 하는 것은 육장(肉醬) 물 만 벼, 육장 물 만 기장, 그슬린 새끼 돼지, 구운 양, 잘게 부순 등심, 술 재강에 절인 고기, 맛을 맞춘 말린 고기, 살찐 간이다." 하였다.

호한야(呼韓邪)가 알현한 것에서 용서하고 힐리(頡利)가 아문에

---

319) uyun mudan : 구주(九奏)라는 뜻으로 순 임금의 음악인 구성(九成)을 가리키는데, 곡조가 9번 변하는 곡이라 한다.

320) amtangga booha : 팔진(八珍)이라는 뜻으로 진귀한 여덟 가지의 음식을 가리키며, 팔진미(八珍味)라고도 한다.

321) amba kumun : 광악(廣樂)이라는 뜻으로 진나라 목공(穆公)과 조간자(趙簡子)가 꿈에 하늘에 올라가 들었다는 천상의 음악을 말한다.

322) tumen maksin : 고대의 춤인 만무(萬舞)를 가리킨다. 먼저 무무(武舞)를 추고, 뒤에 문무(文舞)를 춘다.

323) amsu i niyalma : 주나라 때 왕의 식사를 담당하던 관직인 선부(膳夫)를 가리킨다.

324) hū han ye : 흉노의 선우(單于)로 한나라와 혼인 화친을 청하여 왕소군(王昭君)과 결혼하였다.한자로는 호한야(呼韓邪)로 쓴다.

325) giyei li : 돌궐족(突厥族) 한(汗)으로 성은 아사나(阿邪那)씨이고, 이름은 돌필(咄苾)이다. 한자로는 힐리(頡利)로 쓴다. 당나라 초기에 남하하여 중국을 괴롭혔는데, 태종 때 이를 정벌하여 힐리(頡利)를 사로잡아 멸망시켰다.

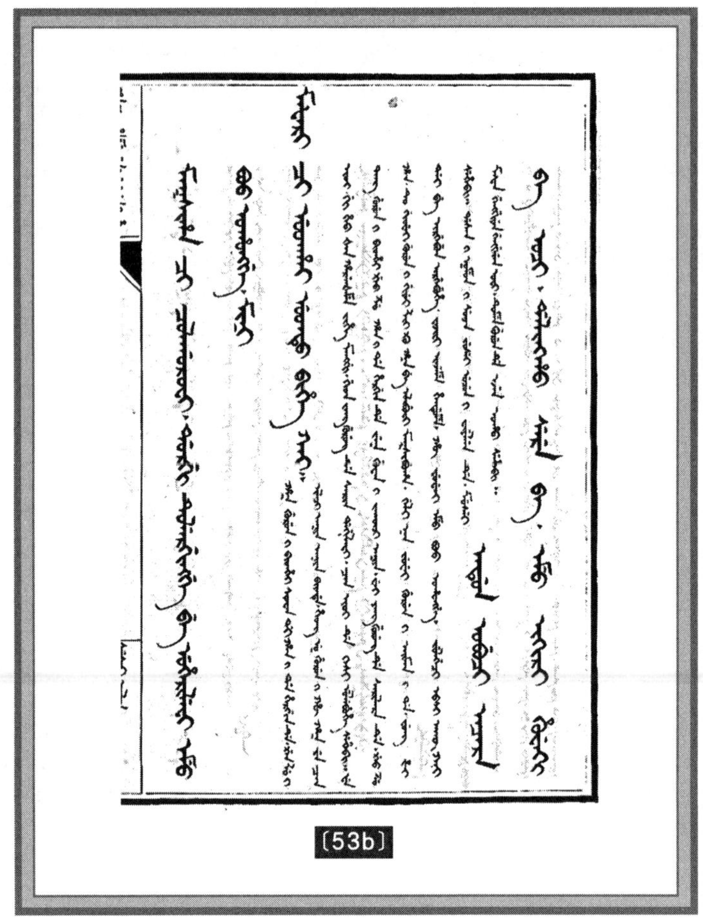

〔53b〕

maksiha ci colgorofi. dorgi tulergingge be uherilefi emu
춤춘 것 에서 빼어나서 안 밖의 것 을 통합하고 한

boo ohongge. mini mafari ci uthai uttu bihe kai..
집 된것 나의 祖宗 에서 곧 이리 되었느니라.

han gurun i bithei siowan di han i da hergin de k'an lu iilaci aniya aniya biyade. hiong nu gurun i hū han
漢 나라 의 書의 宣 帝 汗 의 本 紀 에 甘 露 셋째 해 정월에 匈 奴 나라 의 呼 韓
ye can ioi. gi heo šan hargašame jihe manggi. giyan jang gurung de sarin dagilafi. can ioi de kesi ulebuhe
邪 單 于 稽 候 狦 來朝하여 온 후 建 章 宮 에 잔치 준비하여 單 于 에 은혜 베풀었다
sehebi. fe tang gurun i bithei g'ao dzu han i da hergin de jen guwan i jakūci aniya. wei yang gurung de
하였다. 舊 唐 나라 의 書의 高 祖 汗 의 本 紀 에 貞 觀 의 여덟째 해 未 央 宮 에
sarilara de. g'ao dzu han. tu giowei gurun i giyei li k'o han be ilibufi maksibuha. geli nan yuwei gurun i
잔치함 에 高 祖 汗 突 厥 나라 의 頡 利 可 汗 을 세워서 춤추게 하였다. 또 南 越 國 의
aiman i da. fung jy dai be irgebun irgebuhe. wajifi injeme hendume. hū yuwei emu boo ohongge. julgeci
부족 의 우두머리 馮 智 戴 를 시 읊게 했다. 끝나고 웃으며 말하되 胡 越 한 집 된것 예로
ebsi akū kai sehebi. dasan i nomun i sunja jusei ucun i fiyelen de. musei mafa genggiyen gengiyen
부터 없었느니라 하였다. 書 經 의 다섯 아이들의 노래 의 篇 에 우리의 할아버지 또렷하고 똑똑해서

ofi. tumen gurun de ejen oho sehebi..
萬 나라 에 주인 되었다 하였다.

adun obuci acara
牧群 되게 하면 마땅한

ba oci. dalingho sere ba. emu ikiri huweki
땅 은 大淩河 하는 땅 연이어 비옥하고

[한문]

合內外爲一家, 自我祖而已然. 注漢書宣帝紀, 甘露三年正月, 匈奴呼韓邪單于稽侯狦來朝, 置酒建章宮, 饗賜單于. 舊唐書高祖紀, 貞觀八年, 置酒未央宮, 高祖命突厥頡利可汗起舞. 又遣南越酋長馮智戴詠詩, 旣而笑曰, 胡越一家, 自古未之有也. 書五子之歌, 明明我祖, 萬邦之君. ○庭, 叶直珍切. 西都賦, 承明金馬著作之庭, 大雅宏達, 於玆爲群. ○然, 叶音人. 劉歆列女贊, 齊女傳母, 防女未然, 莊美亦材, 卒能修身. 坰牧之宜, 曰大淩河. 亘肥壤之博衍,

——◦——◦——◦——

춤춘 것이 빼어나서 안팎을 통합하고 한 집이 된 것은 나의 할아버지 때에 이리 되었느니라.

『한서』「선제본기(宣帝本紀)」에, "감로(甘露) 3년 정월에, 흉노(匈奴)의 호한야(呼韓邪)선우(單于)와 계후산(稽候狦)이 내조(來朝)하여 오니, 건장궁(建章宮)에서 잔치를 준비하여 선우에게 은혜를 베풀었다." 하였다. 『구당서』「고조본기」에, "정관(貞觀) 8년, 미앙궁(未央宮)에서 잔치할 때 고조가 돌궐(突厥)의 힐리(頡利) 칸을 일으켜 세워서 춤추게 하였다. 또 남월(南越)의 우두머리인 풍지대(馮智戴)에게 시를 읊게 했다. 끝나고 웃으며 말하기를, '호월(胡越)이 한 집이 된 것은 예로부터 없었느니라' 했다." 하였다. 『서경』의 「오자지가(五子之歌)」에, "우리의 할아버지 또렷하고 똑똑해서 만국(萬國)의 주인이 되었다." 하였다.

방목하기 좋은 땅은 대릉하(大淩河)라는 곳이다. 연이어 비옥하고

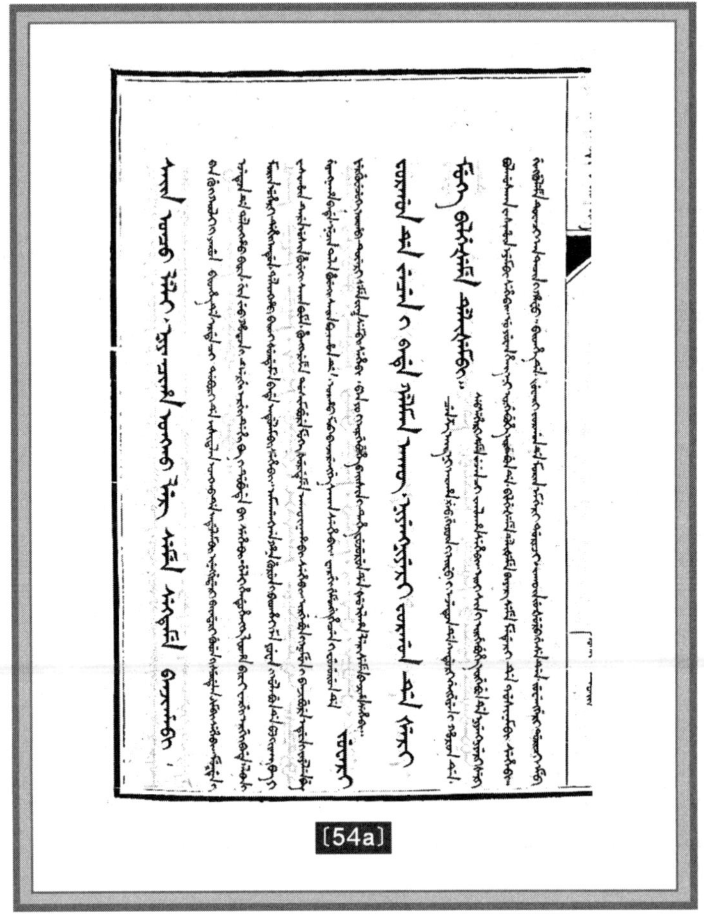

[54a]

sain onco leli. niyanciha ongko ler seme sekteme banjihabi.
좋고 드넓고 푸른 풀 방목지 무성하게 깔려 자랐다.

ban gu i kooli i yarun bithe de. erde ci dobori de isitala ongko de adulambi. inenggidari biyadari gurun i
班 固 의 典 引 書 에 아침 부터 저녁 에 이르도록 목장 에 방목한다. 날마다 달마다 나라 의
šurdeme bimbi sehebi.. mukden iejetun de dalingho bira. gin jeo hoton i dergi ergi dehi ba i dubede bi
주위 있다 하였다. 盛京 志 에 大陵河 강 錦 州 城 의 동 쪽 사십 리 의 끝에 있다
sehebi.. geli henduhengge looha birai wargi ergi bade alban i morin uheri dehi adun. dalingho birai šurdeme
하였다. 또 말한 것 遼河 강의 서 쪽 땅에 官 馬 모두 마흔 牧群 大陵河 강의 주변
bade adulambi sehebi.. amagangga han gurun i bithei ma yuwan i ulabun de. po kiyang ba i wasihūn tere
땅에 방목한다 하였다. 後 漢 나라 의 書 馬 援 傳 에 破 羌 땅 의 서쪽 그
usin huweki sain bime hungkereme dosimbure muke šurdeme akūnahabi sehebi.. irgebun i nomun i banjbire
밭 비옥하고 좋고 퍼붓듯이 들어오는 물 휘감아 두루 미쳤다 하였다. 詩 經 谷
edun i fiyelen be giyangnahan bade. necin tala huweki sain boihon de. orho moo banjirengge sain sehebi..
風 篇 을 講한 바에 평평한 들 비옥하고 좋은 흙 에 풀 나무 나는 것 좋다 하였다.
wargi gemungge hecen i fujurun de ferguwecuke orho. tuweri seme fik sembi sehebi. pan yo i irgebuhe
西 都 성 의 賦 에 진기한 풀 겨울 해도 빽빽하다 하였다. 潘 岳 의 지은
baisin i tehe fujurun de. šu ilha ler seme banjiha sehebi..
閒 居 賦 에 연 꽃 무성하게 생겼다 하였다.

juwari forgon de jecen i bade galman akū. niyengniyeri forgon de šeri
여름 철 에 변경 의 땅에 모기 없고 가을 철 에 샘

muke bilgešeme delišembi..
물 넘치고 넘실거린다.

cen dzy ang ni araha g'eo giyūn i eifu i ejetun de. enduri genggiyen i horon de. sebseheri seme jecen ci
陳 子 昂 의 지은 高 君 墓 誌 에 神 明 의 위엄 에 메뚜기 해도 경계 에서
jailaha sehebi. ioi sin i irgebuhe irgebun de niyengniyeri šeri bolgosaka wasihūn eyembi sehebi.. nu yuwan
피했다 하였다. 庾 信 의 지은 詩 에 봄 샘물 깨끗하게 아래로 흐른다 했다. 武 元
heng ni irgebuhe irgebun de bilgešeme delišeme biyar seme mederi de dosinambi sehebi.. gingguleme tuwaci
衡 의 지은 詩 에 넘치고 넘실거리며 도도히 바다 에 들어간다 하였다. 삼가 보건대
an tacin i hafu.. bithe de. juwari forgon de morin emgeri dorici. jakūn jušuru gese den. juwenggeri dorici. emu
風俗 通 書 에 여름 철 에 말 한 번 뛰면 여덟 尺 같이 높고 두 번 뛰면 한

[한문]

茁靈艸之敷披. 注班固典引, 朝夕坰牧, 日月邦畿. 盛京志, 大陵河, 在錦州城東四十里. 又, 遼河西, 官馬共四十群, 在大陵河左右牧放. 後漢書馬援傳, 破羌以西, 其田土肥壤, 灌漑流通. 詩谷風疏, 平地沃衍之土, 宜生草木. 西都賦, 靈草冬榮. 潘岳閒居賦, 菡萏敷披. ○披, 叶滂禾切. 劉邵趙都賦, 布濩中林, 緣延陵阿, 從風發曜, 猗靡雲披. 夏蚊避境, 春泉漾波. 注陳子昂高君墓誌, 神明之威, 蝗猶避境. 庾信詩, 春泉下玉溜. 武元衡詩, 漾波歸海疾. 謹按, 風俗通云, 夏馬一跳八尺再丈六,

—— ◦ —— ◦ —— ◦ ——

좋고 드넓으며, 푸른 풀이 방목지에 무성하게 깔려서 자랐다.

반고(班固)의 「전인(典引)」에, "아침부터 저녁까지 목장에 방목한다. 날마다 달마다 나라의 주위에 있다." 하였다. 『성경지』에, "대릉하(大陵河)는 금주성(錦州城) 동쪽 사십 리 끝에 있다." 하였다. 또 말하기를, "요하(遼河) 서쪽 땅에 관마(官馬) 모두 마흔 무리인데, 대릉하 주변 땅에 방목한다." 하였다. 『후한서』 「마원전(馬援傳)」에, "파강(破羌) 땅의 서쪽 밭이 비옥하고 좋다. 퍼붓듯이 들어오는 물이 휘감아 두루 미쳤다." 하였다. 『시경』 「곡풍」을 「소(疏)」한 것에, "평평한 들, 비옥하고 좋은 흙에 풀과 나무가 자라기 좋다." 하였다. 「서도부」에, "진기한 풀이 겨울에도 빽빽하다." 하였다. 반악(潘岳)이 지은 「한거부(閒居賦)」에, "연꽃이 무성하게 자랐다." 하였다.

여름철에 변경에 모기가 없고 가을철에 샘물이 넘치고 넘실거린다.

진자앙(陳子昂)이 지은 「고군묘지(高君墓誌)」에, "신명(神明)의 위엄에 메뚜기라 해도 경계에서 피했다." 하였다. 유신(庾信)이 지은 시에, "봄에 샘물이 깨끗하게 아래로 흐른다." 했다. 무원형(武元衡)이 지은 시에, "넘치고 넘실거리며 도도히 바다에 들어간다." 하였다. 삼가 보건대, 『풍속통(風俗通)』에, "여름철에 말이 한 번 뛰면 여덟 척(尺) 같이 높다. 두 번 뛰면

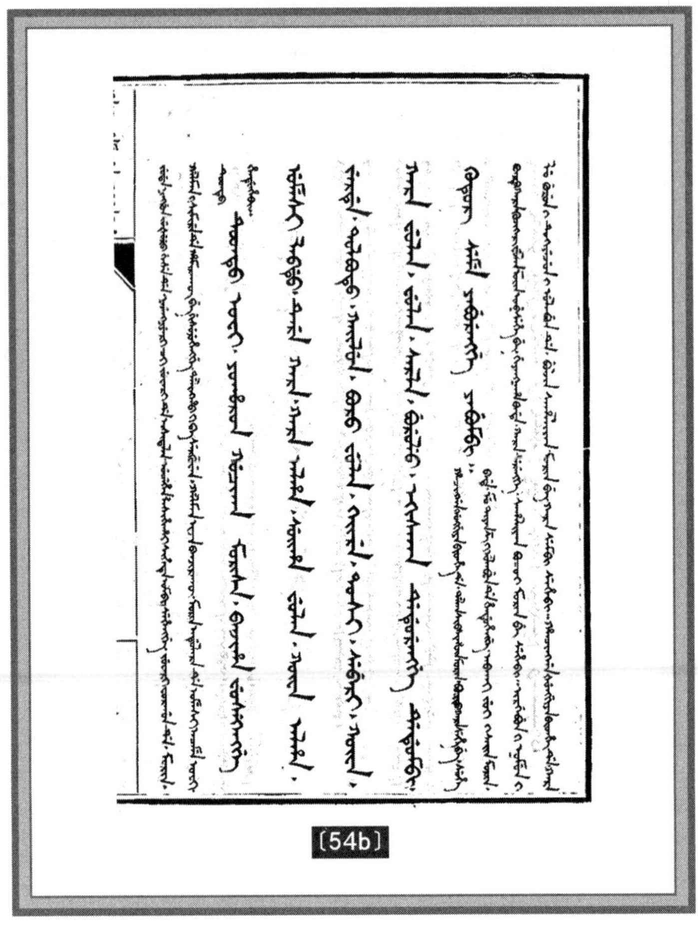
[54b]

juda ninggun jušuru gese den. niyengniyeri ci juwari de isistala. uncehen lasihihai sihete ombi sehengge.
丈 육 尺 같이 높다. 봄 에서 여름 에 이르도록 꼬리 흔들어서 총이 짧게 된다 한 것
juwari forgon de. morin galman i simire de hamirakū be gisurehengge. dalingho i ba serguwen. galman ija
여름 철 에 말 모기 의 빨기 에 견딜 수 없음 을 말한 것이다. 大凌河 의 땅 서늘하고 모기 등에
banjirakū. morin adulara de umesi acame ofi tuttu henduhebi..
생기지 않는다. 말 방목함 에 매우 적당해서 그렇게 말하였다.

tuttu ofi. yohoron gocika morisa. banjiha fusekengge
그래서 막힌 물도랑처럼 살찐 말들 낳고 번식한 것

umesi labdu. tere kara. kara alha. suiha fulan. kūwa alha.
매우 많다. 그 가라 쌍창워라 烏騅馬 황부루

jerde. tolbotu. kailun. boro fulan. keire. tosi. seberi. kūwa.
절따말 털총이 가리온 회색 총이말 월따말 별박이 사족백이 공골말

kara fulan. fulan. sarla. burulu. ekisaka dedurengge dedumbi.
청총말 총이말 추마말 부루말 조용하게 자는 것 잔다.

kutur seme yaburengge yabumbi..
딸가닥 하고 다니는 것 다닌다.

hancingga šunggiya bithe de dalan sibsihūn morin. būrtu kara[326] sehe be suhe bade mu tiyan dzy i ulabun
爾 雅 書 에 목덜미 좁은 말 盜驪 한 것 을 주해한 바에 穆 天 子 傳
de henduhegge abkai jui i sain morin būrtu kara kuciker fulan[327] morin inu sehe be. giyangnaha bade.
에 말한 것 天 子 의 좋은 말 盜驪 綠耳 말 이다 한 것 을 講한 바에
kara serengge. sahaliyan bocoi morin be sehebi.. irgebun i nomun i lu gurun i tukiyecun i ulabun de.
가라 하는 것 검은 색의 말 이다 하였다. 詩 經 의 魯 나라 의 頌 傳 에
buljin sahaliyan morin be kara sembi sehebi.. hancingga šunggiya bithe de kara
순색 검은 말 을 가라 한다 하였다. 爾 雅 書 에 가라말

[한문]

從春至夏, 掉尾肅肅, 言夏馬之畏蚊也, 大凌河凉爽, 蚊蚋不生, 最宜牧馬, 故云. 是以駉駉之牡, 蕃孳孔多. 爾其驪驕騅駓, 騂騏駱驒, 騮駒驔騧, 馯馻駰騢, 或眠而馱, 或行而馺. ㊟爾雅, 小領盜驪. 注, 穆天子傳曰, 天子之駿, 盜驪綠耳. 疏, 驪, 黑色也. 詩魯頌傳, 純黑曰驪. 爾雅, 驪馬

—— ◦ —— ◦ —— ◦ ——

1 장(丈) 6 척(尺) 같이 높다. 봄부터 여름까지 꼬리 흔들어서 총이 짧아진다." 한 것은, 여름철에 말이 모기가 피를 빠는 것에 견딜 수 없는 것을 말한 것이다. 대릉하(大凌河)는 땅이 서늘해서 모기, 등에가 생기지 않는다. 말을 방목하기에 매우 적당해서 그렇게 말하였다.

그래서 막힌 물도랑처럼 살찐 말들이 낳고 번식한 것이 매우 많다. 가라, 쌍창워라, 오추마(烏騅馬), 황부루, 절따말, 털총이, 가리온, 회색 총이말, 월따말, 별박이, 사족(四足)백이, 공골말, 청총말, 총이말, 추마말, 부루말 조용하게 자는 것은 자고 딸가닥거리며 다니는 것은 다닌다.

『이아』에, "목덜미가 좁은 말을 도려(盜驪)이다." 한 것을 「주(注)」한 것에, "「목천자전(穆天子傳)」에 말하기를, 천자의 준마는 도려(盜驪)와 녹이(綠耳) 말이다." 한 것을 「소(疏)」한 것에, "가라는 검은색의 말이다." 하였다. 『시경』「노송전(魯頌傳)」에, "순색의 검은 말을 가라라고 한다." 하였다. 『이아』에, "가라말이고

326) **būrtu kara** : 주나라 목왕의 8준마의 가운데 하나인 도려(盜驪)로 옅은 흑색 말을 가리킨다.
327) **kuciker fulan** : 주나라 목왕의 8준마의 가운데 하나인 녹이(綠耳)로 청색 말을 가리킨다.

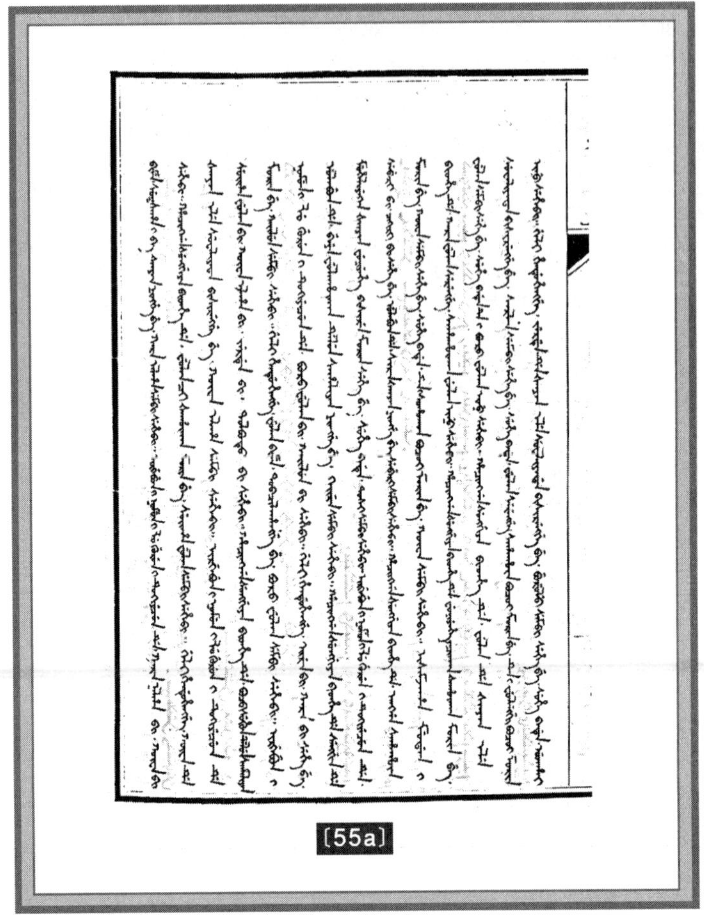

[55a]

bime suksaha i ba šanyan ningge be. kara alha sembi sehebi.. irgebun i nomun i lu gurun i tukiyecun de
이고 뒷다리 의 곳 흰 것 을 쌍창워라 한다 하였다. 詩 經 魯 나라 의 頌 에
kara alha bi. kūwa bi sehebi.. hancingga šunggiya bithe de. fulan ci šahūkan morin be. suiha fulan
쌍창워라 있고 공골말 있다 하였다. 爾 雅 書 에 총이말 에서 약간 흰 말 을 烏騅馬
sembi sehebi.. geli henduhengge kūwa de šanyan ele suwaliyata bisirengge be. kūwa alha sembi sehebi..
한다 하였다. 또 말한 것 담황색 에 흰 색 더욱 섞인 있는 것 을 황부루 한다 하였다.
irgebun i nomun i lu gurun i tukiyecun de suiha fulan bi. kūwa alha bi. jerde bi. tolbotu bi sehebi..
詩 經 의 魯 나라 의 頌 에 烏騅馬 있다. 황부루 있다. 절따말 있다. 털총이 있다 하였다.
hancingga šunggiya bithe de. boco suhun delun sahaliyan morin be kailun sembi sehebi.. geli henduhengge.
爾 雅 書 에 색 米色 갈기 검은 말 을 가리온 한다 하였다. 또 말한 것
fulan bime. tobcilahangge be. boro fulan sembi sehebi.. irgebun i nomun i lu gurun i tukiyecun de
총이말 이고 매듭지은 것 을 회색 총이말 한다 하였다. 詩 經 의 魯 나라 의 頌 에
boro fulan bi. kailun bi sehebi. geli henduhengge keire bi. kara bi sehe be ulabun de. beye
회색 총이말 있다. 가리온 있다 하였다. 또 말한 것 월따말 있다 가라 있다 한 것 을 傳 에 몸
fulahūkan delun sahaliyan ningge be keire sembi sehebi. hancingga šunggiya bithe de šenggin de muheliyeken
연분홍 갈기 검은 것 을 월따말 한다 하였다. 爾 雅 書 에 이마 에 둥글고
šanyan funiyehe bisire morin sehe be. suhe bade. tosi sembi sehebi.. irgebun i nomun i lu gurun i
흰 털 있는 말 한 것 을 주해한 바에 별박이 한다 하였다. 詩 經 의 魯 나라 의

tukiyecun de seberi bi. cikiri bi sehe be. ulabun de. sira šanyan ningge be. seberi sembi sehebi..
頌 에 사족발이 있다. 고리눈 말 있다 한 것 을 傳 에 정강이 흰 것 을 사족백이 한다 하였다.
hancingga šunggiya bithe de. angga sahahūn morin be kūwa sembi sehe be. suhe bade. te i sohokon bocoi
爾 雅 書 에 입 검은 말 을 공골말 한다 한 것 을 주해한 바에 지금 의 옅은 황 색의
morin be. kūwa sembi sehebi. isamjaha mudan i bithe de. kara fulan serengge. sahahūkan fulan inu sehebi..
말 을 공골말 한다 하였다. 集 韻 의 書 에 청총말 하는 것 검은 총이말 이다 하였다.
hancingga šunggiya bithe de. funiyehe yacikan šahūkan morin be. fulan sembi sehe be suhe bade te i
爾 雅 書 에 털 약간 푸르고 흰 말 을 총이말 한다 한 것 을 주해한 바에 지금 의
boro fulan inu sehebi.. hacingga šunggiya bithe de. fulan de šanyan ele suwaliyata bisirengge be. sarla
회색 총이말 이다 하였다. 爾 雅 書 에 총이말 에 흰 색 더욱 섞여 있는 것 을 추마말
sembi sehe be. suhe bade. fulan serengge sahahūn bocoi morin be. te i fulenggi bocoi morin inu sehebi..
한다 한 것 을 주해한 바에 총이말 하는 것 거무스름한 색의 말 을 지금 의 잿빛 색의 말 이다 하였다.
geli henduhengge jerde de šanyan ele suwaliyata bisirengge be. burulu sembi sehe be. suhe bade uthai
또 말한 것 절따말 에 흰색 더욱 섞여 있는 것 을 부루말 한다 한 것 을 주해한 바에 즉

[한문]

白跨, 驈. 詩魯頌, 有驈有皇. 爾雅, 蒼白雜毛, 騅. 又, 黃白雜毛, 駓. 詩魯頌, 有騅有駓, 有騂有騏. 爾雅, 白馬黑鬣, 駱. 又, 靑驪, 驎驒. 詩魯頌, 有驒有駱. 又, 有駰有雒. 傳, 赤身黑鬣曰騮. 爾雅, 駒雜, 白顚. 注, 戴星馬也. 詩魯頌, 有驔有魚. 傳, 豪骭曰驔. 爾雅, 黑喙, 騧. 注, 今之淺黃色者爲騧馬. 集韻, 駽, 馬青黑色. 爾雅, 驪白雜毛, 駽. 注, 今之烏驄. 爾雅, 陰白雜毛, 駰. 注, 陰淺黑, 今之泥驄. 又, 彤白雜毛, 騢. 注,

—— ∘ —— ∘ —— ∘ ——

뒷다리가 흰 것을 쌍창워라라고 한다." 하였다. 『시경』「노송」에, "쌍창워라 있고, 공골말 있다." 하였다. 『이아』에, "총이말보다 약간 흰 말을 오추마 라고 한다." 하였다. 또 말하기를, "담황색에 흰색이 더 섞여 있는 것을 황부루라고 한다." 하였다. 『시경』「노송」에, "오추마 있다. 황부루 있다. 절따말 있다. 털총이말 있다." 하였다. 『이아』에, "색은 미색이고, 갈기가 검은 말을 가리온말이라 한다." 하였다. 또 말하기를, "총이말이고 매듭지은 것을 회색 총이말이라 한다." 하였다. 『시경』「노송」에, "회색 총이말 있다. 가리온 말 있다." 하였다. 또 말하기를, "월따말 있다, 가라말 있다." 한 것을 「전(傳)」에서, "몸은 연분홍이고 갈기는 검은 것을 월따말이라 한다." 하였다. 『이아』에, "이마에 둥글고 흰 털이 있는 말이다." 한 것을 「주(注)」한 것에, "별박이라 한다." 하였다. 『시경』「노송」에, "사족발이 있다, 고리눈 말 있다." 한 것을 「전(傳)」에서, "정강이가 흰 것을 사족백이라고 한다." 하였다. 『이아』에, "입이 검은 말을 공골말이라고 한다." 한 것을 「주(注)」한 것에, "오늘날의 옅은 황색 말을 공골말이라 한다." 하였다. 『집운(集韻)』에, "청총말이라고 하는 것은 검은 총이말이다." 하였다. 『이아』에, "털이 약간 푸르고 흰 말을 총이말이라 한다." 한 것을 「주(注)」한 것에, "지금의 회색 총이말이다." 하였다. 『이아』에, "총이말에 흰색이 더욱 섞여 있는 것을 추마말이라 한다." 한 것을 「주(注)」한 것에, "총이말은 거무스름한 색의 말을 오늘날 잿빛색의 말이다." 하였다. 또 말하기를, "절따말에 흰색이 더 섞여 있는 것을 부루말이라 한다." 한 것을 「주(注)」한 것에, "즉

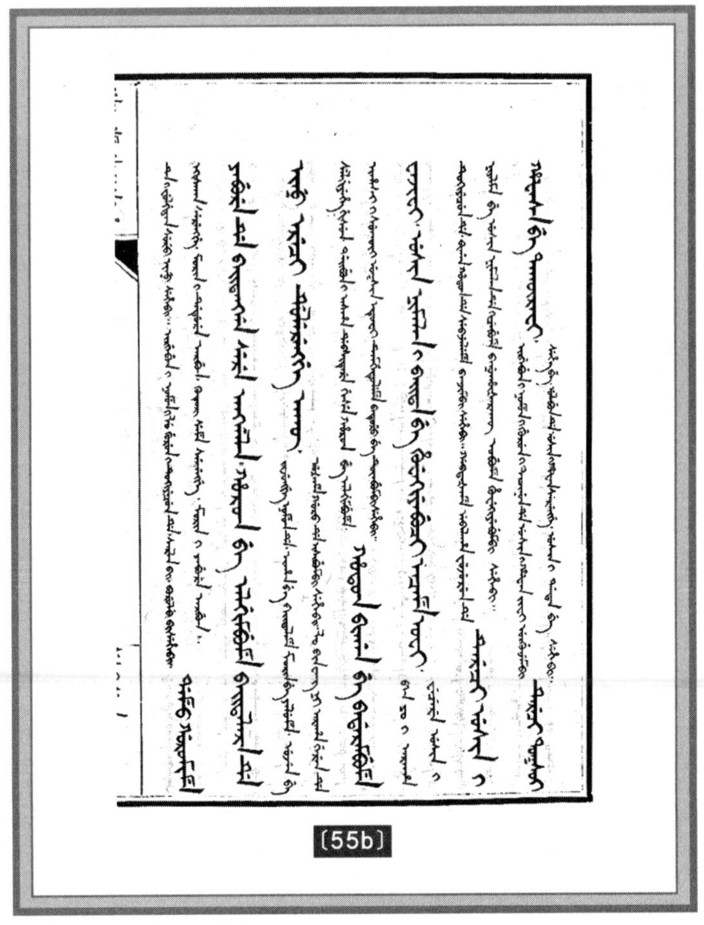
[55b]

te i fulgiyan suru inu sehebi.. irgebun i nomun i lu gurun i tukiyecun de. sarla bi. burulu bi sehebi..
지금 의 赭白馬 이다 하였다. 詩 經 魯 나라 의 頌 에 추마말 있다. 부루말 있다 하였다.
ekisaka serengge. morin i dedure arbun. kutur seme serengge. morin i yabure arbun..
조용하다 하는 것 말 의 자는 모습이다. 따가닥 하고 하는 것 말 의 다니는 모습이다.

damu goromime yabure de baitangga sere anggala. horon be algimbume baitalara de
다만 멀리 다님 에 유익할 뿐 아니라 위엄 을 알려 사용함 에

inu ereci dulerengge akū.
또 이보다 능가하는 것 없다.
jijungge nomun de. ihan be baitalame morin be yalume. ujen be ušame goro de isibumbi sehebi..
易 經 에 소 를 사용하고 말 을 타며 무거운 것 을 끌어 먼 곳 에 이르게 한다 하였다.
lo bin wang[328] ni araha geren de selgiyehe gisun[329]. daipun i asha debsitere gese horon be aligimbume.
駱賓 王 의 지은 露布 大鵬 의 날개 퍼덕이는 것 같이 위엄 을 알리며

328) lo bin wang : 당나라 초기의 시인으로 4걸 가운데 한 사람인 낙빈왕(駱賓王)을 가리킨다. 육조의 시풍을 계승하면서도 격조가 청려(淸麗)했고, 칠언가행(七言歌行)에 뛰어났다. 작품에 『제경편(帝京篇)』이 있다.
329) geren de selgiyehe gisun : 봉함을 하지 않은 채로 선포하는 포고문인 노포(露布)를 가리킨다. 주로 전승을 속보하는데 사용되었다.

ihasi i sukūi uksin etufi temgetuleme baturu be tuwabumbi sehebi.
무소 의 가죽의 갑옷 입고 표시하여 용감함 을 보인다 하였다.

hoton bigan be badarambume
성 들판 을 확대시켜

wajifi. usin nimalan i baita be huwekiyebuci acame ofi.
마치고 밭 뽕나무 의 일 을 장려하지 않으면 안 되고

pan yo i araha wecere usin i tukiyecun de. bigan hoton de sebjeleme banjimbi sehebi.. gabtašame abalaha
潘 岳 의 지은 耤 田 頌 에 들판 성 에 즐겨 생겨난다 하였다. 羽 獵
fujurun de niyalma be usin nimalan de kicebume banuhūšarakū obume huwekiyebumbi sehebi..
賦 에 사람 을 밭 뽕나무 에 노력하게 하고 게으르지 않게 하여 장려한다 하였다.

tereci usin i hafasa be takūrafi.
그로부터 田畯들 을 파견하고

irgebun i nomun gurun i tacinun de usin i hafan[330] jifi urgunjembi sehe be ulabun de usin i hafan serengge.
詩 經 國 風 에 田畯 와서 기뻐한다 한 것 을 傳 에 田 畯 하는 것
usin i data[331] be sehebi..
田 大夫 이다 하였다.

tereci toksoi
그로부터 甸

[한문]

卽今之赭白馬. 詩魯頌, 有駰有騢. ○騢, 叶音何. 駄, 丁紺切, 馬睡貌. 馺, 音娑. 駞馺, 馬行貌. 惟致遠之有賴, 亦揚威之無過. 注易, 服牛乘馬, 引重致遠. 駱賓王露布, 擧鵬翼以揚威, 耀犀渠而賈勇. 畿甸旣闢, 農桑是咨. 注潘岳耤田頌, 思樂畿甸. 羽獵賦, 蒸人乎農桑, 勸之以勿怠. 爰飭田畯. 注詩國風, 田畯至喜. 傳, 田畯, 田大夫也. 爰勵

—— ∘ —— ∘ —— ∘ ——

지금의 자백마(赭白馬)이다." 하였다. 『시경』「노송」에, "추마말 있다. 부루말 있다." 하였다. '조용하다'는 것은 말의 자는 모습이다. '따가닥' 하는 것은 말이 다니는 모습이다.

다만 먼 길을 다닐 때 유익할 뿐 아니라 위엄을 알리는데도 이를 능가하는 것은 없다.

『역경』에, "소를 사용하고 말을 타며, 무거운 것을 끌어 먼 곳에 이르게 한다." 하였다. 낙빈왕(駱賓王)이 지은 「노포(露布)」에, "대붕(大鵬)의 날갯짓 같이 위엄을 알리고, 무소의 가죽갑옷 입고 용감함을 보인다." 하였다.

성과 들판을 넓히고, 밭과 뽕나무의 일을 장려한 후

반악(潘岳)이 지은 「적전송(耤田頌)」에, "들판과 성에 즐겨 생겨난다." 하였다. 「우렵부(羽獵賦)」에, "사람을 밭과 뽕나무에 노력하게 하며, 게으르지 않게 하여 장려한다." 하였다.

전준(田畯)들을 파견하고

『시경』「국풍」에, "전준(田畯)이 와서 기뻐한다." 한 것을 「전(傳)」에서, "전준은 전대부(田大夫)이다." 하였다.

그로부터

330) usin i hafan : 주나라 때 권농관의 직명으로서 전준(田畯)이라 하였는데, 후대에는 권농관을 지칭하는 의미로 쓰였다.
331) usin i data : 전대부(田大夫)라는 뜻으로 전준(田畯)과 같다.

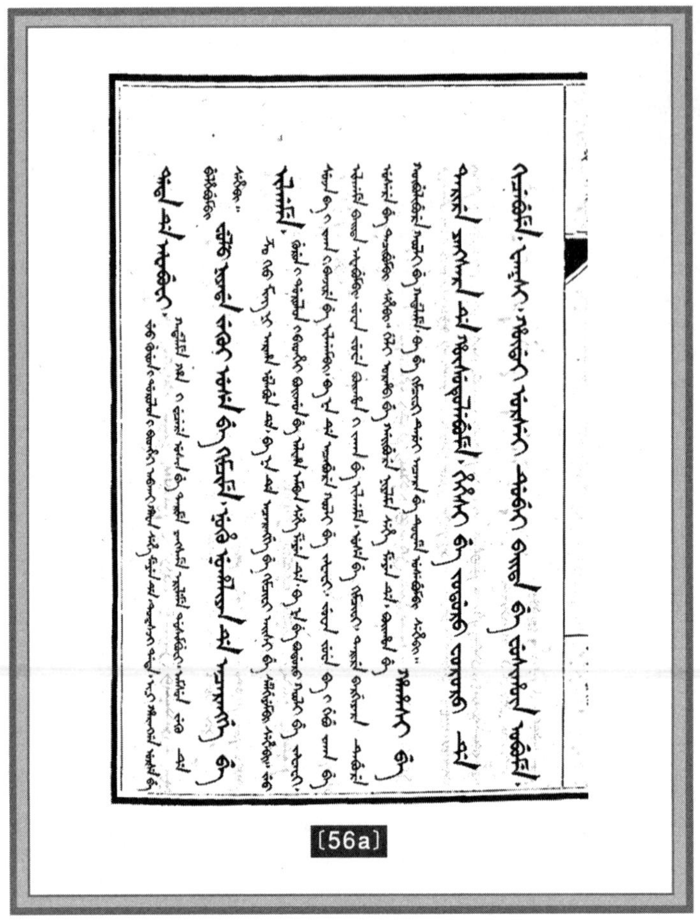

〔56a〕

data[332] de afabufi.
師들 에 맡겨서

jeo gurun i dorolon i bithei abkai hafan sehe meyen de. toksoi data. ini harangga urse be kadalame han
周 나라 의 禮 의 書의 天 官 한 節 에 甸 師 그의 관하 무리 를 맡아 汗

i wecere usin be tarime yangsame erileme dosimbufi. amsun jeku de belhebumbi sehebi..
의 제사지내는 밭 을 갈고 김매고 때맞춰 들게 하고 제물 곡식 에 준비시킨다 하였다.

fulu niyada jekui use be kimcime. nuhu nuhaliyan de acarangge be ilgame.
이르고 늦된 곡식의 씨 를 살피고 높고 낮은 곳 에 맞는 것 을 구별하여

dzo kio ming ni araha ulabun de ba na de acarangge be kimcifi aisi be selgiyembi sehebi.. jeo gurun i dorolon i
左 丘 明 의 지은 傳 에 토지 에 맞는 것 을 살펴서 이익 을 전한다 하였다. 周 나라 의 禮

bithei boigon be aliha amban sehe meyen de ba na be bodoro kooli be jafafi sunja ba[333] i jaka i banjire
書의 大司徒 한 節 에 토지 를 헤아리는 法例 를 따르고 다섯 땅 의 산물 의 생기는 것

332) **toksoi data** : 주나라 때에 천관(天官)에 속해 있으면서 공전(公田)과 교야(郊野)를 관장하던 관직인 전사(甸師)를 가리킨다. 제사에 쓰이는 곡식이나 쑥, 과일, 채소, 땔나무 등을 공급하는 일을 주관하였다. 전인(甸人)이라고도 한다.

333) **sunja ba** : 다섯 가지 땅이라는 뜻으로 멧갓, 내와 못, 언덕, 물가, 마른땅과 젖은 땅을 가리킨다.

be ilgambi. ba na de acabure kooli be jafafi. juwan juwe ba i gebu jaka beilgame baita afabumbi. juwan juwe
을 구별한다. 토지 에 맞추는 法例 를 따르고 열 두 땅 의 名 物 구별하여 일 맡긴다. 열 두
boihon i jaka be ilgame use be kimcifi. tarire bargiyara tebure usere be tacibumbi sehebi.. geli
흙 의 산물 을 분별하여 씨앗 을 살피고 갈고 거두고 심고 파종하기 를 가르친다 하였다. 또
orho be gaibure niyalma sehe meyen de. boihon be kūbulibure kooli be kadalame. ba be kimcifi terei acara be
草人 한 節 에 흙 을 바꾸게 하는 法例 를 관리하여 땅 을 살펴 그의 맞는 것 을
tuwame usebumbi sehebi..
보고 파종하게 한다 하였다.

hahasi be
남자들 을

tarire yangsara de hūsutulebume. hehesi be jodoro fororo de
밭 갈고 김매는 것 에 힘쓰게 하고 여자들 을 베 짜고 실잣기 에

kicebume. faksi. hūdai ursei dubei baita be fusihūn obume.
노력하게 하고 匠人 상인의 末 業 을 미천한 것 되게 하고

[한문]

甸師. 註 周禮天官, 甸師, 掌帥其屬而耕耨王藉, 以時入之, 以共齍盛. 物早晩之種, 辨高下之宜. 註 左傳, 物土之宜而布其利. 周禮大司徒, 以土會之法, 辨五地之物生, 以土宜之法, 辨十有二土之名物以任事, 辨十有二壤之物, 而知其種以教稼穡樹藝. 又, 草人, 掌土化之法以物地, 相其宜而爲之種. 男則耕耘是務, 女則織紝是謀. 抑工商之末業,

—— ◦ —— ◦ —— ◦ ——

전사(甸師)들에게 맡겨서,

『주례』「천관(天官)」에, "전사(甸師)가 자기 관하(管下)의 무리를 관리하여 왕이 제사지내는 밭을 경작하여 김매고, 때맞춰 들게 하고, 제물 곡식을 준비시킨다." 하였다.

이르고 늦된 곡식의 씨를 살피고, 높고 낮은 곳에 맞는 것을 구별하여

『좌전』에, "토지에 맞는 것을 살펴서 이익을 전한다." 하였다. 『주례』「대사도(大司徒)」에, "토지를 헤아리는 법례를 따르고, 다섯 땅의 산물이 생기는 것을 구별한다. 땅에 맞추는 법례를 따르고, 열두 곳의 명물(名物)을 구별하여 일을 맡긴다. 열두 종류 흙의 산물을 분별하여 씨앗을 살피고, 갈고 거두고 심고 파종하기를 가르친다." 하였다. 또 「초인(草人)」에, "흙을 바꾸는 법례를 따르고, 땅을 살펴 그에 맞는 것을 보아 파종하게 한다." 하였다.

남자들은 밭 갈고 김매기에 힘쓰게 하고, 여자들은 베 짜고 실잣기에 노력하게 하고, 장인과 상인의 말업(末業)을 천하게 여기고,

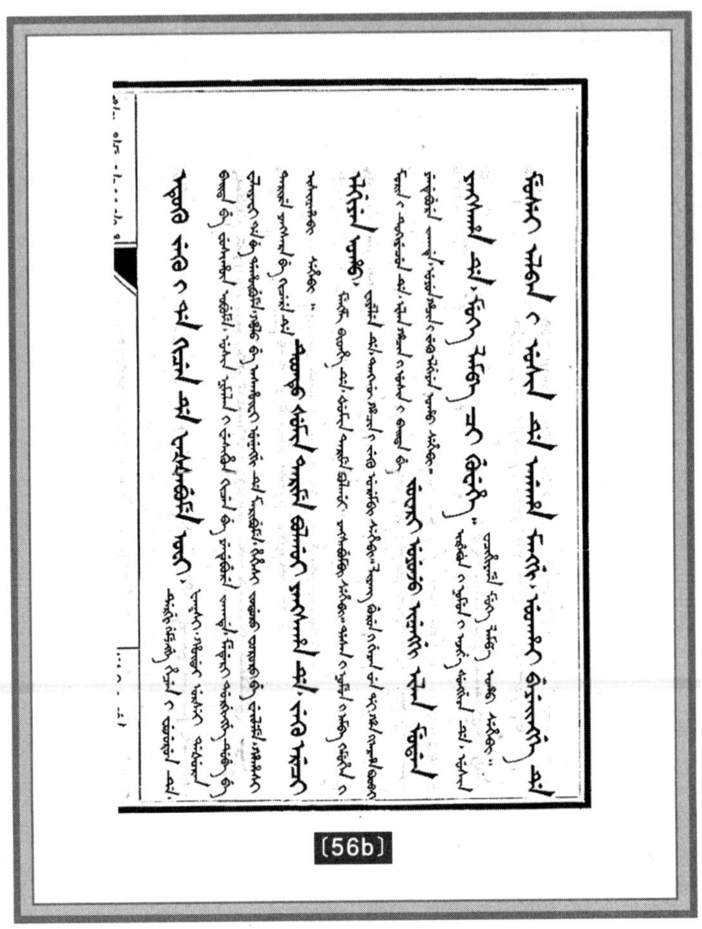

〔56b〕

etuku jeku i da kicen de faššabume ofi.
衣 食 의 근본 공부 에 노력하게 해서

dergi gemungge hecen i fujurun de. faksi hūdai ursei dašuran baita be fusihūn obume. usin nimalan i wesihun
東 都 성 의 賦 에 장인 상인들의 해로운 일 을 미천하게 하고 農 桑 의 귀한
kicen be yendebure jakade. mederi dorgingge dube be waliyafi da be dahūbume. holo be ashūfi unenggi de
공부 를 일으킬 적에 海 內 끝 을 버리고 근본 을 되찾게 하며 거짓 을 거절하고 진실 에
maribume. hehesi jodoro fororo be weileme hahasi tarire yangsara be kicere de isinahabi sehebi..
되돌아오게 하고 여자들 베 짜고 실잣기 를 하며 남자들 밭 갈고 김매기 를 힘쓰기 에 이르렀다 하였다.

tuttu šumin tarime bolgoi yangsaha de. jeku ereci
그렇게 깊게 밭 갈고 깨끗하게 김맨 것 에 곡식 이로부터

elgiyen oho.
풍족하게 되었다.

mengdzy bithe de. šumin tarime bolgoi yangsabumbi sehebi.. dasan i nomun i amba kemuhen i fiyelen de.
孟子 書 에 깊게 밭 갈고 깨끗이 김 맨다 하였다. 書 經 洪 範 의 篇 에
tanggū hacin i jeku urembi sehebi.. liyang gurun i giyan wen di han i araha boobai morin i tukiyecun de.
백 가지 의 곡식 익는다 하였다. 梁 나라 의 簡 文 帝 汗 의 지은 寶 馬 頌 에

ilan hacin i usin i baita[334] be yendebure jakade. uyun hacin i jeku[335] elgiyen oho sehebi..
세 가지 의 밭 의 일 을 일으킬 적에 아홉 가지 의 곡식 풍족하게 되었다 하였다.

juwari uyunju inenggi ilan mudan
여름 90 일 세 번

yangsaha de. muke lampa ci guwehe..
김매기 에 물구덩이 쑥대밭 에서 벗어났다.

irgebun i nomun i ajige šunggiya de. usin wacihiyame muke lampa oho sehebi..
詩 經 小 雅 에 밭 완전히 물구덩이 쑥대밭 되었다 하였다.

musei alban i usin de agaha manggi. uthai beyeingge de
우리들의 公 田 에 비 온 후 곧 자신의 것 에

[한문]

勤衣食之本圖. 注東都賦, 抑工商之淫業, 興農桑之盛務, 遂令海內棄末而返本, 背僞而歸眞, 女修織紝, 男務耕耘. ○謀, 叶謨悲切. 詩國風, 匪來貿絲, 來卽我謀. ○圖, 叶符羈切. 參同契, 至聖不過伏羲, 畫八卦效天圖. 故深耕易耨, 穀用滋也. 注孟子, 深耕易耨. 書洪範, 百穀用成. 梁簡文帝寶馬頌, 三農盛, 九穀滋. 九夏三耘, 免汙萊也. 注詩小雅, 田卒汙萊. ○萊, 叶音釐. 詩小雅, 南山有臺, 北山有萊. 樂只君子, 邦家之基. 雨我公田, 遂及私也.

—— ◦ —— ◦ —— ◦ ——

입고 먹고 하는 근본 문제부터 힘써서

「동도부」에, "공상(工商)의 해로운 일을 미천한 것으로 하고, 농상(農桑)의 귀한 대책을 일으킬 적에, 해내(海內) 끝을 버리고 근본을 되찾게 하며, 거짓을 거절하고 진실에 되돌아오게 하고, 여자들은 베 짜고 실잣기를 하며, 남자들은 밭 갈고 김매는 것을 힘쓰기에 이르렀다." 하였다.

깊게 밭을 갈고 깨끗하게 김을 매니 곡식이 이로부터 풍족하게 되었다.

「맹자」에, "깊게 밭을 갈고 깨끗이 김을 맨다." 하였다. 『서경』「홍범(洪範)」에, "백 가지의 곡식이 익는다." 하였다. 양(梁)나라의 간문제(簡文帝)가 지은 「보마송(寶馬頌)」에, "세 가지의 밭일을 일으킬 적에 아홉 가지의 곡식이 풍족하게 되었다." 하였다.

여름에 90일에 세 번 김을 매니 황폐해지는 것에서 벗어났다.

『시경』「소아」에, "밭이 완전히 물구덩이 쑥대밭 되었다." 하였다.

우리들의 공전(公田)에 비가 온 후에 곧 사전(私田)에

334) ilan hacin i usin i baita : 삼농(三農)이라는 뜻으로 원지(原地), 습지(濕地), 평지(平地)의 농사를 말한다.
335) uyun hacin i jeku : 아홉 가지의 곡식이라는 뜻으로, 곧 수수, 옥수수, 조, 벼, 콩, 팥, 보리, 참밀, 깨를 가리킨다.

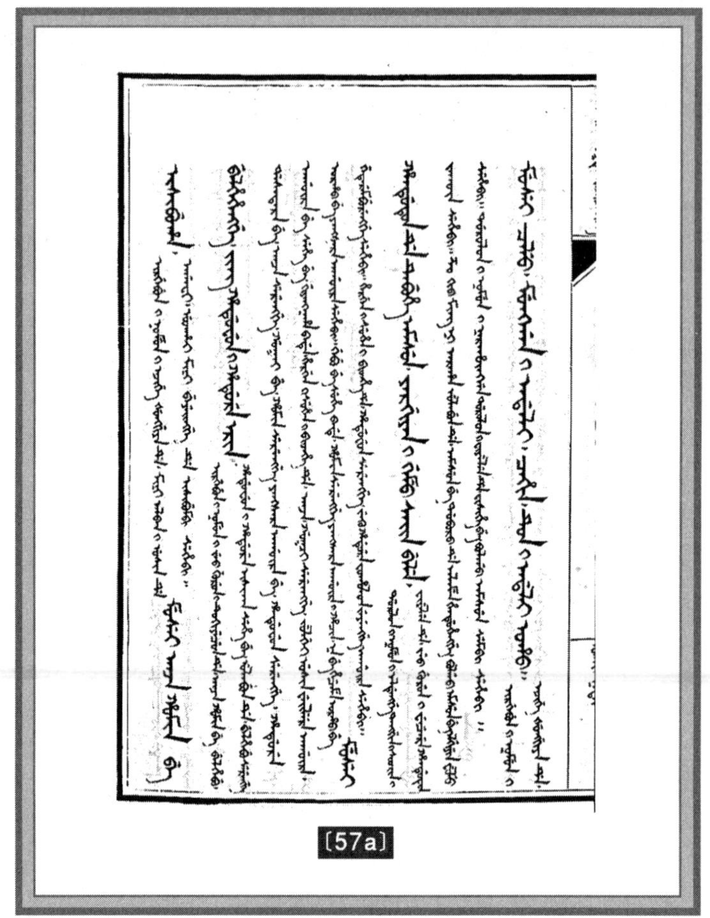
[57a]

isibuha.
도달하게 되었다.

irgebun i nomun i ajige šunggiya de. mini alban i usin de agafi. uthai mini beyeingge de isibumbi
詩 經 小 雅 에 나의 公 田 에 비 내리고 곧 내 자신의 것 에 도달하게 되었다
sehebi.
하였다.

musei anja homin be
우리들의 보습 호미 를

belhehengge. jing hadufun i hadure erin.
준비한 것 바로 낫 으로 베는 때이다.

irgebun i nomun i jeo gurun i tukiyecun de anja homin be belhebu. hadufun i hadure isika sehe be.
詩 經 周 나라 의 頌 에 보습 호미 를 준비하게 하라. 낫으로 베고 깎았다 한 것 이다
ulabun de belhebu serengge dasatara be. anja serengge gokci be. homin serengge yangsara agūra be.
傳 에 준비하게 하라 하는 것 정리함 이다 보습 하는 것 가래 이다 호미 하는 것 김매는 도구 이다
hadufun serengge. hadure agūra be sehe be. giyangnaha bade hergen i suhen i bithe de. anja gokci serengge.
낫 하는 것 베는 도구 이다 한 것 을 講한 바에 說 文 의 書 에 보습 가래 하는 것

julgei usin weilere agūra. orho be yangsara agūra sehebi.. gebu be suhe bade. homin serengge. yangsara agūra
옛날의 밭 일하는 도구 풀 을 김매는 도구 하였다. 이름 을 주해한 바에 호미 하는 것 김매는 도구
i hacin. na be heceme orho be geteremburengge sehebi.. hergen i suhen i bithe de. hadufun serengge. jeku
의 종류. 땅 을 훑어 내 풀 을 제거하는 것 하였다. 說 文 의 書 에 낫 하는 것 곡식
hadure foholon jeyengge agūra sehebi..
베는 짧은 칼날의 도구 하였다.

musei handutun de tebuhe amsun yargiyan i gemu sain bele.
우리의 제기 에 부은 공물 진실로 모두 좋은 쌀이다.

dorolon i nomun i eldengge tanggin i soorin i fiyelen de. jeo gurun i wecere handutun jakūn sehebi.. dzo kio
禮 記 明 堂 位 의 篇 에 周 나라 의 제사하는 祭器 여덟 하였다. 左 丘
ming ni araha ulabun de. amsun be doboro de alame henduhengge. bolgo amsun be elgiyen fulu sehebi..
明 의 지은 傳 에 제물 을 바치기 에 알리고 말한 것 깨끗한 제물 을 풍족하고 많다 하였다.
dorolon i nomun i narhūngga dorolon i fiyelen de. fisihe be. bolgo amsun sembi sehebi..
禮 記 曲 禮 의 篇 에 차조 를 깨끗한 제물 한다 하였다.

musei calu. munggan i adali. cahin. tun i adali oho..
우리의 창고 언덕 과 같고 노적가리 섬 과 같이 되었다.

irgebun i nomun i ajige šunggiya de.
詩 經 小 雅 에

[한문]——————

㊟詩小雅, 雨我公田, 遂及我私. 庤我錢鎛, 銍艾時也. ㊟詩周頌, 庤乃錢鎛, 奄觀銍艾. 傳, 庤具, 錢銚鎛耨, 銍穫也. 疏, 說文, 錢銚古田器, 刈物之器也. 釋名, 鎛, 鋤類也. 鎛, 迫地去草. 說文, 銍, 穫禾短鎌也. ○艾, 音刈. 我簋斯盛, 實佳粢也. ㊟禮記明堂位, 周之八簋. 左傳, 奉盛以告曰, 潔粢豐盛. 禮記曲禮, 稷曰明粢. 我倉如陵, 庾如坻也. ㊟詩小雅,

——◦——◦——◦——

도달하게 되었다.

『시경』「소아」에, "나의 공전(公田)에 비가 내리고, 곧 나의 사전(私田)에 도달하게 되었다." 하였다.

우리들이 보습과 호미를 준비한 것은 바로 낫으로 베는 때이다.

『시경』「주송」에, "보습과 호미를 준비하게 하라. 낫으로 베고 깎았다." 한 것을 「전(傳)」에, "'준비하게 하라' 하는 것은 정리하는 것이다. 보습은 가래이다. 호미는 김매는 도구이다. 낫은 풀 베는 도구이다." 하였다. 「소(疏)」에, "『설문』에 보습과 가래는 옛날의 밭 일하는 도구이다. 풀을 김매는 도구이다." 하였다. 『석명(釋名)』에, "호미는 김매는 도구의 종류이다. 땅을 훑어내 풀을 제거하는 것이다." 하였다. 『설문』에, "낫은 곡식을 베는 짧은 칼날의 도구이다." 하였다.

우리의 제기에 담은 공물이 진실로 모두 좋은 쌀이다.

『예기』「명당위(明堂位)」에, "주나라의 제사지내는 제기(祭器)는 여덟 종류이다." 하였다. 『좌전』에, "제물을 바치며 말하기를, 깨끗한 제물이 풍족하고 많다." 하였다. 『예기』「곡례」에, "차조를 깨끗한 제물이라고 한다." 하였다.

우리의 창고는 언덕 같고, 노적가리는 섬 같이 되었다.

『시경』「소아」에,

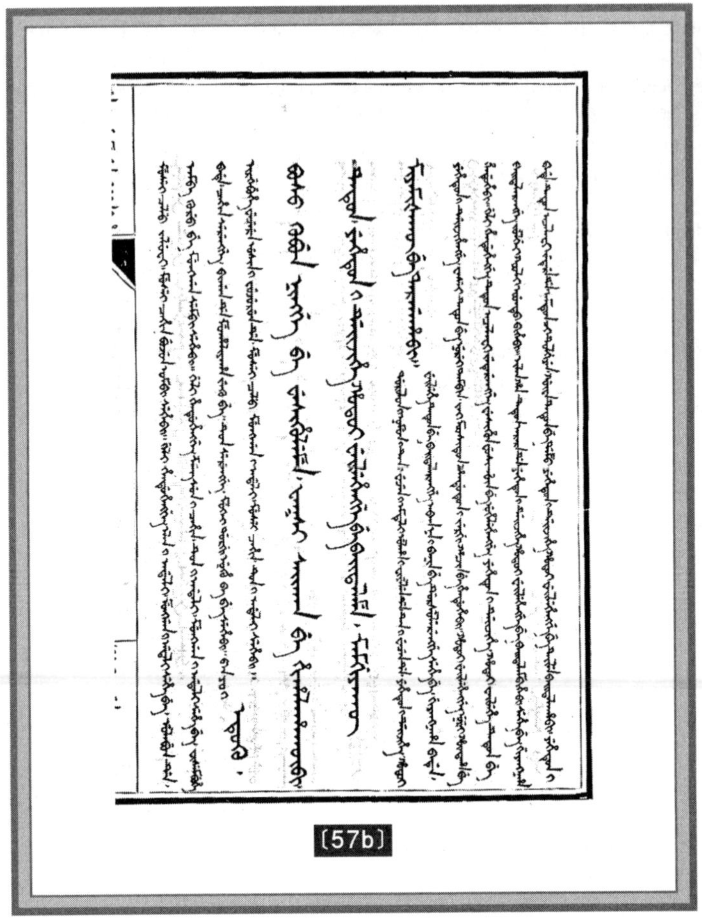

[57b]

musei calu jalufi. musei cahin bujun ombi sehebi.. geli henduhengge ala i adali. munggan i adali sehe
우리의 창고 가득하고 우리의 노적가리 億 된다 하였다. 또 말한 것 구릉 과 같고 언덕 과 같다 한 것
be ulabun de. amba kuru be munggan sembi sehebi.. geli henduhengge dzeng sun[336] i cahin. tun i adali.
을 傳 에 큰 두덩 을 언덕 한다 하였다. 또 말한 것 曾 孫 의 노적가리 섬 과 같고
munggan i adali sehe be. fisembuhe bade. cahin serengge. bigan de muhaliyaha jeku be. tun serengge mukei
언덕 과 같다 한 것 을 기술한 바에 노적가리 하는 것 들 에 쌓은 곡식 을 섬 하는 것 물의
dorgi nuhu ba be sehebi.. pan yo i irgebuhe wecere usin i fujurun de musei calu munggan i adali. musei cahin.
안쪽 높은 땅 이다 하였다. 潘 岳 의 지은 耤田 賦 에 우리의 창고 언덕 과 같고 우리의 곳간
tun i adali sehebi..
섬 과 같다 하였다.

etuku. boso kubun ningge be wesihuleme. faksi saikan be hihalahakūbi.
옷 베 솜 것 을 높이 사며 교묘하고 좋은 것 을 중요시하지 않았다.

tetun. yehetun i deijihe hotoi weilehengge be baitalame. mamgiyakū
그릇 가마 로 굽고 박으로 만든 것 을 사용하며 사치하는 사람

336) **dzeng sun** : 증손(曾孫)의 음차로 제사를 주관하는 자를 가리킨다.

miyamišakū be targahabi..
꾸미기 좋아하는 사람 을 경계하였다.

dorolon i nomun i ten i wecen i emteli ulha i fiyelen de ten i wecen de. yehetun i deijihe. hotoi weilehe
禮 記 의 郊特牲 의 篇 에 郊 祀 에 가마 로 굽고 박으로 만든
tetun be baitalarangge. abka na i banin be dursulerengge sehe be. giyangnaha bade. yehetun i deijihengge.
그릇 을 사용하는 것 天 地 의 성질 을 본받는 것 한 것 을 講한 바에 가마 로 구운 것
wasei tetun be. nurei tampin. jai moositun[337] handutun[338] i jergi hacin be henduhebi.. hotoi weilehengge
도기 를 술의 병 또 豆 簋 의 등 종류 를 말하였다. 박으로 만든 것
nurei hūntahan be henduhebi.. geli henduhengge tetun acalafi jeterengge. wesihun fusihūn be uhelehengge.
술의 잔 을 말하였다. 또 말한 것 그릇 함께해서 먹는 것 귀하고 미천함 을 함께 하는 것
yehetun i deijihe. hotoi weilehe tetun be baitalarangge. julgei kooli uttu bihebi.. ilan han[339] tetun arara de
가마 로 굽고 박으로 만든 그릇 을 사용하는 것 옛 관습 이러하였다. 三 汗 그릇 만듦 에
yehetun i deijihe. hotoi weilehengge be baitalambihebi sehe be. giyangnaha bade tetun acalafi jetere de.
가마 로 굽고 박으로 만든 것 을 사용하였다 한 것 을 講한 바에 그릇 함께해서 먹음 에
amtun ci tulgiyen gūwa tetun be damu yehetun i deijihe. hotoi weilehengge be teile baitalahabi. yehetun i
俎 에서 밖에 다른 그릇 을 다만 가마 로 굽고 박으로 만든 것 을 만 사용하였다. 가마 로

[한문]

我倉旣盈, 我庾維億. 又, 如岡如陵. 傳, 大阜曰陵. 又, 曾孫之庾, 如坻如京. 箋, 庾, 露積穀也, 坻, 水中之高地也. 潘岳耤田賦, 我倉如陵, 我庾如坻. 服尙布棉, 奚纖美也. 器用陶匏, 戒奢靡也. 注禮記郊特牲, 郊之祭也. 器用陶匏, 以象天地之性也. 跣, 陶, 瓦器, 謂酒尊及豆簋之屬, 匏, 謂酒爵. 又, 共牢而食, 同尊卑也. 器用陶匏, 尙禮然也. 三王作牢, 用陶匏. 跣, 共牢之時, 俎以外, 其器但用陶匏而已.

“우리의 창고 가득하고, 우리의 노적가리 ‘억(億)’이 된다.” 하였다. 또 말하기를, “구릉과 같고, 언덕과 같다.” 한 것을 「전(傳)」에서, “큰 두덩을 언덕이라 한다.” 하였다. 또 말하기를, “증손(曾孫)의 노적가리가 섬과 같고, 언덕과 같다.” 한 것을 「전(箋)」한 것에, “노적가리라고 하는 것은 들에 쌓은 곡식이다. 섬이라고 하는 것은 물의 안쪽 높은 땅이다.” 하였다. 반악(潘岳)이 지은 「적전부(耤田賦)」에, “우리의 창고는 언덕과 같고, 우리의 곳간은 섬과 같다.” 하였다.

옷은 베와 솜으로 된 것을 높이 사며, 교묘하고 좋은 것을 중요시하지 않았다. 그릇은 가마로 굽고 박으로 만든 것을 사용하며, 사치하는 사람과 꾸미기 좋아하는 사람을 경계하였다.

『예기』「교특생(郊特牲)」에, “교제(郊祭)에 가마로 굽고 박으로 만든 그릇을 사용하는 것은, 천지의 성질을 본받는 것이다.” 한 것을 「소(疏)」한 것에, “가마로 구운 것은 도기이다. 술병, 두(豆), 궤(簋) 등을 말한 것이다. 박으로 만든 것은 술잔을 말한 것이다.” 하였다. 또 말하기를, “그릇을 함께해서 먹는 것은 귀하고 미천한 것을 함께 하는 것이다. 가마로 굽고 박으로 만든 그릇을 사용하는 것은 옛 관습이 이러하였다.” 하였다. ‘삼왕(三王)이 그릇을 만들 때 가마로 굽고 박으로 만든 것을 사용하였다’ 한 것을 「소(疏)」한 것에, ‘그릇을 함께 해서 먹을 때 조(俎) 이외의 다른 그릇은 가마로 굽고 박으로 만든 것만 사용하였다. 가마로

337) **moositun** : 목제의 식기로 굽이 높고 대부분 뚜껑이 있으며, 제사 또는 예식 때 음식을 담는 데 쓴다. 두(豆)라고 한다.
338) **handutun** : 단묘(壇廟)에 제사를 지낼 때 쓰는 귀가 달린 원형의 제기로 벼나 수수를 담는다. 궤(簋)라고 한다.
339) **ilan han** : 하나라 우(禹)왕, 은나라 탕(湯)왕, 주나라 문(文)왕의 삼왕(三王)을 가리킨다.

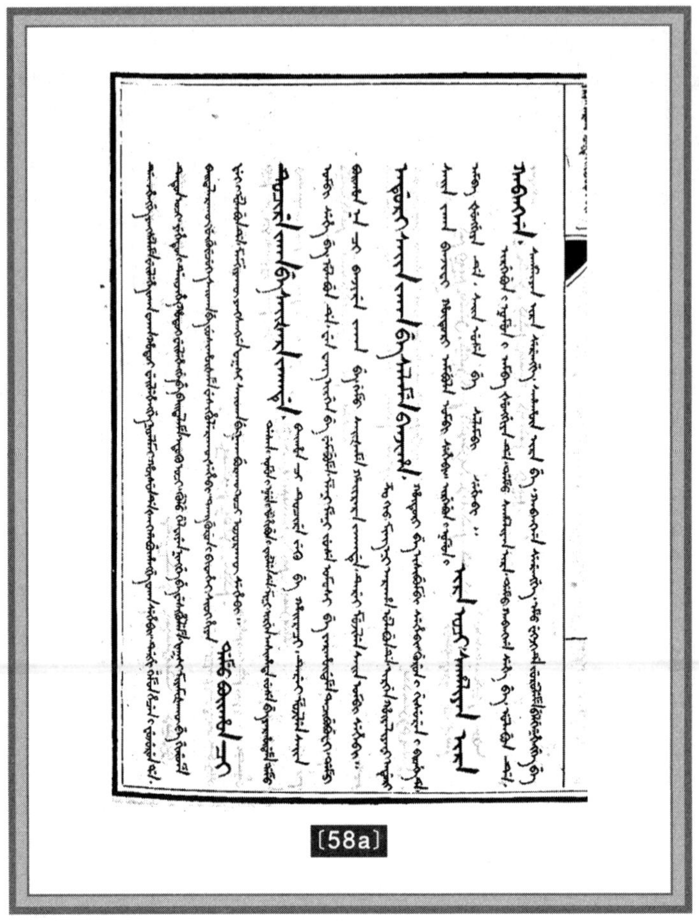

[58a]

deijihengge yangselame weilehe jaka waka. hotoi weillehengge. niyalmai hūsun de šanggabuhangge waka
구운 것 장식하여 만든 物 아니다. 박으로 만든 것 사람의 힘 에 완성시킨 것 아니다
sehebi.. dergi gemun hecen i fujurun de. tetun oci. yehetun i deijihe. hotoi weilehengge be baitalame etuku
하였다. 東 都 성 賦 에 그릇 은 가마 로 굽고 박으로 만든 것 을 사용하며 옷
oci gulu gelfiyen ningge be wesihuleme. faksi miyamišakū be girume baitalarakū
되면 무늬 없고 색이 엷은 것 을 귀하게 여기며 교묘하고 꾸미기 좋아하는 사람 을 부끄러워하며 쓸모없이
ferguwecuke saikan be fusihūšame wesihulerakū sehebi.. tang gurun i bithei sioi hiyan fei i ulabun de.
진기하고 좋은 것 을 경멸하고 숭상하지 않는다 하였다. 唐 나라 의 書의 徐 賢 妃 傳 에
mamgiyakū yangsangga faksi saikan be nakaburakū oci ojorakū sehebi..
사치하는 사람 아름답고 교묘하고 좋은 것 을 그만두게 하지 않으면 안 된다 하였다.

damu boihon ci tucire jaka be saišara jakade.
다만 흙 에서 나온 物 을 찬미할 적에

dasan i nomun i nure i ulhibun i fiyelen de. mini irgen asihata juse be yarhūdame damu boihon ci tucire
書 經 酒 誥 의 篇 에 나의 백성 젊은이들 아이들 을 이끌어 다만 흙 에서 나는
jeku be hairaci. terei mujilen sain ombi sehe be. ulabun de wen wang irgen be wembume meni meni juse
곡물 을 아끼면 그의 마음 좋게 된다 한 것 을 傳 에 文 王 백성 을 교화하여 各 各 아이들

omosi be yarhūdame tacibubufi damu boihon na ci banjire jaka be. gemu saišame hairara jakade. terei
자손 을 지도하여 가르치게 해서 다만 흙 땅 에서 나오는 物 을 모두 칭찬하고 아끼기 때문에 그의
mujilen sain ombi sehebi..
마음 좋게 된다 하였다.

enduri sain jaka be salame banjiha.
신 좋은 物 을 구제하여 생겼다.

dzo kio ming ni araha ulabun de. irgen hūwaliyafi enduri hūturi be isibumbi sehebi.. gurun i gisuren i bithe de.
左 丘 明 의 지은 傳 에 백성 화합하여 신 복 을 보내준다 하였다. 國 語 書 에
sain jaka banjifi hūturi ambula ombi sehebi.. irgebun i nomun i amba šunggiya de. sain use be salambi sehebi.
좋은 物 생겨나서 복 많게 된다 하였다. 詩 經 의 大 雅 에 좋은 씨 를 분배한다 하였다.

ira oci. sahaliyan ira kabangga[340].
기장 은 검은 기장 쌍기장
irgebun i nomun i amba šunggiya de. damu sahaliyan ira. damu kabangga sehe be. ulabun de sahaliyan ira
詩 經 大 雅 에 다만 검은 기장 다만 쌍기장 한 것 이다. 傳 에 검은 기장
serengge. sahahūn ira be. kabangga serengge. emu wekji de juruleme belgenehengge be. sehebi.
하는 것 검은 기장 을 쌍기장 하는 것 한 껍질 에 짝지어 열린 것 이다 하였다.

[한문]

陶是無飾之物, 匏非人功所爲. 東都賦, 器用陶匏, 服尙素元, 耻纖靡而不服, 賤奇麗而弗珍. 唐書徐賢妃傳, 侈麗纖美, 不可以不遏. ○美, 叶音儀. 禮記少儀, 言語之美. 注, 美, 讀儀, 靡, 叶音縻. 易林, 左指右麾, 邪侈靡靡. 土物是愛, 注書酒誥, 惟曰我民迪小子, 惟土物愛, 厥心臧. 傳, 文王化我民, 教道子孫, 惟土地所生之物, 皆愛惜之, 則其心善. 神降嘉生. 注左傳, 民和而神降之福. 國語, 嘉生繁祉. 詩大雅, 誕降嘉種. ○生, 叶音桑. 傳毅舞賦, 在山峨峨, 在水湯湯, 與志遷化, 容不虛生. 黍維秬秠, 注詩大雅, 維秬維秠. 傳, 秬, 黑黍也, 秠, 一稃二米也.

—— ◦ —— ◦ —— ◦ ——

구운 것은 장식하여 만든 물건이 아니다. 박으로 만든 것은 사람의 힘으로 완성시킨 것이 아니다." 하였다. 「동도부」에, "그릇은 가마로 굽고 박으로 만든 것을 사용하며, 옷은 무늬 없고 색이 엷은 것을 귀하게 여기며, 교묘하고 꾸미기 좋아하는 사람을 부끄러워하며, 쓸모없이 진기하고 좋은 것을 경멸하고 귀하게 여기지 않는다." 하였다. 『당서』 「서현비전(徐賢妃傳)」에, "사치하는 사람이 아름답고 교묘하고 좋은 것을 그만두게 하여야 한다." 하였다.

다만 흙에서 나온 것을 찬미할 적에

『서경』 「주고(酒誥)」에, "나의 백성, 젊은이들, 아이들을 인도하여 다만 흙에서 나는 것을 아끼면 그의 마음이 좋게 된다." 한 것을 「전(傳)」에, "문왕(文王)이 백성을 교화하여 각자 아이들과 자손들을 지도하여 가르쳐서 다만 흙과 땅에서 나오는 것을 모두 칭찬하며 아낄 적에 그의 마음이 좋게 된다." 하였다.

신이 좋은 곡식을 구제하여 생겨났다.

『좌전』에, "백성이 화합하여 신이 복을 준다." 하였다. 『국어』에, "좋은 것이 생겨나서 복이 많게 된다." 하였다. 『시경』 「대아」에, "좋은 씨를 분배한다." 하였다.

기장은 검은 기장과 쌍기장이다.

『시경』 「대아」에, "다만 검은 기장, 다만 쌍기장이다."고 한 것이다. 「전(傳)」에, "검은 기장이라는 것은 검은 기장을, 쌍기장이라는 것은 한 등겨에 짝지어 열린 것이다." 하였다.

340) kabangga : '쌍', '對'의 뜻인데, 여기서는 '한 껍질 안에 두 개의 알이 들어 있는 검은 기장'인 비(秠)를 가리킨다.

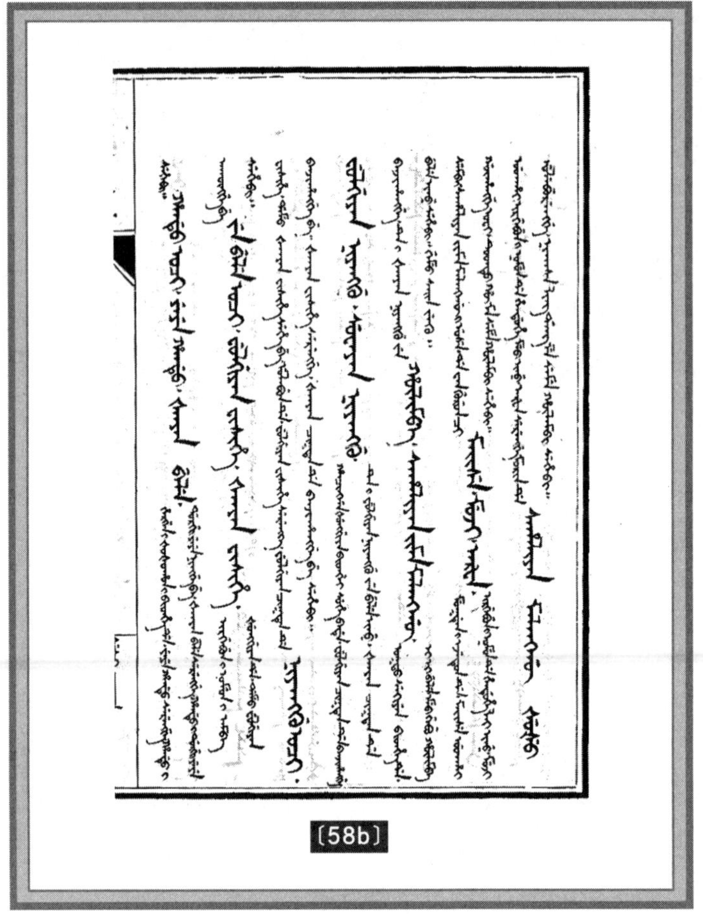

[58b]

handu oci. yeye handu. šanyan bele.
벼 는 찰벼 흰 쌀

hergen i šošohon i bithe de. yeye handu serengge handu i dorgi yeye ningge be. šanyan bele serengge
字 林 의 書 에 찰벼 하는 것 벼 의 안쪽 차진 것 을 흰 쌀 하는 것
handu i dorgi yeye akūngge be sehebi..
벼 의 안쪽 찰기 없는 것 이다 하였다.

je bele oci. fulgiyan fisihe. šanyan fisihe.
좁쌀 은 붉은 조 흰 조

irgebun i nomun i amba šunggiya de damu fulgiyan fisihe. damu šanyan fisihe sehe be ulabun de fulgiyan fisihe
詩 經 大 雅 에 다만 붉은 조 다만 흰 조 한 것 을 傳 에 붉은 조
serengge fulgiyan cikten de banjihangge be. šanyan fisihe serngge. šanyan cikten de banjihangge be sehebi..
하는 것 붉은 줄기 에 난 것 을 흰 조 하는 것 흰 줄기 에 난 것 이다 하였다.

niyanggu oci. fulgiyan niyanggu. suwayan niyanggu.
생동찰 은 붉은 생동찰 노란 생동찰

hancingga šunggiya bithei suhe bade. fulgiyan cikten de banjihangge te i fulgiyan niyanggu je bele[341] inu.
爾 雅 書의 주해한 바에 붉은 줄기 에서 난 것 지금 의 붉은 청량미 이다.

šanyan cikten de banjihangge te i šanyan niyanggu je bele inu sehebi.. gemu sain jeku..
흰 줄기 에서 난 것 지금 의 흰 청량미 이다 하였다. 모두 좋은 곡식이다.

hūlimpa. sahaliyan jima malaggū.
율무 검은 참깨

okto sekiyen bithe de i i bele emu gebu hūlimpa sembi.. sahaliyan jima malanggū i use. da wan[342] gurun ci
약 기원 書 에 薏苡 쌀 一 名 율무 한다 검은 참깨 의 씨 大 宛 나라 에서
gajihangge ofi. tuttu hū ma seme hūlambi sehebi..
가져온 것 되서 그렇게 胡 麻 하고 부른다 하였다.

maise. muji. arfa.
밀 보리 귀리

mukden i ejetun de. maise uthai irgebun i nomun de henduhe lai inu. muji uthai irgebun i nomun de henduhe
盛京 志 에 밀 곧 詩 經 에 말한 來 이다. 보리 곧 詩 經 에 말한
meo inu. arfa serengge morin de uleburengge. nikasa ling dang me seme hūlambi sehebi..
牟 이다. 귀리 하는 것 말 에 먹이는 것 한인들 鈴 鐺 麥 하고 부른다 하였다.

sahaliyan malanggū. šušu
검은 참깨 자주색

[한문]

稻維糯秔. ㊟字林, 糯, 黏稻也. 秔, 稻不黏者. ○秔, 叶音岡. 粟維穈芑, ㊟詩大雅, 維穈維芑. 傳, 穈, 赤苗也, 芑, 白苗也. 粱維赤黃. ㊟爾雅注, 赤苗, 今之赤粱粟, 白苗, 今之白粱粟, 皆好穀. 解蠡胡麻, ㊟本草, 薏苡, 一名解蠡. 麻, 謂種自大宛來也. 來牟鈴鐺. ㊟盛京志, 小麥, 詩所謂來, 大麥, 詩所謂牟. 穬麥, 馬所食, 土人呼鈴鐺麥. 蘇分紫赤,

—∘—∘—∘—

벼는 찰벼, 흰 쌀

『자림(字林)』에, "찰벼는 벼가 차진 것을 흰쌀은 벼가 찰기 없는 것이다." 하였다.

좁쌀은 붉은 조, 흰 조

『시경』 「대아」에, "다만 붉은 조, 다만 흰 조이다." 한 것을 「전(傳)」에, "붉은 조는 붉은 줄기에서 난 것을, 흰 조는 흰 줄기에서 난 것이다." 하였다.

생동찰은 붉은 생동찰, 노란 생동찰

『이아』를 「주(注)」한 것에, "붉은 줄기에서 난 것은 지금의 붉은 생동쌀이고 흰 줄기에서 난 것은 지금의 흰 생동쌀이다." 하였다. 모두 좋은 곡식이다.

율무, 검은 참깨

『본초』에, "의이(薏苡)쌀은 일명 '율무'라고 한다. 검은 참깨의 씨는 대완국(大宛國)에서 가져온 것이라서 '호마(胡麻)'라고 부른다." 하였다.

밀, 보리, 귀리

『성경지』에, "밀은 곧 『시경』에서 말한 '내(來)'이다. 보리는 곧 『시경』에서 말한 '모(牟)'이고, 귀리는 말에 먹이는 것으로 한인들은 '영당맥(鈴鐺麥)'이라 부른다." 하였다.

검은 참깨, 자주색

---

341) **niyanggu je bele** : 조의 일종인 청량미(青粱米)를 가리킨다. 생동쌀이라고도 하는데, 쌀알은 퍼렇고 기장쌀보다 잘다.
342) **da wan** : 대완(大宛)의 음차로 한나라 때 우즈베키스탄 동부 지역에 있던 나라를 가리킨다.

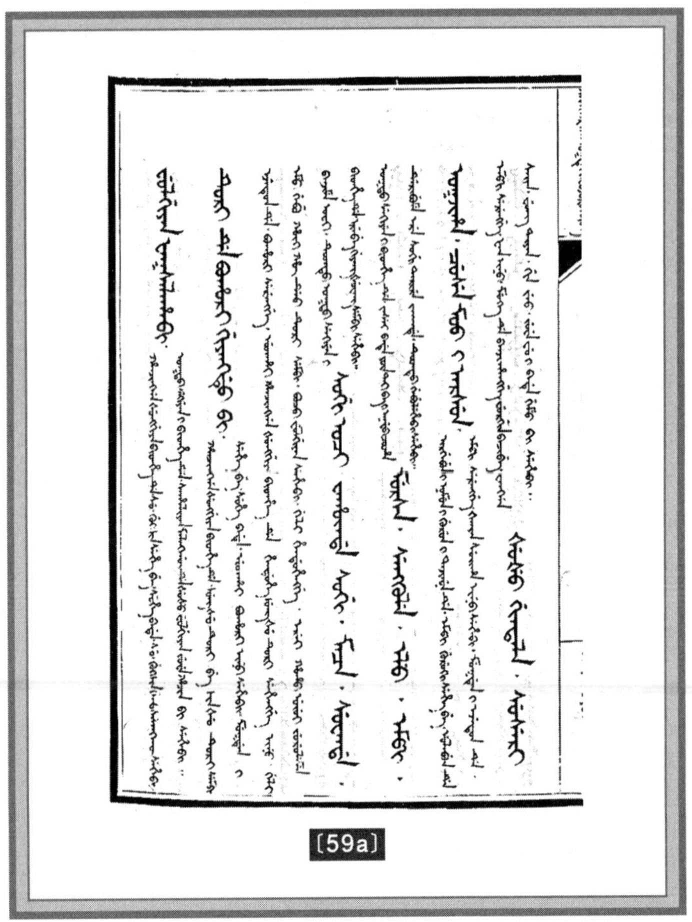

[59a]

fulgiyan faksalahabi.
붉은색 구분하였다.

hancingga šunggiya bithe de. su. gui zin sehe be. suhe bade. su. gui zin keo malanggū sehebi. okto segiyen i
爾 雅 書 에 蘇 桂 荏 한 것 을 주해한 바에 蘇 桂 荏 차조기 하였다. 약 기원 의

bithe de. sahaliyan malanggū[343] de šušu fulgiyan juwe hacin bi sehebi..
書 에 蘇子 에 자주색 붉은색 두 종류 있다 하였다.

turi de bohori giyangdu bi.
콩 에 완두 강두 있다.

hancingga šunggiya bithe de. zung šu turi be zin šu turi sembi sehe be suhe bade. uthai bohori inu sehebi..
爾 雅 書 에 戎 叔 콩 을 荏 菽 콩 한다 한 것 을 주해한 바에 곧 완두 이다 하였다.

mukden i ejetun de. bohori serengge uthai hancingga šunggiya bithe de henduhe zung šu turi sehengge inu. geli
盛京 志 에 완두 하는 것 곧 爾 雅 書 에 말한 戎 菽 콩 한 것 이다. 또

emu gebu hūi hū deo turi sembi. boco fulgiyan sehebi. geli henduhengge. erei hoho urui juruleme banjime ofi.
一 名 回 鶻 豆 콩 한다. 색 붉다 하였다. 또 말한 것 이것의 꼬투리 항상 쌍으로 나와서

tuttu okto sekiyen i bithe de. erebe giyang šuwang sembi sehebi..
그렇게 약 기원 의 書 에 이것을 䜶 䝤 한다 하였다.

343) **sahaliyan malanggū** : 차조기의 씨를 가리킨다. 한자로 소자(蘇子) 로 쓴다.

sogi oci. wahūnda sogi[344]. maca. suwanda.
나물 은 蕓薹 염교 마늘

okto sekiyen i bithe de. jasei bade yūn tai ba i anfu cooha deribume ere sogi tarire jakade tuttu
약 기원 의 書 에 변경의 땅에 雲 臺 땅 의 수비 병사 시작하여 이 나물 경작하기 때문에 그렇게
gebulehebi sehebi..
이름 붙였다 하였다.

mursa. sengkule. elu. empi. okjiha. cuse moo i arsun.
무 부추 파 쑥 부들 죽순

irgebun i nomun i gurun i tajinun de. empi guruki sehe be. ulabun de empi serengge. šanyan suiha inu sehebi.
詩 經 國 風 에 쑥 캐자 한 것 을 傳 에 쑥 하는 것 흰 쑥 이다 하였다.
mukden i ejetun de. empi serengge fan inu. muke de banjihangge. furgin bicibe. wangga sain. fung tiyan.
盛京 志 에 쑥 하는 것 蘩 이다. 물 에 사는 것 맵지만 향기 좋고 奉 天
gin jeo. juwe fu i bade gemu bi sehebi..
錦 州 二 府 의 땅에 모두 있다 하였다.

šušu gintala. suseri
자줏괴불주머니 茴香

[한문]

㊟爾雅, 蘇, 桂荏. 注, 蘇, 荏類. 本草, 蘇有紫赤二種. 豆有豌豇, ㊟爾雅, 戎叔謂之荏菽. 注, 卽胡豆也. 盛京志, 豌豆, 卽爾雅戎菽, 又名回鶻豆, 紅色. 又莢必雙生, 故本草謂之𧏢䝰. 蔬則蕓薹薤蒜, ㊟本草, 塞有雲臺戎, 始種此菜, 故名. 蘿蔔韭葱, ㊟○葱, 叶音蒼. 黃庭經, 五色雲氣, 紛青葱, 閉目內盼自相望. 蔞蒿蒲笋. ㊟詩國風, 于以采蘩. 傳, 蘩, 皤蒿也. 盛京志, 蔞蒿, 蘩也, 水生者辛香而美, 奉錦二府皆有之. 紫堇茴香,

—— ∘ —— ∘ —— ∘ ——

붉은색 구분하였다.

『이아』에, "소(蘇)는 계임(桂荏)이다." 한 것을 「주(注)」한 것에, "소(蘇)와 계임(桂荏)은 차조기이다." 하였다. 『본초』에, "차조기 씨에 자주색과 붉은색 두 종류가 있다." 하였다.

콩에 완두와 강두가 있다.

『이아』에, "융숙(戎叔) 콩을 임숙(荏菽) 콩이라고 한다." 한 것을 「주(注)」한 것에, "곧 완두이다." 하였다. 『성경지』에, "완두라고 하는 것은, 곧 『이아』에서 말한 '융숙 콩'이라고 한 것이다. 또 일명 '회골두(回鶻豆) 콩'이라고 한다. 색이 붉다." 하였다. 또 말하기를, "이것의 꼬투리는 항상 쌍을 이루고 나와서 『본초』에, 이것을 항쌍(𧏢䝰)이라고 한다." 하였다.

나물은 운대(蕓薹), 염교, 마늘

『본초』에, "변경의 운대(雲臺) 지역의 수비 병사가 이 나물을 경작하기 시작하여 그렇게 이름을 붙였다." 하였다.

무, 부추, 파, 쑥, 부들, 죽순

『시경』「국풍」에, "쑥을 캐자." 한 것을 「전(傳)」에, "쑥은 흰 쑥이다." 하였다. 『성경지』에, "쑥은 '번(蘩)'이다. 물에서 사는 것은 맵지만 향기가 좋고, 봉천(奉天)과 금주(錦州)의 이부(二府)에 모두 있다." 하였다.

자줏괴불주머니, 회향(茴香)

344) wahūnda sogi : 운대(蕓薹)는 어성초(魚腥草)를 가리킨다. 잎에서 비린내가 난다고 해서 취근채(臭根菜)라고도 불린다.

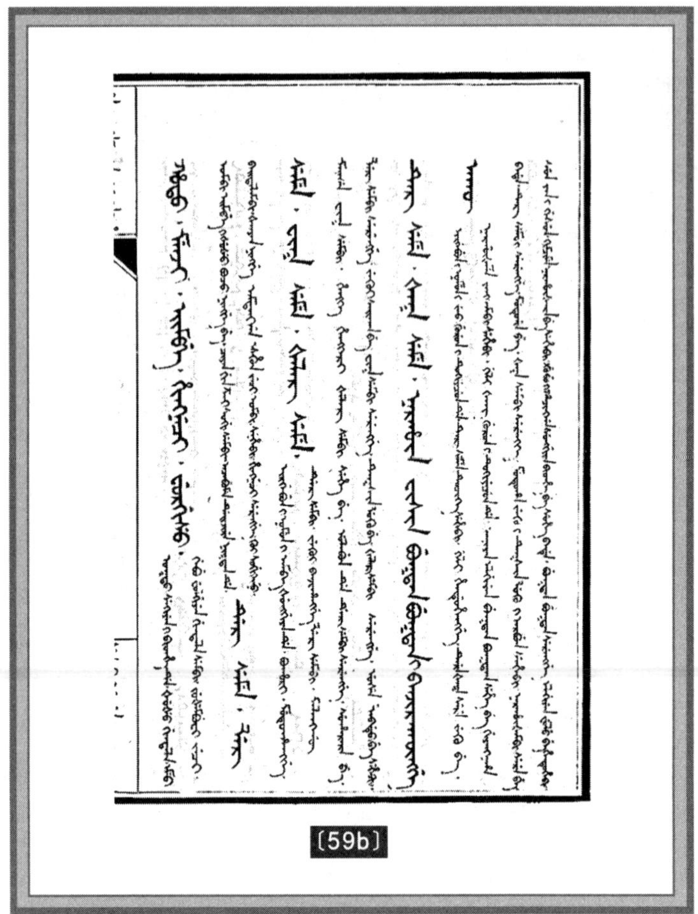
[59b]

hoto. menji. eimpe. hingneci. furgisu.
박 순무 상추 아욱 생강

okto sekiyen i bithe de. šušu gintala. emu gebu fulgiyen gintala sembi. jušembufi jeci ombi. eimpe i
약 기원 의 書 에 자줏괴불주머니 一 名 붉은 미나리 한다. 시게 해서 먹을 수 있다. 상추 의
šušu boco ningge be. ciyan gin tsai sogi sembi. acabume deijire niktan de. baitalambi. šanyan ningge amtangga
자주 색 것 을 千 金 菜 나물 한다. 조합하여 燒煉 丹藥 에 사용한다. 하얀 것 맛있고
eshun jeci ombi sehebi. hingneci serengge kui sogi inu.
날로 먹을 수 있다 하였다. 아욱 하는 것 葵 菜 이다.

der seme. ler seme. fik seme. šalar seme.
분분하고 무성하고 빽빽하고 촘촘하고

irgebun i nomun i amba šunggiya de. bohori. mutuhangge. der sembi. jekui banjihangge ler sembi. malanggū maise
詩 經 大 雅 에 완두 자란 것 분분하다. 곡식의 나온 것 무성하다. 참깨 밀
fik sembi. hengke hengkeri šalar sembi sehe be. ulabun de der sembi serengge. suharara be. ler sembi
빽빽하다. 오이 북치 촘촘하다 한 것 이다 傳 에 분분하다 하는 것 고개 숙임 이다 무성하다
serengge. jekui saikan be. fik sembi serengge. teksin luku be. šalar sembi serengge. use labdu be sehebi..
하는 것 곡식의 좋음 이다 빽빽하다 하는 것 고르게 우거짐 이다 촘촘하다 하는 것 씨 많음 이다 하였다.

ter seme. šak seme. narhūn fisin buktan buktan i banjirakūngge akū.
정연하고 우거지고 세심하고 촘촘하고 무더기 무더기 로 나지 않은 것 없다.

irgebun i nomun i jeo gurun i tukiyecun de. ter seme tucike sehebi. geli henduhengge. tere šak sere jeku be.
詩 經 周 나라 의 頌 에 정연하게 나왔다 하였다. 또 말한 것 그 우거진 곡식 을
narhūšame yangsambi sehebi. geli šang gurun i tukiyecun de. aniya elgiyen buktan boktan sehe be giyangnaha
세심하게 김 맨다 하였다. 또 商 나라 의 頌 에 해 풍년 무더기 무더기 한 것 을 講한
bade ter sembi serengge muture be. šak sembi serengge mutuha jeku i teksin luku i arbun sehebi.
바에 정연하다 하는 것 자라는 것 이다 우거지다 하는 것 자란 곡식 의 고르게 무성한 모습 하였다.
narhūšambi sere be. sun yan[345] i gisun. kimcime narhūšara be sehebi. g'u bu[346] i hancingga šunggiya
세심하다 한 것 을 孫 炎 의 말 자세히 살펴 세심한 것 이다 하였다. 郭 璞 爾 雅
bithe be suhe bade. buktan buktan serengge elgiyen fulu be henduhebi..
書 를 주해한 바에 무더기 무더기 하는 것 풍족하고 많음 이다 말하였다.

[한문]

壺盧蔓菁, 萵苣葵薑, ㊟本草, 紫菫, 一名赤芹, 可作酸菜. 萵苣, 紫者名千金菜, 入燒煉藥, 白者美可生食. 葵菜, 薑, 古薑字. 鮮不旆旆䅉䅉, 唪唪幪幪. ㊟詩大雅, 荏菽旆旆, 禾役䅉䅉, 麻麥幪幪, 瓜瓞唪唪. 傳, 旆旆然, 長也, 䅉䅉, 苗好美也, 幪幪然, 盛茂也, 唪唪然, 多實也. ○幪, 叶音厖. 驛驛厭厭, 綿綿穮穮. ㊟詩周頌, 驛驛其達. 又, 厭厭其苗, 綿綿其麃. 又商頌, 豐年穮穮. 疏, 驛驛, 生也, 厭厭者, 苗長茂盛之貌, 綿綿, 孫炎曰詳密也. 郭璞爾雅注, 穮穮, 言饒多.

—— ◦ —— ◦ —— ◦ ——

박, 순무, 상추, 아욱, 생강

『본초』에, "자주괴불주머니는 일명 붉은 미나리라고 한다. 시게 해서 먹으면 된다. 자주색 상추를 천금채(千金菜)라고 한다. 조합하여 '소연단약(燒煉丹藥)'에 사용한다. 하얀 것은 맛있게 날로 먹을 수 있다." 하였다. 아욱은 '규채(葵菜)'이다.

분분하고, 무성하고, 빽빽하고, 촘촘하고

『시경』「대아」에, "완두는 자란 것이 분분하다. 곡식이 나온 것이 무성하다. 참깨와 밀이 빽빽하다. 오이와 북치가 촘촘하다." 한 것을, 「전(傳)」에, "'분분하다'고 하는 것은 고개 숙인 것이다. '무성하다'고 하는 것은 곡식이 좋은 것이다. '빽빽하다'고 하는 것은 고르게 우거진 것이다. '촘촘하다'고 하는 것은 씨가 많은 것이다." 하였다.

정연하고, 우거지고, 가늘고 촘촘하게 무더기무더기 나지 않은 것도 없다.

『시경』「주송」에, "정연하게 나왔다." 하였다. 또 말하기를, "그 우거진 곡식을 세심하게 김맨다." 하였다. 또 「상송」에, "풍년이 무더기 무더기이다." 한 것을 「소(疏)」한 것에, "'정연하다'고 하는 것은 자라는 것이고, '우거지다'고 하는 것은 자란 곡식이 고르게 무성한 모습이다." 하였다. '세심하다' 한 것을 손염(孫炎)이 말하기를, "자세히 살펴 세심한 것이다." 하였다. 곽박이 『이아』를 「주(注)」한 것에, "'무더기무더기' 하는 것은 풍족하고 많은 것이다." 말하였다.

---

345) sun yan : 손염(孫炎) : 삼국시대 위(魏)나라 사람. 왕숙(王肅)이 정현의 성증론(聖證論)을 비판한 것에 대해 다시 반박한 박논성론(駁聖證論)이 있으며, 반절주음(反切注音)의 시초인 이아음의(爾雅音義)를 편찬하기도 했다.

346) g'u bu : 중국 서진(西晉) 말에서 동진(東晉) 초의 학자이자 시인인 곽박(郭璞)을 가리킨다. 박학다식하여 천문과 역술·점술학에 뛰어났으며, 『초사』와 『산해경』을 주해하였으며, 「강부(江賦)」를 지었다. 왕돈(王敦)이 반란을 일으킬 때 이를 반대하다가 살해당했다.

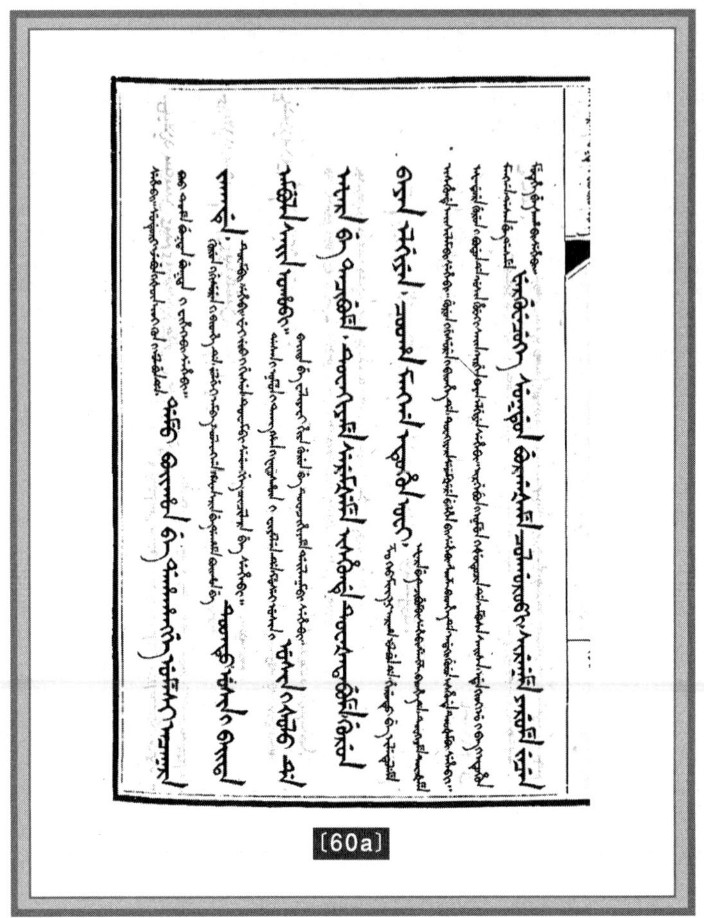
[60a]

sehebi.. suduri ejebun i šūn ioi ku[347] i ulabun de. boo tome buktan buktan i fihekebi sehebi..
하였다. 史 記 의 淳 于 髡 의 傳 에 집 마다 무더기 무더기 로 채웠다 하였다.

damu boihon be dahahangge umesi acanara jakade.
다만 흙 을 따른 것 매우 적합하기 때문에

gurun i gisuren i bithe de julgei amba koolingga hafan erin be dahame boihon be tuwambi sehebi.
國 語 의 書 에 옛날의 太史 때 를 따라서 흙 을 살핀다 하였다.
wei juo i gisun tuwambi serengge. cincilara be sehebi..
韋 昭 의 말 본다 하는 것 자세히 살펴봄 이다 하였다.

tuttu usin i baita ambula sain ohobi..
그렇게 밭 의 일 매우 잘 되었다.

dasan i nomun i tang han i fafushūn i fiyelen de musei usin i baita be waliyafi hiya gurun be tuwancihiyame
書 經 湯 汗 의 誓 의 篇 에 우리의 밭 의 일 을 던져버리고 夏 나라 를 바로 잡으려
dailanambi sehebi..
정벌하러 간다 하였다.

347) šūn ioi ku : 전국시대 제나라의 변사인 순우곤(淳于髡)을 가리킨다.

usin i šolo de
농사 의 여가 에

afara be tacibume. tuwakiyame seremšeme ishunde tuwašatabume. gurun
싸우기 를 가르쳐 지키고 막아 서로 돌보게 하여 나라

bayan elgiyen. cooha mangga etuhen ofi.
부유하고 풍족하고 군사 강하고 용맹하게 되어

dzo kio ming ni araha ulabun de girutu be iletuleme afara be tacibumbi sehebi. mengdzy bithe de. tuwakiyame
左 丘 明 의 지은 傳 에 부끄러움 을 드러내서 싸우기 를 가르친다 하였다. 孟子 書 에 방어하여
tuwašame ishunde aisilambi sehebi.. gurun i gisuren i bithe de. tuwakiyara seremšere belhen bi sehebi.
보살피고 서로 돕는다 하였다. 國 語 의 書 에 지키고 방어할 대비 있다 하였다.
dzoodzy bithe de adaki gurun ishunde tuwašambi sehebi.. afandure gurun i bodon de usin huweki sain irgen
老子 書 에 이웃 나라 서로 보살핀다 하였다. 戰 國 策 에 밭 비옥하며 좋고 백성
bayan elgiyen sehebi.. irgebun i nomun i šutucin de ambasa saisa ede kioi u[348] i ba i etuhun mangga.
부유하고 풍족하다 하였다. 詩 經 의 序 에 관리들 현인들 여기에 見 沃 의 땅 의 강건하고 훌륭한
dasan be dasame mutehe be sahabi sehebi..
정사 를 다스리며 성취함 을 알았다 하였다.

ferguwecuke sukdun burgašame colgoropi. sireneme yarume jecen
상서로운 기운 피어오르며 빼어나고 끊임없이 이끌어 경계

[한문]

史記淳于髠傳, 穰穰滿家. 惟脈土之獨純, ㊟國語, 古者太史順時覛土, 韋昭曰, 覛, 視也. 斯穡事之孔良. ㊟書湯誓, 舍我穡事而割正夏. 農隙教戰, 守禦相望. 國以殷富, 兵以盛疆. ㊟左傳, 明恥教戰. 孟子, 守望相助. 國語, 有守禦之備. 老子, 隣國相望. 戰國策, 田肥美, 民殷富. 詩序, 君子見沃之盛彊, 能修其政. 鬱葱佳氣, 盤礴無垠.

—— ◦ —— ◦ —— ◦ ——

하였다. 『사기』「순우곤전(淳于髠傳)」에, "집마다 무더기무더기 채웠다." 하였다.

다만 흙을 따라 매우 적합하기 때문에,

『국어』에, "옛날 태사(太史)가 때를 따라 흙을 본다." 하였다. 위소(韋昭)가 말하기를, "본다고 하는 것은 자세히 살펴보는 것이다." 하였다.

그렇게 밭일이 매우 잘 되었다.

『서경』「탕서(湯誓)」에, "우리의 밭일을 던져버리고, 하나라를 바로 잡으러 정벌하러 간다." 하였다.

농사의 여가에 싸우는 것을 가르쳐 지키고 막아 서로 돌보게 하여 나라 부유하고 풍족하고 군사 강하고 용맹하게 되어

『좌전』에, "부끄러움을 밝히고 싸우기를 가르친다." 하였다. 「맹자」에, "방어하며 보살피고 서로 돕는다." 하였다. 『국어』에, "지키고 방어할 대비가 되어 있다." 하였다. 『노자(老子)』에, "이웃 나라가 서로 보살핀다." 하였다. 『전국책』에, "밭이 비옥하며 좋고, 백성이 부유하고 풍족하다." 하였다. 『시경』「서(序)」에, "관리들과 현인들이 여기에 옥(沃) 땅이 강건하고 훌륭하며, 정사(政事)를 다스릴 수 있는 것을 알았다." 하였다.

상서로운 기운이 피어오르며 빼어나고, 끊임없이 이끌어 끝이 없다.

348) **kioi u** : 견옥(見沃)을 지명으로 풀이하고 있으나, 한문본의 '君子見沃之盛彊, 能修其政.'라는 것은 '군자는 옥(沃) 땅이 강성하고, 그 정사를 잘 닦는 것을 본다'라고 풀이되기 때문에, 만문본의 오류로 보인다.

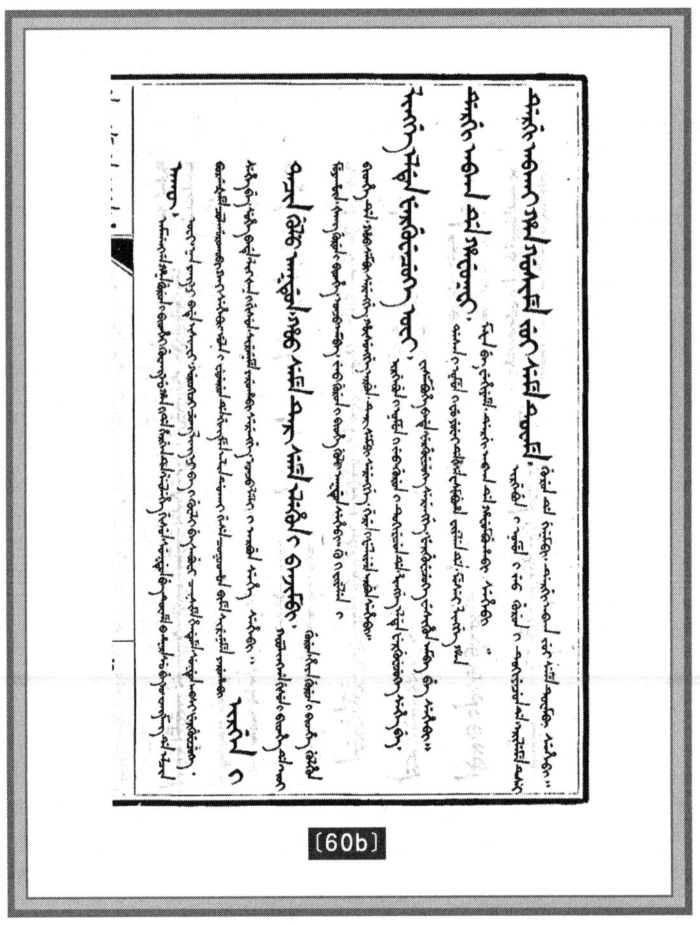
〔60b〕

akū.
없다.

amagangga han gurun i bithei guwang u han i da hergen de. leolehe gisun. sukdun be tuwame bahanara
後 漢 나라 의 書의 光 武 汗 의 紀 論 에 논한 말 기운 을 보고 깨닫는
su be o[349]. wang ming[350] de elcin ofi. nan yang ni bade isinafi. gorokici yung ling[351] ni ba i guwali
蘇 伯 阿 王 莽 에게 사신 되서 南 陽 의 땅에 도달하여 먼 곳에서 春 陵 의 땅 의 關裏
be sabufi caksime hendume sukdun absi ferguwecuke. burgašame colgorokobi kai sehebi.. ula i fujurun de
를 보고 칭찬하여 말하되 기운 몹시 기이하고 피어올라 빼어나구나 하였다. 江 의 賦 에
ging men alin dukai gese cokcohon bime sireneme yaruhabi sehe be. suhe bade li šan i gisun. sireneme
荊 門 산 문의 같이 우뚝하고 끊임없이 인도하였다 한 것 을 주해한 바에 李 善 의 말 끊임없이
yaruhabi serengge. onco leli i arbun sehe sehebi..
인도하였다 하는 것 드넓은 모양 했다 하였다.

irgen i tacin gulu akdun. hoo seme ter seme elehun i banjimbi.
백성 의 풍속 순박하고 건실하며 당당하고 정연하고 풍족하게 살아간다.

---

349) su be o : 후한 때 기운을 볼 줄 안다고 알려진 소백아(蘇伯阿)를 가리킨다.
350) wang ming : 전한의 정치가 왕망(王莽) 으로 자신이 옹립한 평제(平帝)를 독살하고, 제위를 빼앗아 신(新)나라를 세웠다.
351) yung ling : 한나라 광무제의 고향인 남양(南陽)에 있는 지명인 용릉(春陵)을 가리킨다.

koolingga gisun i bithe de. ioi gurun hiya gurun i bithe gulhun muyahūn. šang gurun i bithe. onco amba. jeo
法 言 의 書 에 虞 나라 夏 나라 의 글 온전하고 완전하다. 商 나라 의 글 관대하고 周
gurun i bithe gulu akdun sehebi.. gu i fiyelen i bithe de. hoo sembi serengge. hūsungge arbun. ter sembi
나라 의 글 순박하고 건실하다 하였다. 玉 篇 의 書 에 당당하다 하는 것 강한 모양 정연하다
serengge. geren i feliyere arbun sehebi..
하는 것 여럿 의 오가는 모양 하였다.

lingge elden ferguwecuke ofi.
공적 빛 훌륭해서
irgebun i nomun i jeo gurun i tukiyecun de. lingge elden ferguwecuke sehe be. fisembuhe bade ferguwecuke
詩 經 의 周 나라 의 頌 에 공적 빛 기이하다 한 것 을 서술한 바에 기이하다
serengge. ferguwecuke wesihun amba be sehebi..
하는 것 기이하고 높고 큰 것 이다 하였다.

dergi abka de hafunafi.
皇天 에 통과해서
dasan i nomun i fu yuwei de hese wasimbuha fiyelen de musei lingge han mafa be wehiyeme dergi abka de
書 經 의 傅 說 에 칙령 내린 篇 에 우리의 공적의 汗 조상 을 도와 皇 天 에
hafumbuhabi sehebi..
통과하게 했다 하였다.

dergi abkai han gosime jui seme tuwame.
上 天 汗 사랑하여 아이 하여 돌보아
irgebun i nomun i jeo gurun i tukiyecun de. erileme tesei gurun de genembi. dergi abka jui seme tuwambi sehebi..
詩 經 周 나라 의 頌 에 때 맞춰 그들의 나라 에 간다. 上 天 子 하고 돌본다 하였다.

[한문]

注後漢書光武紀論, 望氣者蘇伯阿爲王莽使, 至南陽, 遙望見春陵郭, 唶曰, 氣佳哉, 鬱鬱葱葱然. 江賦, 荊門闕竦而磐礴. 注, 李善曰, 磐礴, 廣大貌. 垠, 叶音姸. 楚辭遠遊, 道可受兮而不可傳, 其小無內兮其大無垠. 民風噩噩, 伾佽自然. 注法言, 虞夏之書渾渾爾, 商書灝灝爾, 周書噩噩爾. 玉篇, 伾有力貌, 佽, 衆行貌. 休有烈光, 注詩周頌, 休有烈光. 箋, 休者, 休然盛壯. 格于皇天. 注書說命, 佑我烈祖, 格于皇天. 上帝其子之, 注詩周頌, 時邁其邦, 昊天其子之.

—— ◦ —— ◦ —— ◦ ——

『후한서』「광무기론(光武紀論)」에, "기운을 보고 깨닫는 소백아(蘇伯阿)가 왕망(王莽)에게 사신이 되서 남양(南陽) 땅에 도달하여 먼 곳에서 용릉(春陵) 땅의 관리(關裏)를 보고 칭찬하여 말하기를, '기운이 몹시 기이하고, 피어올라 빼어나구나' 했다." 하였다. 「강부(江賦)」에, "형문산(荊門山) 문과 같이 우뚝하고 끊임없이 인도하였다." 한 것을 「주(注)」한 것에, "이선이 말하기를, 끊임없이 인도하였다고 하는 것은 드넓은 모양이다." 하였다.

백성의 풍속이 순박하고 건실하며, 당당하고 정연하고 풍족하게 살아간다.

『법언』에, "우나라, 하나라의 글은 온전하고 완전하고, 상나라의 글은 관대하고, 주나라의 글은 순박하고 건실하다." 하였다. 『옥편』에, "'당당하다'고 하는 것은 강한 모양이고, '정연하다'고 하는 것은 여럿이 오가는 모양이다." 하였다.

공적의 빛이 훌륭해서

『시경』「주송」에, "공적의 빛이 기이하다." 한 것을 「전(箋)」한 것에, "기이하다고 하는 것은 기이하고 높고 큰 것이다." 하였다.

황천(皇天)에 알려져서

『서경』「열명(說命)」에, "우리의 열조를 도와 황천(皇天)에 알려지게 했다." 하였다.

상제(上帝)가 사랑하여 아이처럼 돌보아

『시경』「주송」에, "때 맞춰 그들 나라에 간다. 상천(上天)이 아이처럼 돌본다." 하였다.

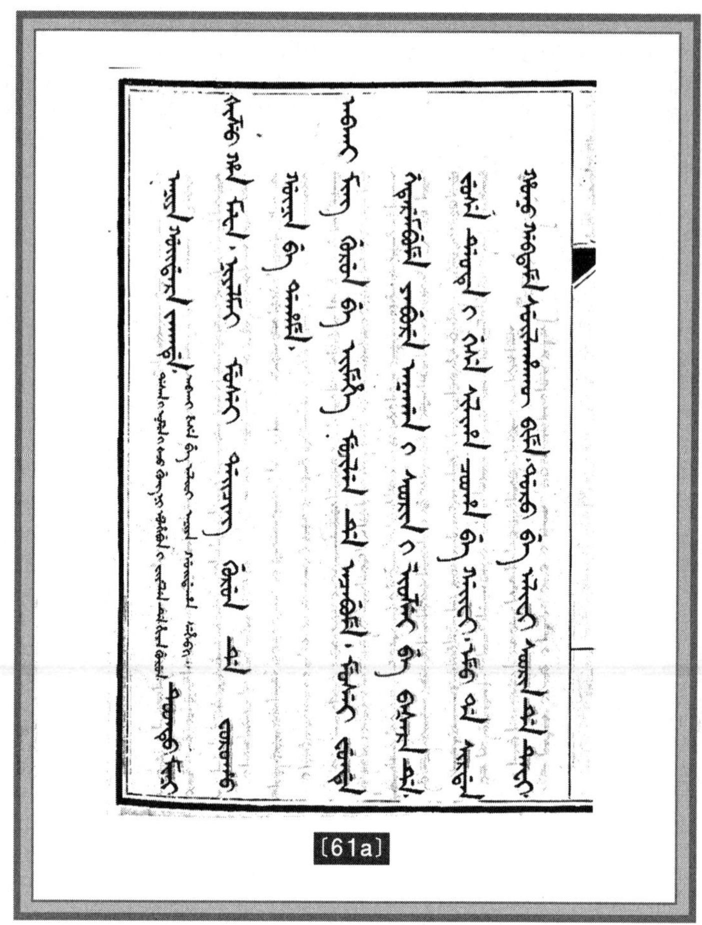
[61a]

aniya goidara jakade.
해 오래되기 때문에

dasan i nomun i šoo gung ni ulhibun i fiyelen de. hiya gurun abkai hese be alifi aniya goidaha sehebi..
書 經 召 公 의 誥 의 篇 에 夏 나라 하늘의 칙명 을 받아서 해 오래되었다 하였다.

tuttu mini
그렇게 나의

šidzu han mafa. niyalmai musei daicing gurun de foroho
世祖 汗 할아버지 사람의 우리의 大淸 나라 에 향한

gūnin be dahame.
생각 을 따르고

abkai ming gurun be eimehe mujilen de acabume. musei funde
하늘의 明 나라 를 싫어한 마음 에 맞추어 우리의 대신

geterembume yabure anagan i soorin[352] i liodzei[353] be bašara de.
섬멸시켜 가고 閏 位 의 liodzei 를 쫓아냄 에

juse deote i gese siliha cooha be gaifi. emu da sirdan
아이들 아우들 의 같이 뽑은 군사 를 데리고 한 大 화살

hono gabtame suilahakū bime. doro be alifi soorin de tefi.
도 쏘아 수고롭지 않고 예 를 받고 왕위 에 올라서

[한문]

維有歷年. 注書召誥, 有夏服天命, 維有歷年. 是以我世祖因人心之歸淸, 順天意之厭明. 掃驅除之閏位, 統子弟之精兵. 無亡失遺鏃之費, 而膺圖正位乎燕京.

—— ◦ —— ◦ —— ◦ ——

해가 오래니,

『서경』「소고(召誥)」에, "하나라가 하늘의 칙명을 받고 여러 해 되었다." 하였다.

그렇게 우리 세조(世祖)께서 우리 대청국(大淸國)을 향한 백성들이 마음을 따르고, 하늘이 명(明)나라를 싫어하는 마음에 맞추어, 우리 대신 섬멸시키러 가서 윤위(閏位)의 이자성(李自成)을 쫓아낼 적에, 자제(子弟)들처럼 뽑은 군사를 데리고 화살 하나도 쏘지 않고, 예를 받고 왕위에 올라서

352) anagan i soorin : 정통이 아닌 임금의 자리라는 윤위(閏位)를 말한다. 여기서는 이자성(李自成)을 몰아낸 것을 가리킨다.
353) liodzei : 이자성(李自成)을 가리키는 것으로 판단된다.

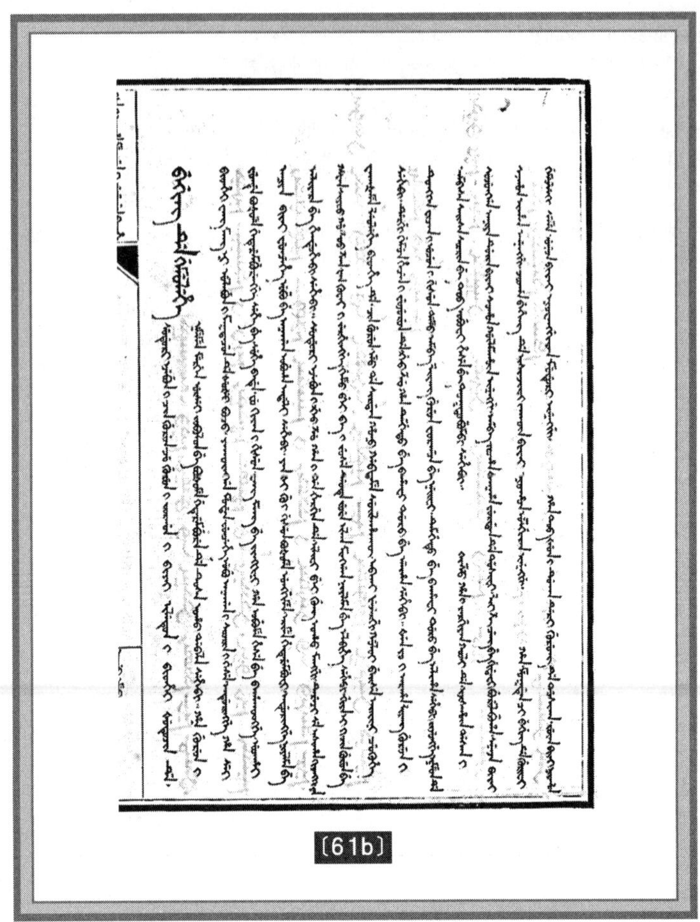

[61b]

beging de gemulehe.
北京 에 도읍하였다.

suduri ejebun i cin gurun cu gurun i forgon i biyai iletun i bithei šutucin de. nememe mergen ursei jobolon be
史 記 秦 나라 楚 나라 의 際 月 表 의 書의 敍 에 우선 賢 者의 우환 을
bošome geterembure de tusa oho dabala sehebi.. han gurun i bithei wang mang ni ulabun i maktacun de.
쫓아내고 제거함 에 이익 된 뿐 하였다. 漢 나라 의 書의 王 莽 의 傳 의 贊 에
šušu boco. yakūngga mudan[354] funcehe ubu[355] anagan i soorin i gese. enduringge han sei funde bošome
紫 色 요염한 소리 餘 分 閏 位 의 같이 聖 王 들의 대신 쫓아내고
geterembureng ge sehe be suhe bade. fu kiyan[356] i gisun wang mang be jingkini han obume hese be
제거하는 것 한 것 을 주해한 바에 服 虔 의 말 王 莽 을 正 汗 되게 하고 칙령 을
bahakūngge uthai aniya biyai funcehe ubu be anagan obuha adali sehebi. yan ši gu i gisun bošome unggime
받지 못한 것 곧 정월의 남은 몫 을 윤달 삼은 것 같다 하였다. 顔 師 古 의 말 쫓아내 보내
erime geterembufi enduringge niyalma be aliyara be henduhebi sehebi.. suduri ejebun i geo dzu han i da hergin
쓸어 제거하고 聖 人 을 기다림 을 말하였다 하였다. 史 記 의 高 祖 汗 의 本 紀

354) šušu boco. yakūngga mudan : 자색와성(紫色蠅聲) : 왕망이 현란하고 사악한 말로 국가질서를 어지럽힌 것을 뜻한다.
355) funcehe ubu : 여분(餘分) : 여분은 정통(正統)이 되지 못하고 윤통(閏統)에 해당하는 국가에 대한 폄사(貶辭)이다.
356) fu kiyan : 후한 때의 학자 복건(服虔) 을 가리킨다. 저서에 『춘추좌씨전해(春秋左氏傳解)』를 지었는데, 남북조 시대에 주로 북방에 성행하다가, 당나라 때 공영달(孔穎達)이 『춘추정의』를 지을 때 그의 주해를 채택하지 않은 이후 없어지고 말았다.

de ilifi pei gung[357] oho manggi tereci se asihan kiyangkiyan hafan. siyoo ho[358]. dzoo tsan[359]. fan kuwai[360]
에 서서 沛 公 된 후 그로부터 나이 젊은 용맹한 관리 蕭 何 曹 參 樊 噲

i jergingge. gemu pei ba i juse deote juwe ilan minggan niyalma be elbihe sehebi.. giya ei i cin gurun be
의 등의 것 모두 沛 땅 의 子 弟 2 3 천 사람 을 모았다 하였다. 賈 誼 의 秦 나라 를

wakašame leolehe bithe de. cin gurun. emu da sirdan hono gabtame suilahakū. abkai fejergi goloi beise aifini
질책하여 論한 書 에 秦 나라 한 발 화살 도 쏘며 고생하지 않았다. 天 下 省의 beise 이미

cukuhe sehebi. dergi gemun hecen i fujurun de. geo dzu han temgetu[361] be bahafi doro[362] be aliha sehebi..
지쳤다 하였다. 東 京 성 賦 에 高 祖 汗 징표 를 얻고 圖讖 을 받았다 하였다.

šen yo[363] i araha liyang gurun i tungken fican i ucun i gisun. damu amba liyang gurun forgon be neifi temgetu
沈 約 의 지은 梁 나라 의 鼓 吹 曲 의 말 다만 大 梁 나라 運 을 열고 징표

be bahafi doro be aliha sehebi. jijungge nomun de ambasa saisa sorin be tob obufi hese be toktobumbi
를 얻고 圖讖 을 받았다 하였다. 易 經 에 관리들 현인들 자리 를 바르게 하고 칙명 을 엄정히 한다

sehebi.. šidzu han i yargiyan kooli de. ijishūn dasan i sucungga aniya duin biyai sohon gūlmahūn inenggi amba
하였다. 世祖 汗 의 實錄 에 順 治 元 年 四 月의 己 卯 日 大

cooha šanaha furdan de dosifi. li dzy ceng be gidafi burulabuha. sunja biyai sohon ihan enenggi cooha
軍 山海 關 에 들어가서 李 自 成 을 제압해서 도망가게 했다. 五 月의 己 丑 日 군사

beging de isinjifi jakūn biyai niohon ulgiyan inenggi. han mukden ci beging de gurifi gemuleki seme
북경 에 이르고 八 月의 乙 亥 日 汗 성경 에서 북경 에 이동하여 도읍하자 하고

uyun biyai niowanggiyan muduri inenggi. han tob šun i duka deri gurung de dosika. juwan biyai niohon
九 月 甲 辰 日 汗 正 陽 의 문 쪽 宮 에 들어갔다. 十 月의 乙

[한문]

㊟史記秦楚之際月表敘, 適足以資賢者爲驅除難耳. 漢書王莽傳贊, 紫色䵷聲, 餘分閏位, 聖王之驅除云爾. 注, 服虔曰, 言莽不得正王之命, 如歲月之餘分爲閏也. 顔師古曰, 言驅逐蠲除, 以待聖人也. 史記高祖紀, 立爲沛公, 於是少年豪吏如蕭曺樊噲等, 皆爲收沛子弟二三千人. 賈誼過秦論, 秦無亡失遺鏃之費, 而天下諸侯已困矣. 東京賦, 高祖膺籙受圖. 沈約梁鼓吹曲, 惟大梁開運, 受籙膺圖. 易, 君子以正位凝命. 世祖實錄, 順治元年四月己卯, 大兵進山海關, 破走李自成. 五月己丑, 師至燕京. 八月乙亥, 上自盛京遷都燕京. 九月甲辰, 上自正陽門入宮.

—— ◦ —— ◦ —— ◦ ——

북경에 도읍하였다.

『사기』「진초제월표(秦楚際月表)」의 서문에, "먼저 현자가 우환을 쫓아내고 제거하니, 이익이 된 것에 지나지 않는다." 하였다. 『한서』「왕망전(王莽傳)」의 찬(贊)에, "자색와성(紫色䵷聲)과 여분(餘分), 윤위(閏位)와 같이 성왕들을 대신해서 쫓아내고 제거하는 것이다." 한 것을 「주(注)」한 것에, "복건(服虔)이 말하기를, '왕망을 바로 황제 되게 하고도 칙명을 받지 못한 것은 곧 정월의 남은 날을 윤달 삼은 것과 같다' 했다." 하였다. 안사고가 말하기를, "쫓아내 보내고 쓸어서 제거하고 성인을 기다리는 것을 말하였다." 하였다. 『사기』「고조본기」에, "일어나 패공이 된 뒤로부터 나이 젊고 용맹한 관리, 소하(蕭何), 조참(曹參), 번쾌(樊噲) 등은 모두 패(沛) 땅의 아이들, 아우들 2, 3 천명을 모았다." 하였다. 가의(賈誼)의 「과진론(過秦論)」에, "진나라는 한 발의 화살도 쏘는 고생을 하지 않았는데, 천하의 제후는 이미 지쳤다." 하였다. 「동경부」에, "고조가 징표를 얻고 도참(圖讖)을 받았다." 하였다. 심약(沈約)이 지은 「양고취곡(梁鼓吹曲)」에, "다만 양나라는 나라를 세우고 징표를 얻고 도참(圖讖)을 받았다." 하였다. 『역경』에, "관리들과 어진 이들이 자리를 바르게 하고 칙명을 규정하게 한다." 하였다. 『세조실록』에, "순치 원년 4월 기묘일에, 대군이 산해관에 들어가서 이자성(李自成)을 제압해 도망가게 하였다. 5월 기축일에 군사가 북경에 도달하고, 8월 을해일에 황제께서 성경에서 북경으로 이동하여 도읍하고자 하였으므로 8월 갑진일에 황제께서 정양문(正陽門)을 지나 궁으로 들어갔다. 10월

357) pei gung : 패공(沛公)으로 한나라 고조 유방이 천자가 되기 전에 부르던 칭호이다. 그의 고향이 패(沛) 땅인 데에서 유래하였다.
358) siyoo ho : 유방을 도와 한나라를 세운 명재상 소하(蕭何)를 가리킨다. 초기 한나라의 법률과 제도를 정비하는 데 힘을 많이 썼다.
359) dzoo tsan : 유방을 도와 한나라를 세운 공신 조참(曺參)을 가리킨다. 패 땅 사람으로 한신과 더불어 군사 면에서 활약을 하였다.
360) fan kuwai : 유방을 도와 한나라를 세운 공신 번쾌(樊噲)를 가리킨다. 패 땅 사람으로 그의 아내는 여태후의 동생이다.
361) temgetu : 부명(符命)이라는 뜻으로 하늘이 제왕이 될 만한 사람에게 내리는 상서로운 징조를 가리킨다.
362) doro : 천신(天神)이 주는 부신(符信)인 도참(圖讖)을 가리킨다.
363) šen yo : 남조 양나라 때의 학자 심약(沈約)을 가리킨다. 박학하고 시문을 즐겼으며, 음운학(音韻學)에도 밝아 사성(四聲) 연구의 개조(開祖)이다.

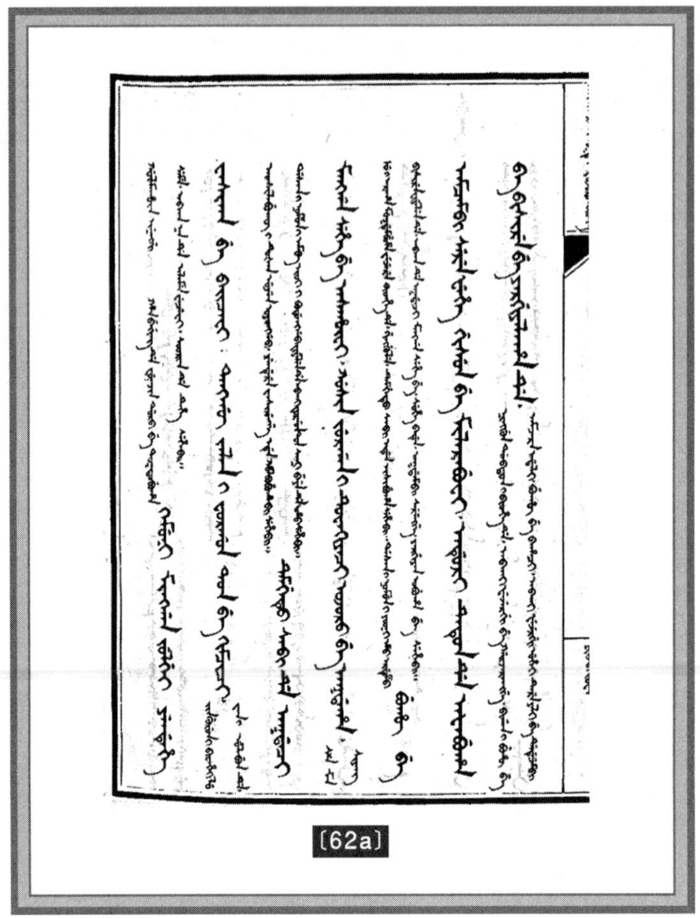
[62a]

gūlmahūn inenggi han beging de fukjin doro be toktobuha seme. abka na de alame wecefi. soorin de tehe
卯 일 汗 북경 에 처음 政 을 정하였다 하고 天 地 에 아뢰어 제사하고 왕위 에 앉았다
sehebi..
하였다.

kemuni minggan julgei yendehe
항상 千 古의 흥기하고

wasika be baicafi tanggū jalan i forgon ton be kimcici.
쇠함 을 살피고 百 代 의 歷數 를 조사하면

jin gurun i bithei luwan i ulabun de aisilabukū i tušan ujen oyonggo. yendere wasirengge ede holbobuhabi
晉 나라 의 書 陸玩 의 傳 에 재상 의 임무 중하고 긴요하다. 흥하고 쇠하는 것 여기에 관련되었다
sehebi.. dasan i nomun i amba ioi i bodonggo fiyelen de abkai forgon ton sini beye de oho sehebi..
하였다. 書 經 大 禹 謨 篇 에 하늘의 歷數 너의 자신 에게 되었다 하였다.

temgetu sabi de akdaci
符命 징조 에 믿기

mangga sehe be ashūfi. gosin jurgan i tuwakiyaci ojoro be akdaha.
어렵다 한 것 을 거부하고 仁 義 로 지킬 수 있음 을 믿었다.

sy ma siyang zu i araha mukdembume. wecere bithe de. ginggule. temgetu sabi ede isibuha sehebi..
司 馬 相 如 의 지은 封 禪 文 에 공경하라 징표 징조 여기에 얻게 되었다 하였다.
dasan i nomun i yooni emu erdemu bisire fiyelen de abka de akdaci mangga sehe be suhe bade akdambi
書 經 의 咸有一德 篇 에 하늘 에 믿기 어렵다 한 것 을 주해한 바에 믿는다
serengge yargiyan obuha be sehebi.
하는 것 진실 되게 함 이다 하였다.

buhū be amcambi[364] sere fehe gisun be milarabufi. enduri tetun[365] de afabuha
사슴 을 쫓는다 하는 허튼 말 을 멀리하게 하고 神 器 에 맡긴

ba bisire be yargiyalaha de.
바 있음 을 확인함 에

ninggun dobton i bithe de. abkai fejergi be gaijarangge. bigan i buhū be amcara adali. buhū be bahaci abkai
六 韜 의 書 에 天 下 를 갖는 것 들판 의 사슴 을 좇음 같고 사슴 을 얻으면 天
fejergi uhei tere yali be dendecembi.
下 모두 그 살 을 함께 나눈다.

[한문]

十月乙卯, 上以定鼎燕京, 告祭天地, 卽位. 盖嘗攷千古之興替, 稽百代之歷數, [注]晉書陸玩傳, 端右要重, 興替所存. 書大禹謨, 天之歷數在汝躬. ○數, 叶音瘦. 陸機詩, 篤生我后, 克明克秀, 體輝重光, 承規景數. 拒符瑞之難諶, 信仁義之堪守, [注]司馬相如封禪文, 欽哉符瑞臻玆. 書咸有一德, 天難諶. 注, 諶, 信也. 斥逐鹿之蠱說, 審神器之有授, [注]六韜, 取天下若逐野鹿, 得鹿, 天下共分其肉.

—— ◦ —— ◦ —— ◦ ——

을묘일에 황제께서 '북경에 창업(創業)을 하였다' 하고, 천지(天地)에 아뢰어 제사 지내고 황위에 올랐다." 하였다.

항상 천고(千古)의 흥하고 쇠하는 것을 되돌아보고 백대(百代)의 역수(歷數)를 살피면.

『진서』 「육완전(陸玩傳)」에, "재상의 임무 중하고 긴요하다. 흥하고 쇠하는 것 여기에 달렸다." 하였다. 『서경』 「대우모(大禹謨)」에, "하늘의 역수(歷數)가 네 자신에게 되었다." 하였다.

부명(符命)의 징조에 믿기 어려운 것을 거부하고 인의(仁義)로 지키면 되는 것을 믿었다.

사마상여의 「봉선문(封禪文)」에, "공경하라. 부명(符命)의 징조를 여기에서 얻게 되었다." 하였다. 『서경』 「함유일덕(咸有一德)」에, "하늘을 믿기 어렵다." 한 것을 「주(注)」한 것에, "믿는다고 하는 것은 진실 되게 하는 것이다." 하였다.

정권을 다툰다고 하는 허튼 말을 멀리하게 하고 신기(神器)에 맡긴 바를 확인하니

『육도(六韜)』에, "천하를 얻는 것은 황야의 사슴을 쫓는 것과 같고, 사슴을 얻으면 천하가 모두 그 살을 함께 나눈다."

364) buhū be amcambi : '사슴을 쫓는다'는 뜻으로 정권이나 지위를 얻기 위해 다투는 것을 이르는 말이다.
365) enduri tetun : 신기(神器)라는 뜻으로 임금의 자리를 비유적으로 이르는 말이다.

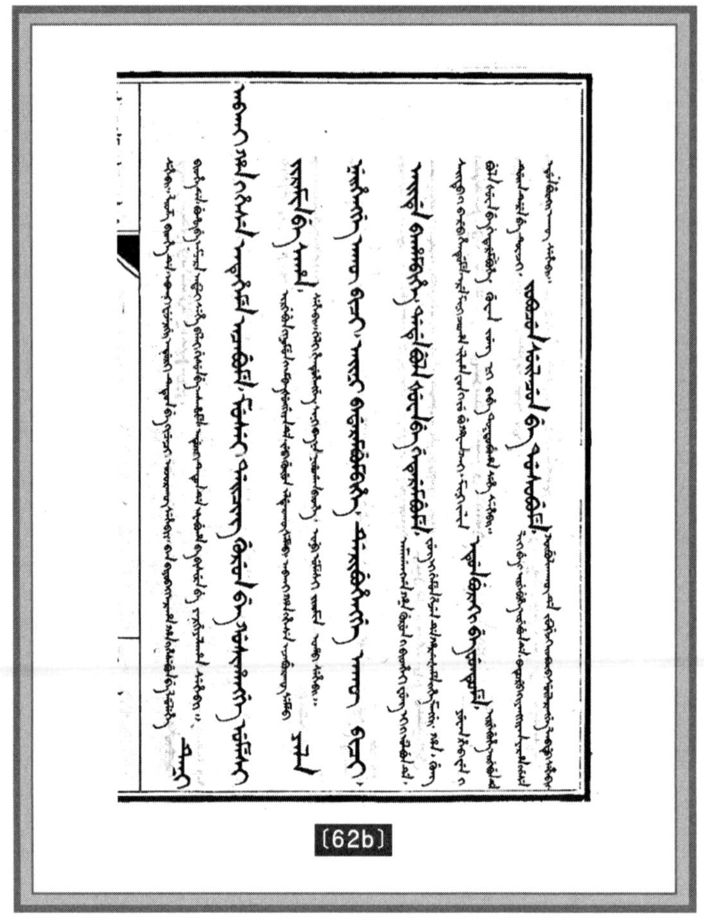

[62b]

sehebi.. loodzy bithe de abkai fejergi enduri tetun be kiceci ojorakū sehebi.. ban biyoo[366] i araha han i
하였다. 老子 書 에 天 下 神 器 를 도모할 수 없다 하였다. 班 彪 의 지은 汗 의
hesebun be leolehe bithe de buhū be amcara adali sehe balai gisun be ashūme. enduri tetun de afabuha
天命 을 論한 書 에 사슴 을 좇는 것 같다 한 잡 말 을 물리치고 神 器 에 지시한
ba bisire be yargiyalaha sehebi..
바 있음 을 확인했다 하였다.

teni abkai han i hese enteheme acabume. musei daicing gurun be gosihangge umesi
비로소 天 汗 의 칙명 영원히 부합하여 우리의 大淸 나라 를 사랑한 것 매우

jiramin be saha.
두터움 을 알았다.

irgebun i nomun i amba šunggiya de. jeo gurun elderakū semeo. abkai han i hese acaburakū semeo
詩 經 大 雅 에 周 나라 빛나지 않는다 하는가 天 汗 의 칙명 부합하지 않는다 하는가
sehebi. geli henduhengge sini ba na nirugan bithe[367]. inu umesi jiramin oho sehebi..
하였다. 또 말한 것 너의 영토 판도 또 매우 두텁게 되었다 하였다.

366) ban biyoo : 후한 때의 반표(班彪)로 반고(班固)의 아버지다. 『한서』를 편찬하다가 죽자, 아들 반고와 딸 반소(班昭)가 뜻을 이어 완성했다.
367) nirugan bithe : 판장(畈章)으로 주자는 『시경집전』에서 판장(版章)으로 풀이하였는데, 판도(版圖)·강역(疆域)의 뜻이다.

yala neihengge akū bici. aini badarambumbihe. deribuhengge akū bici.
정말로 개척한 것 없으면 어찌 넓혔겠는가 시작하게 한 것 없으면

aide bahambihe. dade bula šuwa be geterembume.
어디에 얻었는가 원래 가시 숲 을 제거하게 하며

amagangga han gurun i bithei fung ei[368] i ulabun de. fung ei gemun hecen de hargašame jihe manggi han. gung
後 漢 나라 書 馮 異 傳 에 馮 異 京 城 에 朝會하러 온 후 汗 公
saitu i baru hendume. ere mini cooha iliha fon i ju bu hafan kai. mini jalin bula šuwa be geterembuhe.
卿 의 쪽 말하되 이 나의 군사 일으킨 시절 의 主 簿 관리 로다. 나를 위해 가시 밀림 을 제거하였다.
guwan jung ni babe toktobuha sehe sehebi..
關 中 의 땅을 평정시켰다 했다 하였다.

edun buraki be funtume.
바람 먼지 를 무릅쓰며

yuwan h'eo wen[369] i irgebuhe irgebun de duin dere be tuwaci. edun buraki akū sehebi..
元 好 問 의 지은 詩 에 四 方 을 보니 바람 먼지 없다 하였다.

jobocun suilacun be dosobume.
艱 辛 을 견뎌내며

li be i irgebuhe irgebun de. baturu kiyangkiyan yarha i gese kūbulikakū de julgeci joboro suilarangge
李 白 의 지은 詩 에 영웅 호걸 표범 의 같고 변화하지 않음 에 예로부터 근심하고 괴로워하는 것
labdu sehebi.
많다 하였다.

[한문]——————

老子, 天下神器, 不可爲也. 班彪王命論, 距逐鹿之瞽說, 審神器之有授. 乃知帝命不時, 眷淸孔厚也. ㊟詩大雅, 有周不顯, 帝命不時. 又, 爾土宇昄章, 亦孔之厚矣. 不有開之, 何以培之. 不有作之, 何以得之. ㊟○得, 叶音堆. 太元, 不往來, 不求得. 夫其披荊棘, ㊟後漢書馮異傳, 異朝京師, 帝謂公卿曰, 是吾起兵時主簿也, 爲吾披荊棘, 定關中. 冒氛霾, ㊟元好問詩, 四望無氛霾. 歷艱辛, ㊟李白詩, 英豪未豹變, 自古多艱辛.

——◦——◦——◦——

하였다. 『노자』에, “천하의 신기(神器)를 도모할 수 없다.” 하였다. 반표(班彪)의 『왕명론(王命論)』에, “‘사슴을 쫓는 것과 같다’고 한 삿된 말을 물리치고, 신기에 지시한 바가 있음을 확인했다.” 하였다.

비로소 천제(天帝)의 칙명이 영원히 부합하여 우리의 대청국을 사랑한 것 매우 두터운 것을 알았다.

『시경』「대아」에, “주나라가 빛나지 않는다 하는가? 천제의 칙명에 부합하지 않는다 하는가?” 하였다. 또 말하기를, “너의 영토의 판도가 또 매우 두텁게 되었다.” 하였다.

진정 개척하지 않았으면 어찌 넓혔겠는가? 시작하지 않았으면 어디에서 얻었겠는가? 원래 가시 숲을 제거하게 하며

『후한서』「풍이전(馮異傳)」에, “풍이(馮異)가 경성에 조회하러 오니 황제께서 공경(公卿)에게 말하기를, ‘이 사람은 내가 군사 일으킨 시절의 주부(主簿)이다. 나를 위하여 가시 숲을 제거하였고, 관중의 땅을 평정시켰다’ 했다.” 하였다.

바람과 먼지를 무릅쓰고

원호문(元好問)의 시에, “사방을 보니 바람과 먼지가 없다.” 하였다.

간신(艱辛)을 견뎌내며

이백(李白)의 시에, “영웅, 호걸이 표범과 같이 변화하지 않음에 예로부터 근심하고 괴로워하는 것이 많다.” 하였다.

368) fung ei : 후한 때의 풍이(馮異)로 광무제를 위하여 여러 차례 전쟁터에 나갔다. 전쟁터에서 다른 장수들이 모여앉아 전공을 논의할 때, 홀로 나무 아래에 앉아 대책을 궁리하였는데, 이로 인해 대수장군(大樹將軍)이라는 별호를 얻었다.

369) yuwan h'eo wen : 금나라의 시인 원호문(元好問)으로 두보의 시에 조예가 깊었다.

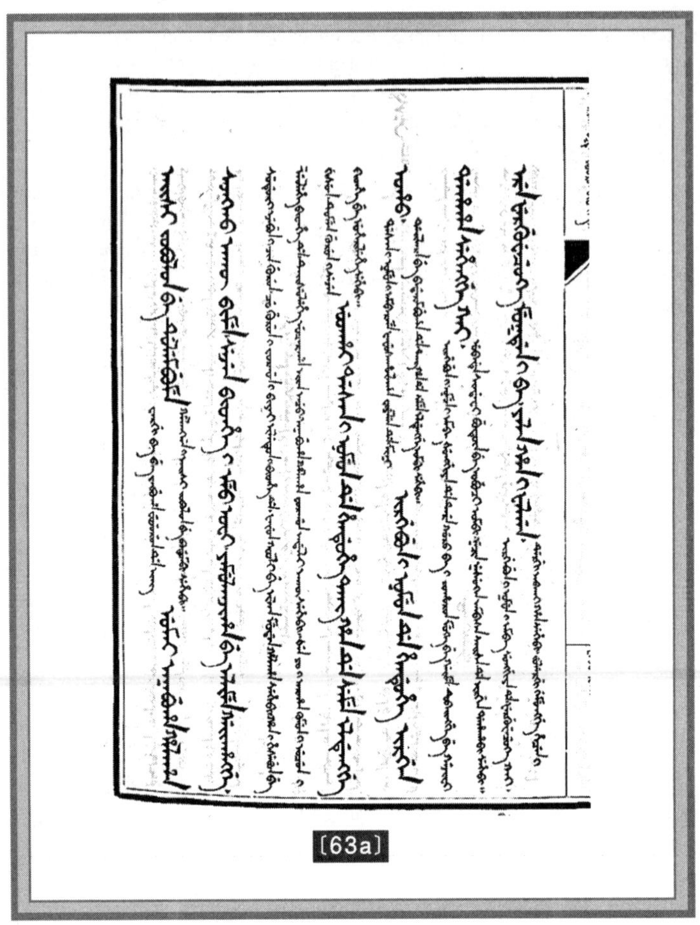

[63a]

aisi jobolon be dulembume
利 害 를 지나가게 하며

wargi ba be yabuha fujurun de ing halangga[370] i aisi jobolon be bodombi sehebi..
서쪽 땅 을 다닌 賦 에 嬴 氏 의 利 害 를 헤아린다 하였다

umai anabuha halaha
전혀 양보하고 바꾼

songko akū bime sejen bithe[371] i emu ofi. yamulanjiha be alime gaihangge.
흔적 없고 수레 글 의 하나 되어 來朝하러 옴 을 받아 가진 것이다.

suduri ejebun i cin gurun. cu gurn i forgon i biyai iletun i bithe de. fafun kooli be ilan mudan halaha sehebi.
史 記 의 秦 나라 楚 나라 의 際 月 表 의 書 에 號 令 을 세 번 바꾸었다 하였다.
han i hesebun be leolehe bithe de. teisulehe ucaraha erin encu. anabuha halaha forgon adali akū sehebi..
汗 의 命 을 論한 書 에 마주하고 만난 때 다르고 양보하고 바꾼 시절 같지 않다 하였다.

370) **ing halangga** : 진나라 종실의 성인 영씨(嬴氏)를 가리킨다.
371) **sejen bithe** : 수레와 문자라는 뜻의 거서(車書)로, '천하가 폭이 같은 수레를 쓰고 같은 문자를 쓴다'는 의미이다.

šen yo i araha kumun i ucun i gisun tumen gurun i sejen bithe be uherilehe sehebi..
沈 約 의 지은 樂 歌 의 말 萬 國 의 수레 글 을 통일했다 하였다.

uthai dasan i nomun de henduhe tang han de seme eldengge oho.
곧 書 經 에 말한 湯 汗 에게 해도 빛나는 것 되었다

dasan i nomun i ambarame fafushūlaha fiyelen de. mini dailara be badarambuha de. tang han de seme eldengge
書 經 의 泰 誓 篇 에 나의 정벌함 을 확장시킴 에 湯 汗 에 해도 빛나는 것
ombi sehebi..
된다 하였다.

irgebun i nomun de henduhe irgen dahaha sehengge kai.
詩 經 에 말한 백성 따랐다 한 것이로다.

irgebun i nomun i amba šunggiya de tere goro ba i yohoron muke be gaime. tubaingge be gajifi ubade sindafi
詩 經 大 雅 에 저 먼 곳 의 계곡 물 을 가지고 그곳의 것 을 가져와 이곳에 두고
butūn be obuci ombi. necin nesuken ambasa saisa de irgen dahahabi sehebi..
항아리 를 삼을 수 있다. 평화롭고 온화한 君子들 에게 백성 따랐다 하였다.

ere ferguwecuke mukden i ba yala han i falga.
이 신묘한 盛京 의 땅 과연 汗 의 고향이다.

irgebun i nomun i amba šunggiya de. ferguwecuke kai. dergi abkai han sehebi. julergi gemungge hecen i
詩 經 의 大 雅 에 신묘하구나. 上 天 汗 하였다. 南 都 城 의

[한문]

躬利害, ㊟西征賦, 筭嬴氏之利害. ○害, 叶音孩. 無嬗代之跡, 而受車書之來者. ㊟史記秦楚之際月表, 號令三嬗. 注, 索隱曰, 嬗古禪字. 王命論, 遭遇異時, 禪代不同. 沈約樂歌, 車書同萬宇. 盖書所謂于湯有光, ㊟書泰誓, 我伐用張, 于湯有光. 詩所謂民之攸歸矣. ㊟詩大雅, 泂酌彼行潦, 挹彼注玆, 可以濯罍, 豈弟君子, 民之攸歸. ○歸, 叶音愢. 皇矣陪都, 實惟帝鄕. ㊟詩大雅, 皇矣上帝. 南都賦,

―― ◦ ―― ◦ ―― ◦ ――

이해(利害)를 헤아려

「서정부(西征賦)」에, "영씨(嬴氏)의 이해(利害)를 헤아린다." 하였다.

전혀 양보하거나 바꾼 흔적 없고 수레와 글을 하나로 통일해서 내조(來朝)하러 온 것을 받아 가진 것이다.

『사기』「진초제월표(秦楚際月表)」에, "호령(號令)을 세 번 바꾸었다." 하였다. 『왕명론(王命論)』에, "마주치고 만난 때 다르고, 양보하고 바꾼 시절 같지 않다." 하였다. 심약(沈約)의 「악가(樂歌)」에, "만국(萬國)의 수레와 글을 통일했다." 하였다.

곧 『서경』에서 말한, '탕(湯) 임금에게도 빛나는 것'이 되었다

『서경』「태서(泰誓)」에, "내가 정벌하는 것을 확장시킴에 탕왕(湯王)에게도 빛나는 것이 된다." 하였다.

『시경』에서 말한 백성이 따랐다고 한 것이니라.

『시경』「대아」에, "저 먼 곳의 계곡 물을 가지고, 그곳의 것을 가져와 이곳에 두고 항아리를 삼을 수 있다. 평화롭고 온화한 군자들에게 백성이 따랐다." 하였다.

이 신묘한 성경(盛京)의 땅은 과연 황제의 고향이다.

『시경』「대아」에, "신묘하구나, 상제(上帝)시여!" 하였다. 「남도부」에,

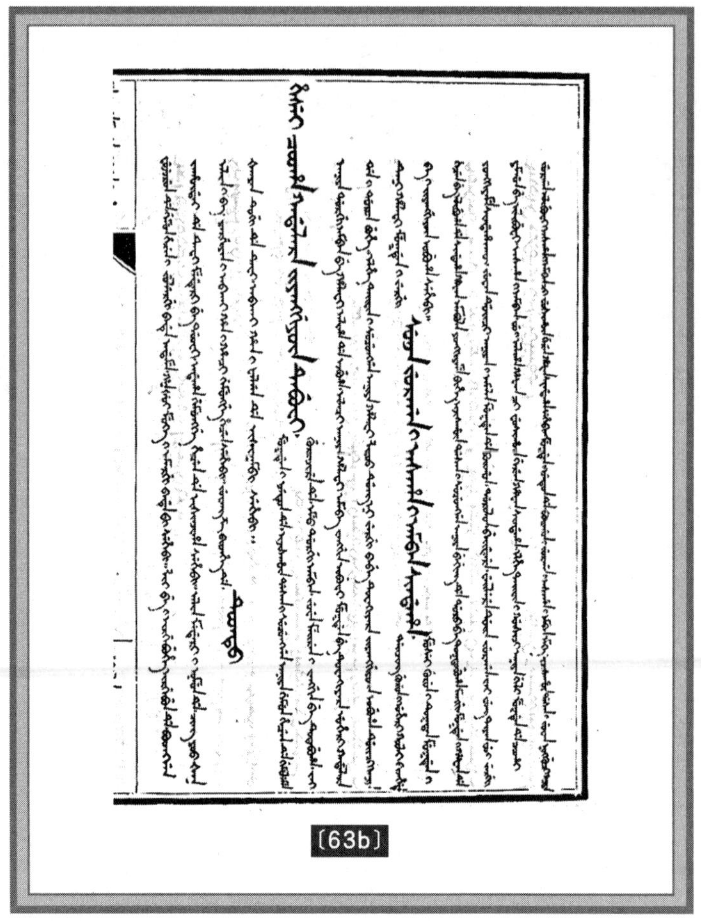

[63b]

fujurun de. gemun hecen i julergi bade adame. han šui muke i amargi bade bi sehebi.. li be i irgebuhe
賦 에 京 城 의 남쪽 땅에 인접하고 漢 水 물 의 북쪽 땅에 있다 하였다 李 白 의 지은
irgebun de boongga jahūdai de tefi mederi be doofi. adaha gemungge hecen de isinjiha sehebi. alin mederi i
詩 에 樓船 에 앉아 바다 를 건너서 인접한 都 城 에 다다랐다 하였다 山 海 의
nomun de. cing yoo šan[372] alin i ba yargiyan i abka han i hanci gemungge hecen sehebi.. juwang dzy bithe de.
經 에 青 要 山 산 의 땅 진실로 天 汗 의 가까운 都 城 하였다 莊 子 書 에
šanyan tugi de tefi. abkai han i falga de isinambi sehebi..
하얀 구름 에 앉아서 天 汗 의 고향 에 다다른다 하였다.

tuttu hesei cooha kadalara jiyanggiyūn tebufi.
그렇게 칙명으로 군사 관장하는 장군 앉히고

mukden i ejetun de. ijishūn dasan i sucungga aniya gemun hecen de gemuleme gurinjire de emu dorgi amban.
盛京 의 誌 에 順 治 의 元 年 京 城 에 도읍하여 옮겨옴 에 한 內 大臣
juwe meiren i janggin[373] be tutabuha. jai aniya dorgi amban be halafi aliha da obuha. ilaci aniya halafi
두 副 의 章京 을 남겨두었다. 다음 해 內 大臣 을 바꾸어서 大學士 삼았다. 셋째 해 바꾸어서

---

372) ing yoo šan : 여신(女神) 무라(武羅)가 다스렸다고 하는 청요산(青要山) 을 가리킨다. 이 산에는 잡아먹으면 아이를 많이 낳을 수 있는 새가 있고, 먹으면 얼굴이 예뻐지고 사람들에게 사랑을 받게 되는 풀이 있었다고 한다.

373) meiren i janggin : 부(副)의 장경(章京)이라는 뜻으로, 한자로는 부도통(副都統) 또는 부장(副將)이라고 한다.

amba janggin[374] obufi mukden be tuwakiyara uheri kadalara da i doron buhe.. elhe taifin i sucungga aniya
amba 章京 삼고 盛京 을 지키고 모두 관리하는 우두머리 의 官印 주었다. 康 熙 의 元 年
halafi liyoo dung ni jergi babe tuwakiyara jiyanggiyūn obuha. duici aniya teni halafi mukden i jergi ba i
바꾸어 遼 東 의 等 處를 지키는 將軍 삼았다 네 번째 해 비로소 바꾸어 盛京 의 等 處 의
jiyanggiyūn obuha sehebi..
將軍 삼았다 하였다.

sunja jurgan i ashan i amban sindaha.
五 部 의 侍郎 임명했다.

daicing gurun i uheri kooli bithede musei gurun i tuktan mukden i hecen be ilibuha de sindaha hafan ambula
大淸 나라 의 會 典 書에 우리의 나라 의 처음 盛京 의 城 을 세움 에 설치한 관리 크게
yongkiyame bihe. ijishūn dasan i sucungga aniya beging de doro be toktobuha manggi mukden i hafan de
갖추고 있었다. 順 治 의 元 年 北京 에 政 을 정한 후 盛京 의 관리 에
yongkiyame sindahakū. juwan duici aniya i amala mukden de boigon. dorolon. beidere. weilere duin jurgan.
갖추어 두지 못했다. 열 네번째 해 의 후 盛京 에 戶 禮 刑 工 四 部
jai fung tiyan fu i jergi yamun be ilibufi ashan i amban. fu i aliha hafan ci fusihūn geren hafan sindaha. elhe
또 奉 天 府 等 衙門 을 세우고 侍郎 府尹 에서 以下 여러 관리 두었다. 康
taifin i gūsici aniya geli mukden de coohai jurgan ilibufi. ashan i amban ci fusihūn geren hafan sindaha
熙 의 서른 번째 해 또 盛京 에 군사의 部 세우고 侍郎 부터 낮은 모든 관리 두었다
sehebi. mukden i ejetun de. boigon i jurgan i ashan i amban emke ijishūn dasan i juwan ningguci aniya
하였다 盛京 의 誌 에 戶 의 部 의 侍郎 하나 順 治 의 열 아홉번째 해

[한문]

陪京之南, 居漢之陽. 李白詩, 樓船跨海次陪都. 山海經, 靑要之山, 實惟帝之密都. 莊子, 乘彼白雲, 至於帝鄕. 乃命秉鉞之帥, ㊟盛京志, 自順治元年遷都京師, 留內大臣一員, 副都統二員. 二年, 更內大臣爲阿立哈大. 三年, 改爲昂邦章京, 給鎭守盛京總館官印. 康熙元年, 更爲鎭守遼東等處將軍. 四年, 始更爲奉天等處將軍. 乃置五部之卿. ㊟大淸會典, 國初建立盛京, 設官詳備. 順治元年, 定鼎燕京, 盛京官不備設. 十四年後, 置盛京戶禮刑工四部, 及奉天府等衙門, 設侍郎府尹以下各官. 康熙三十年, 復置盛京兵部衙門, 設侍郎以下等官. 盛京志, 戶部侍郎一員, 順治十六年設,

"경성의 남쪽 땅에 인접하고, 한수(漢水)의 북쪽 땅에 있다." 하였다. 이백(李白)이 지은 시에, "누선(樓船)에 앉아 바다를 건너서 인접한 도성에 다다랐다." 하였다. 『산해경』에, "청요산(靑要山)의 땅은 진실로 천제(天帝)의 가까운 도성이다." 하였다. 『장자』에, "흰 구름에 앉아서 천제의 고향에 다다른다." 하였다.

그렇게 칙명으로 군사를 관장하는 장군 삼고

『성경지』에, "순치 원년, 경성에 도읍하여 옮겨오니, 한 명의 내대신(內大臣)과 두 명의 부도통(副都統)을 남겨두었다. 다음 해에 내대신을 바꾸어서 대학사(大學士)로 삼았다. 셋째 해에 바꾸어서 도통(都統)으로 삼고 성경을 지키고 모두 관리하는 관인(官印)을 주었다. 강희 원년에 바꾸어서 요동 등을 지키는 장군으로 삼았다. 네 번째 해에 비로소 바꾸어서 성경 등의 장군으로 삼았다." 하였다.

오부(五部)의 시랑(侍郎)을 임명했다.

『대청회전(大淸會典)』에, "우리나라가 처음 성경성(盛京城)을 세울 때 임명한 관리를 크게 완비하였다. 순치 원년, 북경에 도읍한 후 성경의 관리를 완비하여 임명하지 못하였다. 14년 후 성경에 호(戶), 예(禮), 형(刑), 공(工), 사부(四部), 또 봉천부(奉天府) 등 아문(衙門)을 두고 시랑(侍郎), 부윤(府尹) 이하 여러 관리를 임명했다. 강희 30년, 또 성경에 병부(兵部)를 두고 시랑 이하 여러 관리를 임명했다." 하였다. 『성경지』에, "호부시랑(戶部侍郎) 한 명은 순치 19년에

374) **amba janggin** : 대(大) 장경(章京)이라는 뜻으로, 한자로는 도통(都統) 또는 대장군(大將軍)이라고 한다.

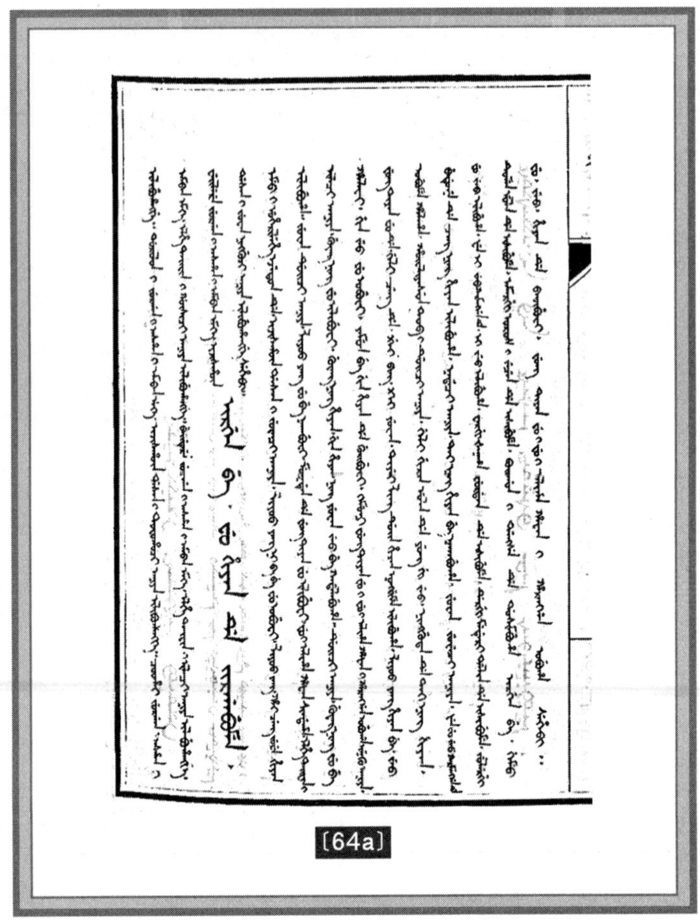

〔64a〕

ilibuhangge.. dorolon i jurgan i ashan i amban emke. ijishūn dasan i tofohoci aniya ilibuhangge.. coohai
세운 것이다. 禮 의 部 의 侍郎 하나. 順 治 의 열다섯 번째 해 세운 것이다. 兵의
jurgan ashan i amban emke elhe taifin i gūsici aniya ilibuhangge.. beidere jurgan i ashan i amban emke.
部 侍郎 하나 康 熙 의 서른 번째 해 세운 것이다 刑 部 의 侍郎 하나
elhe taifin i ilaci aniya ilibuhangge.. weilere jurgan i ashan i amban emke. ijishūn dasan i juwan ningguci
康 熙 의 세 번째 해 세운 것이다 工 部 의 侍郎 하나 順 治 의 열 아홉 번째
aniya ilibuhangge sehebi..
해 세운 것 하였다.

irgen be. fu hiyan de jirgabume.
백성 을 府 縣 에서 편안하게 하고

emu i uherilehe ejetun de ijishūn dasan i juwanci aniya. liyoo yang ni ba be fu obufi liyoo yang. hai ceng juwe
一 統 志 에 順 治 의 열 번째 해 遼 陽 의 땅 을 府 삼고 遼 陽 海 城 두
hiyan ilibuha. juwan duici aniya liyoo yang fu be nakabufi. mukden de fung tiyan fu ilibufi. fu i aliha hafan
縣 세웠다. 열 네 번째 해 遼 陽 府 를 폐하고 盛京 에 奉 天 府 세우고 府尹
sindaha. elhe taifin i ilaci aniya. guwang ning fu ilibufi. guwang ning hiyan. gin hiyan. ning yuwan jeo be
임명했다. 康 熙 의 세 번째 해 廣 寧 府 세우고 廣 寧 縣 錦 縣 寧 遠 州 를

kadalabuha.. duici aniya. guwang ning fu be halafi. gin jeo fu obufi. yamun be gin hiyan de guribufi.
관장하게 하였다 네 번째 해 廣 寧 府 를 바꾸어서 錦 州 府 삼고 아문 을 錦 縣 에 옮기고
kemuni fung tiyan fu i fu i aliha hafan i harangga obuha. ineku aniya. fung tiyan fu de. geli ceng de.
여전히 奉 天 府 의 府尹 의 소속 삼았다. 같은 해 奉 天 府 에 또 承 德
g'ei ping. k'ei yuwan. diyei liyang duin hiyan nonggime ilibuha. liyoo yang hiyan be jeo obume halaha.
盖 平 開 原 鐵 嶺 네 縣 더하여 세웠다. 遼 陽 縣 을 州 삼아 바꾸었다.
hūwaliyasun tob i duici aniya. geli girin ula de yung gi jeo. ningguta de tai ning hiyan. bedune de cang ning
雍 正 의 네 번째 해 또 吉林 강 에 永 吉 州 ningguta 에 泰 寧 縣 bedune 에 長 寧
hiyan ilibuha. nadaci aniya tai ning hiyan be nakabuha. juwan juweci aniya. fe fu jeo karmangga de fu jeo
縣 세웠다. 일곱 번째 해 泰 寧 縣 을 폐하였다. 열 두 번째 해 故 復 州 衛 에 復 州
ilibuha. fe ei jeo karmangga de ei jeo ilibuha. wargi šanaha furdan de isibume dergi mederei dalin de isibume
세웠다 故 義 州 衛 에 義 州 세웠다. 서쪽 山海 關 에 미치며 동쪽 바다의 가 에 미치고
julergi tumen ula de isibume amargi oros i jecen de isibume. boigon i dangse de dosimbuha irgen be. gemu
남쪽 土門 강 에 미치며 북쪽 러시아 의 경계 에 미치고 戶 의 檔子 에 들어있는 백성 을 모두
fu. jeo. hiyan de banjibufi. fung tiyan fu i fu i aliha hafan i harangga obuha sehebi..
府 州 縣 에 편성하고 奉 天 府 의 府尹 의 소속 삼았다 하였다.

[한문]

禮部侍郎一員, 順治十五年設, 兵部侍郎一員, 康熙三十年設, 刑部侍郎一員, 康熙三年設, 工部侍郎一員, 順治十六年設. ○卿, 叶音羌. 楚辭大招, 三公穆穆, 登降堂只, 諸侯畢極, 立九卿只. 民安郡縣, ㊟一統志, 順治十年以遼陽爲府, 置遼陽海城二縣. 十四年, 省遼陽府於盛京設奉天府, 置府尹. 康熙三年, 設廣寧府, 領廣寧縣錦縣寧遠州. 四年, 改廣寧府爲錦州府, 移治錦縣, 仍屬奉天府尹, 是年, 奉天府又增置承德盖平開原鐵嶺四縣, 改遼陽縣爲州. 雍正四年, 又於吉林烏喇設永吉州, 寧古塔設泰寧縣, 白都訥設長寧縣. 七年, 罷泰寧縣. 十二年, 於故復州衛置復州, 故義州衛置義州, 西抵山海關, 東抵海濱, 南至土門江, 北届鄂羅斯, 編戶之民, 皆隸府州縣, 屬奉天府尹.

—— ◦ —— ◦ —— ◦ ——

둔 것이다. 예부시랑(禮部侍郎) 한 명은 순치 15년에 둔 것이다. 병부시랑(兵部侍郎) 한 명은 강희 33년에 둔 것이다. 형부시랑(刑部侍郎) 한 명은 강희 3년에 둔 것이다. 공부시랑(工部侍郎) 한 명은 순치 19년에 둔 것이다." 하였다.

백성이 부(府)와 현(縣)에서 편안하며

『일통지(一統志)』에, "순치 10년에 요양(遼陽) 땅을 부(府)로 삼고 요양과 해성(海城)의 두 현을 세웠다. 14년에 요양부(遼陽府)를 폐하고, 성경에 봉천부(奉天府)을 세우고 부윤(府尹)을 임명했다. 강희 3년 광녕부(廣寧府)를 세우고, 광녕현(廣寧縣)과 금현(錦縣), 영원주(寧遠州)를 관장하게 하였다. 4년에 광녕부를 바꾸어서 금주부(錦州府)로 삼고, 아문을 금현에 옮기고 여전히 봉천부의 부윤 소속으로 삼았다. 같은 해 봉천부에 또 승덕(承德)·개평(盖平)·개원(開原)·철령(鐵嶺) 네 현을 더하여 세웠다. 요양현(遼陽縣)을 주(州)로 삼아 바꾸었다. 옹정 4년 또 길림(吉林) 강에 영길주(永吉州), 닝구타(ningguta, 寧古塔)에 태령현(泰寧縣), 버두너(bedune, 白都訥)에 장령현(長寧縣)을 세웠다. 7년에 태령현을 폐하였다. 12년에 옛 복주위(復州衛)에 복주(復州)를 세우고, 옛 의주위(義州衛)에 의주(義州)를 세웠다. 서쪽으로 산해관(山海關)에 미치고, 동쪽으로 바닷가에 미치며, 남쪽으로 토문(土門) 강에 미치며, 북쪽으로 러시아의 경계에 미치며, 호적대장에 들어있는 백성을 모두 부(府), 주(州), 현(縣)에 편성하고 봉천부 부윤의 소속하게 하였다." 하였다.

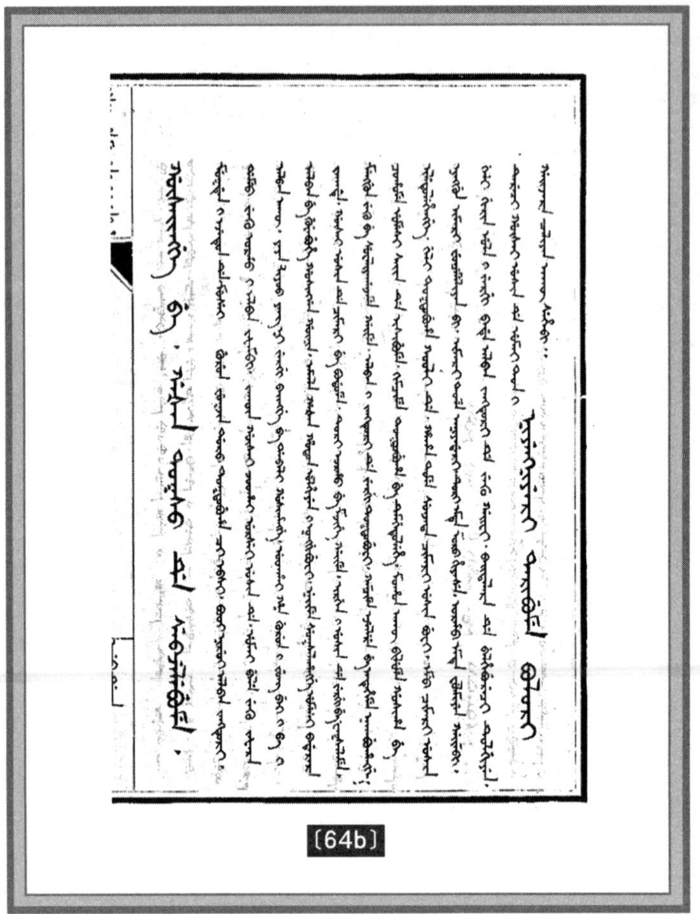

[64b]

gūsaingge be. gašan tokso de sebjelebume.
旗人 을 鄉 村 에서 즐겁게 하며

mukden i ejetun de. musei gurun fukjin doro toktobuha ci ebsi. booi nirui alban jangturi[375]. damu jeku
盛京 의 誌 에 우리의 나라 처음 政 정한 것 에서 부터 內務府 佐領의 官 莊 다만 곡식

orho i alban jafambi. jakūn gūsai coohai ursei usin de. umai bele jeku jafara alban akū. yaya liyoo yang ni
풀 의 공물 바친다. 八 旗의 군사의 무리의 밭 에 결코 쌀 곡식 받칠 공물 없다. 무릇 遼 陽 의

jergi baingge be dabali gosihangge. uthai han gurun i fung pei i ba i alban be guwebuhe gosingga gūnin.
等 地 를 과분히 사랑한 것 곧 漢 나라 의 豊 沛 의 땅 의 공물 을 면하게 한 어진 생각이다.

amala gašan hoton ulhiyen i nonggibufi. neime suksalahangge umesi badarara jakade. gūsai usin de cimari be
뒤에 마을 城 점차로 더하게 하고 개간한 것 몹시 넓어지기 때문에 旗의 밭 에 날 을

bodome. turi orho be majige gaime. irgen i usin de jergi be faksalame. menggun jeku be suwaliyaganjame
헤아리며 콩 풀 을 조금 가지고 백성 의 밭 에 품등 을 나누고 銀 糧 을 뒤섞어

gaime. alban i jangturi de jergi toktobufi. kamcime ejelere be enteheme nakabuhangge. cohome umesi
받고 官 莊 에 품등 정하고 겸하여 소유하는 것 을 영원히 막은 것 오로지 매우

375) alban jangturi : 'jangturi'는 소작인을 관리하는 우두머리로, 관에서 운영하는 장원(莊園)에서 공물의 징수와 상납, 치안유지 등의 임무를 수행하는 자를 가리킨다.

sain de isibume. kimcime toktobuha be temgetulehe. mohon akū bilume gosiha be iletulehengge. geli toktobuha
좋음 에 이르며 살피고 안정시킴 을 널리 알렸고 끝 없이 아끼고 사랑함 을 드러낸 것 또 정한
kooli de. haha tome sunjata cimari usin[376] bufi. emu cimari usin ninggun imari funcemeliyen bi. imari tome
法例 에 남자 마다 다섯 씩 垧 田 주고 한 垧 田 6 畝 남짓 이다. 畝 마다
aniyadari. turi emte moro hiyase. orho emte fulmiyen gaimbi. geli girin ulan i jergi bade alban jangturi de
해마다 콩 하나씩 되 꼴 하나씩 묶음 가진다. 또 吉林 강 의 等 地에 官 莊 에게
jeku gaifi. baitalara de belhebureci tulgiyen. tereci gūsai usin de umai ton i gaijara caliyan akū sehebi..
곡식 가지고 씀 에 준비한 것에서 외에 그로부터 旗의 밭 에 전혀 數 의 받을 賦稅 없다 하였다.

niyengniyeri taribume bolori
봄 경작시키고 가을

[한문]

旗樂屯莊. 注盛京志, 國朝肇基以來, 內府官莊僅備糧芻之供, 八旗軍屯, 竝無粟米之徵. 凡所以優恤遼海者, 皆給復豐沛意也. 洎邑鎭日增, 開墾寖廣, 旗田計日, 薄徵草豆, 民畝分科, 兼納銀糧, 官莊定等, 永塞兼併, 表斟酌之盡善, 昭撫字於無窮. 又定例每丁給地五日, 一日約六畝餘, 每畝歲徵豆一升, 草一束. 又吉林烏喇等處, 除官莊徵糧備用外, 其餘旗地, 竝無賦額. 春秋耕歛,

—— ◦ —— ◦ —— ◦ ——

기인(旗人)이 향촌(鄕村)에서 즐거우며

『성경지』에, "우리나라가 창업(創業)한 이래로 내무부(內務府) 좌령(佐領)의 관장(官莊)은 다만 곡식과 꼴을 공물로 바친다. 팔기(八旗) 둔전(屯田)에서는 결코 쌀과 곡식을 공물로 받치지 않는다. 무릇 요양(遼陽) 등지(等地)를 과분히 사랑한 것은 곧 한나라가 풍(豊)과 패(豊) 땅의 공물을 면하게 한 어진 생각과 같다. 후에 마을과 성이 점차로 늘어나고 개간한 것이 매우 넓어지기 때문에, 기전(旗田)에서 날수를 헤아려 콩과 풀을 조금 갖고, 백성의 밭에 품등을 나누며, 은량(銀糧)을 섞어 받으며, 관장(官莊)에게 품등을 정하게 하고, 겸하여 소유하는 것을 영원히 면하게 한 것은 오로지 잘 되게 하여 살펴 안정시킨 것을 널리 알리고 끝없이 아끼고 사랑하는 것을 밝힌 것이다. 또 정해진 법례(法例)에 따라 남자마다 각 5향(垧)의 밭을 주며, 한 향(垧)의 밭은 여섯 무(畝) 남짓이다. 무(畝)마다 매년 콩 각 한 되, 꼴 각 한 단 가진다. 또 길림강(吉林江) 등지(等地)에 관장(官莊)에게 곡식을 받아서 쓸 때, 준비한 것 외에는 기전(旗田)에서 받을 부세(賦稅)가 전혀 없다." 하였다.

봄에 밭 갈게 하고 가을에

376) cimari usin : 'cimari'는 토지 면적 단위인 향(晌)으로, 6 무(畝)가 1 향(垧)이다. 1 향전(晌田)은 한나절 동안 갈 밭을 가리킨다.

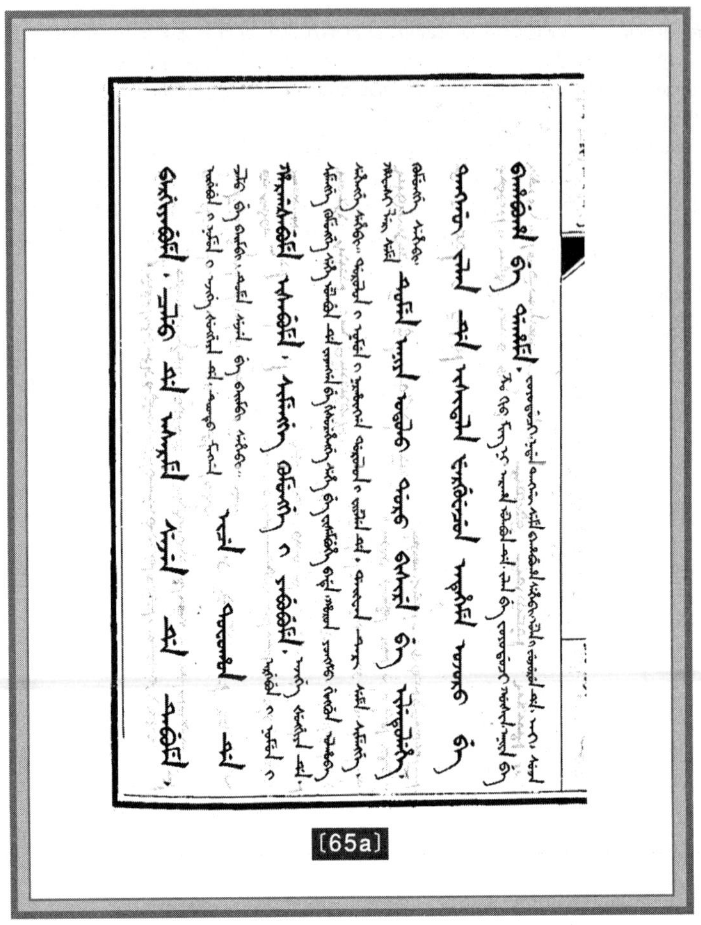
[65a]

bargiyabume. calu de asarame sejen de tebume.
거두게 하며 곳간 에 저장하고 수레 에 싣고

irgebun i nomun i ajige šunggiya de tuttu minggan calu be baimbi. tumen sejen be baimbi sehebi.
詩 經 의 小 雅 에 그래서 千 곳간 을 구한다. 萬 수레 를 구한다 하였다.

ice tofohon de
朔 望 에

hargašabume isabume. simengge kumungge i yabubume.
朝會하게 모이게 하며 떠들썩하게 다니게 하며

irgebun i nomun i ajige šunggiya de. simengge kumungge sehe ulabun de fiyangga be gisurehengge sehe be
詩 經 의 小 雅 에 떠들썩하게 한 傳 에 위풍당당함 을 말한 것 한 것 을
fisembuhe bade. horon yongsu ginggun olhoba sehengge sehebi.. dorolon i nomun i narhūngga dorolon i fiyelen de.
서술한 바에 위엄 예의 공경 신중 한 것 하였다 禮 記 曲 禮 의 篇 에
daifan ter seme simengge. hafasi ler seme kumungge sehebi.
大夫 정연하고 떠들썩하며 士 듬직하고 왁자지껄 하였다.

tumen aniya otolo doro bisire be iletulehe.
萬 年 되도록 道 있음 을 드러내었다.

tanggū jalan de isitala ferguwecun enteheme ojoro be
百 世 에 이르도록 吉祥 영원하게 됨 을

bahabuha be dahame.
얻게 됨 을 따라서

dzo kio ming ni araha ulabun de. jalan be foyodoci gūsin. aniya be foyodoci nadan tanggū seme bahabuha
左 丘 明 의 지은 傳 에 세대 를 점치니 삼십 해 를 점치니 七 百 하고 얻게 되었다
sehebi. ula i fujurun de. ai sunja
하였다. 江 의 賦 에 아아 五

[한문]

我倉我箱. 注詩小雅, 乃求千斯倉, 乃求萬斯箱. 朝會朔望, 蹌蹌蹌蹌. 注詩小雅, 蹌蹌蹌蹌. 傳, 言有容也. 箋, 言威儀敬愼也. 禮記曲禮, 大夫濟濟, 士蹌蹌. 昭萬年之有道, 卜百世之靈長. 注左傳, 卜世三十, 卜年七百. 江賦,

—— ◦ —— ◦ —— ◦ ——

거두게 하여, 곳간에 두거나, 수레에 담고, 거두게 하며 곳간에 저장하고 수레에 싣고

『시경』「소아」에, "그래서 천(千) 곳간을 구한다. 만(萬) 수레를 구한다." 하였다.

삭망(朔望)에 조회(朝會)하러 모여 떠들썩하게 다니며

『시경』「소아」에, "떠들썩하게." 한 것을 「전(傳)」에, "위풍당당한 것을 말한 것이다." 한 것을 「전(箋)」한 것에, "위엄, 예의, 공경, 신중이라고 한 것이다." 하였다. 『예기』「곡례」에, "대부는 정연하며 떠들썩하고, 선비는 듬직하며 왁자지껄하다." 하였다.

만년(萬年) 되도록 도(道)가 있는 것을 밝히고 백세(百世) 되도록 길상(吉祥) 영원한 것을 알게 되니

『좌전』에, "세대를 점치니 30, 햇수를 점치니 700을 얻게 되었다." 하였다. 「강부(江賦)」에, "아아!

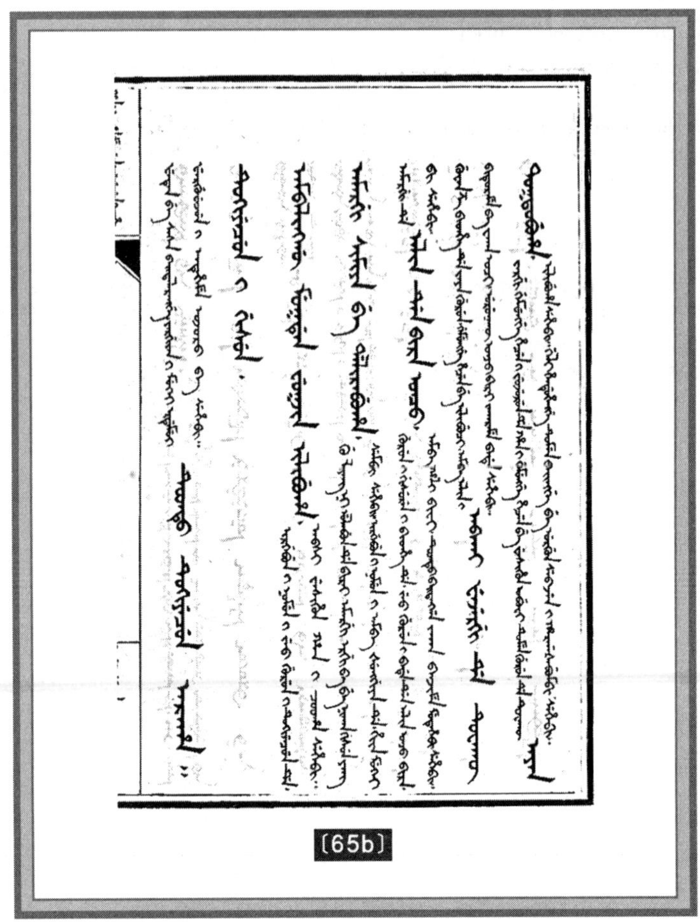

[65b]

feten be sasa baitalarangge. yargiyan i mukei erdemui ferguwecun i enteheme ojoro ba sehebi..
行 을 함께 사용하는 것 진실로 水의 德의 상서로움으로 영원히 되는 바 하였다.

tuttu tukiyecun araha.. tukiyecun i gisun.
그렇게 頌 지었다. 頌 의 말이다.

ambalinggū mukden fukjin ilibuha.
거룩한 盛京 처음 세웠다.

irgebun i nomun i jeo gurun i tukiyecun de. absi wesihun han i cooha sehebi..
詩 經 의 周 나라 의 頌 에 매우 고귀한 汗 의 군사 하였다.

amargi simiya be dalirabuha.
북쪽 瀋河 를 沿하게 하였다.

gu liyang ni ulabun de birai amargi ergi ba be nikan gisun yang sembi sehebi. irgebun i nomun i amba šunggiya
穀 梁 의 傳 에 강의 북 쪽 땅 을 漢 語 陽 한다 하였다. 詩 經 의 大 雅

de hiya mukei amargi de bi sehebi..
에 洽 水의 북쪽 에 있다 하였다.

alin den bira onco.
산 높고 강 넓다.

gurun i gisuren i bithe de jeo gurun i bade. den alin onco bira. amba hali bifi tuttu baitangga jaka banjime
國 語 의 書 에 周 나라 의 땅에 높은 산 넓은 강 큰 늪 있어서 그렇게 쓸모 있는 것 생길 수
mutehebi sehebi.. guwan dzy bithe de yaya gurun. gemungge hecen be ilibuci amba alin i biturame ba waka oci
있었다 하였다. 管 子 書 에 무릇 나라 都 城 을 세우니 큰 산 의 가장자리 땅 아니면
urunakū onco birai jakarame bade sehebi..
반드시 넓은 강의 가 땅에 하였다.

abkai fejergi de tuwakū toktobuha.
天 下 에 본보기 정하였다.

wargi gemungge hecen i fujurun de han i gemungge hecen be wesihun obufi tumen gurun de tuwakū ilibuha
西 都 城 賦 에 汗 의 都 城 을 귀하게 삼아 萬 國 에 본보기 세웠다
sehebi.. geli henduhengge tumen baingge be urgun sebjen i hargašabumbi sehebi..
하였다. 또 말한 것 萬 方 을 기쁨 즐거움 으로 우러러보게 한다 하였다.

ayan
큰

[한문]——————

沓五才之竝用, 實水德之靈長. 乃作頌曰, 於鑠盛京, ㊟詩周頌, 於鑠王師. 維瀋之陽. ㊟穀梁傳, 水北爲陽. 詩大雅, 在洽之陽. 大山廣川, ㊟國語, 夫周高山廣川大藪也. 故能生之良材. 管子, 凡立國都, 非於大山之下, 必於廣川之上. 作觀萬方. ㊟西都賦, 隆上都而觀萬國. 又, 覲萬方之歡娛.

——◦——◦——◦——

오행(五行)을 함께 사용하는 것은 진실로 수덕(水德)의 상서로움으로 영원히 되는 것이다." 하였다.

그렇게 송(頌)을 지었다. 송은 다음과 같다.

거룩한 성경(盛京)을 처음 세우니,

『시경』「주송」에, "매우 고귀한 임금의 군사이다." 하였다.

북쪽으로 심하(瀋河)를 연하게 하였다.

『춘추곡양전(春秋穀梁傳)』에, "강의 북쪽 땅을 한어로 양(陽)이라 한다." 하였다. 『시경』「대아」에, "흡수(洽水)의 북쪽에 있다." 하였다.

산이 높고 강이 넓으며,

『국어』에, "주나라의 땅에 높은 산, 넓은 강, 큰 늪이 있어서 그렇게 유익한 것이 난다." 하였다. 『관자(管子)』에, "무릇 나라가 도성을 세우면 큰 산의 가장자리 땅이 아니면 반드시 넓은 강가 땅에 세운다." 하였다.

천하(天下)에 본보기가 되었다.

「서도부」에, "황제의 도성을 귀하게 여겨 만국에 본보기로 세웠다." 하였다. 또 말하기를, "만방을 기쁨과 즐거움으로 우러러보게 한다." 하였다.

큰

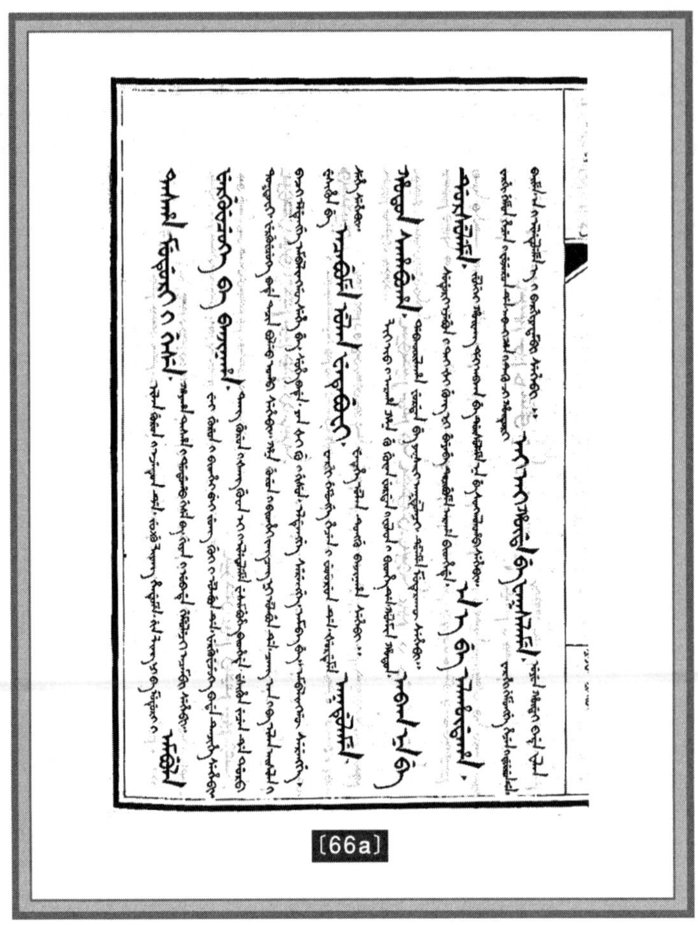

[66a]

tasha muduri i gese.
호랑이 용 과 같다.

ilan gurun i ejetun de. ju g'o liyang hendume. gin ling ni ba muduri i hayaha tasha i dodoho gese ba.
三 國 志 에 諸葛亮 말하되 金陵 의 땅 용 의 사리고 호랑이 의 웅크림 같은 땅
giyan i ubade gemuleci acambi sehebi..
모름지기 이곳에 도읍하면 마땅하다 하였다

ambula ferguwecuke ba banjinaha.
매우 신묘한 땅 생겨났다.

wei gurun i bithei pei jung gui i ulabun de. ferguwecuke bade tenjihe sehebi.. tang gurun i šang guwan ei i
魏 나라 의 書의 裴 仲 規 의 傳 에 신묘한 땅에 와서 살았다 하였다 唐 나라 의 上 官 儀 의
iletuleme wesimbuhe bithede. wesihun jecen de doro toktofi. ferguwecuke bade tacin bolgo oho sehebi.. han
表하여 올린 글에 동쪽 경계 에 政 정하고 신묘한 땅에 풍속 맑게 되었다 하였다 漢
gurun i bithei jang cang ni ulabun de. cang an i ba ilan aisilan[377] i baci eldengge ambalinggū sehe be. suhe
나라 의 書의 張 敞 의 傳 에 長 安 의 땅 三 輔 의 땅에서 찬연하고 위엄있다 한 것 을 주해한
bade. yan ši gu i gisun eldengge serengge amba be. ambalinggū serengge wesihun be sehe sehebi..
바에 顔 師 古 의 말 찬연하다 한 것 큰 것 이다 위엄있다 한 것 盛함 이다 했다 하였다.

377) ilan aisilan : 전한 무제(武帝) 때 장안을 중심으로 주변에 둔 세 행정 구역으로 삼보(三輔)라고 한다.

acabume ulan fetebufi. akdulame hoton sahabuha.
맞추어 해자 파게 하고 견고하게 城 쌓게 하였다.

wargi gemungge hecen i fujurun de. šurdeme fetehe ulan tunggu banjinaha sehebi..
西 都 城 의 賦 에 둘러서 판 해자 못 생겨났다 하였다.

li io i araha han gu guwan furdan i folon i bithe de golmin hoton. dabkūrilaha furdan be yaksifi akdulaci
李 尤 의 지은 函 谷 關 관문 의 銘 의 글 에 긴 城 겹겹이 쌓은 관문 을 닫아걸고 견고하면
duleme muterakū sehebi..
지나갈 수 없다 하였다.

abka na be dursuleme. a e be alhūdaha.
하늘 땅 을 본받고 陰 陽 을 본떴다.

suduri ejebun i tai ši gung ni beyebe tucibume araha bithede. julgei hūwang di abka be dursuleme na be
史 記 의 太 史 公 의 자신을 드러내 지은 책에 옛 黃 帝 하늘 을 본뜨고 땅 을
songkoloho sehebi..
따랐다 하였다.

wargi gemun hecen i fujurun de abkai han i teku ci hūturi baime. a i iletuleme e i bargiyatambi sehebi..
西 都 城 의 賦 에 天 汗 의 자리 에서 복 구하고 陽 의 드러내고 陰 의 거둔다 하였다.

ai ai hūda be faksalame.
온갖 재화 를 나누며

wargi gemungge hecen i fujurun de. uyun hūdai ba[378]de falan
西 都 城 의 賦 에 아홉 市 場 에 마당

[한문] ──────

虎踞龍蟠, ㊟三國志, 諸葛亮曰, 金陵龍蟠虎踞, 宜建都於此. 紫縣浩穰. ㊟魏書裵仲規傳, 來宅紫縣. 唐上官儀表, 道奠黃圖, 風淸紫縣. 漢書張敞傳, 長安中浩穰於三輔. 注, 顏師古曰, 浩, 大也, 穰, 盛也. 爰浚周池, ㊟西都賦, 呀周池而成淵. 爰築長墉. ㊟李尤函谷關銘, 長墉重關, 閉固不踰. 墉, 叶音陽. 道藏歌, 玉臺敷朱霄, 綠霞高有墉, 體矯萬津波, 神生攝十方. 法天則地, ㊟史記太史公自序, 維昔黃帝, 法天則地. 陽耀陰藏. ㊟西京賦, 仰福帝居, 陽耀陰藏. 貨別隧分, ㊟西都賦, 九市開場,

── ∘ ── ∘ ── ∘ ──

호랑이와 용과 같다.

『삼국지』에, "제갈량(諸葛亮)이 말하기를 금릉(金陵) 땅은 용이 사리고, 호랑이가 웅크린 것 같은 땅이다. 모름지기 이곳에 도읍하면 마땅하다." 하였다.

매우 신묘한 땅이 생겨났다.

『위서(魏書)』「배중규전(裵仲規傳)」에, "신묘한 땅에 와서 살았다." 하였다. 당나라의 「상관의표(上官儀表)」에, "동쪽 경계를 안정시키고 기이한 땅에 풍속이 맑게 되었다." 하였다. 『한서』「장창전(張敞傳)」에, "장안 땅은 삼보(三輔)의 땅에서 빛나고 당당하다." 한 것을 「주(注)」한 것에, "안사고(顏師古)가 말하기를, 빛난다고 한 것은 큰 것이다. 장대하다고 한 것은 고귀함이다 했다." 하였다.

맞추어 해자를 파게하고, 견고하게 성 쌓게 하였다.

「서도부」에, "둘러 판 해자와 못이 생겨났다." 하였다.
이우(李尤)의 「함곡관명(函谷關銘)」에, "긴 성에 겹겹이 쌓은 관문을 닫아걸고 견고하게 하면 지나갈 수 없다." 하였다.

하늘과 땅을 본받고, 음양(陰陽)을 본떴다.

『사기』「태사공자서(太史公自序)」에, "옛 황제 하늘을 본뜨고 땅을 따랐다." 하였다.
「서도부」에, "천제(天帝)의 자리에서 복을 구하며 양(陽)으로 드러내고 음(陰)으로 거둔다." 하였다.

온갖 재화를 나누며

「서도부」에, "아홉 시장에 뜰

378) uyun hūdai ba : 한나라 때 장안에 두었던 9개의 시장으로 서쪽에 6개, 동쪽에 3개를 두었던 구시(九市)를 가리킨다.

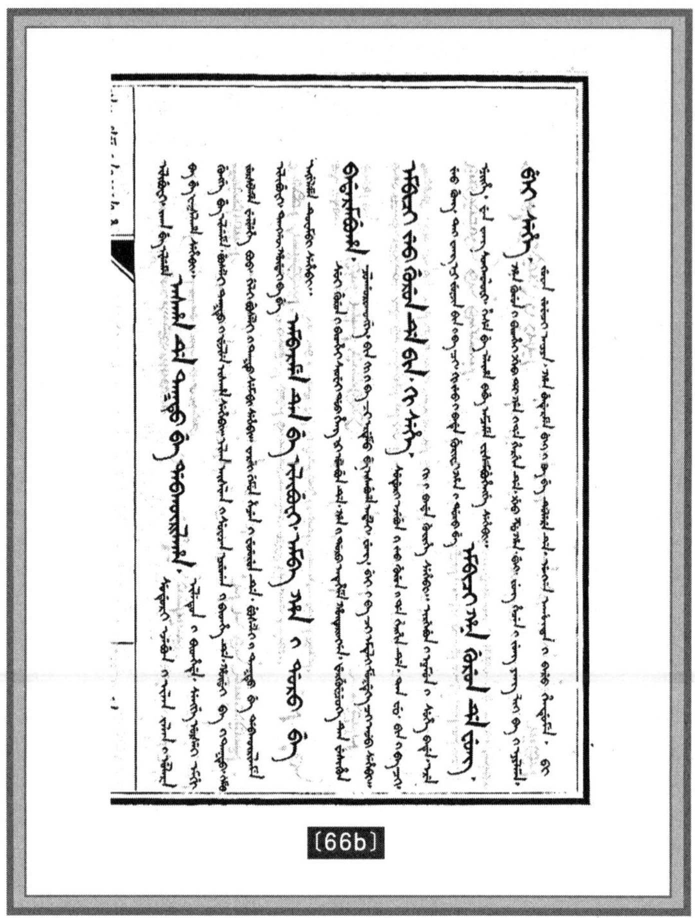

[66b]

ilibufi. jaka be ilgame ba be faksalaha sehebi..
세우고 物 을 구분하여 땅 을 나누었다 하였다.

ashan de taktu be dabkūrilaha.
곁 에 樓 를 겹겹이 쌓았다.

suduri ejebun i ilan jalan i ulara iletun i bithede. sengge ursei emgi gungge be ilgame puseli taktu[379] i
史 記 의 三 代 의 世 表 의 書에 方士와 함께 功 을 분별하며 점포 樓 의
fejilen isaha sehebi.. ilan aisilan i suwayan nirugan i bithe de. hūdai ba i taktu. gemu jursuleme weilehe boo.
아래 모였다 하였다. 三 輔 의 黃 圖 의 書 에 市 場 의 樓 모두 이층으로 지은 집
geli puseli i taktu sembi sehebi.. wargi gemun hecen i fujurun de puseli i taktu be dabkūrilame ilibufi. tanggū
또 점포 의 樓 한다 하였다 西 京 城 의 賦 에 점포 의 樓 를 겹쳐 세우고 百
hūdai ba be enggeleme tuwambi sehebi..
市 場 을 굽어 본다 하였다.

ambarame ten be ilibufi amba han i doro be badarambuha.
크게 기초 를 세우고 大 汗 의 道理 를 넓혔다.

---

379) **puseli taktu** : 한문본의 기정(旗亭)에 대응되는데, 기를 세워 표를 한 데서 온 말로, 시정의 술집이나 요릿집을 가리킨다.

sui gurun i bithei siowei doo heng[380] ni ulabun de. han i doro enteheme hūturingga. ferguwecuke ten wesihun
隋 나라 의 書의 薛 道 衡 의 傳 에 王 業 영원히 복 있고 신묘한 기초 높고
colgorokongge. bin ki i ba ci erdemu be isabuha adali. fung. pei i ba ci emteli mukdeke ci encu sehebi..
우뚝 솟은 것 邠 岐 의 땅 에서 德 을 쌓은 것 같고 豊 沛의 땅에서 홀로 흥기한 것에서 다르다 하였다.

embici jeo gurun de bin. ki sehe.
혹은 周 나라 에 邠 岐 하였다.

suduri ejebun i jeo gurun i da hergin de. tan fu[381]. bin i ba ci. ki i bade gurihe sehebi.. irgebun i nomun i
史 記 의 周 나라 의 本 紀 에 亶 父 邠 의 땅 에서 岐 의 땅에 옮겼다 하였다 詩 經 의
suhe bade. ere jeo gung. tai wang ni fukjin bin i ba ci. ki jeo i bade gurifi han i doro be neihe. wen wang
주해한 바에 이 周 公 太 王 의 처음 邠 의 땅 에서 岐 周 의 땅에 옮겨서 王 業 을 열었고 文 王
songkolofi. hese be aliha babe amcame fisembuhengge sehebi..
따라서 命 을 받은 바를 좇아 기술한 것 하였다.

embici han gurun de fung. pei sehe.
혹은 漢 나라 에 豊 沛 하였다

han gurun i bithei g'ao di han i da hergin de. g'ao dzu han pei fung hecen jung yang li ba i niyalma. juwan
漢 나라 의 書의 高 帝 汗 의 本 紀 에 高 祖 汗 沛 豊 城 中 陽 里 땅 의 사람 열
juweci aniya han bedereme pei i ba be dulere de ungga ahūta i baru hendume. bi
두 번째 해 汗 돌아와 沛 의 땅 을 지나감 에 父 兄 의 쪽 말하되 나

[한문]

貨別隧分. 旂亭五重. ㊟史記三代世表, 與方士考功會旂亭下. 三輔黃圖, 市樓皆重屋. 又曰旗亭. 西京賦, 旗亭重立, 俯察百隧. ○重, 叶音常. 道藏歌, 神暢感寂庭. 嘿思徹九重, 靈歌理冥運, 百和結朱章. 神基崇峻, 帝系綿昌. ㊟隋書薛道衡傳, 帝系靈長, 神基崇峻, 類邠岐之累德, 異豐沛之特起. 周曰邠岐, ㊟史記周本紀, 亶父自邠遷岐. 詩注, 周公追述太王, 始由邠地遷岐周以開王業, 文王因之以受命也. 漢惟豐沛. ㊟漢書高帝紀, 高祖, 沛豊邑中陽里人也. 十二年, 上還過沛, 謂父兄曰,

—— ◦ —— ◦ —— ◦ ——

세우고 물건을 구분하여 땅을 나누었다." 하였다.

곁에 누각을 겹겹이 쌓았다.

『사기』「삼대세표(三代世表)」에, "도사들과 함께 공을 분별하며 점포의 누각 아래 모였다." 하였다. 「삼보황도(三輔黃圖)」에, "시루(市樓)는 모두 이층으로 지은 집이다. 또 점포의 누각이라 한다." 하였다. 「서경부」에, "점포의 누각을 높이 세우고, 여러 시장을 굽어본다." 하였다.

크게 기초를 세우고 대 칸의 도리(道理)를 넓혔다.

『수서』「설도형전(薛道衡傳)」에, "왕업은 영원히 복이 있고, 신묘한 기초가 높이 우뚝 솟은 것은 분(邠)과 기(岐)의 땅에서 덕을 쌓은 것과 같고, 풍(豊)과 패(沛)의 땅에서 홀로 흥기한 것과 다르다." 하였다.

혹은 주나라의 분기(邠岐)라고 하였다.

『사기』「주본기(周本紀)」에, "단보(亶父)가 분(邠) 땅에서 기(岐) 땅으로 옮겼다." 하였다. 『시경』을 「주(注)」한 것에, "주공은 태왕이 처음 분 땅에서 기주(岐周) 땅에 옮겨서 왕업을 열었고, 문왕이 따라서 명을 받은 바를 술회한 것이다." 하였다.

혹은 한(漢)나라의 풍패(豊沛)라고 하였다.

『한서』「고제본기(高帝本紀)」에, "고조 황제는 패풍성(沛豊城) 중양리(中陽里) 사람이다. 12년 황제가 돌아와 패(沛) 땅을 지날 때 부형들에게 말하기를,

380) siowei doo heng : 수나라 때의 정치가 설도형(薛道衡)으로, 글을 잘 짓기로 세상에 널리 알려져 문제(文帝)의 신임을 받았으나, 양제(煬帝)에게 미움을 받아 불우한 삶을 살다 죽었다.

381) tan fu : 주나라 문왕의 조부인 고공단보(古公亶父)를 가리킨다.

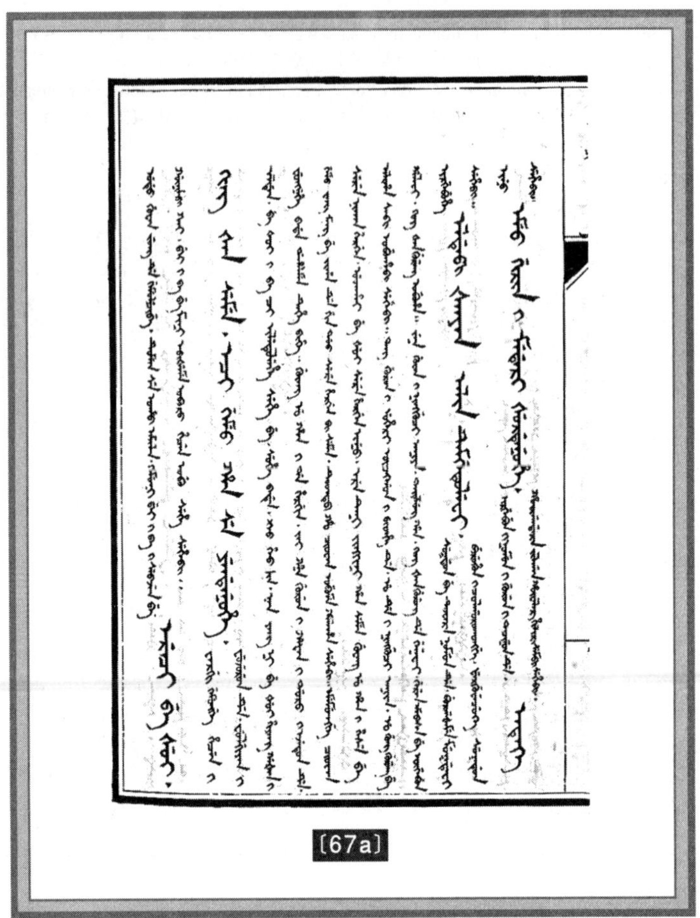

udu guwan jung de gemulecibe tumen se oho amala kemuni pei i ba i sebjen be gūnimbi kai. pei i ba be
비록 關 中 에 도읍하여도 萬 世 된 후 오히려 沛 의 땅 의 기쁨 을 생각하느니라. 沛 의 땅 을
mini ebišeme oboro hecen obu sehe sehebi..
나의 목욕하며 씻는 城 삼으라 했다 하였다.

ereci be šui[382]. king šan[383] seme. eci gemu han se yendenuhe.
이로부터 白 水 慶 善 하고 꼭 맞게 모든 汗 들 함께 일어났다.

wargi gemungge hecen i fujurun de. fulgiyan i elden. be šui i ba ci iletulehe sehe be suhe bade k'ao heo
西 都 城 의 賦 에 붉은 빛 白 水 의 땅 에서 나타났다 한 것 을 주해한 바에 考 侯
zin. nan yang ni be šui hiyang gašan i fungnehe bade dahalame tehe bihe. guwang u han i da hergin. jai han
仁 南 陽 의 白 水 鄕 마을 의 封한 땅에 따라 살았다. 光 武 汗 의 本 紀 또 漢
gurun i hafan i doro i ejetun de. gemu wang mang be jiha de gin doo[384] sere hergen bi seme tuttu ho
나라 의 官 儀 의 志 에 모두 王 莽 을 돈 에 金 刀 하는 문자 있다 하고 그렇게 貨
ciowan obume halaha sehebi.. ememungge ciowan sere nikan hergen uthai be šui sere hergen inu. ere teni
泉 삼아 바꾸었다 하였다 어떤 이 泉 하는 漢 字 곧 白 水 하는 문자 이다. 이 비로소

382) be šui : 후한 광무제(光武帝)의 고향인 남양(南陽)의 백수(白水)를 가리킨다.
383) king šan : 당나라 고조 이연(李淵)의 경선궁(慶善宮)을 가리킨다.
384) gin doo : 한나라 때의 화폐 금도(金刀) 를 가리킨다. 왕망은 금도가'유(劉)'자를 구성하는 글자라 하여 화천(貨泉)으로 바꾸게 했다.

jingkini han seme guwang u han i hese be aliha sabi obuhabi sehebi.. tang gurun i uheri oyonggo i bithe de
진정한 汗 하고 光 武 汗 의 命 을 받은 전조 삼았다 하였다. 唐 나라 의 會 要 書 에
u de i ningguci aniya u gung gurung be halafi. king šan gurung obuha. jen guwan i ningguci aniya taidzung
武 德 의 여섯 번째 해 武 功 宮 을 바꿔서 慶 善 宮 삼았다. 貞 觀 의 여섯 번째 해 太宗
han king šan gurung de genefi geren ambasa be irgebun irgebuhe sehebi..
汗 慶 善 宮 에 가서 여러 大臣들 을 詩 짓게 했다 하였다.

eldepi šanyan alin temgetulefi.
찬란한 흰 산 징표삼고
sukdun be tuwara nomun de burgašame mukdefi buruhun i colgorokongge ferguwecuke sukdun inu sehebi..
望氣 經 에 자욱하게 피어오르고 아득하게 우뚝 솟은 것 신령한 기운 이다 하였다.

emu girin i mederi šurdenuhe.
一 帶 의 바다 둘러쌌다.
irgebun i nomun i gurun i tacinun de. hūrhadara jilgan hūwalar hilir sembi sehebi..
詩 經 의 國 의 風 에 그물 치는 소리 콸콸 한다 하였다.

enteke
이러한

[한문]

吾雖都關中, 萬歲之後, 猶思樂沛, 其以沛爲朕湯沐邑. 白水慶善, 興王之會. 注 西都賦, 耀朱光於白水. 注, 考侯仁從封南陽白水鄉. 光武紀及漢官儀皆云, 王莽以錢文有金刀, 故改爲貨泉. 或以字文爲白水眞人, 光武受命之祥也. 唐會要, 武德六年, 改武功宮爲慶善宮. 貞觀六年, 太宗 行慶善宮, 群臣賦詩. 長白隆隆, 注 望氣經, 鬱鬱蔥蔥, 隱隱隆隆, 佳氣也. 滄溟濊濊. 注 詩國風, 施罛濊濊.

—— ∘ —— ∘ —— ∘ ——

'내가 비록 관중(關中)에 도읍하여도 만세가 지난 후에 오히려 패 땅에서 즐거움을 느끼는구나! 패 땅을 나의 목욕하고 씻는 성(城)으로 삼으라' 했다." 하였다.

이로부터 '백수경선(白水慶善)'이라 하며, 꼭 맞추어 모든 황제들이 함께 융성하였다.

「서도부」에, "붉은빛이 백수(白水) 땅에서 나타났다." 한 것을 「주(注)」한 것에, "고후인(考侯仁)이 남양(南陽)의 백수향(白水鄕)으로 봉한 땅에 이어서 살았다." 하였다. 「광무본기(光武本紀)」와 『한서』 「관의지(官儀志)」에, "모두 '왕망이 돈에 금도(金刀)라고 하는 글자 있다' 하였으므로 화천(貨泉)으로 바꾸었다." 하였다. 어떤 이는 "천(泉)이라 하는 한자가 곧 백수(白水)라 하는 글자이다. 이에 비로소 진정한 황제라 하여 광무(光武) 황제의 명을 받은 전조로 삼았다." 하였다. 『당회요(唐會要)』에, "무덕(武德) 6년에 무공궁(武功宮)을 바꾸어 경선궁(慶善宮)으로 삼았다. 정관(貞觀) 6년에 태종이 경선궁(慶善宮)에 가서 여러 대신들에게 시를 짓게 했다." 하였다.

찬란한 흰 산이 징표삼고

『망기경(望氣經)』에, "자욱하게 피어오르고 아득하게 우뚝 솟은 것은 신묘한 기운이다." 하였다.

일대의 바다가 둘러쌌다.

『시경』 「국풍」에, "그물 치는 소리 '콸콸' 한다." 하였다.

이러한

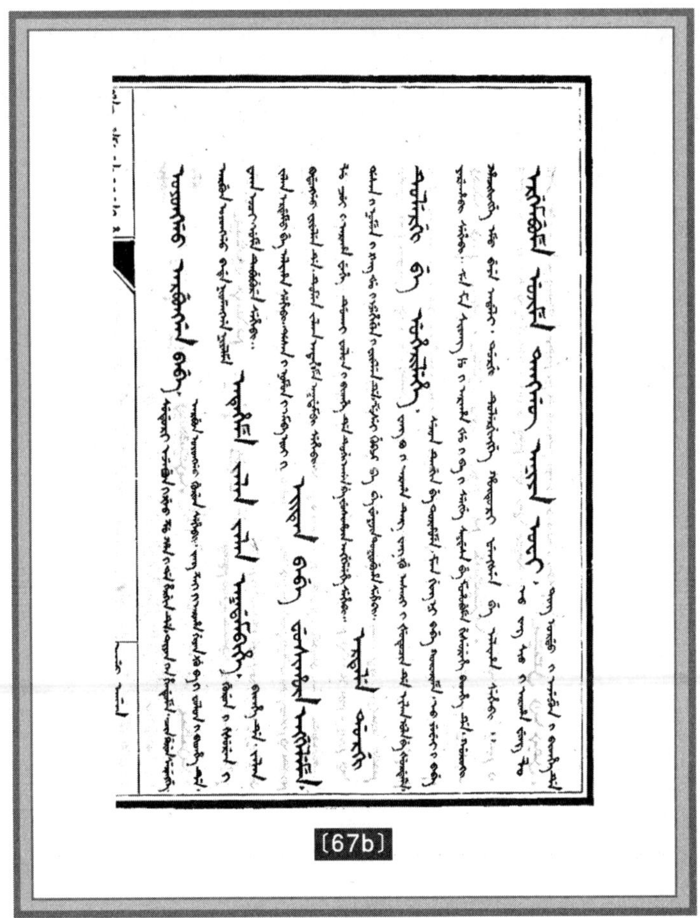
[67b]

oyonggo arbungga babe.
긴요하고 형세 좋은 땅을

suduri ejebun i g'ao dzu han i da hergin de tiyan ken[385] hendume cin gurun serengge arbun oyonggo gurun
史 記 의 高 祖 汗 의 本 紀 에 田 肯 말하되 秦 나라 하는 것 형세 긴요한 나라
sehebi.. jang dzai[386] i araha giyan g'o ba i folon i bithe de. arbun oyonggo bade niyamangga niyalma
하였다. 張 載 의 지은 劒 閣 땅 의 銘 의 글 에 형세 긴요한 땅에 친척
waka oci ume tebubure sehebi..
아니면 자리잡게 하지 말라 하였다.

enteheme jalan jalan akdambihe.
영원히 대대로 의지했다.

gurun i gisuren i bithe de jalan jalan erdemu be aliha sehebi.. dasan i nomun i amba ioi i bodonggo fiyelen de
國 語 의 書 에 대대로 德 을 받았다 하였다. 書 經 의 大 禹 謨 篇 에
tumen jalan enteheme akdambi sehebi..
萬 世 영원토록 믿는다 하였다.

385) tiyan ken : 서한 때의 대부(大夫) 전긍(田肯)을 가리킨다.
386) jang dzai : 북송의 유학자 장재(張載) 를 가리킨다. 유가와 도가 사상을 조화시켜 우주를 일원적으로 해석하였으며, 이것은 이정(二程)과 주자(朱子)의 학설에 영향을 끼쳤다. 「역설(易說)」과 「서명(西銘), 동명(東銘)」 등을 지었다.

eiten babe fusihūn enggeleme.
온갖 땅을 아래로 임하여 보고

lu cui[387] i araha wehe dukai folon i bithe de tugi aga be fusihūn enggelehe sehebi.. dasan i nomun i k'ang
陸 倕 의 지은 石 闕 銘 의 글 에 구름 비 를 아래로 임하여보았다 하였다. 書 經 의 康
šu i ulhibun i fiyelen de musei gubci ba be fukjin toktobuha sehebi..
文 의 誥 의 篇 에 우리의 모든 땅 을 처음 평정하였다 하였다.

ertele dorgi tulergi be uherilehe.
이토록 안 밖 을 통일하였다

wang bo[388] i araha teng wang g'o asari i šutucin de ilan ula be šurdeme sunja tenggin be torhome man ging[389]
王 勃 의 지은 滕 王 閣 전각 의 序 에 세 강 을 돌아 다섯 호수 를 둘러 蠻 荊
ni babe kūwarame. eo yuwei[390] i babe yaruhabi sehebi.. sy ma siyang zu i araha šu i ba i sengge sakdasa be
의 땅을 둘러싸고 甌 越 의 땅을 이끌었다 하였다. 司 馬 相 如 의 지은 蜀 의 땅 의 父 老 를
mohobume gisurehe bithe de goroki hancikingge emu beye adali. dorgi tulergingge hūturi fengšen be aliha sehebi..
힐난하여 말한 글 에 멀고 가까운 것 한 몸 같고 안 밖의 것 福 佑 를 받았다 하였다.

ergembume ujime tanggū aniya ofi.
쉬게 하고 길러 百 年 되고

eo jang sio i araha fung lo ting ordo i ejebun i bithe de
歐 陽 脩 의 지은 豐 樂 亭 정자 의 記 의 글 에

[한문]───────

形勝之選, ㊟史記高祖紀, 田肯曰, 秦, 形勝之國. 張載劍閣銘, 形勝之地, 匪親勿居. 奕世永賴. ㊟國語, 奕世載德. 書大禹謨, 萬歲永賴. 俯臨區夏, ㊟陸倕石闕銘, 俯臨烟雨. 書康誥, 用肇造我區夏. 襟控中外. ㊟王勃滕王閣序, 襟三江而帶五湖, 控蠻荊而引甌越. 司馬相如難蜀父老文, 遐邇一體, 中外禔福. 休養百年, ㊟歐陽修豐樂亭記,

──∘──∘──∘──

긴요하고 형세 좋은 땅에

『사기』「고조본기」에, "전긍(田肯)이 말하되, 진나라는 형세가 요충지의 나라이다." 하였다. 장재(張載)가 「검각명(劍閣銘)」에서, "형세가 요충지인 땅에는 친척이 아니면 자리 잡게 하지 말라." 하였다.

영원히 대대로 의지했다.

『국어』에, "대대로 덕을 받았다." 하였다. 『서경』「대우모(大禹謨)」에, "만세토록 영원히 믿는다." 하였다.

온갖 땅을 아래로 내려다보며

육수(陸倕)가 지은 「석궐명(石闕銘)」에, "구름과 비를 아래로 내려 보았다." 하였다. 『서경』「강고(康誥)」에, "우리의 모든 땅을 처음으로 평정하였다." 하였다.

이토록 안팎을 통일하였다.

왕발(王勃)의 「등왕각서(滕王閣序)」에, "세 강을 돌고 다섯 호수를 둘러 만형(蠻荊)의 땅을 둘러싸고, 구월(甌越)의 땅을 이끌었다." 하였다. 사마상여가 지은 「난촉부로문(難蜀父老文)」에, "멀고 가까운 것이 한 몸 같아서 안과 밖이 복우(福佑)를 받았다." 하였다.

백 년 동안 쉬면서 보양하고

구양수(歐陽脩)가 지은 「풍락정기(豐樂亭記)」에,

---

387) lu cui : 남조 양나라 때의 육수(陸倕)를 가리킨다. '경릉팔우(景陵八友)' 가운데 한 사람으로 이름을 날렸고, 형 육료(陸僚), 육임(陸任)과 더불어 '삼륙(三陸)'으로 불렸다. 양무제가 『신루각명(新漏刻銘)』과 『석궐명기(石厥銘記)』 등을 짓게 하였다.

388) wang bo : 당나라 때의 문장가 왕발(王勃)을 가리킨다. 아버지를 만나러 가는 도중에 남창(南昌)을 지나면서 『등왕각서(滕王閣序)』를 지어 세인의 칭찬을 받았다.

389) man ging : 만형(蠻荊)으로 옛 초(楚)나라 땅을 의미한다. 초나라는 본래 야만국이라 하여 만형(蠻荊)이라 불렀다.

390) eo yuwei : 구월(甌越)로 옛 월(越)나라 땅을 의미한다. 경내에 구강(甌江)이 있어서 구월(甌越)이라 불렀다.

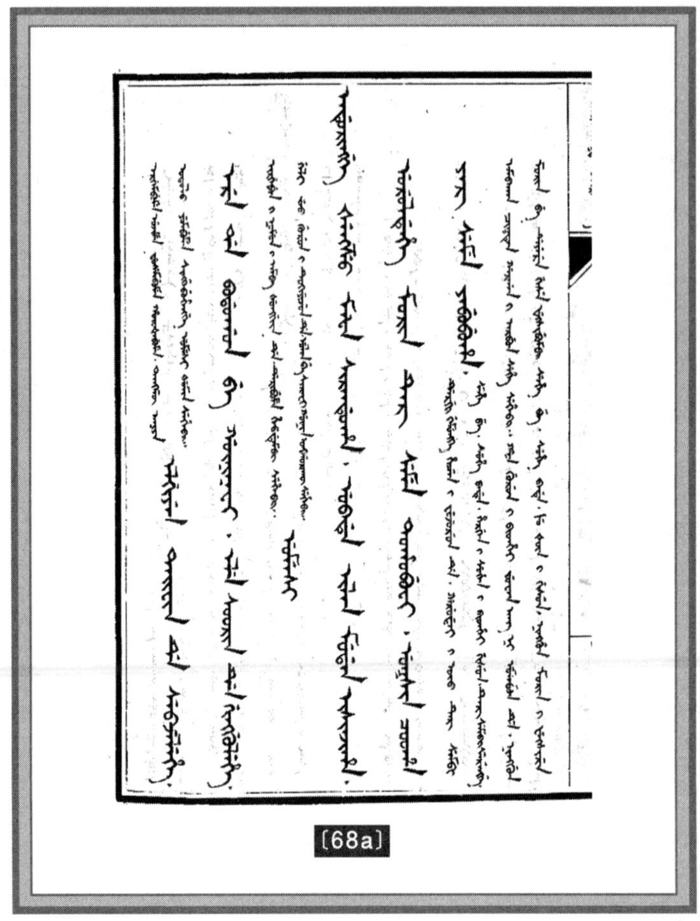
[68a]

ergembume ujime fusembume hūwašabume. tanggū aniya otolo yumbume singgebuhengge umesi šumin sehebi..
쉬게 하여 기르고 낳게 하여 키우며 百 年 되도록 인도하여 깨닫게 하는 것 몹시 깊다 하였다

elgiyen taifin de sebjelehe.
풍족하고 태평함 에 즐거웠다.

ere da bodogon be gūninafi. ele soorin de ginggulehe.
이 처음 계략 을 상기하고 더욱 御座 에 공경하였다.

irgebun i nomun i amba šunggiya de deribume hebdembi sehebi.. geli jeo gurun i tukiyecun de ulan be
詩 經 의 大 雅 에 시작하고 도모한다 하였다. 또 周 나라 의 頌 에 가르침 을

sirafi gūnin onggorakū sehebi..
잇고 뜻 잊지 않는다 하였다.

umesi enduringge šengdzu mafa siranduha. ubade ilan mudan isinjiha.
매우 성스러운 聖祖 先祖 잇따랐고 이곳에 세 번 이르렀다.

uruldehe morin ter seme tohobufi. uksin cooha
경마한 말 정연하게 길마 짓고 甲 兵

yar seme yabubuha.
줄줄이 가게 하였다

dergi gemungge hecen i fujurun de. garudai i oyo[391] ter sembi sehe be suhe bade. hergen i suhen i bithei
東 都 城 의 賦 에 鳳 의 盖 정연하다 한 것 을 주해한 바에 문자 의 疏 의 書의
gisun ter sembi serengge. ambakan cikten gargan i arbun sehe sehebi.. han gurun i bithe yuwan ang[392] ni ulabun
말 정연하다 하는 것 큼직한 줄기 가지 의 모습 했다 하였다. 漢 나라 의 書 爰 盎 의 傳
de. ninggun morin be deyere gese feksibumbi sehe be. suhe bade. zu šūn[393] i gisun. ninggun morin i
에 여섯 말 을 나는 듯이 달리게 한다 한 것 을 주해한 바에 如 淳 의 말 여섯 말 의
feksire
달리는 것

[한문]

休養生息, 涵煦百年之深也. 旣豐而泰. 溯其始謀, 繼序敢懈. 注詩大雅, 爰始爰謀. 又周頌, 繼序思不忘. 昔我聖祖, 三至斯土. 棽麗六飛, 森沉萬旅. 注東都賦, 鳳盖棽麗. 注, 說文曰, 棽, 大枝條, 棽, 音林, 麗, 音離. 漢書爰盎傳, 騁六飛. 注, 如淳曰, 六馬之疾,

—— ◦ —— ◦ —— ◦ ——

"쉬게 하여 기르고, 낳게 하며 키우며, 백년 되도록 인도하여 깨닫게 하는 것이 몹시 깊다." 하였다.

풍족하고 태평함에 즐거웠다. 처음에 이리 도모한 것을 상기하여 더욱 어좌(御座)에 공경하였다.

『시경』「대아」에, "시작하고 도모한다." 하였다. 또 「주송」에, "가르침을 잇고 뜻을 잊지 않는다." 하였다.

매우 성스러운 성조(聖祖)께서 잇따랐고, 이곳에 세 번 이르렀다. 달리기한 말이 정연하게 길마 짓고, 갑병(甲兵)이 줄지어 가게 하였다

「동도부」에, "봉개(鳳盖)가 정연하다." 한 것을 「주(注)」한 것에, "『설문』에, '정연하다'고 하는 것은 큼직한 줄기와 가지의 모습이다' 했다." 하였다. 『한서』「원앙전(爰盎傳)」에, "여섯 마리 말을 나는 듯이 달리게 한다." 한 것을 「주(注)」한 것에, "여순(如淳)이 말하기를, 여섯 마리의 말이 달리는 것이

391) garudai i oyo : 제왕의 의장(儀仗) 가운데 봉개(鳳盖)를 가리킨다.

392) yuwan ang : 전한 때 제나라와 오나라에서 승상을 지낸 원앙(爰盎)을 가리킨다. 성격이 강직하여 직간을 잘 하였으나, 그로 인해 나중에 양효왕(梁孝王) 보낸 자객의 손에 죽임을 당했다.

393) zu šūn : 삼국시대 위나라의 여순(如淳)을 가리킨다. 『한서』를 주해하였다.

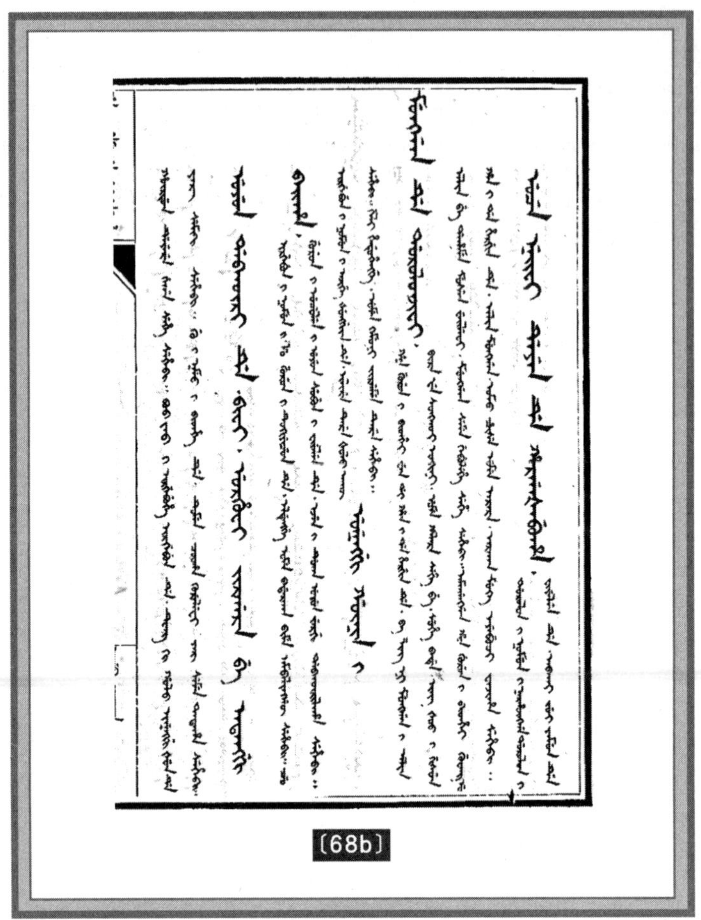

[68b]

hūrdun deyere gese sehe sehebi.. boo jao[394] i irgebuhe irgebun de tung ki holo inenggi šun de yar sembi
빠르게 나는 듯 했다 하였다. 鮑 照 의 지은 詩 에 銅 谿 골짜기 낮 해 에 졸졸 한다
sehebi.. gu i namu i bithe de. tumen cooha kurelefi yar seme tataha sehebi..
하였다. 玉 의 海 의 書 에 만 군사 대오 지어 줄줄이 주둔했다 하였다.

uyun dabkūri de bifi. urhufi jirgara be atanggi baiha.
九 重 에 있고 치우쳐서 安逸함 을 언제 구하였는가.

irgebun i nomun i lu gurun i tukiyecun de. eldengge ome badaraka bime ambalinggū sehebi.. cu gurun i uculen i
詩 經 의 魯 나라 의 頌 에 빛나게 되고 넓어졌으며 위엄있다 하였다. 楚 나라 의 詞 의
uyun subun i fiyelen de. ejen i duka uyun jergi dabkūrilaha sehebi.. irgebun i nomun i ajige šunggiya de ilire
九 辨 의 篇 에 君 의 문 아홉 번 겹겹이 쌓았다 하였다. 詩 經 의 小 雅 에 서고
tere šolo akū sehebi.. geli henduhengge ume kemuni jirgame tere sehebi..
앉을 틈 없다 하였다. 또 말한 것 항상 安逸하게 앉지 말라 하였다.

394) boo jao : 남북조 시대 송나라의 시인 포조(鮑照)이다. 한미한 집안 출신이었으나, 문사가 넉넉하고 그윽했으며, 특히 악부(樂府)와 칠언가행(七言歌行)에 뛰어났다.

unenggi gūnin i munggan de dorolonjifi.
진실한 마음 으로 능 에 禮하러 가고

han gurun i bithei wen di han i da hergin de. ba ling[395] ni munggan i alin bira fe songkoi okini. ume halara
漢 나라 의 書의 文 帝 汗의 本 紀 에 覇陵 의 陵 의 산 강 옛 처럼 되게 하자. 바꾸지 말라
sehe be. suhe bade. ing šoo[396] i gisun alin be dahame musen weilefi. munggan seme gebulehe sehe sehebi..
한 것 을 주해한 바에 應 劭 의 말 산 을 따라 무덤 만들고 능 하고 이름지었다 했다 하였다.
amagangga han gurun i bithei guwang u han i da hergin de. alin munggan. omo c'yse ume arara. arkan muke
後 漢 나라 의 書의 光 武 帝 本 紀 에 산 언덕 연못 池子 만들지 말라. 겨우 물
eyebuci wajiha sehebi..
흐르게 되면 마쳤다 하였다.

uce neifi deyen de hargašabuha.
문 열고 殿 에 朝見하게 하였다

dorolon i nomun i narhūngga dorolon i fiyelen de. abkai jui yamun de
禮 經 의 曲 禮 의 篇 에 天 子 아문 에

[한문]

若飛也. 鮑照詩, 銅谿晝森沈. 玉海, 屯萬旅以森沈. 孔碩九重, 不遑安處. 注孔曼且碩. 楚辭九辯, 君之門以九重. 詩小雅, 不遑啓處. 又, 無恒安處. 祗謁山陵, 注漢書文帝紀, 覇陵山川因其故, 無有所改. 注, 應劭曰, 因山爲藏以爲陵號. 後漢書光武帝紀, 無爲山陵陂池, 裁令流水而已. 亦臨朝宁. 注禮記曲禮, 天子當宁

—— ◦ —— ◦ —— ◦ ——

빨라 나는 듯했다." 하였다. 포조(鮑照)의 시에, "동계(銅谿)에 낮에 졸졸 한다." 하였다. 『옥해(玉海)』에, "일만 군사 대오 지어 줄줄이 주둔했다." 하였다.

구중(九重)에 머물면서 언제 안일(安逸)하게 지냈겠는가?

『시경』「노송」에, "빛나게 되고 넓어졌으며 거룩하다." 하였다. 『초사』「구변(九辨)」에, "황제의 문을 아홉 번 겹겹이 쌓았다." 하였다. 『시경』「소아」에, "서고 앉을 틈이 없다." 하였다. 또 말하기를, "항상 안일(安逸)하게 앉지 말라." 하였다.

진실한 마음으로 능에 참배하러 가고

『한서』「문제본기」에, "패릉(覇陵)의 산과 강을 옛날대로 두고 바꾸지 말라." 한 것을 「주(注)」한 것에, "응소(應劭)가 말하기를, 산을 따라 무덤을 만들고 능(陵)이라고 이름 지었다." 하였다. 『후한서』「광무제본기」에, "산과 언덕, 연못을 만들지 마라. 겨우 물이 흐르게 하면 됐다." 하였다.

문을 열고 전(殿)에 조견(朝見)하게 하였다.

『예기』「곡례」에, "천자(天子)가 아문(衙門)에

395) ba ling : 한나라 문제(文帝)의 능인 패릉(覇陵)을 가리킨다. 왕릉을 일컫는 대명사로 쓰이기도 한다.

396) ing šoo : 후한 때의 응소(應劭) 를 가리킨다. 『풍속통의(風俗通義)』 일부가 전해진다.

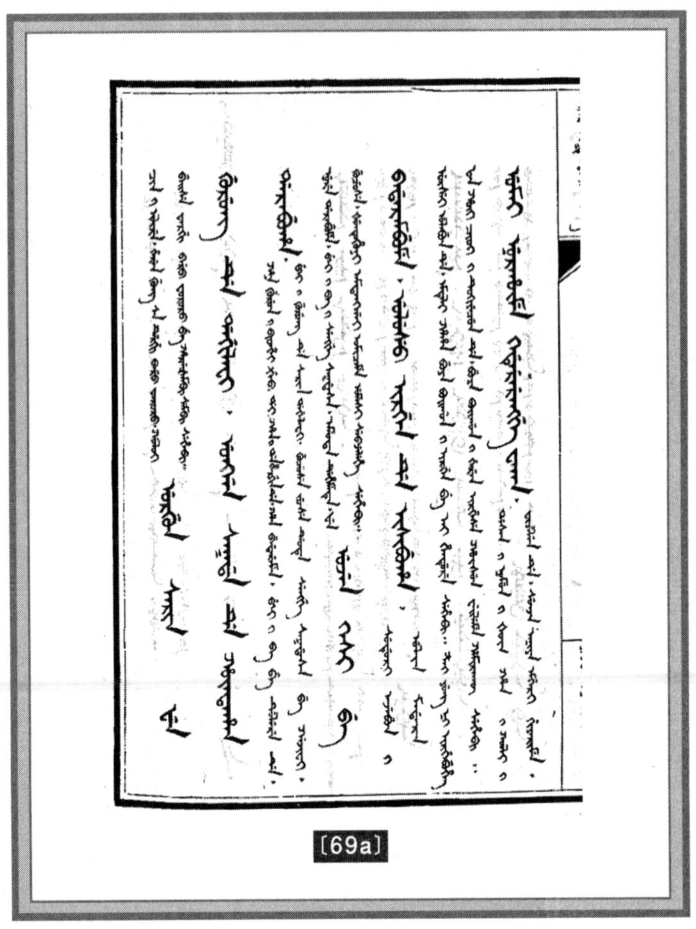

[69a]

cin i ilire. geren gung sa dergi baru fororo. goloi beise wargi baru fororo be hargašambi sembi sehebi..
정면 으로 서고 여러 公 들 동 쪽 향하고 省의 beise 서 쪽 향함 을 朝見한다 한다 하였다.

urgun sarin fe
기쁜 잔치 옛

gurung de dagilafi. ungga sakda de hūntahan darabuha.
宮 에 준비하고 父 老 에 잔 권하였다.

han gurun i bithei g'ao di han i da hergin de han bedereme. pei i ba be dulere de. pei i gurung de sarin
漢 나라 의 書의 高 帝 汗 의 本 紀 에 汗 돌아와 沛 의 땅 을 지나감 에 沛 의 宮 에 잔치
dagilafi. gucuse juse deote sengge sakdasa be gajifi. nure darabume. pei i ba i sengge sakdasa. amuta
준비하고 친구들 子 弟 父 老 를 데리고 술 권하고 沛 의 땅 의 父 老 숙모들
dehemete. fe gucuse. šuntuhuni amtanggai omicame umesi sebjelehe sehebi..
이모들 옛 친구들 온종일 맛있게 함께 마시며 몹시 즐거웠다 하였다.

ujen kesi be
중한 恩德 을

badarambume. ulusu irgen de isibuha.
널리 베풀어 온 백성 에게 미치게 하였다

suduri ejebun i ulin madara ursei ulabun de. emteli haha buya boigon i irgen be ai hendure sehebi.. tsai
史 記 의 재물 늘어난 무리의 傳 에 匹夫 평민 의 백성 을 무엇 말하는가 하였다. 蔡
yung[397] ni irgebuhe fan hūi cioi i tukiyecun de buya boigon i geren irgese hūsun weileme hamirakū sehebi..
邕 의 지은 樊 惠 渠 의 頌 에 평민 의 모든 백성들 노역 일하며 견딜 수 없다 하였다.

umai nurhūme kedererengge waka.
결코 계속해서 순행한 것 아니다.

dasan i nomun i šūn han i kooli i fiyelen de. sunja aniya emgeri giyarime.
書 經 의 舜 汗 의 典 의 篇 에 다섯 해 한 번 순찰하며

[한문]

而立, 諸公東面, 諸侯西面曰朝. 置酒故宮, 用酧父老. 注漢書高帝紀, 上還過沛, 置酒沛宮, 召故人子弟父老佐酒, 沛父老諸母故人, 日樂飮極歡. ○老, 叶滿補切. 西都賦, 若臣者, 從觀跡於故墟, 聞之乎故老, 十分未得其一端, 故不能徧擧也. 乃霈恩施, 逮乎編戶. 注史記貨殖傳, 況匹夫編戶之民乎. 蔡邕樊惠渠頌, 編戶齊民, 傭力不供. 匪勤于巡, 注書舜典, 五載一巡守.

정면으로 서고, 여러 공(公)들이 동쪽으로 향하고, 제후가 서쪽으로 향하는 것을 조현(朝見)한다고 한다." 하였다.

축하 잔치를 고궁(故宮)에 준비하고 어른과 노인에게 잔을 권하였다.

『한서』「고제본기(高帝本紀)」에, "황제가 물러나 패 땅을 지나갈 때 패궁(沛宮)에서 잔치를 준비하고 친구들, 아이들, 아우들, 어른 노인들을 데리고 술 권하여 패 땅의 어른 노인들, 숙모들, 이모들, 옛 친구들과 온종일 맛있게 함께 마시며 몹시 즐거웠다." 하였다.

중한 은덕을 널리 베풀어 온 백성에게 미치게 하였다

『사기』「화식전(貨殖傳)」에, "필부(匹夫)와 평민들이 무엇을 말하겠는가." 하였다. 채옹(蔡邕)의 「번혜거송(樊惠渠頌)」에, "여러 평민들이 노역을 하며 견딜 수 없다." 하였다.

결코 계속해서 순행(巡幸)한 것이 아니다.

『서경』「순전(舜典)」에, "5년에 한 번 순행하며

397) tsai yung : 후한의 학자이자 문인으로 알려진 채옹(蔡邕)을 가리킨다. 박학하고 시문에 능했으며, 서예의 비백체(飛白體)를 창시하여 세예가로도 이름이 높았다.

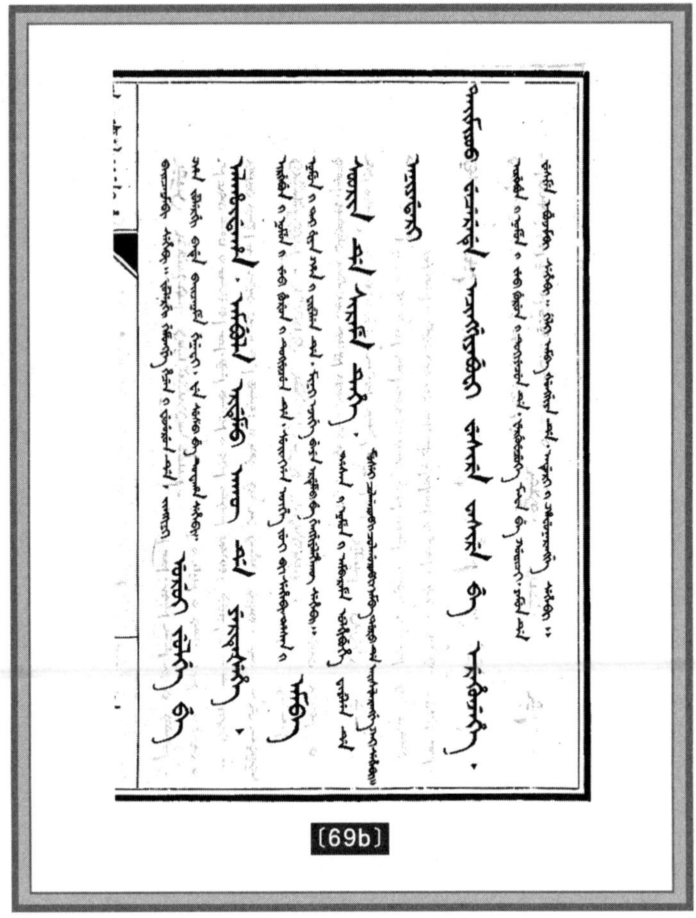

(69b)

baicanambi sehebi.. julergi gemungge hecen i fujurun de. jingkini han julergi bade baicaname genefi. fe susu be
가서 살핀다 하였다. 南 都 城 의 賦 에 진정한 汗 남쪽 땅에 살피러가서 가서 옛 고향 을
tuwaha sehebi..
보았다 하였다.

urui julge be
오로지 옛날 을

alhūdaha. ambula erdemu akū de yertešehe.
본받고 큰 德 없음 에 부끄럽게 여겼다

irgebun i nomun i jeo gurun i tukiyecun de. suingga ajige jui bi sehebi.. dasan i nomun i tai giya han i
詩 經 의 周 나라 의 頌 에 죄 많은 小 子 이다 하였다. 書 經 의 太 甲 汗 의
fiyelen de. mini ajige beye erdemu be genggiyelehekū sehebi..
篇 에 나의 小 子 德 을 밝히지 못하였다 하였다.

amba soorin de sirame tehe.
큰 御座 에 이어서 앉았다.

dasan i nomun i ambarame ulhibuhe fiyelen de musei colgoropi colgoropi. amba doro de aisilarangge kai sehebi..
書 經 의 大 誥 篇 에 우리의 빼어나고 빼어나서 大 道 에 돕는 것이구나 하였다.

aniyadari taimiyoo wecerede. acinggiyabufi wesire wasire be erehunjehe.
해마다 太廟 제례함에 감동시켜서 오르고 내려옴 을 늘 바랐다.

irgebun i nomun i jeo gurun i tukiyecun de ferguwecuke mafa be gūnici yamun de wesime ebunjimbi
詩 經 의 周 나라 의 頌 에 신령한 선조 를 생각하면 衙門 에 오르고 강림한다
sehebi.. geli amba šunggiya de. enduri i hafunarangge sehebi..
하였다. 또 大 雅 에 神 의 지나간 것 하였다.

[한문]

南都賦, 眞人南巡, 都舊里焉. 良慕乎古. 閔予弗德, 注詩周頌, 閔予小子. 書太甲, 予小子不明于德. 實纘丕基. 注書大誥, 弼我丕丕基. 歲時太廟, 陟降格思. 注詩周頌, 念玆皇祖, 陟降庭止. 又大雅, 神之格思.

——∘——∘——∘——

가서 살핀다." 하였다. 「남도부」에, "진정한 임금이 남쪽 땅에 살피러가서 옛 고향을 보았다." 하였다.

오로지 옛날을 본받고 큰 덕(德)이 없는 것을 부끄럽게 여겼다

『시경』 「주송」에, "죄 많은 소자(小子)이다." 하였다. 『서경』 「태갑(太甲)」에, "이 보잘 것 없는 사람이 덕을 깨닫지 못하였다." 하였다.

큰 어좌(御座)에 이어 앉았다.

『서경』 「대고(大誥)」에, "우리의 빼어난 대도(大道)에 돕는 것이로구나." 하였다.

해마다 태묘(太廟)에 제례하여 감동하게 하여서 강림하기를 늘 바랐다.

『시경』 「주송」에, "신묘한 선조를 생각하면 아문(衙門)에 올라 강림한다." 하였다. 또 「대아」에, "신이 지나간 것이다." 하였다.

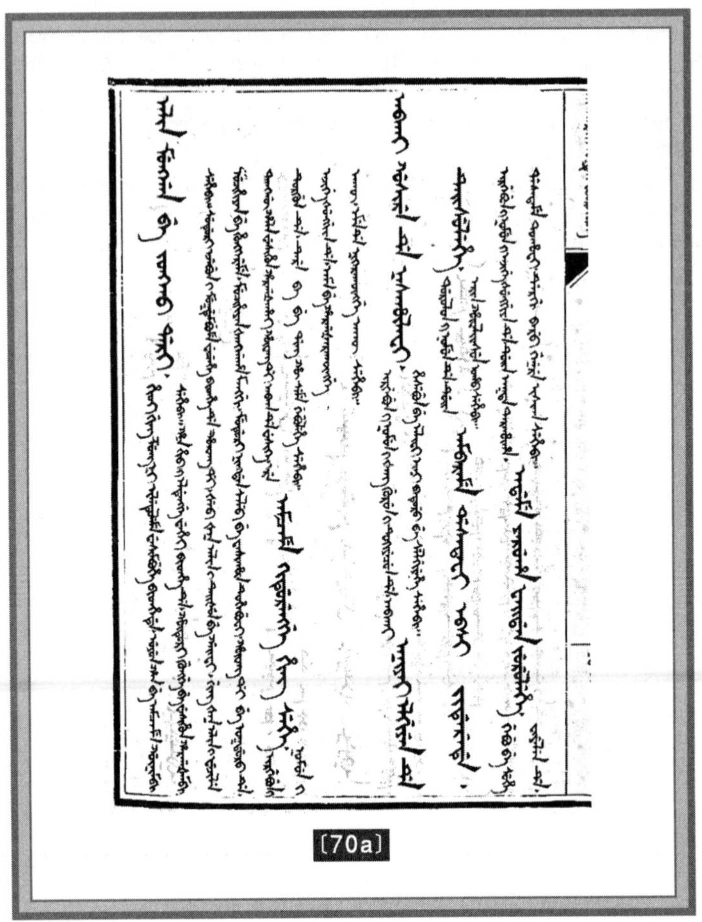

[70a]

alin munggan be jongko dari.
山 陵 을 그리워함 마다

hioi ging dzung[398] ni iletuleme wesimbuhe bithede. uyun han be amcame gūnimbi sehebi.. han hio[399] i eldengge
許 敬 宗 의 表하여 올린 글에 九 皇 을 돌이켜 생각한다 하였다. 韓 休 의 碑
wehei bithe de. hūturi gungge be wesihun hargašambi sehebi.. suduri ejebuni mukdembume wecehe bithe de
돌의 文 에 福 功 을 높이 우러러 본다 하였다. 史 記의 封 禪 書 에
hūwang di. šeo šan alin i teišun be gaifi. ging šan alin i fejile mucihiyan be hungkereme. mucihiyan šanggaha
黃 帝 首 山 산 의 黃銅 을 가지고 荊 山 산 의 아래 솥 을 붓고 솥 완성한
manggi. muduri ningdan salu[400] be wasihūn tuhebufi. hūwang di be okdoro de. tanggū hala wesihun hargašahai
후 龍 胡髥 을 아래로 늘어뜨리고 黃 帝 를 영접함 에 百 姓 높이 우러르면서
hūwang di abka de wesike. ere turgun de. tere ba be ding hū seme gebulehe sehebi..
黃 帝 하늘 에 올랐다. 이 까닭 에 그 땅 을 鼎 湖 하고 이름 붙였다 하였다.

---

398) hioi ging dzung : 당나라 때의 문신 허경종(許敬宗)을 가리킨다. 측천무후(則天武后)가 황후에 책봉되는 데 기여하였다.

399) han hio : 당나라 때의 문신 한휴(韓休)이다. 매우 강직하였고, 정치의 득실을 따지지 않고 간언하기를 아끼지 않았다. 머리가 뾰족해 필두공(筆頭公)으로 불렸다.

400) ningdan salu : 일반적으로 '혹과 수염'으로 번역되나, 한문본의 턱에 난 수염을 가리키는 호염(胡髥)에 대응된다.

amcame kidurengge hing sehe.
돌이켜 사모하는 것 지극하였다.

irgebun i nomun i ajige šunggiya de. ama be hargašarakūngge akū. eme de nikerakūngge akū sehebi..
詩 經 의 小 雅 에 아버지 를 우러러보지 않는 이 없고 어머니 에 의지하지 않는 이 없다 하였다.

abkai gosire de nashūlafi.
하늘의 사랑함 에 때를 얻어서

irgebun i nomun i šang gurun i tukiyecun de. abkai hesebun be alifi ini baturu be selgiyehe sehebi..
詩 經 의 商 나라 의 頌 에 하늘의 命 을 받고 그의 용기 를 널리 알렸다 하였다.

aniyai elgiyen de teisulehe.
해의 풍족함 에 마주쳤다

dorolon i nomun de. duin erin hūwaliyasun oho sehebi..
禮 經 에 四 時 온화하게 되었다 하였다.

ambarame dasatafi ebsi jiderede.
크게 정돈하고 여기로 옴에

irgebun i nomun i ajige šunggiya de. duin akta tarhūha. dasatame tohofi dergi baru genere isika sehebi..
詩 經 의 小 雅 에 四 畜 살졌다. 정돈하여 굴레 지우고 동 쪽 가기 미쳤다 하였다.

adame yaruha faidan jurulehe.
수행하여 잇따른 행렬 짝을 이뤘다.

gebu be suhe fiyelen de.
이름 을 주해한 篇 에

[한문]——————

緬仰鼎湖, ㊟許敬宗表, 九皇攸緬. 韓休碑文, 慶緒崇緬. 史記封禪書, 黃帝采首山銅, 鑄鼎於荊山下, 鼎旣成, 有龍垂胡髥下迎黃帝, 百姓仰望黃帝旣上天, 因名其處曰鼎湖. 惟瞻惟依. ㊟詩小雅, 靡瞻匪父, 靡依匪母. 荷天之龍, ㊟詩商頌, 荷天之龍, 敷奏其勇. 際時之和. ㊟禮記, 四時和焉. ○和, 叶胡威切. 老子, 聲音之相和. 前後之相隨. 駕言徂東, ㊟詩小雅, 四牡龐龐, 駕言徂東. 絡繹羽儀. ㊟釋名,

——∘——∘——∘——

산릉(山陵)을 그리워할 때마다,

허경종(許敬宗)이 올린 「표문(表文)」에, "구황(九皇)을 돌이켜 생각한다." 하였다. 한휴(韓休)의 「비문(碑文)」에, "복(福)과 공(功)을 높이 우러러 본다." 하였다. 『사기』「봉선서(封禪書)」에, "황제(黃帝)가 수산(首山)의 황동을 가지고 형산(荊山) 아래에서 솥을 부어 솥을 만든 후, 용이 턱수염을 아래로 늘어뜨리고 황제를 영접하니, 백성이 높이 우러러보면서 황제가 하늘에 올랐다. 이 때문에 그 곳을 정호(鼎湖)라고 이름 붙였다." 하였다.

돌이켜 사모하는 마음이 지극하였다.

『시경』「소아」에, "아버지를 우러러보지 않는 이 없고, 어머니에게 의지하지 않는 이 없다." 하였다.

하늘이 사랑하여 때를 만나서

『시경』「상송」에, "천명을 받고 그의 용기를 널리 알렸다." 하였다.

풍년이 되었다.

『예기』에, "사시(四時)가 온화해졌다." 하였다.

크게 행장을 정돈하고 여기로 오니

『시경』「소아」에, "네 종류의 가축이 살찌니, 정돈하여 굴레 지워 동쪽으로 가게 되었다." 하였다.

수행하여 잇따른 행렬이 짝을 이뤘다.

『석명(釋名)』에,

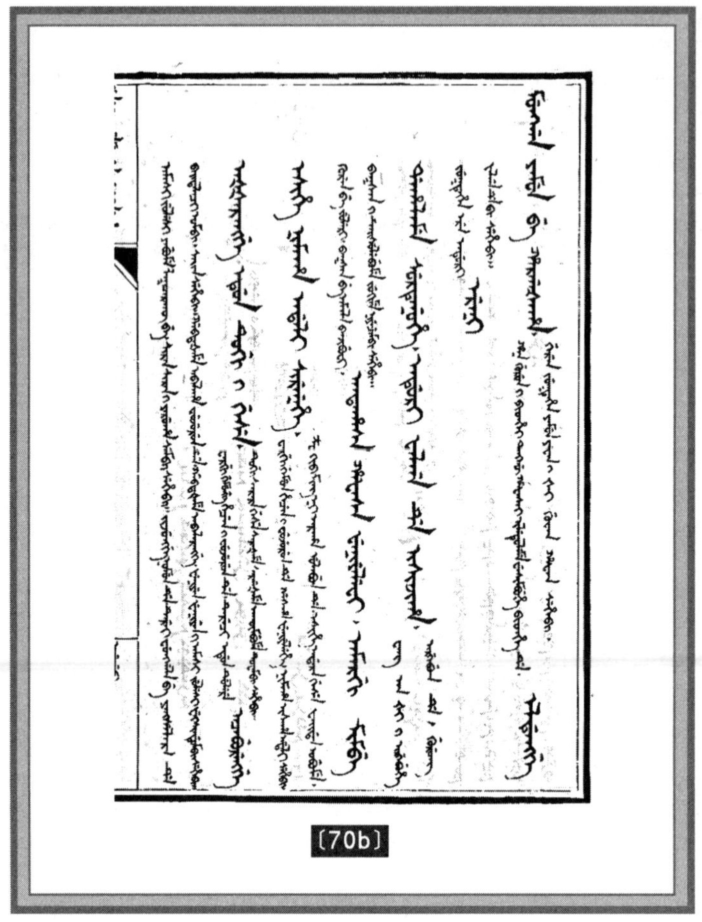

[70b]

amasi julesi yabume lakcarakū be. siran siran i yaruha sembi sehebi. jijungge nomun de terei funggala be
뒤로 앞으로 다니며 끊어지지 않음 을 연달아 따랐다 한다 하였다 易 經 에 그의 꼬리 깃 을
yangselara de baitalaci ombi. sain sehebi.. gabtašame abalaha fujurun de. gabtašame abalarangge. feniyen feniyen
꾸밈 에 쓸 수 있다 좋다 하였다. 일제히 쏘아 사냥한 賦 에 일제히 쏘아 사냥하는 것 무리 무리
i amasi julesi feksindumbi sehebi..
로 뒤로 앞으로 일제히 질주한다 하였다.

aššarangge edun tugi i gese.
움직이는 것 바람 구름 과 같다.

wargi gemungge hecen i fujurun de. tereci edun dulere tugi sarara gese sarašame sargašame akūmbume
西 都 城 賦 에 그로부터 바람 지나가고 구름 펼쳐진 듯 노닐고 즐기며 극진하게
tuwambi sehebi..
본다 하였다.

acaburengge esihe nimaha adali sirenehe.
모이게 하는 것 비늘 물고기 같이 이어졌다.

wargi gemun hecen i fujurun de gasha feniyelehe nimaha isaha adali sehebi.. tso kio ming ni araha ulabun de
西 京 城 의 賦 에 새 무리 짓고 물고기 모인 듯 하였다. 左 丘 明 의 지은 傳 에

esihe adara gese faidan obume kuren[401] be juleri. baksan[402] be amala banjibufi. baksan i teisulebume jukime
비늘 정렬하는 듯 행렬 이루고 偏 을 앞에 伍 를 뒤에 편성해서 伍 의 상응하게 메워
niyecembi[403] sehebi..
보충한다 하였다.

antahasa hafasa feniyelefi. amargi mimbe
손님들 관리들 무리지어서 뒤쪽 나를

dahalame surtenuhe. enduri falga de isinjiha.
따라 일제히 달렸고 神 鄕 에 다다랐다.

wang an ši i irgebuhe irgebun de. gurung juktehen ere enduri falga de bi sehebi..
王 安 石 의 지은 詩 에 宮 廟 이 神 鄕 에 있다 하였다.

ereni munggan yamun be hargašaha.
이로써 陵 寢 을 참배하였다.

han gurun i bithei tanggū hafasai iletuleme wesimbuhe bithe de. geren juktehen yamun yafan i ši guwan
漢 나라 의 書의 百 官의 表하여 올린 글 에 여러 廟 寢 園 의 食 官
hafan sehebi.
관리 하였다.

eldengge
빛나는

[한문]

往來不絶曰絡繹. 易, 其羽可用爲儀, 吉. 羽獵賦, 羽騎營營, 繽紛往來. 風擧雲搖, 注西都賦, 遂乃風擧雲搖, 浮游溥覽. 鱗萃魚麗. 注西京賦, 鳥集鱗萃. 左傳, 爲魚麗之陣, 先偏後伍, 伍承彌縫. 我賓我臣, 我行是隨. 載至神鄕, 注王安石詩, 宮廟此神鄕. 載覲園寢. 注漢書百官表, 諸廟寢園食官.

앞뒤로 다니며 끊어지지 않는 것을 연달아 따랐다고 한다." 하였다. 『역경』에, "그 꼬리 깃을 꾸미는 것에 쓸 수 있어 좋다." 하였다. 「우렵부」에, "일제히 쏘며 사냥하는 것은 무리지어 앞뒤로 일제히 내달린다." 하였다.

움직이는 것이 바람과 구름과 같다.

「서도부」에, "그로부터 바람이 지나가고 구름이 펼쳐진 듯 노닐며 즐기며 극진하게 본다." 하였다.

모인 것이 물고기 비늘같이 이어졌다.

「서경부」에, "새가 무리 짓고 물고기가 모인 듯하다." 하였다. 『좌전』에, "비늘이 정렬하는 듯이 행렬을 이루며, 편(偏)을 앞에, 오(伍)를 뒤에 편성해서 미봉책(彌縫策)을 쓴다." 하였다.

손님들과 신하들이 무리지어서 뒤로 나를 따라 일제히 내달려 신향(神鄕)에 다다랐다.

왕안석(王安石)이 지은 시에, "궁(宮)과 묘(廟)가 이 신향(神鄕)에 있다." 하였다.

이로써 능침(陵寢)을 참배하였다.

『한서』「백관표(百官表)」에, "여러 묘(廟), 침(寢), 원(園)의 식관(食官)이다." 하였다.

빛나는

401) kuren : 편(偏)으로 전차를 앞장세우고 병졸이 그 뒤를 따르는 것을 가리킨다.
402) baksan : 5인을 1조로 한 군대 편제상의 단위인 오(伍)를 가리킨다.
403) baksan i teisulebume jukime niyecembi : 미봉책(彌縫策)을 가리키는 만주어 표현으로, 춘추시대 정나라 장공(莊公)이 전차를 앞세우고, 보병이 뒤따르게 하여 전차의 틈을 연결시키는 오승미봉(伍承彌縫) 전법을 사용하여 전쟁에 이겼다.

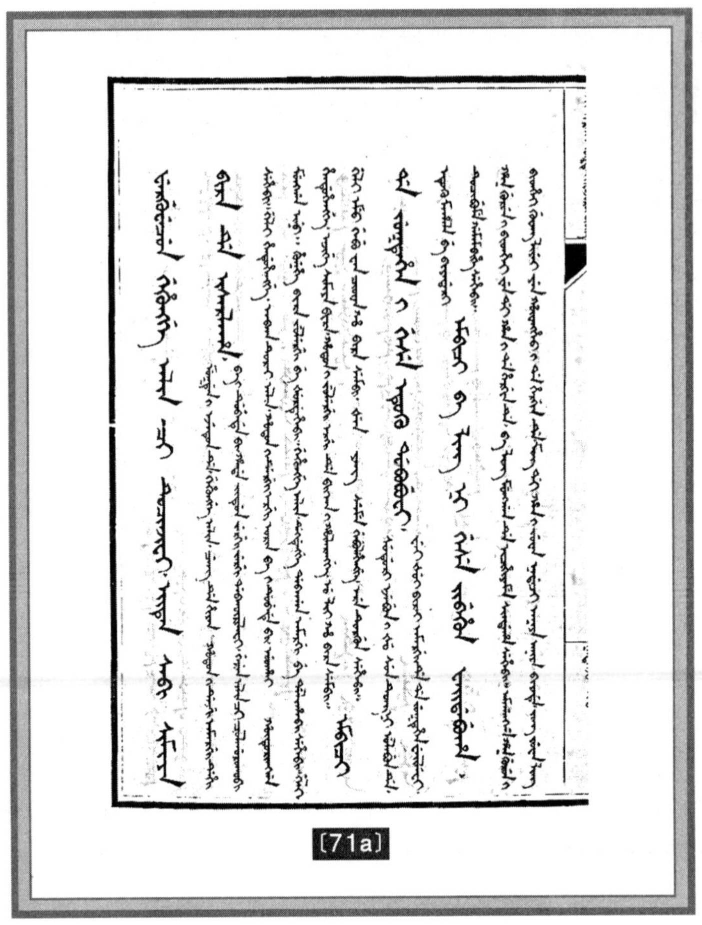

〔71a〕

ferguwecun gehungge alin ci tucinjifi. eiten sabi simiya bira de isarlaha.
정기 輝 山 에서 나오고 온갖 길조 瀋河 강 에 모였다.

mukden i ejetun de. gehungge alin ceng de hiyan hoton i dergi amargi dehi ba i dubede bi. hada jidun
盛京 志 에 輝山 산 承 德 縣 城 의 동 북 사십 里 의 끝에 있다. 봉우리 산등성이
jergi jergi dabkūrilafi. geren alin ci colgorokobi sehebi.. geli henduhengge. abka turai alin hoton i dergi ergi
겹겹이 쌓여 있고 모든 산 보다 빼어났다 했다. 또 말한 것 天 柱 山 城 의 동 쪽
orin ba i dubede bi. uthai hūturingga munggan inu.. hunehe bira julergi be šurdehebi.. gehungge alin dekdengge
이십 里 의 끝에 있다. 곧 福 陵 이다. hunehe 강 남쪽 을 돌았다. 輝 山 興隆
dabagan amargi be dalihabi sehebi.. geli henduhengge. ajige simiya bira. hoton i julergi ergi de bi. an i
고개 북쪽 을 감쌌다 하였다 또 말한 것 작은 瀋河 강 城 의 남 쪽 에 있다. 보통
hūlarangge. u li ho bira sembi.. geli emu gebu wan ciowan ho bira sembi. šen yang seme gebulehengge.
부른 것 五 里 河 강 한다. 또 一 名 萬 泉 河 강 한다. 瀋 陽 하고 이름 붙인 것
ere turgun sehebi..
이 까닭 하였다.

embici da juktehen[404] i gese etuku dobobufi.
혹은 原 廟 의 처럼 옷 바치게 하고

404) **da juktehen** : 원묘(原廟)라는 의미로 종묘(宗廟)의 정묘(正廟)가 있는 뒤에 다시 이중으로 세우는 묘(廟)를 가리킨다.

suduri ejebun i šu sun tung[405] ni ulabun de. wei šui birai amargi de da juktehen weilefi. etuku mahala be
史 記 의 叔 孫 通 의 傳 에 渭 水 강의 북쪽 에 原 廟 세우고 衣 冠 을
biyadari tucibume gamambihe sehebi..
달마다 내어 가져갔다 하였다.

embici ba ling ni gese jibehun faidabuha.
혹은 覇 陵 의 처럼 이불 늘어놓게 하였다.

han gurun i bithei wen di han i da hergin de. ba ling munggan de icihiyame sindaha sehebi.. amagangga han
漢 나라 의 書의 文 帝 汗 의 本 紀 에 覇 陵 능 에 정리하여 두었다 하였다 後 漢
gurun i bithei guwang liyei yen hūwangheo[406] i da hergin de ming di han i juwan nadaci aniya aniya biyade.
나라 의 書의 光 烈 陰 皇后 의 本 紀 에 明 帝 汗 의 열 일곱번째 해 正月에
jang yuwan ling
章 原 陵

[한문]

靈鬱崇輝, 祥凝巨瀋. 注盛京志, 輝山在承德縣城東北四十里外, 層巒早嶂, 爲諸山之冠. 又, 天柱山在城東二十里, 卽福陵. 渾河環其前, 輝山興隆嶺峙其後. 又, 小瀋水在城南, 俗名五里河, 一名萬泉河, 瀋陽之名以此. 原廟衣冠, 注史記叔孫通傳, 爲原廟渭北, 衣冠月出游之. 覇陵衾枕. 注漢書文帝紀, 葬覇陵. 後漢書光烈陰皇后紀, 明帝十七年正月, 當謁原陵,

―― ∘ ―― ∘ ―― ∘ ――

정기가 휘산(輝山)에서 나오고 온갖 길조는 심하(瀋河)에 모였다.

『성경지』에, "휘산(輝山)은 승덕현성(承德縣城)의 동북쪽으로 사십 리 밖에 있다. 봉우리와 산등성이가 겹겹이 쌓여 있고 모든 산보다 빼어났다." 하였다. 또 말하기를, "천주산(天柱山)은 성의 동쪽 이십 리 밖에 있다. 곧 복릉(福陵)이다. 후너허(hunehe, 渾河) 강이 남쪽으로 돌고 있다. 휘산은 흥륭령(興隆嶺) 북쪽을 감싸고 있다." 하였다. 또 말하기를, "작은 심하(瀋河)가 성의 남쪽에 있다. 일반적으로 '오리하(五里河)'라고 한다. 또 일명 '만천하(萬泉河)'라고 한다. 심양(瀋陽)이라고 이름 붙인 것은 이 때문이다." 하였다.

혹은 원묘(原廟)처럼 옷을 바치게 하고

『사기』「숙손통전(叔孫通傳)」에, "위수(渭水) 북쪽에 원묘(原廟) 세우고, 의관(衣冠)을 매달 내어 가져갔다." 하였다.

혹은 패릉(覇陵)처럼 이불 늘어놓게 하였다.

『한서』「문제본기(文帝本紀)」에, "패릉(覇陵)에 정리하여 두었다." 하였다. 『후한서』「광렬음황후본기(光烈陰皇后本紀)」에, "명제(明帝) 17년 정월에 장원릉(章原陵)에

405) šu sun tung : 숙손통(叔孫通)으로 전한의 혜제(惠帝) 때 봉상경(奉常卿)으로서 종묘 등의 의례를 정하였다.

406) guwang liyei yen hūwangheo : 후한 광무제(光武帝)의 두 번째 황후(皇后)인 광렬음황후(光烈陰皇后)를 가리킨다. 춘추시대 관중(管仲)의 후예로 이름은 여화(麗華)이고, 명제(明帝)의 생모이다.

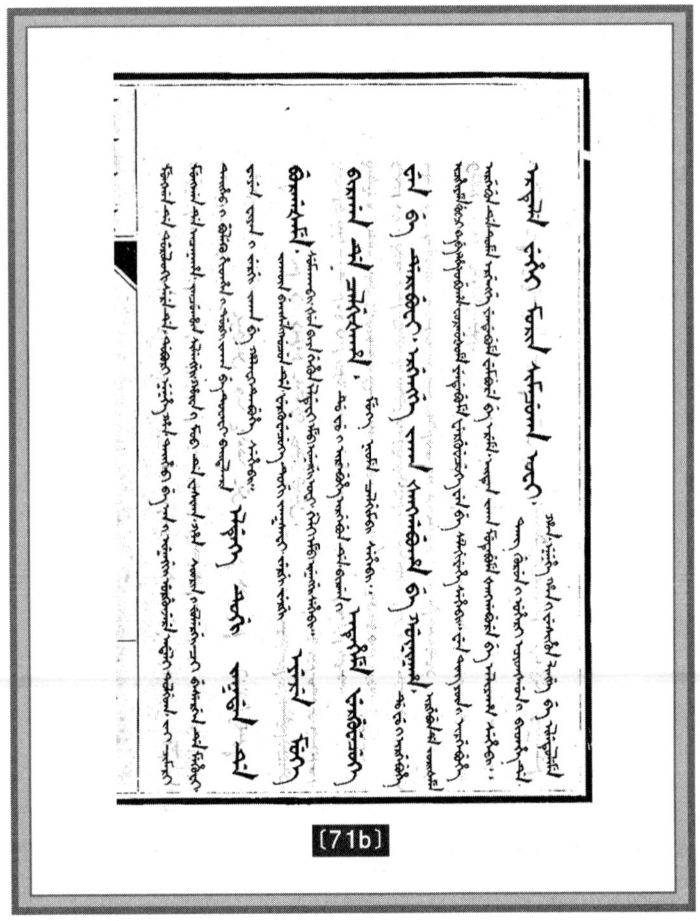

[71b]

munggan de doroloki sere de. dobori nenehe han. taiheo be an i inenggi urgunjere adali tolgika. jai cimari
능 에 禮하자 함 에 밤 先 汗 太后 를 보통 날 기뻐하는 듯 꿈꾸었다. 다음 날
munggan de acanaha. jancuhūn silenggi. hūwa i moo de wasika. han soorin i julergi ci besergen de mehufi.
陵 에 맞으러 갔다. 甘 露 뜰 의 나무 에 내렸다. 汗 御座 의 앞 에서 御牀 에 俯身하고
taiheo i buleku hithen[407] i dorgi jaka be tuwafi. baitalara fiyen fiyan i jergi jaka be halafi tebuhe sehebi..
太后 의 거울 皮箱 의 안 물건 을 보고 쓰는 脂粉 의 등 물건 을 바꾸어 담았다 하였다.

eldeke tugi jakdan de burgašame.
빛나는 구름 소나무 에서 피어나며

jakūn beise i ucun[408] de. ferguwecuke tugi jaksafi. jergi jergi sumakabi. šun biya gehun eldefi emu inenggi
여덟 beise 의 노래 에 상서러운 구름 찬란하고 層層이 깔리었다. 해 달 밝게 빛나서 한 날
ofi. geli emu inenggi sehebi..
되고 또 한 날 하였다.

407) **buleku hithen** : 한문본의 경렴(鏡奩)에 대응하는데, 거울이나 화장 도구, 향 등을 담는 상자를 가리킨다. 경갑(鏡匣)이라고도 한다.

408) **jakūn beise i ucun** : 『상서』에 나오는 고시 팔백가(八伯歌)이다. 순 임금이 경운가(卿雲歌)를 부르고 나서, 8명의 신하들이 순임금의 덕을 칭송하는 노래이다.

eyere muke birgan de calgišaha.
흐르는 물 개울 에 찰랑거렸다.

du fu i irgebuhe irgebun de. birgan i muke niome calgimbi sehebi..
杜甫의 지은 詩 에 개울 의 물 시리게 찰랑인다 하였다.

enteheme ferguwecuke wen be deribufi. ergengge jaka šanggabuha be gūninaha.
영원히 신묘한 교화 를 일으키고 살아 있는 物 완성시킴 을 생각났다.

du fu i irgebuhe irgebun de jorišame icihiyame gubci ba be elhe obuha. forgošome yendebume ferguwecuke
杜甫의 지은 詩 에 늘 지시하며 처리하여 모든 곳 을 평안하게 하였다. 전환하며 일으키고 신묘한
wen be selgiyehe sehebi.. wen ting yūn[409] i irgebuhe irgebun de tumen ergengge yendebume wembure be
교화 를 널리 알렸다 하였다. 溫庭筠 의 지은 詩 에 萬 살아 있는 것 일으켜 깨우치기 를
ereme. eiten jaka mutebume šanggabure be aliyaha sehebi..
바라며 온갖 것 능히 완성되기 를 기다렸다 하였다.

ertele wehei morin[410] simacuka ofi.
이토록 石 馬 쓸쓸히 되어

tang gurun i uheri oyonggon i bithe[411] de. han nenehe han i wesihun lingge be iletuleme
唐 나라 의 會要 의 書 에 汗 先 帝의 높은 업적 을 闡揚하여

[한문]

夜夢先帝太后如平生歡. 明旦上陵, 甘露降於庭樹, 帝從席前伏御牀, 視太后鏡奩中物, 令易脂澤裝具. 松柏雲縵, 註八伯之歌, 慶雲爛兮, 糺縵縵兮, 日月光華, 旦復旦兮. 溪池流淰. 註杜甫詩, 溪流淰淰寒. 盪滌洪鑪, 陶甄群品. 註杜甫詩, 指麾安率土, 盪滌撫洪鑪. 溫庭筠詩, 萬靈思鼓鑄, 群品待陶甄. 石馬悲風, 註唐會要, 上欲闡揚先帝徽烈,

참배하려 할 때에, 밤에 선황제와 황후를 평소 기뻐하는 듯이 꿈꾸었다. 다음날 능(陵)에 맞으러 가니, 감로(甘露)가 뜰의 나무에 내렸다. 어좌(御座) 앞에서 어상(御牀)에 부신(俯身)하고, 태후의 경렴(鏡奩) 속 물건을 보고, 사용하는 지분(脂粉) 등 물건을 바꾸어 담았다." 하였다.

빛나는 구름이 소나무에서 피어오르며

「팔백가(八伯歌)」에, "상서로운 구름이 찬란하고 겹겹이 깔리었다. 해와 달이 밝게 빛나서 뜨고 또 뜬다." 하였다.

흐르는 물이 개울에서 찰랑거렸다.

두보의 시에, "개울물이 시리게 찰랑거린다." 하였다.

영원히 신묘한 교화를 일으키고 생명을 이루는 것을 생각했다.

두보의 시에, "늘 지시하며 처리하여 모든 곳을 평안하게 하였다. 전환하고 일으켜 신묘한 교화를 널리 알렸다." 하였다. 온정균(溫庭筠)의 시에, "만 가지 살아 있는 것을 일으켜 깨우치는 것을 바라며, 온갖 것이 능히 완성되는 것을 기다렸다." 하였다.

이토록 석마(石馬)가 쓸쓸하고

『당회요(唐會要)』에, "황제가 선제(先帝)의 높은 업적을 천양(闡揚)하여

409) wen ting yūn : 당나라 말기의 시인 온정균(溫庭筠)을 가리킨다. 악부(樂府)에 뛰어났으며, 당나라 해체 시기의 시정을 가장 잘 대표하는 시인으로 알려져 있다. 또 유행가 가요였던 '사(詞)'를 서정시의 위치로 끌어올렸다.

410) wehei morin : 제왕이나 고관들의 묘 앞에 돌로 조각하여 만든 말을 가리킨다.

411) tang gurun i uheri oyonggon i bithe : 당나라의 국정과 제반 제도에 대한 연혁을 항목별로 분류하여 편찬한 『당회요(唐會要)』를 가리킨다. 모두 100권으로 961년 완성하여 주상(奏上)한 것으로 알려져 있다.

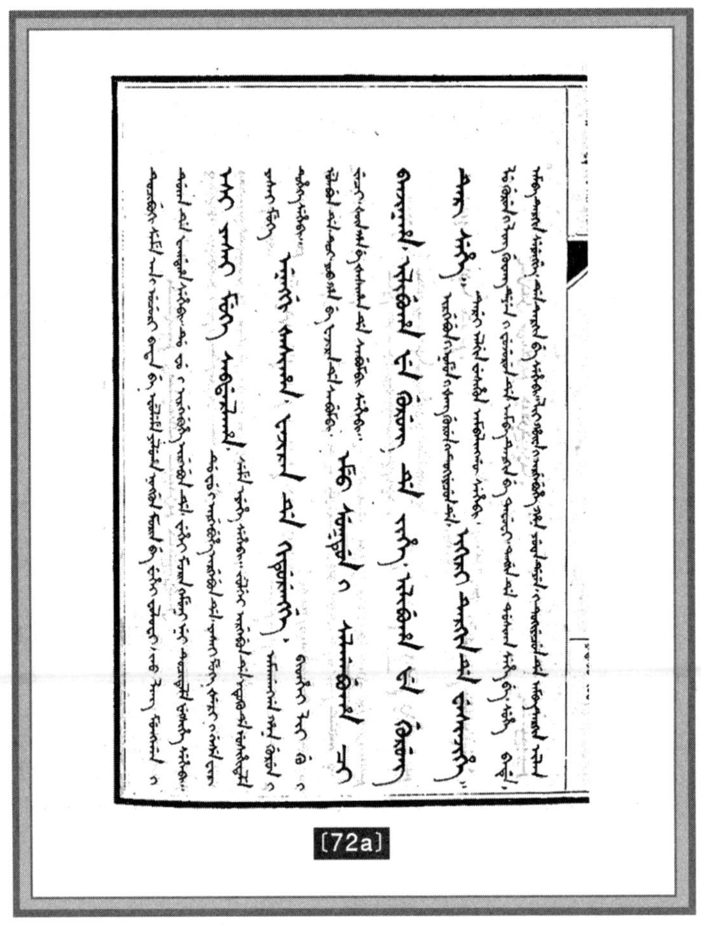

[72a]

tucibuki seme an i ucuri bata be efuleme yaluha ninggun morin be wehei folofi jao ling munggan i duka de
내보내자 하고 보통 때 敵 을 물리치며 탄 여섯 말 을 돌로 새겨서 昭 陵 능 의 문 에
faidaha sehebi.. du fu i irgebuhe irgebun de wehei morin kemuni nei tucitele feksihe sehebi..
배열하였다 하였다. 杜 甫 의 지은 詩 에 石 馬 계속해서 땀 나도록 달렸다 하였다.

esi yasai muke sabdarlaha.
응당 눈의 물 떨어졌다.

du fu i irgebuhe irgebun de yasai muke šeri i gese fir seme eyehe sehebi.. julgei irgebun de etuku de
杜 甫 의 지은 詩 에 눈의 물 샘 과 같이 줄줄 흘렀다 하였다. 옛 詩 에 옷 에
usihitele yasai muke tuheke sehebi..
젖도록 눈의 물 떨어졌다 하였다.

eneggi šasihan. fajiran de kidurengge[412].
오늘 국 바람벽 에 그리워하는 것

412) šasihan. fajiran de kidurengge : šasihan과 fajiran은 '갱장(羹牆)'으로 성현을 사모한다는 의미이다. 순임금이 밥 먹을 때는 국그릇에 요임금이 보이고, 앉으면 담벽에 요임금이 나타났다는 이야기에서 유래했다.

amagangga han gurun i bithei li gu[413] i ulabun de teci yoo han be fajiran de sabumbi jeci šun han be
後 漢 나라 의 書의 李 固 의 傳 에 앉으면 堯 임금 을 바람벽 에서 뵌다. 먹으면 舜 임금 을
šasihan de sabumbi sehebi..
국 에서 뵌다 하였다.

emu sukdun[414] i salgabuha ci banjinaha.
一 氣 의 하늘이 주심 에서 생겨났다.

ilibuha fe gurung de jihe. ilibuha fe gurung ter sehe..
세워진 故 宮 에 왔다. 세워진 故 宮 당당하였다
irgebun i nomun i šang gurun i tukiyecun de. terei algin wesihun ambalinggū sehebi.
詩 의 經 의 商 나라 의 頌 에 그의 명성 고귀하고 장대하다 하였다.

ikiri terkin de wesinjihe..
연이은 섬돌 에 올라왔다.
lu gurun i ling guwang deyen i fujurun de amba terkin be tafufi tanggin de dosika sehe be suhe bade.
魯 나라 의 靈 光 殿 의 賦 에 큰 섬돌 을 올라 堂 에 들어왔다 한 것 을 주해한 바에
amba terkin serengge den terkin be sehebi. lii hūwa[415] i irgebuhe han yuwan deyen i tukiyecun de
큰 섬돌 하는 것 높은 섬돌 이다 하였다. 李 華 의 지은 含 元 殿 의 頌 에
amba terkin ilan
큰 섬돌 三

[한문]

乃刻石爲常所乘破敵馬六匹於昭陵闕下. 杜甫詩, 石馬汗常趨. 淚泉沾衽. ㊟杜甫詩, 淚下如迸泉. 古詩, 淚下沾衣裳. 豈必羹墻, ㊟後漢書李固傳, 坐則見堯於墻, 食則見舜於羹. 一氣是禀. 聿造故宮, 故宮赫赫. ㊟詩商頌, 赫赫厥聲. 聿升太階, ㊟魯靈光殿賦, 歷夫太階, 太階, 高階也. 李華含元殿頌, 太階積而三重.

—— ◦ —— ◦ —— ◦ ——

내보내고자 하여 평소 적을 물리치며 타던 여섯 마리 말을 돌로 새겨 소릉(昭陵) 입구에 배열하였다." 하였다. 두보(杜甫)의 시에, "석마(石馬)가 계속해서 땀이 나도록 달렸다." 하였다.

응당 눈물이 떨어졌다.

두보의 시에, "눈물이 샘처럼 줄줄 흘렀다." 하였다. 고시(古詩)에, "옷이 젖도록 눈물이 떨어졌다." 하였다.

오늘 국과 바람벽에 그리워하는 것은

『후한서』「이고전(李固傳)」에, "앉으면 요 임금을 바람벽에서 뵌다. 먹으면 순 임금을 국에서 뵌다." 하였다.

일기(一氣)가 하늘이 내려주신 것에서 생겨났다. 세워진 고궁에 오니 고궁이 웅장하다.

『시경』「상송」에, "그의 명성이 고귀하고 장대하다." 하였다.

연이은 섬돌에 올랐다.

노나라의 「영광전부(靈光殿賦)」에, "큰 섬돌을 올라 당(堂)에 들어왔다." 한 것을 「주(注)」한 것에, "큰 섬돌이라고 하는 것은 높은 섬돌이다." 하였다. 이화(李華)가 지은 「함원전송(含元殿頌)」에, "큰 섬돌은

413) li gu : 동한 때의 겸손과 학식을 겸비한 정치가 이고(李固)를 가리킨다. 외척의 횡포를 맞서고, 베트남의 반란을 진압하는 데에 공을 세웠으나, 질제(質帝)가 죽은 후 외척이었던 양기(梁冀)와 환제(桓帝)의 옹립문제를 놓고 논쟁하다가 결국 양기의 무고로 살해당했다.

414) emu sukdun : 만물의 원기(元氣)를 한 기운, 또는 일기(一氣)라고 하였다.

415) lii hūwa : 당나라의 문장가 이화(李華)를 가리킨다. 글을 잘 지었고, 선비들을 사랑하고 후원해서 명성이 높았다. 그러나 문장은 아름다웠지만, 걸출한 기상은 부족하다는 평을 받았다.

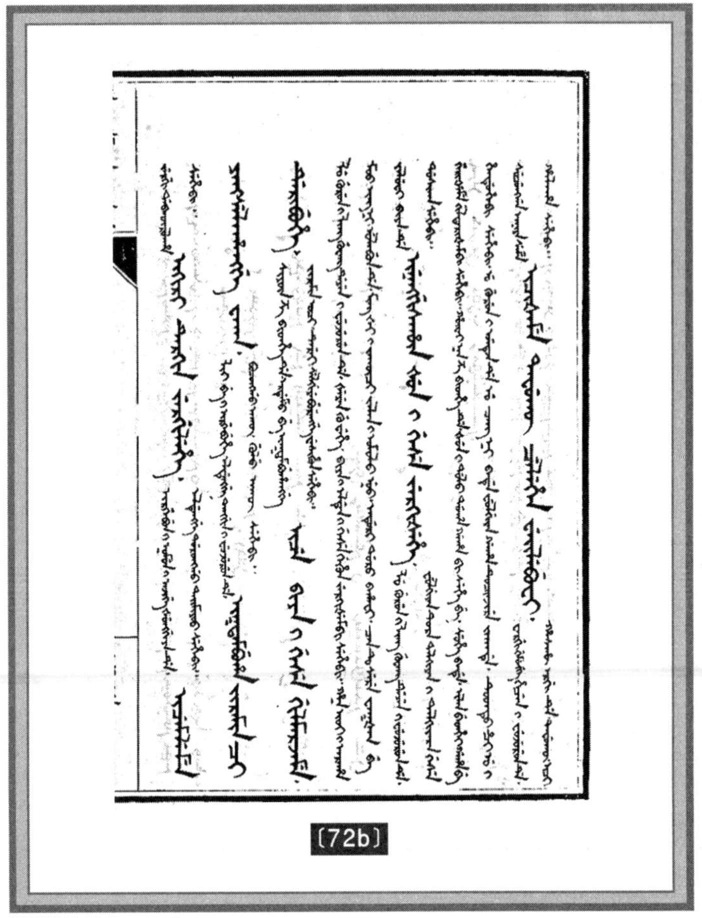
[72b]

jergi dabkūrilaha sehebi..
重 쌓았다 하였다.

ikiri terkin jergilehe.
연이은 섬돌 층층이 쌓았다.

irgebun i nomun i ajige šunggiya de. eldengge doronggo taimiyoo sehebi..
詩 經 의 小 雅 에 빛나고 道理 있는 太廟 하였다.

icemleme yangselahangge waka.
새롭게 꾸민 것 아니다.

lii be i irgebuhe eldengge tanggin i fujurun de. boconggo akū. gulu akū sehebi..
李 白 의 지은 明 堂 의 賦 에 채색 없고 질박함 없다 하였다.

iktambuha jiramin ci deribuhe.
쌓인 두터움 에서 시작했다.

siyūn dzy bithe de erdemu be iktambuhangge jiramin oci terei selgiyeburengge wesihun sehebi..
荀 子 書 에 德 을 쌓게 한 것 두텁게 되니 그의 알려지게 한 것 盛하다 하였다.

ice biya i gese gilmarjame.
새 달 과 같이 빛나며

lu gurun i ling guwang deyen i fujurun de šeyen gu wehe biya i elden i gese gehun jerkišembi sehebi..
魯 나라 의 靈 光 殿 의 賦 에 새하얀 玉 돌 달 의 빛 과 같이 밝고 눈부시다 하였다.
han ioi i araha moo ing ni ulabun de ming ši[416] i jakūci jalan i omolo nuo. enduri doro bahafi can tu[417]
韓 愈 의 지은 毛 穎 의 傳 에 明 眎 의 여덟 번째 世 의 孫 㲋 神의 道理 얻어 蟾 蜍
sere wakšan be yalufi biya de dosika sehebi..
하는 두꺼비 를 타고 달 에 들어갔다 하였다.

inenggishūn šun i gese jerkišehe.
정오 즈음 해 와 같이 눈부셨다.

lu gurun i ling guwang deyen i fujurun de. fulgiyan tura talkiyan i talkiyara gese gerišeme giltaršambi
魯 나라 의 靈 光 殿 의 賦 에 붉은 기둥 번개 의 내리침 같이 번쩍이며 빛 낸다
sehebi.. hūwai nan dzy bithe de šun i dolo doha gaha bi sehe be suhe bade ilan bethei gaha
하였다. 淮 南 子 書 에 해 의 가운데 내려앉은 까마귀 있다 한 것 을 주해한 바에 세 발의 까마귀
be henduhebi sehebi. u gurun i ejetun de u cang ni bade fulgiyan gaha tucinjire jakade tuttu cy u[418] i
를 말하였다 하였다. 吳 나라 의 志 에 武 昌 의 땅에 붉은 까마귀 나오기 때문에 그렇게 赤 烏 의
sucungga aniya seme halaha sehebi..
첫 해 하고 바꾸었다 하였다.

icišame tafukū celehen[419] weilebufi.
눈치 보아 섬돌 丹陛 만들게 하니

wargi gemungge hecen i fujurun de hashū ergi de tafukū ici
西 都 城 의 賦 에 왼 쪽 에 계단 오른

[한문]——————

太階奕奕. [注]詩小雅, 奕奕寢廟. 無彩之飾, [注]李白明堂賦, 不彩不質. 惟厚之積. [注]荀子, 積德厚者其流光. 皜曜㲋照, [注]魯靈光殿賦, 皜壁皜曜以月照. 韓愈毛穎傳, 明眎八世孫㲋, 得神仙之術, 騎蟾蜍入月. 歘赩烏赤. [注]魯靈光殿賦, 丹柱歘赩而震㷒. 淮南子, 日中有踆烏. 注, 謂三足烏也. 吳志, 武昌赤烏見, 因改元赤烏. 左城右平, [注]西都賦, 左城右平.

——◦——◦——◦——

삼중으로 쌓았다." 하였다.

연이은 섬돌을 층층이 쌓았다.
『시경』「소아」에, "빛나고 도리 있는 태묘(太廟)이다." 하였다.

새롭게 꾸민 것이 아니고
이백(李白)의 「명당부(明堂賦)」에, "채색이 없고 질박하지 않다." 하였다.

쌓인 두터움에서 시작했다.
『순자』에, "덕을 쌓은 것이 두터우면 그가 알려지게 한 것 고귀하다." 하였다.

새 달처럼 빛나며
노나라의 「영광전부(靈光殿賦)」에, "새하얀 옥돌이 달빛 같이 밝고 눈부시다." 하였다. 한유의 「모영전(毛穎傳)」에, "명시(明眎)의 8세손 누신(㲋神)의 도리를 얻어 섬서(蟾蜍)라는 두꺼비를 타고 달에 들어갔다." 하였다.

정오의 해처럼 눈부셨다.
노나라의 「영광전부」에, "붉은 기둥이 번개 치는 것 같이 번쩍이며 빛난다." 하였다. 『회남자』에, "해 가운데에 내려앉은 까마귀가 있다." 한 것을 「주(注)」한 것에, "삼족오를 말하였다." 하였다. 『오지(吳誌)』에, "무창(武昌) 땅에 붉은 까마귀가 나오기 때문에 '적오(赤烏) 원년'으로 바꾸었다." 하였다.

눈치 보아 섬돌과 단폐(丹陛) 만들게 하니
「서도부」에, "왼쪽에 계단, 오른쪽에

416) ming ši : 한유가 지은 『모영전(毛穎傳)』에 나오는 모영의 먼 조상인 명시(明眎)를 가리킨다.
417) can tu : 중국의 전설에 나오는 개구리인 섬서(蟾蜍)를 가리키는데, 서왕모의 선약을 훔쳐 달로 달아난 항아가 변한 것이라고도 한다.
418) cy u : 중국의 삼국시대 때 오나라 손권(孫權)의 네 번째 연호인 적오(赤烏)를 가리킨다.
419) celehen : 붉은 칠을 한 대궐의 섬돌로 단폐(丹陛)라고 한다.

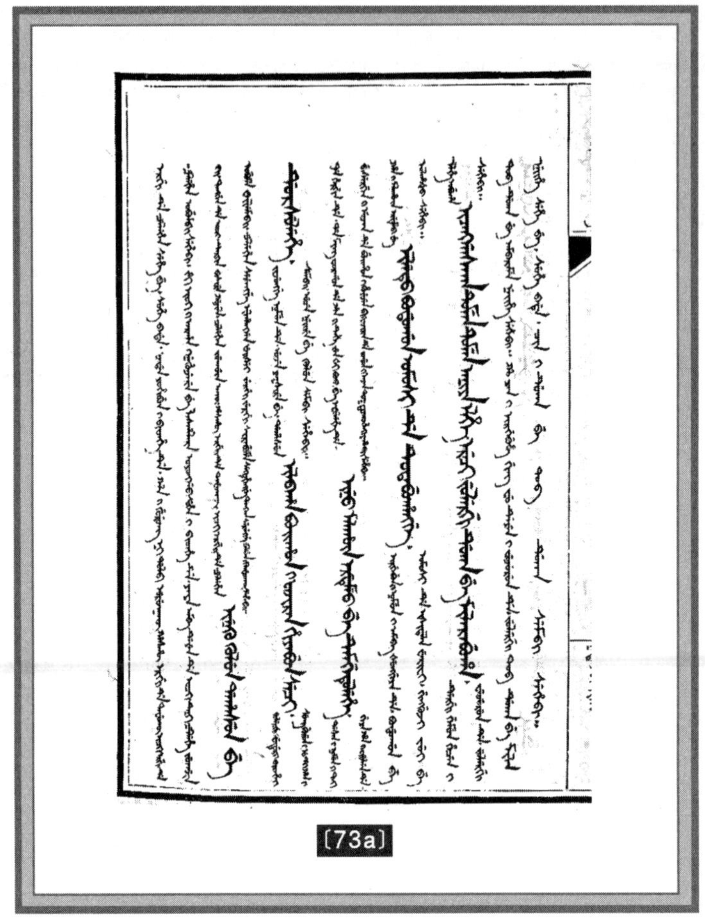

[73a]

ergi de celehen sehe be. suhe bade. nadan yohibun i bithe de. han i gurung ni dolo urunakū hashū ergi de
쪽 에 丹陛 한 것 을 주해한 바에 七 略 의 書 에 汗 의 宮 의 안 반드시 왼 쪽 에
tafukū ici ergi de celehen obumbi sehebi. jy ioi i araha kenehunjere be lashalara oyonggo suhen i bithe de
계단 오른 쪽 에 丹陛 되게 한다 하였다. 摯 虞 의 지은 의심하는 것 을 푸는 要 注 의 書 에
yaya amba deyen de oci teni celehe jugūn bi. tanggin de oci terkin bisire gojime. celehen jugūn akū.
무릇 큰 殿 에 되면 비로소 甬路 있다. 堂 에 되면 섬돌 있을 뿐이며 甬路 없다.
hashū ergi de tafukū ici ergi celehen obume weilembi. celehen serengge ilhangga feisei jergi jergi sirabume
왼 쪽 에 계단 오른 쪽 丹陛 되게 만든다. 丹陛 하는 것 꽃무늬 벽돌로 層層이 잇게 하여
sektehengge. tangkan serengge de tafukū sehebi..
깐 것 섬돌 하는 것 에 계단 하였다.

ineku kulun dahasun be dursulehe.
본래 乾 坤 을 본떴다.

jijungge nomun de uce yaksire be. dahasun sembi. uce neire be kulun sembi sehebi..
易 經 에 문 닫는 것 을 坤 한다. 문 여는 것 을 乾 한다 하였다.

ilbaha boihon i fajiran hiyabun seci.
바른 흙 의 벽 龍脂 하면

julergi suduri bithei sung gurun i u di han i da hergen de. da ming forgon de han i tehe yen ši[420] boo be
南 史 書의 宋 나라 武帝汗의本 紀 에大明 節 에汗의살던陰室 집을
efulehe de. besergen i ujan de boihon i huwejen bi fajiran de jodon i ayan toktokū lakiyahabi sehebi..
부수었음 에 침대 의 끝 에 흙 의 칸막이 있다 벽 에 갈포 의 등롱 걸었다 하였다.

inu malhūn erdemu be temgetulehe.
또 검소한 德 을 징표로 삼았다.

dasan i nomun i tai giya han i fiyelen de han i malhūn erdemu be olhošo sehebi..
書 經 의 太 甲 汗 의 篇 에 汗 의 검소한 德 을 경계하라 하였다.

iletu bodogon omosi de tutabuhangge.
명백한 계략 손자들 에게 남겨둔 것

irgebun i nomun i amba šunggiya de. bodogon be omosi de isitala werifi. gingguji jui be elhe
詩 의 經 의 大 雅 에 계략 을 손자들 에게 미치도록 남기고 공손한 아이 를 평안하게
obuha sehebi..
되게 했다 하였다.

icanggasaka tumen tumen aniya elhe. ereci julergi duka be milarabuha.
마음에 들자 萬 萬 年 평안하다. 이로부터 남쪽 문 을 열게 하였다.

dergi gemun hecen i fujurun de julergi tob duka be ambarame neihe sehebi.. ho yan i irgebuhe ging fu deyen i
東 京 城 의 賦 에 남쪽 端門 을 크게 열었다 하였다. 何 晏의 지은 景 福 殿 의
fujurun de. julergi tob duka be mila neihe sehe be. suhe bade. cin i duka be tob duka sembi sehebi..
賦 에 남쪽 端門 을 활짝 열었다 한 것 을 주해한 바에 정면 의 문 을 端門 한다 하였다.

[한문] ——————

注, 七略曰, 王者宮中, 必左城而右平, 摯虞決疑要注曰, 凡太極乃有陛, 堂則有階無陛, 左墄右平, 平者, 以文塼相亞次, 墄者, 爲陛級也. 坤闔乾闢. 注 易, 闔戶謂之坤, 闢戶謂之乾. 土壁葛燈, 注 南史宋武帝紀, 大明中, 壞上所居陰室, 牀頭有土障, 壁上掛葛燈籠. 遐哉儉德. 注 書太甲, 愼乃儉德. 詒我孫謀, 注 詩大雅, 詒厥孫謀, 以燕翼子. 萬年之宅. 乃開南端, 注 東京賦, 啓南端之特闈. 何晏景福殿賦, 開南端之豁達. 注, 正門謂之端門.

—— ◦ —— ◦ —— ◦ ——

단폐(丹陛)이다." 한 것을 「주(注)」한 것에, "『칠략(七略)』에 황제의 궁 안에 반드시 왼쪽에 계단, 오른쪽에 단폐를 둔다." 하였다. 지우(摯虞)가 지은 『결의요주(決疑要注)』에, "무릇 큰 궁전에는 반드시 용로(甬路)가 있다. 당(堂)에는 섬돌이 있을 뿐이고, 용로(甬路)는 없다. 왼쪽에는 계단, 오른쪽에는 단폐를 만든다. 단폐는 꽃무늬 벽돌로 층층이 잇게 하여 깐 것이고, 섬돌은 계단이다." 하였다.

본래 건곤(乾坤)을 본떴다.

『역경』에, "문 닫는 것을 곤(坤)이라 하고, 문 여는 것을 건(乾)이라 한다." 하였다.

바른 흙벽에 용지(龍脂)라고 하면

『남사(南史)』「송무제본기(宋武帝本紀)」에, "대명절(大明節)에 황제가 살던 음실(陰室)을 부술 때에, 침대 끝에 흙 칸막이가 있고, 벽에 갈포의 등롱을 걸었다." 하였다.

또 검소한 덕을 상징하였다.

『서경』「태갑(太甲)」에, "임금의 검소한 덕(德)을 경계하라." 하였다.

명백한 계략을 자손들에게 전하니

『시경』「대아」에, "계략을 손자들에게까지 남겨서 공손한 아이를 평안하게 했다." 하였다.

들어맞아서 만만년(萬萬年) 평안하다. 이로부터 남쪽 문을 열게 하였다.

「동경부」에, "남쪽 서문(端門)을 크게 열었다." 하였다. 하안(何晏)의 「경복전부(景福殿賦)」에, "남쪽 서문(端門)을 활짝 열었다." 한 것을 「주(注)」한 것에, "정면의 문을 서문(端門)이라 한다." 하였다.

---

420) yen ši : 햇빛이 잘 들지 않는 음침한 방인 음실(陰室)을 가리킨다.

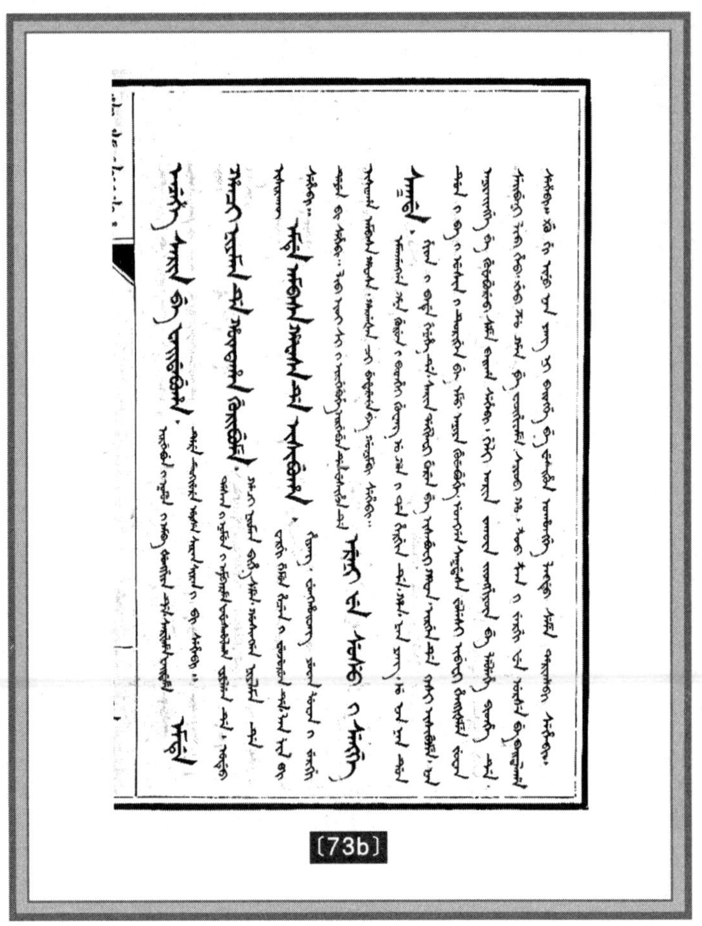

[73b]

encehe sarin be faidabuha.
대접한 잔치 를 벌이게 했다.

irgebun i nomun i amba šunggiya de. sarilame faidame dere tukiyere urse siran siran i bi sehebi..
詩 經 의 大 雅 에 잔치하여 벌리며 탁자 드는 무리 연달아 있다 하였다.

emde hanci niyaman de hūntahan guribume.
일제히 가까운 친척 에게 잔 옮기고

dasan i nomun i ambarame fafushūlaha fiyelen de. udu hanci niyaman bihe seme gosingga niyalma de isirakū sehebi..
書 經 의 泰 誓 篇 에 비록 가까운 친척 있었다 하여도 어진 사람 에 미치지 않는다 하였다.

emde ambasa hafasa de isibuha.
일제히 大臣들 관리들 에게 이르렀다.

wargi gemun hecen i fujurun de lan lin pi hiyang. funghūwang yuwan luwan i jergi deyen bi sehebi..
西 京 城 의 賦 에 蘭 林 披 香 鳳凰 鵷 鸞 等의 殿 있다 하였다.
lio ioi si[421] i irgebuhe irgebun de wesihun de isinaha ambasa hafasa hargašan ci bederere be gūnimbi sehebi..
劉 禹 錫 의 지은 詩 에 높은 곳 에 다다른 大臣들 관리들 조정 에서 물러남 을 생각한다 하였다.

ereni fe susu i sengge sakda.
이로써 고향 의 나이든 노인

amagangga han gurun i bithei guwang u han i da hergin de han. nan yang. zu nan. nan dun hiyan i bade
後 漢 나라 의 書의 光 武 汗 의 本 紀 에 汗 南 陽 汝 南 南 頓 縣 의 땅에
genehe de sarin dagilafi geren be isabufi hafan irgen de kesi isibume. nan dun i ba i usin i turigen be
감 에 잔치 준비하고 여럿 을 모아서 관리 백성 에게 은덕 미치게 하고 南 頓 의 땅 의 밭 의 세금 을
emu aniya guwebuhe. ungga sakdasa julesi ibefi hengkišeme juwan aniyaningge be guwebureo seme
한 해 면하게 하였다. 父 老 앞으로 나와서 머리 조아리며 십 년의 것 을 면해 주소서 하고
baiha sehebi.. geli orin jakūn jiyanggiyūn[422] be leolehe bithe de. seibeni lio heo. g'ao dzu han be
청하였다 하였다 또 스물 여덟 將軍 을 논한 書 에 이전의 留 侯 高 祖 汗 을
wacihiyame siyoo ho. tsoo tsan i jergi fe urse be baitalaha sehebi.. g'o gi inu nan yang ni baingge be
모두 蕭 何 曹 參 의 等 옛 무리 를 썼다 하였다. 郭 伋[423] 또 南 陽 의 땅의 것 을
wesihun ohongge labdu seme darihabi sehebi..
귀하게 된 이 많다 하고 들렀다 하였다.

[한문] ―――――

設席肆筵. ㊟詩大雅, 肆筵設席, 授几有緝御. 爰爵周親, ㊟書泰誓, 雖有周親, 不如仁人. 及彼鵷鸞. ㊟西京賦, 蘭林披香, 鳳凰鵷鸞. 劉禹錫詩, 雲路鵷鸞想退朝. 南陽故舊, ㊟後漢書光武紀, 帝幸南陽汝南南頓縣, 置酒會賜吏人, 復南頓田稅歲, 父老前叩頭言, 願賜復十年. 又二十八將論, 昔留侯以高祖悉用蕭曺故人, 郭伋亦譏南陽多顯.

―― ◦ ―― ◦ ―― ◦ ――

잔치를 벌이게 하였다.

『시경』「대아」에, "잔치를 벌여 탁자를 드는 무리가 연이어 있다." 하였다.

일제히 가까운 친척에게 잔을 돌려

『서경』「태서(泰誓)」에, "비록 가까운 친척이 있다 하여도 어진사람에게는 미치지 않는다." 하였다.

일제히 대신들과 관리들에게 이르렀다.

「서경부」에, "난림(蘭林)·피향(披香)·봉황(鳳凰)·원란(鵷鸞) 등의 궁전이 있다." 하였다. 유우석(劉禹錫)의 시에, "높은 곳에 오른 대신들과 관리들은 조정에서 물러나는 것을 생각한다." 하였다.

이로써 고향의 나이든 노인

『후한서』「광무본기」에, "황제가 남양(南陽), 여남(汝南), 남둔현(南頓縣)에 가니, 잔치 준비하고 모두 모아서 관리와 백성들에게 은덕이 미치게 하며, 남둔현의 전세(田稅)를 1년 면하게 하였다. 어른과 노인들이 앞으로 나와서 머리 조아리며, '10년을 면해 주소서.' 하고 청하였다." 하였다. 또 「이십팔장론(二十八將論)」에, "이전에 유후(留侯)가 고조는 모두 소하(蕭何)와 조참(曹參) 등 옛 사람들만 썼다." 하였다. 곽급(郭伋)이 또 "남양 땅의 사람은 귀하게 된 이가 많다고 하여 들렀다." 하였다.

---

421) lio ioi si : 당나라 시인 유우석(劉禹錫)을 가리킨다. 농민의 생활 감정을 노래한 「죽지사(竹枝詞)」를 비롯하여 「유지사(柳枝詞)」, 「삽전가(揷田歌)」등을 지었으며, 만년에는 백거이와 교유하면서 시문에 정진했다.

422) orin jakūn jiyanggiyūn : 후한 광무제의 공신으로 그 초상화가 운대(雲臺)에 그려진 이십팔장(二十八將) 을 가리킨다.

423) g'o gi : 후한 광무제 때의 대신인 곽급(郭伋)을 가리킨다. 어양태수(漁陽太守) 등 지방관으로 나아가 선정을 베풀었고, 천하의 어질고 뛰어난 인재를 가려 쓰고 남양(南陽) 사람만 등용해서는 안 된다고 건의하니 황제가 수용했다. 태중대부(太中大夫)로 있다가 죽었다.

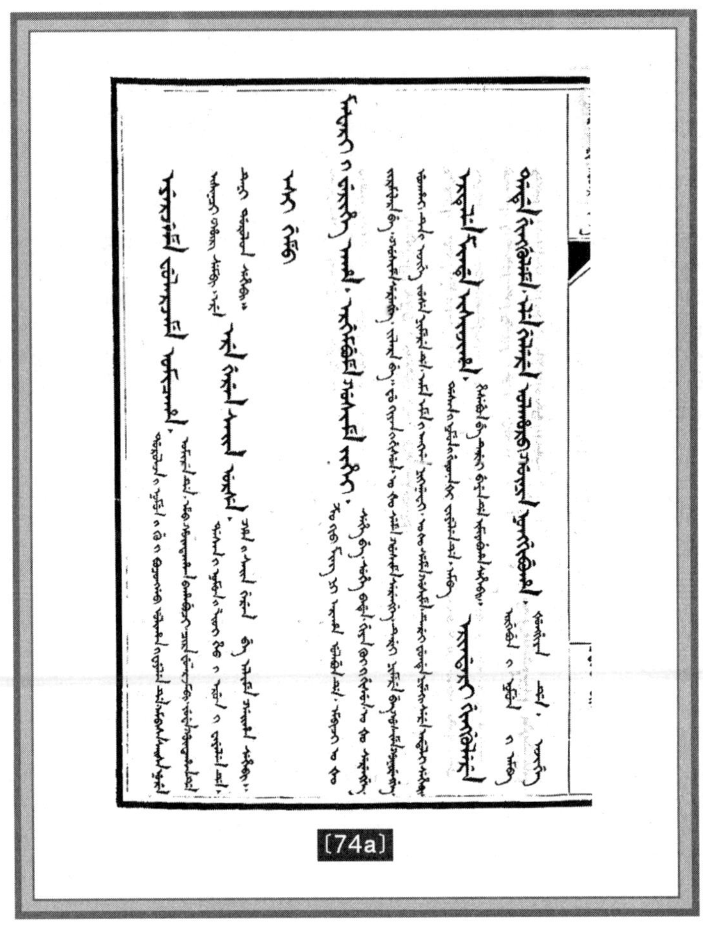
[74a]

eyerjeme fularjame omicaha.
광채 나며 붉고 함께 마셨다

dorolon i nomun i gu i boconggo ulihan i fiyelen de. ambasa saisa nure omire de. emu hūntahan bahabuci.
禮 記 의 玉 藻 의 篇 에 君子 술 마심 에 한 잔 받게 되면
cira fularjambi. juwe hūntahan de. isinaci hūr sembi. ere teni dorolon sehebi..
얼굴 붉어진다. 두 잔 에 이르면 취한다. 이 비로소 禮 하였다.

ere geren sain urse.
이 모든 좋은 무리

dasan i nomun i lioi heo i erun i fiyelen de han i sain geren be alime gaiha sehebi..
書 經 의 呂 侯 의 刑 의 篇 에 汗 의 좋은 모두 를 받아 가졌다 하였다.

esi gemu mafari i werihe aha. ergembume gosime jihei.
물론 모두 선조들 의 남긴 노복 잘 지내게 하며 사랑하여 와서

dzo kio ming ni araha ulabun de. embici o šo sehe be suhe bade. giya kui i gisun. o šo serengge
左 丘 明 의 지은 傳 에 혹은 휴우 한 것 을 주해한 바에 賈 逵 의 말 휴우 하는 것
jiramilara be. gosime serengge. jilara be.. fu kiyan i gisun. o šo seme gosime serengge. terei
후대함 이다 사랑하고 하는 것 어여삐 여김 이다 服 虔 의 말 휴우 하고 사랑하고 하는 것 그의

nimere be gosime gūnirengge. uthai te i ajige juse nimere de. ama eme i angga nikenefi. o šo seme
아픔 을 가엽게 여기는 것 곧 지금 의 작은 아이 앓음 에 부 모 의 입 다가가서 휴우 하고
gosime. terei funde nimeki sere adali sehebi..
가엽게 여겨 그의 대신에 앓고자 하는 것 같다 하였다.

ertele minde isinjiha.
지금껏 나에게 복이 왔다.

dasan i nomun i giyowan ši[424] fiyelen de. amba hesebun be terei beye de imiyabuha sehebi..
書 經 의 君 奭 篇 에 大 命 을 그의 자신 에게 모이게 했다 하였다.

erindari ginggulere dade gingguleme. ele gelere olhoro gūnin nonggibuha.
때마다 공경할 터에 공경하며 더욱 두려워하고 경계하는 마음 더하게 하였다.

irgebun i nomun i amba šunggiya de. ajige
詩 經 의 大 雅 에

[한문]

洒如言言. [注]禮記玉藻, 君子之飮酒也, 受一爵而色洒如也, 二爵而言言斯禮已. 惟此嘉師, [注]書呂刑, 受王嘉師. 列祖之臣. [注]○臣, 叶音禪. 道藏歌, 躋景西那東, 肆觀善因緣, 常融無地官, 皆是聖皇臣. 是噢是咻, [注]左傳, 而或噢是咻之. 注, 賈逵云, 噢, 厚也, 休, 美也. 服虔云, 噢咻, 痛其痛而念之. 若今時小兒痛, 父母以口就之曰噢咻, 代其痛也. 是貽我躬. [注]書君奭, 其集大命于厥躬. ○躬, 叶音涓. 楚辭大招, 鱄鱅短狐, 王虺騫只, 魂兮無南, 蜮傷躬只. 敬之敬之, 翼翼惴惴. [注]詩大雅,

—— ◦ —— ◦ —— ◦ ——

얼굴에 윤기가 나고 붉어지도록 함께 마셨다

『예기』「옥조(玉藻)」에, "군자가 술을 마실 때 한 잔을 받으면 얼굴이 붉어지고, 두 잔에 이르면 취한다. 이것이 비로소 예이다." 하였다.

이 모든 훌륭한 무리는

『서경』「여형(呂刑)」에, "황제가 좋은 것을 모두 받아 가졌다." 하였다.

물론 모두 선조들이 남긴 노복이다. 잘 지내며 사랑하여서

『좌전』에, "혹 '휴우'이다." 한 것을 「주(注)」한 것에, "가규(賈逵)가 말하기를, '휴우' 하는 것은 우대하는 것이고, '사랑하고' 하는 것은 어여삐 여김이다. 복건(服虔)이 말하기를, '휴우 사랑해' 하는 것은 그가 아픈 것을 가엽게 여기는 것이니, 곧 지금 어린 아이가 아플 때 부모가 입을 가져가서 '휴우' 하며 가엽게 여겨 그 대신에 앓고자 하는 것과 같다." 하였다.

여태 나에게 복이 왔다.

『서경』「군석(君奭)」에, "대명(大命)을 그 자신에게 모이게 했다." 하였다.

때마다 공경하고 공경하며 더욱 두려워하고 경계하는 마음 더하게 하였다

『시경』「대아」에,

424) giyowan ši : 주나라 무왕의 동생 소공(召公) 군석(君奭)을 가리킨다.

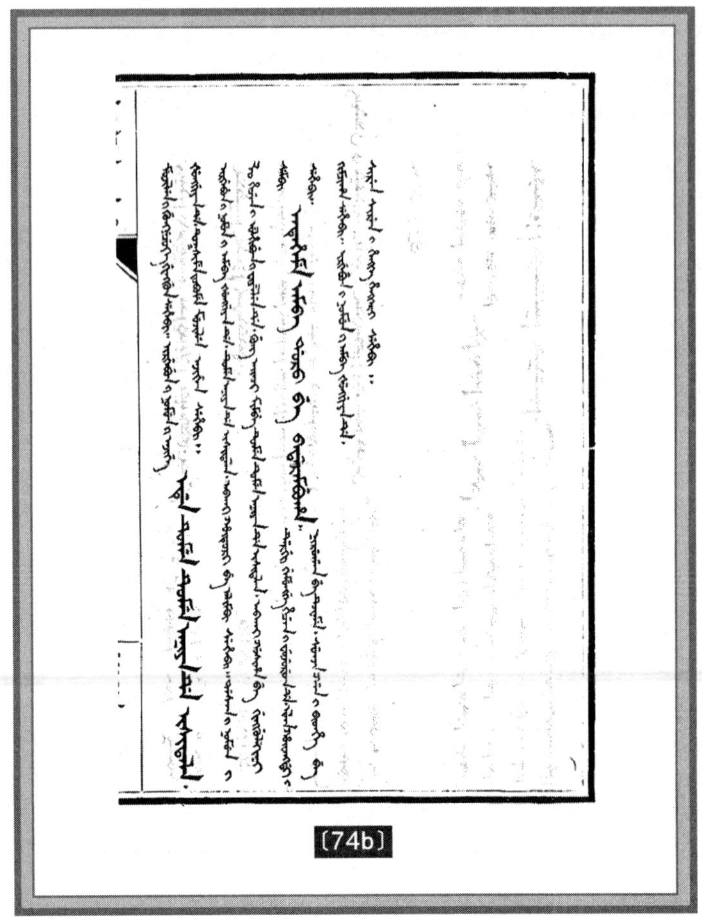
[74b]

mujilen i gungnecuke ginggun sehebi.. irgebun i nomun i ajige šunggiya de. tuksime jobome mujilen ajigen
조심스럽게 공손하고 공경함 하였다. 詩 經 의 小 雅 에 황공하고 근심하며 조심한다
sehebi..
하였다.

ede tumen tumen aniya de isitala.
이에 萬 萬 年 에 이르도록

irgebun i nomun i amba šunggiya de tumen aniya de isitala. abkai hūturi be alimbi sehebi.. dasan i nomun i
詩 經 의 大 雅 에 萬 年 에 이르도록 天 福 을 받는다 하였다. 書 經 의
lo hecen i ulhibun i fiyelen de. gung ainci mimbe tumen tumen aniya de isitala. abkai gosiha be
洛 城 의 誥 의 篇 에 公 아마도 나를 萬 萬 年 에 이르도록 하늘의 가호하심 을
ginggulekini sembi sehebi..
공경하게 하자 한다 하였다.

enteheme amba doro be badarambuha..
영원히 大 道 를 펴져나가게 하였다.

dergi gemungge hecen i fujurun de. ilan hūwangdi i nirugan be tuwame sunja han i bithe be kimciha sehebi..
東 都 城 의 賦 에 三 皇帝 의 그림 을 보고 五 帝 의 書 를 살폈다 하였다.

irgebun i nomun i amba šunggiya de. siren siren i hengke hengkeri sehebi..
詩 經 의 大 雅 에 줄줄이 참외 북치 하였다.

[한문]

小心翼翼. 詩小雅, 惴惴小心. ○惴, 叶音專. 太公金匱, 黃帝居人上惴惴, 如臨深淵. 於億萬歲, 注詩大雅, 於萬斯年, 受天之祜. 書洛誥, 公其以予萬億年敬天之休. 皇圖永綿. 注東都賦, 披皇圖, 稽帝文. 詩大雅, 緜緜瓜瓞.

—— ◦ —— ◦ —— ◦ ——

조심스럽게 공손하고 공경하는 것이다." 하였다. 『시경』「소아」에, "황공하고 근심하며 조심한다." 하였다.

이에 만만년(萬萬年)이 되도록

『시경』「대아」에, "만년(萬年)이 되도록 천복(天福)을 받는다." 하였다. 『서경』「낙고(洛誥)」에, "공(公)이 아마도 나를 만만년(萬萬年)에 이르도록 하늘이 가호하시는 것을 공경하게 하자고 한다." 하였다.

영원히 대도(大道)가 이어지리라.

「동도부」에, "삼황제(三皇帝)의 그림을 보며 오제(五帝)의 글을 살폈다." 하였다. 『시경』「대아」에, "줄줄이 자손이 번성한다." 하였다.

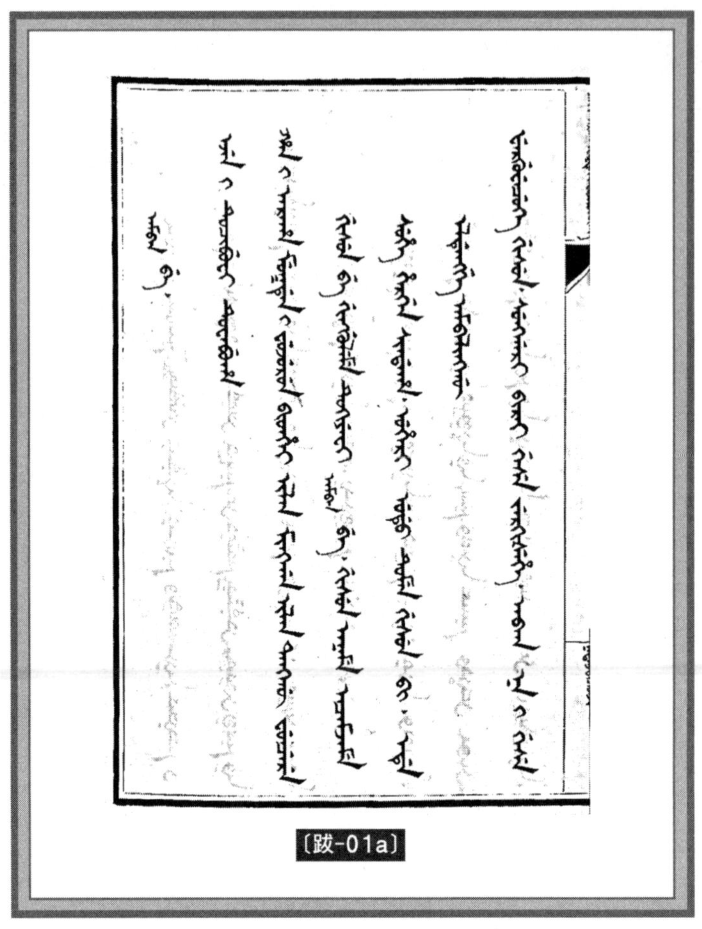
〔跋-01a〕

amban be
臣 等

ejen i tucibufi tuwabuha
皇上 의 드러내어 보인

han i araha mukden i fujurun bithei ilan mingga ilan tanggū funcere
汗 의 지은 盛京 의 賦 글의 삼 천 삼 백 넘는

gisun be gingguleme tukiyefi amban be. gisun aname acamjame
말 을 삼가 칭송해서 臣 等 말 하나하나 모아

suhe hergen sindaha. uheri udu tumen gisun bi. ede
풀이한 註 두었다. 모두 수 萬 말 이다. 이에

eldengge ambalinggū
빛나고 위엄 있고

ferguwecuke gisun. sunggari birai gese jerkišehe. abka na i gese
훌륭한 말 은하수의 처럼 눈부셨다. 天 地 와 같이

[한문]

臣等伏蒙, 皇上宣示, 御製盛京賦三千三百餘言, 臣等依文輯注, 統若干萬言, 仰見睿藻, 矞皇輝麗, 雲漢函宇宙,

—— ◦ —— ◦ —— ◦ ——

[발문]

신(臣) 등은 황상(皇上)께서 널리 보여주신 『어제성경부(御製盛京賦)』의 삼천 삼백 넘는 말을 삼가 칭송해서, 신 등이 하나하나 모아 주해(註解)하였는데, 모두 수 만 마디이다. 이에 빛나고 위엄 있고, 훌륭한 말이 은하수처럼 눈부시고, 천지(天地)와 같이

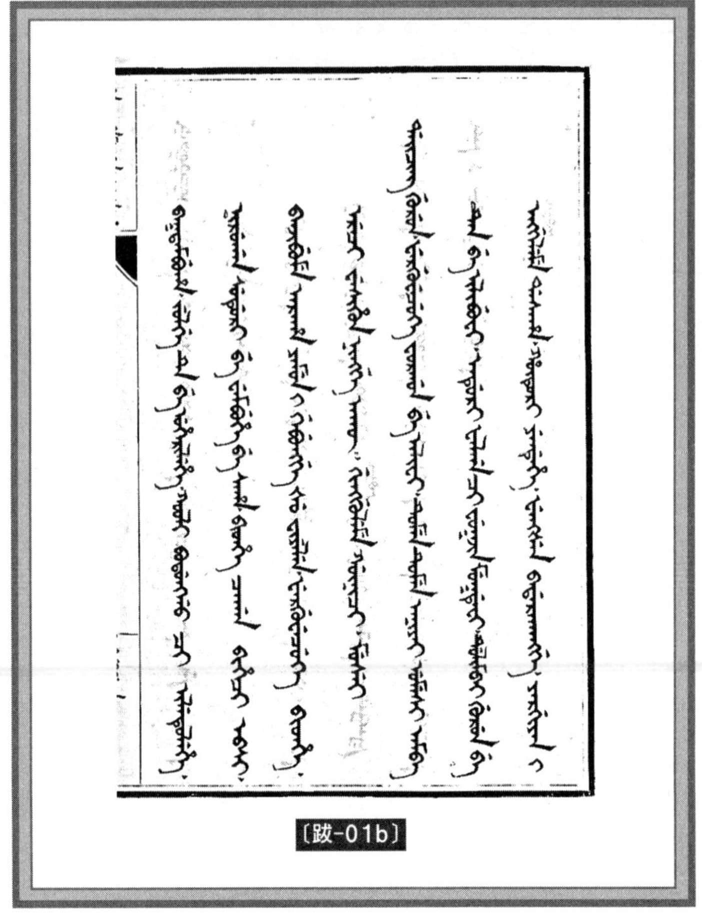
〔跋-01b〕

baktambuha. julge te be uherilehe. kooli bodonggo ci iletulehe.
받아들였다. 古 今 을 포괄하였다. 法例 책략 보다 드러났다.

nirugan suduri be wembuhe be saha. bithe cagan biheci ebsi.
그림 史 를 녹인 것 을 보았다. 글 문서 있음에서 이후로

banjibume araha yamun i gebungge šu fiyelen. ferguwecuke bithe.
집필한 아문 의 유명한 文 篇 훌륭한 글

ereci wesihun ningge akū.. gingguleme gūnici musei
이보다 높은 것 없다. 삼가 생각하니 우리의

daicing gurun ferguwecuke forgon be alifi. tumen tumen aniyai musei amba
大淸 나라 기이한 시절 을 맡아서 萬 萬 年의 우리의 큰

ten be ilibufi. enduri falga ci fukjin mukdefi. dulimbai gurun be
토대 를 세우고 神 마을 에서 처음 흥기해서 中 國 을

enggeleme dasaha. hūturi yendehe. fengšen badarakangge yargiyan i
임하여 다스렸다. 복 일어났다. 福分 커진 것 진실로

[한문]

綜古今炳典, 謨鎔圖籍, 自書契以來, 著作之府, 鴻章鉅篇, 未有盛於斯者也. 洪惟我皇淸, 凝受寶命, 奠億萬載, 丕丕基肇迹神皋, 撫臨中夏, 發祥流慶, 實始

——。——。——。——

받아들이고, 고금(古今)을 포괄하였으며, 법례나 책략을 넘어섰고, 지도와 역사서를 녹인 것을 보았다. 글과 문서를 사용한 이후로 집필한 아문(衙門)의 유명한 문장(文章)과 훌륭한 글이 이보다 높은 것이 없다. 삼가 생각하건대, 우리 대청국(大淸國)이 기이한 시절을 맡아서 만만년의 큰 토대를 세우고, 신성한 마을에서 처음 흥기해서 중국을 다스렸으니, 복이 일어나고 복분(福分)이 커진 것은 진실로

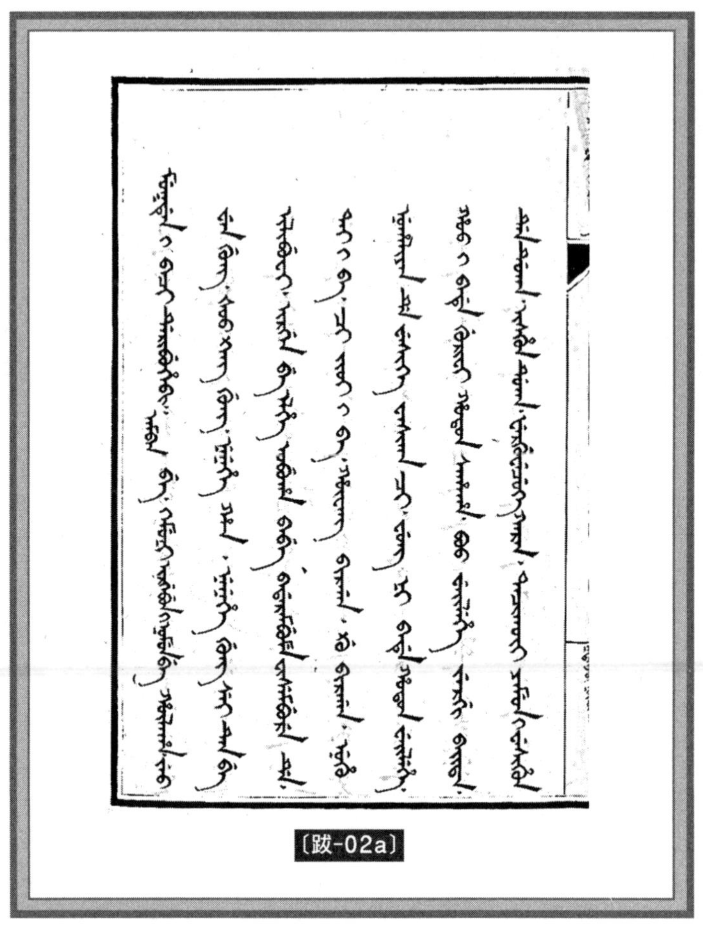

〔跋-02a〕

mukden i baci deribuhebi.. amban be. kemuni irgebun i nomun be hūlaha. jeo
盛京 의 땅에서 시작되었다. 臣 等 항상 詩 經 을 읽었다. 周

wen gung[425]. šoo k'ang gung[426]. nenehe han. nenehe gung sei ten be
文 公 召 康 公 이전의 汗 이전의 公 들의 토대 를

ilibufi. irgen be elhe obuha babe badarambume fisembure de.
세우고 백성 을 편안히 되게 한 바를 넓혀서 서술한 것 에

tai[427] i ba. ci jioi[428] i ba. hūwang birgan. g'o birgan. nuhu
邰 의 땅 漆 沮 의 땅 皇 개울 過 개울 높고

425) jeo wen gung : 주문공(周文公)으로 주나라 문왕의 아들이자 무왕의 동생이다. 형인 무왕을 도와 은나라를 멸하였고, 무왕이 죽자 조카를 도와 주나라의 기초를 다졌다. 예악과 제도를 정비하였으며, 『주례』를 지었다고 알려져 있다.

426) šoo k'ang gung : 소강공(召康公)으로 주나라 문왕(周文王)의 서자 석(奭)이다. 연나라의 시조로 봉지를 소(召)에 두었기 때문에 소공(召公)으로 불린다. 주문공과 함께 어린 성왕(成王)을 보필하여 주왕조의 기반을 확립하였다.

427) tai : 요임금의 농관(農官)이었던 후직(后稷)에 봉해진 태(邰) 땅을 가리킨다.

428) ci jioi : 낙수(洛水)의 물줄기인 칠(漆)과 저(沮)를 가리킨다.

nuhaliyan de wesike wasika ci. fung ni bade hoton weilehe.
낮음 에 오르고 내려간 것 에서 豊 의 땅에 성 세웠다.

hoo i bade gurifi hoton sahaha[429]. boo weilehe jergi baita.
鎬 의 땅에 옮겨서 성 쌓았다. 집 짓기 등 일

den duka[430]. ishun duka[431]. ferguwecuke karan[432]. tacikūi yamun[433] i wesihun
皋 門 應 門 靈 臺 辟雍 의 盛한

[한문]

盛京. 臣等竊嘗誦詩, 周文公召康公, 推述先王先公之始, 基靖民自有邰漆沮, 皇澗過澗, 陟降原隰, 以至作豐, 遷鎬築城, 度室之事, 皋門應門, 靈臺辟雍

—∘—∘—∘—

성경(盛京)에서 시작되었다. 신 등은 다시 『시경』을 읽어보니, 주문공(周文公)과 소강공(召康公)께서 선군(先君)과 선공(先公)들이 토대를 세워 백성을 편안하게 한 바를 널리 서술한 것에, 태(邰)의 땅, 칠저(漆沮)의 땅, 황(皇) 개울, 과(過) 개울, 높고 낮은 곳을 오르고 내려서 풍(豊) 땅에 성을 세웠고, 호(鎬) 땅에 옮겨 성을 쌓았다. 건물을 세운 것은 고문(皋門), 응문(應門), 영대(靈臺), 벽옹(辟雍)이 융성한

429) hoo i bade gurifi hoton sahaha : 주나라 문왕이 죽은 뒤 무왕이 뒤를 이어 즉위한 후에 도읍을 풍(豊)에서 호(鎬)로 옮겼다.
430) den duka : 궁정의 가장 바깥쪽 문인 고문(皋門)이다.
431) ishun duka : 궁정의 정문인 응문(應門) 이다.
432) ferguwecuke karan : 천자가 천문 기상을 관찰하던 영대(靈臺) 이다.
433) tacikūi yamun : 천자가 나라에 설치한 학교로, 모습이 둥글며 사면이 물로 둘러져 있어 벽옹(辟雍)이라 한다.

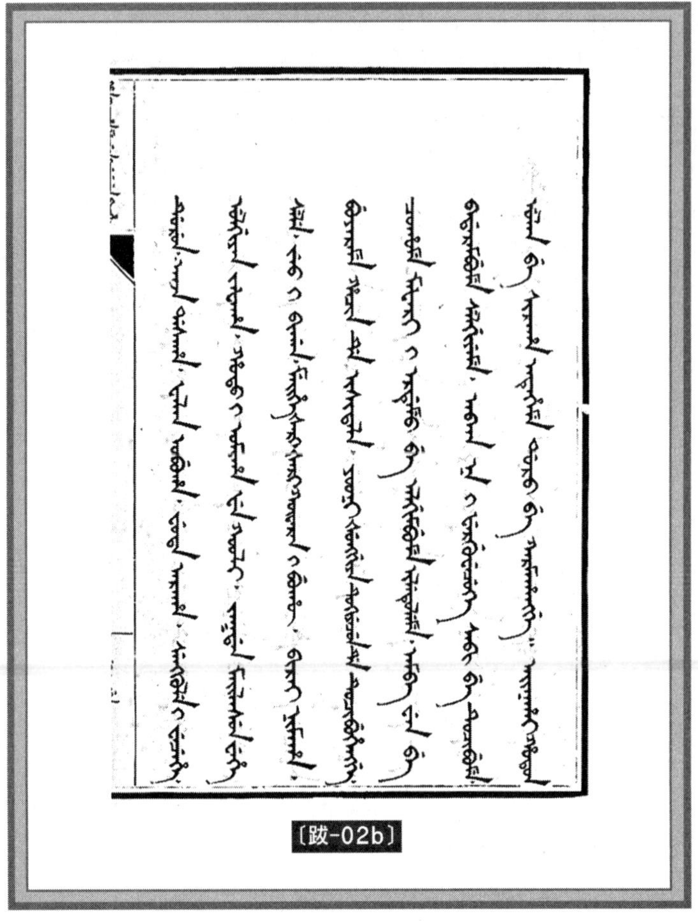
〔跋-02b〕

durun. anja dasaha. falan obuha. futa araha. sengkule i wecehe.
모습 보습 수선했다. 타작마당 되었다. 새끼 꼬았다. 부추 로 제사지냈다.

ulgiyan jafaha. hoto i omiha fe kooli. jakdan mailasun wehe
돼지 잡았다. 박 으로 마신 옛 先例 소나무 측백나무 돌

sele. jeo i bigan[434]. meihe šari. šari kūwaran i buhū. birai nimaha.
쇠 周 들판 苦萮兒 씀바귀 동산 의 사슴 하천의 물고기

buyarame hacin de isitala. yooni šunggiya tukiyecun de tucibuhengge.
자질구레한 종류 에 이르도록 무릇 雅 頌 에 드러낸 것이다.

cohome mafari i erdemu be algimbume iletuleme. amba wen be
특별히 조상 의 덕 을 날리게 드러내고 큰 감화 를

434) jeo i bigan : 주나라의 옛 땅인 주원(周原)을 가리킨다. 서안의 서쪽 지역, 기산(岐山)의 남쪽 지역이다. 고공단보(古公亶父)가 빈(豳) 땅에서 그 일족을 이끌고 이주해 와서 궁실과 종묘를 세웠다.

badarambume selgiyeme. abka na i ferguwecuke sabi be tucibume.
퍼지게 하고 전하며 天 地 의 현묘한 징조 를 드러내며

ulan be siraha enteheme doro be karmahangge.. ainahai hoton
가르침 을 이은 영원히 도리 를 보호한 것이다. 어찌 都

[한문]

之宏, 規于耜, 築場索綯, 祭韭執豕, 酌匏之故俗微, 而松柏厲鍛, 周原菫荼, 囿鹿潛魚備, 形於雅頌, 凡以明著祖德, 遐暢皇風, 薦扶輿之嘉祉, 肇繼序之永圖, 豈徒侈

—◦—◦—◦—

모습이다. 보습을 수선하고, 타작마당을 만들고, 새끼 꼬고, 부추로 제사지내고, 돼지를 잡으며, 박으로 마시던 옛 선례(先例)와 송백(松栢), 돌, 쇠, 주원(周原)의 고마아(苦麻兒), 씀바귀 동산의 사슴, 하천의 물고기 등 자질구레한 것에 이르도록 모두 아송(雅頌)에 밝혔다. 특히 조상의 덕을 드러내 알리고, 큰 감화를 퍼뜨리고 전하며, 천지의 현묘한 징조를 드러내며, 가르침을 이어받은 영원의 도리를 지켰다.

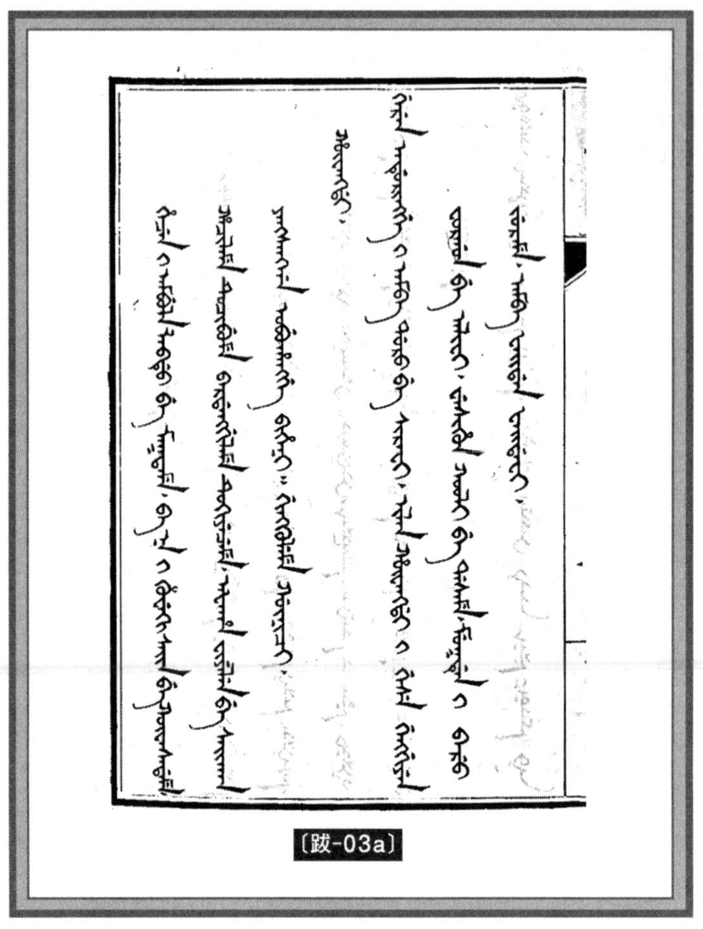
〔跋-03a〕

hecen i ambula labdu be maktame. ba na i huweki sain be kūwasadame.
읍 의 매우 넓은 것 을 칭송하고 토지 의 비옥하고 좋은 것 을 부풀리고

hacilame tucibume bardanggilame tukiyeceme. afaha fiyelen be saikan
가지각색으로 드러내고 뽐내고 자랑하며 章 篇 을 좋고

yangsangga obuhangge biheni.. gingguleme gūnici.
빛나게 한 것 이리오. 삼가 생각하니

hūwangdi.
황제

geren enduringge i amba doro be sirafi. ilan hūwangdi i gese genggiyen
모든 성스럽고 大 道 를 이어받고 三 皇帝 와 같은 밝은

forgon be alifi. wesihun kooli be dasame. mukden i baru
천운 을 받고 盛한 典例 를 다스리고 盛京 의 쪽

jurame. amba faidan faidafi.
떠나서 큰 행렬 정렬하고

[한문]

都邑之隱軫, 夸陸海之膏腴, 鋪張眩曜, 藻賁觚翰云爾哉. 欽惟我皇上, 纘列聖之鴻緒, 際三登之景運, 修懿典邁舊京, 備法駕

―◦―◦―◦―

어찌 도읍이 매우 넓은가를 칭송하고, 토지가 비옥하고 좋은 것을 부풀려서 가지각색으로 드러내고, 뽐내고 자랑하며 편장(篇章)을 좋고 빛나게 한 것이겠는가?
삼가 생각하니, 황제께서는 모든 성스러운 대도(大道)를 이어받고, 삼황(三皇)과 같은 맑은 천운을 받고, 융성한 전례(典例)를 다스리며, 성경으로 떠나서 큰 행렬을 정렬하고,

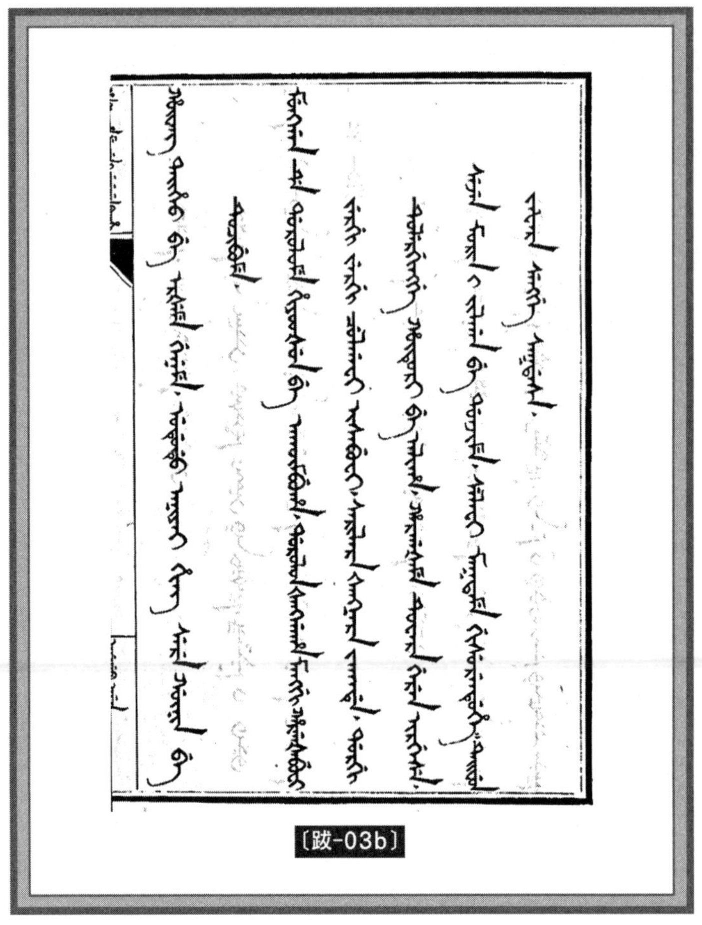
〔跋-03b〕

hūwang taiheo be eršeme geneme. ududu aniyai hing sere gūnin be
皇 太后 를 모시고 가서 여러 해의 간절한 마음 을

tucibume.
드러내고

munggan de dorolome hiyoošun be akūmbuha. dorolon šanggaha manggi hargašabufi
陵 에 예를 하고 孝順 을 극진히 하였다. 禮 이룬 후 入朝하게 하고

jergi jergi culgafi isabufi. sarilara šangnara jakade. dorgi
거듭거듭 會盟하여 모아서 잔치하고 상을 줄 적에 안과

tulergingge hūturi be aliha. hargašame tuwara geren irgese.
밖의 복 을 받았다. 우러러 보는 모든 백성들

sejen morin i jilgan be donjime. selafi maktame gisurenduhe.. teifun
수레 말 의 소리 를 들으며 기뻐하고 칭찬하며 서로 말하였다. 지팡이

jafara sengge sakdasa.
짚는 父 老

[한문]

奉金輿, 罄歷載之積誠, 謁橋山而展孝禮, 成肆覲會同有繹, 以燕以賚, 中外禔福, 望幸之黎庶, 聞和鸞而歡呼, 扶杖之耆老,

—— ◦ —— ◦ —— ◦ ——

황태후(皇太后)를 모시고 가서, 여러 해 동안의 간절한 마음으로 능에 참배하고, 효순(孝順)을 극진히 하였다. 참배를 마친 후, 입궐시켜서 거듭거듭 회맹(會盟)하여 모아서 잔치하고 상을 줄 적에, 안팎이 복을 받았고, 우러러 보는 모든 백성들이 수레와 말의 소리를 들으며 기뻐서 칭찬하며 서로 말하였다. 지팡이 짚는 어르신과 노인들은

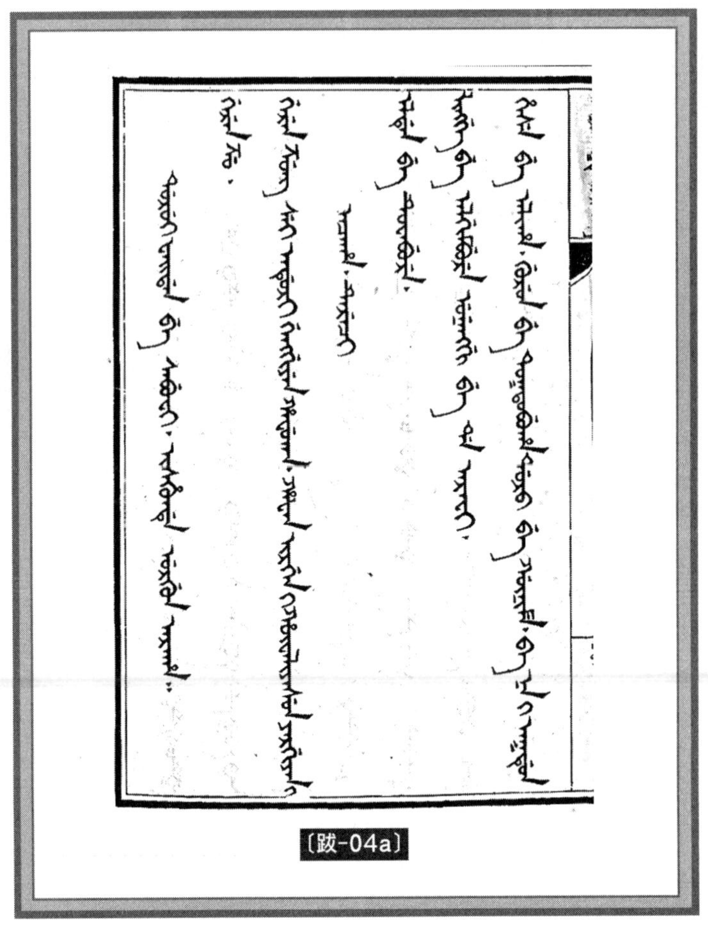
〔跋-04a〕

doroi faidan[435] be sabufi. ishunde urgun araha..
행렬 을 보고 서로 기쁨 지었다.

geren dzu.
여러 祖

geren dzung sei enduri genggiyen hafuka. hafan irgen i hūwaliyasun yargiyan i
여러 宗 들의 神 밝게 통하였다. 관리 백성 의 화평함 진실로

acaha. tereci
만났다. 그로부터

elden be tuwabure.
빛 을 보이고

435) doroi faidan : 임금의 의례에 사용하는 방패인 로(鹵)와 행렬의 차례를 적는 장부(帳簿)라는 뜻으로 임금이 거둥할 때의 의장(儀仗)이나, 그런 의장을 갖춘 행렬을 가리킨다.

lingge be algimbure unenggi be da arafi.
공적 을 널리 날리는 진실 을 으뜸 삼고

hese be aliha. gurun be toktobuha doro be gūnime. ba na i akdun
명 을 받았다. 나라 를 안정시키는 政 을 생각하고 영토 의 군건하고

[한문] ——————

瞻翠華而相慶, 祖宗之靈斯格, 臣民之和允洽, 於是本覲光, 揚烈之忱溯, 基命造邦之統,

—— ◦ —— ◦ —— ◦ ——

행렬을 보고 서로 기뻐하였다. 여러 조종(祖宗)들의 영혼이 맑게 통하고, 임금과 백성의 화평함이 진실로 어울렸다. 그로부터 빛을 보이고 공적을 널리 날리는 진실을 으뜸으로 삼고 명을 받았다. 나라를 안정시킨 도리를 생각하고, 영토의 견고하고

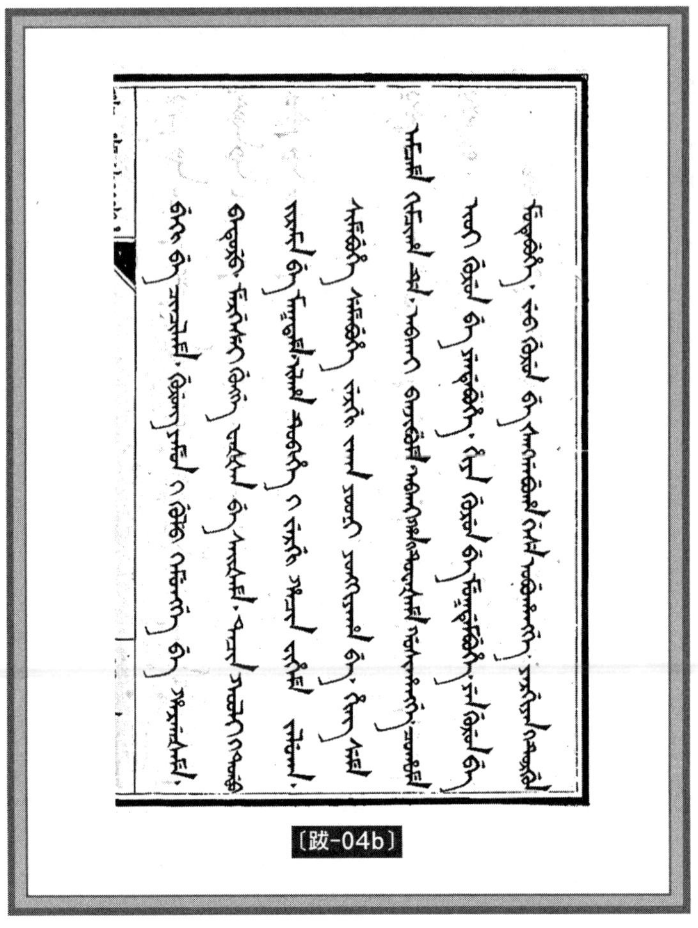

〔跋-04b〕

beki be cincilame. gurung yamun i gulu kemungge be hargašame.
견실함 을 자세히 살피고 宮 闕 의 소박하고 절제함 을 우러러보고

baturu. mergesei gungge faššan be saišame. tacin kooli i doro[436]
영웅 현자들의 공 공적 을 칭찬하고 풍습 法例 의 도리

jiramin be maktame ilha tubihe i jergi hacin fiheme jaluka.
두터움 을 칭송하고 꽃 열매 의 등 종류 무성하게 가득하고

simebuhe semebuhe jergi jaka yooni yongkiyaha be. hing seme
스며들게 하고 번지게 하는 등 일 모두 완비된 것 을 간절히

amcame kimciha de. abkai banjibume. abkai han i tuwašame gosihangge. cohome
좇아 살핌 에 하늘의 생겨나게 하고 天 汗 의 보살피며 사랑한 것 특히

436) tacin kooli i doro : 풍습과 법례(法例)의 도리라는 뜻으로, 교육이나 정치의 힘으로 풍습을 잘 교화하는 일을 가리킨다.

ioi gurun be yendebuhe. hiya gurun be mukdembuhe. yen gurun be
虞 나라 를 일어나게 하였다. 夏 나라 를 盛하게 하였다. 殷 나라 를

mutebuhe. jeo gurun be šanggabuha gese obuhangge. yargiyan i turgun
이루게 하였다. 周 나라 를 완성하게 한 것 같이 되게 한 것 진실로 이유

[한문]

攬形勢之渾雄, 仰宮闕之素樸, 緬英賢之勳績, 懷風化之忠厚, 華實之毛充牣, 澍濡之澤鴻厖, 穆然遠念知, 夫天作帝省之勤, 所以孕虞育夏甄, 殷陶周者, 厥有所自,

—— ◦ —— ◦ —— ◦ ——

견실한 것을 자세히 살피고, 궁궐(宮闕)이 소박하고 절제한 것을 우러러보고, 영웅과 현자들의 공적을 칭찬하고, 풍화(風化)가 두터운 것을 칭송하고, 꽃과 열매가 무성하게 가득하고, 스며들고 번지게 하는 것처럼 모든 일이 완비된 것을 간절히 좇아 살피니, 하늘이 생겨나게 하고, 천제(天帝)가 보살피며 사랑한 것이다. 특히 우(虞)나라를 일어나게 하였고, 하(夏)나라를 융성하게 하였고, 은(殷)나라를 이루게 하였고, 주(周)나라를 완성하게 한 것이 진실로 이유가

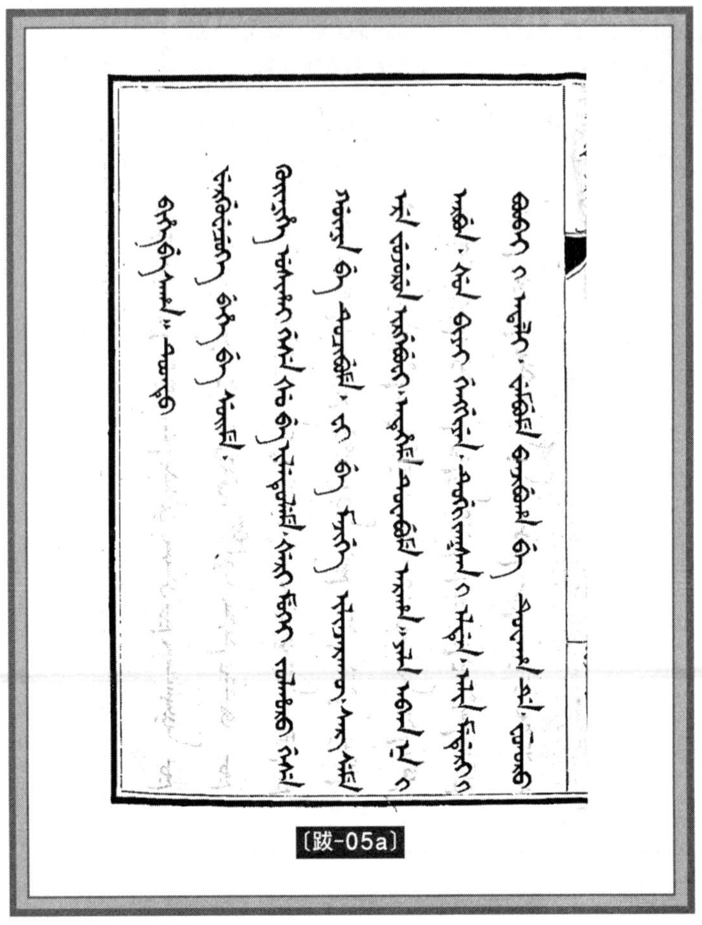
〔跋-05a〕

bihe be saha.. tuttu
있었음 을 알았다. 그래서

ferguwecuke behe be suime.
진귀한 먹 을 갈아서

kuinihe usihai gese šu be iletuleme[437]. šeri mukei jolhoro gese
奎 宿 같은 文 을 나타내고 샘 물의 솟아나는 것 같은

gūnin be tucibume. fi be majige ilicarakū. sar seme
생각 을 드러내어 筆 을 조금도 멈추지 않고 줄줄

ere fujurun irgebufi. enteheme tuwabume araha.. yala abka na i
이 賦 지어서 영원히 보이게 지었다. 진실로 天 地 의

437) kuinihe usihai gese šu : 'kuinihe usiha'는 28수(宿)의 하나인 규수(奎宿)를 가리키는데, 전체적으로 한문본의 '奎章思'에 대한 만주어 표현으로 볼 수 있다.

arbun. šun biyai genggiyen. tugi jaksan i elden. alin mederi i
모습 해 달의 밝음 구름 노을 의 빛 산 바다 의

boobai i adali. wembume banjibuha be tuwaha de. foloro
보배 와 같이 녹여서 생겨난 것 을 봄 에 새기고

[한문]

爰攄寶墨, 掞奎章思, 若湧泉筆不停, 綴勒爲斯賦, 垂示無極, 乾坤之容, 日月之光, 雲霞之采, 山海之藏, 覩化工而

—— ◦ —— ◦ —— ◦ ——

있는 것을 알았다. 그래서 진귀한 먹을 갈아서 규수(奎宿)와 같은 글을 나타내고, 샘물이 솟는 것 같은 생각을 드러내어 붓을 조금도 멈추지 않고, 줄줄 이 부(賦)를 지어 영원히 보이게 하였다. 진실로 하늘과 땅의 모습, 해와 달의 밝음, 구름과 노을의 빛, 산과 바다의 보배와도 같이 녹여 낸 것을 볼 적에, 새기고

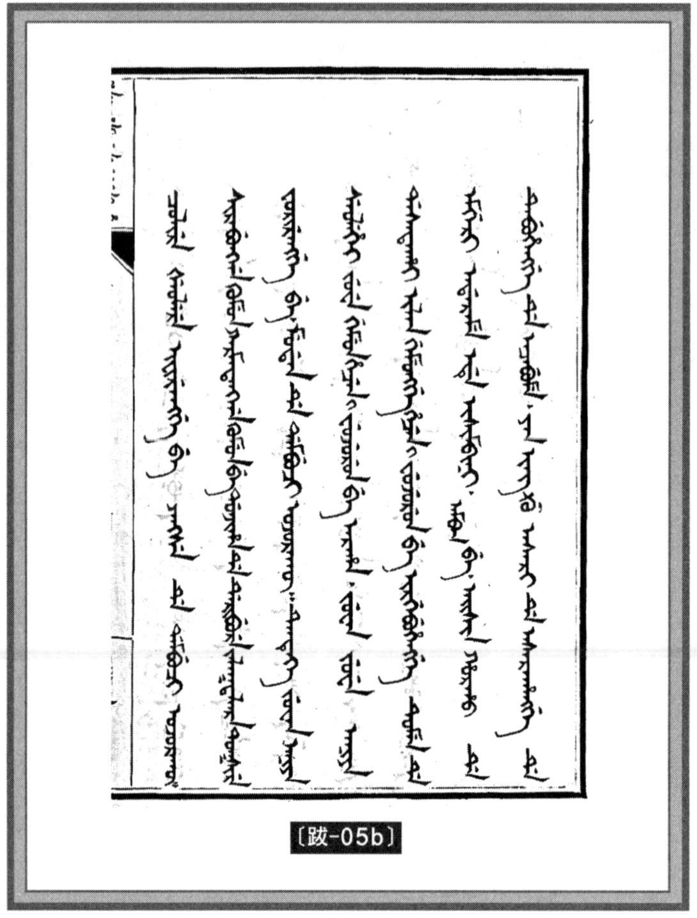
〔跋-05b〕

colire šeolere ifirengge be yangse de dambuci ojorakū..
조각하고 수놓고 기운 것 을 文彩 에 더할 수 없다.

sirabungga kumun[438] karmatangga kumun[439] be donjiha de deribure jalaktalara toksire
韶 樂 護 樂 을 들음 에 시작하고 연주하고 두드리고

forirengge be. mudan de dambuci ojorakū.. tenteke juwan aniya
치는 것 을 곡 에 더할 수 없다. 그렇게 10 년

seolehei juwe gemun hecen i fujurun[440] be araha. juwan juwe aniya
숙고해서 二 都 城 의 賦 를 지었고 10 2 년

438) sirabungga kumun : : 순 임금의 음악인 소악(韶樂)을 가리킨다.
439) karmatangga kumun : 상나라의 음악인 호악(護樂)을 가리킨다.
440) juwe gemun hecen i fujurun : 후한 때에 반고(班固)가 동도(東都)와 서도(西都) 양도(兩都)의 장관을 문답 형식으로 묘사하여 지은 이도부(二都賦)를 가리킨다.

dasatahai ilan gemungge hecen i fujurun[441] be irgebuhengge tumen de
정리해서 三 都 城 의 賦 를 지은 것 萬 에

emgeri adarame ede isimbini. amban be. aisin horho de
하나 어찌 여기에 미치겠는가. 臣 等 金 匱 에

tebuhengge de acabume. yan ing g'o[442] asari de asarahangge de
넣은 것 에 합쳐 延 英 閣 전각 에 간직한 것 에

[한문]

雕繢, 纂組不足以爲色, 聞韶濩而鏗鏘, 考擊不足以爲聲, 彼硏京十年, 鍊都一紀者, 曾何足仰企萬一哉. 臣等徵金匱之秘, 稽延閣之儲,

—— ◦ —— ◦ —— ◦ ——

조각하고 수놓고 기운 것을 문채(文彩)에 더할 수 없다. 소악(韶樂), 호악(護樂)을 들으니, 연주를 시작하고 두드리고 치는 것을 곡에 더할 수 없다. 그렇게 10년을 숙고해서 『이도부(二都賦)』를 지었고, 12년을 정리해서 『삼도부(三都賦)』를 지은 것이 만에 하나 어찌 여기에 미치겠는가? 신(臣) 등은 금궤(金匱)에 넣은 것과 연영각(延英閣)에 간직한 것을

441) ilan gemungge hecen i fujurun : 진(晋)나라 좌사(左思)가 위(魏)·촉(蜀)·오(吳) 세 나라 도읍의 번화한 모습을 묘사한 『삼도부(三都賦)』를 가리킨다.

442) yan ing g'o : 제왕들의 장서(藏書)를 보관하는 연영각(延英閣)을 가리킨다. 연각(延閣)이라고도 한다.

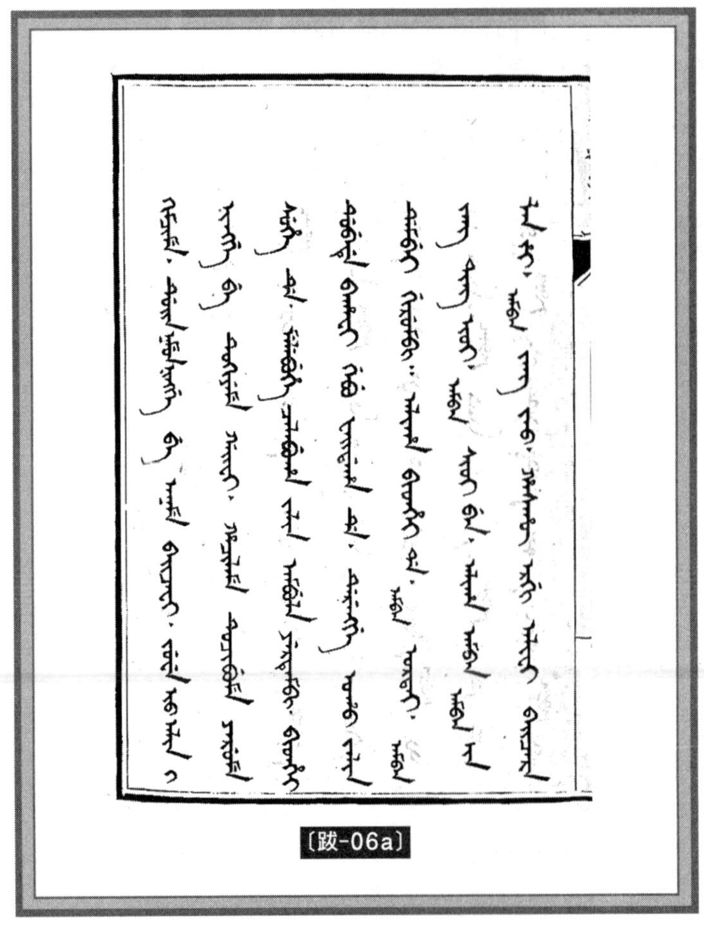

〔跋-06a〕

kimcime. duin namun ningge be aname baicafi. juwe io alin[443] i
자세히 살피고 四 庫 것 을 두루 조사하며 二 酉 山 의

ningge be tukiyeme gaifi. hacilame tucibume yarume
것 을 펼쳐 가지고 가지각색으로 드러내고 끌어내어

suhe de. melebuhe calabuha jalin ambaula yertembi. bithei
풀이함 에 빠뜨리고 잘못한 까닭에 매우 부끄럽다. 글의

dubede bahafi gebu faidaha de. derengge oho jalin
끝에 얻어서 이름 열거함 에 영광스럽게 된 까닭에

dembei girumbi.. aliha bithei da. amban ortai. amban
대단히 부끄럽다. 大學士 臣 ortai 臣

443) juwe io alin : 이유산(二酉山)으로 호남(湖南)의 대유산(大酉山)과 소유산(小酉山)을 가리키는 말이다. 소유산에 석굴이 하나 있는데, 진(秦)나라 사람이 이곳에서 공부를 하다 책 1,000권을 남겨 놓았다고 한다. 이 때문에 많은 장서(藏書)를 지칭하는 말로 쓰였다.

jang ting ioi. amban sioi ben. aliha amban amban zin
張 廷 玉 臣 徐 本 尙書 臣 任

lan jy. amban jang jao. hashū ergi alifi baicara
蘭 枝 臣 張 照 左都御史

[한문]

旁羅四庫, 綴緝二酉, 疏擧徵引多慚漏略附名簡末榮以爲愧.
大學士臣鄂爾泰, 臣張廷玉, 臣徐本, 尙書臣任蘭枝, 臣張照, 左都御史

—— ◦ —— ◦ —— ◦ ——

자세히 살피고, 사고(四庫)의 것을 두루 조사하며, 이유(二酉)의 것을 펼쳐 가지고, 가지각색으로 드러내고 끌어내어 풀이할 적에, 빠뜨리고 잘못하였기 때문에 매우 부끄럽다. 글의 끝에 이름 열거하니 영광스럽게 되었기 때문에 더욱 부끄럽다. 대학사(大學士) 신 오르타이(ortai, 鄂爾泰), 신 장정옥(張廷玉), 신 서본(徐本), 상서(尙書) 신 임란지(任蘭枝), 신 장조(張照), 좌도어사(左都御史)

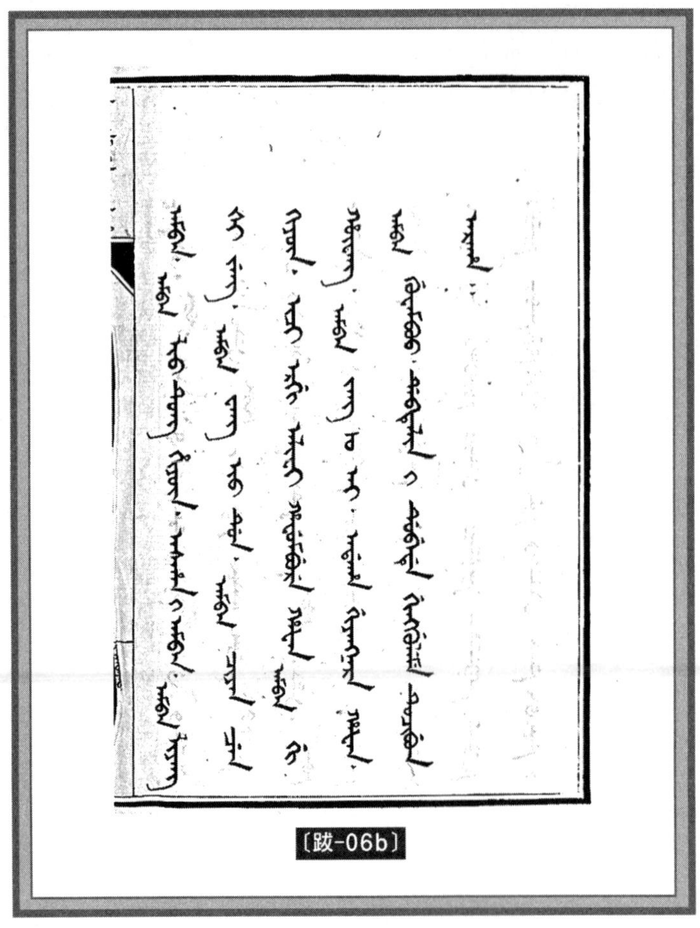

〔跋-06b〕

amban. amban lio tung hiyūn. ashan i amban. amban liyang
臣 劉 統 勳 侍郎 臣 梁

ši jeng. amban wang io dun. amban ciyan cen
詩 正 臣 汪 由 敦 臣 錢 陳

kiyūn. ici ergi alifi hafumbure hafan amban gi
羣 右通政 臣 嵇

hūwang. amban jang zo ai. adha giyangnara hafan.
璜 臣 張 若 靄 侍講

amban guwambuoo. debtelin i dubede gingguleme tucibun
臣 觀保 책 의 끝에 삼가 跋

araha..
지었다.

[한문]

臣劉統勳, 侍郎臣梁詩正, 臣汪由敦, 臣錢陳羣, 右通政臣嵇璜, 臣張若靄, 侍講臣觀保敬跋.

—— ∘ —— ∘ —— ∘ ——

신 유통훈(劉統勳), 시랑(侍郎) 신 양시정(梁詩正), 신 왕유돈(王由敦), 신 전진군(錢陳羣), 우통정(右通政) 신 혜황(嵇璜), 신 장약애(張若靄), 시강(侍講) 신 관보(觀保)가 책의 끝에 삼가 발(跋)을 지었다.

역주자 약력

최동권 Choi DongGuen 상지대학교 국어국문학과
김유범 Kim YuPum 고려대학교 국어교육학과
신상현 Shin SangHyun 고려대학교 민족문화연구원
이효윤 Lee, HyoYoon 고려대학교 민족문화연구원

고려대학교 민족문화연구원 만주학 총서 ❾

만문본 어제성경부

초판인쇄 2018년 07월 20일
초판발행 2018년 07월 30일

역 주 자 최동권, 김유범, 신상현, 이효윤
발 행 처 박문사
발 행 인 윤석현
등　　록 제2009-11호

우편주소 서울시 도봉구 우이천로 353 성주빌딩 3층
대표전화 (02)992-3253
전　　송 (02)991-1285
전자우편 bakmunsa@hanmail.net
홈페이지 http://jnc.jncbms.co.kr
책임편집 최인노

ISBN 979-11-89292-14-0 93830 정가 34,000원

* 이 논문 또는 저서는 2014년 정부(교육부)의 재원으로 한국연구재단의 지원을 받아 수행된 연구임(NRF-2014S1A5B4036566)